나의 사촌
레이첼

나의 사촌
레이첼

대프니 듀 모리에 지음

변용란 옮김

H

현대문학

로저 미첼
영화 「나의 사촌 레이첼」 감독

3년 전 나는 높다란 책장의 위쪽 칸에서 낡은 문고판 『나의 사촌 레이첼』을 꺼냈다. 책이 처음 출간된 지 12년 뒤인 1963년 날짜와 함께 어머니의 서명이 들어 있었는데, 어머니가 이 작품의 팬이었던 기억이 어렴풋하게 떠올랐다. 책 표지에는 시대적 배경이 애매모호한 옷차림을 하고서 어깨를 드러낸 채 바람을 맞으며 서 있는 여인의 뒷모습이 담겨 있었다. 전형적인 역사 로맨스 소설 표지였다. 자기 전에 읽을 만한 가볍고 쉬운 책을 찾고 있던 나는 두세 쪽을 읽다가 그만 소설에 빠져들고 말았다. 여성 독자들을 겨냥한 1950년대 멜로드라마이겠거니 짐작했던 작품은 막상 읽어보니 복잡하고 어둡고 신비롭고 대단히 에로틱하면서도 음울한 불안감을 자아냈고…… 그 모든 요

소들이 자갈 해변에 밀려드는 파도 소리처럼 은은하게 강조되어 있었다.

레이첼은 불가사의한 인물이다. 작가 본인이 "이 여인은 천사인지 악마인지 결코 알 수 없을 것이다"라고 지적했듯이 '다소 사악'해 보인다. 주인공 레이첼과 작품은 공통적으로 애매모호하다. 시대적 배경은 언제일까? 공간적 배경은 정확하게 어디일까? 여주인공의 나이는? 주인공의 부모님은 어떻게 돌아가셨을까? 작품에 등장하는 어머니들은 왜 하나같이 무덤에 누워 있거나 황당한 인물일까? 앰브로즈는 왜 여성을 혐오하게 됐을까? 이탈리아에서는 정말로 어떤 일이 벌어졌으며, 어떤 인물이 연관되어 있을까? 레이첼은 끊임없이 모나리자의 미소를 짓는다. 한편으로는 독살범이자 한편으로는 포로처럼 갇혀 있는 그녀는 주변 인물들보다 훨씬 생기발랄하지만, 동시에 냉정하고 폐쇄적이고 비밀스러우며 언제나 검은색 상복 차림을 하고 있다. 프로이트 이후 탄생한 이 여주인공은 프로이트에 심취한 작가 덕분에 제인 오스틴의 『맨스필드 파크』를 옮겨놓은 듯한 콘월 지방의 대저택으로 불시착한다. 자신의 성sexuality에 대해 민감하면서도 부끄러워하지 않으며, 얼음을 띄운 프로세코와 인처럼 이국적이고, 이탈리아 빵 파네토네처럼 달콤하며, 뾰족한 스틸레토 힐만큼이나 위태롭다.

진실에 점점 눈을 떠가는 남자 주인공의 촉촉한 시선을 통하여 1인칭 시점으로 작품을 집필하기로 결정한 것을 보면, 대프니 듀 모리에 역시 독자들과 마찬가지로 레이첼에게 완전히 매혹된 게 틀림없다. 세상 물정 모르는 풋내기로 혼란에 빠져 괴로워하는 가엾은 필립처럼, 여주인공에 중독된 작가의 묘사가 점점 늘어나기 시작하는 것을 우리 독자들은 느낄 수 있다. 베일에 가려진, 전혀 이탈리아인 같지 않은 레이첼의 상앗빛 피부. 눈물이 그렁그렁 맺혀 있거나, 생동감 넘치는 내면의 자아를 감추고 있는 반짝이는 검은 눈, 고급 양단 소재로 몸매를 드러낸 세련된 상복(루이즈는 그녀가 "상복을 입고도 전혀 칙칙해 보이지 않았"다고 촌평한다), 농장에 들를 때마다 모든 남자들이 가던 길을 멈추고 쳐다보게 만드는 승마복 차림, 촛불 그림자 속에서 예고도 없이 갑작스럽게 다가오는 입맞춤. 그러다 아이와 어른인 듯, 어머니와 아들인 듯, 연인인 듯 위태롭게 싹트는 성적인 긴장감은 옳지 않은 일이라는 느낌 때문에 더더욱 그들의 욕망을 부채질한다. "이 소설을 집필하면서, 나는 완전히 필립에게 감정이 이입되어 매혹당한 나머지, 그녀가 온 세상을 독살했다고 하더라도 상관하지 않았을 것이다"라고 작가는 고백한다.

자라면서 남자가 되고 싶었다는 대프니 듀 모리에는 자신을 위해 제2의 남성 자아를 만들어내기에 이른 것이다. 1950년의 혹독한 겨울, 메너빌리에 있는 정원 한구석 작은 오두막에서 『나의 사촌 레이첼』의 집필을 시작할 무렵, 중년의 작가는 자신의 결혼에 관해 불확실한 상태에서 종종 외로움에 시달리며, 각기 다른 두 여인에 대한 '베네치아식(오스카 와일드가 동성애를 '유러니언Uranian'으로 표현했듯이?)' 감정으로 혼란스러워하고 있었다. 한 사람은 듀 모리에의 아버지처럼 배우였던 거트루드 로런스였고, 또 한 사람은 미국에서 듀 모리에의 책을 출간했던 발행인의 아내 엘런 더블데이였다. 냉정하고 세련된 인물로 세계 곳곳을 돌아다녔던 엘런은 상당 부분 레이첼의 모델이 되었다. 더블데이라는 엘런의 성 또한 이중적인 성격을 묘사하는 실마리가 되었을 것으로 보인다. "중년에는 인간이 지닌 본성 가운데 가장 강한 면이 겉으로 두드러진다"고 여겼던 듀 모리에는 자신의 내면에서 솟아나는 감정과 자기 자신에 대한 갈등을 피하기 어려웠다.

레이첼이 했을까, 안 했을까? 그녀가 맞을까, 아닐까? 이 단순한 장치는 불확실성을 바탕으로 하는 작품의 극적인 소용돌이에 불을 지핀다. 화려한 속임수는 연기와 거울을 활용한다. 촛불, 벽난로의 불빛, 달빛, 어두운 조명, 뒤에서 비추는 불빛, 어둠 속에서 움직이며 나타났다 사라지는 인물들. 듀 모리에는 강렬한 명암 대조를 특징으로 손꼽는 카라바지오의 그림처럼 작품 속 장면의 조명을 전환하며, 히치콕 감독처럼 이야기를 풀어나간다. 카메라 앵글과 클로즈업, 장면 전환을 위한 커트 지점을 얼마간 의식한 듯하다. 각 장은 벼랑 끝 같은 클라이맥스에서 끝난다. 냉혹하고 계산된 손길로 찻잔에 타 넣은 독처럼 의심이 이야기에 스며든다. 약간 이상하다고 느끼는 정도일 뿐,

속았다는 사실을 알아차릴 만큼 명확하진 않다. 가끔 너무 어설프게 버무려 넣은 플롯 때문에 B급 영화처럼 느껴지는 일은 발생하지 않는다. 비록 이따금씩 삐걱거리는 느낌이 있지만, 작품 속에 감추어졌던 두 번째 플롯이 전하는 내적인 긴장감 덕분에 도저히 불가능해 보였던 서사의 급반전이 이루어지면서 독자들은 다시 불편한 관성의 힘으로 내동댕이쳐진다. 어쩌면 주인공을 그려내는 작가의 스릴 넘치는 우유부단함은(듀 모리에는 우유부단함이 계속해서 소설을 집필하게 하는 힘이라고 고백한 바 있다) 작가 스스로 감추고 있던 자신에 대한 좀 더 심오한 망설임을 일부 반영하고 있는지도 모르겠다.

레이첼은 악인일까, 선인일까? 무죄일까, 유죄일까? 음탕할까, 순수할까? 혹시 진실이 어딘가 다른 곳에 감추어진 것은 아닐까? 그녀는 삶에 대한 의욕으로 가득하고, 건전한 사고와 영혼을 지녔으며, 작품에서 표면적으로 드러나는 시대적 배경과 작품이 발표된 시대적 배경 모두의 한계를 벗어나 자신이 원하는 사람과는 어디서나 자신의 성을 즐기겠다는 태도로 남성들의 세계에서 살아가는 시대착오적인 인물일까?

작품 속에서 둔감하고 융통성 없이 꽉 막혀 좀처럼 믿음이 가지 않는 화자로 등장하는, 성장이 멈춰버린 가엾고 절박한 우리의 필립은 과연 진심으로 레이첼의 마음을 사로잡았다고 생각했을까?

작품의 의도적인 모호성을 감안하여, 나는 영화의 배경을

1840년대로 설정하였고(제인 오스틴과 찰스 디킨스 사이, 운하와 철도의 중간쯤) 몸매를 드러내는 의상(허리선이 높은 엠파이어 스타일과 풍선처럼 부푼 크리놀린 드레스의 중간)과 이름 모를 영국 서부 지방(웨섹스 지방과 최근 엄청난 양의 원유가 매장된 것으로 밝혀진 폴더크셔 사이)을 영화에 담아냈다.

다시 말해 공간적 배경은 어디든 가능하며, 나는 용의주도하게 정확한 지명을 피했다.

원작을 영화화하려는 시도는 그저 하나의 결과물일 수밖에 없다. 소설 자체는 책장 저 높은 곳에 조금도 상처를 입지 않은 채로 당당히 남아 있다. 영화 제작자가 제아무리 당시 시대상을 정확하게 담아내려고 주의를 기울인다 해도, 세월이 지나면서 점점 더 명확해지는 시대성으로 인해 각각의 결과물은 숙명이 정해져 있다. 모든 세대는 과거에 사랑받았던 작품을 자신의 취향에 맞추어 새로이 탄생시킨다. 마찬가지로 이 영화 또한 의도적이든 아니든 현재의 시대정신이 반영되었을 것이다.

내가 만든 결과물이 원작에 대해 알지 못했던 이들에게는 즐거움을 주고, 원작을 이미 접했던 이들에게는 과거의 경험을 되살리는 계기가 되기를 바란다. 물론 완벽한 캐스팅, 흠잡을 데 없는 조명과 미술 효과, 최고 수준의 음향, 무척이나 황홀한 주제곡, 무한한 예산과 수천 명에 달하는 배우진까지 동원된 최고

의 결과물은 언제나 독자가 손수 책장을 넘기며 기발한 상상력
으로 펼쳐내는 작품일 것이다.

1

옛날엔 포터닝스에서 교수형이 집행되었다. 하지만 더는 아니다. 이제는 살인범도 순회재판소에서 공정한 재판을 받은 뒤보드민 형무소 같은 곳에서 범죄의 대가를 치른다. 다시 말해,범인이 양심의 가책으로 죽기 전에 법의 심판을 받는 경우 그렇다는 얘기다. 차라리 그러는 편이 더 낫다. 외과 수술처럼 말이다. 그러면 이름 없는 무덤이나마 시신을 제대로 매장해주니까.내가 어릴 땐 그렇질 않았다. 어린 시절 네거리 한복판에 쇠사슬로 매달려 있던 남자를 본 일이 지금도 기억난다. 그의 얼굴과 몸에는 부패 방지를 위해 타르가 검게 칠해져 있었다. 사형수의 시신은 5주간 그렇게 매달아두었다가 거두는데, 내가 그광경을 본 건 넷째 주였다.

그는 교수대에 매달려 땅과 하늘 사이에서, 나의 사촌 앰브로즈의 설명대로라면 천국과 지옥 사이에서 흔들리고 있었다. 천국은 절대 가지 못할 곳이었을 테고, 그가 알던 지옥도 그에겐 허락되지 않았다. 앰브로즈는 지팡이로 시신을 쿡쿡 찔렀다. 녹슨 쇠막대에 달린 풍향계처럼, 한때 인간이었던 가엾은 허깨비가 바람에 흔들리던 모습이 지금도 눈에 선하다. 몸은 부패하지 못해도 바지 옷감은 빗물에 젖어 썩어 들어가, 통통 불은 다리에선 흐물흐물한 종잇장처럼 모직 천 조각이 떨어져 내렸다.

때는 겨울이어서, 지나가던 어느 행인이 장난삼아 호랑가시나무 가지 하나를 찢어진 조끼에 크리스마스트리처럼 장식해 놓았다. 일곱 살에 불과했어도 그 모습엔 어쩐지 분노가 치밀었으나, 나는 아무 말도 하지 않았다. 앰브로즈는 뜻한 바가 있어서 나를 그곳으로 데려갔을 것이다. 아마도 내가 달아날지, 웃음을 터뜨릴지, 눈물을 흘릴지를 보고 배짱을 시험해보려던 것이리라. 나의 후견인이자 아버지이자 형이자 조언자로서, 사실상 나의 온 세상을 차지했던 그는 끊임없이 나를 놀려댔다. 우리는 교수대 주변을 걸어 다녔고, 앰브로즈가 지팡이로 시신을 쿡쿡 찌르고 나서 파이프 담배에 불을 붙이더니 내 어깨에 손을 얹었던 기억이 난다.

"잘 봐둬라, 필립." 그가 말했다. "우린 누구나 결국엔 저 꼴이 된단다. 어떤 이는 전쟁터에서, 어떤 이는 잠자리에서, 또 다른 이들은 운명에 따라서 말이지. 피할 방법은 없어. 넌 너무 어려서 모를 거다. 하지만 흉악범의 죽음은 이런 꼴이다. 인생을 똑바로 살라고 너와 나에게 해주는 경고란다." 마치 보드민 축제 날 장터에서 코코넛으로 얻어맞기를 기다리는 샐리 아줌마 인형*을 구경하듯, 우리는 나란히 서서 바람에 흔들리는 시신을 쳐다보았다. "격정의 순간이 인간에게 가져다준 결과를 보렴." 앰브로즈가 말했다. "술을 너무 많이 마시는 것만 빼면 정직하고 멍청했던 톰 젠킨이라는 사내지. 그자의 아내가 바가지를 긁은 건 사실이지만 그렇다고 아내를 죽일 핑계는 되지 않아. 잔소리 때문에 여자를 죽인다면 세상 모든 남자들이 살인자가 될거다."

남자의 이름을 듣지 않았더라면 좋았을 것을. 그 순간까지만 해도 시신은 그저 정체불명의 죽은 사물에 불과했다. 교수대가 눈에 들어온 순간부터 나는 끔찍한 죽음의 형체가 밤마다 꿈에 나타날 것임을 알고 있었다. 그런데 이젠 현실감이 더해져, 마을 부두에서 바닷가재를 팔던 축축한 눈매의 남자와 이어지고 말았다. 그는 여름 몇 달간 바구니를 끼고 계단에 서서, 살아 있는 바닷가재를 부두에 줄지어 세워놓고 멋진 경주를 시켜 아이들을 웃겨주곤 했다. 나도 그를 본 지 얼마 되지 않았다.

"그래, 넌 저 사람을 어떻게 생각하니?" 앰브로즈가 내 얼굴을 빤히 쳐다보며 물었다.

* 파이프 담배를 물고 있는 할머니 형상의 인형에 긴 막대기나 공을 던져 맞히는 전통 놀이로 19세기 유원지 등에서 유행했다.

나는 어깨를 으쓱하고는 교수대 기둥 아래를 걷어찼다. 속이 메슥거리고 겁에 질려 엄청 신경 쓰인다는 사실을 앰브로즈에게는 절대 들키고 싶지 않았다. 그러면 그는 나를 경멸할 것이다. 스물일곱 살의 앰브로즈는 우주 만물의 신이었고, 좁디좁은 나의 세계에선 확실히 신적인 존재이자 꼭 닮고 싶은 내 인생의 절대 목표였다.

"지난번에 봤을 땐 톰 얼굴색이 더 밝았어요. 이젠 자기가 잡던 바닷가재 미끼로도 못 쓸 만큼 맛이 갔네요." 내가 대답했다.

앰브로즈는 웃음을 터뜨리며 내 귀를 잡아당겼다. "역시 너다운 대답이구나. 진짜 철학자처럼 말하는걸." 그러고는 돌연 통찰력을 부리듯 덧붙였다. "비위 상했으면 저쪽 덤불 뒤로 가서 토해라, 난 안 본 걸로 할 테니까."

그는 교수대와 네거리를 뒤로하고 돌아서, 당시 새로 닦고 있던 도로를 따라 성큼성큼 걸어갔다. 숲을 가로질러 뚫린 길은 집으로 향하는 두 번째 마찻길이었다. 나는 덤불까지 제때 당도하지도 못했으므로 그가 가버린 것이 다행스러웠다. 이가 딱딱 부딪치고 심한 한기가 들었지만 그래도 토하고 나자 속이 편해졌다. 톰 젠킨은 정체를 잃고 다시 낡은 자루처럼 무생물이 되었다. 급기야는 내가 던진 돌의 표적으로 전락했다. 한껏 대담해진 나는 돌에 맞아 시체가 움직이는지 지켜보았다. 그러나 아무 일도 일어나지 않았다. 돌멩이는 흠뻑 젖은 옷을 툭 건드린 후 떨어졌다. 스스로의 행동에 부끄러움을 느낀 나는 앰브로즈를 찾아 새로 닦은 길을 달려갔다.

그게 벌써 18년 전의 일이고, 아무리 기억을 더듬어보아도 이후로는 통 그날을 생각해본 적이 없었다. 요 며칠 전까지만 해도 그랬다. 하필 엄청난 위기의 순간에 난데없이 어린 시절 기억이 떠오르다니 참으로 이상한 일이다. 어쩌면 나는 가엾은 톰이 거기서 어떻게 사슬에 매달려 있었는지를 줄곧 생각하고 있었는지도 모른다. 그에 대한 이야기를 들어본 적도 전혀 없고, 이젠 그 일을 기억하는 사람도 거의 없다. 앰브로즈는 그가 아내를 죽였다고 했다. 그것이 전부였다. 그녀가 바가지를 긁은 건 사실이지만 그렇다고 살인의 핑계는 될 수 없었다. 술을 과도하게 좋아했던 그가 술에 취해 아내를 죽였을 가능성도 있다. 하지만 어떻게? 어떤 무기로? 칼이나 맨손으로? 어쩌면 톰은 그 겨울밤, 사랑과 열기로 환하게 불을 밝힌 부두에서 비틀비틀 술집을 걸어 나왔을 것이다. 높은 파도가 몰아쳐 바닷물이 계단까지 부딪치고, 보름달마저 떠올라 해수면을 환히 비춘다. 불안한 그의 마음에 어떤 욕심이 꿈처럼 스몄을지, 갑자기 어떤 환상에 사로잡혔을지 그 누가 알겠는가?

그는 더듬더듬 집으로 가는 길을 찾아 교회 뒤에 있던 오두막으로 들어갔고, 바닷가재 냄새를 풍기는 희미하고 축축한 눈매의 남자를 향해 아내가 젖은 발로 집 안에 들어왔다고 잔소리를 하자 남자의 꿈이 깨지면서 아내를 죽였을지도 모르겠다. 그런 사연이었을 가능성이 높다. 우리가 배운 것처럼 사후에도 영혼이 존재한다면, 나는 가엾은 톰을 찾아내 물어볼 것이다. 우리는 연옥에서 함께 꿈을 꿀 것이다. 중년이었던 그는 육십 대나 그 이상이 되었을 테고 나는 스물다섯 살이다. 우리의 꿈은 똑같지 않을 것이다. 그러니 톰, 당신은 어둠 속으로 되돌아가 나에게 마음의 평화를 좀 줘. 그날의 교수대는 사라진 지 오래고 당신도 마찬가지지. 당신에게 돌을 던졌던 건 나의 무지 탓이었어. 용서해줘.

중요한 건 삶을 견디며 살아내야 한다는 점이다. 그러나 어떻게 살 것인가, 그것이 문제다. 매일 하는 일은 어려울 것이 없다. 나는 앰브로즈처럼 치안판사가 될 것이고, 역시나 언젠가는 의회로 돌아갈 것이다. 모든 선조들처럼 나는 계속해서 명예를 누리며 존중받을 것이다. 영지를 잘 관리하고, 사람들을 돌보면서. 내 어깨에 지워진 비난의 무게는 그 누구도 짐작하지 못할 것이다. 뿐만 아니라 매일같이 대답할 수 없는 질문을 자신에게 던지며 여전히 내가 의구심에 허덕인다는 사실 또한 아무도 모를 것이다. 레이첼은 결백할까, 아닐까? 어쩌면 그 대답 또한 연옥에서나 알게 되리라.

그녀의 이름을 속삭이면 귓가에 들리는 발음이 얼마나 아련하고 부드러운지. 은밀하게 서서히 혀끝에 감도는 그 느낌은 거의 독약과도 같다는 표현이 딱 맞는다. 혀에서 맴돌던 그 이름은 갈라진 입술로 전해져, 입술에서 다시 심장으로 옮겨 간다. 그러면 심장은 몸을 조종하고 마음도 통제한다. 언젠가 그 이름에서 자유로워질 날이 올까? 40년 뒤, 50년 뒤면 그렇게 될까? 아니면 오래도록 뇌에 새겨진 그 일의 흔적은 희미한 환부로 그 대로 남아 있을까? 혈류의 일부는 다른 세포들과 같이 심장까 지 도달하지 못하는 건 아닐까? 혹시라도 모든 걸 털어놓고 나 면 자유롭고 싶다는 바람이 사라질지 모르겠다. 그럼에도 아직 은 털어놓을 수가 없다.

여전히 나는 소중히 여겨야 할 집을 소유하고 있다. 앰브로 즈도 그러기를 바랐을 것이다. 습기가 침투한 벽을 다시 칠하고 구석구석 튼튼하게 잘 수리해 관리할 수는 있다. 계속해서 나무 와 관목을 심어, 고약한 동풍이 불어오는 황량한 언덕을 채워야 할 것이다. 다른 건 몰라도 내가 떠났을 때 아름다움의 유산은 얼마간 남길 수 있도록. 그러나 고독한 남자는 비정상적인 사람 이어서 이내 당혹감에 빠진다. 당혹감에서 환상으로. 환상에서 광기로. 그러면 나는 다시 쇠사슬에 매달린 톰 젠킨으로 되돌아 가 흔들린다. 어쩌면 그도 고통을 겪었을 것이다.

18년 전, 앰브로즈는 큰길을 성큼성큼 걸어갔고 나도 그의 뒤 를 따랐다. 지금 내가 입고 있는 재킷을 그가 계속 입었더라면 지금쯤 다 해졌을지도 모르겠다. 팔꿈치에 가죽이 덧대어진 이 낡은 사냥용 재킷 말이다. 나는 그의 유령이라 해도 될 만큼 그 와 꼭 닮았다. 눈동자의 색도, 이목구비도 그와 똑같다. 애완견 들에게 휘파람을 불며 네거리와 교수대를 등지고 돌아섰던 앰 브로즈가 바로 나였을 수도 있을 것이다. 하기야 그건 내가 항상 바라던 일이었다. 그와 닮아가는 것. 그의 큰 키와 어깨, 구부정한 자세, 심지어 긴 팔과 어색해 보이는 손, 느닷없이 짓는 미소, 낯선 사람을 처음 만났을 때 보이는 수줍음, 요란한 것과 격식을 싫어하는 태도까지 닮고 싶었다. 애정을 담아 주인을 모시던 사람들을 대하는 그의 스스럼없는 태도. 그리고 결국엔 허상에 불과했음이 드러나 우리 둘 다 똑같은 재앙을 만나고 말았던 그의 강인함. 최근 들어 궁금해진 것이 있다. 혹시 그가 세상을 떠났을 때, 의심과 공포로 정신이 흐려져 고통을 겪으며 나와 연락이 닿지 않는 저주받은 저택에서 고독하게 버림받았다고 느꼈던 그의 영혼이 육신을 떠나 이곳 집으로 돌아와, 다시 살 수 있도록 내 안에 깃들어 내 몸을 차지한 것은 아닌지, 그래서 그가 저질렀던 실수를 똑같이 반복하며 살다가 병에 걸려 두 번째로 죽어가는 것은 아닌지 궁금하다. 그럴지도 모른다. 분명한 건 내가 그토록 자랑스러워했던 앰브로즈와 닮았다는 사실이 파멸의 원인이 되었을 뿐이라는 점이다. 바로 그 점 때문에 절망이 찾아왔다. 만일 내가 약삭빠르고 민첩하고 말주변도 능란하여 예리한 사업 수완까지 갖춘 다른 사람이었더라면, 지난 한 해는 그저 왔다가 흘러가는 열두 달에 지나지 않았을 것이다. 그랬더라면 난 재빨리 흡족한 미래에 안주했을 것이다. 아마 결혼도 하고 새로 가족도 꾸렸으리라.

그러나 나는 그러한 자질을 하나도 갖추지 못했고, 그건 앰브로즈도 마찬가지였다. 우리는 둘 다 실험해본 적도 없는 온갖 이론으로만 가득 찬 비현실적이고 내성적인 몽상가였고, 모든 몽상가들이 그러하듯 깨어 있는 세상이 보기엔 잠든 존재였다. 우리는 인간들을 혐오하면서도 한편으로는 그들의 이해와 애정을 갈구했다. 하지만 마음이 동하기 전까지는 수줍음 탓에 그런 충동을 억제했다. 이윽고 그런 일이 벌어지면 천국이 열리고, 우리 두 사람은 온 우주를 다 가진 듯한 기분이 되었다. 다른 남자들 같았으면 우리 둘도 살아남았을 것이다. 레이첼이 똑같이 이곳으로 찾아왔더라도 말이다. 그녀는 하루나 이틀 밤을 보낸 뒤 제 갈 길로 떠났을 것이다. 사무적인 문제를 의논하고 몇 가지 합의에 이른 뒤 원탁에서 변호사들과 함께 공식적으로 유언장을 읽고 나면, 한눈에 상황을 파악한 나는 그녀에게 평생 연금을 지급하는 것으로 영영 그녀와 연을 끊었을 것이다.

일이 그런 식으로 풀리지 않았던 건 내가 앰브로즈를 닮았기 때문이다. 일이 그런 식으로 풀리지 않았던 건 내가 앰브로즈라도 된 듯한 기분이었기 때문이다. 그녀가 당도한 첫날 저녁 그녀의 방으로 올라가 노크한 뒤 낮은 문틀 때문에 고개를 약간 숙였을 때, 창가에 앉아 있던 그녀가 의자에서 일어나 나를 올려다보았을 때, 한눈에 나를 알아보는 듯했던 그녀의 눈빛에서 그녀가 본 것은 내가 아니라 앰브로즈였음을 알아차렸어야 했다. 필립이 아니라 유령이었음을. 그녀는 그때 가버렸어야 했다. 여행 가방을 챙겨 떠났어야 했다. 그녀가 있어야 할 곳, 케케묵은 추억과 격조 높은 테라스가 있는 정원과 작은 안뜰에 분수가 있는 폐쇄된 저택으로 되돌아갔어야 했다. 한여름엔 뜨거운 열기로 메말라 대기가 흐릿하고, 겨울엔 차갑고 청명한 하늘이 혹독한 자기 나라로 돌아갔어야 했다. 나와 함께 지내면 결국 그녀가 맞닥뜨린 유령뿐 아니라 그녀 자신에게도 파멸이 오리라는 걸 본능이 경고했을 것이다.

정말로 궁금하다. 그날 그녀의 출현으로 울화가 치밀어 속이 쓰린 와중에도 손님을 맞이하는 집주인 노릇을 해야 한다는 사실을 뼈저리게 의식하면서, 자신의 큰 발과 제멋대로 뻗은 듯한 팔다리와 앙상한 체구 탓에 길들이지 않은 숫망아지처럼 보일 거라는 자의식에 너무도 화가 나 소심하고도 어색하게 거기 서 있는 나를 보았을 때, 그녀는 '나를 만나기 전, 젊었을 적의 앰브로즈가 이렇게 생겼겠구나. 난 이런 모습일 때의 그이를 알지 못하는데'라고 재빨리 판단했고, 그래서 머물기로 한 것일까?

짧은 만남에서 처음 대면한 이탈리아인 레이날디 역시 나를 알아보고 똑같이 충격에 빠진 표정을 금세 감춘 뒤 책상에서 펜을 까딱거리며 잠시 생각에 잠겼다가 "오늘 막 도착하셨다고요? 그럼 사촌 되시는 레이첼은 아직 못 만나보셨겠군요"라고 부드럽게 말했던 이유도 아마 그 때문이었을 것이다. 본능이 그에게도 경고했을 것이다. 그러나 너무 늦은 뒤였다.

인생을 되돌릴 방법은 없다. 되돌아가는 건 불가능하다. 두 번째 기회는 없다. 살아서 여기 내 집에 앉아 숨 쉬고 있지만, 과거에 했던 말이나 그로 인해 벌어진 결과를 되돌릴 수 없는 건 쇠사슬에 묶여 흔들리던 가엾은 톰 젠킨이나 나나 마찬가지다.

대부님인 닉 켄들이 나의 스물다섯 번째 생일 전날에 해준 말씀의 요지도 바로 그것이었다. 맙소사! 불과 두세 달 전인데도 얼마나 까마득하게 느껴지는지. "필립, 본인에겐 아무 결점이 없는데도 재앙을 불러오는 여자들이 더러 있단다. 좋은 여자들인 경우도 아주 흔하지. 그들은 뭐든 손을 대기만 해도 비극을 일으킨다. 너한테 내가 왜 이런 이야기를 하는지 모르겠다만 꼭 해줘야 할 것 같구나." 그러고 나서 그는 앞에 펼쳐놓았던 서류에 서명하는 나의 모습을 지켜보았다.

그렇다, 되돌아가는 건 불가능하다. 생일 전날 그녀의 창문 아래 서 있던 청년, 그녀가 당도한 날 저녁 그녀의 방문 앞에 서 있던 청년은 거짓 용기를 뽐내느라 교수대에 매달린 죽은 남자에게 돌을 던졌던 아이와 마찬가지로 사라져버렸다. 형체를 알아볼 수도 없고 슬퍼하는 이도 없었던 몰락한 인간성의 표본 톰 젠킨은 그 까마득한 옛날에 미래를 향해 숲을 달려가는 나의 모습을 연민 어린 시선으로 지켜보고 있었던 게 아닐까?

내가 어깨 너머로 뒤돌아보았더라면, 내 눈에 들어왔던 건 쇠사슬에 매달려 흔들리는 당신이 아니라 바로 내 그림자였을 것이다.

2

앰브로즈가 최후의 여행을 떠나기 전, 마지막으로 그와 함께 앉아 이야기를 나누었을 땐 아무런 예감도 들지 않았다. 우리가 두 번 다시 함께하지 못할 것이라는 전조는 없었다. 매해 가을에 의사들이 그로 하여금 해외에서 겨울을 보내도록 지시한 것도 벌써 세 번째였기에 나는 그의 부재에도, 그가 떠나 있는 동안 저택을 돌보는 일에도 익숙해져 있었다. 그가 집을 비운 첫해 겨울엔 아직 옥스퍼드에 재학 중이어서 그가 떠났어도 나에겐 별반 다를 게 없었으나, 두 번째 겨울엔 앰브로즈가 시킨 대로 아예 집에 돌아와 눌러앉아버렸다. 나로서는 왁자지껄한 옥스퍼드 생활이 그립지도 않았고, 학교를 관두게 되어 내심 기뻤다.

나는 집 이외의 장소는 어디든 가고 싶은 생각이 들지 않았다. 해로스쿨*에 다녔을 때와 그 이후 옥스퍼드를 다닐 때를 제외하면, 나는 생후 18개월 무렵 부모님이 젊은 나이에 돌아가시면서 오게 된 이 집 이외의 다른 곳에서 살아본 적이 없었다. 기묘한 아량을 지닌 앰브로즈는 고아가 된 어린 사촌에 대한 연민에 사로잡혀 나를 직접 키웠는데, 강아지나 아기 고양이, 혹은 보호가 필요한 연약하고 외로운 존재라면 내가 아닌 누구라도 그렇게 했을 가능성이 높다.

애초부터 우리 집은 좀 이상한 집안이었다. 내가 세 살 때 그는 유모를 내쫓았다. 유모가 헤어브러시로 내 엉덩이를 때렸다는 이유에서였다. 나는 그 사건을 기억하지 못했지만 나중에 그가 이야기해주었다.

"그 여자가 너무 무식해서 사소한 장난 하나 이해하지 못한다는 이유로, 큼지막하고 거친 손을 들어 네 작은 몸을 때리는 걸 보니 빌어먹게도 엄청 화가 나더구나. 그 이후로는 내가 직접 너를 훈육했지." 그가 나에게 말했다.

나로선 그 일을 유감스러워할 까닭이 전혀 없었다. 앰브로즈보다 공평하고 정의롭고 매력 넘치고 더 이해심 많은 사람은 있을 수 없었다. 그는 온갖 욕설의 첫 글자를 이용해 가장 단순한 방식으로 나에게 알파벳을 가르쳤다. 욕을 스물여섯 가지나 찾아내기란 쉬운 일이 아니었지만 어쨌든 그는 그걸 해냈고, 동시

* 런던의 명문 사립학교.

에 사람들이 있을 땐 그 말을 쓰면 안 된다고 경고했다. 그는 늘 정중하게 여자들을 대했지만 그들과 가까이하지는 않았고, 집 안에 해가 될 거라며 신뢰하지도 않았다. 그래서 남자 하인들만 고용했고, 숙부님의 집사였던 늙은 시컴이 그들을 관리했다.

별난 데가 있고 좀 특이하긴 했지만—영국 서부는 늘 기이한 인물들로 유명했다—여성과 사내아이 양육에 대한 기이한 의견에도 불구하고 앰브로즈는 괴짜는 아니었다. 그는 이웃들에게 호감과 존경의 대상이었고, 소작인들도 그를 좋아했다. 류머티즘에 발목을 잡히기 전까진 겨울이면 사냥을 다니며 총을 쏘았고, 여름에는 강어귀에 정박해둔 작은 요트를 타고 나가 낚시를 했으며, 마음 내킬 때면 외식도 하고 오락도 즐겼다. 설교가 길어질 때면 가족석 반대편에서 나를 보며 인상을 찌푸리긴 했어도 어쨌거나 일요일엔 두 번씩 교회에 나갔고, 진기한 관목류 재배에 심취해 자신의 열정을 나에게도 전파하려고 애썼다.

"다른 것들과 마찬가지로 원예는 창조의 한 형태란다. 어떤 남자들은 자손 번식에 몰두하지. 나는 땅에서 식물을 길러내는 게 더 좋다. 품도 덜 들고 결과는 훨씬 더 흡족하거든." 그가 자주 하던 이야기였다.

나의 대부님인 닉 켄들과 교구목사인 허버트 패스코, 그에게서 정착해 가정이 주는 행복을 누리며 철쭉 대신 가족을 부양하라고 자꾸 권하던 다른 친구들은 그 말에 경악했다.

그는 내 귀를 잡아당기며 그들에게 이렇게 항변했을 것이다.

"아이 하나 부양하느라 내 인생의 20년을 빼앗기고 흘려보낸걸요. 뭐 어느 쪽이든 그건 내가 바란 일입니다. 필립은 준비된 후계자이고, 더구나 그렇기 때문에 내 의무 완수에도 아무런 문제가 없습니다. 때가 되면 저 녀석이 내 대신 다 해주겠죠. 그러니 여러분은 느긋하게 앉아서 편히 지켜보세요. 집에 여자가 없으니 우리 마음대로 식탁에 부츠 신은 발을 올려도 되고 카펫에 침을 뱉을 수도 있잖아요."

물론 우리도 그런 짓은 하지 않았다. 앰브로즈는 대단히 깔끔한 편이었으나, 공처가에다 딸부자인 가엾은 새 교구목사 앞에서는 일부러 그런 말을 하는 걸 즐겼다. 일요일 저녁 식사 후 포트와인이 나오면 앰브로즈는 식탁 끄트머리에서 나에게 윙크를 보냈다.

목사가 소심하게 쓸데없는 잔소리를 시작하면, 약간 구부정한 자세로 의자에 널브러져―나도 그에게 같은 습관을 물려받았다―몸을 흔들며 소리 없이 웃음을 터뜨리던 그의 모습이 지금도 눈에 선하다. 그러다 혹시 목사의 감정을 상하게 했을까 염려하며 얼른 대화 분위기를 바꾸고, 목사가 불편해하지 않을 화제로 말머리를 돌리며 왜소한 체구의 그 사내가 편히 느끼도록 온갖 수고를 아끼지 않았다. 해로스쿨에 진학하면서 나는 그의 진가를 더 깊이 깨닫게 되었다. 그와 함께 보내는 방학은 늘 너무 빨리 지나가버려서 부랑아 같은 학교 친구들이나 뻣뻣하고 진지한 교사들과 그의 태도를 비교하면 그들은 인간성이 완전히 결여된 듯 느껴졌다.

"걱정 마라." 내가 창백한 얼굴을 하고서 울먹이며 런던행 마차를 타러 집을 나설 때면 그는 내 어깨를 다독이며 말했다. "말을 길들이는 것처럼 학교는 그냥 훈련 과정이야. 정면으로 맞서야 해. 학창 시절은 일단 시작만 하면 하루하루 세보기도 전에 다 지나갈 거다. 그럼 내가 너를 집으로 아주 데리고 와서 직접 훈련시킬 거야."

"무슨 훈련을 시켜요?" 내가 물었다.

"글쎄, 넌 내 상속자잖니? 그건 그 자체로 직업이거든."

그러면 나는 런던행 마차를 타기 위해 마부 웰링턴이 모는 소형 마차에 올라 보드민으로 떠나며, 마지막으로 앰브로즈의 모습을 한 번 더 돌아보았다. 개를 거느린 채 지팡이를 짚고 선 그의 눈은 확고하고 명백한 이해심으로 주름이 졌고, 숱 많은 그의 곱슬머리는 벌써 희끗하게 세어가고 있었다. 그가 휘파람을 불어 개들을 이끌고 집 안으로 들어가면 나는 목구멍에 치미는 뜨거운 것을 삼켰다. 나를 태운 마차 바퀴가 자갈 소리 요란하게 진입로를 따라 마당을 가로질러 하얀 대문과 관리인 주택을 지날 때면, 어쩔 수 없이 저 먼 학교로 이별을 향해 가야 한다고 느꼈다.

하지만 앰브로즈도 자신의 건강에 대해서는 고려하지 못했고, 내가 기숙학교와 대학 과정을 마치자 이번엔 그가 집을 떠날 차례였다.

"의사 말로는 매일같이 비가 내리는 겨울을 한 번만 더 보내고 나면, 불구의 몸으로 휠체어 신세를 지다 생을 마감하게 될 거라는구나. 햇빛을 찾아 떠나야겠다. 스페인이든 이집트 해변이든 건조하고 따뜻한 곳이면 지중해 연안 어디라도 상관없다. 나도 딱히 떠나고 싶지는 않지만 그렇다고 불구자로 생을 마감하긴 싫으니까. 여행 계획을 세우다 보니 한 가지 이득은 있더구나. 이제껏 아무도 손에 넣지 못한 식물을 가지고 돌아올 거란 점이야. 까다로운 녀석들이 콘월 땅에서 잘 자라줄지 한번 봐야겠다." 그가 내게 말했다.

첫 겨울이 지나갔고, 두 번째 겨울도 마찬가지였다. 그는 꽤 잘 견뎌냈고, 내 생각에도 그가 외로웠을 것 같진 않다. 그는 셀 수 없을 만큼 많은 나무와 관목, 꽃, 식물들을 온갖 형태별, 색깔별로 갖고 돌아왔다. 그는 동백꽃에 열광했다. 우리는 동백나무 전용 화단을 만들기 시작했고, 그가 원예에 소질이 있었던 건지 혹은 마법사의 손길이 작용했는지는 알 수 없어도 동백은 처음부터 잘 자라 단 한 그루도 죽지 않았다.

세 번째 겨울이 오기까지는 그렇게 세월이 지나갔다. 이번에 그가 여행지로 결정한 곳은 이탈리아였다. 그는 피렌체와 로마의 몇몇 정원을 보고 싶어 했다. 두 도시 모두 겨울엔 따뜻하지 않았지만 그는 걱정하지 않았다. 누군가가 그곳 공기는 건조하다며 그를 안심시켰고, 비 걱정만 없다면 추운 것쯤은 문제가 되지 않았다. 그날 저녁 우리는 늦게까지 이야기를 나누었다.

그는 애당초 일찍 잠자리에 드는 사람이 아니어서 우리는 종종 새벽 1, 2시까지 각자 긴 다리를 벽난로 앞으로 뻗고 앉아 발치엔 웅크린 개들을 거느린 채로, 때로는 침묵 속에서 때로는 대화를 하며 함께 시간을 보냈다. 앞서 나는 아무것도 예감하지 못했다고 이야기했지만, 지금 돌이켜보면 그는 뭔가 느꼈던 것이 아닐까 싶다. 어딘가 어리둥절하고 사색에 잠긴 듯한 눈빛으로 나를 계속 쳐다보던 그는 널빤지를 댄 서재 벽과 익숙한 그림들, 벽난로로 시선을 옮겨 불길을 응시하다가 다시 잠든 개들을 바라보았다.

"너도 같이 가면 좋겠구나." 갑자기 그가 말했다.

"저는 짐 싸는 데 오래 안 걸려요." 내가 대꾸했다.

그가 고개를 저으며 미소 지었다. "아니다, 농담이야. 우리 둘이 동시에 몇 달씩 집을 비울 수는 없어. 다들 나처럼 생각하는 건 아니지만, 그래도 지주라면 책임감이 있어야 해."

"로마까지만 같이 여행하면 되죠." 그럴 생각에 흥분한 내가 말했다. "날씨 때문에 발목이 잡히지만 않는다면 그렇게 해도 크리스마스까진 집에 돌아올 수 있어요."

"아니다." 그가 느릿느릿 말했다. "아니야, 그냥 한번 해본 말이었다. 잊어버리렴."

"몸은 괜찮으신 거죠? 어디 아픈 데나 통증은 없으세요?"

"맙소사, 없다니까 그래." 그가 웃음을 터뜨렸다. "날 환자 취급 할 셈이냐? 몇 달간은 류머티즘 증상도 없었어. 문제는 말이다, 필립, 내가 너무 집밖에 모르는 바보라는 거야. 너도 내 나이가 되면 나처럼 느낄지도 모르지."

그가 의자에서 일어나 창문으로 걸어갔다. 그는 두툼한 커튼을 젖히고 잔디밭을 내다보며 잠시 서 있었다. 고요하고 차분한 저녁이었다. 갈까마귀도 보금자리로 숨어들고 웬일인지 그날은 부엉이도 조용했다.

"길을 없애고 집 주변까지 잔디를 심길 잘한 것 같구나. 하지만 잔디를 저쪽 언덕 끝에 있는 망아지 방목장까지 다 깔았으면 더 보기 좋았을 거야. 나중에 바다를 볼 수 있도록 네가 관목 수풀을 베어버리렴."

"그게 무슨 말씀이세요? 그걸 '제가' 해야 한다고요? 왜 직접 안 하시고요?"

내 물음에 그는 곧장 대답하지 않았다. "그게 그거지." 마침내 그가 말했다. "그게 그거야. 그건 중요하지 않다. 어쨌든 기억해 둬라."

나의 애완견인 늙은 리트리버 던이 고개를 들고 그를 쳐다보았다. 던은 복도에서 끈으로 묶인 짐 상자들을 보고 이별을 감지했다. 녀석은 비틀거리며 일어나서 꼬리를 축 늘어뜨린 채 앰브로즈 옆으로 가 섰다. 내가 낮은 목소리로 불렀지만, 녀석은 나에게 오지 않았다. 나는 벽난로에 파이프 재를 털었다. 종탑의 시계가 정각을 알렸다. 하인들 처소에선 식료품 담당을 나무라는 시컴의 목소리가 웅얼웅얼 들려왔다.

"앰브로즈." 내가 말했다. "앰브로즈, 저도 같이 가게 해주세요."

"지독한 바보처럼 굴지 말고 가서 그만 자거라, 필립." 그가 대꾸했다.

그걸로 끝이었다. 우리는 더 이상 그 문제를 논의하지 않았다. 다음 날 아침 식사 때 그는 봄에 심어야 할 화초에 대한 마지막 당부와 함께 자신이 돌아오기 전 내가 해놓아야 할 다양한 일들을 설명했다. 갑작스레 그는 동쪽 진입로 입구 쪽 마당 습한 곳에 작은 연못을 파기로 마음먹었고, 그러려면 겨울 동안 날씨가 괜찮을 때 땅을 파서 둑을 쌓아야 했다. 떠날 시간은 순식간에 다가왔다. 그가 일찍 출발해야 했기에 아침 식사는 7시에 끝났다. 플리머스에서 밤을 보낸 뒤 그곳에서 아침 물때에 맞춰 항해를 시작해야 했다. 무역선인 범선은 그를 마르세유까지 데려다줄 것이고, 거기서부터는 그의 형편에 따라 이탈리아로 여행할 계획이었다. 그는 기나긴 해상 여행을 즐겼다. 날씨가 험하고 습한 아침이었다. 웰링턴이 마차를 현관문 앞에 대고 어느 틈에 짐을 높이 실었다. 말들은 어서 떠나고 싶어 가만히 있질 못했다. 앰브로즈가 나를 향해 돌아서서 내 어깨에 한 손을 올렸다. "일 잘 부탁한다. 날 실망시키지 마라."

"그건 부당한 말씀이에요. 제가 실망시킨 적은 아직 한 번도 없잖아요." 내가 대꾸했다.

"넌 너무 어려. 내가 네 어깨에 큰 짐을 얹어주었구나. 어쨌든 너도 알다시피, 내가 가진 것은 전부 다 네 것이다."

그때 내가 좀 더 밀어붙였더라면 그가 나를 여행에 데려갔을 거라고 생각한다. 그러나 나는 아무 말도 하지 않았다. 시컴과 내가 그를 부축해 마차에 태우고 무릎 덮개와 지팡이를 챙겨주자, 그는 열린 창문으로 우리에게 미소를 지었다.

"좋아, 웰링턴, 출발하게." 그가 말했다.

마차가 진입로를 따라 내려갈 무렵 마침 비가 내리기 시작했다.

이전 두 해 겨울과 마찬가지로 몇 주가 지나갔다. 늘 그러하듯 나는 그를 그리워했지만, 몰두해야 할 일도 많았다. 말벗이 그리워지면 나는 대부님인 닉 켄들을 찾아갔다. 그분의 외동딸인 루이즈는 나보다 두세 살 어렸고 나와는 어린 시절부터 같이 놀던 사이였다. 매력적이진 않았지만 건강하고 꽤 예쁜 아가씨였다. 앰브로즈는 언젠가 루이즈가 내 아내가 될 거라고 때때로 농담을 했지만, 나는 맹세코 그녀를 그런 식으로 생각해본 적이 없었다.

앰브로즈를 마르세유에 내려주었던 바로 그 배편으로 첫 편지가 도착한 건 11월 중순이었다. 여행은 순조로웠고 비스케이 만을 지날 때 배가 약간 흔들리긴 했지만 날씨도 좋았다. 그는 잘 지낸다며 기분 좋게 이탈리아로 떠날 여행을 고대하고 있다고 했다. 그는 승합마차를 타는 것이 내키지 않는 데다 그걸 타면 어차피 리옹까지 올라가야 하기 때문에 따로 말과 마차를 고용했다면서, 해안을 따라 이탈리아로 들어간 뒤 피렌체로 향할 계획임을 밝혔다. 소식을 들은 웰링턴은 고개를 절레절레 흔들며 사고가 날 거라 예견했다. 그는 프랑스인치고 마차를 몰 줄 아는 자는 없으며 모든 이탈리아인은 강도라는 단호한 견해를 갖고 있었다. 그러나 앰브로즈는 무사히 살아남았고, 다음 편지는 피렌체에서 날아왔다. 그의 편지를 전부 모아두었기에 지금 내 앞엔 편지 꾸러미가 놓여 있다. 이후 몇 달간 그 편지들을 얼마나 자주 읽었던지. 마치 내 손길이 깊이 닿을수록 편지에 적힌 글귀에서 더 많은 것을 읽어낼 수 있기라도 한 듯, 나는 편지를 대충 훑어보기도 하고 한 장씩 넘기며 다시 꼼꼼히 읽기도 했다.

크리스마스를 보내기로 했다는 피렌체에서 부친 첫 편지의 말미에서 그는 처음으로 레이첼에 대한 이야기를 꺼냈다.

"여기서 우리 친척 한 사람을 알게 되었단다. 타마르에 집이 있었는데 지금은 팔아버려 다른 사람 손에 들어간 코린 일가에 관한 이야기를 너도 나한테 들은 적 있을 거다. 가계도를 찾아보면 알겠지만, 두 세대 이전에 코린 일가 중 한 사람이 우리 애슐리 가문과 혼인을 했었지. 그 집안의 후손 하나가 이탈리아에서 태어나 자라게 된 건 무일푼이 된 아버지와 이탈리아인 어머니 덕분이었는데, 어린 나이에 상갈레티라는 이름의 이탈리아 귀족과 결혼했다가 남편이 거나하게 취한 상태에서 결투를 벌인 끝에 세상을 떠나며 아내에게 막대한 빚과 텅 빈 거대한 저택만 남겼다는구나. 자식은 없이 말이다. 상갈레티 백작 부인은, 아니, 그녀가 원하는 호칭대로 하면 나의 사촌 레이첼은 분별 있는 여성이고 좋은 말동무인 데다, 기꺼이 피렌체와 로마의 정원들을 내게 보여주겠다고 나섰단다. 어차피 우리 둘 다 같은 시기에 그곳에 가게 될 거라면서."

앰브로즈에게 친구가 생겼고 누군가 정원에 대한 열정을 공유할 사람을 만났다는 사실이 반가웠다. 피렌체나 로마 사교계에 대해 아무것도 모르는 나로서는 영국인을 만날 일이 아주 드물 거라 염려하고 있었는데, 선대가 콘월 출신이기도 한 친척이라면 최소한 고향 이야기도 공통점이 될 터였다.

다음 편지는 온갖 정원 이야기로 가득했고, 연중 최적의 계절이 아닌데도 앰브로즈에게 좋은 인상을 남긴 듯했다. 그건 우리의 친척도 마찬가지였다.

"우리의 사촌 레이첼에 대해 진정한 존경심을 품기 시작하면서, 상갈레티라는 사내 때문에 그녀가 겪었을 고통을 생각하면 심히 마음이 아프다"라고 앰브로즈는 이른 봄에 보낸 편지에 썼다. "이탈리아인들이 믿지 못할 불한당이라는 점은 부인할 수 없는 사실이지. 그녀는 태도나 외모 면에서 너나 나처럼 온전히 영국인이고, 어제까지 타마르 인근에서 살고 있었다고 해도 믿을 정도란다. 고향에 관한 이야기와 내가 그녀에게 들려줄 이야기는 해도 해도 끝이 없더구나. 그녀는 대단히 지적이지만 감사하게도 입을 닫아야 할 때를 아는 여성이다. 여성들 사이에서 아주 흔한, 끝없는 수다는 떨지 않는 사람이야. 그 사람 덕분에 피에솔레*에 아주 훌륭한 방을 찾았는데 상갈레티 저택에서도 그리 멀지 않은 곳이어서, 날씨가 좀 더 온화해지면 그 저택을 방문해 테라스에 앉아 있거나, 나로서는 잘 알지 못하는 조각상과 멋진 설계로 꽤 유명한 듯한 그곳 정원을 돌아다니면서 시간을 많이 보낼 작정이다. 그 사람이 어떻게 먹고사는지는 잘 모르지만, 남편의 빚을 갚느라 저택의 귀중품들을 많이 팔아야 했을 거라고 짐작한다."

나는 닉 켄들 대부님에게 코린 집안을 기억하는지 물어보았다. 기억은 하고 있었지만 그들에 대해 아는 것은 별로 없었다. "내가 어렸을 때도 코린가는 무책임한 집안이었다. 돈과 토지를 도박으로 탕진하더니 타마르 근방에 있던 집까지 날려서 지금은 황폐한 농장밖에 남은 게 없어. 집안이 40년쯤 전에 몰락해버렸지. 알렉산더 코린이 그 여자 아버지일 거다. 대륙으로 건너간 뒤 종적을 감췄다고 들었다. 그 사람은 둘째 아들의 둘째 아들이었어. 그에게 무슨 일이 일어났는지는 나도 모른다. 앰브로즈가 그 백작 부인의 나이를 알려주더냐?"

"아뇨, 아주 어린 나이에 결혼했다고만 적혀 있고 몇 년 전인지는 말이 없었어요. 중년일 것 같아요." 내가 말했다.

"애슐리 씨 눈에 들다니 정말 호감 가는 사람인가 봐. 이제껏 그분이 여자를 칭찬하는 건 들어본 적 없거든." 루이즈가 말했다.

* 피렌체 인근의 휴양지.

36

"그야 모를 일이지. 워낙 평범하고 못생겨서 억지 찬사를 늘어놓을 필요조차 없어서인지도. 나로선 기뻐." 내가 말했다.

별다른 소식 없이 대충 휘갈겨 쓴 편지가 한두 통 더 도착했다. 우리의 사촌 레이첼과 저녁 식사를 마치고 막 돌아왔거나 저녁을 먹으러 나가던 길에 쓴 것이었다. 피렌체에 있는 그녀의 친구들 가운데 그녀 일에 대해 정말로 사심 없는 충고를 해줄 만한 이가 얼마나 드문지 모른다고 했다. 그런 일이라면 자신 있다고 그는 스스로를 치켜세웠다. 그녀도 대단히 고마워했다. 수많은 관심사에도 불구하고 그녀는 이상하게 외로워하는 듯했다. 그녀는 상갈레티와 살면서 공통점이 전혀 없었기에 평생 영국인 친구를 갈망했었다고 고백했다. "집으로 가져갈 수백 종류의 새로운 화초를 손에 넣은 것 이외에도 무언가를 성취한 기분이다"라고 앰브로즈는 말했다.

그러다 공백기가 찾아왔다. 그는 돌아오는 일정에 대해 아무 말도 하지 않았지만, 보통 때 같으면 귀국은 4월 말경이었다. 우리의 겨울은 길게 느껴졌고, 서부 지방엔 좀처럼 내리지 않던 서리가 예상외로 혹독했다. 어린 동백나무 몇 그루가 피해를 입었으므로 나는 그가 너무 일찍 돌아와 강풍과 여전히 심하게 내리는 폭우를 만나지 않기를 빌었다.

부활절 직후 그의 편지가 도착했다. "내 침묵에 의아했겠구나. 실은 나도 언젠가 이런 편지를 너에게 쓰게 되리라곤 한 번도 생각해본 적이 없단다. 신의 섭리가 이상한 방식으로 작용하나 보다. 넌 항상 나와 아주 가까운 존재였으니 어쩌면 지난 몇 주간 내 마음이 혼란스러웠다는 걸 짐작했을지도 모르겠다. 혼란은 틀린 말이다. 아마도 행복한 당혹감이 확신으로 변했다고 해야겠지. 성급한 결정을 내린 건 아니란다. 너도 알다시피 나는 즉흥적인 변덕으로 내 삶의 방식을 바꾸기엔 너무도 관습적인 사람이니까. 하지만 몇 주 전부터 다른 길은 불가능하다는 걸 알고 있었다. 예전엔 결코 찾을 수도 없었고, 존재한다고 생각하지도 않았던 것을 발견했기 때문이지. 그런 일이 일어났다는 게 지금도 좀처럼 믿기지 않을 정도란다. 네 생각을 무척 자주 했지만, 어쩐 일인지 오늘에야 비로소 편지를 쓸 만큼 차분하고 안정된 기분이 들었다. 2주 전에 네 사촌 레이첼과 내가 결혼했다는 걸 너도 알아야겠지. 지금 우리는 나폴리에 신혼여행을 와 있고, 곧 피렌체로 돌아갈 예정이다. 그 이상은 나도 말을 할 수가 없구나. 우린 아무런 계획도 세우지 않았고, 현재로선 순간을 사는 것 이외에는 둘 다 아무런 바람이 없다.

필립, 언젠가 그리 멀지 않은 미래에 너도 그 사람을 알게 될 거다. 그 사람의 생김새라든지 선량함, 진실하고 애정 넘치는 마음씨를 시시콜콜 편지에 쓸 수도 있겠지만 그러면 네가 피곤해지겠지. 그런 것들은 네가 직접 알아보면 될 거다. 그 사람이 많은 남자들 가운데 왜 하필 무뚝뚝하고 냉소적인 여성 혐오자인 나를 선택했는지는 나도 알 수가 없다. 그 사람이 그 점에 대해서 놀려대면 나는 패배를 인정한다. 그 사람 같은 이에게 패배한다는 건 한편으로는 승리란다. 지독하게 우쭐대는 표현만 아니면 나 역시 스스로를 패배자가 아니라 승리자라고 불러도 좋겠다 싶은 마음이다.

모두에게 소식을 알리고, 나와 그 사람의 감사 인사도 전해주기 바란다. 친애하는 꼬맹이 녀석아, 늦은 나이에 찾아온 이 결혼으로 인해 너에 대한 깊은 애정이 조금이라도 줄어드는 일은 결코 없으리란 걸 명심해라. 이젠 나 스스로 가장 행복한 남자라고 생각하기에 예전보다 더 너를 위해 노력할 테고 그 사람도 나를 도와줄 테니 오히려 애정은 더 커질 거다. 곧 답장해주기 바라고, 혹시 가능하다면 네 사촌 레이첼에게도 환영의 인사말을 한 줄 덧붙여주면 좋겠구나.

언제나 헌신적인 앰브로즈로부터."

편지는 내가 막 저녁 식사를 마친 뒤인 5시 반쯤 도착했다. 다행스럽게도 나 혼자 있을 때였다. 시컴이 우편물 가방을 가져와 내 옆에 두고 간 참이었다. 나는 편지를 주머니에 넣고 들판을 가로질러 바닷가로 내려갔다. 해변 고기잡이 오두막을 관리하는 시컴의 조카가 나에게 인사를 건넸다. 그는 돌담에 그물을 펼쳐 마지막 남은 햇볕에 말리는 중이었다. 그는 대답을 하는 둥 마는 둥 하는 나를 보며 퉁명스럽다고 생각했을 것이다. 나는 해안가 바위를 넘어 여름마다 수영을 즐기곤 했던 작은 만을 향해 튀어나온 좁은 벼랑으로 올라갔다. 앰브로즈가 50미터쯤 전방에 배를 정박해두고 있으면 내가 그를 향해 헤엄을 치고

는 했다. 나는 벼랑에 자리 잡고 앉아 주머니에서 편지를 꺼내
다시 읽었다. 나폴리에서 함께 행복을 누리고 있는 두 사람에
게 일말의 연민이나 반가움, 한 줄기 섬광 같은 온기라도 느꼈
다면 나도 양심의 가책이 덜했을 것이다. 스스로 수치스럽고 씁
쓸한 이기심에 몹시 화가 났지만 내 마음엔 아무런 감정도 불러
일으킬 수가 없었다. 나는 절망감에 무뎌진 채로 멍하니 그곳에
앉아 잔잔하고 고요한 바다를 응시했다. 막 스물세 살이 된 참
이었는데도 여전히 나는 해로스쿨 교실 의자에 앉아 있던 몇 년
전, 친한 친구 하나 없이 내가 원치 않은 낯선 경험으로 가득 찬
새로운 세계만 눈앞에 펼쳐져 있을 뿐이었던 때와 똑같은 외로
움과 상실감을 느꼈다.

3

무엇보다도 부끄러웠던 건 앰브로즈의 행복을 진심으로 빌며 온 마음으로 즐거워했던 친구들의 기쁨 때문이었다. 앰브로즈와 사람들을 잇는 일종의 전령이었던 나에게 축하 인사 세례가 대신 쏟아져, 나는 틈틈이 미소를 짓거나 고개를 끄덕이며 마치 그런 결과가 일어나리란 것을 줄곧 알고 있었다는 듯 행동해야 했다. 스스로 두 얼굴을 지닌 변절자처럼 느껴졌다. 앰브로즈는 인간이든 짐승이든 거짓을 혐오해야 한다고 누누이 가르쳤는데, 갑자기 본심을 드러내지 못하는 나 자신을 감당하려니 고통스럽기까지 했다.

"더 바랄 것이 없는 최고의 사건이 일어났습니다." 이 말을 얼마나 자주 듣고 또 메아리처럼 반복해야 했던지. 열렬히 반기는 얼굴과 만나 시끄러운 수다를 이어가고 싶지 않았던 나는 이웃을 피해 집 안이나 숲으로 숨어들었다. 그러나 말을 타고 농장으로 나가든 읍내로 들어가든 현실을 피할 수는 없었다. 영지의 소작인들이나 여기저기 포진한 지인들은 어떻게든 나를 발견했고, 그러면 어쩔 수 없이 대화를 이어가야 했다. 나는 무심한 배우가 되어 피부의 저항을 느끼며 억지 미소를 띤 얼굴로 일말의 다정함을 담아 질문에 대답해줄 의무가 있었다. 결혼식을 입에 올릴 때 세상 사람들이 기대하는 다정함이야말로 내가 싫어하는 것이었다. "집에는 언제 돌아오시나요?" 이 질문엔 그래도 대답이 하나뿐이었다. "모르겠습니다. 앰브로즈가 아무 말씀 안 하셨어요."

신부의 미모와 나이, 전체적인 생김새에 대한 추측이 분분했으나 그에 대한 내 대답은 이러했다. "그분은 미망인이고, 앰브로즈처럼 정원에 관심이 많다는군요."

앰브로즈에게는 더할 나위 없는 참 적당한 배필이라며 모두들 고개를 끄덕였다. 그러고는 확고부동했던 독신남이 결혼을 했다는 사실에 대한 놀림과 농담, 무척이나 즐거운 반응이 이어졌다. 입이 험한 교구목사의 아내 패스코 부인은 신성한 결혼을 모독했던 과거 앰브로즈의 태도에 대한 복수라도 하겠다는 듯 그 주제만 나오면 맹렬하게 달려들었다.

"애슐리 씨도 이젠 많이 달라지실 거예요." 그녀는 기회가 있을 때마다 말했다. "집에서 더는 제멋대로 행동하지 못하겠죠.

그러니 참 잘된 일이지 뭐예요. 하인들 사이에도 드디어 체계가 잡힐 테지만, 시컴으로선 그리 반가운 일은 아니겠네요. 너무 오랫동안 자기 마음대로 해왔으니까요."

그 점에 있어서는 그녀의 말이 옳았다. 유일한 나의 동지는 시컴뿐인 것 같았지만 그래도 그의 편을 들지는 않으려 조심했고, 내게 동병상련을 강요하려 들면 그를 만류했다.

"무슨 말씀을 드려야 할지 모르겠습니다, 필립 씨." 우울하고 낙담한 목소리로 그가 중얼거렸다. "집에 안주인이 들어와 모든 걸 뒤바꿔놓으시면 저희는 뭐가 뭔지 하나도 알 수 없게 됩니다. 처음엔 하나만 바꾸라고 하시겠지만 언제나 그다음이 있을 테고요, 아마 무슨 일을 해도 부인을 만족시킬 수는 없을 겁니다. 이제 저도 더 젊은 사람에게 자리를 물려주고 은퇴할 때가 온 것 같습니다. 편지 쓰실 때 앰브로즈 씨에게 그 문제를 좀 더 잘 말씀드려주십시오."

바보 같은 소리 말라고, 앰브로즈와 나는 자네가 없으면 안 된다고 이야기해도, 그는 고개를 저으며 시무룩한 표정으로 장차 이 집안이 어떻게 달라질지 기회만 있으면 암울한 미래 풍경을 언급하고 넘어갔다. 식사 시간은 틀림없이 달라질 것이며, 가구 또한 위치가 바뀔 것이라는 둥, 아무도 쉬지 못할 만큼 새벽부터 밤까지 끊임없이 청소 명령이 떨어질 것이라더니 마지막엔 가엾은 개들도 끝장이라는 말까지 덧붙였다. 그가 암담하다는 투로 예언을 읊어대는 걸 듣고 있자니 잃어버렸던 나의 유머 감각이 어느 정도 되살아나, 나는 앰브로즈의 편지를 읽은 이후 처음으로 웃음을 터뜨렸다.

시컴이 그려낸 광경이 얼마나 우습던지! 대걸레를 든 하녀 군단이 집 안 구석구석 거미줄을 없애고, 늙은 집사는 낯익은 모습으로 아랫입술을 쭉 빼문 채 못마땅하고 냉랭하게 군은 얼굴로 그들을 지켜보는 모습이 상상되었다. 그의 우울함엔 즐거워졌으나, 거의 똑같은 일들을 다른 사람들이 예견했을 땐—나를 잘 알고 있기에 충분히 말조심을 했을 루이즈 켄들의 경우에도 그러했다—짜증이 치밀었다.

"서재에 드디어 새 커버를 씌우게 됐으니 정말 다행이야." 그녀가 명랑하게 말했다. "오래되고 낡아서 거의 회색이던데, 여기선 도무지 알아차리지 못하길래 나도 차마 말 못 했어. 집 안에 꽃도 생길 테고 얼마나 좋아질까! 응접실도 드디어 제 구실을 하겠는걸. 그 방을 사용하지 않는 건 낭비라고 늘 생각했었어. 애슐리 부인은 틀림없이 이탈리아 저택에서 책과 그림을 가져다 응접실을 꾸밀 거야."

루이즈는 개선되어야 할 살림 목록 전체를 머리에 떠오르는 대로 끊임없이 읊어댔고, 급기야 인내심을 잃은 내가 퉁명스럽게 쏘아붙였다. "맙소사, 루이즈, 그 얘긴 그만 좀 하면 안 될까. 지긋지긋하다고."

그녀는 금세 입을 다물더니 예리한 눈초리로 나를 보았다.

"설마 질투하는 건 아니지?" 그녀가 말했다.

"바보 같은 소리 하지 마." 내가 대꾸했다.

못된 말이긴 했지만 우리는 서로를 너무 잘 아는 사이였고, 나는 그녀를 여동생처럼 여기며 얼마간 존중하는 마음도 갖고 있었다.

그 이후 루이즈는 침묵을 지켰고, 사람들과 대화하는 중에 지긋지긋한 그 주제가 다시 언급되면 나를 쳐다보며 화제를 바꾸려고 노력한다는 걸 알 수 있었다. 나로서는 고마운 일이었기에 전보다 더 그녀가 좋아졌다.

본인도 의도하지 않은 일이었겠지만 마지막 일격을 가한 사람은 늘 솔직하고 단도직입적으로 말을 하는 편인 나의 대부이자 루이즈의 아버지 닉 켄들이었다.

"장래 계획은 뭐라도 좀 세워놓은 거냐, 필립?" 어느 날 저녁, 말을 타고 그의 집을 방문해 함께 저녁을 먹은 뒤 그가 물었다.

"계획이라뇨? 그런 거 없어요." 나는 말뜻을 이해하지 못한 채 대답했다.

"하긴 아직은 이른 얘기지. 앰브로즈와 부인이 돌아올 때까지는 너도 그럴 겨를이 없을 테고. 주변에서 너 혼자 지낼 만한 작은 집을 찾아볼 생각은 해봤는지 모르겠구나."

나는 서서히 그의 말뜻을 알아차렸다. "제가 왜 그래야 하죠?" 내가 물었다.

"글쎄, 상황이 다소 바뀌었지 않니?" 그가 사무적인 말투로 대꾸했다. "앰브로즈와 부인은 당연히 단둘이서 지내고 싶어 할 거다. 게다가 아들이라도 낳아 가족을 이룬다면 네 입장도 전과 똑같지는 않겠지? 앰브로즈는 네가 변화로 고통받는 걸 방관하지 않을 테고 네가 원하는 집을 사주려 할 게 틀림없다. 물론 두 사람 사이에 아이가 생기지 않을 가능성도 있지만, 그렇다고 아이를 낳지 않을 거라고 단정할 만한 이유도 없잖니. 넌 집을 짓는 쪽을 선호할지도 모르겠구나. 때로는 매물로 나온 집을 인수하는 것보다는 자기 집을 직접 짓는 게 더 만족스러우니까."

그는 이야기를 계속하며, 반경 30킬로미터 이내에서 내 마음에 들 만한 집들을 언급했다. 딱히 반응을 기대하는 것 같지는 않아서 고마웠다. 사실 그의 이야기에 대꾸하기엔 내 마음이 너무 무거웠다. 그 제안은 너무도 생뚱맞고 예기치 못한 것이어서 논리적으로 생각할 수가 없을 정도였으므로, 나는 얼마 안 되어 그만 가보겠다는 핑계를 댔다. 질투심이 맞았다. 루이즈의 짐작이 옳았던 것 같다. 평생 독차지해왔던 단 한 사람을 갑작스레 낯선 이와 공유해야 한다는 사실과 맞닥뜨린 어린아이의 질투였다.

시컴과 마찬가지로 나는 새로이 불편한 삶의 방식에 정착하려고 최선을 다하는 나의 모습만 상상하고 있었다. 파이프 담배를 끄고, 벌떡 일어나 예의를 갖추고, 대화를 하려고 노력하며, 여성 사교계의 단호함과 지루함에 적응하려고 애쓰는 나의 모습을. 그러다가 오 하느님, 앰브로즈가 혹시라도 멍청이처럼 행동하면 나는 너무 당황해 방을 나와야 할 것이다. 나 자신을 소외당하는 사람으로 여겨본 적은 단 한 번도 없었다. 더는 원치 않는 존재가 되어 내 집에서 쫓겨나 하인처럼 연금으로 생활해야 한다니. 앰브로즈를 아버지라고 부르는 아이가 태어나면 나는 더 이상 필요 없는 사람이 될 것이다.

그런 가능성을 언급하며 내 관심을 끌려던 사람이 패스코 부인이었다면 단순한 악의로 치부하고 대수롭지 않게 넘겨버렸을 것이다. 그러나 다른 사람도 아닌 나의 대부가 차분하고 조용하게 사실을 조목조목 언급한 것은 경우가 달랐다. 나는 불안감과 서글픔에 휩싸여 집으로 돌아왔다. 무엇을 해야 할지, 어떻게 행동해야 할지 좀처럼 알 수가 없었다. 대부님 말씀대로 계획을 세워야 할까? 나 혼자 살 집을 찾아서? 떠날 준비를 해야 하나? 어디가 됐든 다른 곳에선 살고 싶지 않았고, 다른 집을 소유하고 싶지도 않았다. 앰브로즈는 나를 키웠고 오로지 이 집을 위해 나를 훈련시켰다. 이곳은 나의 집이었다. 그의 집이었다. 집은 우리 두 사람의 소유였다. 그러나 이제 더는 그렇지 않았고, 모든 것이 달라졌다. 켄들가에서 돌아와 새로운 시각으로 집 안을 둘러보며 돌아다니던 때가 기억난다. 나의 초조함을 알아차린 개들은 나만큼이나 불안해하며 뒤를 따라다녔다. 너무도 오랜 세월 쓸 일이 없었던 오래된 육아실은 시컴의 여조카가 일주일에 한 번씩 들러 빨랫감을 수선하고 정돈하는 공간으로 쓰이고 있었는데, 이제는 새로운 의미를 지닌 방이 되었다. 벽에는 페인트를 새로 칠했고, 내가 쓰던 작은 크리켓 배트는 거미줄을 뒤집어쓴 채 먼지 쌓인 책 더미와 함께 내다버릴 쓰레기가 되어 선반에 기대어져 있었다. 몇 달에 한두 번쯤 셔츠를 수선하거나 양말을 꿰매달라고 지시하느라 그 방에 드나들면서도, 예전엔 그곳에 어떤 추억이 간직되어 있는지 생각해본 적이 없었다. 이제는 바깥세상을 피해 숨어드는 안식처로 그 공간을 다시 나만의 것으로 소유하고 싶었다. 그런데 이제 그곳은 어린아이들이 사는 오두막에 종종 방문했을 때 그 집 거실에서 느껴지듯, 우유 끓이는 냄새와 담요 말리는 냄새로 가득 찬 답답하고 낯선 공간이 될 터였다. 나의 상상 속에서는 보채고 울어대는 아이들이 바닥을 기어 다니며 끊임없이 머리를 찧거나 팔꿈치에 멍이 들었고, 심지어는 어른들 무릎을 잡고 기어올라 말을 들어주지 않으면 원숭이처럼 얼굴을 삐쭉거렸다. 오 맙소사, 그 모든 일이 앰브로즈에게 닥친단 말인가?

그때까지만 해도 나의 사촌 레이첼을 떠올리면—불쾌한 일들을 대할 때 그러하듯 나는 그녀의 이름이 뇌리에 스치는 것을 애써 꺼렸다—패스코 부인을 많이 닮은 여성을 상상했다. 이목구비가 크고 야윈 얼굴에 시컴이 예언했듯 먼지를 찾아 헤매는 매의 눈을 지닌 데다, 손님들이 참석한 만찬 자리에서 앰브로즈가 움찔할 만큼 지나치게 큰 소리로 웃어대는 여성이었다. 이제 그녀는 새로운 형체를 지니게 되었다. 한순간 웨스트로지에서 지내는 가엾은 몰리 베이트처럼 순진한 표정으로 고분고분 눈길을 피하는 괴물 같은 모습이었다가, 이내 뒤쪽에서 간호사가 스푼으로 약을 섞는 동안 환자 특유의 심통 사나운 얼굴로 숄을 두른 채 의자에 앉아 있는 창백하고 핼쑥한 모습으로 바뀌었다. 한순간 강압적인 중년 여인이었던 모습이 다음 순간엔 루이즈보다도 어린 나이의 생글생글 웃는 얼굴로 바뀌며, 나의 사촌 레이첼은 십여 가지도 넘는 인물로 나타났고 새로운 모습은 매번 이전 모습보다 더 혐오스러웠다. 그녀의 강요에 못 이겨 앰브로즈가 바닥에 무릎을 대고 엉금엉금 기어 다니며 짐승 흉내를 내면, 아이들이 그의 등에 걸터앉아 있는 모습도 상상되었다. 앰브로즈는 모든 위엄을 잃은 채 그런 요청을 기꺼이 받아들였다. 그런가 하면 이번엔 풍만한 몸매에 잔뜩 부풀린 모슬린 드레스를 입고 머리에 리본을 꽂고서 입술을 삐죽이며 곱슬머리를 흔드는 애정의 결정체가 상상되기도 했다. 그러면 앰브로즈는 의자에 느긋하게 앉아 그녀를 뜯어보며 바보처럼 만면에 미소를 띠고 있었다.

5월 중순, 결국 여름 내내 해외에서 지내기로 결정했다는 내용의 편지가 도착했을 때는 안도감이 얼마나 격렬했던지 큰 소리라도 지르고 싶었다. 전보다 더 배신자가 된 느낌이었지만 그건 나도 어쩔 수가 없었다.

"네 사촌 레이첼은 영국으로 가기 전까지 해결해야 하는 복잡한 일로 아직 괴로움이 크다"라고 앰브로즈는 썼다. "우리의 실망이 얼마나 컸을지는 너도 상상이 가겠지만 지금으로선 귀국 일정을 미루기로 결정했다. 나도 최선을 다하고는 있으나 이탈

49

리아 법과 우리 법은 전혀 달라서 그 둘을 조정하는 일이 만만 치가 않구나. 돈을 쏟아붓고 있는 것 같다만, 정당한 사유가 있으니 아깝지는 않다. 애야, 우리는 네 이야기를 자주 나눈단다. 너도 우리와 함께 있으면 좋겠구나." 그러고는 평소처럼 열정과 관심을 담아 집안일과 정원 상태에 관해 묻는 내용이 이어졌다. 그가 변할 수도 있을 거라 생각했다니 잠깐 동안 내가 미쳤던 것 같았다.

물론 두 사람이 다가오는 여름에 귀국하지 않을 거라고 전하자 이웃들의 실망은 이만저만이 아니었다.

"어쩌면 애슐리 부인이 여행을 감당할 만한 몸 상태가 아닌지도 모르겠네요?" 패스코 부인이 알 만하다는 미소를 지으며 말했다.

"그야 저도 모르죠. 앰브로즈가 편지에 쓰기로는 베네치아에서 일주일을 지냈는데 둘 다 류머티즘이 도져 돌아왔다고 하더군요." 내가 대꾸했다.

패스코 부인이 낙담한 표정을 지었다. "류머티즘? 부인도요? 그렇게 안타까울 데가." 이어 그녀가 생각에 잠긴 듯 말했다. "제 생각보다 부인 나이가 많은가 보네요."

생각도 한쪽 방향으로밖에 할 줄 모르는 멍청한 여자였다. 나는 두 살 때 무릎에 류머티즘이 생겼다. 어른들은 성장통이라고 이야기했다. 지금도 비가 내리면 가끔 무릎을 쓰지 못한다. 그럼에도 불구하고 나와 패스코 부인의 생각엔 공통점이 있었다.

나의 사촌 레이첼은 20년쯤 더 나이를 먹었다. 또다시 머리가 하얗게 세고 지팡이까지 짚은 모습이 그려지면서, 그녀는 내가 상상할 수도 없는 이탈리아식 정원에서 장미를 심고 있는 모습이 아니라 이탈리아어를 지껄여대는 변호사 대여섯 명에게 둘러싸여 책상에 앉아 지팡이로 바닥을 두들겨대는 모습으로 바뀌었고, 가엾은 앰브로즈는 그녀 옆에 얌전히 앉아 있었다.

앰브로즈는 왜 그 여자에게 일 처리를 맡겨두고 혼자 집으로 돌아오지 않았을까?

생글생글 웃는 어린 신부의 모습이 극심한 요통을 앓는 나이 지긋한 부인으로 대체되자 나는 기분이 좋아졌다. 육아실은 머릿속에서 물러가고 그 대신 여성스러운 내실로 돌변한 응접실의 풍경이 그려졌다. 곳곳에 칸막이를 설치하고 한여름에도 불을 활활 피워놓은 채, 외풍이 심해 죽을 것 같다며 석탄을 더 가져오라고 시컴을 불러대는 짜증 섞인 목소리가 들리는 듯했다. 나는 다시 노래를 부르며 말을 타고 나가 사냥개들을 다그쳐 어린 토끼를 뒤쫓게 하거나 아침 식사 전에 수영을 즐겼고, 바람이 좋은 날엔 앰브로즈의 작은 배에 올라 만을 돌았고, 런던에 가서 한 계절을 보내게 된 루이즈에게 런던 패션을 두고 짓궂은 장난을 걸기도 했다. 스물셋의 나이엔 아무것도 아닌 일로도 기분이 들뜨게 마련이다. 집은 여전히 내 집이었다. 내 집을 빼앗아 간 사람은 아무도 없었다.

그러다 겨울이 되자 그의 편지 분위기가 달라졌다. 처음에는 감지하기 어려워 거의 알아차리지 못했지만 편지를 다시 읽으면서 은연중에 깔린 불안감이 그를 엄습한 듯 모든 이야기에 긴장감이 돈다는 것을 깨닫게 되었다. 부분적으로는 집에 대한 향수 탓이었다. 고국과 자기 소유 영지에 대한 그리움도 담겨 있었지만 무엇보다도 이상한 건 결혼한 지 겨우 열 달밖에 되지 않은 남자에게서 일종의 외로움 같은 것이 느껴졌다는 점이었다. 그는 긴 여름과 가을이 정말 힘겨웠다며, 이젠 또 겨울이 이례적으로 빨리 왔다고 털어놓았다. 저택은 높은 곳에 있는데도 공기가 잘 통하지 않았다. 그는 천둥이 치지 않는데도 뇌우가 퍼붓기 전의 개처럼 이 방 저 방 돌아다닌다고 했다. 환기도 잘 시키지 않는다면서, 영영 불구가 된다고 해도 흠뻑 비에 젖을 수만 있다면 영혼이라도 팔고 싶은 심정이라고 했다. 그는 편지에 "평생 두통이라고는 몰랐는데 이젠 두통이 잦아졌다. 때로는 앞이 안 보일 정도로 머리가 아프다. 태양을 보는 게 지긋지긋하다. 말로 표현할 수 없을 만큼 네가 보고 싶구나. 할 이야기가 너무도 많은데 편지로는 전하기가 어렵다. 오늘은 아내가 시내에 나간 덕분에 편지를 쓸 짬이 났다"라고 썼다. 그가 '아내'라는 말을 사용한 건 그때가 처음이었다. 이전에는 항상 레이첼이나 '네 사촌 레이첼'이라고 썼기 때문에 내게는 '아내'라는 말이 격식을 차린 듯 차갑게 느껴졌다.

겨울에 부친 편지에 집으로 돌아오겠다는 이야기는 없었지만 앰브로즈는 항상 열렬히 새로운 소식을 알고 싶어 했고, 그

밖에는 달리 관심사가 없는 듯 내가 편지에 적어 보낸 사소한 부분에 대해서도 일일이 언급을 했다.

부활절에도 성령강림절에도 아무런 소식이 없자 점점 걱정이 되었다. 대부님에게 그런 마음을 털어놓자 그는 틀림없이 날씨 때문에 우편배달이 지연되고 있을 거라고 말했다. 유럽에 때늦은 눈이 내렸다는 소식이 들려왔으므로, 5월 말 이전에 피렌체에서 소식이 오기를 기대할 수도 없었다. 앰브로즈가 결혼한 지도 이제 1년이 넘었고, 그가 집을 떠난 지는 18개월이 지났다. 결혼 직후 그가 곧장 집에 돌아오지 않아 느꼈던 안도감은 이제 영영 돌아오지 않을 거라는 불안감으로 바뀌었다. 그곳에서 여름을 한 번 지낸 것도 분명 그의 건강에 악영향을 주었을 터였다. 그런데 두 번째 여름을 보낸다면? 7월이 되자 드디어 짧고 두서없고 전혀 그답지 않은 편지가 당도했다. 펜을 쥐고 있기도 힘에 부친 듯, 언제나 깔끔했던 그의 글씨체마저 휘갈겨 쓴 모양새였다.

"지난번에 보낸 편지에서 너도 느꼈겠지만, 내 상황이 무엇하나 편하질 못하다. 하지만 입을 다무는 게 좋겠지. 그녀는 항상 나를 감시한단다. 몇 번이나 너에게 편지를 썼지만 믿을 사람은 아무도 없고, 내가 직접 편지를 부치러 나가지 않는 한은 편지가 너에게 닿지 못할지도 모르겠구나. 몸이 아파 멀리 나갈 수 없는 지경이거든. 의사들도 하나같이 믿을 수가 없다. 전부 다 거짓말쟁이들이야. 레이날디가 새로 추천한 의사는 그런 방면에선 아주 극악무도한 자이거나 앞으로 그런 본색을 드러낼 자다. 놈들이 나에게 위험한 꿍꿍이를 품고 있지만 그래도 난 놈들에게 지지 않을 거다." 그러고는 빈 줄에 이어 뭔가 썼다가 알아볼 수 없게 지워버린 문장 뒤에 그의 서명이 적혀 있었다.

나는 마부에게 말을 준비시키고 대부님을 찾아가 편지를 보여주었다. 그도 나만큼 걱정에 휩싸였다. "정신적으로 무너지는 것 같구나." 즉각 그가 말했다. "통 마음에 들지를 않아. 이건 제대로 분별력을 갖춘 사람이 쓴 편지가 아니다. 하늘에 바라건대……." 그가 말꼬리를 흐리더니 입을 다물었다.

"무얼 바라시는데요?" 내가 물었다.

"네 숙부 필립 말이다. 앰브로즈의 아버지는 뇌에 종양이 생겨 세상을 떠났다. 너도 알고 있었겠지?" 그가 퉁명스럽게 물었다.

나는 한 번도 들어본 적 없는 이야기였으므로 솔직히 그렇게 말했다.

"물론 네가 태어나기 전의 일이야. 가족끼리도 그 이야기는 별로 언급한 적 없었지. 그 병이 유전인지 아닌지는 나도, 의사들도 확언할 수가 없다. 의술이 그 정도로 발전하진 않았으니까." 그는 안경을 쓰고 편지를 다시 읽었다. "물론 다른 가능성도 있겠지. 도무지 상상이 가지는 않지만 그래도 난 그쪽을 더 믿고 싶구나." 그가 말했다.

"그게 뭔데요?"

"앰브로즈가 편지를 쓸 때 취해 있었다고 말이다."

그가 예순 살을 넘긴 노인도, 나의 대부도 아니었다면 그런 의견을 입 밖에 냈다는 사실만으로도 그를 한 대 때렸을 것이다.

"저는 평생 앰브로즈가 취한 걸 본 적이 없습니다." 내가 그에게 말했다.

"나도 그렇다." 그가 무미건조하게 말했다. "그저 두 가지 악재를 놓고 좀 더 나은 쪽을 선택하려 했을 뿐이야. 아무래도 네가 이탈리아에 가봐야 할 것 같구나."

"그건 대부님을 뵈러 이곳으로 오기 전에 이미 결심했습니다." 나는 이렇게 대꾸한 뒤 어떻게 여정을 시작해야 할지 아무런 생각도 없는 채로 다시 말을 타고 집으로 돌아왔다.

플리머스에서 출항하는 배가 있다면 도움이 됐겠지만 그런 배는 없었다. 어쩔 수 없이 런던으로 가서 다시 도버로 내려가 불로뉴로 향하는 우편선을 잡아탄 뒤, 일반 승합마차로 프랑스를 가로질러 이탈리아로 가야 할 상황이었다. 지체되지 않는다면 3주쯤 뒤에 피렌체에 도착할 것이다. 프랑스어 실력은 형편없고 이탈리아어는 아예 못하지만 앰브로즈를 만나러 갈 수만 있다면야 그런 것들은 하나도 신경 쓰이지 않았다. 나는 시컴과 하인들에게 짧은 작별 인사를 전하며 그들의 주인을 만나러 급히 떠날 작정이라는 것만 밝혔을 뿐 그의 병에 대해서는 한 마디도 하지 않았고, 앞으로 거의 3주에 걸쳐 낯선 땅을 여행해야 한다는 생각을 안고서 어느 화창한 7월의 아침에 런던으로 향했다.

마차가 보드민가에 접어들었을 때 나는 우편물 가방을 멘 채 말을 타고 우리를 향해 달려오는 청년을 발견했다. 웰링턴에게 지시해 말을 멈춰 세우자 청년이 나에게 가방을 건넸다. 앰브로즈에게서 편지가 또 왔을 확률은 천분의 1이었겠으나, 정말로 그런 일이 벌어졌다. 나는 가방에서 편지 봉투를 꺼낸 뒤 청년을 집으로 돌려보냈다. 웰링턴이 말에게 채찍질을 하는 사이 나는 봉투에 든 종잇조각을 꺼내 창문으로 들어오는 불빛에 비춰 보았다.

휘갈겨 쓴 글씨는 거의 알아보기가 힘들었다.

"제발 부탁이니 빨리 내게 와주렴. 나의 골칫덩이 레이첼이 마침내 내게 일을 저질렀다. 네가 늦어지면 모든 일이 너무 늦어버릴지도 모른다. 앰브로즈."

그게 전부였다. 편지엔 날짜도 없었고, 그의 반지로 봉인이 되어 있을 뿐 봉투에도 아무 표시가 없었다.

하늘과 땅의 그 어떤 권능을 발휘해도 8월 중순 이전에는 그에게 갈 수 없다는 사실을 돌이키며 나는 종잇조각을 손에 들고 마차에 앉아 있었다.

4

마차가 나와 다른 승객들을 아르노강 옆에 있는 호텔에 내팽개치듯 내려주자, 평생 길바닥에서 지낸 듯한 기분이 들었다. 이제 8월 15일이었다. 유럽 대륙에 난생처음 발을 디딘 여행자들 가운데 나보다 감흥을 못 느낀 사람은 아마 없을 것이다. 우리가 거쳐온 길이며 언덕, 계곡, 밤을 보내느라 멈췄던 여러 도시들은 프랑스든 이탈리아든 내겐 모두 똑같아 보였다. 어딜 가나 더럽고 벌레가 우글거렸으며, 소음 때문에 거의 귀가 멀 지경이었다. 밤이 되면 남서풍이 불 때나 들려오는, 나무를 스치는 바람 소리나 빗소리 이외엔 아무런 소음도 없는 빈집—하인들은 시계탑 아래쪽 별도의 숙소에서 잠을 잤다—의 정적에 익숙한 나에게는 외국 도시의 끊임없는 덜컹거림과 소란이 소스라치게 놀랄 만한 충격이었다.

잠을 자긴 했다. 길바닥에서 오랜 시간을 보낸 뒤 자정을 넘긴 시각에 잠을 자지 않을 사람이 누가 있겠는가. 하지만 온갖 낯선 소음이 내 꿈속으로 쳐들어왔다. 문 두드리는 소리, 사람들의 날카로운 목소리, 창 밑에서 들려오는 발소리, 자갈 위를 굴러가는 마차의 바퀴 소리, 그리고 15분 간격으로 계속해서 울려대는 교회 종소리까지. 혹시 내가 다른 볼일로 외국에 나온 것이었다면 달랐을지도 모르겠다. 그랬더라면 이른 아침 훨씬 더 가벼운 마음으로 창밖을 내다보며, 맨발로 시궁창에서 뛰노는 아이들을 구경하다 동전을 던져주기도 하고, 온갖 새로운 소음과 목소리에 매료되어 밤마다 좁고 구불구불한 거리를 쏘다니다 그곳을 좋아하게 되었을지도 모를 일이다. 그러나 당시 나는 눈앞에 펼쳐진 것들에 무관심하다 못해 적대감마저 느낄 지경이었다. 나의 목적은 앰브로즈에게 가는 것이었고, 그가 타국에서 아프다는 사실을 알고 있었기에 그를 염려하는 마음은 이국적인 모든 것, 심지어는 그 땅 자체에 대한 혐오감으로 바뀌었다.

날씨는 나날이 더워졌다. 눈부시도록 파란 하늘은 토스카나 지방의 먼지 풀풀 나는 도로를 따라 일그러져 뒤틀리는 것처럼 보였고, 태양은 지상의 물기를 남김 없이 말려버리려는 듯했다. 협곡은 햇볕에 타버린 갈색이었고, 언덕 꼭대기에 둥지처럼 자리 잡은 작은 마을들은 뜨거운 열기를 머금고 메말라 누렇게 이글거렸다. 어슬렁거리는 소들은 앙상하게 뼈를 드러낸 채 물을 찾아 헤맸고, 길가에 돌아다니는 염소 떼는 마차가 다가오면 아이들의 고함 소리를 듣고서야 옆으로 피했다. 앰브로즈에 대한 염려와 공포에 사로잡힌 내 눈엔 이 나라에 사는 모든 생명들이 갈증에 허덕이다, 끝내 물을 마시지 못하면 쇠락해 죽어가는 것 같았다.

　피렌체에 도착해 마차에서 내렸을 때 먼지 쌓인 짐이 호텔로 옮겨지자마자 내가 처음 한 행동은 본능적으로 자갈 덮인 도로를 건너 강가로 가 서는 것이었다. 긴 여행에 머리부터 발끝까지 먼지로 뒤덮여 더럽고 피곤했다. 지난 이틀간 나는 마차 안에서 질식해 죽느니 차라리 마부 옆에 앉아 가는 쪽을 택했고, 길가의 가엾은 짐승들처럼 물을 갈망했다. 눈앞에 강물이 펼쳐졌다. 싱그러운 짠 내와 함께 파도가 일으킨 미세한 물방울이 휘감겨오는 고향의 새파란 바다가 아니라, 바닥에 깔린 흙 빛깔처럼 누런 강물이 다리의 아치 아래로 유유히 흐르며 모든 것을 빨아들이는 듯, 잔잔한 표면에 이따금씩 거품을 일으켰다. 그곳 강물엔 쓰레기도 함께 떠내려가는 듯 지푸라기와 채소 찌꺼기들이 떠다녔지만, 피로와 갈증으로 열이 오를 지경이었던 나의 상상 속에선 독약을 쏟아붓듯 메마른 목구멍에 들이부어, 기꺼이 맛보고 삼켜도 좋을 것 같았다.

　흐르는 강물에 매료되어 다리 위로 쏟아져 내리는 햇볕 속에 서 있으려니 갑자기 뒤쪽 도심에서 4시를 알리는 심오하고 장엄한 종소리가 엄숙하게 울렸다. 사방에서 다른 교회 종소리도 연이어 울려 퍼져, 바위 위로 끈적끈적하게 휘돌아 흘러내리는 갈색 강물 소리와 뒤섞였다.

칭얼대는 아기를 안은 여인이 찢어진 치맛자락을 잡고 있는 또 다른 아이까지 이끌고 옆으로 다가와 검은 눈동자 가득 애원의 빛을 띠며 자선을 바라는 손을 내밀었다. 나는 동전 하나를 준 뒤 돌아섰지만 그녀는 계속 따라오며 내 팔꿈치를 잡고 무슨 말을 속삭이다, 아직 마차 옆에 서 있던 승객들 가운데 누군가가 이탈리아어로 강하게 쏘아붙이자 그제야 움츠러들어 원래 있던 다리 구석으로 몸을 숨겼다. 열아홉이나 되었을까 싶을 만큼 어려 보이는 여인이었지만, 유연한 육체 안에 영원히 죽지 않는 늙은 영혼을 간직한 듯 공허한 얼굴 표정에선 통 나이를 가늠할 수가 없었다. 두 눈으로 수백 년 세월을 지켜보며 너무 오랜 시간 인생을 고심한 탓에 만사에 무관심해진 듯한 얼굴이었다. 나중에 안내받은 호텔 방으로 올라가 광장을 향해 난 작은 발코니로 나간 나는 그녀가 길바닥에서 기다리고 있던 말과 마차 사이로 빠져나가, 마치 밤을 틈타 바닥에 배를 깔고 달아나는 고양이처럼 은밀하게 사라지는 모습을 지켜보았다.

기묘한 무관심 속에서 나는 몸을 씻고 옷을 갈아입었다. 어느덧 여행의 끝에 이르자 일종의 무력감이 밀려들어, 흥분된 마음으로 여정을 시작하며 어떤 싸움도 마다하지 않을 각오를 하고 팽팽한 긴장감을 유지하던 자아는 더 이상 존재하지 않았다. 그

대신 의기소침하고 지친 이방인이 서 있었다. 흥분은 오래전에 사라져버렸다. 내 주머니에 들어 있는 찢어진 종잇조각의 현실 감마저 실체를 잃어버렸다. 그것은 벌써 몇 주 전에 쓴 쪽지였다. 그 이후 어떤 일이 벌어졌을지 모를 일이었다. 그 여자가 앰브로즈를 피렌체에서 피신시켰을 수도 있었다. 두 사람이 로마나 베네치아로 옮겨 갔을지도 모를 일이었다. 다시 느려터진 마차를 타고서 그들의 행방을 뒤쫓는 내 모습이 그려졌다. 저주스러운 나라의 길쭉하고 넓은 영토를 전부 돌며 이 도시 저 도시 차례차례 뒤지고 다녀도, 언제나 뜨겁고 먼지 풍기는 도로와 시간에 패배해 결코 두 사람을 찾지 못할 것 같았다.

어쩌면 모든 일이 착오여서, 휘갈겨 쓴 편지들은 앰브로즈가 옛날부터 좋아했던 어이없는 장난에 불과할지도 모른다. 어린 시절에도 나는 앰브로즈가 쳐놓은 덫에 어김없이 걸려들지 않았던가. 이제 저택으로 그를 찾아가면 손님들을 초대한 축하 파티가 열리고 있고, 불빛과 음악 속에 만찬이 진행되고 있을 수도 있었다. 내가 딱히 변명거리도 없이 사람들 틈에 모습을 드러내면 건강한 모습의 앰브로즈가 깜짝 놀란 눈으로 나를 쳐다보겠지.

나는 아래층에 내려가 광장으로 나갔다. 호텔 앞에서 기다리던 마차들은 떠나가고 없었다. 시에스타 시간이 끝나 거리마다 사람들로 바글거렸다. 나는 다시 군중 속으로 들어가 그들과 뒤섞였다. 사방으로 어두운 마당과 골목, 겹겹이 이어진 높은 집들이 발코니를 내밀고 있었다. 정처 없이 걷던 내가 방향을 틀어 다시 걸어가자, 문틈으로 내다보거나 지나치던 사람들이 걸음을 멈추고 빤히 내 얼굴을 쳐다보았다. 사람들은 모두 거지 여인의 얼굴에서 처음 보았던, 오랜 세월 고통과 수난에 시달린 나이 든 표정을 하고 있었다. 몇몇 사람들은 그 여인처럼 손을 뻗은 채 나를 따라오며 무언가를 속삭였다. 내가 마차로 함께 여행했던 승객들의 행동을 떠올리고 거칠게 쏘아붙이자, 그들은 몸을 움츠리며 높은 저택의 담벼락에 바짝 달라붙더니 기묘한 자부심으로 이글거리는 표정을 한 채 지나가는 나를 지켜보았다. 교회 종소리가 또다시 시끄럽게 울리기 시작할 무렵, 나는 수많은 사람들이 삼삼오오 모여들어 담소를 나누거나 손짓 발짓을 하며 떠들고 있는 드넓은 광장에 다다랐다. 이방인인 나의 눈에는 광장을 둘러싼 근엄하고 아름다운 건물들이나 사람들을 멍하니 굽어보고 있는 석상들의 시선도, 하늘을 향해 메아리치고 있는 운명적인 느낌의 교회 종소리도 그곳 풍경과는 아무 상관이 없어 보였다.

지나가는 마차를 불러 세워 반신반의하며 "빌라 상갈레티"라고 말을 건네자 마부는 무어라고 통 알아들을 수 없는 말로 대꾸했으나, 그가 고개를 끄덕이며 채찍으로 가리킨 방향과 "피에솔레"라는 부분은 귀에 들어왔다. 우리는 인파로 가득한 좁은 도로를 지나갔고, 마부가 고삐에 달린 방울을 딸랑거리는 말에게 고함을 지르자 사람들도 우리가 지나가도록 길을 비켜주었다. 교회 종소리는 어느덧 멈추어 잦아들었지만, 내 귓가엔 여전히 그 메아리가 울려댔다. 장엄하고 우렁찬 종소리는 하찮고 사소한 나의 임무라든지 거리를 메운 사람들의 인생을 위해 울리는 것이 아니라, 오래전에 죽은 남녀의 영혼을 위하여, 영원을 위하여 울리는 듯했다.

우리는 꽤 먼 언덕을 향해 구불구불하고 긴 도로를 오르기 시작했고 피렌체는 점점 멀어져갔다. 건물들이 시야에서 사라졌다. 이글거리며 온종일 도시를 내리쬐고 하늘을 불태우던 태양은 평화롭고 고요한 풍경 속에서 갑작스레 부드럽고 온화한 빛을 띠었다. 눈부심도 사라졌다. 누런 집도, 누런 담벼락도, 심지어는 갈색 흙먼지도 전처럼 메마르게 느껴지지가 않았다. 집집마다 색감이 되돌아와, 태양이 가장 강렬한 힘을 다 쏟아붓고 난 뒤 어쩌면 다소 빛이 바랜 듯 차분해진 색깔들이 잔광 속에서 좀 더 부드럽게 보였다. 장막에 뒤덮인 듯 고요했던 사이프러스나무들도 짙은 초록색으로 변했다.

마부는 길고 높은 담장 사이에 자리한 닫힌 철문 앞에서 마차를 세웠다. 그가 마부석에서 몸을 틀어 어깨 너머로 나를 내려다보았다. 그리고 "빌라 상갈레티"라고 말했다. 내 여정의 끝이었다.

나는 그에게 손짓으로 기다리라고 한 뒤 마차에서 내려 철문으로 다가가 벽에 매달려 있는 종을 당겼다. 안쪽에서 울리는 딸랑거리는 소리가 내 귀에도 들려왔다. 마부는 말을 달래

길옆으로 마차를 비켜놓은 뒤 마부석에서 내려 배수로 옆에 선 채 모자로 얼굴에 날아드는 파리를 쫓았다. 굶어 죽을 듯 야윈 가엾은 말은 마차 끌채 사이에서 축 늘어졌다. 녀석은 둔덕을 넘어 길가에 난 풀을 뜯어 먹을 만큼의 기력도 없는 듯, 귀를 쫑긋거리며 꾸벅꾸벅 졸았다. 철문 안쪽에선 아무런 인기척도 없었으므로 나는 다시 종을 울렸다. 이번에는 멀리서 개 짖는 소리가 들리더니 어디선가 문이 열린 듯 갑자기 아이 울음소리가 커졌다. 짜증 섞인 아이의 울음소리에 이어 새된 목소리로 야박하게 아이를 나무라는 여자 목소리가 들려왔고, 반대편에서 철문으로 다가오는 발소리가 들렸다. 빗장을 여는 묵직한 금속음과 함께 철문이 바닥에 깔린 돌을 긁는 소리가 들리더니 문이 열렸다. 시골 아낙이 나를 내다보며 서 있었다. 나는 그녀에게 다가가며 말했다. "빌라 상갈레티? 시뇨르 애슐리?"

여자가 사는 오두막 안쪽에서 쇠사슬로 묶인 개가 한층 더 맹렬하게 짖어댔다. 내 앞쪽으로 넓은 길이 펼쳐져 있었고 그 끝에 생명체가 살지 않는 듯 꼭꼭 덧문을 닫아놓은 저택이 보였다. 계속해서 개가 짖어대고 아이도 울어대자 여자는 내 앞에서 문을 닫아버릴 듯한 기세였다. 치통을 앓는지 한쪽 얼굴은 크게 부어올랐고, 아픔을 달래려는 듯 숄에 달린 술로 옆얼굴을 문질러대고 있었다.

나는 여자를 밀치듯 철문 사이로 들어가 "시뇨르 애슐리"라는 말을 되풀이했다. 내 얼굴을 처음 눈여겨본 듯 이번에는 그

녀도 입을 열고 왠지 모를 초조하고 불안한 태도로 저택을 가리
키며 빠르게 말을 하기 시작했다. 그러더니 얼른 몸을 틀고 어
깨 너머로 오두막을 향해 소리를 질렀다. 남편인 듯한 사내가
어깨에 아이를 얹은 채로 문가에 나타났다. 그는 개를 조용히
시킨 뒤 아내에게 질문을 던지며 내 쪽으로 걸어왔다. 여인은
속사포처럼 말을 이었고, 나는 "애슐리"라는 말과 "영국"이라는
말을 알아들었다. 이제는 남자가 멍하니 서서 나를 응시할 차례
였다. 그는 여자보다 몸가짐이 단정하고 정직한 눈빛을 하고 있
어 상대하기가 더 수월해 보였다. 나를 쳐다보는 얼굴에 깊은
근심이 어리더니 그가 아내에게 몇 마디 웅얼거렸다. 여자는 남
편에게 아이를 받아 안고는 오두막 입구로 가서 여전히 부은 얼
굴에 숄 끝자락을 댄 채 우리를 지켜보았다.

"저는 영어를 좀 합니다, 나리. 뭐 도와드릴 일이라도요?" 그
가 말했다.

"나는 애슐리 씨를 만나러 왔네. 그분과 애슐리 부인께서는
댁에 계신가?"

그의 얼굴에 근심이 더욱 깊어졌다. 초조한 듯 그가 침을 삼
켰다. "애슐리 씨의 아드님이십니까, 나리?"

"아니, 사촌일세. 두 분은 댁에 계신가?" 내가 조바심을 내며
물었다.

그는 난처한 얼굴로 고개를 저었다. "그렇다면 소식을 듣지
못한 채로 영국에서 오셨군요? 뭐라고 말씀드려야 할까요? 정

말 슬픕니다. 어떻게 말씀드려야 할지 모르겠네요. 애슐리 나리께서는 3주 전에 돌아가셨습니다. 너무나 갑작스러웠죠. 정말이지 슬픈 일이에요. 백작 부인은 나리를 묻자마자 저택 문을 닫아걸고 떠나셨습니다. 떠나신 지 거의 2주가 다 됐네요. 다시 돌아오실지는 저희도 모릅니다."

개가 다시 짖기 시작하자 남자가 돌아서서 조용히 시켰다.

얼굴에서 핏기가 가시는 느낌이 들었다. 나는 멍해져서 거기 서 있었다. 안쓰럽다는 듯 나를 지켜보던 남자는 아내에게 뭐라고 말을 건넸고, 여자가 동그란 의자를 가져오자 그가 그걸 받아 내 옆에 내려놓았다.

"앉으세요, 나리. 유감입니다. 정말 깊이 유감입니다." 그가 말했다.

나는 고개를 저었다. 말을 할 수가 없었다. 할 수 있는 말이 아무것도 없었다. 안절부절못하던 남자는 괜한 짜증을 부리는 듯 아내에게 거칠게 말을 했다. 그러고는 다시 나를 돌아보았다. "나리, 저택에 들어가고 싶으시면 제가 문을 열어드리겠습니다. 애슐리 나리가 돌아가신 곳을 보실 수도 있습니다." 그가 말했다. 내가 어디를 가든, 무엇을 하든 그것은 내 관심사가 아니었다. 머릿속이 아직도 너무나 멍해 정신을 집중할 수가 없었다. 그는 주머니에서 열쇠를 꺼내 저택 진입로로 걸어가기 시작했다. 그 옆에서 걷고 있는 내 다리가 갑자기 납덩이처럼 무겁게 느껴졌다. 여자와 아이도 우리 뒤를 따라왔다.

양쪽에 늘어선 사이프러스나무들이 우리를 향해 달려드는 듯했고, 그 길 끝에는 덧문을 꽁꽁 닫아건 저택이 무덤처럼 버티고 서 있었다. 더 가까이 다가가자, 그 집이 창문이 많은 대저택이란 걸 알 수 있었다. 창문은 모두 굳게 닫혀 있었고, 마차가 돌아 나갈 수 있도록 진입로는 둥글게 곡선으로 설계돼 있었다. 장막처럼 드리워진 사이프러스나무 사이로 석상들이 받침대 위에 서 있었다. 남자가 열쇠로 커다란 현관문을 열더니 나에게 들어가라고 손짓했다. 여자와 아이도 함께 들어와, 두 부부는 나란히 덧문을 열고 고요한 실내에 햇빛을 들이기 시작했다. 두 사람은 앞장서서 나를 인도하며 지나치는 방방마다 덧문을 여는 행위가 마음에서 우러나는 선의에서 비롯된 것이고, 그렇게 함으로써 어떻게든 내 고통을 누그러뜨릴 것이라고 믿는 듯했다. 그리 많지는 않지만 하나같이 널찍널찍한 방들은 모두 서로 연결되어 있었고, 프레스코화가 그려진 천장과 돌바닥 사이를 맴도는 실내 공기에선 중세부터 내려온 듯한 곰팡내가 풍겼다. 벽에 아무런 장식이 없는 방도 있고, 태피스트리가 걸린 방도 있었는데, 나머지 방보다 어둡고 숨 막힐 듯한 분위기를 지닌 어느 방에는 긴 식탁과 함께 공들여 세공한 수도원 의자가 놓여 있었고, 양쪽 끝에는 연철로 만든 촛대가 세워져 있었다.

"상갈레티 저택은 아주 아름답고 아주 오래된 곳입니다, 나리. 애슐리 나리는 뜨거운 햇빛 때문에 밖에 나가지 못하실 땐 주로 여기 앉으셨습니다. 여기가 그분 자리입니다." 남자가 말했다.

그는 거의 숭배에 가까운 몸짓으로 식탁 옆에 놓인 등받이 높은 의자 하나를 가리켰다. 나는 꿈속의 앰브로즈를 보고 있었다. 도무지 현실감이 들지 않았다. 이 집이나 이 방에 머물고 있는 앰브로즈의 모습을 상상할 수가 없었다. 아무래도 그가 익숙한 걸음걸이로 휘파람을 불며 이곳에 걸어와 대화를 하고 이 의자와 식탁 옆에 지팡이를 내던졌을 것 같지가 않았다. 집요하고도 단조로운 손길로 부부는 방 안을 돌며 덧문을 활짝 열어젖혔다. 창밖으로는 일종의 네모난 중정中庭인 듯 작은 안뜰이 자리 잡고 있었는데, 하늘은 보이되 햇빛은 가려진 공간이었다. 뜰 한가운데엔 분수가 서 있었고, 꼭대기엔 양손으로 조개껍질을 잡고 있는 청동 소년상이 장식되어 있었다. 분수 뒤쪽으로는 포석 사이사이로 금사슬나무가 자라 햇빛 가리개처럼 드리워져 있었다. 노란 꽃들은 시들어 죽은 지 오래여서, 이제는 회색으로 먼지 낀 꼬투리만 바닥에 흩어져 나뒹굴었다. 남자가 뭔가 속삭이자 여자가 중정 한구석으로 가서 손잡이를 돌렸다. 천천히 조심스럽게 청동 소년이 쥐고 있던 조개껍질에서 물이 흘러내렸다. 흘러내린 물줄기는 아래쪽 연못으로 떨어졌다.

"애슐리 나리께서는 매일 이곳에 앉아 분수를 바라보셨습니다. 물을 보는 걸 좋아하셨어요. 저기 나무 아래 앉아 계셨죠. 봄에는 매우 아름답습니다. 백작 부인께서는 저 위쪽 방에서 남편을 부르곤 하셨지요." 남자가 말했다.

그가 난간의 돌기둥을 가리켰다. 여자가 집 안으로 사라지더니 잠시 후 남자가 가리켰던 발코니에 나타나 그 방의 덧문을 열어젖혔다. 물줄기가 조개껍질에서 흘러내렸다. 물줄기는 급히 흐르거나 흘러넘치지 않고 졸졸졸 작은 연못으로 조용히 떨어질 뿐이었다.

남자가 설명을 이어갔다. "여름에는 애슐리 나리와 백작 부인, 두 분이 항상 여기 앉아 계셨습니다. 식사도 하시고, 분수 소리도 들으셨죠. 제가 두 분 시중을 들어드렸지요. 쟁반을 두 개 가져와서 여기 탁자에 놓아드리는 거죠." 그가 안뜰에 덩그러니 놓여 있는 석제 탁자와 의자 두 개를 가리켰다. "저녁 식사 후엔 여기서 차를 드셨어요. 매일매일 똑같았습니다."

그는 말을 멈추고 한 손으로 의자를 어루만졌다. 압박감 같은 것이 나를 짓눌렀다. 네모난 안뜰은 서늘했고 무덤처럼 거의 추울 지경이었지만, 남자가 덧문을 열기 전 방 안의 느낌처럼 공기가 텁텁했다.

나는 집에서 지낼 때의 앰브로즈를 떠올렸다. 여름이면 그는 외투 없이 햇빛을 가려줄 낡은 밀짚모자만 쓴 채로 영지를 돌아다녔다. 얼굴을 가릴 듯 앞쪽으로 눌러쓴 그의 모자가 지금도 눈에 선했고, 셔츠 소매를 팔꿈치 위까지 걷어 올린 채로 배에 서서 저 멀리 바다 쪽에 있는 무언가를 가리키는 그의 모습이 손에 잡힐 듯했다.

"네, 애슐리 나리는 여기 의자에 앉아 물을 바라보셨습니다."

마치 혼잣말을 하듯 그가 말했다.

여자가 돌아와 안뜰을 가로질러 가더니 손잡이를 돌렸다. 물 줄기가 멎었다. 청동 소년상은 빈 조개껍질을 내려다보았다. 모든 것이 고요하게 정지되었다. 눈을 동그랗게 뜨고 분수를 쳐다보던 아이가 갑자기 바닥에 엎드려 포석 사이를 기어가더니, 작은 손으로 금사슬나무 꼬투리를 집어 연못에 던졌다. 여자가 아이를 나무란 뒤 벽 쪽으로 밀어놓고는 벽에 세워져 있던 빗자루를 들어 안뜰을 쓸기 시작했다. 그녀의 행동으로 정적이 깨지자 남편이 내 팔을 건드렸다.

"주인 나리께서 돌아가신 방을 보시겠습니까?" 그가 속삭이듯 말했다.

여전히 비현실적인 느낌에 사로잡힌 채 나는 남자를 따라 넓은 계단을 올라 2층으로 향했다. 아래층보다 더 가구가 드문 방을 여러 칸 지나, 사이프러스나무들이 양옆으로 늘어선 큰길을 향해 북쪽으로 자리 잡은 방으로 들어갔다. 수도사의 방처럼 소박하고 단출한 방이었다. 침대 옆엔 물주전자와 물병, 칸막이가 놓여 있었다. 단순한 철제 침대 틀이 벽에 바짝 붙어 있었다. 벽난로 위엔 태피스트리가 걸리고, 벽이 움푹 들어간 벽감에는 무릎을 꿇고 기도하는 작은 성모마리아상이 놓여 있었다.

나는 침대를 쳐다보았다. 개인 담요가 발치에 얌전히 놓여 있었다. 베갯잇을 벗긴 베개 두 개가 침대 머리에 포개져 있었다.

"아시다시피 마지막은 아주 갑작스러웠습니다." 남자가 낮은 목소리로 말했다. "열병으로 몹시 쇠약해지시긴 했지만, 바로 전날까지만 해도 스스로 몸을 일으켜 분수 옆에 가서 앉으셨거든요. 백작 부인이 안 된다고, 더 심해질 거라고, 쉬셔야 한다고 말렸지만, 나리께선 아주 고집이 심하셔서 부인 말을 듣지 않으셨어요. 의사들도 항상 왔다 갔다 했고요. 시뇨르 레이날디도 찾아와 얘기하고 설득도 해봤지만, 나리께선 도통 듣지 않으시고 고함을 치셨죠. 어린아이처럼 난폭하게 변했다가 조용해지셨어요. 강한 분이 그렇게 변해가는 걸 보고 있자니 참 측은했습니다. 그러던 어느 날 새벽에 백작 부인이 다급히 제 방으로 와서 저를 부르셨어요. 저도 집 안에서 자고 있었거든요. 부인께서는 저기 저 벽처럼 얼굴이 새하얗게 질려서는 말씀하셨죠. '그이가 죽어가고 있어, 주세페. 난 알아. 죽어가고 있어.' 그 말을 듣고 부인을 따라 나리 방으로 갔더니 나리께선 눈을 감은 채로 침대에 누워 계셨는데, 진짜로 주무시는 게 아니라 숨을 거칠게 몰아쉬고 계시더군요. 저희가 의사를 부르러 보냈지만 애슐리 나리께서는 두 번 다시 깨어나지 않으셨습니다. 혼수상태, 죽음의 잠이었던 거죠. 백작 부인과 함께 제가 직접 애도의 양초를 켰고, 수녀님들이 오셨을 때도 제가 나리를 들여다봤습니다. 난폭함은 모두 사라지고 평온한 얼굴이었어요. 나리께서도 보셨더라면 좋았을 겁니다."

남자의 눈에 눈물이 맺혔다. 나는 그의 시선을 피해 텅 빈 침대로 다시 눈길을 옮겼다. 여전히 나는 아무것도 느낄 수 없었다. 멍한 상태는 지나갔으나 그저 춥고 굳어버린 느낌뿐이었다.

"난폭하다는 건 무슨 뜻인가?" 내가 물었다.

"열이 오르면서 난폭해지셨어요. 발작을 일으키셔서 두세 번쯤 나리를 침대에 꽉 붙잡아두어야 할 때가 있었습니다. 난폭해지면서 동시에 여기 안쪽이 약해지셨죠." 남자가 한 손으로 배를 눌렀다. "많이 고통스러워하셨어요. 그러다 고통이 가시면 정신이 혼미해져서 횡설수설 오락가락하셨어요. 정말이지 측은했습니다, 나리. 그토록 건장한 분이 무기력해지신 걸 보려니 마음이 아프더군요."

나는 텅 빈 무덤처럼 황량한 방에서 되돌아 나오며 남자가 덧문과 방문을 도로 닫는 소리를 들었다.

"왜 아무런 조치도 취하지 않았지? 의사들이 고통을 줄여줄 수는 없었나? 애슐리 부인은 남편이 죽게 그냥 내버려뒀단 말인가?" 내가 말했다.

남자는 어리둥절한 표정이었다. "뭐라고요, 나리?"

"병명은 뭐고 또 환자는 얼마나 오래 앓았지?" 내가 물었다.

"말씀드렸듯이 마지막이 매우 갑작스럽긴 했지만, 그전에도 한두 번 발작이 있었어요. 겨우내 나리의 건강이 나빠져 서글프게도 도통 그분 같질 않았어요. 작년과는 아주 딴판이셨죠. 처음 저택에 오셨을 때 애슐리 나리는 행복하고 유쾌한 분이셨거든요."

그는 설명을 이어가며 창문을 더 열었고, 우리는 여기저기 석상이 서 있는 드넓은 테라스로 걸어 나왔다. 테라스 끝엔 돌난간이 길게 둘러쳐져 있었다. 우리는 테라스를 가로질러 돌난간 옆으로 가 아래쪽에 펼쳐진 정원을 내려다보았다. 격식을 갖춰 조경수를 다듬어놓은 정원에선 장미꽃 향기와 여름 재스민의 향기가 풍겨왔다. 저 멀리 또 다른 분수대가 두 군데나 자리를 잡았고, 층층이 다르게 꾸며진 각각의 정원으로 이어지는 넓은 돌계단이 정교하게 펼쳐져 있었으며, 정원 맨 가장자리에는 영지 전체를 에워싸는 듯한 사이프러스나무가 높은 담장 안쪽으로 빽빽하게 자라고 있었다.

우리는 서쪽으로 지는 해를 향해 서 있었고, 테라스와 고요한 정원이 노을빛을 받아 반짝거렸다. 석상마저도 장밋빛 노을에 물들어, 양손을 테라스 난간에 올린 채 서 있으려니 이제껏 느끼지 못했던 기묘한 평온함이 밀려오는 듯했다.

손끝에 닿은 돌난간은 아직 온기가 남아 따뜻했고, 도마뱀 한 마리가 돌 틈으로 달아나 아래쪽 담장을 타고 몸을 숨겼다.

"고요한 저녁 시간에 상갈레티 저택의 정원은 매우 아름답습니다, 나리." 남자는 예의를 차리려는 듯 나보다 한 발짝 뒤에 서서 말했다. "가끔 백작 부인께서 분수를 틀라고 명하실 때도 있었고, 보름달이 뜨면 부인과 애슐리 나리께선 저녁 식사 후에 이곳 테라스로 나오곤 하셨지요. 나리께서 편찮으시기 이전인 작년 얘기입니다."

나는 그곳에 서서 분수와 그 아래쪽으로 연꽃이 피어 있는 연못을 내려다보았다.

"백작 부인께선 이곳으로 돌아오실 것 같지 않습니다." 남자가 느릿느릿 말했다. "몹시 슬프시겠죠. 너무 많은 추억이 깃들어 있으니까요. 시뇨르 레이날디 말씀으로는 저택을 세주거나 팔지도 모른다고 하시더군요."

그의 말에 나는 퍼뜩 현실로 되돌아왔다. 고요한 정원의 매력과 장미 향과 지는 해의 노을빛이 잠시나마 나를 사로잡았지만, 이제 그 마법은 사라졌다.

"시뇨르 레이날디가 누구지?" 내가 물었다.

남자도 나와 함께 다시 저택을 향해 돌아섰다. "시뇨르 레이날디는 백작 부인을 위해 모든 일을 처리해주시는 분입니다." 그가 대답했다. "일 문제, 돈 문제, 여러 가지죠. 백작 부인과는 오래 알고 지낸 지인이에요." 그가 인상을 찌푸리며, 아이를 데리고 테라스로 걸어오고 있는 아내에게 손짓을 했다. 그들이 들어오면 안 되는 곳이라는 듯, 그 모습만으로도 화가 난 표정이었다. 여인은 집 안으로 들어가 덧문을 닫기 시작했다.

"시뇨르 레이날디를 만나고 싶네." 내가 말했다.

"그분 주소를 알려드리겠습니다. 그분은 영어를 아주 잘하십니다." 남자가 대꾸했다.

우리는 다시 집 안으로 들어갔다. 방을 지나 복도로 향하자 내 뒤에서 덧문이 하나씩 차례로 닫혔다. 주머니에 넣어둔 돈이 손에 잡혔다. 내가 다른 사람이었다면, 대륙을 여행하다 호기심에 저택을 사들일까 하고 방문한 일반 여행자였을 수도 있을 것이다. 내가 아니었다면. 앰브로즈가 머물다 죽음을 맞이한 곳을 처음이자 마지막으로 둘러보고 있는 게 아니었다면.

"자네가 애슐리 씨에게 해준 모든 일에 감사하네." 나는 이렇게 말하며 사내의 손에 동전을 쥐여주었다.

다시 한 번 남자의 눈에 눈물이 맺혔다. "정말 죄송합니다, 나리. 정말 죄송합니다." 그가 말했다.

마지막 덧문이 닫혔다. 여자와 아이는 우리 옆쪽 복도에 서 있고, 그 뒤쪽 빈방으로 이어지는 아치형 입구와 계단은 지하실 입구처럼 다시 어두워졌다.

"그분의 옷가지와 소지품, 책, 서류들은 어떻게 됐지?" 내가 물었다.

남자는 난처한 표정을 지었다. 그는 아내를 향해 돌아섰고, 두 사람은 잠시 이야기를 나누었다. 둘 사이에 질문과 대답이 오갔다. 여자는 멍한 표정으로 어깨를 으쓱했다.

"나리, 백작 부인이 떠나실 때 집사람이 일손을 좀 보탰답니다. 그런데 백작 부인이 유품을 몽땅 가져가셨다고 하는군요. 애슐리 나리의 옷은 큰 여행 가방에 담고, 책과 소지품들도 전부 쌌답니다. 남은 건 아무것도 없어요." 남자가 말했다.

나는 두 사람의 눈을 들여다보았다. 둘 다 흔들림이 없었다. 그들의 말이 진실이라는 걸 알 수 있었다. "애슐리 부인이 어디로 갔는지는 혹시 모르나?"

남자는 고개를 저었다. "저희는 부인께서 피렌체를 떠나셨다는 것만 압니다. 장례식 다음 날 떠나셨어요."

그가 육중한 현관문을 열어주었고 나는 밖으로 나왔다.

"그분이 매장된 곳은 어디지?" 아무 상관도 없는 낯선 이에게 내가 물었다.

"피렌체에 있는 신교도 묘지입니다, 나리. 많은 영국인들이 거기 묻혔죠. 애슐리 나리도 혼자가 아니십니다."

마치 앰브로즈에게 친구가 생길 것이고, 무덤 너머의 암흑세계에서 자기 나라 사람들이 그에게 위안을 줄 것이라고 나를 안심시키고 싶어 하는 듯한 말투였다.

처음으로 나는 사내와 시선을 마주치는 것을 견딜 수가 없었다. 마치 개의 눈처럼 정직하고 헌신적인 눈빛이었다.

나는 고개를 돌렸다. 그러는 사이 여자가 갑자기 남편에게 뭔가 소리치더니, 현관문을 닫기 전에 얼른 다시 저택 안으로 들어가 벽에 기대 세워진 거대한 참나무 서랍장을 열었다. 무언가를 들고 돌아온 그녀는 그 물건을 남편에게 건넸고, 사내는 다시 나에게 돌아섰다. 주름진 그의 얼굴에 안도감이 퍼져갔다.

"백작 부인께서 한 가지 잊고 가셨답니다. 나리께서 가져가십시오. 나리를 위한 물건이네요."

그것은 챙이 넓고 구부러진 앰브로즈의 모자였다. 집에서도 햇빛을 가릴 때 쓰던 것이었다. 너무 커서 다른 사람에겐 절대 맞지 않는 모자였다. 내가 모자를 양손에 쥐고 계속 돌리고만

있는 사이, 무슨 말이라도 해주기를 기다리며 나를 바라보는 그
들의 초조한 눈빛이 느껴졌다.

5

날이 저물고 급격히 어두워졌다는 것을 제외하면 마차를 타
고 피렌체로 돌아오던 길에 대해선 아무런 기억이 없다. 고향에
서 보던 석양은 존재하지 않았다. 길옆 도랑에선 귀뚜라미인지
뭔지 알 수 없는 곤충들이 단조로운 울음을 울어댔고, 이따금씩
등에 바구니를 진 시골 사람들이 맨발로 마차 곁을 지나갔다.

도시로 되돌아오자 언덕 주변의 서늘하고 깨끗한 공기는 사
라지고 다시 더워졌다. 낮처럼 뽀얀 먼지를 일으키는 불타는 듯
한 더위는 아니었지만, 너무 오랜 시간 달구어진 담장과 지붕이
내뿜는 나른한 저녁 열기도 만만치 않았다. 정오 무렵의 나른함,
시에스타와 해 질 녘 사이의 생동감은 한층 깊어진 활기와 긴장
감으로 대체되었다. 온종일 고요한 집 안에 숨어 잠을 자다가 드

디어 도심으로 나와 활보하는 고양이처럼, 광장과 좁은 도로를 가득 메운 남녀들이 또 다른 목적을 품고 돌아다녔다. 횃불과 촛불이 환하게 밝혀진 시장 좌판 주변으로 손님들이 몰려들어 진열된 물건을 뒤적이며 흥정을 했다. 숄을 걸친 여인들이 꼭 붙어 다니며 수다를 떨거나 서로를 나무라기도 했고, 노점상들은 자기가 파는 물건들을 목청 높여 외쳐댔다. 뎅그렁하고 종소리가 다시 울리기 시작했지만, 이번엔 그 소란스러움도 좀 더 사적인 것 같았다. 교회 문이 활짝 열려 안에 켜둔 촛불이 보였고, 떼를 지어 다니던 사람들이 흩어지는가 싶더니 종소리의 설교에 응하듯 교회 안으로 밀려 들어갔다.

나는 성당 옆 광장에서 마부에게 마차 삯을 지불했다. 고요하고 김빠진 대기를 휘저으려는 듯 거대한 종의 울림이 집요하고도 웅장하게 사방으로 퍼져나갔다. 나는 내가 무슨 짓을 하는지도 알지 못한 채 사람들과 함께 성당 안으로 밀려 들어가, 기둥 옆에 잠시 서서 어둠에 눈이 익숙해지길 기다렸다. 내 옆엔 늙고 병든 농부가 지팡이를 짚고 서 있었다. 그는 손을 덜덜 떨면서도 소리 없이 입술을 움직이며 보이지 않는 한쪽 눈을 들어 제단을 향했다. 내 앞쪽과 주변에선 숄로 얼굴을 가린 여인들이 무릎을 꿇은 채 날카로운 목소리로 사제의 기도문을 따라 읊으며 마디 굽은 손으로 묵주를 바삐 돌렸다.

나는 왼손에 여전히 앰브로즈의 모자를 들고 있었다. 냉혹한 아름다움과 피의 도시에서 하찮고 낯선 이방인으로 왜소해

진 나는 거대한 성당 한복판에 서서 제단에 고개를 숙이고 수백
년 된 엄숙한 기도문을 읊조리는 사제의 목소리를 듣다가 문득
내가 겪은 상실의 무게를 뼈저리게 실감했다. 앰브로즈가 죽었
다. 다시는 그를 보지 못할 것이다. 그는 영원히 내 곁을 떠나갔
다. 그 미소, 그 웃음소리, 내 어깨를 짚던 그 손길도 더는 없다.
그의 강인함과 이해심도 더 이상 존재하지 않는다. 서재 의자
에 구부정하게 앉아 있거나 지팡이에 기대서서 바다를 내려다
보는, 내가 그토록 존경하고 사랑했던 익숙한 모습도 더는 없었
다. 그가 죽음을 맞이했다는 상갈레티 저택의 황량한 방과 벽감
에 놓여 있던 성모마리아상을 떠올렸다. 뭔지 모르지만 그가 세
상을 떠났을 땐 그 방이나 집, 혹은 이 나라의 일부가 아니었으
리라는 느낌이 들었다. 그의 영혼은 그가 마땅히 있어야 할 곳
으로 돌아가, 그가 소유했던 언덕과 숲과 그가 사랑했던 정원과
파도 소리에 깃들었을 것이다.

나는 돌아서서 성당을 벗어나 광장으로 나갔고, 거대한 돔과
높고 날렵하게 하늘을 향해 뻗은 거대한 종탑의 조각 문양을 올
려다보다 문득 엄청난 충격과 스트레스 탓에 잊고 있던 사실을
깨달았다. 온종일 아무것도 먹은 게 없다는 점이었다. 나는 생
각을 죽음에서 삶으로 되돌려, 성당에서 멀지 않은 곳에서 먹고
마실 만한 곳을 찾아내 허기를 달랜 뒤 시뇨르 레이날디를 찾아
나섰다. 저택의 선량한 하인이 그의 주소를 적어주었기에, 종잇
조각을 가리키며 엉터리 발음으로나마 사람들에게 한두 번 묻

고 나자, 내가 묵고 있던 호텔에서 다리를 건너 아르노강의 왼편에서 그의 집을 찾을 수 있었다. 강 건너편은 피렌체 중심지보다 어둡고 더 조용했다. 길에 돌아다니는 사람도 거의 없었다. 문은 꼭꼭 닫혀 있고 창도 가려져 있었다. 자갈길을 디디는 내 발소리마저 공허하게 들렸다.

마침내 집 앞에 당도한 나는 종을 울렸다. 금세 하인이 나와 문을 열더니 내 이름을 묻지도 않고 위층으로 나를 인도해 복도를 따라 걷다가 방문을 두드리고는 나를 안으로 들여보냈다. 갑작스런 불빛에 눈을 깜박이던 나는 탁자 옆 의자에 앉아 서류 더미를 뒤적이고 있는 남자를 발견했다. 내가 방으로 들어서자 그가 자리에서 일어나 나를 응시했다. 나보다 약간 작은 키에 나이는 마흔 살쯤 되었을까. 창백한 얼굴엔 핏기가 거의 없었고 매부리코에 야위고 뾰족한 인상이었다. 어딘지 모르게 자신만만하면서, 멍청이나 원수에게는 좀처럼 자비를 베풀지 않는 사람 특유의 업신여기는 태도를 지닌 얼굴이었다. 그러나 가장 인상적이었던 것은 눈매가 깊은 그의 검은 눈동자였는데, 나를 보자마자 소스라치게 놀라며 알아보는 듯했던 눈빛은 순식간에 사라졌다.

"당신이 시뇨르 레이날디입니까? 저는 애슐리입니다. 필립 애슐리." 내가 말했다.

"네, 앉으시겠습니까?" 그가 말했다.

냉혹하고 단호하게 들리는 그의 말투에서는 이탈리아어 억양이 심하게 느껴지지 않았다. 그가 의자 하나를 내 쪽으로 밀어주었다.

"틀림없이 저를 보고 놀라셨겠죠?" 내가 그를 유심히 지켜보며 말했다. "제가 피렌체에 와 있는 줄은 모르셨죠?"

"네." 그가 대답했다. "그렇습니다. 여기 와 계신 줄 몰랐습니다."

신중한 말투였다. 하지만 영어 구사력이 부족해 말을 조심하고 있는 것일 수도 있었다.

"제가 누군지 아십니까?" 내가 물었다.

"정확한 관계라면 저도 잘 알고 있다고 생각합니다. 작고하신 앰브로즈 애슐리의 사촌이거나 조카 아니신가요?"

"사촌이자 상속자입니다." 내가 말했다.

그는 시간을 벌거나 주의를 딴 데로 돌리려는 듯 펜을 집어들고 탁자를 톡톡 두드렸다.

"상갈레티 저택에 갔었습니다. 앰브로즈가 세상을 떠난 방도 보았고요. 하인인 주세페가 큰 도움을 주었습니다. 그에게 자세한 설명은 다 들었지만 당신을 찾아가보라더군요."

검은 눈동자에 스치는 묘한 낌새는 나의 상상일까, 아니면 무언가를 감추려는 시도였을까?

"피렌체에 오신 지는 얼마나 되었습니까?" 그가 물었다.

"몇 시간 안 됐습니다. 오후에 왔으니까요."

"오늘 막 도착하셨다고요? 그럼 사촌 되시는 레이첼은 아직 못 만나보셨겠군요." 펜을 쥐고 있던 손에서 긴장이 풀렸다.

"네, 저택 하인의 말로는 그분이 장례식 다음 날 피렌체를 떠났다고 하더군요." 내가 말했다.

"상갈레티를 떠난 것은 맞지만 피렌체를 떠난 것은 아니었습니다."

"아직 이 도시에서 지내고 있나요?"

"아뇨." 그가 말했다. "아닙니다, 지금은 떠나고 안 계십니다. 저택은 저에게 세를 놓으라 하시더군요. 가능하면 팔아달라고요."

나에게 건네는 정보는 무엇이든 먼저 고민해서 머릿속으로 정리를 해보아야 한다는 듯 그의 태도는 이상스레 뻣뻣하고 부자연스러웠다.

"지금 부인이 어디 계신지 아십니까?" 내가 물었다.

"안타깝게도 모릅니다. 계획 없이 갑작스레 떠나셨거든요. 미래에 대해서 어떤 결정을 내리면 편지를 쓰겠다고 하시더군요." 그가 말했다

"혹시 친구들과 함께 지내고 있습니까?" 내가 슬쩍 떠보았다.

"어쩌면요. 한데 그런 것 같지는 않습니다." 그가 말했다.

나는 바로 오늘이나 어제까지만 해도 그녀가 바로 이 방에 그와 함께 있었고, 실제로는 그가 더 많은 것을 알고 있으리라는 느낌을 받았다.

"하인의 입을 통해 사촌 형님의 부고를 이토록 갑작스레 전해

들었으니 제가 받은 충격이 얼마나 클지는 당신도 이해하실 겁니다, 시뇨르 레이날디. 모든 일이 악몽 같더군요. 무슨 일이 있었던 겁니까? 그분이 병에 걸렸다는 사실을 왜 제가 모르고 있었지요?"

그는 내 얼굴에서 시선을 떼지 않고 조심스레 나를 지켜보았다. "사촌 형님의 죽음은 우리에게도 갑작스러운 일이라 모두 큰 충격을 받았습니다. 병에 걸리긴 했지만 그리 위험한 상태는 아니라고 다들 생각했습니다. 이방인들이 이곳에서 여름을 보내다가 흔한 열병에 걸려 몸이 쇠약해지는 것은 종종 있는 일이고, 앰브로즈는 심한 두통까지 호소했습니다. 백작 부인은—애슐리 부인이라고 해야겠군요—걱정을 많이 하셨지만, 그분은 고분고분한 환자가 아니었습니다. 별다른 이유도 없이 우리가 찾아낸 의사들을 보자마자 싫어하셨죠. 애슐리 부인은 하루하루 남편이 완쾌되길 기대했고, 분명 당신이나 영국에 계신 지인들에게 걱정을 끼치고 싶지 않았을 겁니다."

"하지만 우린 걱정했고 제가 피렌체에 온 것도 바로 그 때문입니다. 이런 편지를 받았거든요."

어쩌면 무모하고도 과감한 행동이었을지 모르지만 난 개의치 않았다. 나는 탁자 너머로 앰브로즈가 내게 보낸 마지막 두 통의 편지를 내밀었다. 그는 신중하게 편지를 읽었다. 그의 표정은 달라지지 않았다. 잠시 후 그가 편지를 내게 돌려주었다.

"맞습니다." 그의 목소리는 놀란 기색도 없이 꽤 차분했다.

"애슐리 부인은 그분이 뭔가 이상한 이야기를 편지에 썼을까 봐 두려워했습니다. 생전 마지막 몇 주간은 그분이 뭔가를 꽁꽁 숨기는 듯 비밀스럽고 이상하게 굴어서 의사들도 최악의 상황을 염려하며 부인에게 경고를 했습니다."

"경고를 해요? 무슨 경고를 했단 말입니까?"

"뭔가가 그분의 뇌를 압박하고 있을지도 모른다고요. 혹이나 종양 같은 것이 빠르게 자라는 경우가 있는데, 그렇게 보면 그분의 병세가 설명되더군요."

낭패감이 나를 휩쓸고 지나갔다. 종양이라고? 그렇다면 결국 대부님의 짐작이 옳았단 뜻이었다. 처음엔 필립 숙부, 그리고 이제는 앰브로즈까지. 하지만 그래도…… 이 이탈리아인이 내 눈빛을 살피는 이유는 무엇일까?

"그분의 사인이 종양이라고 의사들이 말하던가요?"

"그건 분명합니다. 그 원인과 더불어 열병을 앓고 난 뒤 심하게 약해진 몸 상태도 한몫했겠지요. 두 명의 의사가 입회를 했습니다. 제 주치의와 다른 의사였죠. 사람을 보내 그들을 데려올 수도 있으니 궁금한 게 있으면 직접 물어보시죠. 한 사람은 영어를 약간 할 줄 압니다."

"아니요, 됐습니다. 그럴 필요는 없습니다." 내가 천천히 대답했다.

그가 서랍을 열어 종이 한 장을 꺼냈다.

"의사 두 분이 모두 서명한 사망 확인서 사본이 여기 있습니다. 읽어보십시오. 사본 한 부는 이미 콘월의 당신 주소로 발송되었고, 또 한 부는 사촌 형님의 유언장 신탁 관리자이신 콘월 주 로스트위시얼의 니컬러스 켄들 씨 앞으로 보냈습니다." 그가 말했다.

나는 사망 확인서를 들여다보았다. 읽어볼 생각조차 들지 않았다.

"니컬러스 켄들 씨가 사촌 형님의 유언장 신탁 관리자라는 건 어떻게 아셨죠?" 내가 물었다.

"사촌 형님인 앰브로즈가 유언장 사본을 갖고 계셨으니까요. 저도 여러 번 읽어봤고요." 시뇨르 레이날디가 대답했다.

"사촌 형님의 유언장을 읽어보셨다고요?" 나는 믿어지지가 않아서 되물었다.

"당연하지요." 그가 대꾸했다. "백작 부인, 그러니까 애슐리 부인의 신탁 관리자로서 부군의 유언장을 확인하는 것은 저의 임무입니다. 이상할 게 없는 일이죠. 사촌 형님께서도 두 분이 결혼하신 직후 직접 저에게 유언장을 보여주셨습니다. 실은 저도 그 사본을 한 장 갖고 있습니다. 하지만 그걸 당신에게 보여드리는 건 제가 할 일이 아닙니다. 그건 당신의 후견인이신 켄들 씨가 하실 일이겠죠. 댁으로 돌아가면 분명 그분이 보여주실 겁니다."

대부님이 내 후견인이라는 사실까지 그가 알고 있다면 나보다 더 많이 알고 있다는 뜻이었다. 실수로 한 말이 아니라면 말이다. 스물한 살을 넘기면 후견인을 두지 않는 게 보통이고, 나는 스물네 살이나 되었는데? 하지만 그건 상관없었다. 문제는 앰브로즈와 그의 질병, 앰브로즈와 그의 죽음이었다.

"이 두 통의 편지는 아파서 몸져누운 사람이 쓴 것이 아닙니다." 나는 고집스럽게 말을 이어갔다. "이건 믿을 수 없는 사람들에게 둘러싸여, 적을 여럿 둔 사람이 쓴 편지예요."

시뇨르 레이날디는 빤히 나를 쳐다보았다.

"그건 정신이 병든 사람이 쓴 편지입니다, 애슐리 씨." 그가 대꾸했다. "노골적인 표현을 용서해주시기 바랍니다만, 지난 몇 주간 나는 그분을 지켜보았고 당신은 보지 못했습니다. 모두에게 유쾌하지 못한 경험이었지만, 특히 부인에겐 더욱 괴로운 일이었겠죠. 첫 번째 편지에 그분이 적었듯이 부인은 남편 곁을 떠나지 않았습니다. 그 점은 내가 보장합니다. 부인은 밤이고 낮이고 그분 곁을 떠나질 않았죠. 다른 여성이었다면 수녀들에게 간호를 맡겼을 겁니다. 부인은 홀로 남편을 간호했고 자신은 전혀 돌보지 않았어요."

"하지만 그렇게 했어도 형님에겐 아무런 도움이 되질 않았죠. 편지를 읽어보세요, 이 마지막 줄 말입니다. '나의 골칫덩이 레이첼이 마침내 내게 일을 저질렀다…….' 이 부분에 대해선 어떻게 생각하시죠, 시뇨르 레이날디?"

흥분해서 그만 목소리를 높였던 것 같다. 그가 의자에서 일어나 줄을 잡아당겨 종을 울렸다. 하인이 나타나자 그는 지시를 내렸고, 곧 하인이 술잔과 와인, 물을 챙겨가지고 돌아왔다. 그가 음료를 따라주었지만 나는 마시고 싶지 않았다.

"어떻습니까?" 내가 말했다.

그는 자리로 되돌아가지 않았다. 대신 책이 꽂혀 있는 벽 쪽으로 다가가 책 한 권을 뽑아 들었다.

"혹시 의학사를 공부한 적이 있습니까, 애슐리 씨?" 그가 물었다.

"아뇨."

"원하시는 정보는 여기서 찾아보시면 될 겁니다. 혹은 주치의들에게 물어보셔도 되고요. 그분들의 주소는 기꺼이 알려드리겠습니다. 뇌에서 발생하는 특정 질병 가운데 특히 혹이나 종양이 있는 경우 환자는 망상에 시달리게 됩니다. 가령 감시당하고 있다는 환상을 품게 되는 것이죠. 아내처럼 가장 가까운 사람마저도 적으로 돌려세우거나 믿을 수 없는 사람이라 여기고, 돈을 빼앗아 갈 것이라고 생각하게 됩니다. 일단 그런 의구심이 자리 잡으면 제아무리 큰 애정을 쏟고 설득해보아도 그 생각을 돌이킬 수가 없습니다. 제 말이나 이곳 의사들 말을 못 믿겠으면 본국으로 돌아가 동포에게 물어보거나 이 책을 읽어보세요."

얼마나 냉정하고 확신에 찬, 그럴듯한 설명이었던지. 앰브로즈가 상갈레티 저택의 철제 침상에 누워 어리둥절한 상태로 고통을 겪고 있는 모습이 상상되었다. 이 남자가 삼단 칸막이 너머로 그를 면밀히 관찰하며 모든 증상을 하나하나 분석하고 있었다. 그의 말이 옳은지 그른지는 나로서도 알 수 없었다. 내가 아는 것은 그저 레이날디가 싫다는 사실뿐이었다.

"왜 부인은 저를 부르지 않았을까요?" 내가 물었다. "앰브로즈가 부인에 대한 신뢰를 잃었다면 왜 저를 부르지 않았죠? 그분을 가장 잘 아는 사람은 저인데요."

레이날디는 탁 소리가 나도록 책을 덮어 책장에 다시 꽂았다.

"당신은 아주 젊으시죠, 애슐리 씨?" 그가 말했다.

나는 그를 빤히 쳐다보았다. 말뜻을 짐작할 수가 없었다.

"사랑에 빠진 여인은 쉽게 포기하지 않습니다. 그런 마음을 자존심이라고 해야 할지, 고집이라고 해야 할지, 무엇으로 부르든 상관없겠죠. 정반대의 증거도 많지만, 여성들의 감정은 우리 남자들보다 훨씬 더 원시적입니다. 그들은 원하는 것에 매달리면 절대 포기하지 않아요. 우리 남자들도 전쟁과 싸움을 치르고 살죠, 애슐리 씨. 하지만 여성들도 싸움을 할 줄 압니다."

그가 깊고 차가운 눈빛으로 나를 쳐다보자 나는 더 이상 그에게 할 말이 없다는 걸 깨달았다.

"내가 여기 왔더라면 앰브로즈는 죽지 않았을 겁니다." 내가 말했다.

나는 자리에서 일어나 문으로 향했다. 레이날디가 또 한 번 줄을 당겨 종을 울렸고, 하인이 나타나 나를 배웅했다.

"당신의 후견인인 켄들 씨에게 편지를 썼습니다. 어떤 일이 있었는지 그간의 모든 사정은 그분께 매우 소상히 설명했습니다. 제가 더 도와드릴 일이 있을까요? 피렌체에 오래 머물 생각이십니까?"

"아뇨, 무엇 때문에요? 저를 이곳에 붙잡아둘 이유가 아무것도 없는데요." 내가 말했다.

"묘지를 보고 싶으시다면 신교도 묘지 관리인에게 전할 쪽지를 써드리죠. 묘지는 상당히 소박하고 평범합니다. 물론 아직까지 비석도 세우지 못했죠. 곧 세울 겁니다."

그가 탁자로 돌아가 휘갈겨 쓴 쪽지를 나에게 주었다.

"묘비엔 뭐라고 쓸 작정이죠?" 내가 물었다.

그가 생각에 잠긴 듯 잠시 머뭇거리는 사이, 하인이 문을 열고 기다리다 나에게 앰브로즈의 모자를 건넸다.

"'레이첼 코린 애슐리의 사랑하는 남편, 앰브로즈 애슐리를 애도하며'라고 새겨달라는 당부를 받았습니다. 물론 날짜도 적어야겠죠."

그 말을 듣자 묘지도 무덤도 보고 싶은 생각이 들지 않았다. 그들이 앰브로즈를 매장한 장소를 볼 마음은 없었다. 그들이 원하는 대로 비석을 세우든 나중에 꽃을 갖다 바치든, 앰브로즈는 결코 알지도 못하고 상관하지도 않을 것이다. 그는 자신의 조국으로 돌아가 자신의 땅 아래서, 영국 서부 시골에서 나와 함께 지낼 테니까.

"애슐리 부인이 돌아오시거든 제가 피렌체에 왔었다고 전해주십시오."내가 천천히 말했다. "상갈레티 저택에 갔었고, 앰브로즈가 세상을 떠난 곳도 보았다고요. 앰브로즈가 저에게 보낸 편지에 대해서도 부인에게 이야기해도 좋습니다."

그는 생김새만큼이나 차갑고 딱딱한 손을 내밀며 여전히 베일에 싸인 듯한 깊은 눈으로 나를 응시했다.

"당신의 사촌인 레이첼은 충동적인 여성입니다. 피렌체를 떠나면서 부인은 모든 물건을 다 가져갔어요. 몹시 안타깝게도 부인이 돌아오는 일은 결코 없을 거라고 생각합니다."

나는 그 집을 나와 어두운 거리로 내려섰다. 덧문을 달아놓은 창 너머에서 그의 시선이 계속 나를 따라오는 것 같은 기분이 들었다. 나는 자갈 깔린 길을 따라 걸어서 다리를 건넜다. 호텔로 돌아가 아침까지 잠을 청하기 전에 나는 한 번 더 아르노강가를 찾았다.

도시는 잠들어 있었다. 밤거리를 떠돌아다니는 사람은 나 하나뿐이었다. 장엄한 종소리마저 침묵했고, 들리는 소음이라고는 다리 아래로 빨려드는 듯한 강물 소리뿐이었다. 태양이 떠 있는 낮 동안 장시간 열기에 시달렸을 때는 강물도 억눌린 듯 천천히 흘러가더니, 밤이 된 지금은 정적 속에서 본래 속도를 되찾은 듯 훨씬 더 빠르게 흘러가는 것 같았다.

어둠 속으로 유유히 휩쓸려 내려가다 잦아드는 강물을 바라보며, 다리에 매달린 하나뿐인 등불의 일렁임 속에서 갈색 거품으로 일어나는 물결을 지켜보았다. 그러자 천천히 휘몰아치는 물결을 따라 네 다리를 허공으로 들어 올린 듯 떠 있는 개의 시체가 나타났다. 시체는 다리 밑을 지나 멀어져갔다.

그곳 아르노강 가에서 나는 자신에게 맹세했다.

앰브로즈가 세상을 떠나기 전에 겪은 고통과 괴로움의 대가가 무엇이었든, 그 원인을 제공한 여인에게 무슨 방법을 써서라도 반드시 앙갚음을 해주겠다는 맹세였다. 레이날디의 이야기를 믿지 않기 때문이었다. 나는 오른손에 쥐고 있는 두 통의 편지에 적힌 진실만을 믿었다. 그것은 앰브로즈가 나에게 보낸 마지막 편지였다.

언제든, 어떻게든, 나의 사촌 레이첼에게 앙갚음을 해줄 것이다.

6

나는 9월 첫 주에 집에 도착했다. 나보다 소식이 먼저 날아와 있었다. 닉 켄들에게 편지를 보냈다던 그 이탈리아인의 말은 거짓이 아니었다. 대부님은 하인들과 영지 소작인들에게 비보를 알렸다. 웰링턴이 보드민으로 마차를 몰고 와서 나를 기다리고 있었다. 말에도 검은 리본이 매여 있었고, 상장喪章을 단 웰링턴과 마구간지기의 얼굴은 침통하고 엄숙했다.

고향에 돌아왔다는 안도감이 얼마나 컸던지, 혹은 유럽을 가로질러 집으로 돌아오는 기나긴 여정에 모든 감정이 무뎌졌던 것인지 나는 순간적으로 슬픔을 잊었다. 웰링턴과 마구간지기 청년을 보자마자 본능적으로 처음 떠올린 생각은 그들에게 미소를 지으며 모두 잘 있느냐고 묻고 싶은 충동이었다. 어릴 적

학교에서 막 돌아왔을 때의 기분과도 흡사했다. 그러나 나이 든 마부의 태도는 새삼 격식을 차린 듯 뻣뻣했고, 젊은 마구간지기도 예의를 갖춰 내게 마차 문을 열어주었다. "서글픈 귀향이네요, 필립 씨." 웰링턴이 말했다. 내가 시컴과 집안 식솔들의 안부를 묻자 그는 고개를 절레절레 흔들며, 하인들과 소작인들까지 전부 깊이 애도하고 있다고 말했다. 소식이 전해진 뒤로는 온 동네에서 그 이야기뿐이라고 했다. 영지 내 작은 예배당뿐만 아니라 교회에도 일요일마다 근조 휘장이 드리워졌지만, 무엇보다도 충격적이었던 건 주인 나리가 고향으로 돌아와 가족들과 함께 지하 납골당에 묻히는 대신 이탈리아에 매장되었다는 사실을 켄들 씨가 공표했을 때였다고 웰링턴이 말했다.

"저희는 아무리 생각해봐도 옳은 일 같지가 않습니다, 필립 씨. 애슐리 씨께서도 그걸 원치는 않을 거예요." 그가 말했다.

나도 뭐라고 대답해줄 말이 없었다. 나는 마차에 올라 그들이 이끄는 대로 집으로 향했다.

참으로 이상하게도 집이 시야에 들어오자마자 지친 감정과 지난 몇 주간의 피로가 삽시간에 사라졌다. 모든 중압감이 잊히면서 장시간 길에서 시달렸는데도 푹 쉰 듯한 평온함이 찾아왔다. 마차가 두 번째 철문을 지나 집으로 이어지는 언덕을 오르기 시작한 때는 오후여서 서쪽 별채의 창문과 회색 벽이 햇빛을 받아 빛나고 있었다. 개들도 나를 맞이하려고 나와 기다리는 중이었고, 가엾은 시컴은 다른 하인들과 마찬가지로 팔에 검은 상장을 단 채로 대기하다 내가 손을 꼭 잡자 그제야 감정을 주체하지 못하고 허물어졌다.

"정말 오랜만입니다, 필립 씨. 너무 오랜만이에요. 애슐리 씨처럼 필립 씨도 열병에 걸리시진 않았는지 우리가 어찌 알았겠습니까?"

그는 내가 식사를 하는 동안 시중을 들며 내 건강을 염려해 만사를 세심히 배려해주었다. 내 여행이나 앰브로즈의 병과 죽음에 관해 꼬치꼬치 캐묻지 않는 그가 고마웠지만, 집주인의 비보는 시컴 자신에게나 식솔들에게 엄청난 영향력을 미치고 있었다. 온종일 애도의 종소리가 어떻게 울렸는지, 교구목사는 무슨 말로 애도를 했는지, 근조 화환은 어떻게 들어왔는지에 대한 설명이 이어졌다. 그의 모든 설명과 말투에는 마침표처럼 새로이 격식이 갖추어졌다. 나는 필립 '씨'로 불렸다. 더는 필립 '도련님'이 아니었다. 그제야 마부와 마구간지기 청년도 똑같이 나를 불렀다는 것을 깨달았다. 예기치 못한 일이었지만 그럼에도 이상스레 마음이 따뜻해졌다.

식사를 마친 나는 방으로 올라가 몸가짐을 바로한 뒤 서재로 내려갔다가 다시 마당으로 나갔고, 앰브로즈가 죽은 뒤로는 두 번 다시 느낄 수 없을 거라 여겼던 기묘한 행복감에 휩싸였다. 피렌체를 출발했을 때 나는 고독의 가장 밑바닥까지 떨어져 있었고, 아무것도 바라는 것이 없었다. 이탈리아와 프랑스를 가로지르면서는 도무지 떨칠 수 없는 이미지에 사로잡혀 있었다.

앰브로즈가 상갈레티 저택의 그늘진 안뜰에서 금사슬나무 옆에 앉아 분수에서 떨어지는 물줄기를 지켜보고 있는 광경이 눈에 선했다. 수도사의 방처럼 황량한 침실에서 겹쳐 쌓은 베개에 기대어 숨을 쉬려고 헐떡이는 모습도 그려졌다. 그럴 때면 그의 일거수일투족을 감시할 수 있는 거리에 항상 내가 본 적도 없는 여인의 혐오스러운 그림자가 드리워져 있었다. 그녀는 너무도 많은 얼굴로 등장해 너무도 많은 가면을 쓰고 있었고, 하인 주세페와 레이날디가 애슐리 부인이라는 이름보다 선호했던 백작 부인이라는 호칭은 애당초 그녀를 또 다른 패스코 부인으로 여겼던 당시의 내가 생각해본 적도 없는 일종의 후광 같은 것을 그녀에게 덧씌웠다.

저택을 다녀온 이후 그녀는 인생 자체보다 거대한 괴물이 되었다. 그녀의 눈은 야생 자두처럼 검고, 얼굴은 레이날디만큼이나 뾰족했으며, 뱀처럼 섬뜩하게 소리 없이 꿈틀거리며 먼지 덮인 저택의 방들을 돌아다녔다. 앰브로즈의 육신에서 마지막 숨마저 사라졌을 때, 그녀가 그의 옷을 트렁크에 넣고, 그의 책과 마지막 소지품까지 모조리 챙겨 넣은 뒤 흡족한 웃음을 지으며 남몰래 빠져나와 로마나 나폴리로 향하거나, 심지어는 아르노 강 변에 있는 바로 그 집 안에서 닫힌 덧문 뒤에 숨어 누워 있는 모습이 그려졌다. 그런 이미지들은 내가 바다를 건너 도버에 당도할 때까지 나를 따라다녔다. 그런데 이제 집에 돌아오자, 동이 트면서 악몽이 사라지듯 그런 생각들이 사라져버렸다. 비통한 심정도 마찬가지였다. 앰브로즈는 다시 나와 함께였고, 더는 고통받지도 괴로워하지도 않았다. 그는 피렌체나 이탈리아에 아예 간 적도 없었다. 마치 그 역시 이곳 고향 집에서 세상을 떠난 뒤 아버지와 어머니, 그리고 나의 부모님과 함께 묻혀 있는 듯했고, 나의 슬픔도 이제는 내가 극복할 수 있는 감정이 되었다. 여전히 슬픔은 내 안에 남아 있었지만 비극은 아니었다. 나 역시 내가 마땅히 있어야 할 곳으로 돌아왔고, 집의 냄새가 온통 나를 둘러싸고 있었다.

밖으로 나가 들판을 가로지르자 사람들이 수확을 하고 있었다. 옥수숫단을 한창 수레에 싣는 중이었다. 나를 본 농부들은 일손을 멈추었고, 나는 그들에게 다가가 일일이 대화를 나누었다. 기억도 나지 않는 까마득한 시절부터 바턴의 소작인으로 일하며 나를 필립 도련님이라는 호칭 외에 다른 이름으론 불러본 적도 없는 늙은 빌리 로는 내가 다가가자 이마에 손을 대 인사를 했고, 남자들의 일손을 돕느라 나와 있던 그의 아내와 딸도 무릎을 굽혀 절을 했다. "저희도 나리를 그리워하던 참이었습니다. 나리 없이 옥수수를 나르기 시작하는 건 옳지 않은 일 같더군요. 나리가 집에 돌아오시니 기쁩니다." 그가 말했다. 1년 전만 해도 나 역시 다른 농부들처럼 소매를 걷어붙인 채 갈퀴를 손에 들었겠지만, 이제는 무언가 나를 막아서고 있었고, 사람들이 어울리지 않는다고 생각할 거라는 깨달음에 이르렀다.

"나도 집에 돌아와 기뻐요." 내가 말했다. "애슐리 씨의 죽음은 나에게 엄청난 슬픔이고 여러분에게도 마찬가지겠지만, 이젠 우리 모두 그분이 우리에게 바랐던 대로 계속 살아나가야 합니다."

"그럼요, 나리." 그가 다시 한 번 이마에 손을 올리며 말했다.

나는 잠깐 더 머물면서 이야기를 나누다 개들을 데리고 자리를 떴다. 늙은 빌리 로는 내가 생울타리에 당도할 때까지 기다렸다가 일꾼들에게 다시 작업을 지시했다. 집과 경사진 들판 사이 중간쯤에 자리한 망아지 방목장에 다가간 나는 걸음을 멈추고 주저앉은 담장 너머로 뒤를 돌아보았다. 언덕 저 멀리에도 짐수레와 말들이 대기 중이었고, 하늘과 맞닿은 윤곽선을 따라 검은 점처럼 사람들의 형체가 옮겨 다녔다. 마지막 남은 햇빛을 머금은 옥수숫단이 금빛으로 물들었다. 새파란 색으로 일렁이는 바다는 바위를 뒤덮은 부분만 거의 자줏빛이었고, 밀물 때면 언제나 그러하듯 깊고 풍요로운 모습으로 넘실거렸다. 조업을 나간 어선단이 순풍을 쫓아 동쪽으로 돛을 세우고 있었다. 집이 있는 방향을 돌아보니 이제 그늘이 짙게 드리워진 저택에선 시계탑 꼭대기에 세운 풍향계만 기울어진 석양빛을 반사하고 있었다. 나는 풀밭을 천천히 걸어 열린 문으로 향했다.

시컴이 아직 하인들을 내려보내 문단속을 시키지는 않았는지 저택 창문은 여전히 열려 있었다. 창문이 모두 열려 바람결에 커튼이 살며시 나부끼고 있는 광경을 바라보노라니, 그 창문 안쪽의 모든 방이 내가 잘 알고 아끼는 공간이라는 생각이 들면서 어쩐지 환영받는 듯한 느낌이었다. 높고 곧게 뻗은 굴뚝에서 연기가 피어올랐다. 너무 늙어서 다리가 굳어버려 함께 산책하기가 어려운 리트리버 종 올드 던과 어린 개들이 서재 창문 아래에서 자갈을 긁어대다가 내 쪽으로 고개를 돌리더니 내가 가까이 다가가자 천천히 꼬리를 흔들었다.

앰브로즈의 죽음을 알게 된 뒤 처음으로, 지금 눈앞에 펼쳐져 보이는 모든 것들이 내 소유라는 사실이 아주 강렬한 충격처럼 다가왔다. 살아 있는 그 누구와도 그것을 나누어 가질 필요가 없었다. 눈에 보이는 저 벽과 창문, 내가 다가가는 사이 7시를 알린 종과 집 안에 존재하는 모든 생명체가 오로지 나만의 것이었다. 발밑에 밟히는 잔디, 나를 둘러싼 나무, 내 뒤쪽으로 펼쳐진 언덕, 초원, 숲, 심지어는 저 너머 땅을 일구고 있는 남녀 농부들까지 모두가 내 유산의 일부였다. 그 모든 것이 내 소유였다.

집 안으로 들어간 나는 서재 벽난로를 등지고 서서 주머니에 손을 넣었다. 개들이 습관처럼 따라 들어와 내 발밑에 드러누웠다. 시컴이 찾아와 아침에 웰링턴에게 지시할 것이 있는지를 물었다. 말과 마차를 준비하거나, 애마 집시에게 미리 안장을 얹어두기를 원하시냐고 했다. 나는 아니라고, 오늘 밤엔 지시할 게 아무것도 없다고 대답했다. 아침 식사 후에 내가 직접 웰링턴을 만날 작정이었다. 그러니 평소 일어나는 시간에 불러주길 바란다고. 그는 "예, 나리" 하고 대답한 뒤 방을 나갔다. 필립 도련님은 영원히 사라졌다. 애슐리 씨가 집에 온 것이다. 묘한 기

99

분이었다. 겸손한 마음이 들면서도 한편으로는 묘하게 자랑스러웠다. 예전엔 미처 몰랐던 일종의 자신감과 강인함, 새로운 의기양양함이 솟았다. 마치 부대의 지휘를 맡게 된 군인이라도 된 기분이랄까. 몇 년 몇 달간 2인자의 자리에서 부관 노릇만 하다 드디어 사령관 지위에 오르기라도 한 듯 주인으로서 느끼는 자부심과 소유욕마저 들었다. 그러나 군인과 달리 나는 지휘권을 단념해야 할 일이 절대 없을 것이다. 평생 나의 것이므로. 서재 벽난로 앞에 서서 그런 깨달음을 얻은 순간 나는 그 이전에도 이후에도 경험하지 못한 행복감을 느꼈다. 그런 찰나의 순간들은 원래 눈 깜짝할 새 찾아왔다가 눈 깜짝할 새 흘러가는 법이다. 하루하루 반복되는 일상의 소음이 마법을 깨뜨렸다. 개가 몸을 뒤척였을 수도 있겠고, 벽난로에서 불씨가 튕겼을 수도 있고, 위층에서 창문을 닫으려고 하인이 움직이는 소리가 났던 것인지도 모르겠다. 그게 무엇인지는 기억나지 않는다. 다만 기억나는 건 그날 밤 내 안에서 오래 잠들어 있던 무언가가 드디어 살아 움직이는 듯한 자신만만한 심정이었다. 나는 일찍 잠자리에 들었고 꿈도 없는 단잠에 빠져들었다.

다음 날 대부님인 닉 켄들이 루이즈를 대동하고 건너왔다. 연락할 만한 가까운 친척도 없었으므로, 시컴과 다른 하인들에게 할당된 유산, 교구 내 가난한 사람들과 과부, 고아들에게 통상적으로 나눠주는 기부금을 제외하면 영지와 재산 전부가 나에게 남겨졌다고, 닉 켄들이 서재에서 나에게만 유언장을 읽어주었다. 루이즈는 혼자 마당으로 산책을 나갔다. 법률 용어가 난무하긴 했지만 내용은 간단명료했다. 한 가지만 예외였다. 이탈리아인 레이날디의 말이 맞았다. '정말' 닉 켄들이 나의 후견인으로 지정되어 있었다. 스물다섯 살이 될 때까지는 영지가 온전히 내 것이 될 수 없기 때문이었다.

"앰브로즈는 청년이 스물다섯 살은 되어야 비로소 자기 마음을 알게 된다고 생각했다." 대부님이 안경을 벗고서, 직접 읽어보도록 내게 유언장을 건네며 말했다. "술이나 도박, 여자 문제에 약점이 있었다 해도 어른으로 성장할 수 있으니, 스물다섯 살이라는 조항은 안전장치였던 셈이지. 네가 해로스쿨을 다니던 시절에 내가 유언장 작성을 도와주었는데, 우리 둘 다 너에게 그런 경향이 아직 보이지 않는다는 걸 알고 있었지만 앰브로즈가 그 조항을 넣길 원했다. '필립도 기분 나빠 하진 않을 테고, 그 녀석도 조심하는 법을 배우게 되겠죠'라고 앰브로즈는 늘 이야기했지. 그래서 현재로선 그 부분에 대해 우리가 할 수 있는 일이 아무것도 없구나. 사실 네 입장에서 달라질 건 없다. 다만 예전에도 늘 그랬듯이 돈을 쓸 일이 있으면, 영지 관리를 위한 돈이든 네 개인적인 용도든 앞으로 일곱 달 동안 나의 허락을 받아야 한다는 것뿐이야. 네 생일이 4월이던가?"

"대부님은 본인이 제 후견인이시란 걸 알고 계셨겠네요." 내가 말했다.

"넌 어려서부터 목사를 어리둥절한 눈빛으로 빤히 쳐다보는 아주 재미있는 녀석이었지." 그가 미소를 지으며 말했다. "당시 앰브로즈는 막 옥스퍼드에서 학업을 마치고 내려온 상황이었어. 앰브로즈가 네 코를 잡아당겨 울게 만들어 네 어머니가 충격을 받았지. 나중엔 가엾은 네 아버지에게 내기 경주를 신청해서, 성채부터 로스트위시얼까지 노를 젓느라 둘 다 뼛속까지 흠뻑 젖었던 적도 있었단다. 부모님의 부재를 느껴본 적 있니, 필립? 어머니 없이 자란다는 건 너에게 힘든 일이었을 거라고 나도 종종 생각한단다."

"모르겠어요. 그런 생각은 별로 해본 적 없어요. 앰브로즈 말고는 아무도 원한 적 없었으니까요."

"어쨌거나 그건 잘못이었어. 앰브로즈한테도 그렇게 말했는데 통 내 말을 들으려 하질 않더구나. 집에는 가정부든 먼 친척이든 살림을 맡아줄 누군가가 있어야 하는 법이다. 여자를 모르고 성장했으니, 만약에 결혼이라도 하게 된다면 네 아내가 힘들어할 거야. 아침 식사 때 루이즈한테도 내가 그런 이야기를 해주었다."

그러더니 의도한 것보다 더 많은 말을 털어놓기라도 한 듯 그가 약간 불편한 표정—대부님에게도 그런 표정이 있는지는 모르겠지만—을 지으며 말을 멈추었다.

"맞아요, 때가 되면 제 아내는 모든 어려움을 감당해야 할 겁니다. 하지만 그런 때라는 것이 과연 올지, 가능성은 별로 없어 보이는데요. 전 앰브로즈를 너무 많이 닮았고, 이제는 결혼이 그에게 어떤 짓을 했는지도 잘 알게 되었으니까요." 내가 말했다.

대부님은 침묵했다. 그래서 나는 저택을 방문한 사연과 레이날디를 만났던 일에 대해서 털어놓았고, 그도 이탈리아인이 보낸 편지를 내게 보여주었다. 예상했던 대로 편지엔 앰브로즈의 병과 죽음에 대한 이야기와 사적인 유감, 레이날디의 표현에 따르면 슬픔을 가누지 못하고 있는 미망인이 겪었을 충격과 애통함에 관한 얘기가 차갑고 격식 차린 어투로 적혀 있었다.

"그렇게도 슬픔을 가누지 못해서 장례식 바로 다음 날 도둑처럼 앰브로즈의 물건을 몽땅 가지고 떠나버렸군요. 그 여자가 잊고 간 건 낡은 모자 하나뿐이었어요. 틀림없이 찢어지고 낡아 값어치가 없었기 때문이겠죠." 내가 대부님에게 말했다.

대부님이 헛기침을 했다. 숱 많은 눈썹이 가운데로 몰렸다.

"설마 책과 옷가지 때문에 그 여자를 시기하는 것은 아니겠지? 진정해라, 필립. 그 여자가 가진 건 그게 전부야."

"그 여자가 가진 건 그게 전부라니, 무슨 말씀이시죠?" 내가 물었다.

"네 앞에 있는 그 유언장을 방금 읽어주었잖니. 그건 10년 전에 내가 만든 유언장과 같은 거란다. 결혼하면서 새로 추가한 내용은 없더구나. 아내를 위한 조항은 유언장에 빠져 있다. 작년 내내 나는 언제고 앰브로즈한테서 무슨 이야기가 있을 거라고, 최소한 재산권 계승 합의서라도 올 거라고 예상했었다. 그게 보통이니까. 그런데 외국에서 지내면서 그런 필요성에 소홀했거나, 아니면 곧 돌아올 생각이었던 것 같다. 그러다 병에 걸렸으니 모든 일이 중단될 수밖에 없었겠지. 네가 그토록 싫어하는 듯한 시뇨르 레이날디라는 이탈리아인이 애슐리 부인을 대신해서 아무런 주장도 하지 않았다는 사실이 나로선 약간 놀랍구나. 그 사람이 대단히 사려 깊은 인물이라는 뜻이겠지."

"주장이라뇨? 맙소사, 그 여자가 앰브로즈를 죽게 만들었다는 걸 우리 모두 빤히 아는데 대부님은 재산권 주장 이야기를 하시네요?"

"우리가 그 문제에 대해서 뭘 안다고 그러는지 모르겠구나. 네 사촌의 미망인에 대해서 그런 식으로 이야기할 거라면 나는 더 듣고 싶지 않다." 대부님은 나에게 대꾸한 뒤 자리에서 일어나 서류를 챙기기 시작했다.

"그럼 대부님은 종양 이야기를 믿으시는 거예요?" 내가 물었다.

"당연히 믿고말고." 그가 대답했다. "레이날디라는 그 이탈리아인이 보낸 편지와 의사 두 사람이 서명한 사망 확인서가 여기 있다. 너는 모르겠지만 나는 네 숙부 필립의 죽음을 똑똑히 기억하고 있어. 증상이 아주 비슷했었다. 앰브로즈한테서 온 편지를 보고 네가 피렌체로 떠났을 때 내가 두려워한 것도 바로 그것이었어. 네가 너무 늦게 도착해 아무런 도움도 되지 못한 건 사실이지만, 그런 재앙엔 원래 아무도 도움이 되지 못하는 법이야. 지금 생각해보니 그건 재앙이 아니라 결국 다행스러운 일이었을지도 모르겠구나. 너도 앰브로즈가 고통스러워하는 걸 보고 싶진 않았을 거다."

나는 그토록 완고하고 맹목적으로 구는 멍청한 노인네를 흠씬 두들겨주고 싶었다.

"두 번째 편지는 못 보셨잖아요. 제가 떠나던 날 아침에 도착한 쪽지가 있습니다. 이걸 보세요." 내가 말했다.

나는 그 편지를 아직도 갖고 있었다. 가슴팍 주머니에 늘 갖고 다녔다. 그 편지를 대부님에게 건넸다. 그가 다시 안경을 끼고 편지를 읽었다.

"미안하구나, 필립. 하지만 가엾고 비통하게 휘갈겨 쓴 이 필체를 보아도 내 생각은 바뀌지 않는다. 너도 사실을 직시해야 해. 넌 앰브로즈를 사랑했고, 그건 나도 마찬가지다. 앰브로즈가 세상을 떠나면서 나는 가장 친한 친구를 잃었어. 앰브로즈가 겪었을 정신적인 고통을 생각하면 나도 너만큼이나 마음이 아프고, 어쩌면 나는 그 병을 앓았던 다른 사람을 보았기 때문에 더 괴로울 거야. 너의 문제는 우리가 익히 알고 존경하고 사랑했던 사람이 죽기 전에 진짜 자아를 잃었다는 사실을 너 스스로 인정하지 않으려 할 거란 점이다. 앰브로즈는 정신적으로도 육체적으로도 병든 상태였고, 자기가 쓰거나 말한 내용에 책임이 없어."

"전 안 믿어요. 믿을 수가 없어요."

"네가 믿지 않을 거라는 뜻이겠지. 그렇다면 더는 할 말이 없다." 대부님이 말했다. "하지만 앰브로즈를 위해서, 그리고 그를 알고 사랑했던 모든 사람들을 위해서, 이곳 영지와 마을에 있는 다른 사람들에게는 네 생각을 퍼뜨리지 말아달라고 당부해야겠구나. 그런 생각은 듣는 이에게 번민과 고통을 안겨줄뿐더러, 혹여 그런 소식이 어디 있는지도 모르는 미망인에게 전해지기라도 한다면 너는 그 여인의 눈에 아주 비참한 인물로 비춰질 테고, 그 여인은 너를 중상모략으로 고소할 충분한 권리를 갖게 돼. 만일 내가 그 이탈리아인처럼 그녀의 법률 대리인이라면 주저 없이 소송을 제기할 거다."

대부님이 그토록 강한 어조로 말씀하시는 걸 나는 한 번도 본 적이 없었다. 그 문제에 대해서 더는 할 말이 없다는 그분의 말씀이 옳았다. 나는 톡톡히 교훈을 얻었다. 다시는 그 이야기를 꺼내지 않을 것이다.

"이제 그만 루이즈를 부를까요? 정원에서 너무 오래 방황하게 한 것 같네요. 두 분 다 저와 저녁 식사를 하시는 게 좋겠습니다." 뾰족한 말투로 내가 말했다.

대부님은 저녁 식사 내내 침묵을 지켰다. 내가 했던 말에 아직도 충격을 받은 것 같았다. 루이즈는 여행에 관해 물으며, 파리와 프랑스 시골, 알프스와 피렌체에 대한 내 생각을 듣고 싶어 했고, 매우 부적절한 나의 대답이 그럭저럭 대화의 공백을 메웠다. 하지만 눈치 빠른 루이즈는 무언가 잘못되었다는 걸 알아차렸다. 저녁 식사 후 대부님이 시컴과 하인들을 불러 다양한 유산 형태에 대해 이야기하는 동안 나는 그녀와 함께 응접실로 가서 자리를 잡았다.

"대부님이 나한테 마음 상하셨어." 나는 루이즈에게 사연을 들려주었다. 그녀는 고개를 한쪽으로 살짝 기울이고 턱을 들어 올린 채로 나에겐 아주 익숙한, 캐묻는 듯 예리한 눈초리로 나를 지켜보았다. 자초지종을 듣고 나자 그녀가 입을 열었다. "있지, 나는 그 생각이 맞을 수도 있다고 생각해. 아마 가엾은 애슐리 씨와 부인은 행복하지 않았을 거야. 그런데 자존심이 너무 세서 병들기 전까지는 그런 이야기를 편지에 써 보내지 못했던 거야. 어쩌면 둘이 말다툼을 하면서 모든 일이 한꺼번에 터지는 바람에 그분이 필립한테 그런 편지를 보낸 건지도 모르지. 그곳 하인들은 그 여자에 대해서 뭐라고 해? 젊은 여자였어, 나이 든 여자였어?"

"그건 물어보지 않았어. 상관없는 일이니까. 중요한 건 앰브로즈가 세상을 떠날 때 그 여자를 신뢰하지 않았다는 사실이야."

루이즈가 고개를 끄덕였다. "정말 끔찍해. 앰브로즈는 틀림없이 무척 외로우셨을 거야." 그녀도 맞장구를 쳤다. 루이즈를 향한 마음이 따뜻해졌다. 아마도 젊고 나와 비슷한 또래여서 제 아버지보다 더 통찰력이 뛰어난 것 같았다. 대부님은 나이가 들면서 판단력을 잃어가고 있다고 나는 속으로 생각했다. "그 여자 생김새에 대해서 레이날디라는 그 이탈리아인에게 물어보지 그랬어. 나라면 물어봤을 거야. 그게 아마 나의 첫 질문이었을걸.

그나저나 그 여자의 첫 남편인 백작한테는 무슨 일이 일어났던 걸까? 결투하다가 죽었다고 언젠가 이야기하지 않았어? 그것만 봐도 역시나 그 여자를 좋게 생각할 수가 없어. 어쩌면 그 여자한테 애인이 여럿 있었을지도 몰라." 루이즈가 말했다.

나의 사촌 레이첼의 그런 면에 대해서는 생각해본 적이 없었다. 난 그저 그녀를 거미 같은 악당으로만 생각하고 있었다. "애인을 상상하다니 역시 여자는 다르다니까. 그림자에 휩싸여 어두운 통로를 걸어가는 뾰족한 구두 굽. 비밀 계단. 피렌체에 널 데려갔어야 했는데. 너라면 나보다 훨씬 더 많은 걸 알아냈을 테니까." 내가 루이즈에게 말했다.

내 말을 들은 루이즈가 얼굴을 붉히는 걸 보며 여자들은 참 이상하다는 생각을 했다. 나와 평생 알고 지낸 루이즈마저도 종종 농담을 이해하지 못했다. "어쨌거나 그 여자한테 애인이 수백 명 있었든 아니든 나는 관심 없어. 어딘지 몰라도 지금쯤 그 여자는 로마나 나폴리에 납작 엎드려 숨어 있겠지. 하지만 언젠가는 꼭 찾아내서 그걸 유감스럽게 만들어줄 작정이야."

바로 그 순간 대부님이 우리 쪽으로 다가와서 나는 입을 다물었다. 그는 기분이 좀 나아진 듯 보였다. 시컴과 웰링턴, 다른 하인들이 유산을 받게 된 것에 대해 감사 인사를 했을 테고, 대부님도 선의를 베풀며 틀림없이 자신이 그 자선의 제공자 중 하나라고 느꼈을 것이다.

"곧 말을 타고 보러 와줘." 루이즈가 아버지와 나란히 이륜마차에 오르도록 도와주면서 내가 말했다. "넌 나랑 잘 맞아. 너와 함께 있는 게 좋아." 그러자 이 어리석은 아가씨는 또다시 얼굴을 붉히며, 자기 아버지가 그 말을 어떻게 받아들이는지 보려고 옆을 돌아보았다. 이전에도 셀 수 없이 말을 타고 서로의 집을 오갔건만, 전혀 그런 적이 없었다는 듯한 태도였다. 어쩌면 그녀 또한 나의 새로운 지위에 영향을 받아, 정작 나 스스로 내 위상이 어떤 것인지 깨닫기도 전에 나를 그냥 필립이 아닌 애슐리 씨로 여기게 된 것은 아닐까. 불과 몇 년 전까지만 해도 내가 머리칼을 잡아당기며 놀려댔던 루이즈 켄들이 이젠 존경심을 품고 나를 올려다본다는 생각에 미소 지으며 집 안으로 들어가던 나는 순식간에 그녀와 대부님을 뇌리에서 지워버리고서, 두 달이나 비웠던 집에 돌아왔으니 앞으로 할 일이 많을 거라는 생각에 집중했다.

곡식 수확을 비롯해 내 손길을 기다리는 일들이 산더미였으므로 적어도 보름간은 대부님을 만날 일이 없을 거라고 생각했다. 그러나 일주일도 채 지나기 전에 그의 마구간지기가 아침 일찍 길을 나섰는지 정오가 지난 직후 나타나, 만나러 와달라고 청하는 전갈을 건넸다. 가벼운 오한으로 집에 갇혀 지내는 형편이라 직접 올 수는 없지만, 전할 소식이 있다는 것이었다.

급한 일은 아닐 거라고 생각했다. 마침 그날 마지막으로 수확한 옥수수를 수레에 싣고 있었던 터라 나는 다음 날 오후에 말을 타고 그를 만나러 갔다.

나는 서재에 홀로 있는 그를 찾아갔다. 루이즈는 어디 있는지 보이지 않았다. 그는 난처하고 초조한 듯 묘한 표정을 짓고 있었다. 심기가 불편하다는 것을 한눈에 알 수 있었다.

"이젠 모종의 결단을 내려야 할 것 같구나. 무엇을 언제 어떻게 할지는 네가 결정해야 한다. 그 여자가 배편으로 플리머스에 도착했어." 그가 말했다.

"누가 도착을 해요?" 내가 물었다. 그러나 실은 나도 알고 있었던 것 같다.

그가 손에 들고 있던 종이를 나에게 보여주었다.

"네 사촌 레이첼이 보낸 편지를 받았다." 그가 말했다.

7

그가 나에게 편지를 건네주었다. 나는 접힌 종이에 적힌 필체를 들여다보았다. 무엇을 보게 될 거라 생각했는지는 모르겠다. 어쩌면 획이 시원시원하고 동그라미 모양이 대담한 글씨체나, 혹은 그와 정반대로 촘촘하고 빽빽하게 적힌 글씨체를 기대했는지도 모른다. 말끝에 줄표가 많아 전반적으로 단어 자체의 뜻을 이해하기가 쉽지 않아 보인다는 것을 제외하면, 그냥 남들과 별로 다를 것이 없는 평범한 글씨체였다.

"그 여자는 우리가 소식을 들었다는 걸 알지 못하는 것 같다. 시뇨르 레이날디가 편지를 보내기 전에 피렌체를 떠난 게 틀림없어. 편지를 읽고 네 생각을 먼저 말해보거라. 내 의견은 나중에 들려주마." 대부님이 말했다.

나는 편지를 펼쳤다. 플리머스 호텔에서 보낸 편지에는 날짜가 9월 13일로 적혀 있었다.

친애하는 켄들 씨,

앰브로즈에게서 자주 귀하에 대한 이야기를 전해 듣던 무렵에는 이토록 깊은 슬픔에 휩싸여 당신에게 첫 연락을 취하게 되리라고는 전혀 생각지 못했습니다. 저는 엄청난 비탄에 잠긴 채 제노바를 거쳐 플리머스에 당도하였고, 안타깝게도 저 혼자랍니다.

저의 사랑하는 이는 7월 20일 짧지만 격렬한 발작을 동반한 병환으로 피렌체에서 세상을 떠났습니다. 할 수 있는 모든 조치를 취하고 동원할 수 있는 최고의 의사들을 불렀으나 그를 구하지는 못했습니다. 일찍이 봄에 그를 괴롭혔던 열병이 재발한 데다, 뇌의 압박이 마지막 타격을 입혔지요. 의사들 말로는 몇 달간 휴면 상태로 있던 혹이 빠르게 재발하여 그를 거두어 간 것이라고 합니다. 그이는 피렌체의 신교도 묘지에 잠들어 있습니다. 제가 직접 선택한 장소인데 조용한 데다 다른 영국인 묘지와는 약간 동떨어져, 그이가 원했을 법한 나무로 둘러싸여 있습니다. 저의 개인적인 비탄과 극심한 공허함에 대해서는 아무 말씀도 드리지 않겠습니다. 저를 모르시는 분에게 제 슬픔을 옮겨드리고 싶은 마음은 없어요.

처음 제 뇌리에 떠오른 것은 앰브로즈가 너무도 깊이 사랑했고, 또한 저 못지않게 깊은 슬픔에 잠겨 있을 필립에 대한 염려였습니다. 저의 선량한 친구이자 조언자인 피렌체의 시뇨르 레이날디가 당신께 편지를 써 소식을 알릴 터이니 당신께서 필립에게 대신 소식을 전해주면 될 것이라고 장담했으나, 저는 이탈리아에서 영국까지 가는 우편을 좀처럼 신뢰하지 못하는 까닭에, 귀하께서 소문이나 낯선 사람을 통하여 소식을 전해 듣거나 아예 소식이 전해지지 않을까 두려웠습니다. 앰브로즈의 유품은 제가 모두 가져왔어요. 그이의 책과 옷가지를 포함하여 필립이 간직하고 싶어 할 만한 모든 물건은 당연히 그의 소유입니다. 그 물건을 제가 어떻게 처리해야 할지, 어떻게 보내드려야 할지, 필립에게 제가 직접 편지를 쓰는 편이 좋을지 귀하께서 알려주신다면 감사하겠습니다.

저는 매우 갑작스럽게 충동적으로 피렌체를 떠나왔지만 후회는 없습니다. 앰브로즈가 떠난 마당에 그곳에 머무는 것을 견딜 수가 없었어요. 이후의 계획은 아무것도 세우지 않았습니다. 일단 큰 충격이 지나가고 나면 심사숙고의 시간이 가장 절실하겠지요. 좀 더 빨리 영국에 오고 싶었지만, 저를 태우고 온 배의 항해 준비가 미비하여 제노바에서 시간이 지체되었답니다. 콘월 지방에 아직 제 친척인 코린 일가 사람들이 뿔뿔이 흩어져 살고 있다는 걸알지만, 불쑥 그들의 삶을 침범하고 싶은 마음은 없습니다. 저는혼자 지내는 편이 훨씬 좋아요. 이곳에서 잠시 휴식을 취하고 나면 런던으로 떠나 다시 이후 계획을 세울 수 있을 것 같습니다.

제 남편의 유품을 어떻게 해야 할지 귀하의 지시를 기다리겠습니다.

가장 성실한 마음을 담아,

레이첼 애슐리

나는 그 편지를 한 번, 두 번, 어쩌면 세 번쯤 읽고서 대부님에게 돌려주었다. 그는 내가 입을 열기를 기다렸다. 나는 한 마디도 하지 않았다.

마침내 그가 말했다. "보다시피 결국 그 여자는 아무것도 갖지 않겠다는구나. 책 한 권, 장갑 한 켤레도 말이다. 모두 너를 위한 물건이었어."

나는 대꾸하지 않았다.

그가 말을 이었다. "그 여자는 집을 보고 싶다는 부탁조차 하지 않고 있다. 앰브로즈가 살았더라면 그 여자의 집이 되었을 곳이야. 너도 알다시피, 일이 이렇게 되지 않았더라면 그 여자의 최근 여행길에서도 당연히 둘이 함께였겠지? 그녀에겐 귀향이었을 거다. 상황이 얼마나 달랐겠니? 영지의 모든 사람들이 그 여자를 환영했을 테고, 하인들은 기대감에 들떠 흥분하고 이웃들이 인사를 하러 왔을 거다. 그러는 대신 플리머스의 호텔에서 외로이 지내고 있다니. 그 여자를 만나본 적이 없으니 상냥한 사람인지 불쾌한 사람인지 그건 나도 알 수 없겠지. 하지만 중요한 건 그 여자가 아무것도 바라지 않고 아무것도 요구하지 않는다는 사실이다. 그래도 그 사람은 애슐리 부인이야. 미안하구나, 필립. 네 생각도 알고, 네 태도가 흔들리지 않을 거란 것도 안다. 하지만 앰브로즈의 친구로서, 그의 신탁 관리자로서 그의 미망인이 친구 하나 없이 홀로 이 나라에 와 있는데 내가 여기 앉아서 아무것도 하지 않을 순 없다. 이 집엔 손님방이 있어. 계획이 생길 때까지는 그 여자가 얼마든지 이곳에서 지내도록 할 생각이다."

나는 창가로 가 섰다. 루이즈는 집을 비운 것이 아니었다. 그녀는 팔에 바구니를 걸고 꽃밭에서 죽은 꽃송이를 따고 있었다. 그녀가 고개를 들더니 나를 보고 손을 흔들었다. 나는 대부님이 딸에게도 편지를 읽어주었을지 궁금했다.

"어떠냐, 필립? 네가 그 여자에게 편지를 쓰든 안 쓰든 그건 네 마음이다. 넌 그 여자를 만나고 싶은 생각이 없을 테니, 그 사람이 내 초대를 받아들인다면 이곳에서 지내는 동안 너에게 건너오라는 부탁은 하지 않겠다. 하지만 최소한 그 사람이 너에게 돌려주려는 물건에 대해서는 잘 받았다는 일말의 인사말을 전해야겠지. 내가 편지를 쓸 때 추신으로 넣어줄 수도 있다."

나는 창문에서 돌아서 그를 다시 바라보았다.

"왜 제가 그 여자를 만나고 싶어 하지 않을 거라 생각하시죠?" 내가 물었다. "저는 꼭 그 여자를 만나고 싶습니다. 편지에 적은 대로 그 여자가 충동적인 사람이라면—생각해보니 레이날드도 같은 말을 했더군요—저 역시 충동적으로 행동할 수 있는 사람이고 그렇게 해보렵니다. 애당초 제가 피렌체에 갔던 것도 충동적인 행동 아닌가요?"

"그래서?" 대부님은 눈썹을 찡그리며 의심쩍은 시선으로 나를 쳐다보았다.

"플리머스로 편지를 보내실 때, 필립 애슐리는 이미 앰브로즈의 사망 소식을 들었다고 전해주세요. 편지 두 통을 받고 직접 피렌체로 건너가 상갈레티 저택에 가서 그 여자의 하인들도 만났고, 그 여자의 친구이자 조언자인 시뇨르 레이날디를 만난 뒤 지금 돌아와 있다고요. 소박한 사람이라 삶도 소박한 방식으로 살아가는 사람이라고 전하세요. 세련된 예의나 대화술 같은 건 모르고, 사교계에 나가 여자들과 어울려본 경험도 거의 없다고, 아니 아무도 만나본 적이 없다고 하세요. 그런데도 그런 사람과 작고한 남편의 집을 보고 싶다면, 필립 애슐리의 집은 그의 사촌 레이첼이 방문하고 싶을 때 언제라도 열려 있을 거라고 전해주세요."

"네가 그토록 매정한 사람이 될 줄은 상상도 못 했구나. 대체 너한테 무슨 일이 생긴 거냐?" 대부님이 천천히 말했다.

"전쟁터에 나간 어린 말이 피 냄새를 맡았을 뿐, 그 외엔 아무 일도 없습니다. 제 아버지가 군인이셨던 거 잊으셨어요?"

그러고는 정원으로 나가 루이즈를 찾았다. 소식을 들은 그녀의 걱정은 나보다 훨씬 더 컸다. 나는 그녀의 손을 잡고 잔디밭 옆 정자로 이끌었다. 우리는 공모자처럼 나란히 정자에 앉았다.

그녀가 지체 없이 말했다. "그 집은 백작 부인 같은, 애슐리 부인 같은 여성은 고사하고 누구라도 손님을 맞을 상태가 못 돼. 너무 자연스럽게 흘러나와서 나도 그분을 백작 부인이라고 부를 수밖에 없네. 필립, 20년간 그 집엔 여자가 묵었던 적이 없잖아. 대체 어느 방에 그분을 들일 작정이야? 게다가 먼지를 좀 생각해봐! 2층뿐만 아니라 응접실도 엉망이잖아. 지난주에 갔을 때 봐서 알아."

"그런 건 하나도 상관없어." 내가 짜증스레 말했다. "먼지가 그렇게 싫으면 그 여자가 직접 먼지를 털어내면 되잖아. 그 여자가 집을 못마땅하게 여기면 여길수록 나는 더 기분이 좋아질 거야. 앰브로즈와 내가 누렸던 행복하고 느긋한 삶을 그 여자도 알게 해주겠어. 그 여자 저택과 달리……."

"그건 잘못된 생각이야." 루이즈가 외쳤다. "설마 영지 일꾼들처럼 천박하고 무식해 보이고 싶진 않겠지. 그렇게 보이면 그분과 말도 섞기 전에 불리한 위치에 놓이는 거야. 그분은 평생 대륙에서 살았고, 엄청 세련된 환경 속에서 많은 하인을 거느리는 데 익숙해 있다는 걸 잊지 마. 외국 하인들이 우리보다 훨씬 더 낫다고들 하잖아. 게다가 애슐리 씨의 유품 말고도 분명 자기 옷과 보석도 잔뜩 가져왔을 거야. 애슐리 씨한테 집에 대한 이야기를 워낙 많이 들어서 자기가 살던 저택처럼 아주 세련된 곳을 기대하고 있겠지. 그런데 거긴 온통 지저분하고 먼지투성이에다 개집 같은 냄새를 풍기는 상태잖아. 애슐리 씨를 생각해서라도 설마 그 상태로 부인에게 집을 보여주려는 건 아니겠지,

필립?"

빌어먹을, 나는 화가 났다. "우리 집이 개집 같은 냄새를 풍긴다니 대체 그게 무슨 뜻이야? 거긴 남자가 사는 소박하고 수수한 집이고, 앞으로도 언제나 그런 모습일 거야. 앰브로즈도 나도 화려한 가구나, 무릎을 부딪기라도 하면 바닥으로 떨어져 깨져버리는 자질구레한 장식품 따위 좋아하지 않아."

그녀는 자신의 행동을 부끄러워하진 않았지만 체면치레로라도 뉘우치는 표정을 지어 보였다.

"미안, 화나게 할 생각은 없었어. 내가 그 집을 좋아한다는 거 필립도 알잖아. 그 집에 대해선 깊은 애정을 품고 있고 앞으로도 그럴 거야. 하지만 집을 유지해나가는 방식에 대해서만큼은 내 생각을 얘기해야겠어. 너무 오랫동안 새 물건이라고는 들인 적이 없는 데다 그 집에서는 제대로 된 온기도 느낄 수가 없고, 미안하지만 안락함도 부족한 게 사실이야."

저녁마다 그녀가 대부님을 모셔다 앉혀놓던 밝게 꾸며진 거실을 떠올리며, 나 역시 그런 공간을 선호할 뿐만 아니라 아마 대부님 역시 우리 집 서재와 그 방 중에서 선택을 하라고 한다면 틀림없이 그곳을 고를 것이라고 생각했다.

"알았어, 안락함이 부족한 부분에 대해선 잊어버려. 어쨌든 앰브로즈도 나도 그런 게 어울렸고 그 여자가 과연 얼마나 나와 지내는 영광을 베풀지는 모르겠지만, 나의 사촌 레이첼도 그 집에 어울릴 수 있을 거야."

루이즈는 나를 보며 고개를 저었다.

"정말 구제 불능이다. 그 집을 보면 애슐리 부인은 당장 세인트오스텔로 달아나거나 우리 집으로 오려고 할 게 틀림없어."

"내가 그 여자와 볼일을 마치면 얼마든지 데려가도 좋아."

루이즈는 호기심 어린 눈초리로 나를 쳐다보았다. "정말로 과감하게 그분한테 물어볼 생각이야? 어디서부터 시작하려고?" 그녀가 물었다.

나는 어깨를 으쓱했다. "직접 만나기 전까진 모르겠어. 그 여자는 틀림없이 거짓말로 빠져나가려고 할 거야. 어쩌면 과한 감정 연기를 하며 기절하거나 히스테리를 부릴지도 모르지. 그래봤자 나한텐 소용없어. 난 그 여자를 관찰하며 즐길 테니까."

"내 생각에 그분이 거짓말을 하거나 히스테리를 부릴 것 같지는 않아. 그냥 조용히 집 안으로 쳐들어와 안주인 자리를 차지할걸. 그분이 명령을 내리는 데 익숙한 사람이란 걸 잊지 마."

"내 집에서 그 여자가 이래라저래라 명령을 내리는 일은 없을 거야."

"가엾은 시컴! 무슨 수를 써서라도 그의 얼굴을 꼭 구경하고 싶어. 그분이 종을 울렸는데 시컴이 제때 나타나지 못하면 얼굴에 물건을 집어 던질 거야. 알다시피 이탈리아인들은 상당히 격정적이고 성미도 급하다잖아. 그런 이야기 많이 들었어."

"그 여자는 절반만 이탈리아인이야. 그리고 시컴은 알아서 잘할 거야. 어쩌면 사흘 내내 비가 내려서 그 여자가 류머티즘으로 침대에서 꼼짝 못 할지도 모르고."

우리는 어린애들처럼 정자에서 함께 웃음을 터뜨렸지만, 겉으로 드러내는 것만큼 내 마음까지 가벼운 건 아니었다. 루이즈에게 말은 하지 않았지만, 도전장을 내밀듯 초청장을 허공에 날리긴 했어도 나는 내심 이미 후회하고 있었던 것 같다. 집으로 돌아가 상황을 돌이켜보자 더욱 후회스러웠다. 맙소사, 함부로 그런 일을 저지르다니 무모하기 짝이 없었다. 자존심만 아니었다면 당장이라도 대부님에게 달려가 플리머스로 편지를 보낼 때 내가 한 말은 전하지 말아달라고 부탁하고 싶었다.

내 집에서 그 여자와 내가 대체 무슨 일을 한단 말인가? 정말로 그 여자에게 무슨 말을 할 것이며, 어떤 행동을 취해야 할까? 레이날디가 그럴듯한 구실을 댔었다면, 그녀는 열 배는 더 그럴듯한 설명을 내세울 것이다. 직접적인 공격은 성공하지 못할 수도 있었다. 게다가 불굴의 끈기니, 여자들도 싸울 줄 안다느니 하던 그 이탈리아 사내의 말은 또 무슨 의미였을까? 만일 그 여자가 입이 거칠고 상스러운 사람이라면, 입을 다물게 할 방법을 알 것도 같았다. 농장의 일꾼 하나가 바로 그런 부류의 여자와 얽혔었는데, 여자가 약속을 어겼다며 그를 고소하겠다고 난리를 피웠을 때 나는 곧장 그 여자를 원래 있던 데번으로 보내버렸다. 하지만 가슴을 헐떡이며 유순한 눈빛을 하고서 간교한 사탕발림으로 접근한다면 어떻게 대할 것인가. 분명 그렇게 나올 것 같았다. 옥스퍼드 시절에도 그런 사람들을 몇몇 만나본 적이 있었는데, 그럴 때면 나는 항상 잔인할 정도로 극단적인 무뚝뚝함과 단호한 말투로 그들의 뼈를 부러뜨리지 않고도 본래 자리인 땅바닥으로 돌려보냈었다. 그러니 모든 상황을 감안하더라도 실제로 나의 사촌 레이첼과 대화를 나누게 되었을 때 할 말은 제대로 할 수 있을 것이라고 나는 꽤나 자신만만하게 확신했다. 그러나 본격적으로 무기를 들고 맞서기 전에 예의를 갖추어 손님맞이를 준비하는 과정은 제아무리 허울뿐이라 해도 골치 아프기 짝이 없었다.

놀랍게도 시컴은 크게 당황하는 기색 없이 그 소식을 받아들였다. 거의 예상하고 있었다는 태도였다. 나는 애슐리 부인이 앰브로즈의 유품을 가지고 영국에 당도했으며, 일주일 내로 잠시 방문할 가능성이 있다고 간단히 설명했다. 평소 뭐든 문제를 직면할 때면 어김없이 튀어나오던 그의 아랫입술이 웬일인지 미동도 하지 않았고, 그는 엄숙하게 내 말에 귀를 기울였다.

"네, 나리. 매우 옳고도 적절한 일입니다. 모두들 애슐리 부인을 모시게 되어 기쁘게 생각할 겁니다." 그가 말했다.

점잖은 그의 말투가 우스워진 나는 파이프 담배 너머로 그를 유심히 쳐다보았다.

"자네도 나처럼 집에 여자를 들이는 데는 관심이 없는 줄 알았어. 앰브로즈 씨가 결혼을 해서 그 여자가 이곳 안주인이 될 거라는 소식을 전했을 땐 자네 태도가 사뭇 달랐잖아." 내가 말했다.

그는 충격을 받은 표정이었다. 이번에는 아랫입술이 튀어나왔다.

"그 이후로 비극이 벌어졌으니 상황이 그때와는 다르지요. 가 없은 그 숙녀분은 남편을 잃으셨습니다. 앰브로즈 씨는 저희 모 두가 그분께 최선을 다하기를 바라실 겁니다. 더욱이……." 그가 신중을 기하듯 살짝 기침을 했다. "애슐리 부인께서는 부군의 사 망으로 아무런 이득도 얻지 않으셨다면서요."

도대체 시컴이 그걸 어떻게 안 건지 궁금해진 나는 그에게 물 어보았다.

"집 안팎에서 다들 하는 이야기인걸요. 필립 씨께서 모든 걸 물려받으셨고, 미망인에겐 아무것도 남긴 게 없다고요. 아시다 시피 그건 보통 일이 아니죠. 크든 작든, 어떤 가문이라도 미망인 에겐 항상 살아갈 방편을 마련해주는 법입니다." 그가 말했다.

"자네가 소문에 귀를 기울였다니 놀랍군, 시컴." 내가 말했다.

"그건 소문이 아니지요, 나리. 애슐리 가문에 관련된 일은 곧 저희 모두에게 관련된 일입니다. 저희 하인들도 잊지 않고 챙겨 주신걸요." 그가 위엄 있게 말했다.

오랜 관습에 따라 집사의 방이라고 불리는, 저택 안쪽 깊숙 이 자리한 방에 앉아 그가 쌉쌀한 맥주 한잔을 기울이며 나이 든 마부 웰링턴과 수석 정원사인 탐린, 우두머리 산지기―당연 히 젊은 하인들은 아무도 그들 사이에 끼지 못했을 것이다―와 함께 담소를 나누고, 입술을 꾹 다물고 고개를 절레절레 저으며 내가 절대 비밀이라고 생각했던 유언장 문제를 언급하고 의아해하다 또다시 의견을 나누는 광경을 상상해보았다.

"그건 잊고 말고의 문제가 아니야. 애슐리 씨가 해외에 체류하다가 집에 돌아오지 못한 터라 일 처리가 제대로 안 됐던 거지. 형님은 그곳에서 세상을 떠날 거라고 예상하지 못했을 뿐이야. 집으로 돌아왔다면 사정이 달라졌겠지." 내가 퉁명스럽게 대꾸했다.

"네, 나리, 저희도 그렇게 생각했습니다." 그가 말했다.

흥, 유언장을 두고 그들이 혀를 끌끌 찰 수는 있겠지만 그런다고 달라질 건 없었다. 그러나 갑자기 씁쓸한 기분이 들면서, 만일 내가 재산을 물려받지 않았다면 그들의 태도가 어땠을지 궁금해졌다. 그래도 여전히 깍듯하게 대했을까? 존경심은? 충성심은? 혹시 집 뒤쪽 어느 방 한 칸에 물건을 쓸어 넣고 얹혀사는 가난한 친척에 불과한 어린 필립 도련님으로 살았을까? 나는 파이프 담배를 털어 껐다. 돌연 담배 맛이 메마르고 매캐하게 느껴졌다. 나를 좋아하고 나만을 위해 시중을 들어줄 사람은 과연 몇 명이나 될지 궁금해졌다.

"전할 말은 그게 다야, 시컴. 애슐리 부인이 우리 집에서 지내기로 결정되면 알려주겠네. 지낼 방에 대해서는 나도 잘 모르겠군. 그 일은 자네한테 맡기지."

"그야 당연하죠, 필립 씨. 애슐리 부인은 애슐리 씨의 방에 묵으시도록 하는 게 옳지 않겠습니까?" 시컴이 놀란 듯 말했다.

충격을 받은 나는 그를 빤히 쳐다보며 갑자기 입을 다물었다.

123

그러다 내 감정이 얼굴에 드러났을까 봐 두려워져 고개를 돌렸다.

"아니야, 그건 안 돼. 애슐리 씨의 방으로는 내가 옮겨 갈 작정이야. 미리 얘기해두는 걸 잊고 있었군. 방을 바꾸겠다는 건 며칠 전에 결정했네."

그건 거짓말이었다. 그 순간까지도 그런 생각은 해본 적이 없었다.

"잘 알겠습니다, 나리. 그렇다면 옷방이 딸린 파란 방이 애슐리 부인께 더 적합하겠군요." 그러고는 그가 방을 나갔다.

하느님 맙소사, 그런 여자에게 앰브로즈의 방을 내주다니, 고인에 대한 모독이었다. 나는 의자에 털썩 주저앉아 파이프 부리를 깨물었다. 화나고 불안하고 온갖 걱정 때문에 넌덜머리가 났다. 대부님을 통해 그런 전갈을 보낸 것도, 집 안에 그 여자를 들일 생각을 한 것도 전부 다 미친 짓이었다. 대체 나는 무슨 생각을 했던 것일까? 멍청한 시컴, 감히 제멋대로 뭐가 옳고 뭐가 그른지를 논하다니.

초대는 받아들여졌다. 그녀는 내가 아니라 대부님에게 답장을 보냈다. 틀림없이 시컴도 그렇게 생각했겠지만 그것은 도덕적으로도 옳고 적절한 절차였다. 초대는 내가 직접 한 것이 아니었으므로, 올바른 창구를 통해 회신을 보내야 마땅했다. 그녀는 언제가 되었든 준비하고 있을 테니 편한 때에 마차를 보내달라고, 혹 사정이 여의치 않다면 역마차로 가겠다고 말했다. 이번에도 나는 대부님을 통해서 금요일에 마차를 보내겠다고 답했다. 그것으로 끝이었다.

금요일은 너무 빨리 다가왔다. 바람이 휘몰아치는 음산하고 변덕스러운 날씨였다. 9월의 셋째 주엔 종종 그런 날씨를 겪었고 조수도 연중 가장 높을 때였다. 낮게 깔린 구름이 남서쪽 하늘을 가로지르며 휙휙 지나가는 걸 보니 저녁이 되기 전에 비가 올 모양이었다. 나는 비가 오기를 바랐다. 우리가 늘 겪는 진짜 폭우가 쏟아지길 바랐고, 이왕이면 강풍도 동반되길 빌었다. 영국 서부 지방의 환영 인사였다. 이탈리아 같은 하늘 따위 없었다. 나는 전날 마차와 함께 웰링턴을 그녀에게 보냈다. 플리머스에서 하룻밤을 묵고 그녀와 함께 돌아올 계획이었다. 애슐리 부인이 방문할 예정이라는 소식을 하인들에게 전하자 온 집 안에 일종의 불안감이 감돌았다. 심지어는 개들도 그 사실을 아는지 방방마다 나를 따라다녔다. 시컴은 수년간 종교적인 축하 의식을 금하고 지내다가 갑자기 잊힌 의례를 되살리려고 작심한 늙은 사제를 연상케 했다. 그는 발소리도 죽여가며 신비롭고 근엄한 태도로 돌아다녔고—심지어는 바닥이 부드러운 실내화를 사 신었을 정도였다—평생 내가 본 적도 없는 은제 식기를 식당과 식탁, 장식장에 꺼내놓았다. 필립 숙부님 생전에 쓰시던 유물인 것 같았다. 거대한 촛대와 도자기로 된 설탕 통, 와인 잔이 등장했고, 식탁 한가운데엔 장미를 꽂은—오 놀라워라—은그릇이 놓였다.

"대체 언제부터 성당 복사服事가 된 거야? 향과 성수는 어쨌어?" 내가 그에게 말했다.

시컴은 눈 하나 깜짝하지 않았다. 그는 뒤로 물러서서 유물을 살폈다.

"온실에서 꽃을 좀 잘라 가져오라고 탐린한테 당부했습니다. 지금 안에서 시종들이 꽃을 분류하고 있어요. 응접실과 파란 방, 옷방과 내실엔 꽃을 꽂아두어야 합니다." 식료품 저장고 담당인 어린 존이 묵직한 촛대 한 쌍을 더 나르던 중 무게에 눌려 비틀 거리다 넘어질 뻔하자 그가 인상을 찌푸렸다.

실의에 빠진 개들이 나를 올려다보았다. 한 마리는 기어 나가 복도에 놓인 나무 벤치 아래 몸을 숨겼다. 나는 2층으로 올라갔다. 파란 방에 마지막으로 들어가본 게 언제인지 도무지 알 수가 없었다. 손님을 맞이한 적이 없었으므로, 내 머릿속에서 그 방은 어느 크리스마스에 루이즈가 대부님과 함께 놀러 온 이후 오래도록 숨바꼭질과 연결되어 있었다. 고요한 그 방에 몰래 들어가 침대 밑 먼지 구덩이에 숨어 있던 장면이 떠올랐다. 앰브로즈에 게서 그곳이 피비 고모의 방이었고, 고모는 켄트로 옮겨 갔다가 나중에 돌아가셨다는 얘기를 들은 기억이 희미하게 났다.

오늘 보니 그분의 흔적은 전혀 남아 있지 않았다. 시컴의 지시 아래 하인들이 열심히 일을 한 덕분에 피비 고모는 수년간의 먼지와 함께 사라져버렸다. 창문은 활짝 열려 마당이 내다보였고, 아침 햇살이 잘 털어놓은 러그를 비추었다. 나로선 한 번도 본 적 없는 고급스러운 새 시트가 침대에 깔려 있었다. 바로 옆에 딸린 옷방엔 세면대와 주전자가 늘 저 자리에 있었던가? 문득 궁금해졌다. 큰 안락의자도 여기 있었던가? 전혀 기억나지 않는 물건들이었지만, 어차피 내가 태어나기도 전에 켄트로 떠난 피비 고모에 대해선 아무것도 기억나는 것이 없었다. 그분을 위한 물건이라면 나의 사촌 레이첼에게도 소용이 있을 듯했다.

아치 통로로 이어진 세 번째 방은 피비 고모의 내실이었고, 그것으로 거처가 완성되었다. 그곳 역시 먼지를 털어내고 창문을 열어둔 상태였다. 숨바꼭질을 하던 시절 이후로는 아마 그 방 역시 들어가보지 않았을 것이다. 벽난로 위에 앰브로즈의 젊은 시절 모습을 그린 초상화가 걸려 있었다. 나는 그런 그림이 존재한다는 것조차 몰랐고, 아마 앰브로즈도 잊고 있었던 듯했다. 유명한 화가가 그린 작품이었다면 다른 가족 초상화와 함께 아래층에 걸려 있었겠지만, 절대 쓰지 않던 방에 이렇게 걸려 있는 걸 보면 그 그림을 중요하게 생각한 사람은 아무도 없었던 모양이다. 상반신을 그린 그림 속에서 그는 팔 밑에 총을 끼고 왼손에는 죽은 자고새 한 마리를 들고 있었다. 시선은 곧장 나를 바라보는 듯했고 입가엔 약간 미소를 머금은 모습이었다. 머리칼은 내가 기억하고 있는 것보다 길었다. 초상화 자체로도 얼굴로도 딱히 눈에 띄는 작품은 아니었다. 딱 한 가지만 빼고서. 그림은 이상하게도 나와 닮아 있었다. 나는 거울을 들여다본 뒤 다시 초상화를 쳐다보았다. 다른 점이라고는 내 눈보다 약간 더 가느다란 그의 눈매, 그리고 나보다 더 짙은 색의 머리칼뿐이었다. 초상화 속 청년과 나는 거의 쌍둥이 형제라고 해도 믿을 정도였다. 우리가 이토록 닮았다는 사실을 갑작스레 깨닫고 나자 기분이 좋아졌다. 마치 젊은 앰브로즈가 나를 향해 미소 지으며 "내가 너와 함께 있다" 하고 말을 건네는 듯했다. 그리고 나이 든 앰브로즈도 아주 가깝게 느껴졌다. 나는 등 뒤로 문을 닫고 나와 다시 옷방과 파란 방을 거쳐 아래층으로 내려갔다.

진입로에서 마차 바퀴 소리가 들려왔다. 이륜마차를 타고 온 루이즈였다. 그녀의 옆자리엔 갯개미취와 달리아가 한 아름 놓여 있었다.

"응접실에 꽂아두려고." 나를 본 그녀가 외쳤다. "시컴이 이걸 보면 좋아할 거라고 생각했어."

그 순간 하인들을 이끌고 복도를 지나던 시컴은 못마땅한 표정이었다. 루이즈가 꽃을 들고 집 안으로 들어오자 그가 뻣뻣하게 자리를 지켰다. "괜한 수고를 하셨습니다, 루이즈 양. 탐린과 제가 모든 준비를 마쳤답니다. 1차로 온실에서 가져온 꽃만으로도 충분합니다."

"그럼 내가 꽃꽂이를 할게요. 남자들한테 맡겼다간 꽃병이나 깨고 말 거예요. 설마 꽃병은 있겠죠. 혹시 잼 단지에 꽃을 마구 꽂아둔 거 아니에요?" 루이즈가 말했다.

시컴의 얼굴은 고통을 이겨내고 위엄을 잃지 않으려는 사람의 본보기 같았다. 나는 다급하게 루이즈를 서재로 밀어 넣고

문을 닫았다.

"내가 여기 머물면서 손님맞이 준비를 감독하고, 애슐리 부인이 올 때까지 있어주기를 필립이 바라는 게 아닐까 궁금했어. 아버지도 함께 오셨으면 했지만, 아직 몸 상태가 좋지 않으신 데다 비가 올 것 같아서 그냥 집 안에 계시는 게 최선이라고 여겼어. 어떻게 생각해? 내가 있어줄까? 꽃은 핑계일 뿐이었어."

루이즈와 대부님이 나뿐만 아니라 지난 사흘간 노예 감시인처럼 열심히 일했던 가엾은 시컴마저 그토록 무능한 인간으로 여겼다는 사실에 막연히 짜증이 났다.

"제안은 고맙지만 그럴 필요 없어. 우린 아주 잘 해낼 수 있을 거야."

루이즈는 실망한 표정이었다. 그녀는 분명 우리 방문객을 보고 싶은 호기심에 불타고 있었다. 손님이 당도했을 때 나도 집을 비울 작정이라는 것은 그녀에게 털어놓지 않았다.

루이즈는 비판의 눈초리로 방 안을 둘러보았지만 아무 말도 하지 않았다. 분명 수많은 단점을 발견했겠지만 입을 다물 줄 아는 눈치는 있는 사람이었다.

"원한다면 2층에 올라가서 파란 방을 구경해도 좋아." 실망한 그녀를 위로하느라 내가 말했다.

"파란 방? 응접실 위쪽에 있는 서쪽을 향해 난 방 맞지? 그럼 부인을 애슐리 씨의 방에 들이는 게 아니었어?"

"그래, 앰브로즈의 방은 내가 쓰거든."

그 미망인에게 앰브로즈의 방을 내주는 게 당연하다는 그녀와 다른 모든 사람들의 주장은 점점 치솟는 나의 짜증에 한층 불을 지폈다.

"정말로 꽃꽂이를 하고 싶으면 시컴에게 꽃병을 달라고 해. 난 밖에서 할 일이 많아서 온종일 영지를 돌아다녀야 할 것 같아." 내가 문으로 향하며 말했다.

루이즈는 꽃을 집어 들며 나를 쳐다보았다.

"초조한가 보구나." 그녀가 말했다.

"난 초조하지 않아. 단지 혼자 있고 싶을 뿐이야."

그녀는 얼굴을 붉히며 고개를 돌렸고, 나는 누군가에게 상처를 주고 난 뒤면 언제나 찾아오는 양심의 가책을 느꼈다.

"미안해, 루이즈." 그녀의 어깨를 토닥이며 내가 말했다. "내 말에 신경 쓰지 마. 이렇게 찾아와주고, 꽃도 가져와주고, 여기 있어주겠다고 한 거 진심으로 고마워."

"우린 언제 다시 만나서 애슐리 부인에 대한 이야기를 들을 수 있을까? 내가 모든 걸 속속들이 알고 싶어 할 거라는 건 필립도 알잖아. 물론 아버지가 나아지시면 일요일에 교회에 가겠지만, 내일 나는 온종일 생각하고 또 생각하며 궁금해서⋯⋯."

"뭐가 궁금한데? 내가 내 사촌 레이첼을 바위 너머 바다로 집어 던졌는지 아닌지? 그 여자가 나를 심하게 괴롭히면 정말로 그럴지도 몰라. 좋아. 널 만족시키기 위해서라도 내일 오후에 말을 타고 펠린으로 가서 생생하게 설명해줄게. 그럼 되겠어?"

"정말 그러면 되겠네." 그녀는 미소를 지으며 대꾸한 뒤, 시컴과 함께 꽃병을 찾으러 나갔다.

나는 오전 내내 외출해서 말을 타고 돌아다니다가, 배고프고 목마른 상태로 2시쯤 돌아와 차가운 고기에 에일 맥주 한 잔을 마셨다. 루이즈는 가고 없었다. 시컴과 하인들은 자기들 처소에서 점심을 먹고 있었다. 나는 홀로 서재에 서서 고기가 들어간 샌드위치를 씹었다. 혼자 있는 것도 마지막이라는 생각이 들었다. 오늘 밤엔 그녀가 이곳에 올 테고, 알 수 없는 적의 존재가 이 방이든 응접실이든 집 안의 모든 방에 흔적을 남기며 돌아다닐 것이다. 그녀는 내 집을 찾아온 침입자였다. 나는 그녀를 원하지 않았다. 빤히 살피는 눈초리와 탐색하는 손길로 온전히 내 것인 사적이고 은밀한 공간을 들쑤시고 다니는 여자라면 그녀든 다른 누구든 원치 않았다. 집 안은 평온하고 고요했다. 앰브로즈가 여전히 어둠 속 어딘가에 생생한 존재로 남아 있듯이 나는 이 집에 속한 일부였다. 우리에겐 정적을 깨뜨릴 다른 사람이 조금도 필요치 않았다.

나는 작별 인사라도 하듯 방을 둘러본 뒤 집 밖으로 나가 숲으로 들어갔다.

웰링턴이 마차를 몰고 5시 이전에 돌아오기는 어려울 거라 판단했으므로, 나는 6시 이후까지 외출해 있기로 결정했다. 저녁 식사를 하려면 나를 기다려야 할 것이다. 시컴에겐 이미 지시를 내려두었다. 그 여자가 허기를 느낀다면 집주인이 돌아올 때까지 굶주림을 참아야 할 것이다. 자만심으로 가득 찬 그녀가 잔뜩 격식을 갖춘 옷차림을 하고서 홀로 응접실에 앉아 있는데도 아무도 그녀를 부르러 가지 않는 광경을 상상하자 마음이 흡족해졌다.

나는 비바람 속을 계속해서 걸어 다녔다. 네 갈래 길이 만나는 대로변 숲을 가로질러 북쪽으로 걸어가서 외곽에 있는 농장을 방문했고, 붕 뜬 시간을 보내느라 그곳 소작인들과 이야기를 나누며 꾸물거렸다. 대정원을 거쳐 서쪽 언덕을 지나 마침내 바턴 영지 옆에 있는 집으로 돌아왔을 땐 막 땅거미가 지고 있었다. 속살까지 푹 젖었지만 개의치 않았다.

현관문을 열고 집 안으로 들어갔다. 손님의 도착을 알리는 짐 상자와 트렁크, 여행용 담요와 바구니 같은 것들을 예상했지만, 집 안은 평소와 다를 바 없었고 그런 물건들은 전혀 보이지 않았다.

서재 벽난로에 불이 피워져 있었지만 방은 텅 비어 있었다. 식당엔 한 사람을 위한 식탁이 차려져 있었다. 나는 줄을 당겨 시컴을 불렀다. "어때?" 내가 말했다.

그는 새로 얻은 자신만만한 표정을 지으며 목소리를 낮췄다.

"부인께서 오셨습니다." 그가 말했다.

"그럴 거라 짐작했어. 거의 7시가 다 되었잖아. 짐은 가져왔나? 전부 어디다 둔 거지?"

"부인 본인의 짐은 거의 없었습니다. 짐 상자와 트렁크는 앰브로즈 씨 것이더군요. 그것들은 예전에 나리가 쓰시던 방에 들여놓았습니다."

"아." 나는 벽난로로 다가가 장작 하나를 발로 찼다. 무슨 일이 있어도 그에게 떨리는 손을 들키고 싶지 않았다.

"애슐리 부인은 지금 어디 계시지?" 내가 물었다.

"부인께선 방으로 올라가셨습니다, 나리. 피곤해 보이셨고, 저녁 식사는 나리께 양해를 구하셨습니다. 한 시간쯤 전에 제가 방으로 식사 쟁반을 갖다 드렸습니다."

그의 말에 안도감이 밀려왔다. 하지만 한편으로는 실망스러운 결말이었다.

"여행은 어떠셨다고 하던가?" 내가 물었다.

"웰링턴 말로는 리스커드 이후부터 길이 험했답니다. 바람도 심하게 불었고요. 말편자 하나가 빠지는 바람에 로스트위시얼에 오기 전 대장간부터 들러야 했다는군요." 그가 대답했다.

"흠." 나는 몸을 돌려 벽난로에 등을 대고 다리를 덥혔다.

"많이 젖으셨습니다, 나리. 옷을 갈아입으시는 게 좋겠습니다. 안 그러면 감기 걸리십니다." 시컴이 말했다.

"바로 갈아입겠네." 나는 그에게 대꾸한 뒤 방 안을 둘러보았다. "개들은 어디 갔지?"

"부인을 따라 2층으로 올라간 것 같습니다. 다른 녀석들은 잘 모르겠지만 적어도 던의 행방은 확실합니다."

나는 계속 불 앞에 서서 다리에 온기를 쪼였다. 시컴은 내가

133

대화를 계속해주길 기대하는 듯 아직도 문 옆에서 어슬렁거리고 있었다.

"알겠어. 난 목욕하고 옷을 갈아입을 거야. 뜨거운 물 좀 올려 보내줘. 저녁 식사는 30분 뒤에 하겠네."

그날 저녁 나는 새로 광을 낸 촛대와 은제 장미 단지 앞 식탁에 홀로 앉았다. 시컴이 내 의자 뒤에 서 있었지만 우리는 아무 말도 하지 않았다. 새로운 손님의 도착에 대해서 그가 얼마나 이야기를 나누고 싶어 할지 알고 있었으므로, 수많은 밤 가운데서도 하필 그날 내가 침묵을 고집한 것은 틀림없이 그에게 고문이었을 것이다. 어쨌든 그는 때를 기다렸다가 집사의 방으로 돌아가 마음껏 회포를 푸는 수밖에 없었다.

저녁 식사를 막 마쳤을 무렵 존이 방으로 들어오더니 시컴에게 속삭였다. 시컴이 다가와 내 어깨 위로 고개를 숙였다.

"나리께서 식사를 다 하신 뒤 혹시 부인을 만나고 싶어 하시면 기꺼이 만나시겠다고 전갈을 보내셨습니다." 그가 말했다.

"고맙네, 시컴."

두 사람이 방을 나가자 나는 정말로 좀처럼 하지 않는 짓을 했다. 말을 타고 너무 많이 돌아다녔다거나, 힘겹게 사냥을 했다거나, 앰브로즈와 요트를 타고 나가 여름 돌풍에 심하게 시달렸다거나 해서 극단적인 피로감을 느꼈을 때만 하는 행동이었다. 나는 장식장으로 다가가 브랜디를 한 잔 따랐다. 그러고 나서 위층으로 올라가 작은 내실의 문을 두드렸다.

8

들릴 듯 말 듯 나지막한 목소리가 내게 들어오라고 말했다. 이젠 어둠이 내려 촛불이 켜져 있었지만 커튼은 치지 않은 상태였고, 그녀는 정원이 내다보이는 창가 자리에 앉아 있었다. 나를 등지고 앉은 그녀는 꼭 쥔 양손을 무릎에 올리고 있었다. 내가 방에 들어갔을 때 움직이지 않은 것을 보면 나를 하인으로 생각한 모양이었다. 던은 난롯가에 앉아 앞발로 코와 주둥이를 긁고 있었고, 강아지 두 마리도 그 옆에 엎드려 있었다. 방 안엔 달라진 것이 하나도 없었다. 작은 책상 서랍 하나도 열려 있지 않았고, 걸려 있는 옷도 보이지 않았다. 손님이 당도한 뒤의 어수선한 흔적은 전혀 없었다.

"안녕하세요." 내가 말했다. 작은 방 안에 울려 퍼진 내 목소리는 긴장되고 부자연스러웠다. 뒤를 돌아본 그녀는 즉각 일어나 내 쪽으로 다가왔다. 너무도 순식간에 벌어진 일이라 지난 18개월간 내가 구축해왔던 수백 가지 이미지를 돌이켜볼 여유가 전혀 없었다. 밤낮으로 나를 따라다니며 괴롭혔고 깨어 있는 동안에도 유령처럼 뇌리를 떠나지 않았으며, 꿈마저 어지럽혔던 여인이 이제 바로 눈앞에 있었다. 그녀의 체구가 그토록 작을 수 있다는 사실에 처음 내가 받은 충격은 거의 경악에 가까웠다. 그녀의 키는 내 어깨에 간신히 닿을 정도였다. 루이즈의 키나 몸매와는 상대도 되지 않았다.

그녀가 입고 있는 짙은 검정 옷 때문에 머리 색마저 빛을 잃었고, 목과 손목에는 레이스가 덮여 있었다. 갈색 머리칼은 가운데 가르마를 탄 뒤 목덜미에서 느슨하게 묶어 단정하고 평범한 인상이었다. 그녀의 얼굴에서 유일하게 큰 것은 눈이었는데, 맨 처음 나를 알아보고 갑자기 사슴처럼 휘둥그레졌던 눈빛은 당혹감으로 변했다가 다시 당혹감에서 고통으로, 거의 체념으로 변해갔다. 그녀의 얼굴에 핏기가 돌았다가 다시 사라지는 것을 보며, 그녀가 나에게 충격이었던 만큼 나 역시 그녀에게 엄청난 충격이었을 것이라고 생각했다. 우리 둘 중 누가 더 초조해하고 안절부절못했는지 이야기하는 것은 위험한 짓이었다.

나는 그녀를 내려다보았고 그녀는 나를 올려다보았다. 우리 둘 다 입을 열기까지 한동안 머뭇거렸다. 그러다 말문이 트였을 땐 둘이 동시에 입을 열었다.

나는 "좀 쉬셨기를 바랍니다" 하고 뻣뻣하게 첫마디를 건넸고, 그녀가 꺼낸 말은 "사과를 받아주세요"였다. 그녀는 재빨리 내 첫말을 이어받아 "고마워요, 필립, 잘 쉬었어요"라고 말하고는 벽난로 앞으로 다가가 낮은 스툴에 앉더니 나에게 맞은편 의자를 가리켜 보였다. 늙은 리트리버 던이 기지개를 켜더니 하품을 하고 슬그머니 엎드려 그녀의 무릎에 머리를 기댔다.

"이 녀석이 던 맞죠? 정말로 지난 생일에 열네 살이 되었나요?" 한 손을 개의 코에 가져다 대며 그녀가 말했다.

"네, 녀석 생일이 저보다 일주일 빠르거든요."

"아침을 먹다가 당신이 파이 껍질 안에서 이 녀석을 발견했다죠." 그녀가 말했다. "앰브로즈는 식당 칸막이 뒤에 숨어서 파이를 먹는 당신 모습을 지켜보고 있었대요. 파이 껍질을 들어 올리고 던이 기어 나왔을 때 당신이 지었던 놀란 표정을 그이는 절대 잊을 수가 없다더군요. 당신은 열 살이었고, 그날은 4월 1일이었죠."

던을 쓰다듬으며 고개를 들어 올린 그녀가 나에게 미소를 지었다. 몹시 당황스럽게도 나는 그녀의 눈에 맺힌 눈물을 보았으나 그것은 순식간에 사라졌다.

"저녁 식사를 하러 내려가지 않은 점에 대해선 사과드릴게요. 나를 위해서 준비도 이렇게 많이 한 데다, 틀림없이 나 때문에 볼일도 다 보지 못하고 서둘러 집으로 돌아왔겠죠. 하지만 너무 피곤했어요. 내가 같이 있었더라도 말동무로는 형편없었을 거예요. 게다가 당신 혼자 식사하는 게 더 편할 거라고 생각했어요."

그녀를 계속 기다리게 하려고 공연히 영지 동쪽에서 서쪽까지 얼마나 헤매고 다녔던가를 떠올리며 나는 아무 말도 하지 않았다. 강아지 한 마리가 잠에서 깨어나 내 손을 핥았다. 나도 달리 할 일이 없었으므로 녀석의 귀를 잡아당겼다.

"당신이 얼마나 바쁜지, 할 일이 얼마나 많은지 시컴이 얘기해주었어요. 갑작스러운 나의 방문 때문에 어떤 식으로든 당신에게 부담을 주고 싶지는 않아요. 나는 나 혼자 알아서 지낼 생각이고 그러는 편이 더 좋아요. 그러니 나 때문에 내일 계획을 바꾸거나 하진 말아요. 딱 한 가지만 얘기하고 싶었는데, 그건 여기 오게 해줘서 고맙다는 거예요, 필립. 당신에겐 쉽지 않은 일이었을 거예요."

그러고는 자리에서 일어나 창가로 걸어가더니 커튼을 쳤다. 비가 유리창을 때리고 있었다. 어쩌면 내가 그녀 대신 커튼을 쳐주었어야 했는지도 모르겠다. 그러려고 어색하게 일어났지만, 이미 때를 놓친 뒤였다. 그녀가 난로 앞으로 돌아왔으므로 우리는 둘 다 다시 자리에 앉았다.

"대정원을 지나 시컴이 나를 맞으려고 현관에서 기다리고 있는 이 집까지 마차를 타고 올라오는데 기분이 정말 이상했어요. 상상 속에서 수없이 겪어본 일이거든요. 모든 게 내가 상상했던 그대로였어요. 현관, 서재, 벽에 걸린 그림들. 마차가 대문으로 들어오는데 시계가 4시 종을 치더군요. 나는 그 소리까지도 알고 있었어요." 나는 계속해서 강아지의 귀를 잡아당겼다. 나는 그녀를 쳐다보지 않았다. "피렌체에 있을 때, 지난여름과 겨울엔 앰브로즈가 병에 걸리기 전이라 집으로 돌아오는 여행에 대한 이야기를 나누었어요. 그이에겐 가장 행복했던 시간이었죠. 그이는 이곳 정원에 대해서, 숲과 바다로 이어지는 오솔길에 대해서 이야기를 들려줬어요. 우리는 내가 이번에 왔던 경로로 돌아올 작정이었어요. 내가 그때 계획을 그대로 따른 이유도 그 때문이었어요. 제노바를 거쳐 플리머스로 들어오는 거죠. 그러면 웰링턴이 마차를 몰고 그곳으로 우리를 데리러 오는 거였어요. 당신이 내 기분을 배려해 그렇게 해주다니 정말 좋았어요."

나는 왠지 모르게 바보가 된 기분이었지만 가까스로 입을 열었다.

"마차로 오는 길이 험했다죠. 말편자 때문에 대장간에도 들러야 했다고 시컴이 얘기해주더군요. 그런 일이 생겨서 유감입니다."

"나는 아무 걱정 안 했어요. 불 가까이서 일하는 것도 보고 웰링턴과 담소도 나눌 수 있어서 오히려 즐거웠는걸요." 그녀가 말했다.

이제 그녀의 태도는 꽤 편안해져 있었다. 애당초 그것이 초조함이었는지는 모르겠으나, 처음의 초조함은 사라졌다. 너무 아담한 방에 있으려니 내가 이상하게 거대하고 행동도 서툰 듯 느껴졌고, 앉아 있는 의자도 난쟁이를 위해 만들어진 게 아닌가 싶을 정도였으므로 누군가를 탓해야 한다면 그건 나뿐일 거라는 생각이 들었다. 불편하게 앉아 있는 것만큼이나 어색한 태도를 누그러뜨리는 데 방해가 되는 게 또 있을까. 빌어먹을 작은 의자에 앉아 어색하게 다리를 아래로 접어 넣고 긴 팔을 양옆으로 늘어뜨리고 있을 내 몰골이 어떨지 궁금했다.

"오다가 웰링턴이 켄들 씨 댁으로 들어가는 입구를 알려주어서, 예의상 들어가 감사 인사라도 드리는 것이 옳지 않을까 잠시 고민했었어요. 하지만 시간도 늦은 데다 먼 길에 말들도 지쳤을 것 같았고, 무엇보다 매우 이기적이게도 나는 어서…… 이곳에 오길 갈망하고 있었어요." 그녀가 '이곳'이라는 말을 하기 전에 잠시 뜸을 들였던 건 '집'이라는 말을 할 뻔했다가 자제했기 때문이라는 느낌이 들었다. "앰브로즈가 현관 복도부터 집 안의 모든 방 하나하나까지 전부 자세히 설명해주었거든요. 그림까지 그려서 보여줬기 때문에, 오늘 난 아마 눈을 가렸더라도 길을 찾을 수 있었을 거예요." 그녀는 잠시 말을 멈추었다가 다시 이어갔다. "이 방을 쓰게 해주다니 정말 사려가 깊은 분이네요. 우리가 함께 왔더라면 바로 이곳을 쓸 작정이었어요. 앰브로즈는 늘 자기 방을 당신에게 줄 생각이었는데, 시컴한테 들으니 그 방으로 옮겨 갔다죠. 앰브로즈가 기뻐할 거예요."

"편안하게 지내시길 빕니다. 피비 고모님이라는 분 이후로는 이곳에서 지낸 사람이 아무도 없었어요." 내가 말했다.

"피비 고모님은 어느 부목사를 짝사랑하다가 상처받은 마음을 치유하려고 톤브리지로 가셨는데, 고집스러운 마음이 도무지 말을 듣질 않았대요. 응어리진 마음을 되돌리는 데 20년이나 걸리셨다더군요. 그 이야기 들어본 적 있어요?"

"아뇨." 나는 곁눈으로 슬쩍 그녀를 쳐다보았다. 피비 고모를 떠올리는지, 그녀는 벽난로 불빛을 바라보며 미소 짓고 있었다. 양손을 모아 무릎에 올린 모습이었다. 어른치고 그렇게 손이 작은 사람을 나는 결코 본 적이 없었다. 늙은 거장이 그리다가 미완성으로 끝낸 초상화 속 인물처럼 손가락이 가늘고 아주 늘씬한 손이었다.

"그래서 피비 고모님은 어떻게 되셨죠?" 내가 물었다.

"20년이 지난 뒤에 또 다른 부목사를 보고서야 마음의 응어리가 사라졌대요. 하지만 그 무렵엔 피비 고모님 연세가 마흔하고도 다섯이어서 마음에 별로 흔들림이 없었죠. 그분은 두 번째로 만난 부목사와 결혼하셨어요."

"결혼은 성공적이었나요?"

"아뇨." 나의 사촌 레이첼이 말했다. "그분은 결혼한 날 밤에 돌아가셨어요. 쇼크사였죠."

그녀가 고개를 돌리더니 여전히 심각한 눈빛을 한 채로 입술만 씰룩이며 나를 쳐다보았다. 문득 앰브로즈가 이 이야기를 들려주었을 당시의 장면이 연상되었다. 틀림없이 그는 의자에 깊숙이 기대앉아 어깨를 들썩였을 테고, 그녀는 바로 지금처럼 웃음을 참으면서 그를 올려다보았을 것이다. 나도 어쩔 수가 없었다. 나는 사촌에게 미소를 지었고, 그녀의 눈빛에도 무언가 스치더니 나에게 미소를 지어주었다.

"방금 직접 만들어내신 이야기 같아요." 순간적으로 미소 지은 것을 후회하며 내가 말했다.

"난 그런 거 못해요. 시컴도 아는 이야기일 거예요. 물어보세요."

나는 고개를 저었다. "시컴은 적절치 않은 일이라고 생각할 겁니다. 앰브로즈가 당신한테 그 이야기를 했다는 걸 알면 심히 충격을 받을걸요. 그 친구가 저녁 식사는 갖다 드렸는지 묻는다는 걸 깜박했군요."

"그럼요. 수프랑 닭 날개 한 조각, 맵게 양념한 콩팥. 전부 훌륭했어요."

"집에 하녀가 없다는 건 물론 알아차리셨겠죠? 당신 시중을 들거나 드레스를 걸어드릴 사람은 아무도 없습니다. 목욕물을 채워드릴 사람도 어린 존이나 아서뿐이에요."

"난 그편이 훨씬 좋아요. 여자들은 너무 말이 많아서요. 드레스도 상복은 다 똑같은걸요. 가져온 옷은 이것과 다른 한 벌뿐이에요. 마당을 걸어 다닐 때 신을 튼튼한 신발은 있어요."

"내일도 지금처럼 비가 내리면 집 안에 계셔야 할 겁니다. 서재에 책이 많습니다. 저는 독서를 즐기지 않지만, 당신 취향에 맞는 책이 좀 있을지도 모릅니다."

그녀가 또다시 입술을 실룩거리며 심각한 얼굴로 나를 돌아보았다. "시간이 많으면 은제 식기에 광을 내면 되겠던데요. 그렇게 많은 은제 식기를 보게 되리라곤 생각도 못 했어요. 바닷가 옆이라 은제 식기에 금세 하얀 곰팡이가 핀다고 앰브로즈가 얘기했거든요." 표정을 보니 그녀도 오래 잠겨 있던 찬장에서 나온 유물의 행렬에 대해 짐작했다는 걸 확신할 수 있었다. 커다란 눈 뒤에서 그녀는 나를 비웃고 있었다.

나는 시선을 피했다. 그녀에게 한 번 미소를 지었다고 해서 또 미소를 짓는 건 곤란했다.

"저택에서 지낼 때 날이 너무 더우면 우린 분수가 있는 작은 안뜰에 나가 앉아 있곤 했어요. 앰브로즈는 눈을 감고서 물소리를 들으며, 고향에 비가 내리고 있다고 상상해보라고 했어요. 영국 기후 아래서, 특히 습한 콘월 지방에서 지내면 내가 움츠러들어 덜덜 떨게 될 거라는 이론을 그이는 굳게 믿었어요. 나를 온실 속의 화초라고 부르며, 전문가의 손길 아래서만 자랄 뿐 일반 토양에선 아무 쓸모 없을 거라 했죠. 내가 도시에서만 자라서 과도하게 문명화됐다는 거예요. 한번은 저녁 식사 때 새 드레스를 입고 내려갔더니 나더러 옛 로마의 향기가 풍긴다고 한 적도 있어요. '집에 가서 그렇게 입으면 얼어 죽을 거요. 바로 플란넬 옷을 입고 모직 숄을 걸쳐야 해요'라고 하더군요. 나도 그이 충고를 잊지 않았어요. 그래서 숄을 가져왔죠." 나는 고개를 들었다. 정말로 그녀의 드레스처럼 검은 숄이 바로 옆 스툴에 놓여 있었다.

"영국에선, 특히 여기 아래쪽에선 날씨 때문에 스트레스가 이만저만이 아닙니다. 바닷가에 있으니 그럴 수밖에 없어요. 우리 땅은 북쪽 지방처럼 농사를 짓기에도 비옥하지 않아요. 토양은 척박하고, 일주일에 나흘씩 비가 내리기 때문에 햇빛이 날 때마다 그런 날에 의존할 수밖에 없습니다. 아마 내일은 날씨가 갤 테니 산책을 나가보세요."

"보브타운, 보든 초원, 켐프의 막다른 길, 비프파크, 킬무어, 등대 마당, 트웬티에이커스, 웨스트힐스." 그녀가 말했다.

나는 깜짝 놀란 얼굴로 그녀를 쳐다보았다. "바턴 주변 지명을 다 알아요?" 내가 물었다.

"그럼요, 거의 2년이 다 되어가는 동안 그 이름들을 마음에 새길 정도로 된걸요." 그녀가 대답했다.

나는 침묵했다. 뭐라고 대꾸할 말이 있을 것 같지 않았다. 이윽고 내가 퉁명스럽게 말했다. "숙녀분이 걸어 다니기엔 험한 곳입니다."

"나도 튼튼한 신발이 있어요." 그녀가 내게 대꾸했다.

드레스 자락 아래로 그녀가 내민 발은 검은색 벨벳 슬리퍼를 신고 있어 애처로울 정도로 걷기에 부적절해 보였다.

"그거요?" 내가 물었다.

"물론 아니죠. 더 튼튼한 거예요." 그녀가 대답했다.

스스로 아무리 장담한다고 해도 나로선 들판을 걸어 다니는 그녀를 상상할 수가 없었다. 그렇다고 밭일할 때 신는 내 부츠를 빌려줄 수도 없는 노릇이었다.

"말은 탈 줄 아십니까?" 내가 그녀에게 물었다.

"아뇨."

"누가 고삐를 잡아주면 말에 앉아 있을 수는 있나요?"

"그건 할 수 있겠지만, 양손으로 안장을 꽉 붙잡고 있어야 할 거예요. 중심을 잡을 수 있게 만들어진 안장 손잡이 같은 건 없나요?" 그녀가 대꾸했다.

그녀는 매우 진지한 눈빛으로 열의를 다해 질문을 던졌지만, 이번에도 나를 자극하려는 듯 그 뒤에 웃음이 감추어져 있다는 걸 확실히 알 수 있었다. 나는 뻣뻣하게 말했다. "여성용 안장이 있는지 잘 모르겠군요. 웰링턴에게 물어보긴 하겠지만, 마구 보관실에서 그런 물건을 본 적은 없습니다."

"어쩌면 피비 고모님이 부목사님을 잃고 나서 말을 종종 타셨을지도 몰라요. 그게 유일한 위안이었을 수도 있잖아요." 그녀가 말했다.

소용없는 짓이었다. 그녀의 목소리에 거품처럼 무언가 피어올랐고 나는 지고 말았다. 그녀는 웃음을 터뜨리는 나를 보았고, 그래서 난처했다. 나는 시선을 피했다.

"알겠습니다. 그건 내일 아침에 알아보죠. 시컴에게 옷장을 뒤져서 피비 고모님의 승마복이 남아 있는지 찾아보라고 하는 게 좋을까요?"

"당신이 얌전히 나를 이끌어주고 내가 안장 손잡이를 잡고 균형을 잘 잡는다면 승마복은 필요 없을 거예요." 그녀가 말했다.

바로 그 순간, 시컴이 노크를 하고는 은 주전자와 은제 티포트, 설탕 통 따위가 담긴 엄청나게 큰 쟁반을 들고 들어왔다. 나는 단 한 번도 본 적이 없는 물건들이어서, 도대체 그가 미로 같은 집사의 방 어디에서 그런 물건을 찾아냈을까 궁금했다. 대체 그걸 들고 온 목적은 무엇일까? 나의 사촌 레이첼은 내 놀란 눈빛을 알아차렸다. 대단히 품위 있는 손길로 가져온 물건들을 탁자에 내려놓는 시컴의 마음을 상하게 하고 싶진 않았지만, 내 가슴속엔 거의 히스테리에 가까운 무언가가 차올랐으므로 나는 자리에서 벌떡 일어나 내리는 비를 보는 척 창가로 걸어갔다.

"차가 준비되었습니다, 부인." 시컴이 말했다.

"고마워요, 시컴." 그녀가 위엄 있게 말했다.

개들이 자리에서 일어나 쟁반에 코를 대고 킁킁거렸다. 녀석들도 놀라기는 마찬가지였다. 시컴이 개들을 말리려고 혀로 소리를 냈다.

"나가자, 던. 너희 셋 다 따라와. 부인, 개들은 제가 데리고 나가는 게 좋을 것 같습니다. 쟁반을 엎을지도 모르니까요." 시컴이 말했다.

"그래요, 시컴, 그럴 수도 있겠네요." 그녀가 말했다.

또 한 번 목소리에서 웃음기가 느껴졌다. 그녀에게 등을 돌리고 있는 것이 다행스러웠다. "아침 식사는 어떻게 할까요, 부인?" 시컴이 물었다. "필립 씨는 8시에 식당에서 식사를 하십니다."

"나는 방에서 들고 싶어요. 애슐리 씨가 11시 이전엔 여자를 보는 게 적절치 않다고 늘 이야기했었거든요. 그래도 괜찮을까요?" 그녀가 말했다.

"물론입니다, 부인."

"고마워요, 시컴. 그럼 잘 자요."

"안녕히 주무십시오, 부인. 안녕히 주무십시오, 나리. 가자, 애들아."

그가 손가락으로 딱 소리를 내자, 개들이 마지못해 그를 따라 나갔다. 잠시 방 안에 정적이 맴돌다가 이윽고 그녀가 나직이 말했다. "차 좀 들겠어요? 이게 콘월 지역 관습이라던데요."

나의 자존심은 흔적도 없이 사라졌다. 자존심을 붙들고 있는 것이 너무도 큰 스트레스였다. 나는 벽난로 앞으로 돌아와 탁자 옆 스툴에 주저앉았다.

"털어놓을 게 있어요. 그 쟁반도, 주전자도, 티포트도 전부 난생처음 보는 물건이에요." 내가 말했다.

"그런 것 같았어요. 시컴이 쟁반을 들고 방으로 들어왔을 때 당신 표정을 봤어요. 아마 시컴도 이제껏 본 적 없었을걸요. 묻혀 있던 보물이겠네요. 시컴이 찬장을 뒤져 찾아냈을 거예요."

"저녁 식사 후에 차를 마시는 게 그렇게 중요한 일인가요?" 내가 물었다.

"당연하죠. 숙녀들이 있는 상류사회에선 그래요." 그녀가 말했다.

"일요일에 퀸들 부녀와 패스코 부부가 저녁 식사를 하러 올 때도 우리는 한 번도 차를 낸 적이 없어요." 내가 말했다.

"어쩌면 시컴이 그분들을 상류사회의 일원으로 여기지 않았는지도 모르죠. 나로선 굉장히 기분이 좋네요. 나는 차를 좋아해요. 당신은 버터 바른 빵이라도 들어요."

그 또한 혁신적이었다. 얇은 빵 조각이 작은 소시지처럼 돌돌 말려 있었다. "우리 집 주방에서 이런 것도 만들어낼 수 있다니 놀랍군요. 하지만 정말 맛있네요." 내가 빵을 삼키며 말했다.

"갑자기 요리에 영감을 받았나 보죠. 틀림없이 남은 건 내일 아침 식사로 먹게 될 거예요. 버터가 녹아 흐르네요. 손가락을 핥아 먹는 게 좋겠어요." 나의 사촌 레이첼이 말했다.

그녀는 찻잔 너머로 나를 바라보며 차를 마셨다.

"파이프 담배를 피우고 싶으면 그렇게 해요." 그녀가 말했다.

나는 놀라서 그녀를 응시했다.

"숙녀의 내실에서요? 정말이세요? 일요일마다 패스코 부인이 교구목사와 함께 저녁 식사를 하러 와도, 우린 절대 응접실에서 담배를 피운 적 없어요." 내가 말했다.

"여긴 응접실도 아니고 난 패스코 부인이 아니잖아요." 그녀가 내게 대꾸했다.

나는 어깨를 으쓱하며 주머니에 든 파이프를 어루만졌다.

"시컴은 아주 부적절한 일이라고 생각할 겁니다. 아침에 와서 냄새를 맡을 거예요."내가 말했다.

"잠자리에 들기 전에 내가 창문을 열어놓을게요. 비가 와서 냄새가 다 빠질 거예요."그녀가 말했다.

"그럼 빗물이 들어와 카펫이 젖을 거예요. 그건 담배 냄새보다 더 나쁘죠."내가 말했다.

"걸레로 닦아내면 되죠. 나이 든 신사처럼 참 쫀쫀하게도 구네요."

"여자들은 그런 걸 싫어한다고 생각했어요."

"달리 걱정할 게 아무것도 없을 땐 그런 데 신경을 쓰기도 하죠."그녀가 말했다.

피비 고모의 내실에 앉아 파이프 담배를 피우고 있자니, 문득 내가 의도했던 것과는 전혀 다른 방식으로 저녁 시간이 흘러가고 있다는 사실이 머리를 스쳤다. 나는 침입자가 모멸감 속에서 무시당했다고 느끼도록, 얼음처럼 차갑게 예의상 대화를 몇 마디 나눈 뒤 갑작스런 작별을 고할 계획이었다.

나는 그녀를 올려다보았다. 차를 다 마신 그녀가 찻잔과 잔받침을 다시 쟁반에 내려놓았다. 가늘고 작고 매우 하얀 그녀의 손이 또다시 눈에 들어와, 앰브로즈가 그녀의 손도 도시에서 자란 사람의 손이라고 불렀을지 궁금해졌다. 손가락에는 반지를 두 개 끼고 있었는데 둘 다 고급스러운 보석이었지만, 상복 차림에도 지나치게 튀지 않았고 그녀의 개성과도 조화를 이루고 있었다. 손으로 붙잡고 있을 파이프 몸통과 깨물어도 좋은 파이프 부리가 있어 다행이라 생각했다. 파이프가 있어서 그나마 꿈속을 헤매고 다니는 몽유병 환자가 아니라 좀 더 나다운 느낌이 들었기 때문이다. 해야 할 일이 있고 해야 할 말이 있는데도, 지금 나는 생각도 인상도 제대로 가다듬지 못한 채로 벽난로 앞에 바보처럼 앉아 있었다. 너무 길고 초조했던 하루가 이제 다 지나가고 있는데, 아무리 기를 써서 생각해봐도 오늘 하루가 나에게 유리했는지 불리했는지 결론을 내릴 수가 없었다. 만일 그녀의 모습이 내가 그간 상상했던 수많은 이미지에 조금이라도 부합했더라면 그녀를 어떻게 대할지 더 잘 알 수 있었겠지만, 그녀가 실체를 지닌 인물로 내 곁에 와 있는 지금, 그런 이미지는 하나같이 나의 환상이 빚어낸 미친 짓에 불과해 어둠 속으로 사라져버렸다.

심술궂고 늙은 변호사들을 거느린 매서운 인물이 어딘가 존재했었다. 패스코 부인보다 덩치도 체구도 크고 입이 거칠고 오만한 사람도 있었고, 코르크 따개처럼 나선형으로 머리칼을 구부려 멋을 낸 버르장머리 없고 잘 토라지는 인물도 있었고, 말없이 은밀하게 움직이는 뱀 같은 존재도 있었다. 그러나 이 방에 나와 함께 있는 사람 중 그런 인물은 하나도 없었다. 이젠 분노도 증오심도 헛되게 느껴졌다. 두려움으로 말할 것 같으면, 키가 내 어깨에도 닿지 않고 눈에 띄는 것이라곤 유머 감각과 작은 손밖에 없는 사람을 대체 어떻게 두려워할 수가 있단 말인가? 바로 이 여인 때문에 한 남자는 결투를 하다 죽고, 또 다른 남자는 "나의 골칫덩이 레이첼이 마침내 내게 일을 저질렀다"라는 편지를 부치고서 세상을 떠났단 말인가? 마치 허공에 비누 거품을 하나 띄워놓고 그것이 춤추며 움직이는 광경을 지켜보다가, 이제 그 거품이 터진 것 같았다.

일렁거리는 벽난로 불빛 앞에서 꾸벅꾸벅 졸던 나는 빗속에서 십수 킬로미터를 걸어 다닌 뒤엔 절대 브랜디를 마시면 안 된다는 걸 명심해야겠다고 스스로에게 다짐했다. 술은 분별력을 떨어뜨리는 건 물론 말주변에도 도움이 되지 않았다. 난 이 여인과 싸우러 왔는데 싸움은 아직 시작도 못 한 상태였다. 피비 고모의 안장에 대해서 이 사람이 방금 무슨 얘기를 한 거지?

"필립." 아주 나직하고 차분한 목소리가 나를 불렀다. "필립, 그러다 잠들겠어요. 일어나서 그만 잠자리에 들지 그래요?"

나는 소스라치게 놀라 눈을 떴다. 그녀는 무릎 위로 양손을 맞잡고 앉아 나를 지켜보고 있었다. 나는 벌떡 일어나는 통에 그만 쟁반을 떨어뜨릴 뻔했다.

"미안합니다. 작은 스툴에 구겨 앉아 있었더니 졸음이 온 모양이에요. 보통은 서재에서 다리를 뻗고 앉아 있거든요." 내가 말했다.

"종일 몸을 많이 움직인 모양이에요, 그렇죠?" 그녀가 말했다.

그녀의 목소리는 퍽 순수했지만 그래도…… 무슨 의미로 한 말일까? 나는 인상을 찌푸리며 그녀를 내려다보다가 아무 말도 하지 않기로 결심했다. "내일 아침에 날씨가 좋으면 정말 내가 탈 만한 얌전하고 착한 말을 찾아내서, 나를 데리고 나가 바턴 인근 영지를 보여줄 건가요?" 그녀가 말했다.

"네, 당신이 가고 싶다면요."

"당신에게 폐를 끼칠 필요는 없어요. 웰링턴이 데려가줘도 좋아요."

"아닙니다. 제가 모시고 갈 수 있습니다. 달리 할 일도 없어요."

"그래도 기다려야겠어요. 토요일인 걸 당신도 깜박했나 봐요. 아침에 고용인들 임금을 줘야 하잖아요. 우리 외출은 오후에 하도록 해요." 그녀가 말했다.

나는 몹시 놀라 어쩔 줄을 몰라 하며 그녀를 내려다보았다. "맙소사, 대체 내가 토요일에 임금을 주는 걸 어떻게 아는 거죠?" 내가 물었다.

난처하고 당혹스럽게도 갑자기 그녀의 눈이 빨개지더니 아까 내 열 번째 생일 이야기를 했을 때처럼 눈가가 젖어들었다. 그녀의 목소리도 전보다 더 딱딱하게 굳은 듯했다.

"그걸 모른다면 당신은 내 생각보다 이해력이 떨어지는 분인 거예요. 여기 잠깐 있어요. 당신에게 줄 선물이 있어요." 그녀가 말했다.

그녀는 방문을 열고 반대편에 있는 파란 방 침실로 들어갔다가 잠시 후 지팡이를 들고 돌아왔다.

"자, 받아요. 당신 거예요. 다른 물건들은 전부 당신이 나중에 직접 정리할 수 있겠지만 이것만큼은 오늘 밤에 직접 주고 싶었어요."

그것은 앰브로즈의 지팡이였다. 그가 항상 사용하고 몸을 의지했던 물건. 금테가 둘러져 있고 꼭대기 손잡이엔 상아로 개의 두상이 새겨져 있었다.

"고마워요, 정말 고마워요." 내가 어색하게 말했다.

"이제 가요. 어서 가줘요."

그녀는 나를 방에서 내몰고 문을 닫았다.

나는 양손으로 지팡이를 쥔 채 문밖에 서 있었다. 그녀는 내게 잘 자라는 인사를 할 시간도 주지 않았다. 내실에선 아무런 소리도 들리지 않았으므로, 나는 복도를 따라 천천히 내 방으로 갔다. 그녀가 지팡이를 내게 주었을 때 눈빛에 비췄던 느낌을 떠올렸다. 바로 얼마 전, 나는 다른 사람에게서 그와 똑같이 오랜 세월 고통에 시달린 듯한 눈빛을 본 적이 있었다. 진지함과 자부심이 어린 그 눈빛엔 오늘 본 것과 같이 굴욕감과 함께 애원의 고통이 깃들어 있었다. 앰브로즈의 방이었던 나의 방으로 돌아와 너무나 생생하게 기억하고 있는 지팡이를 들여다보며, 그런 생각이 든 건 틀림없이 두 사람의 눈이 같은 색깔이고 같은 종족에 속하기 때문일 거라고 결론지었다. 아르노강 변에서 본 거지 여인과 나의 사촌 레이첼 사이에는 그 외엔 공통점이 아무것도 없었다.

9

다음 날 아침 일찍 아래층으로 내려간 나는 아침 식사를 마치
자마자 마구간으로 걸어가 웰링턴을 불러냈고, 둘이 함께 마구
보관실로 갔다.

정말로 그곳엔 다른 안장들 사이에 옆으로 걸터앉는 여성용
안장이 대여섯 개나 걸려 있었다. 이제껏 한 번도 알아보지 못
했던 건 그 때문이었을 것이다.

"애슐리 부인은 말을 탈 줄 모르셔. 그저 걸터앉아서 꼭 붙잡
을 것만 있으면 된다고 하시는군." 내가 설명했다.

"그럼 솔로몬을 준비해드리는 게 좋겠네요." 늙은 마부가 말
했다. "숙녀분을 태워본 적은 없지만 녀석이라면 그분을 떨어뜨
리는 일은 결코 없을 겁니다. 다른 말들에 대해서는 자신이 없

네요."

솔로몬은 오래전 앰브로즈가 사냥할 때 타고 다녔던 말인데, 이제는 웰링턴이 대로를 달려 운동을 시킬 때를 제외하면 주로 초원에서 어슬렁거리며 시간을 보냈다. 여성용 안장들은 마구 보관실 벽 꼭대기에 걸려 있었으므로, 웰링턴은 마구간지기에게 짧은 사다리를 가져와 내리라고 지시해야 했다. 안장을 선택하는 것도 꽤나 번잡하고 흥미로운 과정이었다. 하나는 너무 낡았고, 다른 하나는 솔로몬의 넓은 등에 올리기엔 폭이 너무 좁았다. 세 번째 안장은 온통 거미줄이 쳐져 있어서 마구간지기가 꾸지람을 들었다. 웰링턴도 다른 사람들도 수십 년간 그 안장을 쓸 일이 있을 거라고는 생각지 못했으리라 짐작하면서 나는 속으로 웃음을 터뜨렸지만, 애슐리 부인이 바로 어제 런던에서 가져온 안장이라고 생각할 만큼 가죽에 광을 내 잘 준비해놓으라고 웰링턴에게 당부했다.

"주인마님께선 언제 출발하시고 싶답니까?" 그가 물었다. 그의 단어 선택에 허를 찔린 나는 잠시 그를 빤히 쳐다보았다.

"정오 지난 무렵일 거야." 나는 퉁명스럽게 말했다. "솔로몬은 현관으로 데려다 놓게. 애슐리 부인은 내가 직접 모시고 나갈 테니까."

그러고 나서 나는 집 안으로 들어가 회계실에서 금전출납부를 꺼내 고용인들이 임금을 받으러 오기 전에 금액을 확인했다. 주인마님이라니 맙소사. 웰링턴과 시컴과 나머지 하인들 모두 그녀를 그렇게 보는 것일까? 한편으론 그것이 그들에게 자연스러운 일일 거라 생각하면서도, 남자들이, 특히 남자 하인들이 여자라는 존재 때문에 얼마나 빠르게 바보가 되는지 놀랍다는 생각이 들었다. 어젯밤 차를 날라 왔을 때 시컴의 눈에 떠올랐던 존경의 눈초리와 그녀 앞에 쟁반을 내려놓으며 보인 공손한 태도, 오늘 아침 식탁에서 '시컴 씨는 내실로 식사를 가져다 드리려고 위층에 올라가셨다'며 어린 존이 대신 장식장 옆에 서서 시중을 들다 내 베이컨 접시 뚜껑을 열어주었던 것만 봐도 그랬다. 게다가 이번엔 또 웰링턴이 잔뜩 흥분해서 낡은 여성용 안장을 문질러 광을 내며, 어깨 너머로 마구간지기 청년에게 소리를 질러 솔로몬을 살펴보라고 하고 있질 않은가. 나는 금전출납부에 집중해 일을 하며, 앰브로즈가 나의 유모를 쫓아낸 이후 처음으로 이 지붕 아래 여자가 들어와 잠을 잤는데도 내가 이토록 흔들림 없다는 사실에 기뻐했다. 그러나 내가 잠에 빠져들 무렵 "필립, 그만 잠자리에 들지 그래요"라고 했던 그녀의 말은 20년 전 유모가 나에게 했을 법한 말이라는 사실이 떠올랐다.

정오가 되자 하인들을 비롯해, 마구간, 숲, 정원에서 일을 하는 일꾼들이 당도했으므로 나는 그들에게 돈을 지급했다. 그러다 수석 정원사인 탐린이 보이지 않는 것을 알아차렸다. 이유를 묻자 '주인마님'과 마당 어딘가에 있다는 대답이 돌아왔다. 지금까지 없었던 일이었지만 나는 나머지 사람들에게 임금을 지급한 뒤 돌려보냈다. 탐린과 나의 사촌 레이첼을 어디에서 찾아야 할지는 본능적으로 알 수 있었다. 내 생각이 옳았다. 두 사람은 앰브로즈가 여행에서 돌아올 때 가져왔던 동백나무와 협죽도, 다른 묘목들을 심곤 했던 종묘장에 있었다.

나는 식물 전문가가 아니기에 항상 모든 것을 탐린에게 맡겼는데, 모퉁이를 돌아 두 사람에게 다가가며 들으니 그녀는 가지치기할 위치와 접붙이기에 대해, 북쪽 방향이 어딘지, 토양을 비옥하게 하려면 어떻게 해야 할지에 대해서 이야기하고 있었고, 탐린은 모자를 손에 든 채 시컴과 웰링턴의 눈빛에 떠올랐던 것과 똑같은 존경의 눈초리로 귀를 기울이고 있었다. 나를 본 그녀가 미소를 지으며 자리에서 일어났다. 그녀는 바닥에 마대 조각을 깔고 무릎을 꿇은 채, 묘목의 순을 들여다보고 있었다.

"10시 반부터 밖에 나와 있었어요. 먼저 허락을 구하려고 했는데 당신을 찾을 수가 없어서 과감하게 나 혼자 탐린의 오두막을 찾아가 직접 인사를 건넸어요. 그렇죠, 탐린?"

"그러셨죠, 마님." 탐린이 온순한 눈빛으로 대답했다.

"필립, 당신도 알다시피 앰브로즈와 나는 지난 2년간 온갖 화초와 관목들을 수집했어요. 플리머스까지는 가져왔는데 그건 마차에 싣고 올 수가 없어서 나중에 짐마차로 옮길 거예요. 그 목록과 함께 그이가 그것들을 어디에 심으려고 했는지 기록한 종이를 가져왔거든요. 탐린한테 목록을 보여주면서 모든 걸 설명하면 시간을 절약할 수 있을 거라고 생각했어요. 짐마차가 물건을 가져왔을 땐 내가 떠나고 없을 수도 있으니까요."

"맞아요. 저보다는 두 분이 이런 일에 대해서 더 잘 아시겠죠. 계속하세요."

"다 끝났어요. 그렇죠, 탐린?" 그녀가 말했다. "부인께는 차 대접해주셔서 감사하다고, 오늘 저녁 무렵엔 목감기가 나아지길 바란다고 전해주세요. 유칼립투스 오일이 치료약이니 나중에 부인께 보내줄게요."

"감사합니다, 마님" 하고 대꾸한 뒤 탐린은(그의 아내가 목감기에 걸렸다는 건 금시초문이었다) 나를 보며 약간 풀이 죽은 듯 어색한 말투로 덧붙였다. "숙녀분께 제가 뭔가 배우는 날이 오리라고는 생각해본 적도 없는데, 오늘 아침에 배운 게 많습니다, 필립 씨. 항상 제 일에 대해서는 제가 가장 잘 안다고 여겼건만, 원예에 대해서는 애슐리 부인이 저보다 훨씬 더 많이 아시네요. 제가 도저히 못 따라갈 정도예요. 마님 덕분에 완전 무식쟁이가 된 기분입니다."

"그런 소리 말아요, 탐린." 나의 사촌 레이첼이 말했다. "난 나무와 관목에 대한 것만 알 뿐이에요. 과실수에 대해선 전혀 몰라요. 복숭아나무를 키우는 방법에 대해선 하나도 아는 게 없는걸요. 나한테 아직 온실 구경은 안 시켜줬다는 거 명심해요. 거긴 내일 같이 둘러보도록 해요."

"언제든 좋으실 대로 하십시오, 마님." 탐린이 말하자 그녀는 작별 인사를 했고 우리는 다시 집으로 향했다.

"10시 넘어서부터 밖에 나와 있었다면 이젠 좀 쉬고 싶으시겠네요. 웰링턴에게 말에 안장 올리지 말라고 하겠습니다." 내가 그녀에게 말했다.

"쉬다뇨? 누가 쉬겠대요? 아침 내내 말을 타고 나가는 걸 얼마나 고대하고 있었는데요. 태양 좀 봐요. 날이 갤 거라고 했으니 정말로 해가 나겠죠. 당신이 나를 인도할 건가요, 아니면 웰링턴이 가나요?"

"아뇨, 제가 모실 겁니다. 미리 경고하는데 동백나무에 대해서 탐린을 가르칠 수 있을지는 몰라도 나에게 농사를 가르칠 수 있을 거라는 생각은 하지 마세요." 내가 말했다.

"나도 귀리와 보리를 구분할 줄은 알아요. 그 정도면 인상적이지 않아요?"

"조금도요. 어쨌거나 수확이 다 끝나서 밭에 나가도 둘 다 찾아보긴 힘들 거예요."

집에 당도했을 때 시컴이 식당에 고기와 샐러드, 파이와 푸딩까지 차가운 음식들로 거의 저녁 식탁만큼이나 푸짐한 오찬을 준비해둔 걸 알 수 있었다. 나의 사촌 레이첼은 퍽 진지한 얼굴로 나를 쳐다보았지만, 눈동자 뒤엔 웃음이 서려 있었다.

"당신은 젊어서 아직 성장이 끝나지 않았어요. 감사히 먹어요. 내 몫으론 저 파이 한 조각만 주머니에 챙겨줘요. 나중에 서쪽 언덕에 올라가면 달라고 할게요. 나는 그만 올라가서 승마에 적합한 옷으로 갈아입어야겠어요."

왕성한 식욕으로 차가운 고기를 음미하면서 나는 속으로 생각했다. 적어도 그녀는 깍듯한 시중이나 자질구레한 의식을 기대하는 사람이 아니었고, 천만다행으로 보통의 여자들과 달리 어느 정도 독립심까지 갖추고 있는 듯했다. 유일하게 짜증나는 부분은 그녀에 대한 나의 태도였는데, 쌀쌀맞게 보이기를 바라고 한 행동을 그녀는 좋게 받아들이고 즐기는 것 같았다. 나의 빈정거림조차 유쾌하게 오해하고 있었다.

내가 식사를 마쳤을 무렵, 솔로몬이 현관으로 이끌려 나왔다. 튼튼하고 늙은 말은 평생 최고의 몸단장을 받은 듯했다. 발굽까지 광을 낸 모습이었는데, 나의 애마 집시는 한 번도 그런 보살핌을 받아본 적이 없었다. 강아지 두 마리는 솔로몬의 발밑에서 펄쩍펄쩍 뛰어다녔으나, 던은 꿈쩍도 않고 녀석들을 쳐다보기만 했다. 그의 오랜 친구 솔로몬처럼 던도 뛰어다닐 시기는 지난 지 오래였다.

시컴에게 4시 이후까지 외출할 거라는 이야기를 전하고 돌아왔을 때 나의 사촌 레이첼은 아래층으로 내려와 이미 솔로몬을 타고 있었다. 웰링턴이 그녀의 등자 끈을 조절해주고 있었다. 그녀는 이전에 입었던 것보다 좀 더 품이 넉넉해 보이는 다른 상복을 입었고, 모자 대신 검은색 레이스 숄을 둘러 머리칼을 가렸다. 내게 옆얼굴을 보인 채 웰링턴과 이야기하는 그녀를 보자, 무슨 영문인지 앰브로즈가 그녀를 놀리며 옛 로마의 향기를 풍긴다고 말한 적이 있다던 전날 밤의 이야기가 새삼 떠올랐다. 그 말이 무슨 의미였는지 이젠 나도 알 수 있었다. 그녀의 외모는 훨씬 오밀조밀하긴 해도 로마 시대 동전에 새겨진 인물 같았다. 레이스 숄을 머리에 휘감은 그녀의 모습은 피렌체 성당에서 무릎을 꿇고 기도를 올리거나, 고요한 가정집 입구에 서 있던 이탈리아 여인들을 떠올리게 했다. 솔로몬의 등에 걸터앉아 있는 모습만 보아서는 땅에 서 있을 때 그토록 체구가 작은 여인이란 것을 짐작할 수가 없었다. 작은 손과 이따금씩 목소리에서 거품처럼 솟아오르는 웃음기 이외엔 별로 특별할 것이 없다고 생각했던 여인이 이제 나보다 높은 곳에 앉아 있으니 사뭇 달라 보였다. 좀 더 멀리 떨어진 사람 같았고 좀 더 이탈리아인답게 보였다.

내 발소리를 들은 그녀가 이쪽으로 고개를 돌렸다. 멀리 동떨어진 이국적인 느낌은 순식간에 사라지고 어느새 온화한 표정이 그녀의 얼굴에 돌아와 있었다. 이젠 전에 보던 얼굴과 똑같은 모습이었다.

"준비됐어요? 혹시 떨어질까 봐 두려운가요?" 내가 말했다.

"난 당신과 솔로몬을 믿어요." 그녀가 대꾸했다.

"그럼 좋아요. 가시죠. 우린 두 시간쯤 있다 돌아올 거야, 웰링턴." 말굴레를 잡은 나는 그녀를 인도해 바턴 영지 구경에 나섰다.

전날엔 온 들판에 비를 동반한 바람이 휘몰아쳤었는데 정오 무렵 해가 나면서 하늘이 맑아졌다. 대기엔 짭짤하고 상쾌한 기운이 맴돌아 누구에게나 산책 욕구를 불러일으켰고, 만을 둘러싼 해안가 바위에 철썩거리며 부딪치는 파도 소리가 경쾌하게 들려왔다. 해마다 가을이면 종종 그런 날씨가 이어졌다. 공기가 점점 서늘해질 거라는 암시를 품고 있는 데다, 아직 여름 직후의 분위기를 간직하고 있긴 했지만, 계절과는 상관없는 특유의 싱그러움으로 가득한 날이었다.

우리의 영지 순례는 이상하게 진행되었다. 바턴을 들르는 것으로 첫 일정을 시작했는데, 난데없이 빌리 로와 그의 아내가 농장 주택으로 우리를 초대해 케이크와 크림을 대접하겠다는 걸 내가 겨우 막아냈다. 실은 월요일에 다시 들르겠다는 약속을 하고서야 비로소 그곳을 벗어나, 솔로몬과 나의 사촌 레이첼을 이끌고 외양간과 두엄 더미를 지나서 그루터기만 뾰족하게 남은 서쪽 언덕을 향해 철문을 빠져나갈 수가 있었다.

바턴 영지는 반도 형태로 툭 튀어나와 그 끝에 등대 마당이 형성되어 있었고, 바다는 동서 양쪽에서 만으로 밀려들었다. 그녀에게 설명했다시피 옥수수는 모두 수확이 끝나 옮겨진 뒤여서 늙은 솔로몬이 그루터기만 남은 옥수수밭을 망칠 위험은 없었으므로, 내가 원하는 대로 어디든 녀석을 끌고 돌아다닐 수 있었다. 바턴 영지의 대부분은 목초지라 그곳을 구석구석 돌아다닌다 해도 바다는 계속 우리 곁에 가까이 있었고, 마침내 등대에 도달한 우리는 거기서 영지 전체를 뒤돌아 조망할 수 있었다. 서쪽으로 모래사장이 드넓게 펼쳐진 만 바로 옆에서 시작된 영지는 강 하구까지 동쪽으로 5킬로미터에 걸쳐 이어져 있었다. 바턴 농장과 집 자체는—시컴은 늘 대저택이라고 불렀다—일종의 접시 모양으로 생겼지만 앰브로즈와 필립 숙부가 심었던 나무가 이미 무성하고 빠르게 자라 집을 더 아늑하게 감싸고 있었고, 북쪽으로 새로 난 큰길은 숲을 가로질러 네거리와 만나는 지점까지 구불구불 언덕으로 이어졌다.

전날 밤 그녀의 이야기를 떠올린 나는 바턴 들판의 지명으로 내 사촌을 시험하려고 했지만 그녀의 대답에는 흠잡을 데가 없었다. 그녀는 이름을 모두 알고 있었다. 다양한 해변과 곶, 영지에 있는 다른 농장들을 언급할 때에도 그녀의 기억엔 틀림이 없었다. 그녀는 소작인들의 이름과 가족 수를 다 파악하고 있었을 뿐만 아니라, 시컴의 조카가 물고기를 잡으며 해변 오두막에 살고 있고 그의 동생은 방앗간을 운영한다는 사실까지 알고 있었다. 그녀 쪽에서 먼저 나에게 지식을 자랑한 것이라기보다는 호기심이 동한 내가 말을 걸어 알아낸 쪽이었다. 그녀가 당연하다는 듯이 그들의 이름을 언급하며 약간의 경이로움마저 담아 그 사람들에 대한 이야기를 이어가는 것이 나로선 참 이상했다.

"앰브로즈와 내가 무슨 이야기를 나누며 지냈을 것 같아요?" 등대 언덕에서 동쪽 들판으로 내려가며 마침내 그녀가 말했다. "그이가 열정을 다해 자기 집을 사랑했으니 나도 내 집으로 여겼던 거예요. 당신도 아내에게 똑같은 것을 기대하지 않겠어요?"

"아내가 없어서 잘은 모르겠지만 평생 대륙에서 살아오신 분

163

이니까 당신의 관심사는 전혀 다를 거라고 생각했던 것 같습니다." 내가 대꾸했다.

"앰브로즈를 만나기 전까지는 그랬어요." 그녀가 말했다.

"정원은 예외겠죠."

"정원은 예외였어요." 그녀가 맞장구를 쳤다. "그이가 당신한테도 얘기했겠지만 그게 시작이었어요. 우리 집 정원도 매우 아름답지만, 이건……." 그녀는 잠시 말꼬리를 흐리며 솔로몬의 고삐를 잡아당겨 말을 세웠고, 나는 말굴레에 한 손을 대고 서 있었다. "이건 내가 늘 보고 싶었던 광경이에요. 여긴 참 다르네요." 그녀는 잠시 아무 말도 하지 않고 만을 내려다보았다. "어릴 적 처음 결혼하고—앰브로즈 얘기가 아니에요—저택에서 지낼 때 난 많이 불행했어요. 그래서 정원을 새로 설계해 꾸미고 정원수와 화초를 대부분 다시 심고 층층이 벽을 세우면서 마음을 딴 데 팔았어요. 전문가의 조언을 구하기도 하고 혼자 책속에 파묻히기도 했는데 결과가 아주 흡족했어요. 적어도 나는 그렇게 생각했고, 다른 사람들도 그렇다고 말해주었어요. 당신이 보면 어떻게 생각할지 궁금하네요."

나는 그녀를 올려다보았다, 바다를 향해 고개를 돌리고 있어서 그녀는 내가 자신을 보고 있다는 걸 알지 못했다. 방금 한 말은 무슨 뜻일까? 대부님은 내가 그 저택에 갔었다는 걸 말하지 않았던가?

나는 갑작스런 불안감에 사로잡혔다. 오늘 아침때, 전날 밤

나와 대면한 직후엔 초조해하던 그녀가 곧 편안하게 대화를 이어갔던 것을 다시 떠올리며, 나는 그런 상황이 그녀의 탁월한 사교성과 브랜디를 마셔 무뎌진 나의 분별력 탓일 거라고 생각했었다. 어젯밤 그녀가 나의 피렌체 방문에 대해서 아무 말도 하지 않았던 건 이상한 일이고, 내가 앰브로즈의 죽음을 알게 된 정황에 대해서도 전혀 언급하지 않았던 건 더 이상한 일이라는 사실에 그제야 생각이 미쳤다. 대부님이 그 문제를 회피한 채 내가 직접 소식을 전하도록 내버려두었던 걸까? 겁쟁이처럼 그런 실수를 저지른 노인네를 속으로 저주했지만, 욕을 하면서도 진짜 겁쟁이는 나 자신이라는 걸 잘 알고 있었다. 어젯밤 브랜디를 마시고서 술기운이 남아 있을 때 말했더라면 얼마나 좋았을까. 하지만 지금은, 지금은 그런 말을 꺼내기가 쉽지 않았다. 물론 지금이 적절한 순간이었다. "상갈레티 저택에 가서 당신의 정원을 보았습니다. 그걸 몰랐나요?"라고 털어놓을 순간이었다. 그러나 그녀가 솔로몬을 달래는 듯한 소리를 내자 말이 걸음을 옮겼다.

"방앗간을 지나서 숲을 가로질러 언덕 반대편으로 가도 될까요?" 그녀가 물었다.

나는 말할 기회를 잃었고 우리는 집을 향해 길을 되돌아갔다. 숲을 가로지르며 그녀는 이따금씩 나무에 대해서, 언덕의 모양새에 대해서, 혹은 다른 풍경에 대해서 말을 했지만, 나는 어떻게든 피렌체에 다녀왔다는 이야기를 해야 한다는 생각에 사로잡혀 편안했던 오후의 분위기를 더 누리지 못했다. 만일 내가 아무 말도 하지 않는다면, 그녀는 그 이야기를 시컴이나 일요일에 저녁 식사를 하러 온 대부님에게서 전해 듣게 될 터였다. 집이 가까워질수록 나는 점점 더 말을 잃었다.

"나 때문에 피곤해졌나 봐요. 나는 이렇게 여왕처럼 솔로몬을 타고 다녔는데 당신은 순례자처럼 계속 걸었잖아요. 날 용서해요, 필립. 난 정말 너무 행복했어요. 얼마나 행복했는지 당신은 짐작도 못 할 거예요."

"아닙니다, 피곤하지 않아요. 승마가 즐거우셨다니 저도…… 저도 기쁩니다." 내가 말했다. 어쩐지 솔직하고 캐묻는 듯한 그녀의 눈을 똑바로 들여다볼 수가 없었다.

웰링턴이 집 앞에서 기다리고 있다가 그녀가 말에서 내리도록 도와주었다. 그녀는 저녁 식사 전에 옷을 갈아입고 휴식을 취하러 위층으로 올라갔고, 나는 서재에 앉아 파이프 담배를 피우며 인상을 찡그린 채 피렌체에 관한 얘기를 어떻게 꺼내야 할지 고민했다. 대부님이 가장 껄끄러운 부분에 대해서 편지에 적어 보내 알렸더라면 그 문제를 꺼내는 쪽은 사촌 레이첼이 될 테고 나는 느긋하게 그녀가 하는 말을 들으면 되었을 터였다. 그러나 지금은 내가 먼저 이야기를 꺼내야 하는 형편이었다. 그녀가 내가 예상했던 인물이었다면 그렇게 하는 것도 별문제 아니었다. 도대체 왜 그녀는 예상과 그리도 다른 인물이어서 내 계획을 완전히 엉망으로 만들어놓는 것일까?

손을 씻고 만찬용 재킷으로 갈아입은 나는 앰브로즈가 보낸 마지막 두 통의 편지를 주머니에 넣고서 그녀가 소파에 앉아 기다릴 것으로 기대했던 응접실로 들어갔지만, 방은 비어 있었다. 마침 그 순간 복도를 지나던 시컴이 내게 말했다. "마님께선 서재로 들어가셨습니다."

더는 솔로몬을 타고서 나를 내려다보고 있지도 않았고, 머리에 휘감았던 숄도 벗은 채 얌전히 머리를 빗어 내린 그녀의 모습은 전보다 더 작고 더 무방비 상태로 보였다. 촛불 때문에 안색은 더 창백해 보였고 상복은 상대적으로 더 짙어 보였다.

"내가 여기 앉아 있어서 기분 나쁘진 않죠? 응접실은 낮엔 아름다운데 이제 저녁이 돼서 커튼을 치고 촛불도 켜놓으니 어쩐지 이 방이 더 좋아 보였어요. 게다가 당신과 앰브로즈가 늘 함께 앉아 있던 곳도 바로 여기잖아요."

어쩌면 지금이 입을 열 기회였다. "맞아요. 당신 저택엔 이런 공간이 없더군요"라고 말하면 되는 일이었다. 그러나 나는 침묵했고, 개들이 들어와 정신을 산만하게 했다. 저녁 식사 후에, 저녁 식사 후에 때를 보자고 나는 속으로 다짐했다. 이번엔 포트와인도 브랜디도 마시지 않을 작정이었다.

저녁 식탁에서 시컴은 그녀를 내 오른쪽 자리에 앉혔고, 그와 존이 함께 우리 시중을 들었다. 그녀는 장미꽃 장식과 촛대를 칭찬하며 시컴이 코스별로 음식을 내올 때마다 그에게 말을 걸었지만, 나는 혹시라도 그가 "그 일은 필립 씨께서 이탈리아에

가 계신 동안 벌어졌던 일이지요"라는 말을 할까 염려하며 식사 내내 식은땀을 흘렸다.

나로선 빨리 저녁 식사가 끝나고 다시 우리 두 사람만 남게 되기를 간절히 기다리는 수밖에 없었다. 비록 내가 대면해야 할 괴로운 순간에 더 가까워지는 일이긴 해도 그편이 더 나았다. 우린 또다시 서재 벽난로 앞에 나란히 앉게 되었고, 그녀는 자수 일감을 가져와 수를 놓기 시작했다. 나는 작고 재빠른 그녀의 손놀림을 지켜보며 경이로움을 느꼈다.

한참 뒤에 그녀가 말했다. "무슨 고민인지 얘기해봐요. 사실대로 이야기하지 않으면 단박에 알아차릴 테니까, 아무 일도 아니라고 부인하진 말아요. 앰브로즈는 내가 문제를 감지하는 데 동물적인 감각을 갖고 있다고 종종 이야기했는데, 오늘 밤엔 당신에게서 그걸 감지했어요. 사실은 아까 오후부터죠. 혹시 내가 당신 마음을 상하게 할 만한 이야기를 했던 건 아니죠?"

결국 그 순간이 오고야 말았다. 최소한 그녀가 나를 위해 길을 훤히 닦아주었으니 다행이었다.

"내 마음을 상하게 할 만한 이야기는 아무것도 하지 않았어요. 하지만 당신이 한 말 때문에 약간 어리둥절했던 순간은 있었죠. 대부님이 플리머스로 당신한테 편지를 보냈을 때 정확히 어떤 이야기를 했는지 말해줄 수 있어요?"

"그야 물론이죠. 편지를 보내주어 감사하다는 말과 함께, 시뇨르 레이날디가 사망 확인서 사본과 다른 세부 사항을 적은 편지를 보내주었기 때문에 그분과 당신 모두 앰브로즈의 사망 소식에 대해서는 이미 알고 있다고 했어요. 그리고 내가 계획을 세울 때까지 잠시 이곳에 와서 머물러도 좋다고 당신이 초청했다고요. 실은 당신 집을 떠난 이후에는 나더러 펠린에 와서 계속 지내라고 제안하셨는데 그건 정말 친절한 말씀이었어요."

"그게 전부입니까?"

"네, 꽤 짧은 편지였거든요."

"내가 여행을 떠났었다는 것에 대해선 대부님이 아무 말씀 안 하던가요?"

"네."

"그렇군요." 나는 점점 더 달아오르는 느낌이었지만, 그녀는 여전히 자수에 열중하며 차분하고 평온하게 내 곁에 앉아 있었다.

그제야 내가 입을 열었다. "대부님과 하인들이 시뇨르 레이날디를 통해 앰브로즈의 부고를 알게 되었다는 말씀은 옳습니다. 하지만 난 그렇지 않았어요. 나는 피렌체에 있는 당신 저택에서 당신의 하인에게 그 소식을 들었죠."

그녀가 고개를 들고 나를 쳐다보았다. 이번엔 그녀의 눈동자에 눈물도 웃음기도 어리지 않았다. 오래도록 그윽하게 쳐다보며 탐색하는 듯한 그녀의 눈빛에서 내가 읽어낸 것은 연민과 힐책 둘 다였다.

10

"피렌체에 갔었다고요? 언제, 얼마나 됐죠?" 그녀가 물었다.

"돌아온 지 3주가 채 되지 않습니다. 그곳에 갔다가 프랑스를 거쳐 돌아왔어요. 피렌체에서는 하룻밤밖에 머물지 않았어요. 8월 15일 밤이었죠." 내가 말했다.

"8월 15일이라고요?" 그녀의 목소리 톤이 새롭게 고조되며 기억을 돌이키는 듯 눈빛도 달라졌다. "하지만 난 불과 그 하루 전에 제노바로 떠났어요. 그건 불가능해요."

"그건 가능하기도 하고 사실이기도 합니다. 실제로 일어났던 일이니까요." 내가 말했다.

자수천이 그녀의 손에서 떨어져 내렸고, 그녀의 눈빛엔 이상한 표정이, 거의 공포에 가까운 감정이 떠올랐다.

"왜 나한테 말하지 않았어요? 어째서 그런 말을 한 마디도 하지 않은 채 내가 이 집에서 스물네 시간이나 지내도록 한 거죠? 어젯밤에, 어젯밤에 바로 얘기했었어야죠." 그녀가 말했다.

"나는 당신이 안다고 생각했어요. 대부님께 그 얘길 편지에 써달라고 부탁드렸거든요. 어쨌든 이렇게 됐네요. 이제 당신도 알았으니 됐어요."

내 안의 비겁한 마음은 이제 그만 그 문제를 넘겨버리기를, 그녀가 다시 자수천을 집어 들기를 바라고 있었다. 그러나 그렇게 될 것 같진 않았다.

"당신이 그곳엘 갔었군요." 혼잣말을 하듯 그녀가 말했다. "주세페가 당신을 집 안으로 들여보내주었겠죠. 그가 철문을 열고서 거기 서 있는 당신을 보았다면 아마……." 그녀는 말끝을 흐리더니 눈빛이 어두워지면서 내 시선을 피해 불길을 바라보았다.

"무슨 일이 있었던 건지 얘기해주면 좋겠어요, 필립."

나는 주머니에 손을 넣었다. 안에 든 편지가 만져졌다.

"부활절 이후, 어쩌면 성령강림절 이후로 오래도록 앰브로즈한테서 소식이 없었어요. 정확한 날짜는 기억나지 않지만 그의 편지는 2층에 모두 보관해두었어요. 나는 점점 걱정이 됐어요. 그렇게 몇 주가 흘러갔죠. 그러다가 7월에 편지가 한 통 도착했어요. 딱 한 장짜리 편지였죠. 그답지 않게 엉망으로 휘갈겨 쓴 글씨체였어요. 대부님이신 닉 켄들에게 편지를 보여드렸더니,

당장 내가 피렌체로 떠나는 데 동의해주셨고, 그래서 하루나 이틀 만에 길을 떠났어요. 막 나서려는데 겨우 몇 줄에 불과한 편지가 한 통 더 도착했죠. 그 편지는 두 통 다 지금 주머니에 들어 있어요. 직접 보겠어요?"

그녀는 즉답을 하지 않았다. 벽난로를 바라보던 그녀는 다시 시선을 돌려 나를 쳐다보고 있었다. 어딘가 충동적인 눈빛이었지만, 기묘하게 깊고 부드러운 그녀의 시선에선 강요하거나 명령을 내리는 듯한 느낌이 아니라, 마치 내가 곧장 설명을 잇지 못하고 머뭇거리는 이유를 알아차리고 이해할 능력이 있다는 듯한, 그래서 살며시 내 등을 떠미는 듯한 기운이 전해졌다.

"아직은 아니에요. 나중에 볼게요." 그녀가 말했다.

그녀의 눈을 응시하던 나는 시선을 피해 그녀의 손을 쳐다보았다. 자그마한 그녀의 손은 아주 차분하게 무릎에 놓여 있었다. 그녀의 눈을 똑바로 쳐다보는 대신 손을 바라보는 쪽이 어쩐지 이야기하기가 더 쉬웠다.

"피렌체에 도착한 뒤 마차를 고용해 당신 저택으로 갔어요. 하녀가 나와서 대문을 열어주기에 앰브로즈를 찾았죠. 여자는 겁에 질린 얼굴을 하더니 남편을 불러왔어요. 그가 나와선 앰브로즈가 사망했고 당신은 떠나버렸다고 말해주었죠. 그 사람이 저택을 구경시켜주더군요. 앰브로즈가 숨을 거둔 방을 봤어요. 그 집을 떠나오기 직전에 그 여자가 옷장을 열고 앰브로즈의 모자를 전해줬고요. 당신이 잊고 두고 간 물건은 그것뿐이라면서."

나는 말을 멈추고 계속해서 그녀의 손을 쳐다보았다. 그녀는 왼손에 낀 반지를 어루만지고 있었다. 나는 반지를 꼭 쥐는 그녀의 손을 관찰했다.

"계속해요." 그녀가 말했다.

"피렌체 시내로 들어갔습니다. 하인이 시뇨르 레이날디의 주소를 적어줬거든요. 그를 찾아갔어요. 그는 나를 보고 깜짝 놀란 표정을 짓더니 곧 침착함을 되찾더군요. 그는 앰브로즈의 병과 죽음에 대해서 자세히 설명해주었고, 무덤도 찾아가보라며 신교도 묘지 관리인에게 보내는 쪽지까지 적어줬지만 나는 가지 않았어요. 당신의 행방을 물었지만 모른다고 하더군요. 그게 전부예요. 다음 날 나는 집으로 돌아오는 여정을 시작했어요."

또 한 번 정적이 흘렀다. 반지를 꼭 쥐고 있던 손가락에 힘이 풀렸다. "편지를 볼 수 있을까요?" 그녀가 말했다.

나는 주머니에서 편지를 꺼내 그녀에게 건네주었다. 다시 벽난로의 불길을 쳐다보며 나는 그녀가 편지를 펼치느라 종이를 사각대는 소리를 들었다. 긴 침묵이 이어졌다. 이윽고 그녀가 말했다. "이 두 통이 전부인가요?"

"그 두 통이 전부입니다." 내가 대답했다.

"부활절이나 성령강림절 이후로 이 편지가 도착하기까지 아무런 연락도 없었다고 했던가요?"

"네, 아무 소식 없었어요."

내가 그랬던 것처럼 그녀도 편지를 읽고 또 읽어 글귀 하나하나를 마음에 새기는 것 같았다. 마침내 그녀가 편지를 내게 돌려주었다.

"당신이 얼마나 나를 미워했을까요." 그녀가 천천히 말했다.

놀란 나는 퍼뜩 고개를 들었고, 우리 두 사람이 서로를 응시하고 있는 동안 지난 몇 달간 나의 환상과 꿈속에서 등장했던 수많은 여인들의 얼굴을 그녀가 하나하나 전부 알아차릴 것만 같은 기분이 들었다. 부인해도 소용없는 일이었고 항변하기도 우스꽝스러웠다. 장벽은 허물어졌다. 나는 벌거벗은 채로 의자에 앉아 있는 듯한 기이한 느낌을 받았다.

"맞아요." 내가 말했다.

일단 말을 하고 보니 생각보다 더 쉬웠다. 어쩌면 고해성사를 하는 가톨릭 신자들의 마음이 이럴 것이라고 속으로 생각했다. 정화된다는 것이 이런 의미인 듯했다. 부담감이 사라졌다. 대신 공허함이 밀려들었다.

"나를 왜 이곳으로 오라고 했어요?" 그녀가 물었다.

"당신을 비난하려고요."

"무슨 비난요?"

"그건 모르겠어요. 아마도 그의 가슴을 찢어놓았으니 살인이라고 하지 않았을까요?"

"그런 다음엔요?"

"거기까진 계획하지 않았어요. 세상 그 무엇보다도 나는 당신

174

이 고통을 겪게 하고 싶었어요. 당신이 고통스러워하는 걸 지켜볼 생각이었죠. 그런 다음엔 떠나보내려 했던 것 같아요."

"너그럽네요. 내가 받아야 할 대우보다 너그러운 처사예요. 그래도 당신 계획대로 성공은 한 셈이에요. 원하는 걸 손에 넣었잖아요. 당신 성에 찰 때까지 계속해서 나를 지켜봐요."

나를 바라보는 그녀의 눈빛에 무언가 변화가 일었다. 얼굴은 아주 창백하고 평온했다. 표정은 변함이 없었다. 그러나 내가 발로 짓이겨 그 얼굴을 가루로 만든다고 해도, 두 눈동자만은 그대로 남아 있을 것 같았다. 절대 뺨으로 흘러내리는 일도 없고 바닥으로 떨어지지도 않는 눈물이 그렁그렁 맺힌 채로.

나는 의자에서 벌떡 일어나 방을 가로질러 걸어갔다.

"소용없는 짓이에요. 앰브로즈는 내가 형편없는 군인이 될 거라고 늘 이야기했죠. 난 냉혈한이 되어 총을 쏠 수 없는 사람입니다. 내 어머니는 내가 기억하기도 전에 돌아가셨고, 여자가 우는 건 본 적도 없어요." 나는 그녀를 위해 문을 열어주었다. 하지만 그녀는 벽난로 앞 의자에 앉은 채로 꼼짝도 하지 않았다.

"사촌, 2층으로 올라가세요." 내가 말했다.

내 목소리가 어떻게 들렸는지, 너무 거칠거나 컸는지는 알 수 없었다. 하지만 바닥에 누워 있던 던이 고개를 들어 나를 올려다보더니 늙은 개 특유의 지혜로운 표정을 짓다가 기지개를 켜고 하품을 하고는 벽난로 옆으로 가서 그녀의 발에 머리를 얹었다. 그러자 그녀도 몸을 움직였다. 손을 아래로 뻗어 녀석의 머

175

리를 쓰다듬어주었다. 나는 방문을 닫고 난롯가로 돌아갔다. 두 통의 편지를 꺼내 불 속에 던져 넣었다.

"그것도 소용없는 짓이에요. 우리 둘 다 그가 했던 말을 기억하고 있으니까요." 그녀가 말했다.

"난 잊을 수 있어요. 당신도 잊어준다면 말이에요. 불에는 무언가 깨끗한 느낌이 있죠. 아무것도 남지 않으니까요. 재는 남아도 인정 안 됩니다."

"당신이 좀 더 나이가 들었거나, 전혀 다른 삶을 살았거나, 당신밖에 모르는 이기적인 사람이어서 그이를 그토록 많이 사랑하지 않았더라면, 나도 그 편지에 대해서, 그리고 앰브로즈에 대해서 당신에게 이야기를 할 수 있었을 거예요. 하지만 그러지 않을 거예요. 차라리 당신이 나를 비난하는 편이 나아요. 장기적으로 그게 우리 두 사람 모두에게 더 쉬운 방법이에요. 월요일까지만 날 여기 머물게 해준다면 그날 떠날게요. 그러면 당신은 두 번 다시 나를 생각할 필요도 없을 거예요. 혹시 그렇게 배려해줄 마음이 없다 해도 어젯밤과 오늘은 정말 행복했어요. 신의 축복을 빌어요, 필립."

내가 발로 불길을 뒤적이자 불씨가 바닥에 떨어졌다.

"난 당신을 비난하지 않아요. 내 생각이나 계획대로 된 건 아무것도 없어요. 존재하지도 않는 여자를 계속 미워할 수는 없어요."

"하지만 나는 존재해요."

"당신은 내가 미워했던 여자가 아니에요. 그 이상은 더 설명할 길이 없네요."

그녀는 계속해서 던의 머리를 쓰다듬었고, 이제 녀석은 고개를 들어 아예 그녀의 무릎에 기대고 있었다.

"당신이 머릿속에 그렸던 그 여자 말이에요. 그 편지를 읽었을 때 구체적으로 모습이 그려진 건가요, 아니면 그 이전인가요?" 그녀가 물었다.

나는 잠시 생각해보았다. 그러다 모든 것을 한꺼번에 말로 쏟아냈다. 속으로 썩어 문드러질 것을 왜 참는단 말인가?

"이전이었어요. 한편으론 그런 편지가 당도하자 위안이 되더군요. 당신을 미워할 구실이 생겼으니까요. 그 전까지만 해도 나로선 핑계 삼을 것이 아무것도 없었기 때문에 수치스러웠어요." 내가 천천히 말했다.

"왜 수치스러웠죠?"

"질투심만큼 자기 파괴적이고 야비한 감정도 없다고 생각하거든요."

"당신이 질투심을 느꼈다고요……?"

"네. 참 이상하게도 지금은 그렇다고 털어놓을 수가 있네요. 처음부터, 앰브로즈가 편지를 보내 결혼했다고 말했을 때부터였어요. 어쩌면 그 이전에도 그런 낌새가 있었는지도 모르겠어요. 모두들 자기 일처럼 기뻐하면서 나한테도 그러기를 기대했지만, 난 그럴 수가 없었어요. 내가 질투심을 느꼈다고 하니까 당신에겐 지나치게 감상적이고 우스꽝스럽게 들렸을 거예요. 버르장머리 없는 아이처럼 말이죠. 어쩌면 이전에도 지금도 바로 그게 나인지도 몰라요. 문제는 나한테 앰브로즈 말고는 제대로 알고 사랑할 사람이 아무도 없었다는 점이에요."

이제는 그녀가 나를 어떻게 생각할지 신경 쓰지 않고 내 생각을 밖으로 털어놓고 있었다. 이제까지 나 스스로도 인정하지 않았던 사실을 말로 설명하는 중이었다.

"그건 그이한테도 문제가 아니었을까요?" 그녀가 말했다.

"어떤 뜻으로 하는 말이죠?"

그녀는 던의 머리를 쓰다듬던 손길을 거두고, 양손으로 턱을 받쳐 팔꿈치를 무릎에 올린 채 불길을 응시했다.

"당신은 겨우 스물네 살이에요, 필립. 당신 앞엔 온전한 인생이 펼쳐져 있고, 아마도 행복한 시간이 수없이 기다리고 있을 거예요. 분명 사랑하는 여자와 결혼해 자식도 낳겠죠. 그래도 앰브로즈에 대한 당신의 사랑은 결코 줄어드는 일 없이 원래 자리로 되돌아갈 거예요. 아버지에 대한 아들의 사랑이니까요. 그런데 앰브로즈는 그렇질 못했어요. 결혼이 너무 늦게 찾아온 거죠."

나는 난롯가에 한쪽 무릎을 꿇고서 파이프에 불을 붙였다. 허락을 구할 생각도 하지 않았다. 그녀가 개의치 않으리란 걸 알고 있었다.

"왜 너무 늦었다는 거죠?" 내가 물었다.

"2년 전 막 피렌체에 와서 처음으로 나와 만났을 때 그이 나이가 마흔세 살이었어요. 그이가 어떤 모습이었고 어떤 식으로 말하는 사람인지, 어떤 태도와 미소를 지녔는지는 당신도 알죠. 아기 때부터 당신이 보아온 인생이니까요. 하지만 불행한 삶 속에서 남자를 모르고 살아온 여자에겐 그런 사람이 미치는 영향이 상당히 다를 수 있다는 걸 당신은 모를 거예요."

나는 아무 말도 하지 않았지만 이해할 것 같았다.

"그이가 왜 나한테 의지했는지는 모르겠지만 아무튼 그랬어요." 그녀가 말했다. "결코 설명할 수 없는 일이 일어나기도 하니까요. 그 남자가 그 여자를 왜 사랑하는지, 대체 우리 피에 어떤 기묘한 화학작용이 일어나서 서로가 서로에게 끌리는지, 그걸 누가 알겠어요? 외롭고 근심 많고, 수없이 감정에 상처를 입으며 살아남은 나에게 그이는 구원자이자 기도에 대한 응답처럼 다가왔어요. 그처럼 강인하고 다정하면서도 전혀 우쭐하거나 오만하지 않은 사람을 나는 만나본 적이 없었어요. 신의 계시 같더군요. 나한테 그이가 어떤 의미였는지는 잘 알아요. 하지만 그이한테 나는……."

그녀는 말을 멈추고 이맛살을 찌푸리며 불길을 응시했다. 또다시 손가락으로 왼손에 낀 반지를 어루만지고 있었다.

"그이는 잠을 자다가 갑자기 깨어나 세상을 발견한 사람 같았어요. 세상의 모든 아름다움과 서글픔도 함께 발견한 거죠. 허기와 갈증도요. 한 번도 생각해본 적 없고 알지도 못했던 모든 일들이 그이 앞에 펼쳐졌고, 우연인지 운명인지 모를 힘에 의해 하필 나라는 한 사람의 형태로 그 모든 것이 증폭되어 그이에게 나타난 거예요. 언젠가 레이날디는—아마 당신도 마찬가지겠지만, 그런 방식이 치 떨리게 싫다면서—앰브로즈가 나에게 눈을 뜬 방식이 마치 종교에 눈을 뜬 일부 남자들의 태도와 같다고 말한 적이 있어요. 그이가 몰두한 방식이 그와 똑같았거든요. 하지만 종교에 귀의한 남자는 수도원에 들어가 온종일 제단의 성모마리아상 앞에서 기도를 올릴 수도 있어요. 어차피 성모마리아상은 석고로 만들어져서 변하지 않아요. 하지만 여자들은 그렇지 않아요, 필립. 여자들은 밤낮으로 기분이 달라지고, 남자들도 마찬가지겠지만 때로는 시시각각 마음이 변하기도 해요. 우린 인간이고, 그게 우리의 단점이죠."

종교에 대한 그녀의 설명은 의미를 이해하기 어려웠다. 언젠가 세인트블레이지에 갔을 때, 감리교 신자로 돌변해 골목에서 모자도 없이 설교를 하던 노인 이사야가 떠올랐을 뿐이었다. 그는 여호와를 부르며, 우리 모두 하느님 앞에 끔찍한 죄를 저지른 죄인이니 새로운 예루살렘의 대문을 두드려야 한다고 열렬히 주장했다. 그런 상태가 어떻게 앰브로즈에게 적용된다는 것인지 알 수 없었다. 물론 가톨릭 신자들은 또 달랐다. 앰브로즈가 그녀를 십계명에 나오는 우상으로 생각했다는 의미인 것 같았다. 너는 우상을 만들거나 절하지 말며 섬기지 말라.

"앰브로즈가 당신한테 너무 많은 것을 기대했다는 뜻인가요?

받침대 같은 데 높이 올려놓고서?" 내가 말했다.

"아뇨, 고된 인생 끝에 받침대에 올려준다면 나도 환영했겠죠. 이따금씩 모든 걸 벗어던지고 다시 인간이 될 수 있다면 후광을 쓰는 것도 멋진 일일 거예요."

"그럼 뭐죠?"

그녀는 한숨을 쉬며 양손을 옆으로 늘어뜨렸다. 갑자기 몹시 지쳐 보였다. 그녀는 의자 등받이에 등을 기대고서 쿠션에 머리를 댄 채 눈을 감았다.

"종교를 찾는 것이 사람에게 항상 도움이 되는 건 아니듯, 세상을 보는 눈을 뜬 건 앰브로즈에게 도움이 되지 않았어요. 그 사람 성격이 변했거든요." 그녀가 말했다.

이상스레 단조로워진 그녀의 목소리도 지친 듯 들렸다. 어쩌면 내가 고해성사를 하듯 털어놓았기 때문에 그녀도 그런 말투를 쓰는 것인지도 몰랐다. 그녀는 의자에 등을 기댄 채 손바닥으로 눈을 지그시 눌렀다.

"변해요? 앰브로즈의 성격이 어떻게 변했다는 거죠?" 내가 물었다.

어린 시절 갑자기 죽음이나 악마, 잔인함을 알게 되었을 때 느끼는 충격처럼 내 마음속에 기묘한 충격파가 번져갔다.

"나중에 의사들은 그게 다 그이의 병 때문이었다면서, 본인도 어쩔 수 없었을 거라고, 평생 잠재되어 있던 기질이 고통과 두려움 탓에 마침내 표면으로 드러난 거라고 설명해주었어요.

하지만 난 도무지 확신이 들지 않아요. 꼭 그 이유로 그런 일이 일어나야 했는지는 결코 알 수 없는 일이잖아요. 내 안의 무언가가 그런 기질을 끄집어냈어요. 나를 찾아낸 것이 짧은 순간 그에게는 희열이었지만 곧이어 파국이 찾아왔죠. 당신이 나를 미워하는 건 옳은 일이에요. 이탈리아에 오지 않았다면 그이는 지금 당신과 이곳에서 살고 있었을 거예요. 죽지도 않았을 테고요."

나는 수치심과 당혹감을 느꼈다. 무슨 말을 해야 좋을지 알 수 없었다. "그래도 똑같이 병이 들었을 수도 있어요. 그랬더라면 당신이 아니라 내가 비난의 대상이 되었겠죠." 그녀를 위로하려고 내가 말했다.

그녀는 얼굴에서 손을 떼고 시선만 돌려 나를 건너다보며 미소 지었다.

"그이는 당신을 정말 많이 사랑했어요. 당신은 그이에게 아들이나 마찬가지였고, 당신을 엄청 자랑스러워했죠. 언제나 우리 필립이라면 이렇게 했을 거다, 우리 애라면 저렇게 했을 거다, 그런 식이었죠. 필립, 지난 18개월간 당신이 나를 질투했었다면, 내 생각에 우리는 서로 피장파장이에요. 수시로 내가 당신을 얼마나 깎아내리려고 했었는지는 하늘만이 아실걸요."

나는 그녀를 마주 보며 천천히 미소를 지었다.

"당신도 내 모습을 그려보았나요?" 내가 그녀에게 물었다.

"상상을 멈출 수가 없었어요. 내가 속으로 버르장머리 없는 녀석이라고 생각했던 그 사람은 항상 그이한테 편지를 보냈지만, 그이는 내용을 추려서 읽어줄 뿐 절대로 보여주지 않았어요. 단점이라고는 전혀 없고 미덕만 갖춘 그 녀석. 나는 제대로 이해하지 못하는데 언제나 그이를 속속들이 이해하는 그 녀석. 그 사람 마음을 4분의 3이나 차지하고, 그이의 가장 좋은 면만 독점하는 녀석. 내가 가진 건 3분의 1에 불과했고 그나마도 전부 최악인 부분이었어요. 오, 필립⋯⋯." 그녀가 말을 중단하며 다시 한 번 나에게 미소를 지었다. "하느님 맙소사, 질투를 느꼈다고 했던가요. 남자의 질투심은 어린애와 같아서 잠깐 부리는 어리석은 변덕일 뿐 깊이가 없어요. 여자의 질투심은 어른의 것이라 완전히 다르죠." 그러고는 머리 뒤에 기댔던 쿠션을 제자리에 내려놓고 두드렸다. 그녀는 드레스를 단정하게 다시 매만지고 앉은 자세를 똑바로 고쳤다. "오늘 밤 당신과 이야기를 나누는 건 이만하면 충분하다고 생각해요." 그녀가 말했다. 그녀는 앞으로 몸을 수그려 바닥에 떨어진 자수천을 집어 들었다.

"나는 피곤하지 않아요. 난 더 오래, 훨씬 더 오래 대화를 계속할 수 있어요. 그러니까 내가 말을 하겠다는 것이 아니라 당신 이야기를 듣기만 해도 좋아요." 내가 말했다.

"내일도 있잖아요." 그녀가 말했다.

"왜 내일뿐인가요?"

"월요일엔 내가 떠나기 때문이에요. 난 주말만 보낼 작정으로 왔어요. 당신 대부님이 나를 펠린으로 초대하셨거든요."

그녀가 그토록 빨리 거처를 옮긴다는 건 말도 안 되고 무의미한 일로 여겨졌다.

"이제 막 오신 분이 거기로 갈 필요가 뭐가 있겠어요. 펠린을 방문할 시간은 앞으로도 충분해요. 아직 여길 절반도 못 둘러봤잖아요. 하인들이나 영지 사람들이 뭐라고 생각할지 모르겠군요. 다들 마음 깊이 언짢아할 겁니다." 내가 말했다.

"그럴까요?" 그녀가 되물었다.

"게다가 플리머스에서 온갖 화초와 묘목을 실은 짐마차가 올 거라면서요. 당신이 직접 탐린과 의논을 해야죠. 정리해서 치워야 할 앰브로즈의 유품도 있고요."

"그건 당신 혼자서도 할 수 있을 거라고 생각했어요." 그녀가 말했다.

"둘이 함께 할 수 있는 일을 굳이 왜요?"

나는 의자에서 일어나 머리 위로 팔을 뻗어 기지개를 켰다. 발끝으로는 던을 걷어찼다. "일어나. 이제 코 골며 자는 건 그만하고 일어나서 다른 녀석들 데리고 개집으로 가라." 녀석은 몸을 움찔거리며 으르렁거렸다. "이 늙고 게으른 놈" 하고 내가 말했다. 나는 그녀를 내려다보았고, 그녀는 마치 나를 통해 다른 사람을 보고 있기라도 한 듯 야릇한 표정을 지으며 나를 올려다보고 있었다.

"왜 그래요?" 내가 물었다.

"아무것도 아니에요." 그녀가 대꾸했다. "별거 아니에요……

필립, 침대까지 들고 갈 수 있게 촛불 좀 마련해줄 수 있겠어요?"

"그럼요. 던은 나중에 개집으로 데려가면 돼요." 내가 말했다.

촛대는 방문 옆 탁자에 준비되어 있었다. 그녀가 촛대 하나를 집어 들자 나는 양초에 불을 붙여주었다. 아래층 복도는 어두웠지만 위층 계단참에는 시컴이 촛불을 남겨놓아 방으로 이어지는 길이 보였다.

"저거면 되겠네요. 혼자 찾아갈 수 있겠어요." 그녀가 말했다.

그녀가 어둠 속에 얼굴을 감춘 채로 계단을 오르다 말고 잠시 멈춰 섰다. 한 손으론 촛대를, 다른 손으로는 드레스 자락을 잡고 있었다.

"더는 나를 미워하지 않아요?" 그녀가 물었다.

"네, 내가 미워했던 건 당신이 아니었다고 말했잖아요. 그건 다른 여자였어요." 내가 말했다.

"다른 여자였다고 확신해요?"

"확신하고말고요."

"그럼 잘 자요. 푹 자둬요."

그녀가 가려고 돌아섰을 때 나는 그녀의 팔을 잡고 다시 돌려세웠다.

"잠깐만요, 이번엔 내가 질문할 차례예요."

"뭔데요, 필립?"

"아직도 나를 질투해요? 아니면 그 역시 내가 아니라 전혀 다른 사람이었을까요?"

그녀는 웃음을 터뜨리며 내게 손을 내밀었다. 그녀가 나보다
높은 곳에 서 있었으므로, 전에는 미처 깨닫지 못했던 동작의
우아함이 새삼스럽게 눈에 들어왔다. 일렁이는 촛불에 비친 그
녀의 눈동자가 더욱 커 보였다.

"참으로 버르장머리 없고 고지식한 그 무서운 녀석 말인가
요? 그 사람은 어제 당신이 피비 고모님의 내실로 걸어 들어온
순간 사라졌어요."그녀가 말했다.

갑자기 그녀가 몸을 수그려 내 뺨에 입을 맞추었다.

"아마 난생처음 받아보는 입맞춤이겠죠. 혹시 마음에 들지 않
으면, 내가 아니라 당신이 상상했던 그 다른 여자가 해준 거라
고 생각해도 좋아요."

그녀가 내게서 멀어져 계단을 오르자 촛불이 벽에 짙고 아득
한 그림자를 드리웠다.

11

일요일마다 우리의 일과는 엄격하게 정해져 있었다. 아침 식사 시간은 평소보다 좀 늦은 9시였고, 10시 15분엔 앰브로즈와 나를 교회로 태워 갈 마차가 현관에 당도했다. 하인들은 짐수레를 타고 뒤를 따랐다. 교회 예배가 끝나면 집으로 돌아와 역시 좀 늦은 시간인 1시에 점심을 먹었고, 4시엔 미혼의 딸들 중 한둘을 대동하고 나타난 교구목사와 패스코 부인을 비롯해 대개는 나의 대부님과 루이즈까지 다 함께 저녁 식사를 했다. 앰브로즈가 외국으로 떠난 이후 내가 마차를 이용하는 대신 혼자 말을 타고 교회를 찾자, 영문은 알 수 없지만 그 점을 두고 다소간 뒷말이 오갔던 것 같다.

손님에게 경의를 표하는 의미로 이번 일요일엔 예전 방식대로 마차를 준비시켰고, 아침 식사를 가져다준 시컴으로부터 교회 행차 준비를 전해 들은 나의 사촌 레이첼은 10시 종소리와 함께 현관으로 내려왔다. 전날 밤 이후로 뭔가 편안한 기분이 든 나는 그녀의 모습을 보며 앞으로도 그녀에겐 무슨 이야기라도 마음껏 할 수 있을 것 같았다. 불안감도, 분노도 사라졌고, 심지어는 빤한 예의를 차리느라 괜히 움츠러들 필요도 없었다.

"한마디 미리 경고할게요." 아침 인사를 건넨 뒤 내가 말했다. "교회에 가면 모든 사람들의 시선이 당신에게 쏟아질 겁니다. 가끔 침대에서 뒹굴 핑계를 대는 게으름뱅이들도 오늘만은 집에 박혀 있지 않을 거예요. 다들 통로 쪽 좌석에 서 있거나 어쩌면 까치발을 들고 구경할지도 몰라요."

"그런 말 들으니 겁이 나네요. 아예 가지 말까 봐요." 그녀가 말했다.

"그럼 당신도 나도 영원히 구제받을 수 없는 망신을 당할 거예요."

그녀는 진지한 눈빛으로 나를 쳐다보았다.

"어떻게 행동해야 할지 자신이 없어요. 난 가톨릭 신자로 자랐거든요." 그녀가 말했다.

"그 얘기는 혼자서만 간직해요. 이 동네에서 가톨릭 신자는 지옥 불에나 어울리는 존재거든요. 아무튼 이곳 사람들이 그러더라고요. 내가 하는 행동을 전부 잘 지켜봐요. 그럼 실수하지 않을 거예요." 내가 그녀에게 말했다.

마차가 현관으로 다가왔다. 챙 장식까지 완벽하게 손질된 모자를 쓴 웰링턴 옆에는 중요한 역할을 맡았다는 자부심으로 부리를 뾰족하게 내민 비둘기처럼 뺨을 부풀린 마구간지기가 앉아 있었다. 시컴은 빳빳하게 풀을 먹인 깨끗한 옷차림에 일요일에만 입는 교회용 재킷을 걸치고 몹시 근엄하게 현관문 앞에 서있었다. 평생 단 한 번 치르는 행사 같았다.

나의 사촌 레이첼을 부축해 마차에 태운 뒤 나도 옆자리에 올랐다. 그녀는 어깨에 짙은 색 망토를 걸치고 모자에 달린 베일을 내려 얼굴을 가린 모습이었다.

"사람들이 당신 얼굴을 보고 싶어 할 거예요." 내가 그녀에게 말했다.

"그럼 보고 싶어 하다가 말라고 해요." 그녀가 대꾸했다.

"당신은 이해 못 해요. 그 사람들 인생에서 이런 일은 흔히 있는 게 아니에요. 거의 30년 만에 처음 있는 일이죠. 나이 든 사람들이야 내 고모님과 어머니를 기억하겠지만, 젊은 사람들은 이제껏 애슐리 부인이 교회에 오는 걸 한 번도 본 적이 없어요. 게다가 사람들의 무지를 당신이 일깨워줘야 합니다. 저들은 자신들이 이상한 나라라고 부르는 곳에서 당신이 왔다는 걸 알고 있어요. 그들이 아는 거라곤 이탈리아인이 흑인일 수도 있다는 것뿐이죠."

"좀 조용히 해요. 마부석에 앉은 웰링턴의 등을 보니 우리 얘기가 다 들리는 모양이에요." 그녀가 속삭였다.

"정말 심각하고 중요한 문제라서 조용히 할 수가 없습니다. 소문이 어떻게 퍼져나가는지는 나도 알아요. 시골 사람들 모두가 집으로 돌아가 일요일 저녁 식탁에서 고개를 절레절레 흔들며 애슐리 부인이 흑인이더라고 이야기할 거예요."

"교회에 들어가 무릎을 꿇을 땐 베일을 걷겠지만, 그 전엔 곤란해요. 보고 싶으면 그때 보라고 해요. 하지만 원칙적으로 그런 행동은 하면 안 되는 거잖아요. 예배 중에 시선은 기도서에 집중해야죠."

"우리 자리는 가장자리에 있는 가족석이고 커튼도 마련되어 있어요. 일단 무릎을 꿇으면 사람들 시선에 노출되지 않을 겁니다. 원한다면 구슬치기도 할 수 있어요. 어렸을 땐 나도 그러고 놀았죠."내가 그녀에게 설명했다.

"당신 어린 시절에 대해선 얘기하지 말아요. 나도 속속들이 다 아니까. 당신이 세 살 때 앰브로즈가 어떻게 해서 당신 유모를 내쫓았는지. 그이가 어떻게 해서 당신을 여자들 손아귀에서 빼앗아 남자들의 보살핌 아래 두었는지. 난 당신이 얼마나 괴상한 방식으로 알파벳을 배웠는지도 다 알아요. 당신이 교회 기도석에서 구슬치기를 했다고 해도 전혀 놀랍지 않아요. 내 짐작으론 더 심한 짓도 했을걸요."

"한번은 그런 적도 있어요. 하얀 생쥐 몇 마리를 주머니에 넣어 가서 교회에 풀어놓았죠. 생쥐들이 바로 뒷줄에 앉은 노부인의 페티코트를 타고 기어 올라갔어요. 노부인이 히스테리를 일으켜 밖으로 모셔야 했어요."

"앰브로즈가 당신의 그런 행동을 매로 다스리지 않던가요?"

"아뇨. 생쥐를 바닥에 풀어놓은 장본인이 그분인걸요."

나의 사촌 레이첼은 웰링턴의 등을 가리켰다. 그의 어깨는 잔뜩 긴장돼 있었고 귀가 빨갰다.

"오늘은 얌전히 굴어요. 안 그러면 난 교회에서 나와버릴 거예요." 그녀가 내게 말했다.

"그럼 모두들 '당신'이 히스테리를 일으켰다고 생각할 거예요. 대부님과 루이즈도 당신을 부축하려고 다급하게 달려오겠죠. 오, 맙소사……." 말을 멈춘 나는 난감해져서 손바닥으로 무릎을 탁 쳤다.

"무슨 일이에요?"

"방금 생각났어요. 어제 말을 타고 펠린으로 가서 루이즈를 만나기로 약속했었는데 까맣게 잊었네요. 루이즈가 오후 내내 기다렸을 거예요."

"그런 걸 잊다니 대단히 신사답지 못했네요. 그분이 호되게 혼내주길 바라요." 나의 사촌 레이첼이 말했다.

"당신 핑계를 대야겠어요. 그게 사실이니까요. 당신이 바턴 주변 지역을 둘러보게 해달라고 부탁했다고 이야기할 겁니다."

"당신이 다른 곳에 방문하기로 약속했다는 사실을 알았더라면 그런 부탁은 하지 않았을 거예요. 왜 이야기하지 않았어요?"

"완전히 까맣게 잊고 있었다니까요."

"내가 루이즈라면 그런 설명을 듣고 더 화가 날 것 같아요. 여자에게 그런 핑계를 대는 것보다 나쁜 건 없어요."

"루이즈는 여자가 아니에요. 저보다도 어리고, 그 애가 페티코트 바람으로 뛰어다닐 때부터 알고 지낸 사이죠."

"그런 대답이 어딨어요. 그 사람도 똑같이 감정이 있을 거예요."

"뭐 그렇더라도 잘 극복할 겁니다. 저녁 식사 때 내 옆자리에 앉을 테니, 꽃 장식이 아주 훌륭했다고 칭찬해주면 돼요."

"꽃이라뇨?"

"집 안에 장식된 꽃 말이에요. 당신 내실과 침실에 있는 꽃이요. 특별히 꽃을 장식해주려고 루이즈가 마차로 건너왔었어요."

"정말 사려 깊은 아가씨네요."

"시컴을 믿지 못해서 그런 거죠."

"그럴 만도 해요. 솜씨가 대단히 섬세하고 감각적이더군요. 내실 벽난로 장식 위 꽃병에 담긴 꽃들 모두, 그리고 창가에 놓아둔 사프란 꽃이 가장 마음에 들었어요."

"벽난로 장식 위에 꽃병이 있었어요? 창가에도요? 전 둘 다 못 봤는데요. 어쨌든 저도 그렇게 칭찬해줘야겠네요. 꽃의 구분에 대해선 더 자세히 묻지 않으면 좋겠어요." 내가 말했다.

나는 그녀를 쳐다보며 웃음을 터뜨렸다. 베일 안으로 미소 짓는 얼굴이 보였지만 그녀는 고개를 절레절레 흔들었다.

우리는 가파른 언덕을 내려가 오솔길로 접어들었고, 마을을 거쳐 교회에 당도했다. 생각했던 대로 건물 난간 옆에 사람들이 모여 있었다. 아는 사람들이 대부분이었지만, 그 밖에 호기심 때문에 얼굴을 비친 사람들도 많았다. 마차가 철문 앞에 멈춰 서고 우리가 내리자 사람들 사이에 긴장감 같은 것이 맴돌았다. 나는 모자를 벗고 나의 사촌 레이첼에게 팔을 내밀었다. 대부님이 루이즈를 데리고 들어갈 때 그렇게 하는 것을 여러 번 본 적이 있었다. 교회 출입문으로 향하는 오솔길을 걸어가자 사람들이 우리를 빤히 쳐다보았다. 스스로 바보 같다고 느끼며 생판 다른 사람이 된 것처럼 어색한 기분이 들 거라 예상했으나 정반대였다. 자신감과 자부심이 차오르면서 이상스레 기분이 좋았다. 양옆에서 우릴 향해 모자를 벗어 인사를 건네는 남자들과 무릎을 굽혀 절을 하는 여자들 사이로 걸어 들어가며 나는 앞만 똑바로 쳐다보았을 뿐 왼쪽도 오른쪽도 돌아보지 않았다. 내가 혼자 걸어갈 때는 그런 인사를 받아본 기억이 없었다. 결국 그것은 대단한 의식이었다.

우리가 교회 안으로 들어가자 종이 울렸고, 이미 좌석에 앉아 있던 사람들은 고개를 돌려 우리를 쳐다보았다. 남자들 사이에선 바닥을 긁는 발소리가 들려왔고 여자들의 치맛자락 스치는 소리가 요란했다. 우리는 켄들 가문의 가족석을 지나 우리 자리를 향해 통로를 걸어갔다. 대부님 쪽을 흘끔 쳐다보니, 숱 많은 양쪽 눈썹은 하나로 맞닿아 있고 생각에 잠겨 있는 표정이었다. 지난 마흔여덟 시간 동안 내가 어떤 짓을 벌였을지 궁금해하고 있는 게 틀림없었다. 예의범절에 엄격한 분답게 그는 우리를 쳐다보지 않았다. 루이즈도 대단히 뻣뻣하고 곧은 자세로 아버지 옆에 앉아 있었다. 그녀에게서 오만한 분위기가 풍긴 건 나에게 화가 났기 때문일 거라고 생각했다. 그러나 나의 사촌 레이첼이 먼저 자리로 들어갈 수 있게 내가 한 걸음 옆으로 비켜서자, 루이즈는 호기심을 참을 수 없었던 모양이었다. 그녀는 시선을 들고 손님을 살피다가 나와 눈이 마주쳤다. 그녀가 질문을 던지듯 눈썹을 치켰다. 나는 못 본 체하며 가족석 문을 닫았다. 사람들이 무릎을 꿇고 기도를 올렸다.

교회 좌석에 여인과 나란히 앉아 있는 기분은 아주 묘했다. 앰브로즈가 맨 처음 나를 교회에 데려갔을 때, 앞좌석을 건너다보려면 발 받침대 위로 올라서야 했던 어린 시절이 문득 떠올랐다. 나는 앰브로즈의 행동을 그대로 따라 하며 기도서를 펼쳤지만 종종 위아래가 뒤바뀌기 일쑤였다. 목사의 기도에 응답할 때면 의미는 생각지도 않고 그의 말을 따라 읊었다. 키가 좀 더 자란 뒤에는 커튼을 젖히고 사람들과 목사, 제단에 올라온 성가대 소년들을 구경했고, 해로스쿨에 다니던 시절 방학을 맞으면 앰브로즈처럼 팔짱을 끼고 느긋하게 기대앉아 설교가 길어질 때마다 꾸벅꾸벅 졸았다. 그리고 성인이 된 뒤로 교회 예배는 사색의 시간이 되었다. 민망하게도, 지난 실패와 태만에 대한 숙고가 아니라 앞으로 다가올 주에 대한 계획을 세우는 기회였다. 농토나 숲을 어떻게 처리할지, 해변 오두막에 사는 시컴의 조카에겐 무슨 말을 전해야 하는지, 깜박 잊고 넘어갔던 지시 사항을 탐린한테 어떻게 전할지, 아무도 방해하는 이 없는 교회 기도석에 홀로 앉아 나는 혼자만의 세상에 빠져들었다. 오랜 관습대로 기도문에 화답도 하고 시편을 노래했다. 그러나 이번 일요일은 달랐다. 내 옆에 있는 여인이 내내 신경 쓰였다. 그녀가 예배 절차를 모른다는 것은 아무런 문제가 되지 않았다. 그녀가 지금껏 일요일마다 영국 성공회 교회 예배에 참석해왔다고 해도 믿어질 정도였다. 꼼짝 않고 앉아 목사에게 엄숙한 시선을 고정한 그녀는 자세를 낮춰 기도를 올릴 때도 앰브로즈와 나처럼 의자에 절반쯤 걸터앉는 것이 아니라 발 받침대에 완전히 무릎을 꿇었다. 패스코 부인이나 그 딸들이 늘 하듯 목사의 시선이 닿지 않는 통로 구석 자리에 앉아 몸을 뒤척이거나 고개를 돌리거나 주변 사람과 시선을 마주치는 일도 없었다. 찬송가를 부를 때가 되자 그녀는 베일을 걷어 올렸다. 노래 가사를 따라 읊는 그녀의 입술은 보였지만 노랫소리는 들리지 않았다. 다시 자리에 앉아 설교를 들을 때가 되자 그녀는 베일을 다시 내렸다.

애슐리 가문의 가족석에 마지막으로 앉았던 여인들은 누구였을지 궁금했다. 부목사로 인해 가슴앓이를 했던 피비 고모일 가능성이 높았다. 어쩌면 나는 한 번도 본 적 없는 앰브로즈의 어머니, 즉 필립 숙부의 부인일 수도 있었다. 프랑스로 떠나 전사하기 전 나의 아버지도, 앰브로즈 말로는 아버지보다 고작 다섯 달 더 살다 갔다던 젊고 허약한 나의 어머니도 이곳에 앉아 있었을 것이다. 앰브로즈가 두 사람 몫을 다 해주었으므로 나는 부모님에 대해 깊이 생각해본 적도, 그분들의 부재를 느껴본 적도 없었다. 그러나 지금, 나의 사촌 레이첼을 바라보며 나는 내 어머니가 궁금해졌다. 어머니는 아버지 옆에서 발 받침대에 무릎을 꿇었을까? 아니면 의자에 기대앉아 무릎 위로 양손을 모아 쥐고 설교에 귀를 기울였을까? 예배가 끝난 뒤 귀가하면 어머니는 요람에서 나를 안아 올렸을까? 패스코 씨가 단조로운 목소리로 웅얼거리는 동안 그곳에 앉아 나는 어린아이로서 어머니의 팔에 안겼을 때 기분이 어땠을지 상상했다. 어머니는 내 머리칼을 어루만지고 뺨에 입을 맞춘 다음 미소를 지으며 나를 다시 요람에 내려놓았을까? 별안간 나도 어머니를 기억할 수 있으면 좋겠다는 생각이 들었다. 어린아이의 기억이 특정한 한계 너머로 되돌아갈 수 없는 이유는 무얼까? 뒤뚱뒤뚱 앰브로즈의 뒤를 쫓아가며 기다리라고 소리치던 유년기가 나에게도 있었다. 그러나 그 이전 기억은 없다. 아무것도······.

"이제 성부와 성자와 성령께 기도합시다." 목사의 말소리에 나는 자리에서 일어났다. 나는 그의 설교를 단 한 마디도 듣지 않았다. 다음 주 계획도 세우지 않았다. 그저 나의 사촌 레이첼을 지켜보며 몽상에 잠겨 앉아 있었을 뿐이었다.

나는 모자를 집어 들고 그녀의 팔을 살짝 건드렸다. "아주 잘 했어요. 하지만 당신의 진짜 시련은 이제부터예요." 내가 그녀에게 속삭였다.

"고마워요. 당신의 시련도 이제부터일 거예요. 지키지 않은 약속에 대한 대가를 치러야 할 테니까요." 그녀도 속삭여 대꾸했다.

우리는 교회를 벗어나 햇빛 속으로 걸어 나갔다. 소작인과 지인들, 친구들로 이루어진 작은 무리가 우리를 기다리고 있었고, 그 가운데 사모인 패스코 부인과 딸들, 대부님과 루이즈도 보였다. 한 사람씩 그들이 다가와 자기소개를 했다. 왕궁에라도 와 있는 것 같았다. 나의 사촌 레이첼은 베일을 걷어 올렸고, 나는 나중에 둘만 있을 때 그걸로 그녀를 놀려야겠다고 뇌리에 새겨두었다.

마차를 세워둔 쪽으로 걸어가는 도중에 내가 불만을 제기할 수 없도록 다른 사람들보다 먼저 그녀가 입을 열었다. 그녀의 눈빛에 떠오른 표정과 들뜬 목소리로 보아 일부러 그런 것 같았다. "필립, 나는 켄들 씨와 함께 갈 테니 켄들 양을 당신 마차에 태워주겠어요?"

"당신만 좋다면 당연히 그럴게요." 내가 말했다.

"그렇게 해주면 정말로 기쁠 것 같아요." 그녀가 미소를 지으며 대부님에게 말하자, 대부님은 답례로 고개를 숙이며 그녀에게 팔을 내밀었다. 두 사람이 나란히 켄들 가문의 마차로 향했으므로, 나도 루이즈와 함께 일단 마차에 오르는 수밖에 없었다. 나는 뺨을 얻어맞은 학생 같은 기분이 들었다. 웰링턴이 말들에게 채찍을 휘둘러 마차를 출발시켰다.

"있잖아, 루이즈, 미안해." 나는 즉각 변명을 늘어놓았다. "어제 오후에는 도저히 빠져나올 수가 없었어. 내 사촌 레이첼이 바턴 영지를 둘러보고 싶어 해서 내가 데리고 다녔거든. 너한테 미리 알릴 틈도 없었지 뭐야. 안 그랬으면 사람을 시켜서 쪽지라도 보냈을 텐데."

"아, 사과 안 해도 돼. 두 시간쯤 기다렸지만 상관없어. 운 좋게도 날이 화창해서 나도 바구니 들고 나가 늦게 열린 블랙베리를 따면서 시간을 보냈거든." 루이즈가 말했다.

"정말이지 유감스러운 일이야. 많이 미안해."

"뭔가 일이 있어서 못 오는 거라고 짐작은 했지만, 심각한 상황은 아니었던 모양이니 감사할 일이지. 필립이 이번 손님 방문에 대해서 어떤 심정이었는지 나도 알고 있으니, 혹시 뭔가 불미스러운 일이라도 벌이진 않았을까, 끔찍한 말다툼이라도 했으면 어쩌나, 갑자기 그분이 우리 집으로 찾아오는 건 아닌가별별 생각을 다 하면서 걱정했어. 그래, 무슨 일이 있었던 거야? 지금까지 충돌 없이 잘 지냈어? 전부 다 이야기해봐."

나는 모자를 눈까지 푹 눌러쓰고는 팔짱을 꼈다.

"전부 다? '전부 다'가 무슨 뜻이야?"

"모든 걸 다 털어놓으라고. 그분에게 뭐라고 말했는지, 그분은 그 말을 어떻게 받아들였는지. 필립 이야기를 듣고 그분이 몹시 경악했는지, 아니면 조금이나마 죄책감의 징후를 보였는지?"

루이즈는 웰링턴에게 들리지 않도록 목소리를 낮추고 있었지만, 아무튼 나는 짜증이 났고 농담할 마음도 완전히 사라졌다. 왜 하필 이런 장소와 시간을 택해 그런 얘기를 꺼내놓는 건지 못마땅했고, 무엇보다 자기가 뭐라고 미주알고주알 캐묻는 걸까?

"대화를 나눌 시간이 거의 없었어. 도착한 날 저녁엔 그분이 피곤해서 일찍 잠자리에 들었어. 어제는 걸어서 영지를 둘러보기로 했지. 아침엔 정원에서, 오후엔 바턴 영지에서 시간을 보냈어."

"그럼 심각한 얘기는 아무것도 안 했다는 거네?"

"심각하다는 말이 무슨 의미인지에 달렸겠지. 일단 내가 아는 건 저 사람이 내가 생각했던 사람과 전혀 다른 인물이라는 사실이야. 잠깐이지만 너도 직접 봤으니 알 거 아냐."

루이즈는 침묵했다. 나처럼 마차 좌석에 등을 기대지도 않았다. 그녀는 방한용 토시에 양손을 넣은 채로 꼿꼿하게 앉아 있었다.

"대단히 아름다운 분이더라." 마침내 그녀가 말했다.

나는 반대편 좌석에 올려두었던 다리를 내리고 돌아앉아 루이즈를 쳐다보았다.

"아름다워? 루이즈, 너 미쳤구나." 놀란 나머지 내가 말했다.

"아니야, 난 미치지 않았어." 루이즈가 대꾸했다. "우리 아버지나 다른 누구한테 한번 물어봐. 그분이 베일을 걷어 올렸을 때 사람들 시선이 어땠는지 눈치 못 챘어? 그걸 눈치채지 못했다면 그건 필립한테 여자 보는 눈이 너무 없기 때문이야."

"평생 그런 헛소리는 처음 들어본다. 어쩌면 눈은 그럭저럭 괜찮다고 할 수도 있겠지만, 그 외엔 꽤 평범한 얼굴이야. 내가 만나본 이들 중에 가장 평범한 사람이라고. 그 사람이 어디가 좋은지는 나도 말할 수 있어. 그 사람 앞에서는 딱히 예의범절 같은 걸 차릴 필요 없이 무슨 이야기든 다 할 수 있거든. 그 사람 앞에선 의자에 앉아 파이프 담배에 불을 붙이는 게 세상에서 가장 쉬운 일처럼 여겨져."

"그분하고 대화를 나눌 시간이 없었다고 했잖아."

"꼬치꼬치 따지지 마. 저녁 식탁에서 이야기를 나누었고 또 영지를 돌아보러 같이 나가기도 했잖아. 내 얘기의 요점은 대화에 아무런 노력을 기울일 필요가 없었단 거야."

"정말 그런 것 같네."

"아름답다는 칭찬에 대해선 내가 그 사람한테 꼭 말해줄게. 아마 들으면 웃음을 터뜨릴 거야. 사람들이 그녀를 빤히 보는 건 당연해. 사람들이 유심히 보는 건 그녀가 애슐리 부인이기 때문이야."

"물론 그 이유도 있겠지. 하지만 그게 전부는 아니야. 어쨌거나 외모가 평범하든 아니든 필립한테는 엄청 좋은 인상을 심어준 것 같네. 나이는 확실히 중년이더라. 서른다섯 살은 됐을 것 같아, 안 그래? 혹시 그보다 더 어리다고 생각해?"

"그런 건 아예 생각해본 적도 없고 신경도 안 써, 루이즈. 난 사람들 나이엔 관심 없어. 아흔아홉 살쯤 먹었는지 누가 알겠어?"

"바보처럼 굴지 마. 아흔아홉 살 먹은 여자는 그런 눈빛도, 그런 피부도 지닐 수 없어. 옷도 잘 입더라. 드레스 맵시가 아주 뛰어난 데다 망토도 멋졌어. 상복을 입고도 전혀 칙칙해 보이지 않았어."

"하느님 맙소사, 루이즈, 너 하는 짓이 꼭 패스코 부인 같아. 네가 그렇게 여자들끼리 나누는 뒷말 같은 걸 입에 올리는 건 내 평생 처음 본다."

"나도 필립이 그렇게 열을 올리는 건 처음 보니까 결국 서로 피장파장이네. 마흔여덟 시간 만에 이렇게 달라지다니. 다른 사람은 몰라도 한 분은 마음을 놓으시겠어. 우리 아버지 말이야. 필립이 마지막으로 다녀간 이후 아버지는 유혈 소동이라도 벌어질까 봐 걱정하셨어. 대체 누가 그런 아버지를 탓하겠어?"

고맙게도 때마침 긴 언덕길이 나타나 마차에서 내려 마구간 지기와 나란히 걸어갈 수 있었다. 말들의 부담을 덜어주기 위해 남자는 언덕을 걸어 올라가는 것이 우리 집 관습이었다. 루이즈가 보여준 태도는 뜻밖이었다. 내 사촌 레이첼의 방문이 순조롭게 지나가는 것에 대해 안도하기는커녕 루이즈는 상당히 못마땅한 눈치였고 거의 화가 난 듯했다. 나에 대한 우정을 보여주기엔 형편없는 방법 같았다. 언덕 꼭대기에 다다르자 나는 다시 마차에 올라 루이즈 옆자리에 앉았지만, 집으로 오는 내내 우리는 서로 한 마디도 하지 않았다. 집으로 돌아올 때보다 마차를 타고 교회로 갈 때가 얼마나 더 유쾌했었는지 회상하지 않을 수가 없었다.

다른 마차에 탄 두 사람은 둘만의 시간을 어떻게 보냈을지 궁금했다. 퍽 잘 보낸 것 같았다. 우리가 마차에서 내리자 웰링턴은 뒤따라오는 그들의 마차를 위해 말을 돌려 길을 터주었고, 루이즈와 나는 현관 앞에 서서 대부님과 나의 사촌 레이첼을 기다렸다. 두 사람은 오랜 친구처럼 담소를 나누고 있었고, 대체로 무뚝뚝하고 말수가 적은 편인 대부님도 평소와 달리 어떤 주제에 관해 열띤 대화를 이어가고 있었다. "불명예"라는 둥, "국가는 그런 것을 용납해선 안 된다"는 둥의 말이 얼핏 귀에 들어왔다. 대부님이 가장 좋아하는 화제인 정부와 야당에 대한 이야기란 걸 알 수 있었다. 보아하니 대부님은 말들의 부담을 덜어주느라 언덕을 걸어 올라오진 않았을 것 같았다.

"드라이브는 즐거웠나요?" 나의 사촌 레이첼은 이렇게 물으며 내 눈을 살폈다. 그녀의 입가가 살짝 떨리는 것으로 보아, 우리 두 사람의 굳은 얼굴에서 마차 안 분위기가 어땠는지 알아차린 게 분명했다.

루이즈는 "네, 감사합니다" 하고 대답한 뒤 예의상 손님이 먼저 지나가도록 뒤로 물러났지만, 나의 사촌 레이첼은 루이즈의 팔을 잡으며 말했다. "같이 내 방으로 올라가서 외투랑 모자를 벗도록 해요. 멋진 꽃을 준비해주신 데 대해서도 감사드리고 싶어요."

대부님과 내가 각자 손을 씻고 서로 인사를 나누기도 전에 패스코 목사 가족이 들이닥쳤으므로, 나는 목사와 딸들을 정원 산책으로 인도하는 임무를 맡았다. 목사는 상대하는 데 별 어려움이 없었으나 딸들은 정말이지 어디론가 보내버리고 싶었다. 사모인 패스코 부인은 사냥감을 쫓는 사냥개처럼 숙녀들을 따라 부리나케 위층으로 올라간 터였다. 그녀는 먼지 덮개를 씌워놓지 않은 파란 방을 본 적이 없었다. 딸들은 나의 사촌 레이첼을 칭찬하느라 목청을 높였고, 루이즈가 고백했듯이 그녀를 아름답다고 생각했다. 나는 그녀가 체구도 작고 외모도 대체로 평범한 것 같다고 의견을 전하며 즐거워했지만, 그들은 나직하게 비명을 지르며 항변했다. 패스코 씨는 "평범하시지는 않지요"라고 말하며 지팡이로 수국 꽃대를 툭툭 건드렸다. "확실히 평범한 외모는 아닙니다. 그렇다고 우리 아이들처럼 아름답다고는 말씀드리지 않겠습니다. 여성스럽다는 표현이 적절하겠군요. 아주 대단히 여성스러우십니다."

"하지만 아버지, 애슐리 부인을 겨우 그 정도로 평가하신다고요?" 딸들 중 한 사람이 말했다.

"얘야, 세상에 그런 자질조차 갖추지 못한 여성들이 얼마나 많은지 알면 너도 놀랄 거다." 목사가 말했다.

나는 패스코 부인과 말 대가리 같은 그녀의 머리를 떠올렸지만, 앰브로즈가 이집트에서 가져온 어린 야자수를 가리키며 그들이 이전에도 수없이 본 나무이든 아니든 나름대로 술수를 부려 재빨리 대화의 주제를 바꾸었다.

우리가 집으로 돌아와 응접실로 들어갔을 때, 패스코 부인은 나의 사촌 레이첼에게 큰 소리로 정원을 관리하는 청년과 바람난 자기네 주방 하녀에 대한 이야기를 하고 있었다.

"애슐리 부인, 도무지 제가 이해를 못 하겠는 건 대체 어디에서 그 일이 벌어졌느냐 하는 거예요. 그 아이는 요리사와 한방을 쓰고 있고, 우리가 아는 한 집 밖으로 나간 적이 없거든요."

"지하 창고는 어떨까요?" 나의 사촌 레이첼이 말했다.

우리가 방으로 들어가자 대화는 즉각 멎었다. 내가 기억하기로 2년 전 앰브로즈가 집을 떠난 이후 일요일은 언제나 느리게 흘러갔다. 심지어는 앰브로즈가 집에 있을 때도 힘겹게 시간을 보낸 적이 많았다. 패스코 부인은 싫어하고, 그 딸들에게는 무관심하고, 루이즈는 가장 오래된 친구의 딸이라는 이유로 괜히 괴롭히면서, 그는 항상 목사와 대부님에게만 관심을 기울였다. 그래서 우리 넷만 있을 땐 긴장을 풀 수가 있었다. 하지만 여자들이 나타나면 몇 시간이 며칠처럼 길게 느껴졌다. 오늘은 분위기가 달랐다.

반짝반짝 빛나는 은제 식기가 놓인 식탁에 고기가 제공되자 저녁 식사는 그 자체만으로도 연회처럼 우리 앞에 펼쳐졌다. 나는 앰브로즈가 늘 앉던 상석에 앉았고 나의 사촌 레이첼은 식탁의 반대편 끝에 자리를 잡았다. 그래서 패스코 부인이 내 옆에 앉게 되었지만 오늘만은 그녀도 나를 들들 볶아 화나게 만들지 않았다. 식사 시간 대부분 꼬치꼬치 묻는 그녀의 커다란 얼굴은 식탁 반대편 끝을 향해 있었다. 그녀는 웃음을 터뜨리고 음식을 먹었으며, 심지어 이를 딱딱 부딪쳐 남편에게 못마땅하다는 신호를 보내는 짓도 하지 않았다. 그래서인지 목사는 평생 처음 껍질에서 벗어나 상기된 얼굴과 불타는 듯한 눈빛으로 시를 암송했다. 패스코 가족 전체가 장미처럼 꽃을 피운 듯했고, 대부님이 그토록 즐거워하며 시간을 보내는 것도 처음 보는 광경이었다.

유일하게 루이즈만은 위축된 듯 침묵을 지켰다. 나는 최선을 다해 그녀에게 말을 걸었지만 그녀는 반응을 보이지 않았다. 내 왼편에 앉은 그녀는 뻣뻣하게 군은 자세로 음식을 먹는 둥 마는 둥 했고, 작게 자른 빵 조각을 삼킬 때도 마치 유리구슬을 넘기는 듯 군은 표정을 지었다. 부루퉁하게 굴고 싶다면 마음대로 하라지. 루이즈를 걱정하기엔 난 너무도 즐거웠다. 나는 양팔을 팔걸이에 올리고 느긋하게 기대앉아, 목사에게 계속해서 시 암송을 청하는 나의 사촌 레이첼을 바라보며 웃음을 터뜨렸다. 속으로 내 평생 가장 환상적인 일요일 저녁 식사라고, 앰브로즈가 우리와 함께 그 자리에서 그 분위기를 누릴 수만 있다면 온 세상이라도 바치겠다고 생각했다. 후식을 끝내고 포트와인이 식탁에 놓였을 때, 나는 평소처럼 이제 그만 일어나 식당 문을 열어야 할지, 아니면 반대편에 안주인이 앉아 있으니 식사가 끝났다는 신호를 보내는 것도 그녀의 몫으로 남겨두어야 할지 알 수가 없었다. 대화가 멈추고 틈이 생겼다. 갑자기 그녀가 나를 보며 미소를 지었다. 나도 그녀를 보며 미소로 화답했다. 잠시 우리의 시선이 마주치는 듯했다. 미묘하고 이상한 분위기였다. 이제껏 알지 못했던 감정이 나를 꿰뚫고 지나갔다.

그러자 대부님이 굵고 깊은 목소리로 말했다. "애슐리 부인, 말씀해보시죠. 필립이 앰브로즈를 참 많이 닮지 않았습니까?"

잠시 정적이 흘렀다. 그녀가 냅킨을 식탁에 내려놓았다. "식탁 이쪽 끝에 앉아서 보니 너무 많이 닮아서 과연 다른 점이 있긴 한지 궁금할 지경이었답니다." 그녀가 말했다.

그녀가 자리에서 일어나자 다른 여자들도 따라 일어났고, 나는 식당을 가로질러 방문을 열었다. 그러나 모두들 떠나간 뒤 나는 여전히 내 안에서 느껴지는 감정을 곱씹으며 다시 내 자리로 돌아왔다.

12

목사가 다른 교구에서 저녁 예배를 보아야 했으므로 사람들
은 6시쯤 모두 떠나갔다. 패스코 부인이 평일 오후에 하루 시간
을 내어달라고 나의 사촌 레이첼에게 당부하는 소리가 들렸고,
패스코가의 딸들도 모두 방문해달라고 그녀를 졸라댔다. 한 사
람은 수채화 작업에 조언이 필요했고, 또 한 사람은 태피스트리
덮개를 만들고 있는데 실 색깔을 결정하지 못했고, 세 번째는
매주 목요일에 마을에 가서 병든 여인에게 책을 읽어주는데 가
엾은 영혼이 나의 사촌 레이첼을 만나보고 싶어 하더라며 가능
하다면 동행해달라고 부탁했다. 다 함께 복도를 지나 현관으로
향하는 사이 패스코 부인이 말했다. "정말이지 애슐리 부인을
뵙고 싶어 하는 사람들이 수없이 많답니다. 앞으로 4주간은 매

일 오후에 사람들과의 약속이 잡힐 거라고 봐요.”

“그런 사교라면 펠린에서도 얼마든지 가능합니다. 손님들이 방문하기에는 저희 집 위치가 더 편리하죠. 하루 이틀 뒤면 부인은 저희 집으로 거처를 옮기실 겁니다.” 대부님이 말했다.

그가 나를 쳐다보았으므로 나는 상황이 더 꼬이기 전에 서둘러 대답해 그런 의견을 묵살했다.

“그렇지 않습니다. 제 사촌 레이첼은 당분간 여기서 지낼 거예요. 외부인들의 초대를 받기 전에 저희 영지부터 방문해야 하거든요. 내일은 바턴 영지에서 차를 마시는 것으로 일정을 시작할 겁니다. 나머지 농장들도 차례로 들러야 하고요. 부인이 엄격한 순서에 따라 모든 소작인들을 만나주지 않으면 다들 크게 언짢아할 겁니다.”

루이즈가 눈을 휘둥그레 뜨고 나를 쳐다보았지만 나는 아랑곳하지 않았다.

“아, 그래, 물론이지.” 이번에는 대부님이 놀랄 차례였다. “아주 적절하고 옳은 일이구나. 내가 직접 애슐리 부인을 모시고 다녀도 좋겠다만, 네가 그럴 준비가 되었다면 그건 또 상황이 다르겠지. 혹시라도…….” 그가 나의 사촌 레이첼을 돌아보며 말을 이었다. “이곳에서 지내기 불편해지거나—필립, 이런 말 하는 거 용서해라. 하지만 너도 알다시피 이 집에선 오랜 세월 숙녀분을 접대한 적이 없으니, 많은 점에서 다소 불편함이 있을 거야—혹시 같은 여성과 지내고 싶으시다면, 제 딸이 기꺼이 부인을 맞이해드릴 겁니다."

"목사관에도 손님방이 있답니다." 패스코 부인이 나섰다. "애슐리 부인, 언제라도 외로움을 느끼신다면 저희가 있다는 걸 기억해주세요. 저희와 함께해주신다면 정말 기쁠 겁니다."

"암요, 그렇고말고요." 목사가 메아리처럼 추임새를 넣었다. 나는 그의 입에서 또 다른 시구절이 흘러나올지 궁금해졌다.

"여러분 모두 관대함을 넘어 엄청난 친절을 베푸시네요. 이곳 영지에서 제 의무를 다하고 나면 다시 의논하기로 할까요? 그때까지 정말 감사한 마음으로 지내겠습니다." 나의 사촌 레이첼이 말했다.

한참을 더 담소가 이어지고 나서 작별 인사가 오갔고 마차가 진입로를 빠져나갔다.

우리는 응접실로 돌아갔다. 저녁 시간은 꽤 유쾌했지만, 그럼에도 모두들 떠나고 집 안에 다시 정적이 찾아오자 무척이나 반가웠다. 그녀도 같은 생각을 한 건지 잠시 서서 응접실을 돌아보다가 말했다. "난 파티가 끝난 방의 고요함이 좋아요. 의자는 옮겨지고 쿠션은 흐트러져 있고, 사람들이 즐겁게 지냈던 모든 흔적이 고스란히 저기 남아 있잖아요. 다 끝나서 행복하고 긴장을 풀 수 있어서 행복한 마음으로 텅 빈 방에 돌아와 '이젠 다시 우리뿐이네'라고 말하는 거예요. 피렌체에 있을 때 앰브로즈는 손님 접대의 따분함은 그들이 떠나는 기쁨을 누리기 위해 가치가 있는 거라고 이야기했었어요. 정말 맞는 말이었죠."

나는 그녀가 의자 덮개를 다시 씌우고 쿠션을 매만지는 모습을 지켜보았다. "그러지 않아도 돼요. 나머지는 내일 시컴과 존이 정돈할 거예요." 내가 그녀에게 말했다.

"여자의 본능이에요. 날 보지 말고 앉아서 파이프 담배나 채워요. 당신도 즐겁게 보냈나요?"

"그랬어요." 나는 스툴에 다리를 뻗으며 옆으로 드러누웠다. "이유는 모르겠어요. 평소엔 일요일이 엄청 따분했거든요. 나는 대화를 별로 좋아하지 않으니까요. 오늘 내가 한 일이라고는 당신이 날 대신해 대화를 이끌어가도록 내버려둔 채 느긋하게 의자에 기대앉아 있는 게 전부였어요." 내가 덧붙여 설명했다.

"여자의 재능이 빛을 발하는 게 바로 그 분야죠. 훈련의 일부거든요. 대화가 활력을 잃으면 어떻게 해야 할지 본능이 경고를 해요."

"그렇군요. 하지만 당신은 그걸 티 나게 하지 않던데요. 패스코 부인은 달라요. 그분은 상대방이 비명을 지르고 싶어질 때까지 계속해서 입을 놀리죠. 다른 일요일엔 남자들이 이야기를 할 기회조차 없어요. 모든 대화를 그토록 유쾌하게 만들다니 당신이 무슨 짓을 한 걸까 의아해요."

"그렇게 유쾌했나요?"

"맞아요, 그렇다고 했잖아요."

"그렇다면 당신도 어서 루이즈와 결혼해서 떠돌이가 아닌 진짜 안주인을 곁에 두는 게 좋겠네요."

나는 일어나 스툴에 앉아서 그녀를 쳐다보았다. 그녀는 거울 앞에서 머리를 매만지고 있었다.

"루이즈와 결혼을 해요? 말도 안 되는 소리 하지 말아요. 난 누구와도 결혼하고 싶지 않아요. 게다가 그 애는 '나의' 루이즈가 아니에요."

"어머! 나는 그런 줄 알았어요. 적어도 당신 대부님은 그런 인상을 풍기시던데요." 나의 사촌 레이첼이 말했다.

그녀는 의자 하나에 자리를 잡고 앉아 자수에 몰두했다. 곧이어 어린 존이 커튼을 치러 들어왔으므로 나는 입을 다물었다. 하지만 나는 씩씩대고 있었다. 대체 무슨 권리로 대부님이 그런 짐작을 한단 말인가? 나는 존이 나갈 때까지 기다렸다.

"대부님이 무슨 말씀을 하셨죠?" 내가 물었다.

"딱히 기억나지 않아요. 그분은 서로 이해가 된 상황이라고 느끼시는 것 같았어요. 교회에서 마차를 타고 돌아오는 길에 따님이 꽃을 장식하러 이곳에 왔었다는 이야기를 하시면서, 남자들만 있는 집에서 자란 건 당신에게 상당히 불리한 조건이라고 하셨어요. 조금이라도 빨리 결혼해서 돌봐줄 아내를 곁에 두는 게 이롭다고요. 루이즈는 당신을 깊이 이해하고 있고, 당신도 따님을 잘 안다고 하시더군요. 토요일에 당신이 그 아가씨한테 저지른 불손한 행동은 사과했기를 바라요."

"네, 사과는 했는데 별로 달라진 게 없는 것 같아요. 루이즈가 그렇게 기분 나빠 하는 건 본 적이 없어요. 그나저나 루이즈는 당신이 아름답다고 생각하더군요. 패스코 씨 따님들도 마찬가지고요."

"참 기분 좋은 말이네요."

"그런데 목사님 의견은 달랐어요."

"속상하네요."

"하지만 그분도 당신이 여성스럽다고 하셨죠. 대단히 여성스럽다고요."

"어떤 면에서 그렇다는 건지 궁금해요."

"패스코 부인과는 다른 방식이 아닐까요."

거품 같은 웃음기가 그녀의 입에서 흘러나왔고 그녀가 자수천에서 고개를 들었다. "당신이라면 그걸 어떻게 정의하겠어요, 필립?"

"무얼 정의해요?"

"패스코 부인과 나, 우리 여성성의 차이점 말예요."

"어휴, 맙소사." 나는 스툴 다리를 걷어차며 말했다. "난 그런 주제에 대해서는 아무것도 몰라요. 내가 아는 거라곤 당신을 보는 건 좋지만 패스코 부인을 보는 건 싫다는 게 고작이에요."

"간단하고 훌륭한 대답이네요. 고마워요, 필립."

그녀의 손에 대해서도 똑같은 말을 하고 싶었다. 나는 그녀의 손을 보는 것도 좋았다. 패스코 부인의 손은 익힌 햄 덩어리 같았다.

"아무튼 루이즈에 대한 얘기는 전부 헛소리니까 제발 잊어요.

나는 그 애를 신붓감으로 생각해본 적도 없고 그럴 의향도 없어
요."

"가엾은 루이즈."

"당신 머릿속에 그런 생각을 심어주다니 대부님도 터무니없
는 행동을 하셨네요."

"꼭 그렇진 않아요. 또래인 두 젊은이가 서로 대화도 많이 나
누고 같이 있는 걸 즐긴다면, 지켜보는 사람들로서는 결혼을 생
각하는 게 당연해요. 게다가 루이즈는 착하고 외모도 빼어난 데
다 아주 재능 있는 아가씨잖아요. 당신한테 훌륭한 아내가 되어
줄 거예요."

"사촌, 그만 좀 하시죠?"

그녀는 다시 고개를 들고 나를 보며 미소를 지었다.

"그리고 목사관이나 펠린에 머물면서 모든 주민을 방문하러
다닌다는 말도 안 되는 짓거리에 대해서도 더는 아무 말 말아
요. 대체 이 집에서 나와 함께 지내는 게 뭐가 문제죠?"

"아직은 아무것도 없어요."

"그렇다면……"

"시컴이 나를 지긋지긋해할 때까지 머물 거예요."

"시컴은 아무런 상관도 없어요. 웰링턴이나 탐린도, 그 누구
도 마찬가지죠. 이곳의 주인은 나고, 내가 결정할 일이에요."

"그렇다면 나도 명령대로 따라야겠네요. 그 또한 여자들이 받
는 훈련의 일부죠." 그녀가 대꾸했다.

나는 그녀가 웃고 있는지 보려고 의심의 눈초리를 날렸지만, 일감을 내려다보고 있어서 눈빛을 확인할 수가 없었다.

"내일 나이순으로 소작인 명단을 작성할게요. 우리 가문을 위해 가장 오래 봉사한 사람들부터 방문하게 될 거예요. 토요일에 결정한 대로 바턴 영지부터 시작할 거고요. 매일 오후 2시에 출발해서, 이곳 영지에 당신이 만나보지 못한 사람이 단 한 명도 남지 않을 때까지 계속할 작정이에요."

"그래요, 필립."

"패스코 부인과 따님들에게는 편지를 써서 다른 일로 바쁘다고 설명해요."

"내일 아침에 그렇게 할게요."

"우리 소작인들을 다 만나고 나면 일주일에 사흘은 오후에 집 안에서 대기해야 해요. 마을 주민들이 방문하는 경우에 대비해서 화요일, 목요일, 금요일을 비워둬요."

"그날인지 당신이 어떻게 알죠?"

"패스코 모녀와 루이즈가 종종 의논하는 걸 들었으니까 알죠."

"알겠어요. 이곳 응접실에 나 혼자 앉아서 기다리나요, 아니면 당신도 함께하나요?"

"당신 혼자 있어야 해요. 사람들은 내가 아니라 당신을 만나러 오는 거니까요. 마을 주민을 맞이하는 건 남자가 할 일이 아니에요."

"다른 댁에서 식사 초대를 할 경우 받아들여도 되나요?"

"초대받는 일은 없을 겁니다. 당신은 상중이에요. 손님 대접을 해야 할 일이 생기면 우린 이곳에서 해야 해요. 하지만 한 번에 두 쌍 이상은 절대 곤란해요."

"그게 이 동네의 예법인가요?" 그녀가 물었다

"예법 따위는 신경 안 써요. 앰브로즈와 나는 예법을 따른 적이 없어요. 우리만의 방식을 만들었죠."

그녀가 일감 위로 고개를 더 깊이 숙이는 것을 보니 웃음을 참는 게 아닌가 하는 의구심이 불쑥 들었지만, 그녀가 무엇 때문에 웃는 건지는 도무지 알 수가 없었다. 웃기려고 한 얘기가 아니었다.

잠시 후 그녀가 말했다. "혹시 내가 지켜야 할 규칙의 목록 같은 걸 마련해줄 의향은 없어요? 행동 규범 같은 걸로? 사람들이 방문해주기를 기다리면서 여기 앉아 그걸 숙지하면 되겠네요. 당신 마음대로 따르다가 혹시라도 사교적인 결례를 범해 망신을 당한다면 정말 불행한 일이 될 거예요."

"내키는 대로 원하는 사람에게 무슨 말이든 해도 좋아요. 내가 부탁하는 건 그 공간이 이곳 응접실이어야 한다는 것뿐이에요. 상대가 누구든 절대 서재에 들어가도록 허락해선 안 돼요."

"왜요? 서재에서 무슨 일이라도 벌어질 예정인가요?"

"거기 '내'가 앉아 있을 테니까요. 벽난로 장식에 발을 올린 채로요."

"화요일, 목요일, 금요일에도요?"

"목요일은 아니에요. 목요일엔 읍내로 가서 은행 볼일을 봐야 해요."

그녀는 비단 실타래의 색깔을 확인하느라 촛불에 가까이 가져갔다가 잘 접어서 자수천으로 싸두었다. 그러고는 자수 일감을 둘둘 말아 옆으로 치웠다.

나는 시계를 쳐다보았다. 아직 이른 시간이었다. 이렇게 일찍 2층으로 올라가려는 걸까? 실망감이 밀려왔다.

"마을 주민들의 방문이 끝나고 나면 그다음엔 어떻게 되죠?" 그녀가 물었다.

"그다음엔 당신이 차례차례 답방을 해야죠. 매일 오후 2시에 마차를 대기시키라고 지시해놓겠습니다. 미안해요. 매일 오후는 안 되겠네요. 하지만 화요일, 목요일, 금요일엔 그렇게 해요."

"나 혼자 가나요?"

"당신 혼자 갑니다."

"그럼 월요일과 수요일엔 난 뭘 해야 하죠?"

"월요일과 수요일엔 가만있자……." 재빨리 머리를 굴렸지만 좋은 생각이 떠오르지 않았다. "혹시 그림을 그리거나 노래도 부르나요? 패스코 씨 따님들처럼? 월요일엔 노래 연습을 하고 수요일엔 그림을 그리면 되겠네요."

"난 그림도 안 그리고 노래도 부르지 않아요. 미안하지만 당신은 나한테 전혀 어울리지 않는 여가 계획을 짜고 있어요. 마

216

을 주민들이 나를 만나러 오기를 기다리는 대신에 차라리 내가 그들을 찾아다니며 이탈리아어 강습을 하는 편이 훨씬 더 나한테 잘 어울리겠어요." 나의 사촌 레이첼이 말했다.

그녀는 바로 옆 탁자에 놓여 있던 촛불을 끈 뒤 자리에서 일어났다. 나도 스툴에서 몸을 일으켰다.

"애슐리 부인이 이탈리아어 강습을 하다니요?" 거짓으로 놀란 척하며 내가 말했다. "가정교사는 주변에 부양해줄 사람이 아무도 없는 독신녀들이나 하는 일이에요."

"그럼 비슷한 사정의 미망인은 어떻게 살아야 하죠?" 그녀가 물었다.

"미망인이요? 아, 미망인들은 가능한 한 빨리 재혼하거나 반지를 팔아버려야죠." 내가 생각 없이 말했다.

"그렇군요. 난 둘 다 할 의향이 없어요. 차라리 이탈리아어 강습을 택하겠어요." 그녀는 내 어깨를 톡톡 두드리고는 방을 나가다 어깨 너머로 잘 자라는 인사를 건넸다.

나는 얼굴이 새빨갛게 달아오르는 걸 느꼈다. 하느님 맙소사, 내가 무슨 말을 한 거지? 그녀가 누구인지, 무슨 일을 겪었는지 잊은 채 그녀의 상황은 생각도 하지 않고 입을 놀리고 말았다. 과거 앰브로즈와 함께 지낼 때 그랬던 것처럼 그녀와 대화하는 즐거움에 너무 빠져든 나머지 혀를 함부로 놀려 결과적으로 실언을 한 셈이었다. 재혼해라. 반지를 팔아라. 그녀는 대체 나를 어떤 인간으로 생각할까?

얼마나 서툴고 얼마나 무정하며 얼마나 멍청하고도 본데없이 자란 놈으로 보였을까. 뒷덜미부터 열이 치솟아 모근까지 활활 타는 느낌이 들었다. 빌어먹을. 사과는 소용없는 짓이었다. 그러면 오히려 일이 더 커질 것이다. 그냥 가만히 내버려두고서 그녀가 잊어주기를 바라고 기도하는 편이 낫다. 곁에 다른 사람은 아무도 없었다는 사실이 고마웠다. 만일 대부님이 들으셨다면 당장 나를 옆으로 끌고 가 심히 예의에 어긋난 내 언행을 꾸짖었을 것이다. 혹시라도 시컴과 어린 존이 시중을 들고 있는 식탁에서 그런 실언을 했더라면 어쩔 뻔했나? 재혼해라. 반지를 팔아라. 오 주여…… 오 하느님……. 대체 무슨 생각에 사로잡혔던 걸까? 오늘 밤엔 잠이 오지 않을 것 같았다. 밤새도록 뒤척이는 사이 번개처럼 빠르게 "난 둘 다 할 의향이 없어요. 차라리 이탈리아어 강습을 택하겠어요"라고 하던 그녀의 대답이 반복해서 귓가에 울릴 것 같았다.

나는 던을 불러 옆문으로 빠져나가 마당을 걸어 다녔다. 걸으면 걸을수록 내가 저지른 모욕적 행동이 잊히기는커녕 괴로움만 점점 더 커지는 것 같았다. 생각 없고 어리석고 멍청한 놈……. 그나저나 그녀가 한 말은 또 뭐람? 정말로 진지하게 그런 일을 생각할 만큼 돈이 없다는 뜻일까? 애슐리 부인이 이탈리아어 강습을 한다고? 플리머스에서 그녀가 대부님에게 보냈던 편지가 기억났다. 잠시 휴식을 취한 뒤엔 런던으로 올라갈 계획이라고 했었다. 피렌체에 있는 저택을 팔 수밖에 없을 거라던 레이날디라는 작자의 말도 떠올랐다. 앰브로즈가 유언장에서 아내에게 단 한 푼도, 아무것도 남기지 않았다는 사실이 기억나면서, 그 의미가 온전하게 다가와 나를 후려쳤다. 그의 재산은 푼돈까지 모조리 나의 것이었다. 하인들 사이에 오가던 소문도 새삼 기억났다. 애슐리 부인을 위해선 아무런 살 방편도 마련해주지 않았다고. 애슐리 부인이 이탈리아어 강습을 하러 다닐 생각이라면, 하인 처소에서, 영지에서, 이웃에서, 마을에서 사람들은 대체 무슨 생각을 할까?

이틀 전, 사흘 전만 해도 상관하지 않았을 것이다. 그녀가 내 상상 속에 자리 잡고 있던 다른 여자였다면 굶주리든 말든 상관없었을 것이고 오히려 그런 일을 당해야 마땅했다. 그러나 지금은 그렇지 않았다. 모든 상황이 완전히 돌변했다. 그 부분에 대해서 뭐라도 조치를 취해야 하는데 나로선 방법을 알지 못했다. 그렇다고 그녀와 의논할 수는 없었다. 그런 생각만으로도 당혹스럽고 창피해서 다시 얼굴이 새빨갛게 달아올랐다. 그 순간 문득 안도감과 함께 6개월 남은 내 생일 이전까지는 돈과 재산이 법적으로 온전히 내 것이 아니라는 생각이 떠올랐다. 따라서 유산은 내 손이 닿지 않는 곳에 있었다. 그것은 대부님의 책임이었다. 그는 영지의 신탁 관리자이자 나의 후견인이었다. 그러므로 영지 재산으로 나의 사촌 레이첼에게 어떻게든 살아갈 방편을 마련해주는 일은 대부님이 진행하고 접근해야 할 부분이었다. 기회가 되는 대로 곧장 그를 만나러 가야 했다. 그 일을 진행하면서 내 이름을 언급할 필요는 없었다. 잘만 하면 이 지역의 관습이라는 핑계를 둘러대고, 당연한 법적 절차로 보이게끔 만들 수도 있을 것이다. 그래, 그렇게 해결하면 되겠다. 내가 그런 생각을 해내다니 하늘에 감사할 일이었다. 이탈리아어 강습이라니…… 생각만으로도 수치스럽고 충격적이었다.

가벼워진 마음으로 집에 돌아왔지만 내가 저지른 실언에 대해서는 여전히 잊히지가 않았다. 재혼을 하고, 반지를 팔아버리라 했던……. 저택의 동쪽 잔디밭 가장자리로 접어든 나는 낮게 휘파람을 불어 관목 아래에서 코를 킁킁대고 있던 던을 불렀다. 진입로에 깔린 자갈을 밟는 내 발소리가 자박자박 들려왔다. "한밤중에 자주 숲을 걸어 다니나요?" 하고 묻는 목소리가 들려왔다. 나의 사촌 레이첼이었다. 그녀는 불도 켜지 않은 채 파란 방 창문을 열어놓고 창가에 앉아 있었다. 실언의 기억이 생생하게 몰려들어 나는 그녀가 내 얼굴을 볼 수 없다는 사실에 감사했다.

"뭔가 마음에 걸리는 일이 있을 땐 가끔 그러죠." 내가 말했다.

"오늘 밤에 뭔가 마음에 걸리는 일이 있다는 뜻이네요?"

"맞아요. 숲을 걸어 다니면서 심각한 결론에 도달했어요." 내가 대답했다.

"그게 뭔데요?"

"날 만나기 전 당신은 내 이야기를 듣기 싫어했고, 나를 자만심으로 가득 차 우쭐하기 좋아하고 당돌하며 버르장머리 없는 인간이라고 생각했다고 했죠. 그 생각이 옳았다는 결론에 도달했어요. 전부 옳을 뿐만 아니라 사실 나는 그보다 더 형편없는 사람이에요."

그녀가 창틀에 팔을 기대며 앞으로 몸을 수그렸다.

"그렇다면 숲 속 산책은 당신에게 해만 끼친 거군요. 당신이 내린 결론도 매우 어리석고요." 그녀가 말했다.

"사촌……."

"네?"

그러나 나는 사과할 방법을 알지 못했다. 응접실에서는 아무렇지도 않게 실언을 내뱉었는데 정작 실언을 되돌리고 싶은 지금은 말이 쉽사리 나와주질 않았다. 말문이 막힌 나는 수치심에 휩싸여 그녀의 창문 아래 서 있었다. 갑자기 그녀가 뒤돌아 안쪽으로 몸을 뻗는 것이 보였고, 곧이어 다시 앞으로 몸을 수그리더니 창문에서 무언가를 내게 던졌다. 그것은 내 뺨에 부딪히고는 땅으로 떨어졌다. 나는 허리를 굽혀 그것을 집어 들었다. 꽃병에 꽂혀 있던 사프란 한 송이였다.

"바보처럼 굴지 말아요, 필립. 어서 가서 자요." 그녀가 말했다.

그녀는 창문을 닫고 커튼을 쳤다. 어쩐지 수치심에서 벗어난 나는 실언도 용서받은 기분이 들어 마음이 가벼워졌다.

소작인들을 가가호호 방문하기로 한 계획 때문에 그 주 초반에 펠린으로 건너가는 것은 불가능했다. 게다가 나의 사촌 레이첼이 루이즈와 만나지 않도록 피하면서 대부님을 뵈러 갈 구실을 만들기는 쉽지 않았다. 그러다 목요일에 그런 기회가 찾아왔다. 그녀가 이탈리아에서 가져온 관목과 화초가 실린 짐마차가 플리머스에서 당도했다. 시컴이 그 소식을 전하자마자—당시 나는 막 아침 식사를 끝내는 중이었다—나의 사촌 레이첼은 정원에 나갈 채비를 갖춘 듯 레이스 숄로 머리를 싸맨 채 옷을 갈아입고 아래층으로 내려왔다. 식당 문이 열려 있어 그녀가 지나가는 모습이 보였다. 나는 밖으로 나가 아침 인사를 했다.

"앰브로즈가 11시 이전에 여자를 보는 건 적절치 않다고 늘 이야기했다면서요. 8시 반에 아래층엔 웬일이죠?"

"짐마차가 도착했어요. 그리고 9월의 마지막 날엔 아침 8시 반이라도 난 여자가 아니에요. 정원사죠. 탐린과 할 일이 있어요."

그녀는 선물을 받을 생각에 들뜬 아이처럼 즐겁고 행복한 표정이었다.

"식물을 세보려는 건가요?" 내가 그녀에게 물었다.

"세보다뇨? 아니에요." 그녀가 대답했다. "긴 여행에 몇 개나 살아남았는지, 당장 땅에 심어도 될 만한 것들은 얼마나 되는지 확인해야 해요. 그런 건 탐린이 모르고 나만 알아요. 나무는 서둘러서 심을 필요가 없으니 천천히 해도 되지만, 화초들은 당장 손을 써야 하거든요." 그녀가 단정하고 자그마한 자신의 체구에 전혀 어울리지 않는 낡고 거친 장갑을 끼고 있는 것이 눈에 들어왔다.

"설마 직접 땅을 파려는 건 아니겠죠?" 내가 그녀에게 물었다.

"당연히 직접 해야죠. 두고 봐요. 탐린이나 다른 일꾼들보다 내 손이 더 빠를 테니까. 점심때도 돌아오지 않을 거니까 기다리지 말아요."

"하지만 오늘 오후 스케줄은 어떡하고요. 랜켈리와 쿰을 방문하기로 했잖아요. 농장들마다 주방을 쓸고 닦고 차를 준비해놓았을 거예요."

"방문 계획을 연기해야겠다는 전갈을 보내세요. 당장 심어야 할 식물이 있는데 다른 데 정신을 팔 수는 없어요. 이만 가볼게요." 그러고는 나에게 손을 흔든 뒤 현관문으로 빠져나가 자갈 덮인 진입로를 걸어갔다.

"레이첼 사촌?" 내가 식당 창문에서 그녀를 불러 세웠다.

"왜요?" 그녀가 어깨 너머로 돌아보았다.

"여자에 관한 앰브로즈의 말은 틀렸어요." 내가 소리쳤다. "아침 8시 반에 보니까 아주 좋은데요."

"앰브로즈도 8시 반을 의미했던 건 아니에요!" 그녀도 내게 소리쳐 대답했다. "그이는 6시 반을 가리킨 거였고, 아래층에 내려오지 말라는 것도 아니었답니다."

웃음을 터뜨리며 식당으로 돌아서자, 시컴이 입술을 꾹 다문 채로 바로 내 옆에 서 있었다. 그는 못마땅한 듯 장식장 쪽으로 가더니 어린 존에게 아침 식사 접시를 치우라고 손짓했다. 식물을 심는 날이라면 적어도 한 가지는 확실했다. 나를 찾을 리는 없다는 것이었다. 나는 아침 계획을 변경해 애마 집시에게 안장을 올려두도록 지시하고는 10시에 펠린을 향해 길을 나섰다. 자택 서재에서 대부님을 만난 나는 거두절미하고 방문의 목적을 털어놓았다.

"그러니까 대부님도 아시다시피 당장 뭐라도 조치를 취해야 합니다. 애슐리 부인이 이탈리아어 강습을 고려하고 있다는 이야기가 패스코 부인의 귀에 들어가는 날엔 스물네 시간 안에 온 마을에 소문이 퍼질 거예요."

예상대로 대부님은 몹시 충격을 받고 괴로운 표정을 지었다.

"그건 두말할 것 없이 수치스러운 일이다. 절대 그렇게 되도록 내버려두어선 안 되겠지. 물론 사안이 민감하긴 해. 어떻게 접근해서 해결하면 좋을지 시간을 두고 생각해봐야겠다."

나는 초조해졌다. 대부님은 조심스럽게 법적인 문제부터 따지고 들 사람이란 걸 나는 알고 있었다. 며칠간 그 일로 고민 또 고민할 사람이었다.

"그럴 여유가 없어요. 대부님은 제 사촌 레이첼에 대해 저만큼 모르시잖아요. 그분은 소작인을 만나러 갔다가도 아무렇지 않게 '혹시 주변에 이탈리아어를 배우고 싶어 하는 사람 있어요?'라고 말을 꺼낼 수 있는 사람이라고요. 그럼 우린 어떻게 되겠어요? 게다가 시컴한테 이미 어떤 소문이 떠도는지도 들었어요. 유언장에 아무것도 받지 못하게 되어 있더라는 걸 다들 알고 있대요. 당장 모든 걸 바로잡아야 해요."

그는 생각에 잠긴 얼굴로 펜을 깨물었다.

"이탈리아 쪽 조언자는 그 사람 상황에 대해서 아무런 설명도 하지 않았어. 그 사람과 이 문제를 의논할 수 없어 아쉽구나. 개인 수입이 얼마나 되는지, 혹은 전남편과의 결혼에서 재산권 처분 권한은 얼마나 받았는지 알아볼 방법이 없잖니."

"전부 다 상갈레티의 빚을 갚는 데 들어갔을 거예요. 앰브로즈가 편지에 그런 내용을 적었던 걸 기억해요. 두 사람이 작년에 집으로 돌아오지 못한 이유 가운데 하나도 그거였어요. 부인의 재정적인 문제가 너무 복잡해서 해결해야 했죠. 저택을 팔아야 하는 것도 분명 그 때문일 거예요. 그 사람 앞으로는 한 푼도 안 남았을지 몰라요. 우리가 그 사람을 위해 뭐라도 해야 해요, 오늘 당장."

대부님은 책상에 펼쳐져 있던 서류를 정리했다.

"네 태도가 변한 것 같아 몹시 기쁘구나, 필립." 그가 안경 너머로 나를 흘끔 쳐다보며 말했다. "네 사촌 레이첼이 오기 전까지는 마음이 아주 불편했다. 넌 터무니없이 무례하게 굴 태세를 갖추고는 그 사람을 위해 절대 아무것도 베풀지 않으려 했었지. 그랬더라면 스캔들이 퍼졌을 거다. 최소한 이젠 너도 이성을 되찾았구나."

"제 실수였어요, 다 잊어주세요." 내가 퉁명스럽게 말했다.

"그렇다면 내가 편지를 써서 애슐리 부인과 은행에 보내도록 하마. 유산으로 어떤 조처를 취하게 될지 그 사람과 은행에 설명하겠다. 가장 좋은 방법은 그 사람 이름으로 계좌를 열고 그쪽으로 분기별 발행한 수표를 보내는 거다. 나중에 그 사람이 런던이나 다른 곳으로 이주하더라도 그쪽 지점에 우리가 처리 사항을 요청해놓으면 되겠지. 6개월 뒤에 네가 스물다섯 살이 되면 직접 모든 사항을 맡아 처리할 수 있을 거다. 이젠 매 분기마다 얼마나 줘야 할지가 문제로구나. 넌 얼마를 생각하니?"

나는 잠시 생각한 뒤 금액을 말했다.

"넉넉한 금액이로구나, 필립. 다소 과하다 싶을 만큼 넉넉해. 그 사람한테 그렇게 많은 돈이 필요하진 않을 거다. 적어도 지금으로선 말이다."

"인색하게 굴긴 싫습니다. 어차피 해야 할 일이라면 앰브로즈의 입장이 되어 그대로 하거나, 그러지 못할 거라면 아예 안 하는 게 나아요."

"흠." 그가 서류철에 숫자 몇 개를 휘갈겨 썼다.

"이거면 그 사람도 흡족할 거다. 유언장을 보고 느꼈던 실망에 대해서 위로가 되겠지." 그가 말했다.

법적인 것을 앞세우는 사람의 마음이란 얼마나 피도 눈물도 없고 냉혹한지. 유산에서 허락된 금액의 숫자를 동전 한 푼까지 계산해 펜으로 적어두며 내는 생각이란! 맙소사! 정말 돈이 싫어졌다.

"서둘러서 편지를 써주세요. 그럼 제가 편지를 가지고 돌아가겠습니다. 은행에도 바로 대부님 편지를 전할 수 있어요. 그럼

제 사촌 레이첼이 당장 계좌에서 돈을 인출할 수 있겠죠."

"애야, 애슐리 부인 형편이 그렇게까지 쪼들리진 않을 거다.
넌 아주 양극단을 오가는구나."

그는 한숨을 쉬더니 종이 한 장을 서류철 위에 올려놓았다.

"네가 앰브로즈를 닮았다던 그 사람 말이 옳구나." 그가 대꾸
했다.

이번엔 편지를 쓰는 동안 그가 나의 사촌 레이첼에게 한 말
이 무엇인지 정확하게 알 수 있도록 나도 곁에서 지켜보았다.
그는 영지 이야기를 했다. 그녀에게 생계의 방편을 마련해주는
것이 전체 영지의 바람이었다. 분기별로 지급될 금액도 영지에
서 결정된 사항이라는 내용이었다. 나는 매의 눈으로 그를 지
켜보았다.

"네가 개입했다는 인상을 주고 싶지 않으면 직접 편지를 전하
지는 않는 것이 낫겠다. 돕슨이 오늘 오후에 너희 집 쪽으로 갈
일이 있어. 편지는 그 편에 보내도 된다. 그게 남들 보기에도 더
나을 거야." 그가 내게 말했다.

"좋은 생각이에요. 그럼 전 은행으로 갈게요. 감사합니다, 아
저씨."

"가기 전에 루이즈를 만나는 것도 잊지 마라. 집 안 어딘가에
있을 거다."

당장 떠나고 싶은 조급한 마음에 루이즈를 만나는 건 생략하
고 싶었지만 그렇게 말할 수는 없는 일이었다. 마침 그녀는 거

227

실에 있었고, 대부님의 서재에서 나오는 길에 열린 거실 문 앞을 지날 수밖에 없었다.

"어쩐지 필립 목소리가 들린다 생각했어. 하루 종일 있다 갈거야? 케이크랑 과일 좀 준비해서 내오라고 할게. 배고프겠다." 그녀가 말했다.

"곧 가봐야 해. 고마워, 루이즈. 사업차 대부님을 만나러 잠깐 건너왔던 거야."

"아, 그랬구나." 나를 보자마자 자연스럽고 쾌활해졌던 그녀의 얼굴은 다시 일요일의 굳은 표정으로 되돌아갔다. "애슐리 부인은 잘 지내?" 그녀가 물었다.

"내 사촌 레이첼은 잘 지내고 있고, 무척 바빠. 이탈리아에서 가져온 관목들이 오늘 아침에 도착했거든. 그래서 탐린과 함께 종묘장에 나무를 심을 계획이래."

"필립도 집에 남아서 그분을 도울 거라고 생각했는데 의외네." 루이즈가 말했다.

대체 무슨 생각을 하는 건지 알 수는 없었지만, 그녀의 목소리에 새삼 깃든 묘한 느낌이 이상스레 거슬렸다. 갑자기 과거에 루이즈가 유사한 태도를 보였던 일이 떠올랐다. 정원에서 달리기 시합을 하려고 신이 나서 뛸 준비를 하고 있으면, 루이즈는 아무 이유도 없이 곱슬거리는 머리를 흔들며 "아무래도 나는 놀기 싫어졌어"라고 말하고는 괜히 버티고 서서 지금과 똑같이 고집스러운 표정을 지으며 나를 쳐다보았다.

나는 "내가 정원 가꾸기엔 젬병이란 거 너도 잘 알잖아" 하고 말한 뒤 짓궂게 덧붙였다. "아직도 꽁한 마음이 안 풀린 거야?"

그녀는 얼굴을 붉히며 자리에서 일어났다. "꽁한 마음? 무슨 말을 하는지 모르겠네." 그녀가 재빨리 말했다.

"에이, 맞잖아. 지난 일요일 내내 넌 기분이 나빴어. 한눈에도 딱 보였다고. 패스코 씨 댁 딸들이 그걸 알아차리지 못한 게 의아할 정도야."

"패스코 씨 댁 딸들도 다른 모든 사람들과 마찬가지로 아마 딴 데 정신이 팔려 너무 바빴겠지." 그녀가 말했다.

"그건 또 무슨 소리야?" 내가 물었다.

"애슐리 부인처럼 세상을 잘 아는 여자는 필립 같은 젊은 남자 하나쯤 손가락으로도 간단하게 가지고 노는 법이야." 루이즈가 말했다.

나는 획 몸을 돌려 방을 나왔다. 안 그러면 그녀를 한 대 칠 것 같았다.

13

큰길을 따라 펠린에서 나와 시골길을 가로질러 읍내로 들어
갔다가 다시 집에 돌아왔을 때쯤엔, 말을 타고 돌아다닌 거리가
무려 30킬로미터를 넘은 듯했다. 읍내 부두에 있는 선술집에 잠
깐 들러 사과주를 한 잔 쭉 들이켰지만 아무것도 먹지 않은 탓
에 4시가 되자 거의 굶어 죽을 지경이었다.

저택 종탑에서 정각을 알리는 소리를 들으며 나는 곧장 마구
간으로 갔다. 운 나쁘게도 마구간지기 대신 웰링턴이 나를 기다
리고 있었다.

그는 입에 거품을 물고 있는 집시를 보더니 혀를 끌끌 찼다.
"이러시면 안 됩니다, 필립 나리." 내가 말에서 내리자 그가 말
했다. 나는 학창 시절 방학 때 그랬던 것처럼 죄책감을 느꼈다.

"몸에 지나치게 열이 오르면 말이 감기 걸린다는 거 아시잖습니까. 그런데도 이 녀석 온몸에 김이 날 지경으로 만들어 데려오셨네요. 사냥이라도 다니셨던 모양인데, 이 녀석은 사냥개를 쫓아다닐 상태가 아니에요."

"사냥개를 쫓아다닐 작정이었다면 황무지로 갔을 거야. 바보 같은 소리 하지 마, 웰링턴. 일이 있어서 퀜들 씨를 뵈러 갔다가 읍내에 나갔어. 집시를 고생시켜서 미안하지만 어쩔 수가 없었다고. 녀석도 어디 잘못되는 일은 없을 거야."

"그러길 빕니다, 나리." 웰링턴은 마치 내가 장거리 장애물 경주라도 시키고 돌아온 듯 가엾은 집시의 갈기를 손으로 쓰다듬기 시작했다.

나는 집 안으로 들어가 서재로 향했다. 벽난로에 불이 활활 타오르고 있었지만 나의 사촌 레이첼의 모습은 보이지 않았다. 나는 종을 울려 시컴을 불렀다.

"애슐리 부인은 어디 계시지?" 그가 방으로 들어오자 내가 물었다.

"마님께선 3시가 조금 넘어서 들어오셨습니다. 나리께서 나가신 뒤로 줄곧 정원사와 함께 마당에서 일을 하셨죠. 탐린도 지금 집사 방에 있습니다. 그 친구 말로는 주인마님처럼 식물을 노련하게 다루는 분은 처음 봤답니다. 놀라운 분이라고 하더군요."

"몹시 피곤하시겠군." 내가 말했다.

"저도 그 점을 염려했습니다, 나리. 그래서 좀 주무시라고 말씀드렸지만 제 말을 듣지 않으셨어요. '하인들에게 뜨거운 물을 올려달라고 해. 목욕을 좀 해야겠어, 시컴. 머리도 감을 거야' 하고 말씀하시더군요. 숙녀분이 직접 머리를 감으시는 건 몹시도 부적절한 일이라 제가 사람을 보내 여조카를 부르겠다고 했는데, 이번에도 제 말을 듣지 않으셨습니다."

"나도 하인들 시켜서 뜨거운 물을 올려주면 좋겠군. 나 역시 힘든 하루를 보냈어. 그리고 미치도록 배가 고파. 저녁 식사를 일찍 들고 싶네." 내가 그에게 말했다.

"잘 알겠습니다, 나리. 5시 15분 전이 어떨까요?"

"가능하다면 그렇게 해줘, 시컴."

나는 옷을 벗어 던지고 침실 벽난로 앞에 놓인 김이 피어오르는 욕조에 들어가 앉을 생각에 휘파람을 불며 위층으로 올라갔다. 나의 사촌 레이첼의 방에 가 있던 개들이 쪼르르 복도를 건너왔다. 녀석들은 손님에게 많이 익숙해져서 그녀가 가는 곳이면 어디든 따라다녔다. 늙은 던이 계단 꼭대기에서 나를 보며 꼬리를 흔들었다.

"반갑다, 늙은 친구. 넌 신의를 저버린 놈이야. 나를 버리고 숙녀를 따라다녔잖아." 던이 길고 폭신한 혀로 내 손을 핥으며 큰 눈으로 빤히 나를 쳐다보았다.

하인이 뜨거운 물이 담긴 양동이를 가져와 욕조를 채웠다. 다리를 겹치고 앉아 뜨거운 수증기 속에서 휘파람으로 음이 맞지 않는 노래를 불며 몸을 씻는 기분은 아주 상쾌했다. 수건으로 몸을 닦다가 침대 옆 탁자에 놓여 있는 꽃병을 발견했다. 숲에서 꺾어 온 어린 가지와 야생 난초, 시클라멘이 보였다. 이전까지 내 방에 꽃을 가져다 둔 사람은 아무도 없었다. 시컴은 그럴 생각도 못 했을 것이고, 하인들도 마찬가지였다. 나의 사촌 레이첼이 가져다 둔 게 틀림없었다. 꽃을 보자 기분이 한층 더 좋아졌다. 온종일 화초와 관목을 심느라 정신없었을 텐데, 그 와중에도 꽃병에 꽃을 꽂을 시간을 냈다는 의미였다. 나는 계속해서 음이 맞지 않는 노래를 흥얼거리며 스카프 타이를 매고 만찬용 재킷을 입었다. 그러고는 복도를 따라 걸어가 내실 문을 두드렸다.

"누구세요?" 안쪽에서 그녀가 외쳤다.

"나예요, 필립. 오늘은 저녁 식사를 조금 일찍 할 거란 말을 하러 왔어요. 몹시 배가 고픈데, 얘길 들어보니 당신도 마찬가지일 것 같았어요. 대체 탬린과 무슨 일을 했길래 목욕을 하고 머리까지 감아야 했던 거죠?"

대답 대신 전염성이 몹시 강한 웃음소리가 들려왔다.

"우린 두더지처럼 땅을 파헤쳤어요." 그녀가 외쳤다.

"눈썹까지 흙 속에 잠겼었나요?"

"온통 흙투성이였어요." 그녀가 대답했다. "목욕은 했고, 이젠 머리를 말리고 있어요. 머리를 핀으로 올려서 피비 고모님과 꼭 닮아 보이겠지만 남에게 못 보여줄 만한 몰골은 아니에요. 들어와도 좋아요."

나는 문을 열고 내실로 들어갔다. 그녀는 벽난로 앞에 놓인 스툴에 앉아 있었는데, 상복을 벗은 모습이 너무도 달라 보여 잠시 그녀를 못 알아볼 뻔했다. 그녀는 목과 손목 부분을 리본으로 묶게 되어 있는 하얀색 실내 가운을 입고 있었고, 머리는 가운데 가르마를 타서 부드럽게 내리는 대신 핀으로 정수리에 올림머리를 하고 있었다.

나는 피비 고모를 닮은 사람은커녕, 고모뻘 되는 사람은 누구도 본 적이 없었다. 나는 눈을 껌벅이며 문 앞에 서 있었다.

"와서 앉아요. 그렇게 놀란 표정 짓지 말고요." 그녀가 내게 말했다.

나는 등 뒤로 문을 닫고는 안으로 들어가 의자에 자리를 잡았다.

"미안해요. 하지만 이제껏 실내복을 입은 여성을 한 번도 본 적이 없거든요."

"이건 실내복이 아니에요. 내가 아침 식사 때 입던 옷이죠. 앰브로즈는 이 옷을 수녀복이라고 불렀어요."

그녀는 팔을 올리고 머리에 핀을 꽂기 시작했다.

"스물네 살이면 피비 고모님이 머리를 올리는 모습 같은 편안하고 기분 좋은 장면쯤은 벌써 봤을 텐데요. 당황했어요?"

나는 팔짱을 끼고 다리를 꼰 채 계속 그녀를 바라보았다. "그런 건 아니에요. 다만 정신이 약간 멍해진 거죠."

그녀는 웃으면서 입에 물고 있던 핀을 하나씩 차례로 뽑아,

머리칼을 둥글게 말고는 늘 하던 방식대로 뒷덜미에 느슨하게 고정시켰다. 모든 과정이 몇 초 만에 이루어지는 듯했다. 아무튼 내게는 그렇게 보였다.

"매일 그렇게 짧은 시간에 머리를 손질하나요?" 내가 놀라서 물었다.

"오, 필립, 당신은 배워야 할 게 참 많군요. 루이즈가 머리 올리는 걸 한 번도 본 적 없어요?" 그녀가 내게 물었다.

"네, 보고 싶지도 않고요." 문득 펠린을 떠날 때 루이즈가 했던 마지막 말이 떠올라 재빨리 대답했다. 나의 사촌 레이첼은 소리 내어 웃으며 내 무릎에 핀 하나를 떨어뜨렸다.

"기념품이에요. 베개 밑에 넣어두었다가 내일 아침 식사 때 시컴이 어떤 표정을 짓는지 한번 지켜봐요." 그녀가 말했다.

그녀가 내실에서 반대편 침실로 가며 방문을 활짝 열어두었다.

"나 옷 갈아입는 동안 당신은 거기 앉아서 큰 소리로 얘기해요." 그녀가 외쳤다.

대부님의 편지가 도착한 흔적은 없는지 작은 내실을 슬그머니 둘러보았지만 아무것도 보이지 않았다. 무슨 일일까 의아했다. 어쩌면 침실로 가져간 것인지도 모른다. 그 문제를 대부님과 자신 간의 사적인 일로 여겨 나에겐 한 마디도 하지 않을 작정일 수도 있었다. 나는 그러기를 빌었다.

"온종일 어디 갔었어요?" 그녀가 내게 외쳤다.

"읍내에 갔었어요. 만나볼 사람이 좀 있어서요." 은행에 대해선 군이 언급할 필요가 없었다.

"탐린을 비롯해 다른 정원사들과 함께 일하면서 나는 정말 행복했어요. 못 쓰게 되어 버려야 할 식물들은 몇 개 되지 않았어요. 아직 심어야 할 것들이 정말 많아요, 필립. 초원과 경계를 이루는 덤불숲은 다 쳐내고 길을 낸 다음 그쪽 땅은 전부 동백나무 숲으로 가꿔야겠어요. 그럼 20년 내로 콘월 지방 사람들 모두가 구경하러 올 만한 봄 정원이 생길 거예요."

"알아요, 그게 앰브로즈의 의도였죠."내가 말했다.

"신중하게 계획을 세워야 해요. 운에만 맡기고 아무렇게나 내버려둬서도 안 되고 탐린한테 일임해도 곤란해요. 좋은 사람이지만 지식에 한계가 있어요. 당신이 직접 관심을 가져보지 그래요?"그녀가 말했다.

"난 잘 몰라요. 어차피 내 분야도 아니었고요. 그건 앰브로즈가 잘 알죠."

"당신을 도와줄 사람은 얼마든지 있을 거예요. 런던에서 정원 설계사를 불러와 일을 맡겨도 되잖아요."

나는 대답하지 않았다. 굳이 런던에서 정원 설계사를 불러오고 싶지 않았다. 그 어떤 설계사보다 그녀가 더 많은 걸 알고 있으리라 확신했다.

바로 그때 시컴이 복도에 모습을 드러냈다.

"무슨 일이지, 시컴? 저녁이 준비됐나?"내가 물었다.

"아닙니다, 나리. 켄들 씨 댁에서 돕슨이 마님께 드릴 편지를 가지고 왔습니다." 그가 대답했다.

심장이 쿵 내려앉았다. 이렇게 늦게 오다니, 빌어먹을 인간이 오는 길에 어딘가 들러 술이라도 한잔한 모양이었다. 이제 꼼짝없이 그녀가 편지를 읽는 과정에 개입할 수밖에 없었다. 하필 때를 잘못 골라도 이렇게 잘못 고를 수가. 시컴이 열린 방문을 노크하고 들어가 편지를 전하는 소리가 들려왔다.

"저는 아래층으로 내려가서 서재에서 기다리는 게 좋겠네요." 내가 말했다.

"아니에요, 가지 말아요. 준비 다 됐어요. 같이 내려가요. 켄들 씨한테서 편지가 왔네요. 아마 펠린으로 우리 둘을 초대하시려는 모양이에요."

시컴이 복도로 사라졌다. 나는 자리에서 일어나 그를 따라갈 수 있으면 좋겠다고 생각했다. 갑자기 초조하고 불안해졌다. 파란 방에서는 아무런 소리도 들려오지 않았다. 편지를 읽고 있는 게 틀림없었다. 몇 년이 흐르는 듯했다. 마침내 그녀가 침실에서 나와 펼쳐진 편지를 손에 들고 방문 앞에 섰다. 만찬을 위한 드레스 차림이었다. 얼굴이 그토록 하얗게 보이는 건 어쩌면 피부색이 상복에 대비되었기 때문일 것이다.

"당신 무슨 짓을 하고 다닌 거예요?" 그녀가 말했다.

목소리가 퍽 이상하게 들렸다. 이상스레 긴장된 목소리였다.

"짓이라뇨? 아무것도 안 했어요. 왜요?"

"거짓말 말아요, 필립. 당신은 거짓말할 줄 모르는 사람이니까."

나무라는 듯 탐색하는 그녀의 시선을 피해 나는 몸 둘 바를 몰라 하며 벽난로 앞에 서 있었다.

"펠린에 갔었군요. 오늘 후견인을 만나러 말을 타고 그곳에 갔던 거예요." 그녀가 말했다.

그녀가 옳았다. 나는 세상에서 가장 형편없고 절망적인 거짓말쟁이였다. 어쨌거나 나의 사촌 레이첼 앞에선 그랬다.

"그랬을 수도 있겠죠. 그래서 뭐요?" 내가 말했다.

"당신이 그분께 이 편지를 쓰게 했잖아요." 그녀가 말했다.

"아니에요." 내가 침을 꿀꺽 삼키며 말했다. "그런 일은 없었습니다. 대부님은 본인 생각대로 편지를 쓰신 거예요. 의논드릴 일이 있어서 찾아갔다가 마침 여러 가지 법적인 문제들이 화제로 나왔고……."

"그런데 당신 사촌 레이첼이 이탈리아어 강습을 할 작정이라고 당신이 그분께 말씀드렸다네요. 그게 사실인가요?" 그녀가 말했다.

나는 몸이 달아올랐다 식었다 하는 걸 느꼈고 마음은 끔찍이도 불편했다.

"꼭 그렇게 생각하진 말아요." 내가 말했다.

"내 말이 농담에 불과했다는 거 당신도 분명 알고 있었잖아요?" 그녀가 말했다. 농담이었다면 지금은 왜 이렇게 화를 내는 걸까 하고 나는 생각했다.

"자기가 무슨 행동을 했는지 전혀 모르는군요. 당신은 나를 지독히도 수치스럽게 만들었어요." 그녀가 방 안으로 들어가 내게 등을 보인 채 창가에 섰다. "나를 모욕하고 싶었던 거라면 정말이지 제대로 한 방 먹였네요."

"왜 그렇게 자존심을 세우는지 잘 모르겠어요." 내가 말했다.

"자존심이요?" 휙 돌아서 분노에 찬 커다란 눈으로 나를 보는 그녀의 눈빛은 매우 어두웠다. "지금 내게 자존심을 세운다고 말하는 건가요?" 그녀가 말했다. 나도 그녀를 쏘아보았다. 방금 전까지 나와 함께 웃던 사람이 갑자기 어떻게 이토록 화를 낼 수 있는지 놀랍다는 생각이 들었다. 그러더니 매우 놀랍게도 초조함이 사라졌다. 나는 그녀를 향해 걸어 들어가 옆에 섰다.

"당신 지금 자존심 앞세우고 있는 거 맞아요. 솔직히 말하면 당신은 자존심으로 똘똘 뭉친 사람이라고 해야겠죠. 지금 모욕당한 사람은 당신이 아니라 나예요. 당신이 이탈리아어 강습을 하겠다고 말했을 때 분명 그건 농담이 아니었어요. 농담이라기엔 당신 대답은 지나치게 빨리 나왔어요. 그렇게 말했던 건 진심이었기 때문이에요."

"내가 진심으로 한 말이었다면 어떻게 되는데요? 이탈리아어 강습을 한다는 게 수치스러운 일인가요?"

"일반적인 의미로 생각한다면 아니겠죠. 하지만 당신 경우엔 그래요. 앰브로즈 애슐리 부인이 이탈리아어 강습을 한다는 건 수치입니다. 세상을 떠난 남편이 유언장에 아내의 생계 방편을 마련하는 데 소홀했다는 사실의 방증이니까요. 그리고 그의 후계자인 나 필립 애슐리는 그걸 용납할 수 없습니다. 사촌, 당신은 매 분기마다 생활비를 받게 될 것이고, 은행에서 돈을 찾을 때는 부디 그 돈이 영지나 영지 상속인한테서 나오는 것이 아니라 당신 남편 앰브로즈 애슐리가 주는 것이라는 점을 기억해줘요."

내가 말을 잇는 동안 상대방 못지않게 격렬한 분노의 물결이 전신을 휩쓸고 지나갔다. 제아무리 작고 연약한 존재라고 해도 그녀를 모욕했다고 나를 비난하도록 그냥 내버려둘 순 없었다. 또한 당연히 그녀가 받아야 할 돈을 거부한다면 더더욱 그냥 두지 않을 작정이었다.

"어때요? 내 말 이해하겠어요?" 내가 물었다.

한순간 그녀가 나를 때릴 거라고 생각했다. 그녀는 꼼짝도 않고 서서 나를 쏘아보았다. 이어 눈에 눈물이 차오르더니, 나를 밀치고 침실로 들어가 방문을 쾅 닫았다. 나는 아래층으로 내려갔다. 식당으로 내려가 줄을 당겨 종을 울린 뒤 애슐리 부인은 저녁 식사를 하러 내려오지 않을 것 같다고 말했다. 나는 적포도주 한 잔을 직접 따라 마시며 식탁 상석에 홀로 앉아 있었다. 맙소사! 여자들이 하는 행동이란 바로 이런 것이었군! 이렇게 화가 나고 기진맥진한 느낌은 난생처음이었다. 수확기에 열린 공간에서 수많은 남자들과 장시간 일을 하다 보면, 소작료를 밀린 소작인들에게 화를 낼 일도 있었고 이웃 간에 다툼이 벌어져 내가 중재를 해야 하는 경우도 있었다. 그러나 즐거워하다가 단 1초 만에 적대감으로 돌아서는 여성과 말씨름을 했던 지난 5분에 비하면 그런 일들은 아무것도 아니었다. 게다가 여자의 무기는 언제나 눈물인가? 지켜보는 사람들에게 미치는 눈물의 영향력을 그들이 잘 알기 때문일까? 나는 포도주를 한 잔 더 마셨다. 팔꿈치 주변에서 어슬렁거리고 있는 시컴은 어디 멀리 딴 세상으로 보내버리고 싶었다.

"마님께선 기분이 안 좋으신 것 같지요, 나리?" 그가 내게 물었다.

마님은 기분이 심히 안 좋을 뿐만 아니라 격노한 상태라서 어쩌면 당장이라도 종을 울려 웰링턴에게 플리머스까지 돌아갈 마차를 준비하라고 지시할지 모른다고 말해도 좋을 것 같았다.

"아니, 머리가 아직 덜 말랐다더군. 존을 시켜서 내실로 식사를 올려 보내는 편이 좋겠어."

남자들이 결혼 후 직면하게 되는 게 바로 이런 일일 거란 생각이 들었다. 문을 쾅 닫고 들어가서는 침묵. 홀로 하는 저녁 식사. 그리하여 낮 동안의 긴 외출에서 돌아와 한껏 솟구쳤던 식욕도, 욕조 목욕에서 얻은 느긋함도, 벽난로 앞에서 자수 문양과 대비되는 작고 하얀 손의 나른한 손놀림을 지켜보며 이따금씩 대화를 이어가던 평온한 저녁의 즐거움도 한순간에 식어버리고 말았다. 만찬용 옷으로 갈아입고 복도를 따라 걸어가 내실의 문을 두드린 뒤, 새하얀 가운을 입고 스툴에 앉아 핀으로 머리를 올린 그녀를 발견했을 때 기분이 얼마나 유쾌했던가. 일종의 친밀함이 형성되면서 다가올 저녁 시간에 대한 기대감과 함께 두 사람이 공유했던 분위기는 또 얼마나 편안했던가. 그런데 지금, 식탁에 홀로 앉아 먹는 비프스테이크는 신발 가죽으로 만든 듯 질기게만 느껴졌다. 그녀는 무얼 하고 있을까? 침대에 누워 있을까? 촛불을 끄고 커튼도 친 깜깜한 방에서? 혹은 이제 기분이 좀 나아져, 메마른 눈으로 차분하게 내실에 앉아 쟁반에 담긴 저녁을 들며 시컴을 위해 아무렇지 않은 척 연기를 하고 있을까? 나로선 알 수 없는 일이었다. 내 알 바도 아니었다. 여자들이란 우리와 동떨어진 종족이라던 앰브로즈의 말이 참으로 옳았다. 이제 한 가지는 확실해졌다. 나는 절대로 결혼하지 않을 것이다…….

저녁 식사를 끝내고 서재로 가서 자리를 잡았다. 파이프 담배에 불을 붙인 뒤 벽난로 철망에 발을 올린 채, 때에 따라선 달콤하고 위안이 되기도 하는 식곤증에 빠져보려고 마음을 가라앉혔지만, 오늘 밤엔 도무지 그럴 마음이 들지 않았다. 나는 이미 내 맞은편 의자에 앉아 발치에 던을 거느린 채 이따금씩 팔을 들어 불빛에 일감을 비춰보는 그녀의 모습에 익숙해져 있었다. 지금은 그 의자가 이상하리만치 텅 비어 보였다. 여자 하나가 하루의 마무리를 그토록 완벽하게 망칠 수도 있다니 기가 막혔다. 나는 몸을 일으켜 책장에서 책을 한 권 꺼내 와 페이지를 넘겼다. 그러다가 꾸벅꾸벅 졸았던 모양인지, 다시 고개를 들었을 땐 방구석에 있는 시계가 9시가 조금 안 된 시각을 가리키고 있었다. 이젠 잠자리에 들 시간이었다. 벽난로 불도 꺼져 더 앉아있을 이유도 없었다. 나는 개들을 데리고 나가 개집에 들여보낸 뒤—날씨가 바뀌어 비바람이 몰아치고 있었다—현관문을 잠그고 방으로 올라갔다. 재킷을 의자에 집어 던지려던 순간, 침대 협탁 위 꽃병 옆에서 쪽지 하나를 발견했다. 탁자로 다가가 쪽지를 집어 들고 읽었다. 나의 사촌 레이첼이 보낸 것이었다.

"친애하는 필립, 만일 그럴 의향이 있다면 부디 오늘 밤 당신에게 보인 나의 무례를 용서해요. 당신 집에서 그런 행동을 하다니 용납할 수 없는 짓이었어요. 요즘 들어 나는 온전히 내가 아니어서 감정을 지나치게 드러냈다는 것 외엔 변명의 여지가 없네요. 당신의 후견인께는 편지를 보내주셔서 감사하고 생활비를 받겠다는 내용으로 편지를 썼어요. 내 생각을 해준 두 분의 너그러움이 참으로 소중하군요. 잘 자요. 레이첼."

나는 편지를 두 번 읽고는 주머니에 집어넣었다. 그렇다면 자존심도, 분노도 가라앉았을까? 그런 감정들이 눈물과 함께 녹아버렸나? 그녀가 생활비를 받아들인다니 나를 짓누르던 부담감이 사라졌다. 나는 다시 은행을 찾아가 상황을 설명하고 처음 지시했던 사항을 철회하는 광경을 머릿속으로 그려보았었다. 그런 다음엔 대부님과 만나 논쟁을 벌여야 했을 테고, 모든 일의 가장 끔찍한 마무리는 나의 사촌 레이첼이 집을 박차고 나가 런던으로 간 뒤 그곳에서 이탈리아어 강습을 하며 하숙집에서 살아가는 모습이었다.

이 쪽지를 쓰기 위해 그녀가 어떤 대가를 치렀을지 궁금해졌다. 자존심을 내던지고 모욕을 선택한 걸까? 그녀가 그렇게 할 수밖에 없었으리라는 사실이 싫었다. 앰브로즈가 세상을 떠난 뒤 처음으로 나는 이런 상황을 만든 그를 원망하고 있는 자신을 발견했다. 당연히 그도 미래에 대한 생각은 있었을 것이다. 질병과 갑작스런 죽음은 누구에게나 찾아올 수 있는 일이었다. 아내에게 아무런 생계 방편도 마련해주지 않으면 그녀가 우리의 자비와 자선에 매달릴 수밖에 없으리란 걸 그도 분명 알았을 것이다. 고국으로 나의 대부님에게 편지 한 통만 보냈더라면 이 모든 수고를 하지 않아도 되었을 것이다. 그녀가 피비 고모의 내실에 앉아 이 쪽지를 쓰는 광경을 그려보았다. 벌써 내실을 떠나 잠자리에 들었을지 궁금했다. 잠시 망설이던 나는 복도를 걸어가 그녀의 처소로 이어지는 아치 통로 아래 섰다.

내실로 통하는 문은 열려 있었고, 침실 문은 닫혀 있었다. 나는 침실 문을 노크했다. 잠시 침묵이 흐르다가 그녀가 말했다. "누구세요?"

나는 "필립입니다"라고 대답하지 않고 문을 열고 들어갔다. 방은 캄캄했고, 내가 들고 간 촛불 빛에 침대 커튼이 일부만 닫혀 있는 것이 보였다. 이불을 덮고 있는 그녀의 형체가 눈에 들어왔다.

"쪽지 방금 읽었어요. 고맙다는 말을 하고 싶었어요. 잘 자라는 인사도요." 내가 말했다.

　나는 그녀가 일어나 촛불을 켤 것이라고 생각했지만 그녀는 꼼짝도 하지 않았다. 그저 커튼 뒤에서 베개를 베고 누워 있을 뿐이었다.

　"당신에게 이래라저래라 할 생각은 없다는 것도 알려주고 싶었어요. 믿어주세요." 내가 말했다.

　커튼 사이로 들려온 목소리는 이상하리만치 차분하게 가라앉아 있었다.

　"그렇게 생각한 적 없어요." 그녀가 대꾸했다.

　우리는 둘 다 침묵했고, 잠시 후 그녀가 먼저 입을 열었다. "이탈리아어 강습 따윈 걱정되지 않아요. 그런 일엔 자존심 부릴 생각 없어요. 내가 견딜 수 없는 건 그런 내 행동이 앰브로즈의 이름에 먹칠을 할 거라던 당신 말이었어요."

　"그건 사실이에요. 하지만 이젠 잊어버려요. 우리 둘 다 그 이야기는 다시 생각할 필요 없어요."

　"펠린에 달려가서 당신 후견인을 만난 건 정말 고맙고 당신다운 행동이었어요. 내가 얼마나 은혜도 모르고 감사할 줄 모르는 사람으로 비쳤을까요. 나 자신이 용서가 안 돼요." 또다시 울 것 같은 그녀의 목소리가 어쩐지 나를 자극했다. 목구멍과 배 속이 꽉 조여오는 느낌이었다.

　"당신이 우는 걸 보느니 차라리 날 한 대 쳤으면 좋겠어요." 내가 그녀에게 말했다.

그녀가 침대에서 몸을 움직여 손수건을 더듬어 찾더니 코를 푸는 소리가 들려왔다. 너무도 흔하고 단순한 행동에서 비롯된 소리가 커튼 뒤 어둠 속에서 들려오자 전보다 더 배 속이 아릿해졌다.

곧 그녀가 말했다. "생활비는 받겠지만 이번 주 이후에도 당신의 호의를 받을 수는 없어요, 필립. 당신만 괜찮으면 다음 주 월요일에 이곳을 떠나 다른 곳으로 가겠어요. 아마 런던이 되겠죠."

그녀의 말에 나는 먹먹한 느낌에 휩싸였다.

"런던으로 가다니요? 왜요? 뭘 하려고요?"

"어차피 난 며칠만 보낼 생각으로 온 거였어요. 이미 예정보다 오래 머물렀어요."

"하지만 당신은 아직 사람들을 다 만나지 않았잖아요. 하기로 했던 일도 다 마치지 못했고요."

"그게 무슨 상관이죠? 어차피 다 무의미한 일인 것 같아요."

활기 없는 목소리는 도무지 그녀의 것 같지가 않았다.

"영지를 돌아다니면서 소작인들을 만나는 걸 당신이 좋아하는 줄 알았어요. 매일 함께 다니면서 너무 행복해 보여서요. 그리고 오늘 탐린과 묘목을 심을 때도 그랬고요. 모든 게 겉치레이고 그저 예의를 차린 거였나요?"

그녀는 잠시 침묵하더니 이윽고 입을 열었다. "필립, 당신은 가끔 이해력이 정말 부족한 것 같아요."

어쩌면 정말 그런지도 몰랐다. 상처받은 마음에 시무룩해진 나는 될 대로 되라는 심정이 되었다.

"좋아요, 가고 싶으면 가세요. 사람들 말이 많아지겠지만 상관없어요."

"내가 머물면 오히려 사람들 말이 더 많아질 것 같은데요."

"머물면 오히려 말이 많아진다고요? 그게 무슨 뜻이죠? 당신이 당연히 있어야 할 곳이 여기고, 앰브로즈가 그런 미친 짓을 벌이지 않았다면 이 집이 당신 집이 되었으리란 거 몰라요?"

"맙소사, 안 그러면 내가 왜 여길 왔다고 생각해요?" 갑자기 그녀가 화를 내며 나에게 소리쳤다.

나는 또다시 실언을 하고 말았다. 눈치 없게도 잘못된 말을 내뱉은 것이다. 갑자기 무능하고 쓸모없는 인간이 된 느낌이었다. 나는 침대로 다가가 커튼을 젖히고 그녀를 내려다보았다. 그녀는 베개를 베고 누워 양손을 가슴에 모아 쥐고 있었다. 성가대 소년들이 입는 가운처럼 목둘레에 프릴이 달린 하얀 옷을 입고, 어린 시절 루이즈가 그랬던 것처럼 머리를 내려 느슨하게 리본으로 묶은 모습이었다. 너무도 앳돼 보이는 그녀의 모습에 나는 깜짝 놀라 마음이 흔들렸다.

"잘 들어요. 나는 당신이 왜 왔는지도 모르고, 당신이 했던 모든 행동의 동기가 무언지도 몰라요. 당신에 대해선 아무것도 모르고 여자에 대해서도 전혀 아는 게 없어요. 내가 아는 건 단지 지금 당신이 여기 있는 게 좋다는 것뿐이에요. 난 당신이 떠나는 걸 원치 않아요. 그게 그렇게 복잡해요?"

마치 내가 자신을 해칠 의도라도 갖고 있다고 생각했는지, 그
녀는 양손으로 방어하듯 얼굴을 감쌌다.

"네, 아주." 그녀가 말했다.

"그렇다면 그렇게 만든 건 내가 아니라 당신이에요." 내가 말
했다.

나는 본심과는 다르게 느긋한 태도를 취하는 척 팔짱을 낀 채
그녀를 쳐다보았다. 그러나 상대가 침대가 누워 있는 상황에서
그곳에 서 있다는 건 한편으로 그녀를 불리한 위치에 둔 셈이었
다. 머리를 풀고 다시 소녀가 되어 여인의 지위를 내려놓은 그
녀가 새삼 또 화를 낼 수 있을 것 같진 않았다.

그녀의 눈빛이 흔들리는 것이 보였다. 그녀는 무언가 구실을
찾아, 떠나야 할 새로운 이유를 찾아, 생각을 정리하고 있었다.
문득 섬광처럼 절묘한 전략이 떠올랐다.

"오늘 저녁에 나더러 런던에서 설계사를 데려와 정원 배치
를 맡겨야 한다고 했잖아요. 앰브로즈가 항상 그럴 계획이었다
는 건 나도 알아요. 나로선 그런 사람을 알지도 못하고, 그런 사
람을 고용한다고 해도 어차피 짜증이 나서 미칠 지경이 될 거란
건 분명한 사실이겠죠. 이곳이 앰브로즈에게 어떤 의미였는지
아는 당신이 여기에 조금이라도 마음이 있다면, 몇 달만이라도
머물면서 나 대신 그 일을 해줘요."

작전은 딱 맞아떨어졌다. 그녀는 반지를 만지작거리며 허공

을 바라보았다. 그녀가 생각에 몰두했을 때 보이는 행동이라는 걸 나도 익히 알고 있었다. 나는 유리한 공세를 계속 펼쳐나갔다.

"난 절대로 앰브로즈가 그렸던 청사진을 따를 수 없을 거예요. 그건 탐린도 마찬가지예요. 그 사람도 솜씨는 좋지만 지시를 따를 때만 그렇단 건 나도 알아요. 작년에도 나를 찾아와서는 내가 도무지 알지도 못하는 조언을 구한 적이 몇 번 있었죠. 당신이 여기 남아준다면—심어야 할 것들이 너무 많으니 이번 가을만이라도요—우리 모두에게 도움이 될 겁니다."

그녀는 손가락에서 반지를 위아래로 돌려 뺐다 끼기를 반복했다. "당신 대부님의 생각은 어떠신지 여쭤봐야 할 것 같아요."

"그건 대부님과 상관없는 일이에요. 날 뭘로 보는 거예요. 내가 어린 학생으로 보이나요? 생각할 건 딱 하나, 당신 스스로가 머물고 싶은지 여부예요. 당신이 정말로 떠나길 원한다면 나도 막을 수는 없어요."

놀랍게도 그녀가 여전히 작은 목소리로 말했다. "그걸 왜 물어요? 내가 머물고 싶어 한다는 건 당신도 알잖아요."

하느님 맙소사, 내가 그걸 어떻게 안단 말인가? 이제껏 그녀는 정반대로 암시했었다.

"그럼 당분간 여기 남아서 정원 일을 마무리해주는 거죠? 이걸로 결정된 거예요. 다시 말 바꾸는 일은 없겠죠?"

"당분간은 남아 있을게요." 그녀가 말했다.

나는 미소를 참느라 애를 먹었다. 그녀의 눈빛이 워낙 진지해서, 만약 내가 미소를 지으면 마음을 바꿀지도 모른다는 느낌이 들었다. 나는 속으로 쾌재를 불렀다.

"그럼 좋아요. 이만 잘 자라는 인사 하고 가볼게요. 대부님께 보낼 편지는 어떻게 했어요? 내가 우편물 가방에 넣어줄까요?"

"시컴이 가져갔어요." 그녀가 말했다.

"그럼 이젠 더 이상 나한테 화내지 않고 잘 거죠?"

"난 화 안 났어요, 필립."

"화났었잖아요. 난 당신한테 한 대 얻어맞는 줄 알았어요."

그녀가 나를 올려다보았다. "가끔 당신이 너무 바보같이 굴어서 언젠가 정말로 그럴 날이 올 것도 같아요. 이리 와요."

내가 더 가까이 다가가자 무릎이 이불에 닿았다.

"숙여요." 그녀가 말했다.

그녀는 양손으로 내 얼굴을 감싸더니 입을 맞추었다.

"이제 착한 아이답게 가서 자요. 잘 자요." 그녀가 나를 밀어내고 침대 커튼을 쳤다.

나는 브랜디에 취한 듯 어질어질 가벼운 현기증을 느끼며 촛대를 들고 비틀비틀 파란 방을 걸어 나왔다. 베개를 베고 누워 있는 그녀를 서서 굽어보며 내가 유리한 위치를 선점한 것처럼 느꼈는데, 이제 보니 완벽한 패배였다. 어린 소녀 같은 모습과 성가대 소년 가운 탓에 내가 오해한 것이었다. 그녀는 줄곧 여인이었다. 그렇다 해도 나는 행복했다. 오해의 순간은 이제 지나갔고, 그녀는 남겠다고 약속했다. 더는 눈물도 흘리지 않았다.

나는 곧장 잠자리에 드는 대신 다시 서재로 내려가 대부님에게 만사가 순조롭게 진행되었다고 알리는 편지를 썼다. 우리 두 사람이 보낸 껄끄러운 저녁에 대해선 대부님께 알릴 필요가 없었다. 서둘러 편지를 마무리한 나는 아침에 배달할 우편물 가방에 넣으려고 복도로 나갔다.

시컴은 늘 그랬던 것처럼 가방을 현관 앞 탁자에 열쇠와 함께 올려두었다. 가방을 열자 편지 두 통이 내 손으로 떨어졌고, 그건 둘 다 나의 사촌 레이첼이 쓴 편지였다. 한 통은 그녀가 말한 대로 나의 대부인 닉 켄들에게 보내는 것이었다. 두 번째 편지엔 피렌체의 시뇨르 레이날디의 주소가 적혀 있었다. 잠시 그 편지를 응시하던 나는 이내 다른 편지와 함께 그것을 우편물 가방에 넣었다. 어쩌면 내가 어리석고 무분별하고 터무니없는 생각을 하는 것인지도 몰랐다. 그 남자는 그녀의 친구인데 그런 그에게 편지를 쓰지 말란 법은 없지 않은가? 그런데도 잠자리에 들기 위해 2층으로 올라가며, 나는 결국 그녀에게 호되게 얻어맞은 느낌이었다.

14

　다음 날 그녀가 아래층으로 내려왔을 때, 나는 그녀를 따라 정원으로 나갔다. 나의 사촌 레이첼은 우리 사이에 아무런 갈등도 없었던 듯 행복하고 걱정 없는 표정이었다. 나를 대하는 그녀의 태도에 달라진 점이 있다면 더 다정하고 부드러워졌다는 것이었다. 나를 놀리는 일은 줄었고, 나를 비웃는 대신 함께 웃었으며, 내가 아는 것이 없는데도 굳이 나중에 미래의 기쁨을 상상해보라면서 묘목을 심는 것에 대해 계속 내 의견을 물었다.

　"당신 하고 싶은 대로 해요. 일꾼들 시켜서 생울타리와 나무를 베어버리고, 저기 보이는 둔덕까지 흙을 덮어 묘목을 심어요. 나는 보는 눈이 없으니 당신 생각대로 하면 잘될 거예요." 내가 그녀에게 말했다.

"하지만 난 결과물이 당신 마음에 들면 좋겠어요, 필립. 이 모든 건 당신 소유이고 언젠가는 당신 자식들 소유가 되겠죠. 내가 마당에 변화를 주었는데 당신 마음에 안 들면 어떻게 해요?"

"내 마음에 안 들 리가 없어요. 그리고 내 자식들 얘기 좀 그만해요. 난 독신으로 남기로 결심했으니까."

"그건 근본적으로 이기적이고 아주 어리석은 생각이에요."

"난 그렇지 않다고 생각해요. 정신적 고통과 불안을 피하려면 독신으로 남는 편이 훨씬 낫다고 보거든요."

"잃는 것이 뭔지는 생각해본 적 있어요?"

"나의 예리한 짐작으로 판단하건대 결혼 생활의 축복과 기쁨은 사람들이 주장하는 만큼 대단하지 않은 것 같아요. 남자가 원하는 것이 따뜻한 온기와 편안함, 무언가 바라보기 아름다운 대상이라면, 자기 집에서도 얼마든지 그 모든 걸 다 얻을 수 있어요. 집을 제대로 아끼고 사랑한다면요."

내 말에 그녀가 어찌나 크게 웃어대는지, 나 역시 깜짝 놀랐지만 종묘장 끝에서 일하고 있던 탐린과 다른 정원사들이 고개를 들고 우리를 쳐다볼 정도였다.

"언젠가 당신이 사랑에 빠지면 지금 했던 그 말을 당신에게 상기시켜줘야겠어요. 스물네 살에 돌벽에서 온기와 편안함을 얻다니요. 오, 필립!" 그녀의 목소리에서 다시 거품 같은 웃음기가 흘러나왔다.

나는 그 말이 왜 그렇게 우스운지 알 수가 없었다.

"당신이 무슨 말을 하려는지 대충은 알아요. 어쩌다 보니 난 그쪽으로 관심이 전혀 가지 않을 뿐이죠." 내가 말했다.

"정말 그런 것 같네요." 그녀가 말했다. "당신 때문에 이웃들은 상심이 크겠어요. 특히 가엾은 루이즈……."

그러나 나는 루이즈에 대한 논의를 이어가고 싶지도 않았고 사랑과 결혼에 대한 길고 긴 연설도 사양하고 싶었다. 그녀가 정원 일을 하는 걸 지켜보는 쪽이 훨씬 더 흥미로웠다.

10월은 맑고 온화한 날씨와 함께 찾아왔고 처음 2주간은 비도 거의 내리지 않았으므로, 탐린과 일꾼들은 나의 사촌 레이첼의 감독 아래 묘목 심기 작업에서 커다란 진전을 이룰 수 있었다. 영지의 모든 소작인들을 방문하는 계획 역시 성공리에 마칠 수 있었는데, 내가 짐작했듯이 모두들 대단히 흡족해했다. 나는 어린 시절부터 소작인들과 잘 알고 지냈고, 종종 가가호호 그들을 방문하는 것은 내 일의 일부분이었다. 그러나 이탈리아에서 자라 전혀 다른 인생을 살아온 나의 사촌 레이첼에게는 색다른 경험이었다. 그런데도 사람들을 대하는 그녀의 태도는 더할 나위 없이 올바르고 적절한 것이어서, 사람들과 어울리는 그녀를 지켜보는 것은 큰 즐거움이었다. 상냥함과 동지애가 뒤섞인 그녀의 태도에 사람들은 즉각 그녀를 우러러보면서도 편안하게 대했다. 그녀는 매번 올바른 질문만 던졌고 정답으로 응대했다. 게다가—바로 이 점이 그들 대다수가 그녀를 소중히 여기는 이유였다—사람들이 앓고 있는 질병에 대해서 그녀가 모르는 것이 없고 직접 만든 치료제도 갖고 있다는 믿음이 퍼져 있었다. "원예에 애정을 쏟다 보니 허브에 대한 지식으로 이어지더라고요. 이탈리아에선 항상 다들 그런 것들을 연구하거든요." 그녀가 사람들에게 말했다. 그러고는 어떤 식물에서 추출한 원료로 천식을 앓는 가슴에 바를 연고를 만들거나 화상에 효과가 좋은 오일을 만들기도 했고, 소화불량이나 불면증에 좋은 물약을— 잠자기 전에 마시기엔 세상에서 가장 훌륭한 음료라고 사람들에게 이야기했다—만드는 비법을 사람들에게 가르쳐주는가 하면, 특정 생과일주스가 어떻게 목감기부터 다래끼까지 거의 모든 병을 낫게 하는지 설명해주기도 했다.

"그러다가 이 근방 산파 자리를 당신이 대신 차지하게 되겠어요. 한밤중에 출산을 도와달라며 사람들이 당신을 부를 거예요. 일단 한번 그런 일이 시작되면 당신의 평화는 완전 끝장이에요." 내가 그녀에게 말했다.

"라즈베리 잎과 쐐기풀로 만든 출산용 물약도 있어요. 출산 전에 6개월간 그걸 마시면 산모가 고통 없이 아기를 낳게 되죠."

"그런 건 마법이에요. 사람들은 옳은 일이 아니라고 생각할 거예요." 내가 말했다.

"말도 안 돼요! 여자들이 왜 괜한 고통을 겪어야 하죠?" 나의 사촌 레이첼이 말했다.

내가 경고한 대로 가끔 오후에 읍내에서 그녀를 부르러 사람을 보내는 일이 생겼다. 그녀는 신분이 낮은 사람들과 잘 지내는 것만큼이나 시컴이 말하는 '젠트리 계급' 지주들과도 성공적으로 어울렸다. 지금 시컴이 최고의 행복을 누리고 있다는 사실을 나는 곧 깨닫게 되었다. 그는 여전히 상복 차림이었지만 이런 경우를 위해 특별히 아껴두었던 새 재킷을 입었다. 화요일이나 목요일 오후 3시에 마차가 현관문으로 다가오면 그는 현관 안쪽 홀에서 대기하고 있었다. 손님에게 현관문을 열어주고 상급자에게 그들을 안내하는 것은 운 나쁜 존의 몫이었고, 시컴은 느긋하고 위풍당당한 걸음으로(모두 나중에 존에게 들은 이야기였다) 손님들을 이끌고 현관에서 복도를 지나 응접실까지 안내했다. 과장된 동작으로(이건 나의 사촌 레이첼이 해준 이야기였다) 문을 활짝 연 그는 연회에서 건배를 제의하는 사람처럼 손님의 이름을 알렸다. 나의 사촌 레이첼의 말에 따르면, 시컴은 미리 이런저런 손님들이 찾아올 것 같다고 의논하며 최근까지 이어진 그들의 가족사를 간단히 브리핑하기도 했다. 누가 나타날 것인지에 대한 그의 예언은 대체로 맞아떨어졌으므로, 우리는 정글에서 야만인들이 북을 쳐 소통하듯 집집마다 하인들 처소엔 서로 주의를 주고받는 의사소통 방법이 있는 건 아닌지 의아해했다. 예를 들면, 트레메인 부인이 목요일 오후에 마차를 준비시켰으니 아마도 결혼한 따님 고프 부인과 미혼인 따님 이소벨 양을 대동하고 방문할 것 같다며 시컴이 나의 사촌 레이첼에게 알려주는 식이었다. 그러면서 이소벨 양이 말을 더듬는 문제로 괴로워하고 있으니 그녀에게 말을 걸 땐 주의하라

256

고 나의 사촌 레이첼에게 미리 귀띔해주었다. 또 어느 화요일에는 나이 지긋한 레이디 펜린이 우리 집에서 불과 15킬로미터 거리에 사는 손녀딸을 매주 같은 날 방문하므로 우리 집에도 올 가능성이 높다면서, 그녀가 맏아들을 낳기 전 여우 때문에 몹시 놀라 아들이 왼쪽 어깨에 지금까지도 지워지지 않는 반점을 갖고 태어났으니 그분 앞에선 절대 여우 이야기를 언급하지 않도록 주의하라고 나의 사촌 레이첼에게 당부했다.

"그분과 함께 있는 동안 대화의 주제를 사냥에서 다른 쪽으로 옮기려고 내내 얼마나 애썼는지 몰라요. 그런데도 소용이 없었어요. 그분은 치즈를 노리는 생쥐처럼 자꾸 그 주제로 돌아가시더군요. 하는 수 없이 마지막엔 그분 입을 다물게 하려고 있을 법하지도 않고 아무도 해본 적 없겠지만 알프스에서 야생 살쾡이를 쫓는 이야기를 지어내야 했어요." 나중에 나의 사촌 레이첼이 털어놓았다.

마지막 손님의 마차가 안전하게 진입로를 빠져나가면, 그녀는 숲을 가로질러 뒷길로 집에 돌아온 나를 반기며 늘 방문객과의 일화를 들려주었다. 내가 손님에게 대접하고 남은 달콤한 케이크를 먹어치우는 동안 우리는 함께 웃음을 터뜨리기도 했고, 그녀는 거울 앞에서 머리를 매만지거나 쿠션을 정돈했다. 모든 것이 게임 같았고, 음모처럼 여겨졌다. 하지만 응접실에 앉아 대화를 이어가며 그녀도 행복했다고 나는 생각한다. 그녀는 사람들과 그들의 삶, 그들의 사고방식, 그들의 행동에 관심이 많왔고, 종종 나에게 이렇게 이야기했다. "당신은 이해 못 해요, 필립. 피렌체에서 완전히 다른 사회를 경험하고 온 나에겐 모든 것이 아주 새로워요. 이젠 나도 좀 알 것 같아요. 그래서 매 순간이 즐거워요."

나는 설탕 통에서 각설탕 하나를 꺼내 깨물어 먹거나 시드 케이크를 직접 한 조각 잘라 먹었다.

"피렌체든 콘월이든 뻔한 이야기를 논하는 것보다 단조로운 건 없다고 생각해요." 내가 그녀에게 말했다.

"아, 당신은 구제 불능이에요. 그러다 결국 순무 아니면 케일 외엔 아무것도 생각 못 하는 아주 편협한 사람으로 남게 될 거예요." 그녀가 말했다.

그러면 나는 의자에 털썩 주저앉아, 그녀를 시험하느라 일부러 스툴에 진흙투성이 부츠를 올려놓고 신발을 벗으며 한쪽 눈으로 그녀를 살펴보았다. 그녀는 절대 나를 나무라지 않았고, 내 의도를 알아차렸더라도 티를 내진 않았다.

"계속해요. 우리 동네 최신 스캔들이 뭔지 말해봐요." 내가 말했다.

"관심도 없다면서 내가 왜 얘길 해야 하죠?"

"왜냐하면 난 당신 이야기를 듣는 게 좋으니까요."

만찬을 위해 옷을 갈아입으러 올라가기 전까지 결국 그녀는 동네에 한창 떠도는 소문들을 나에게 전해주었다. 최근에 있었던 약혼식, 결혼, 죽음, 곧 대어날 아기 소식까지 다양했다. 그녀는 낯선 사람과 나눈 단 20분간의 대화에서 내가 평생 알고 지낸 사람한테 알아낸 이야기보다 더 많은 것을 얻어내는 듯했다.

"내가 짐작했던 대로 당신은 반경 70킬로미터 이내의 모든 어머니들을 실망시키는 존재예요." 그녀가 내게 말했다.

"왜 그렇죠?"

"그분들 따님한테 눈길도 안 주니까 그렇죠. 키도 크고, 외모도 준수하고, 모든 면에서 훌륭한 신랑감이잖아요. 애슐리 부인, 제발 댁의 사촌한테 외출을 좀 더 많이 하라고 해주세요."

"그래서 당신은 뭐라고 대답했어요?"

"당신은 당신에게 필요한 모든 온기와 즐거움이 집 안에 있다고 생각하는 사람이라고요. 다시 생각해보니 그 말은 오해를 낳을 수도 있겠네요. 입조심해야겠어요." 그녀가 덧붙였다.

"나를 괜한 초대에 연루시키지만 않는다면 당신이 뭐라고 했든 난 상관 안 해요. 난 누구의 따님이든 눈길을 주고 싶은 마음 없어요."

"루이즈한테 내기를 건 사람들이 많아요. 결국 그 아가씨가 당신을 차지하게 될 거라고 얘기하는 사람들이 꽤 있더군요. 그리고 패스코 씨의 셋째 따님도 승산이 좀 있다고 하고요."

"기가 막혀서!" 내가 외쳤다. "벨린다 패스코요? 그러다 곧 세탁 일 하는 케이티 설과 결혼한다고 하겠네요. 사촌, 당신이야말로 날 좀 보호해줘야죠. 차라리 내가 은둔자라서 여가 시간 내내 라틴어 시나 베껴 적는다고 소문을 내지 그래요? 그러면 다들 떨어져나갈지도 몰라요."

"어떻게 해도 저들은 떨어져나가지 않아요. 당신처럼 젊고 잘생긴 독신남이 고독과 시를 좋아한다고 생각하면 더 낭만적으로 보일 뿐이에요. 그런 건 오히려 입맛만 돋울 뿐이라고요."

"그럼 배는 다른 데 가서 채우라고 해요. 아마 온 세상이 다 똑같겠지만, 이 근방 여자들의 사고방식에 대해서 내가 정말 경악하는 건 그들이 끊임없이 결혼에 집착한다는 사실이에요." 내가 응수했다.

"달리 생각할 게 별로 없으니까요. 선택의 폭도 좁고요. 나 또한 거론의 대상에서 벗어나지 못해요. 내게도 결혼 상대로 적당한 홀아비들의 목록을 내놓더군요. 콘월 서부에 아주 딱 맞을 법한 상대가 있대요. 쉰 살이고 상속자에다 두 딸은 결혼을 했다더군요."

"세인트이브스 노인네는 아니겠죠?" 경악한 말투로 내가 물었다.

"아, 맞아요. 그런 이름이었던 것 같아요. 매력적인 분이라던데요."

"매력적이라고요? 정오 무렵엔 항상 취해 있고, 하녀들을 쫓아 몰래 골목길을 돌아다니는 사람이에요. 바턴 영지에 사는 빌리 로의 조카가 그 집에서 일을 한 적 있어요. 너무 겁이 나서 집으로 돌아와야 했다고요." 내가 그녀에게 말했다.

"지금 누가 소문을 논하나요?" 사촌 레이첼이 말했다. "가엾은 세인트이브스 경도 아내가 있다면 몰래 골목길을 돌아다니진 않을 거예요. 물론 아내 하기에 달렸겠죠."

"어쨌든 당신이 그 사람과 결혼할 일은 없어요." 내가 단호하게 말했다.

"최소한 그분을 저녁 식사에 초대할 수는 있지 않아요?" 그녀는 몹시 진지한 눈빛으로 제안했지만, 이젠 나도 그 눈빛에 장난기가 숨겨져 있다는 걸 잘 알고 있었다. "파티를 열면 좋잖아요, 필립. 당신을 위해 가장 예쁜 아가씨들을 초대하고, 날 위해선 최고 취향의 홀아비들을 부르는 거예요. 하지만 이미 내 선택은 정해진 것 같아요. 혹시라도 하게 된다면 난 당신 대부님인 닉 켄들 씨를 선택하겠어요. 꽤나 단도직입적인 그분의 화법을 난 정말 존경해요."

그녀가 일부러 그런 말을 한 건지는 모르지만 나는 미끼를 물고 폭발했다.

"설마 진심으로 하는 얘기는 아니죠? 대부님과 결혼을 한다고요? 빌어먹을, 그분은 예순이 다 됐어요, 사촌. 걸핏하면 오한에 떨고 어딘가 아프다는 불평을 달고 살 나이라고요."

"그분은 당신처럼 집 안에서 온기와 편안함을 찾지는 않는다는 의미네요." 그녀가 나에게 대꾸했다.

그제야 그녀가 웃고 있다는 걸 알아차리고 나도 같이 웃음을 터뜨렸지만 나중에 돌아보았을 땐 문득 의심이 갔다. 확실히 대부님은 일요일에 찾아올 때마다 대단히 정중한 모습이었고, 두 사람은 굉장히 잘 어울려 지냈다. 한두 번 그 집에 가서 저녁 식사를 한 적도 있었는데, 그때마다 대부님은 내가 알지 못했던 방식으로 빛을 발했다. 하지만 그분은 10년째 홀아비로 살고 있었다. 그가 나의 사촌 레이첼과 이어질 가능성이 있다는 터무니없는 생각을 품는 건 불가능하지 않을까? 분명 그녀도 받아들일 리가 없을 텐데? 그런 생각만으로도 나는 열이 올랐다. 나의 사촌 레이첼이 펠린에 산다니. 애슐리 부인인 나의 사촌 레이첼이 켄들 부인이 된다니. 도저히 말도 안 되는 일이었다! 그 노인이 머릿속에 그토록 뻔뻔한 생각을 품고 있다면 계속해서 그를 일요일 저녁 식사에 초대할 수는 없는 일이었다. 하지만 초대를 중단하는 것은 오랜 세월 지켜온 관습을 중단하는 셈이었다. 그것은 불가능했다. 따라서 항상 해오던 대로 하는 수밖에 없었지만, 다음번 일요일에 대부님이 나의 사촌 레이첼의 오른편에 앉아 잘 들리지 않는 귀를 그녀에게 가까이 대고 있다가 갑자기 뒤로 물러나 웃음을 터뜨리며 "오, 훌륭해요, 훌륭해"라고 말했을 때, 나는 대체 그게 무슨 의미이며 두 사람은 무엇 때문에 그렇게 함께 웃어대는지 심통을 내며 궁금해했다. 바로 이것이 허공에 농담을 던지고는 뒤에서 허를 찌르는 여자들의 또 다른 수법인 모양이라고 속으로 생각했다.

일요일 저녁 식탁에서 대부님을 오른편에, 교구목사를 왼편에 두고 둘 사이에 앉은 그녀는 대단히 아름다웠고 기분도 한껏 좋아 보였다. 세 사람 사이에선 대화가 끊이지 않았지만, 나는 첫 번째 일요일에 루이즈가 그랬던 것처럼 별다른 이유도 없이 시무룩해져 침묵을 지켰고, 그래서 우리가 앉은 쪽 분위기는 퀘이커교도의 회합처럼 느껴질 정도였다. 루이즈는 줄곧 자기 접시를 내려다보고 앉아 있었고 나 또한 내 접시만 쳐다보고 있었는데, 그러다 문득 시선을 들어 올리자 벨린다 패스코가 눈을 동그랗게 뜨고 나를 쳐다보고 있었다. 시골에 떠도는 소문이 떠올랐으므로 나는 더 말이 없어졌다. 우리의 침묵 탓에 나의 사촌 레이첼은 대화의 틈을 메워나가느라 더욱더 애를 썼고, 그녀와 대부님, 목사가 서로 보조를 맞추는 사이 나는 점점 더 심술을 부렸다. 그나마 몸이 불편해 패스코 부인이 오지 않은 게 감사할 따름이었다. 루이즈는 상관없었다. 루이즈에겐 억지로 말을 걸 필요가 없었다.

그러나 모두 돌아가고 나자 나의 사촌 레이첼이 그 문제를 따지고 들었다. "내가 당신 친구들을 접대할 땐 당신도 조금쯤은 도와줘야죠. 무슨 일 있어요, 필립? 고집스럽게 계속 찌푸린 얼굴을 하고서 양쪽에 한 마디도 하지 않고 앉아 있더군요. 가엾은 아가씨들……." 그러고는 내가 못마땅하다는 듯 고개를 절레절레 저었다.

"당신 쪽은 상당히 유쾌한 분위기더군요. 그래서 굳이 거들 필요를 못 느꼈어요. '사랑해요'라는 그리스어에 관한 허튼소리 하며. 당신에게 히브리어로 '제 마음의 기쁨입니다'라고 했던 목사님 말씀은 아주 그럴싸하게 들리던데요."

263

"정말 근사했어요. 그분의 혀끝에서 그 말이 흘러나왔을 때 난 대단히 감동했어요. 당신 대부님은 달빛 속에 선 등대를 나에게 보여주고 싶으시대요. 한번 보면 절대 잊지 못할 거라고 하시더군요."

"글쎄요, 그분이 당신에게 그걸 보여줄 일은 없을 거예요. 등대는 내 재산이에요. 펠린 영지엔 옛날에 흙으로 쌓아 올린 둑이 있고요. 거기나 보여달라고 해요. 검은나무딸기로 무성하게 뒤덮인 곳이죠." 나는 요란한 소리가 그녀의 심기를 거스르길 바라며 벽난로에 석탄 한 덩어리를 집어 던졌다.

"대체 왜 그러는지 모르겠네요. 당신은 점점 유머 감각을 잃어가고 있어요." 그녀는 내 어깨를 토닥여주곤 위층으로 올라갔다. 여자한테 그런 취급을 받자니 화가 치밀어 올랐다. 언제나 마지막 말은 자기가 하고 사라졌다. 상대는 기분이 나빠 부글부글 끓고 있는데, 버려두고 가는 그녀는 평온하기 이를 데 없었다. 마치 여자는 절대로 틀리는 법이 없다는 듯한 태도였다. 혹시 틀렸더라도 그녀는 잘못을 자신에게 이롭게 이용해 정반대로 보이게끔 만들었다. 그녀는 아주 사소한 일인 듯 운을 떼워, 나의 대부님과 달빛 산책을 하러 간다는 둥, 혹은 로스트위시얼 시장을 가보기로 했다는 둥 다른 원정을 계획했다는 식으로 암시한 뒤, 매우 진지한 태도로 런던에서 소포로 온 새 보닛*을 쓰는 게 좋

* 턱 밑에서 끈을 매는 모자. 여자나 어린아이들이 주로 썼다.

을지를 물었다. 그 모자에 달린 망은 그물코가 넓어서 얼굴을 많이 가리지 않기 때문에 그녀에게 잘 어울린다고 대부님이 말했다나. 심통이 나서 그녀가 마스크로 얼굴을 다 가리든 말든 관심 없다고 대답한 뒤 인상을 잔뜩 찌푸리고 있는 사이, 한층 더 기분이 좋아진 그녀가—월요일 저녁 식탁에서 오갔던 대화였다—시컴과 대화를 이어가면 나는 점점 더 시무룩해졌다.

그러다 나중에 서재에서 지켜보는 사람들이 없을 땐 그녀도 약간 태도를 누그러뜨렸다. 여전히 평온함을 유지했지만 얼마간은 다정함도 느껴졌다. 나를 비웃거나 유머 감각이 부족하다고 나무라지도 않았고, 심통을 부렸다고 따지지도 않았다. 영지 관리 사무실에서 내가 쓰는 의자에 씌울 작정이라면서 그녀는 실크 천을 들어 보이며 내게 어느 색깔을 가장 좋아하느냐고 물었다. 그러고는 조용히, 신경을 거스르거나 떠보는 일 없이 하루를 어떻게 보냈는지, 누구를 만났는지, 무슨 일을 했는지 물었다. 그러면 나도 모든 심통이 사라지면서 느긋하고 편안한 기분이 되었고, 실크 천을 가다듬고 어루만지는 그녀의 손길을 바라보며 왜 처음부터 이럴 수는 없었던 건지 의아해했다. 왜 처음엔 괜히 사소한 일로 신경을 건드려 분위기를 망쳤다가, 다시 스스로 평온을 되찾는 수고를 하는 걸까? 그녀는 내 기분이 돌변하는 걸 즐기는 듯했는데, 왜 꼭 그래야 하는지 나로선 도무지 알 수가 없었다. 내가 아는 건 그저 그녀가 나를 놀리는 게 싫고 상처를 받는다는 사실이었다. 그녀가 다정하게 굴면 나는 행복하고 편안해졌다.

월말이 되자 화창한 날씨가 물러갔다. 비가 사흘 내내 쉴 새 없이 쏟아졌고, 정원 일도 더는 남지 않은 데다 나 역시 영지에서 딱히 할 일이 없었으며, 말을 타고 괜히 여기저기 쏘다니다 보면 뼛속까지 흠뻑 젖는 터라 우리는 읍내 모든 사람들과 마찬가지로 집 안에서 꼼짝도 하지 않았다. 우리 둘 다 회피하고 있던 일을 제안한 사람은 시컴이었다. 이 기회를 이용해 앰브로즈의 유품을 정리하는 것이 어떻겠느냐는 것이었다. 나의 사촌 레이첼과 내가 서재 창가에 서서 미친 듯이 퍼붓는 비를 내다보고 있던 어느 날 아침 그가 그 이야기를 꺼냈다.

"난 사무실에서, 당신은 내실에서 하루를 보내야겠네요." 내가 내리는 비를 보며 이야기하던 참이었다. "런던에서 온 상자들은 뭐죠? 드레스를 골라서 입어보고 다시 반품하나요?"

"드레스가 아니라 커튼에 쓸 천이에요. 피비 고모님은 안목이 약간 부족하셨던 것 같아요. 파란 방이면 그 이름에 어울려야죠. 지금 그 방은 파란색이 아니라 회색이에요. 게다가 침대 커버는 좀이 쏠았고요. 시컴한텐 이야기하지 말아요. 워낙 오래돼서 좀이 쏜 거니까요. 그래서 내가 새 커튼과 새 침대 커버를 골라봤어요."

시컴이 서재로 들어와 아무런 할 일도 없이 서 있는 우리를 본 것은 바로 그때였다. "날씨가 너무 험해서 하인들한테 특별히 실내 청소를 시킬 생각입니다. 나리 방이 우선 시급합니다.

한데 애슐리 씨의 책과 상자들이 바닥에 놓여 있는 상태로는 먼지를 닦아낼 수가 없겠지요."

이토록 눈치 없는 언사에 혹시나 그녀가 상처를 입고 달아날까 염려되어 흘끔 쳐다보았지만, 놀랍게도 그녀는 상황을 잘 받아들였다.

"맞는 말이에요, 시컴. 상자를 풀기 전까진 제대로 방 청소를 할 수가 없겠죠. 우리가 너무 오래 방치했네요. 필립, 어떻게 할까요?"그녀가 말했다.

"당신만 괜찮다면 아주 좋습니다. 방에 불을 미리 피워놓고 따뜻해지면 2층으로 올라가죠."내가 말했다.

둘 다 서로에게 감정을 숨기려고 했던 것 같다. 우리는 억지로 밝게 행동하며 대화를 이어갔다. 나를 위해서라도 그녀는 비통한 마음을 드러내지 않으려 했다. 나 또한 그녀에게 슬픔을 감추려고 내 성격과는 전혀 어울리지 않게 쾌활한 척했다. 폭우는 내가 예전에 쓰던 방 창문을 두들기듯 쏟아졌고, 천장엔 젖은 얼룩이 생겨났다. 지난겨울 이후 불을 피운 적 없는 벽난로는 이상하게 쪼개지는 소리를 내며 타들어갔다. 개봉을 기다리던 상자들이 벽에 줄지어 놓여 있었다. 맨 꼭대기엔 짙은 파란색 바탕에 노란색으로 한쪽 귀퉁이에 큼지막하게 'A. A.'라고 새긴 여행용 무릎 담요가 덮여 있었다. 문득 앰브로즈가 마차를 타고 떠나던 마지막 날 그의 무릎에 담요를 덮어주었던 기억이 떠올랐다.

나의 사촌 레이첼이 침묵을 깼다. "어서 와요. 옷 트렁크 먼저 열까요?"

일부러 딱딱하고 사무적으로 낸 목소리였다. 그녀가 도착한 날 시컴에게 맡겼던 가방 열쇠를 내가 그녀에게 건넸다.

"마음대로 해요."

그녀는 열쇠를 자물쇠에 넣고 돌린 후 가방 뚜껑을 열었다. 맨 위엔 앰브로즈의 낡은 실내복 가운이 놓여 있었다. 나도 잘 아는 옷이었다. 두툼한 검붉은색 실크 가운이었다. 길고 납작한 그의 슬리퍼도 들어 있었다. 옆에 서서 그 물건들을 내려다보노라니 과거로 걸어 들어가는 것 같았다. 그가 얼굴에 거품을 바른 채 아침 면도를 하다 말고 내 방으로 들어오던 광경이 떠올랐다. "애야, 생각해봤는데 말이다……." 지금 우리가 서 있는 바로 이 방으로 들어왔었다. 바로 그 실내복 가운을 걸치고, 그 슬리퍼를 신은 채로. 나의 사촌 레이첼이 그 물건들을 트렁크에서 꺼냈다.

"이건 어떻게 할까요?" 딱딱했던 그녀의 목소리는 이제 낮게 가라앉아 있었다.

"모르겠어요. 당신이 정해야 할 것 같은데요." 내가 말했다.

"당신한테 주면 입을 건가요?" 그녀가 물었다.

이상했다. 나는 그의 모자를 가졌다. 그의 지팡이도 가졌다. 마지막으로 여행을 떠나면서 앰브로즈가 남기고 갔던, 팔꿈치에 가죽이 덧대어진 그의 낡은 사냥용 재킷은 꾸준히 입고 있었다. 그런데도 이 물건들, 그의 실내복 가운과 슬리퍼는 마치 관을 열고 죽은 그의 모습을 확인하는 것처럼 느껴졌다.

"아뇨." 내가 말했다. "아니에요, 안 입을 것 같아요."

그녀는 아무 말도 하지 않았다. 그리고 가운과 슬리퍼를 침대에 내려놓았다. 다음은 정장 차례였다. 더운 날씨에 입었던 듯 얇은 정장이었다. 나에겐 낯선 옷이었지만, 그녀에겐 익숙할 것이다. 옷은 트렁크 안에 오래 방치된 탓에 구겨져 있었다. 그녀는 옷을 꺼내 실내복 가운과 함께 침대에 올려놓았다. "다림질을 해야겠네요." 갑자기 그녀가 트렁크에서 물건들을 빠르게 꺼내어 차례차례 쌓아 올리기 시작했다. 거의 손도 대지 않는 듯 재빠른 동작이었다.

"필립, 당신이 입지 않을 거라면 앰브로즈를 사랑했던 영지 사람들에게 나눠주는 편이 좋을 것 같아요. 누구에게 어떤 옷을 줄지는 당신이 가장 잘 알겠죠."

그녀는 자신이 하는 일을 일부러 보지 않는 듯했다. 그녀는 광란에 가까운 손길로 트렁크에서 물건들을 꺼냈고, 나는 옆에 서서 그런 그녀를 지켜보았다.

"트렁크는요? 트렁크는 늘 요긴하죠. 트렁크는 쓸 데가 있겠죠?" 나를 올려다보는 그녀의 목소리가 흔들렸다.

갑자기 그녀가 내 품에 안겨 가슴에 머리를 기댔다.

"오 필립, 용서해요. 당신과 시컴이 정리하도록 내버려둘 걸 그랬어요. 위층으로 올라온 내가 바보였어요." 그녀가 말했다.

묘했다. 마치 어린아이를 안고 있는 것 같았다. 상처 입은 짐승을 안고 있는 것 같았다. 나는 그녀의 머리를 쓰다듬으며 정수리에 뺨을 갖다 댔다.

"괜찮아요, 울지 말아요. 서재로 돌아가요. 나 혼자 끝낼 수 있어요." 내가 말했다.

"아니에요, 내가 너무 나약하고 어리석게 굴었네요. 당신도 나만큼 힘들 텐데. 당신도 그이를 정말 사랑했잖아요……."

나는 그녀의 머리에 입술을 대고 계속 움직였다. 기분이 이상했다. 그리고 내게 기대서 있는 그녀는 아주 작았다.

"난 괜찮아요. 남자는 이런 일쯤 해낼 수 있어요. 여자한텐 쉽지 않은 일이죠. 내가 할게요, 레이첼. 당신은 내려가요."

그녀는 약간 떨어져서 손수건으로 눈가를 닦았다.

"아니에요, 이제 좀 나아졌어요. 다시는 안 그럴 거예요. 그리고 내가 옷 가방을 풀었잖아요. 당신이 영지 사람들에게 옷을 나눠준다니 정말 감사한 일이에요. 혹시라도 원하는 게 있으면 뭐든 입어요. 절대 두려워하지 말고 그냥 입어요. 난 괜찮아요. 오히려 기쁠 거예요."

책 상자는 벽난로에 더 가까이 놓여 있었다. 나는 의자를 가져다가 그녀가 앉을 수 있게 따뜻한 불가에 놓고는, 다른 트렁크 옆에 무릎을 꿇고 하나씩 차례로 열었다.

내가 처음으로 사촌이라는 말 없이 그녀를 레이첼이라고 불렀다는 사실을―스스로는 가까스로 알아차린 상태였다―그녀가 알아차리지 못했기를 바랐다. 어쩌다 그렇게 된 건지 모르겠다. 나보다 훨씬 체구가 작은 그녀를 품에 안고 서 있었기 때문이었던 것 같다.

책은 옷보다 개인적인 손길을 덜 탄 느낌이었다. 그녀는 앰브로즈가 여행을 떠날 때마다 가져가던 낡은 애서들을 침대 머리맡에 두고 보라며 내게 주었다. 그의 커프스 단추와 장식용 금속 단추, 시계, 펜도 나왔다. 그녀는 그 물건들을 모두 내게 안겼고, 나도 기쁘게 받았다. 어떤 책들은 내가 전혀 모르는 것들이었다. 그녀가 한 권 한 권 차례로 집어 들며 설명을 해주었고, 이젠 더 이상 책 정리도 슬픈 임무가 아니었다. 이 책은 로마에서 산 것인데 싸게 사서 그가 기뻐했다고 그녀가 말했다. 저기 있는 장정이 낡은 책과 그 옆에 있는 또 다른 책은 피렌체에서 장만한 것이었다. 그녀는 앰브로즈가 책을 산 장소와 그에게 책을 판 노인에 대해 들려주었고, 압박감은 눈물과 함께 사라진 듯 어느새 담소를 나누고 있는 기분이 들었다. 우리는 한 권 한 권 책을 바닥에 내려놓았고, 내가 먼지떨이를 가져다주자 그녀가 먼지를 떨어냈다. 가끔은 그녀가 책 속의 한 문단을 내게 읽어주며, 왜 앰브로즈가 그 구절을 좋아했었는지 설명했다. 책 속 삽화를 보여주기도 했는데, 또렷하게 기억하고 있는 어떤 페이지에선 그녀가 미소를 지어 보였다.

정원 배치도가 담긴 책 차례가 되었다. "이 책은 우리한테 아주 유용할 거예요." 그녀는 이렇게 말하더니 의자에서 일어나 좀 더 환한 창가로 책을 가져갔다.

나는 아무렇게나 다른 책을 펼쳐 들었다. 책장 사이에서 종이 한 장이 떨어졌다. 앰브로즈의 필체였다. 편지의 중간 토막인 듯했는데, 문단에서 찢어낸 뒤 까맣게 잊은 모양이었다. "흔히 듣기로는 물론 그것은 병적도벽이나 다른 질환처럼 질병이며, 분명 그녀도 낭비벽이 있는 아버지 알렉산더 코린에게 물려받은 성향일 것이다. 얼마나 오래 그녀가 그 병을 앓았는지는 나로선 알 수 없지만 아마 늘 지니고 있었겠지. 지금껏 그녀의 일 처리를 보면서 마뜩잖았 던 이유가 상당 부분 설명되더구나. 이것 하나만큼은 확실히 알게 되 었단다, 애야. 더 이상은, 아니 감히 그 사람이 내 지갑에 손을 댈 수 없도록 해야 한다는 사실이다. 기회가 닿는 대로 네가 반드시 켄들에 게 경고를 해서……." 문장은 중간에서 끝이 났다. 마무리가 없었 다. 종잇조각에는 날짜가 적혀 있지 않았다. 글씨체는 정상적이 었다. 바로 그때 그녀가 창가에서 돌아와, 나는 한 손으로 종잇 조각을 얼른 구겼다.

"그게 뭐예요?" 그녀가 물었다.

"아무것도 아니에요." 내가 말했다.

나는 종잇조각을 불 속에 집어 던졌다. 그녀가 타들어가는 종 이를 보았다. 그녀는 종이에 적힌 글씨체가 휘말리며 화염에 타 들어가는 것을 보았다.

"앰브로즈의 글씨네요. 뭐였어요? 편지였나요?" 그녀가 물었다.

"그냥 낡은 종잇조각에 적은 메모였어요." 불길에 내 얼굴이 타들어가는 느낌이었다.

이어 나는 트렁크에서 다른 책을 집어 들었다. 그녀도 똑같이 따라 했다. 우리는 나란히 앉아 책 정리를 이어갔지만, 우리 사이에는 침묵이 내려앉았다.

15

정오 무렵 우리는 책 정리를 마쳤다. 시컴은 존과 어린 아서를 올려 보내, 혹시 점심 식사 전에 아래층으로 옮겨 갈 것이 있는지 물었다.

"옷가지는 침대에 그냥 내버려두고, 위에 덮개만 씌워놓도록 해, 존. 시컴의 도움을 받아서 내가 곧 정리할 테니까. 이 책 더미는 서재로 내려보내."내가 말했다.

"그리고 이것들은 내실로 가져다줘, 아서."나의 사촌 레이첼이 말했다.

내가 종잇조각을 태운 이후 그녀가 처음 꺼낸 말이었다.

"정원에 관한 책들은 내 방에 두어도 괜찮겠죠, 필립?"그녀가 물었다.

"아, 그럼요. 물론이죠. 책들은 모두 당신 거예요. 아시잖아요." 내가 대답했다.

"아니에요." 그녀가 말했다. "아니죠, 다른 책들은 앰브로즈도 서재에 두길 바랐을 거예요." 그녀가 일어서서 옷매무새를 가다듬더니 존에게 먼지떨이를 건넸다.

"아래층에 간단한 점심 식사가 준비되어 있습니다, 마님." 존이 말했다.

"고마워, 존. 난 배고프지 않아."

하인들이 책을 들고 사라진 뒤에도 나는 문가에 서서 머뭇거렸다.

"서재로 내려와서 책 치우는 거 도와주지 않을래요?" 내가 물었다.

"안 그러는 게 좋겠어요." 이렇게 대답한 뒤 그녀는 뭔가 덧붙일 말이 있는 듯 잠시 뜸을 들였지만 결국 아무 말도 하지 않았다. 그러고는 복도를 따라 자기 방으로 돌아갔다.

나는 식당 창문으로 밖을 내다보며 홀로 점심을 먹었다. 아직 비가 세차게 내리고 있었다. 외출을 감행하는 건 무모한 짓이었고 어차피 할 일도 없었다. 시컴의 도움을 받아 옷 정리 임무를 마치는 편이 나을 것이다. 시컴에게 조언을 구하면 그도 기뻐할 터였다. 바턴엔 무얼 보내고, 트레넌트에는 무얼 보내고, 이스트로지엔 무얼 보낼 것인지. 물건을 받고서 어느 한 사람도 기분 나빠 하지 않도록 모든 걸 세심히 선택해야 했다. 그 일을 끝

내려면 우리 두 사람이 오후 시간을 꼬박 바쳐야 할 것이다. 나는 그 일에 정신을 집중했다. 그러나 갑자기 치솟았다 사라지는 치통처럼 내 생각은 자꾸만 종잇조각으로 향했다. 왜 책 사이에 그런 종이가 들어 있었으며, 편지에서 찢어낸 뒤 잊힌 채로 얼마나 오래 간직되었던 것일까? 6개월이나 1년쯤, 혹은 더 오래? 앰브로즈가 편지를 쓰기 시작했다가 결국 부치지 못했던 것일까? 아니면 같은 편지의 다른 부분이 또 다른 책 사이에 아직 들어 있을까? 그 편지는 앰브로즈가 발병하기 전에 쓴 것이 틀림없었다. 필체가 단호하고 명확했다. 따라서 지난겨울이나 가을일 확률이 높은데…… . 문득 나는 일종의 수치심에 휩싸였다. 내가 무슨 자격으로 과거를 파헤치고, 끝내 내게 당도하지 못한 편지에 관해서 궁금해한단 말인가? 그것은 내가 관여할 일이 아니었다. 그 편지를 발견하지 않았더라면 좋았겠다는 생각이 절실했다.

오후 내내 시컴과 나는 옷을 정리했다. 그가 짐을 꾸리면 나는 함께 보낼 쪽지에 설명을 적었다. 그는 꾸러미를 크리스마스에 나눠주는 것이 좋겠다고 제안했는데 내가 보기에도 훌륭한 생각인 것 같았다. 소작인들에게도 의미가 있을 터였다. 옷 정리를 끝낸 우리는 다시 서재로 내려가 책장에 책을 꽂았다. 책을 꽂기 전에 매번 미리 흔들어보고 있는 나를 발견하고는, 남몰래 사소한 범죄라도 저지르는 듯한 기분이 들었다.

"물론 그것은 병적도벽이나 다른 질환처럼 질병이며……." 왜 나는 그 문구를 기억하고 있는 걸까? 앰브로즈는 무슨 의미로 그런 말을 한 걸까?

나는 사전을 꺼내 병적도벽 항목을 찾아보았다. "궁핍한 환경으로 인해 의도치 않았음에도 거부할 수 없는 도둑질을 보이는 경향." 그가 비난한 것은 그 부분이 아니었다. 그가 비난한 것은 낭비와 사치였다. 어떻게 사치가 질병이 될 수 있지? 누구보다도 관대한 앰브로즈가 그런 습관이 있는 사람을 비난하다니 그답지 않은 일이었다. 사전을 막 책장에 다시 꽂았을 때 문이 열리고 나의 사촌 레이첼이 들어왔다.

속임수를 쓰다 들킨 사람처럼 나는 죄책감을 느꼈다. "방금 책 정리를 끝냈어요." 내 귀에 들리는 것처럼 그녀에게도 내 목소리가 가식적으로 들릴지 궁금했다.

"보아하니 그렇군요." 그녀가 대꾸하고는 방으로 들어와 난롯가에 자리를 잡고 앉았다. 그녀는 이미 만찬용 드레스로 갈아입고 있었다. 나는 시간이 그토록 늦은 줄도 미처 모르고 있었다.

"옷도 분류를 마쳤어요. 시컴이 아주 큰 도움을 줬죠. 당신만 괜찮다면 물건들은 크리스마스에 나눠주는 게 좋을 것 같아요." 내가 말했다.

"그래요, 방금 전에 시컴한테 들었어요. 아주 잘된 일이라고 생각해요." 그녀가 말했다.

내 태도 탓인지 그녀의 태도 탓인지 모르겠지만 우리 둘 사이에 묘한 긴장감이 감돌았다.

"오늘은 비가 그치질 않네요." 내가 말했다.

"네." 그녀가 대꾸했다.

나는 책 먼지로 뒤덮인 손을 흘끔 쳐다보았다. "잠시 실례할게요. 가서 씻고 만찬용 옷으로 갈아입고 오겠습니다." 2층으로 올라가 옷을 갈아입고 다시 내려오자 식탁에 저녁 식사가 준비되어 있었다. 평소 저녁 식사 때 시컴이 내게 할 말이 있으면 나와 이런저런 의논을 하는 것이 오랜 관습이었으므로 종종 대화에 끼어들었지만, 오늘 우리 사이의 대화는 거의 다 끝낸 뒤였으므로 그가 나의 사촌 레이첼에게 말을 걸었다. "필립 씨에게 새 커튼을 보여드리셨습니까, 마님?"

"아뇨, 시컴." 그녀가 대꾸했다. "아직 그럴 시간이 없었어요. 하지만 필립이 보기를 원한다면 저녁 식사 이후에 보여주면 될 듯해요. 존한테 서재로 좀 갖다 놓으라고 해줄래요?"

"커튼이라뇨?" 의아해진 내가 물었다. "무슨 커튼요?"

"생각 안 나요? 내가 파란 방에 쓸 커튼을 주문했다고 얘기했잖아요. 시컴은 먼저 구경했는데 아주 깊은 인상을 받았더군요." 그녀가 대꾸했다.

"아 네, 그렇군요. 이제 기억나요." 내가 말했다.

"그런 멋진 물건은 처음 봤습니다, 나리. 틀림없이 이 근방 저택에선 그런 살림살이는 손도 대보지 못했을 겁니다."

"아, 이탈리아에서 수입한 물건이거든요, 시컴." 나의 사촌 레이첼이 말했다. "그런 걸 구할 수 있는 곳도 런던에서 딱 한 군데

뿐이래요. 피렌체에서 얘기를 듣고 알았어요. 필립, 당신도 커튼과 침대 덮개를 구경해볼래요? 아니면 관심 없나요?"

그녀는 마치 내 의견을 바라는 듯, 혹시라도 내가 따분하게 여길까 두려워하며 기대 반 걱정 반 질문을 던졌다.

나도 내 마음을 알지 못했지만 얼굴이 새빨개지는 느낌이었다. "아, 그럼요. 기꺼이 구경할게요." 내가 대답했다.

우리는 식탁에서 일어나 서재로 자리를 옮겼다. 시컴이 따라왔고, 이내 존이 각종 원단을 가져와 우리 앞에 펼쳐놓았다.

시컴이 옳았다. 콘월 지방에서 구경할 수 있는 살림살이가 아니었다. 옥스퍼드나 런던에서도 그런 물건은 본 적이 없었다. 게다가 종류도 많았다. 고급스러운 양단과 두툼한 실크 커튼들. 박물관에서나 볼 법한 물건들이었다.

"나리께 걸맞은 품격이 느껴집니다." 시컴이 말했다. 숨죽인 목소리였다. 교회에라도 온 듯한 태도였다.

"이 파란색은 침대 커튼용으로 생각하고 있어요. 짙은 파란색과 황금 무늬는 커튼용이고요, 퀼트 천은 침대 커버예요. 어떻게 생각해요, 필립?"

그녀는 걱정스러운 듯 나를 올려다보았다. 나는 뭐라고 대답해야 할지 알 수가 없었다.

"마음에 안 들어요?" 그녀가 내게 말했다.

"아주 마음에 들어요. 하지만……." 나는 또다시 얼굴이 빨개지는 걸 느꼈다. "엄청 비싸지 않은가요?"

"어머, 네, 비싸죠." 그녀가 대답했다. "이런 물건은 뭐든 비싸지만 오래가잖아요, 필립. 당신 손자와 증손자까지도 이 침대 커버와 커튼으로 장식한 파란 방에서 잘 수 있을 거예요. 안 그래요, 시컴?"

"네, 마님." 시컴이 말했다.

"딱 하나 중요한 문제는 이게 당신 마음에 드는가 하는 거예요, 필립." 그녀가 다시 내 의향을 물었다.

"네, 누군들 마음에 안 들어 할 수가 있겠어요?"

"그럼 이건 이제 당신 거예요. 내가 당신에게 주는 선물이에요. 그만 치워요, 시컴. 내일 아침에 런던으로 편지를 보내서 우리가 쓰겠다고 알릴게요."

시컴과 존이 원단을 접어 방에서 들고 나갔다. 그녀의 시선이 나를 쫓고 있다는 걸 느꼈지만 나는 그녀와 눈을 마주치는 대신 평소보다 오래 뜸을 들이며 파이프에 불을 붙였다.

"무슨 일 있군요. 무슨 일이에요?" 그녀가 물었다.

뭐라고 대답해야 할지 자신이 없었다. 그녀의 마음을 상하게 하고 싶진 않았다.

"저런 선물은 내게 주면 안 되는 거였어요. 비용이 너무 많이 들 거예요." 내가 어색하게 말했다.

"하지만 난 당신에게 주고 싶었어요. 당신이 나를 위해 얼마나 많은 일을 했나요. 그 보답이라기엔 너무 보잘것없는 선물이에요."

그녀의 목소리는 간청하듯 부드러웠고, 내가 고개를 들었을 때 그녀의 눈빛엔 상처 입은 듯한 표정이 깃들어 있었다.

"마음은 정말 고맙지만 그래도 받으면 안 될 것 같아요." 내가 말했다.

"그건 내가 판단할게요. 일단 방 장식이 끝나고 나면 당신도 기뻐할 거예요." 그녀가 말했다.

나는 불편하고 비참한 기분이 들었다. 그녀가 나에게 넉넉한 선심을 베풀어 충동적으로 선물을 주고 싶어 한 것이 문제는 아니었다. 어제라면 나도 아무 망설임 없이 기꺼이 받았을 것이다. 그러나 오늘 저녁은 달랐다. 지옥과도 같은 편지 쪼가리를 읽은 이후 나는 그녀가 나를 위해 하는 행동이 결과적으로는 자신의 약점을 만회하려는 방편이 될지도 모른다는 의구심을 떨칠 수가 없었다. 그런 그녀에게 휘둘린다면 나로선 제대로 알지도 못하는 일에 휘둘리게 되는 셈이었다.

이내 그녀가 말했다. "정원에 관한 그 책은 이곳 정원을 꾸미려는 우리 계획에 아주 도움이 될 거예요. 그 책을 앰브로즈에게 준 것도 잊고 있었어요. 당신도 삽화를 좀 봐야 해요. 물론 이곳엔 맞지 않겠지만, 특정 부분들은 잘 적용할 수 있을 거예요. 예를 들어 들판을 가로질러 바다까지 조망할 수 있는 테라스 통로라든지, 내가 종종 묵곤 하던 로마 저택에서 흔히 보았듯 테라스 양쪽으로 땅을 파서 분지 형태의 수생정원을 만든다든지 하는 거죠. 그 책에 그런 그림이 들어 있어요. 내가 보기엔 예전에 벽이 서 있던 바로 그 위치가 딱 적당한 것 같아요."

어떻게 된 영문인지 나는 이내 아무렇지도 않게 무뚝뚝한 목소리로 그녀에게 질문을 던지고 있는 자신을 발견했다. "태어난 이후로 쭉 이탈리아에서만 살았던 건가요?"

"네, 앰브로즈가 이야기 안 하던가요? 외가는 로마 출신이고, 아버지 알렉산더 코린은 어디에도 정착하기 어려워하는 분이셨어요. 영국을 도저히 못 견뎌 하셨죠. 이곳 콘월에서도 가족들과 잘 못 지내셨던 것 같아요. 아버지는 로마 생활을 좋아하셨고, 아버지와 어머니는 서로 잘 맞으셨대요. 하지만 항상 돈한 푼 없이 불안정한 삶을 영위하셨죠. 어렸을 땐 나도 그런 삶에 익숙했지만 자라면서 그게 가장 불안했어요."

"두 분 다 돌아가셨나요?" 내가 물었다.

"오, 네, 아버지는 내가 열여섯 살 때 돌아가셨어요. 어머니와 나는 5년간 단둘이 살았어요. 내가 코시모 상갈레티와 결혼하기 전까지요. 도시에서 도시를 떠돌며, 다음 끼니는 어떻게 해결할지 언제나 막막해하면서 살아야 했던 공포스러운 5년이었죠. 난 안락한 소녀 시절을 보내지 못했어요, 필립. 지난 일요일에야 내 인생이 루이즈와 얼마나 다른지에 생각이 미치더군요."

그렇다면 그녀는 처음 결혼했을 때 스물한 살이었다. 루이즈와 같은 나이였다. 상갈레티를 만나기 전까지 그녀와 어머니가 어떻게 살았을지 궁금했다. 어쩌면 그녀는 이곳에서도 자청했던 이탈리아어 강습을 했을지도 모르겠다. 어쩌면 그래서 그런 생각을 떠올렸던 것인지도.

"어머니는 매우 아름다운 분이셨어요. 머리와 눈동자 색만 제외하면 나와는 완전히 다른 느낌이었죠. 키가 크고 체구도 당당한 분이었어요. 그런 타입의 여성들이 종종 그러하듯 어머니는 갑자기 몸과 마음이 허물어져, 미모를 잃고 뚱뚱해진 뒤에도 완전히 무심하셨어요. 아버지가 어머니의 그런 모습을 보지 않고 돌아가셔서 다행이에요. 어머니가 하셨던 수많은 일들이나 저의 모습을 보지 않고 돌아가신 건 감사한 일이에요."

그녀는 쓸쓸함이 느껴지지 않는 사무적이고 단조로운 목소리로 털어놓았지만, 난롯가에 앉아 있는 그녀를 보며 나는 내가 정말로 그녀에 대해서 얼마나 아는 것이 없는지, 그녀의 과거에 대해서 얼마나 무지한지 실감했다. 루이즈가 안락한 삶을 살아 왔다고 한 그녀의 말은 진실이었다. 문득 나 역시 루이즈와 마찬가지로 유복한 삶을 살았다는 생각이 들었다. 해로스쿨과 옥스퍼드에서 보낸 지극히 평범한 세월을 제외하면, 스물네 살의 나는 내가 소유한 5백 에이커의 영지 이외엔 세상에 관해 아무것도 알지 못했다. 나의 사촌 레이첼처럼 이곳에서 저곳으로, 이 집에서 저 집으로, 사는 집이 세 번째로 바뀌고, 한 번 결혼한 것도 모자라 두 번째로 결혼을 한다는 건 과연 어떤 느낌일까? 그녀는 문을 닫고 두 번 다시 생각하지 않듯이 과거를 덮어버렸을까, 아니면 매일같이 과거의 추억을 곱씹고 있을까?

"그분은 당신보다 나이가 훨씬 많았어요?" 내가 그녀에게 물었다.

"코시모요? 아뇨, 한두 살 정도 많았어요. 어머니는 피렌체에서 그 사람을 소개받았는데, 늘 상갈레티 가문과 인연을 맺고 싶어 했어요. 그 사람이 어머니와 나 사이에서 마음을 정하는 데만 거의 1년이 걸렸죠. 그러다 어머니가 미모를 잃으면서, 그 사람도 잃게 되신 거예요. 그런데 내가 고른 사람은 알고 보니 골칫덩어리였어요. 물론 앰브로즈가 편지로 당신한테 모든 걸 다 이야기해줬겠죠. 행복한 이야기는 아니에요."

나는 하마터면 이렇게 말할 뻔했다. '아뇨, 앰브로즈는 당신이 아는 것보다 더 신중한 사람입니다. 혹시라도 그에게 상처가 될 만한 것이나 충격적인 것이 존재한다면 그는 그것이 일어나지 않았던 것처럼, 아예 없었던 것처럼 행동하죠. 그는 상갈레티가 결투로 죽음을 맞이했다는 것 이외엔 당신의 결혼 전 인생에 대해서 아무것도 나에게 털어놓지 않았어요.' 그러나 나는 그런 말을 하나도 입 밖에 내지 않았다. 갑자기 나도 알고 싶지 않아졌다. 상갈레티에 대해서도, 피렌체에서 보낸 그녀와 어머니의 인생에 대해서도. 나는 과거의 문을 닫고 싶었다. 꼭 잠가두고도 싶었다.

"그래요." 내가 말했다. "네, 앰브로즈가 편지로 설명해줬어요."

그녀는 한숨을 쉬더니 머리 뒤에 받치고 있던 쿠션을 두드렸다.

"아무튼 지금은 다 아주 오래된 이야기 같아요. 그 힘겨운 세월을 견뎌야 했던 소녀는 다른 사람이었어요. 알다시피 나는 코시모 상갈레티와 10년 가까이 결혼 생활을 했어요. 당신이 세상을 내게 준다고 해도 다시 어려지진 않겠죠. 하지만 그땐 내가 편견에 사로잡혀 있었어요."

"아흔아홉 살이라도 된 사람처럼 말하네요." 내가 말했다.

"여자로선 정말이지 그렇다고 할 수 있죠. 난 서른다섯 살이에요." 그녀가 말했다.

그녀는 나를 보며 미소를 지었다.

"그래요? 난 더 많은 줄 알았어요."

"대부분의 여자들은 그런 말을 모욕으로 받아들이겠지만 난 칭찬으로 들을게요. 고마워요, 필립." 그러더니 내가 미처 대꾸할 말을 찾기도 전에 말을 이었다. "오늘 아침에 불에 던져 넣은 종잇조각은 정말로 뭐였어요?"

갑작스런 공격에 나는 미처 준비하지 못한 채로 허를 찔렸다. 나는 그녀를 빤히 응시하며 마른침을 삼켰다.

"종이요? 무슨 종이요?" 내가 얼버무렸다.

"당신도 잘 알 텐데요. 앰브로즈의 필체가 적혀 있던 종잇조각을 내가 보지 못하도록 태웠잖아요."

그제야 나는 거짓말보다는 절반의 진실이 더 낫겠다고 마음을 정했다. 얼굴에 불길이 타오르는 게 느껴졌지만 나는 그녀와 눈을 마주쳤다.

"편지를 일부 찢어낸 거였어요. 나에게 쓰려던 편지였던 것 같아요. 비용 지출에 대한 걱정을 간단하게 표현한 내용이었어요. 한두 줄밖에 되지 않았어요. 그다음 이야기는 어떻게 됐는지 나도 기억나지 않아요. 그 순간엔 당신이 그걸 보면 슬퍼할 것 같아서 불길에 던져 넣었던 거예요."

놀랍게도 나를 뚫어져라 쳐다보던 그녀의 눈빛에서 긴장이 사라져가는 걸 보며 나는 안도감을 느꼈다. 반지를 쥐고 있던 그녀의 손도 무릎으로 내려왔다.

"그게 전부였어요? 난 너무 궁금했어요……. 이해가 되질 않았죠."그녀가 말했다.

어쨌든 감사하게도 그녀는 내 설명을 받아들였다.

"가엾은 앰브로즈. 그이는 내가 사치한다고 여기고 내내 걱정했어요. 그런 이야기를 당신도 꽤 자주 듣지 않았을까 궁금하네요. 그쪽 세상은 그가 고국에서 알던 세상과는 전적으로 달랐어요. 그이는 결코 스스로 용납할 수 없었을 거예요. 그리고 당시엔—정말이지 나도 그이를 탓할 순 없어요—내가 그이를 만나기 전에 어쩔 수 없이 따랐던 삶의 방식에 대해서 그가 마음 깊이 언짢은 생각을 품고 있었다는 거 알아요. 무서울 정도로 많았던 빚을 그이가 모두 갚아줬어요."

그녀를 지켜보며 담배를 피우고 있던 나는 침묵했지만 마음이 가벼워지면서 더는 불안하지가 않았다. 절반의 진실은 성공적이었고, 이젠 그녀도 긴장감 없이 나에게 이야기를 털어놓고 있었다.

"처음 몇 달간 그이는 정말 너그러웠어요. 나한테 그게 어떤 의미였는지 당신은 상상도 못 할 거예요, 필립. 내가 믿을 수 있는 마지막 사람이 나타났는데, 더욱 멋진 건 그 사람을 내가 사랑할 수도 있다는 거였어요. 내가 그이한테 세상 그 어떤 것을 바랐더라도 그이는 그걸 내게 주었을 거라고 생각해요. 그래서 그이가 병들었을 때……." 그녀는 말꼬리를 흐렸고 눈빛이 흐트러졌다. "그이의 태도가 달라지면서 정말 이해하기 어려웠던 이유도 바로 그 때문이었어요."

"더는 너그럽지 않았다는 뜻인가요?" 내가 말했다.

"그이는 여전히 너그러웠지만 예전과 같은 방식은 아니었어요. 잘 설명할 수는 없지만, 물건이나 선물, 보석 같은 걸 사주면서 마치 나를 시험해보는 것 같더군요. 하지만 집에 필요한 물건이 있거나 꼭 사야 할 것이 있어서 내가 돈을 요구하면, 그런 돈은 주지 않았어요. 뭔가 이상한 의구심을 품은 듯 사색하는 눈초리로 나를 빤히 쳐다보곤 했죠. 왜 그 돈이 필요하냐고 묻고 어떻게 사용할 건지, 누구에게 주려는 건지 따져 물었어요……. 결국엔 하인들 임금을 주기 위해 레이날디에게 가서 돈을 부탁해야 할 정도였어요, 필립."

그녀가 다시 말을 끊고 나를 쳐다보았다.

"앰브로즈도 당신이 그랬다는 걸 알고 있었어요?" 내가 물었다.

"네, 그이는 레이날디를 원래 좋아하지 않았어요. 전에도 그런 얘기 당신한테 한 것 같은데. 아무튼 내가 그 사람한테 돈을 부탁하러 갔다는 걸 알게 되면서…… 그걸로 모든 게 끝났어요. 그이는 레이날디가 집에 오는 걸 더는 견디지 못했어요. 필립, 당신도 좀처럼 믿어주지 않겠지만 집안 살림에 필요한 돈을 구하러 레이날디를 만나러 나갈 땐 앰브로즈가 쉴 때를 틈타 몰래 빠져나가야 했어요." 갑자기 그녀가 양손으로 손짓을 하며 의자에서 일어났다.

"맙소사, 당신한테 이런 이야기를 전부 늘어놓을 생각은 없었어요." 그녀가 말했다.

그녀는 창가로 걸어가 커튼을 젖히고 쏟아지는 비를 바라보았다.

"왜요?" 내가 물었다.

"당신에게만은 그이를 이곳에서 지낼 때의 모습으로 기억하게 해주고 싶었으니까요. 당신은 이 집에서 지내던 그이의 모습을 품고 있잖아요. 당시 존재하던 당신의 앰브로즈 말이에요. 그 모습 그대로 간직해요. 마지막 몇 달간의 모습은 나만의 앰브로즈예요. 그 모습은 다른 사람과 나누고 싶지 않아요. 특히 당신과는 더더욱."

나도 앰브로즈의 마지막 순간을 그녀와 공유하고 싶진 않았다. 나는 그녀가 과거에 속한 모든 문을 하나씩 차례차례 닫기를 원했다.

"무슨 일이 있었는지 알아요?" 그녀가 창가에서 돌아서서 나를 보며 물었다. "2층에서 유품 상자를 개봉한 건 잘못이었어요. 풀지 말고 그냥 거기 두었어야 해요. 우리가 그이의 물건을 건드린 건 잘못이었어요. 트렁크를 열고 처음 그의 실내복 가운과 슬리퍼를 본 순간 나는 그걸 느꼈어요. 그 행동 탓에 우리 사이에 이제껏 없던 것이 생겨났어요. 쌉쌀한 응어리 같은 느낌이랄까요." 그녀는 몹시 창백해졌다. 양손을 꽉 모아 쥐고 있었다. "나는 당신이 불 속에 던져 태워버렸던 편지들을 잊지 않았어요. 그 생각을 머리에서 몰아냈었지만, 오늘 트렁크를 열면서 마치 그 편지들을 다시 한 번 읽은 기분이 들더군요."

그녀가 방 안을 오락가락하는 모습을 보며 나는 무슨 말을 해야 할지 몰라 의자에서 일어나 벽난로를 등지고 섰다.

"편지에 내가 그이를 감시한다고 적혀 있었죠. 물론 난 그이를 감시했어요. 그이가 자해를 하지 않도록 막아야 했으니까요. 레이날디는 수녀원에서 간호 수녀를 데려다 도움을 받으라고 했지만 난 그러지 않았어요. 그렇게 했더라면 앰브로즈는 내가 자신을 염탐하기 위해 수녀들을 데려왔다고 생각했을 거예요. 그이는 아무도 믿지 않았어요. 의사들은 실력도 있고 인내심도 깊었지만 앰브로즈는 그들의 진료를 거부할 때가 더 많았어요. 그이는 하인들도 한 사람 한 사람 모두 내보내라고 했어요. 결국엔 주세페만 남게 됐죠. 그 사람만은 그이도 믿었어요. 강아지 같은 눈빛을 한 사람이라고 말하면서……."

그녀는 말을 멈추고 고개를 돌렸다. 저택 대문 앞 오두막에서 만났던 하인이 어떻게든 내 고통을 줄여주려고 애쓰던 모습이 떠올랐다. 앰브로즈도 정직하고 믿음직스러웠던 그 눈빛을 신뢰했다니 묘했다. 더욱이 나는 그 하인을 딱 한 번밖에 만난 적이 없지 않은가.

"이제 와서 그런 이야기를 다 할 필요는 없어요. 앰브로즈에게도 득이 될 게 없고, 당신에겐 고통만 줄 뿐이에요. 당신과 앰브로즈 사이에 있었던 일은 나하고는 아무런 상관도 없는 일이에요. 다 지나간 일이고 잊힌 과거잖아요. 그 저택은 앰브로즈의 집이 아니에요. 당신도 앰브로즈와 결혼했으니 거긴 당신 집도 아니죠. 여기가 당신 집이에요."

그녀가 돌아서서 나를 쳐다보았다. "가끔은 당신이 너무도 그이와 닮아서 겁이 날 정도예요. 그이와 똑같은 표정을 짓고 있는 당신 눈을 보면, 마치 그이가 세상을 떠난 게 아니어서 그간 견뎌냈던 모든 것들을 또다시 견뎌내야 할 것 같은 기분이 들어요. 날이면 날마다, 밤이면 밤마다 계속됐던 의심과 씁쓸한 응어리를 난 다시 견딜 수 없어요."

그녀의 설명을 들으며 나는 상갈레티 저택의 모습을 똑똑히 그릴 수 있었다. 작은 안뜰과, 봄이면 노란 꽃을 피우는 금사슬나무가 눈에 선했다. 앰브로즈가 옆에 지팡이를 두고 앉아 있는 의자도 상상되었다. 그 공간의 어두운 정적이 고스란히 느껴졌다. 곰팡내 풍기는 공기를 호흡하며 나는 분수에서 떨어지는 물줄기를 지켜보았다. 그리고 위쪽 발코니에서 내려다보고 있는 여인은 처음으로 내 상상의 산물이 아니라 레이첼이었다.

그녀는 지금과 똑같이 간절한 표정으로, 고통과 애원의 빛을 담아 앰브로즈를 쳐다보고 있었다. 문득 나는 아주 나이가 많아져 대단히 지혜로워진 기분이 들면서 나로선 이해되지 않는 새로운 활력으로 가득 차는 느낌을 받았다. 내가 그녀에게 손을 뻗었다.

"레이첼, 이리로 와요."

그녀가 방을 가로질러 다가와 내 손에 자신의 손을 얹었다.

"이 집 안엔 씁쓸한 응어리 같은 느낌은 없어요." 내가 그녀에게 말했다. "이 집은 내 집이에요. 씁쓸함은 사람들이 죽을 때 그들과 함께 사라지죠. 유품 옷들은 전부 다 꾸러미로 묶어서 치워놓았어요. 그 물건들은 더는 우리와 아무 상관도 없어요. 이제부턴 당신도 내가 기억하는 대로 앰브로즈를 기억하게 될 거예요. 그의 낡은 모자는 현관 벤치에 계속 둘 거예요. 지팡이는 다른 것들과 함께 지팡이 꽂이에 보관할 테고요. 당신은 이제 앰브로즈가 그러했고 내가 그러하듯 여기 속한 사람이에요. 우리 세 사람은 모두 함께 이곳의 일부분인 셈이죠. 알겠어요?"

그녀가 고개를 들고 나를 올려다보았다. 손을 뿌리치지도 않았다.

"네." 그녀가 말했다.

마치 내가 방금 한 말과 행동이 나를 위해 미리 계획되어 펼쳐진 것처럼 느껴지면서 이상한 감동이 밀려왔다. 하지만 동시에 어두컴컴한 골방 같은 곳에서 작지만 단호한 음성으로 속삭이는 소리가 들려왔다. "넌 이 순간 이전으로는 두 번 다시 돌아가지 못한다. 절대로…… 절대로……." 우리는 서로의 손을 잡고 서 있었다. 그녀가 내게 말했다. "당신은 왜 이렇게 나한테 잘해줘요, 필립?"

아침에 그녀가 울면서 내 심장에 머리를 기댔던 순간이 떠올랐다. 나는 잠시 그녀를 껴안으며 그녀의 머리칼에 뺨을 갖다댔었다. 다시 한 번 그러고 싶었다. 그 어떤 행동보다도 그것을 원했다. 그러나 오늘 밤 그녀는 울지 않았다. 오늘 밤 그녀는 내게 다가와 내 심장에 머리를 기대지 않았다. 다만 내 손을 잡고 곁에 서 있을 뿐이었다.

"난 당신한테 잘해주는 게 아니에요. 당신이 행복하길 바랄 뿐이죠." 내가 말했다.

그녀가 몸을 틀어 침대 머리맡에 놓아둘 촛대를 집어 들고 방을 나가며 내게 말했다. "잘 자요, 필립. 신의 은총을 빌어요. 언젠가는 당신도 내가 누리던 행복을 얼마간이라도 알게 되는 날이 올 거예요."

그녀가 2층으로 올라가는 소리를 들으며 나는 의자에 앉아 서재 벽난로를 뚫어져라 응시했다. 혹시라도 집 안에 남아 있던 씁쓸한 감정이 있었다면 그것은 그녀나 앰브로즈에게서 나온 것이 아니라, 절대 그녀에게 말해서도 안 되고 말할 필요도 없는 내 가슴 깊은 곳에 감추어진 씨앗에서 비롯된 것 같았다. 꼭꼭 잘 파묻어 잊어버렸다고 생각했던 오래된 질투의 죄가 다시 나를 휘감았다. 하지만 이번엔 레이첼을 향한 질투가 아니라, 내가 이제껏 세상에서 가장 잘 알고 사랑했던 앰브로즈를 대상으로 한 질투였다.

16

11월과 12월은 아주 빠르게 지나갔다. 아무튼 나에게는 그렇게 느껴졌다. 낮이 짧아지고 날씨도 험해져 4시 반이면 어두워지는 터라 밖에선 거의 할 일이 없었고, 길고 긴 저녁 시간을 집 안에서 단조롭게 보내는 게 보통이었다. 애당초 대단한 애서가였던 적이 없는 데다, 사교성도 부족한 탓에 이웃과 사냥을 즐기거나 외출해서 그들과 저녁을 먹는 데도 관심이 없었으므로, 크리스마스가 다가오고 해가 가장 짧은 동지도 지나면 나는 봄이 오기를 고대하며 어서 해가 바뀌기를 안달복달 기다리곤 했다. 게다가 영국 서부 지방엔 봄이 빨리 찾아온다. 새해 첫날이 되기 이전에도 성급한 관목들은 꽃을 피운다. 그러나 이번 가을은 단조롭게 지나가지 않았다. 나뭇잎이 떨어져 나무는 앙상하고 바턴 영지의 모든 농토가 갈색으로 변해 비로 질척거렸으며, 쌀쌀한 바람이 할퀴고 지나간 바다는 잿빛으로 변했다. 그러나 나는 그 모든 광경을 보고도 의기소침해지지 않았다.

우리는 반복되는 일상에 적응했다. 어울리는 사람은 언제나 나의 사촌 레이첼과 나, 거의 둘뿐이었지만 우리도 그게 편한 것 같았다. 날씨가 허락되면 그녀는 마당에 나가 탐린과 정원사들이 나무 심는 것을 감독하거나, 결국 정원에 만들기로 결정한 테라스 통로의 진척 과정을 지켜보며 아침나절을 보냈는데, 테라스 작업엔 숲 일꾼들 이외에도 추가로 인부를 더 고용해야 했다. 그러는 동안 나는 영지의 일상적인 업무를 처리하느라 말을 타고 여러 농장을 찾아다니거나 영지 바깥쪽에 점점이 일부 소유하고 있는 토지를 방문했다. 우리는 보통 12시 반에 만나 차갑게 준비된 햄이나 파이 아니면 케이크로 가볍게 식사를 했다. 그 시간은 하인들도 정찬을 드는 시간이라 시중을 들어주는 사람 없이 우리끼리 보냈다. 그녀가 늘 방에서 아침 식사를 들었으므로 점심시간이 하루 중 그녀를 처음 보는 때였다.

외출해서 영지를 방문하고 있거나 사무실에 있을 때도 종탑 시계에서 12시를 알리는 소리가 들리고 곧이어 하인들의 정찬을 알리는 요란한 종소리가 울려 퍼지면, 나는 흥분이 심장까지 빠르게 솟구치는 것을 느꼈다.

무슨 일을 하고 있었든 갑자기 흥미가 사라졌다. 외출 중이라 대정원이나 숲, 혹은 인근 들판에서 말을 타고 있을 때 시계탑 종소리가 허공으로 메아리치면—종소리는 워낙 멀리 퍼져 나가, 바람의 방향이 맞을 땐 5킬로미터 밖에서도 들은 적이 있다—조금이라도 외출이 더 지연되어 점심시간을 한순간이라도 놓칠까 봐 두려워하는 사람처럼 나는 조바심을 내며 말 머리를 집으로 향했다. 사무실에 있을 때도 마찬가지였다. 펜을 잘근잘근 씹고 책상에 놓인 서류를 멍하니 응시하며 의자를 뒤로 기울였다. 무엇을 적고 있었건 간에 돌연 조금도 중요하지 않게 생각되었다. 편지는 기다리면 될 일이고, 들여다보던 숫자도 고민할 이유를 잃었으며, 보드민에 나가 처리해야 할 사무도 다음번으로 미루면 그만이었다. 모든 일을 미루어둔 채로 사무실을 나선 나는 안마당을 지나 집 안으로 들어가서 식당으로 향했다.

　대개 그녀는 먼저 와 있다가 나를 맞아주면서 아침 인사를 건넸다. 종종 그녀는 선물처럼 내 접시 옆에 여린 가지를 하나씩 놓아두었는데, 그러면 나는 재킷 단춧구멍에 그것을 꽂아 장식하곤 했다. 또 수백 가지도 넘는 듯한 자신만의 비법대로 요리사에게 끊임없이 시도를 요구해 만든 새로운 허브 음료를 놓아두어 내게 맛보도록 했다. 그녀가 우리 집에 와서 지낸 지 여러 주가 지난 뒤 비로소 시컴이 극비 사항이라며 나에게 들려준 이야기에 따르면, 요리사는 집사 몰래 매일같이 그녀에게 찾아가 지시를 받고 있으며, 요즘 우리가 그토록 잘 먹고 지내는 것도 바로 그 때문이라고 했다.

　"주인마님께서는 주제넘은 짓이라고 생각될까 염려하여 애슐리 씨께는 알리고 싶어 하질 않으셨습니다." 시컴이 말했다.

나는 웃음을 터뜨리며, 나도 알고 있다는 사실을 그녀에게 감추었다. 하지만 가끔은 재미 삼아 먹고 있는 요리에 대하여 한마디 했다. "주방 식구들한테 무슨 일이 생긴 건지 통 영문을 모르겠네요. 저 친구들이 점점 프랑스에서 온 요리사들로 변해가고 있는 것 같아요." 그러면 그녀는 천진하게 대꾸했다. "맛있어요? 전에 먹던 음식보다 좀 나은가요?"

이제는 모든 식솔들이 그녀를 '주인마님'이라고 불렀지만 나는 개의치 않았다. 오히려 흡족하게 생각했고 일종의 자부심도 느꼈다.

함께 점심 식사를 마치면 그녀는 2층으로 올라가 쉬었고, 화요일이나 목요일에는 그녀를 찾아왔던 이들을 답방하도록 마차를 대기시켜, 웰링턴이 그녀를 태우고 이웃을 방문하기도 했다. 가끔 나도 볼일이 있을 땐 함께 마차를 타고 2, 3킬로미터쯤 가다가 중간에 내려 그녀와 마차를 보내기도 했다. 이웃 방문에 나설 때면 그녀는 외모에 대단히 신경을 썼다. 가장 좋은 망토와 새 베일, 보닛을 걸쳤다. 마차에선 그녀와 마주 볼 수 있도록 내가 말을 등지고 앉았는데, 그녀는 나를 놀릴 생각인 듯 절대 베일을 올리지 않았다.

"그러고 다니면 이젠 소문을 넘어 작게나마 충격과 스캔들을 일으킬 겁니다. 방법만 있다면 파리라도 되어 벽에 붙어서 지켜보고 싶네요."

"나랑 같이 가요. 당신한테도 아주 좋을 거예요." 그녀가 대꾸했다.

"그럴 일은 절대 없어요. 저녁 식사 때 당신이 전부 다 얘기해 줘요."

그러고는 길에 서서 마차가 멀어지는 모습을 지켜보노라면, 나를 놀리듯 창문 밖으로 불쑥 손수건이 휘날렸다. 5시 저녁 식사 이전에는 그녀를 다시 만날 수 없었으므로, 그 사이 시간은 오로지 저녁때를 위해 견뎌내야 하는 상황이 되었다. 볼일이 있어도, 혹은 영지를 돌아다니거나 사람들과 이야기를 나누게 되더라도, 언제나 빨리 해치워야 한다는 조바심이 들었다. 몇 시지? 나는 앰브로즈의 시계를 들여다보았다. 아직 4시 반밖에 안 됐다고? 왜 이렇게 시간이 더디게 가는 거야! 집으로 돌아오는 길에 마구간에 들르면, 차고에 마차가 있고 말들이 여물과 물을 먹고 있는지 보기만 해도 그녀가 돌아왔는지 곧장 알 수 있었다. 집 안에 들어가 서재와 응접실을 지나며 살펴보아 두 방 모두 비어 있으면 그녀가 방에 올라가 쉬고 있다는 의미였다. 그녀는 저녁 식사 전에 늘 휴식을 취했다. 그러면 나는 목욕을 하거나 손을 씻고 옷을 갈아입은 뒤 서재로 내려가 그녀를 기다렸다. 시곗바늘이 5시에 가까워질수록 조바심은 더욱 극에 달해, 나는 그녀의 발소리가 들리는지 확인하려고 종종 서재 문을 열어놓기도 했다.

우선 타다닥 개들의 발소리가 들리고—이제 녀석들은 그녀를 그림자처럼 따라다녔으므로 나에겐 아무짝에도 쓸모없는 존재가 되었다—곧이어 그녀의 드레스 자락이 계단을 스치는 소리가 들려왔다. 하루를 통틀어 그 순간이 가장 설레고 좋았던 것 같다. 그 소리를 들으면 충격과도 같은 강렬한 예감과 기대감에 휩싸여, 그녀가 방으로 들어오면 어떻게 해야 할지 무슨 말을 해야 할지 도무지 알 수가 없었다. 그녀의 드레스 재질이 무엇인지, 빳빳한 실크나 새틴, 양단인지 알 길은 없었지만, 옷자락은 바닥을 스쳤다가 허공으로 들렸다가 다시 바닥을 스치는 것 같았다. 드레스 자체가 둥둥 떠다니는 것인지, 아니면 옷을 입고 우아하게 앞으로 걷는 그녀의 동작 때문인지 모르지만, 종전까지만 해도 어둡고 삭막했던 서재는 그녀가 들어오는 순간 갑자기 생동감이 넘치는 듯했다.

낮 동안엔 그녀에게서 찾아볼 수 없는 새로운 부드러움이 촛불과 함께 살아났다. 아침나절의 쾌활함과 오후의 나른한 그림자가 노동과 현실의 무게로 소진되어, 단호하고 차분한 동작에 다시 활기를 불어넣은 듯했다. 이제 저녁 시간이 찾아와 덧문이 닫히고 궂은 날씨도 잊고 나면, 오롯이 집 자체만 남아 잦아든 분위기 속에서 그녀는 이제껏 겉모습 안에 감추어두었던 광채를 떨쳤다. 뺨과 머리의 빛깔은 더욱 다채로워지고 그윽한 눈빛은 더욱 깊어졌으며, 말을 하려고 고개를 돌리거나 책 한 권을 뽑으려고 책장으로 다가가거나 벽난로 앞에 늘어져 있는 던을 쓰다듬으려고 몸을 숙일 때마다 모든 동작에서 유연한 우아함이 풍겼고, 매 순간이 매혹적이었다. 그런 순간이 되면 나는 이런 그녀를 어떻게 평범하다고 생각할 수가 있었는지 새삼 의아해졌다.

시컴이 만찬이 준비되었다고 알리면 우리는 식당으로 건너가 자리를 잡았다. 내가 식탁 상석에 앉고 그녀는 내 오른쪽에 앉았는데, 마치 늘 그래왔던 것처럼 전혀 새로울 것 없고 이상할 것도 없는 기분이었다. 옷도 갈아입지 않고 낡은 재킷을 그대로 입은 채, 시컴에게 말을 걸지 않으려고 일부러 앞에 책을 펼쳐놓고 나 홀로 앉아 있던 시절은 아예 없었던 것 같았다. 하지만 늘 그래왔던 것이라 해도, 지금처럼 단순히 음식을 먹고 마시는 과정이 어쩐지 새로운 모험처럼 흥미진진하게 느껴지진 않았을 것이다.

몇 주가 지나도 흥분은 덜해지기는커녕 점점 커져만 갔고, 나는 우리가 고정적으로 함께 지내는 한낮과 저녁 시간 이외에도 그녀의 모습을 한 번이라도 더 볼까 싶어서 5분, 10분이라도 집 안에서 어슬렁거릴 핑계를 찾기에 이르렀다.

혹시라도 서재에 있거나 볼일이 있어 복도를 지나치거나 방문객들을 만나기 위해 응접실에서 기다리던 그녀가 나에게 미소를 지으며 약간 놀란 듯 "필립, 이 시간에 웬일로 집에 있어요?" 하고 물을 수도 있기 때문이었다. 그럴 때면 나는 적당한 구실을 생각해내야 했다. 과거 앰브로즈가 나에게 흥미를 심어주려고 그렇게 애를 쓸 때조차 하품을 하며 넌덜머리를 내던 정원 일만 보더라도 이제는 어떤 식물을 심을지에 대해서, 혹은 테라스 통로에 대해서 의논이 필요할 때마다 빠짐없이 참석했고, 저녁 식사 이후 밤까지 다시 머리를 맞대고 그녀의 이탈리아 원서를 들여다보며, 삽화와 이론을 비교하고 어떤 설계를 본뜨는 것이 최선일지 열띤 논쟁을 벌였다. 바턴 영지 위쪽에 포로 로마노*를 그대로 복제해놓자고 그녀가 제안하면 나는 기꺼이 동조했다. 그러죠, 아뇨, 정말 좋겠네요 하고 얘기하기도 했고 절레절레 고개를 흔들기도 했지만 사실은 제대로 귀를 기울인 적이 한 번도 없었다. 단지 일에 열중해 관심을 기울이는 그녀를 지켜보는 것이 즐거웠다. 심각하게 그림을 하나하나 살피고 눈썹을 찌푸리며, 책장에 표시하느라 펜을 쥐고 있는 손을 지켜보다가 이 책 저 책으로 손길을 옮기는 그녀의 모습을 관찰했을 뿐이었다.

둘이 늘 아래층 서재에만 앉아 있는 건 아니었다. 가끔 그녀는 내게 2층 피비 고모의 내실로 함께 가자고 청했고, 그러면 우리는 바닥에 책과 정원 설계도를 펼쳐놓았다. 아래층 서재에선 내가 주인이었지만, 이곳 내실에선 그녀가 주인이었다. 어느 쪽이 더 좋았는지는 지금도 잘 모르겠다. 우리는 격식을 내려놓았다. 시컴도 우리를 방해하지 않았다. 그녀는 놀라운 수완을 발휘해 은 쟁반에 홍차를 내오던 그의 엄숙한 의식을 없애버렸고,

* 광장을 중심으로 한 고대 로마의 유적지.

301

대신 유럽에서 유행이라며 눈과 피부에 좋다는 허브티를 직접 우려냈다.

저녁 식사 이후의 그런 오붓한 시간은 너무 빨리 지나가버려, 나는 그녀가 몇 시인지 잊고 묻지 않기를 바랐지만 무시해버리기엔 너무 가까운 곳에서 울려대는 빌어먹을 종탑 시계가 10시를 울리면 평화는 늘 산산조각 났다.

그녀는 "이렇게 늦은 줄 몰랐네요"라고 말하며 책을 덮고 몸을 일으켰다. 그것이 그만 가달라는 신호라는 건 나도 알고 있었다. 문가에서 머뭇거리며 대화를 시도하는 수법도 그녀에겐 통하지 않았다. 10시 종이 울리면 나는 가야 했다. 때로는 그녀가 손을 내밀어 입맞춤을 허락해주었다. 때로는 뺨에 입맞춤을 허락하기도 했다. 가끔은 강아지를 대하듯 내 어깨를 토닥여주었다. 그러나 내게 가까이 다가오거나, 침대에 누워 있던 날 밤에 그랬던 것처럼 내 얼굴을 양손으로 감싸는 일은 두 번 다시 없었다. 그러기를 기대한 것도 아니었고, 바라지도 않았다. 하지만 잘 자라는 인사를 한 뒤 복도를 따라 내 방으로 돌아와 덧문을 열고 고요한 정원을 내다보며 숲 아래 펼쳐진 작은 만에서 멀찍이 들려오는 희미한 파도 소리를 들으면, 휴일이 끝나버린 아이처럼 이상한 외로움이 느껴졌다.

열에 들뜬 상상 속에서 낮 동안 차곡차곡 쌓아 올렸던 저녁 시간은 이제 지나가버렸다. 또다시 저녁이 찾아오기까지 남은 시간이 한없이 길게 느껴졌다. 나는 몸도 마음도 잠들 준비가 되지 않았다. 그녀가 오기 전엔 겨울이면 저녁 식사 후 벽난로 앞에서 꾸벅꾸벅 졸기 일쑤였고, 그러다 기지개를 켜고 하품을 하며 터벅터벅 계단을 올라가 행복하게 잠자리에 들어 7시까지 내리 잠을 잤다. 이제는 그 반대였다. 밤새도록 걸을 수도 있을 것 같았다. 새벽까지 이야기를 나눌 수도 있었다. 밤새 걷는 건 어리석은 짓이었다. 밤새 이야기를 나누는 건 불가능했다. 그래서 나는 열어둔 창문 앞에 놓인 의자에 털썩 주저앉아 담배를 피우며 잔디밭을 내다보았다. 때로는 새벽 1, 2시까지 버티다 비로소 옷을 벗고 잠자리에 들었는데, 그사이 내가 한 일이라고는 그저 의자에 앉아 아무런 생각도 하지 않고 고요한 밤 시간을 낭비하는 게 전부였다.

12월 들어 보름달과 함께 첫 서리가 내렸으므로 철야 농성 같은 나의 밤 시간은 견디기가 더 어려워졌다. 차갑고 청명한 밤공기는 가슴을 에는 아름다움 같은 것을 지니고 있어, 나도 모르게 경이로움에 사로잡혀 밖을 응시하게 되었다. 내 방 창문에서 보이는 길쭉한 잔디밭은 초원으로 이어졌고, 초원은 다시 바다로 이어져 달빛 아래 온 세상이 새하얀 서리를 뒤집어쓰고 반짝거렸다. 잔디밭 가장자리에 빙 둘러 솟은 나무들만 검은색으로 적막하게 서 있었다. 토끼들이 나타나 풀잎을 뜯다가 제 집을 찾아 토굴로 흩어졌다. 갑작스레 고요와 정적을 깨뜨리며 높고 날카로운 암여우의 울음소리가 들리더니 소름 끼치는 낮은 흐느낌이 이어졌다. 밤에 들려오는 다른 소리와 확연히 다른 그 소리는 여우의 울음이 틀림없었고, 곧이어 숲에서 납작 엎드려 기는 형체가 나타나 잔디밭을 쏜살같이 가로지르더니 나무 그림자 속으로 다시 모습을 감추었다. 잠시 후 멀어진 여우 울음소리가 대정원 쪽에서 다시 들려왔지만, 이제는 나무 꼭대기에 걸린 보름달이 하늘을 받치고 있을 뿐 창문 밖 잔디밭을 휘젓는 소동은 일어나지 않았다. 레이첼이 파란 방에서 잠들어 있을지 궁금했다. 10시를 알려 나를 잠자리로 이끌었던 시계 종이 1시를 치고 2시를 쳤지만, 나는 이곳에 펼쳐진 풍성한 아름다움을 우리 두 사람이 함께 나누면 좋겠다는 생각만 하고 있었다.

관심 없는 사람들은 그저 따분한 세상이라 여길 수도 있을 것이다. 하지만 내 눈앞에 펼쳐진 건 그냥 세상이 아니라 황홀경이었고, 모두가 내 것이었다. 나 혼자서만 누리고 싶진 않았다.

빙빙 돌리고 있던 날씨 예보기*처럼, 그녀가 당분간만 나와 함께 지내기로 약속했다는 것을 떠올릴 때마다 나의 기분은 환희와 흥분 상태에서 침체와 우울 수준으로 툭 떨어지기를 반복했고 과연 그녀가 얼마나 더 오래 머물 것인지 궁금해졌다. 크리스마스가 지난 뒤 불쑥 그녀가 나를 돌아보면서 "있죠, 필립, 나 다음 주에 런던으로 가요"라고 말할지도 모르는 일이었다. 험한 날씨 때문에 나무 심기는 완전히 중단되었고, 이젠 봄이

---

* 투명 유리 용기 안에 물과 특정 화학 성분을 넣어, 하얗게 생기는 결정 상태로 온도와 기압을 알 수 있다.

올 때까지 더 할 일도 없었다. 테라스 공사는 건기에 작업하는 쪽이 더 나았으므로 마무리할 수도 있겠지만, 설계대로 따르는 작업은 그녀가 없어도 인부들끼리 얼마든지 잘 해낼 수 있는 과정이었다. 언제가 됐든 그녀가 떠날 결심을 한다면 나로선 그녀를 붙잡을 핑계를 생각해내지 못할 것이었다.

예전에 앰브로즈가 집에 있을 땐 크리스마스 시즌이 되면 크리스마스이브 만찬에 소작인들을 초대했다. 그가 여행에서 돌아온 뒤로는 한여름에 만찬을 열었으므로, 앰브로즈가 부재했던 지난 몇 해 겨울엔 그런 관례를 건너뛰었다. 이번에는 레이첼이 참석한다는 이유만으로도 그 오랜 관례를 다시 되살리기로 결정했다.

내가 어렸을 땐 그 순간이 크리스마스의 최고 정점이었다. 크리스마스이브 일주일 전쯤 사람들이 거대한 전나무를 가져와 만찬 장소인 마차 보관소 위층 기다란 방에 놓아두었다. 나는 전나무가 그곳에 있다는 걸 알면 안 되는 상황이었다. 그러나 대개는 정오 무렵 하인들이 모두 식사를 하러 가고 아무도 없을 때 건물 뒤쪽으로 돌아가 기다란 방으로 이어지는 옆문 계단을 올라가면, 방 맨 안쪽으로 통에 담겨 있는 거대한 트리와 만찬에 쓰일 기다란 간이 식탁이 줄지어 벽에 기대어 있는 모습을 볼 수 있었다. 트리 장식을 거드는 일은 내가 해로스쿨에 입학해 첫 방학을 맞은 다음에야 비로소 허락되었다. 그것은 엄청난 지위 상승이었다. 그토록 자부심을 느껴본 것도 그때가 처음이었다. 어린아이로 참석했을 땐 식탁 상석에 앉은 앰브로즈 옆에 자리를 잡았었는데, 대접이 달라진 뒤로는 나 홀로 다른 식탁의 상석을 차지했다.

이제 나는 다시 한 번 숲 일꾼들에게 지시를 내리고서, 사실상 트리로 쓸 나무를 고르기 위해 직접 숲에 들어갔다. 레이첼은 엄청난 기쁨에 휩싸였다. 어떤 축하연으로도 그녀를 더 기쁘게 할 수는 없었을 것이다. 그녀는 시컴과 요리사를 불러 진지한 협의에 착수했고, 몸소 식료품 저장고와 비품 창고, 사냥물 보관소에도 다녀왔다. 심지어는 남자들만 득시글거리는 집 안에 바턴에서 구해 온 하녀를 둘이나 들여 프랑스식 페이스트리를 만들도록 감독했다. 모든 것이 짜릿한 흥분이고 또한 미스터리이기도 했다. 나는 그녀가 크리스마스트리를 보지 못하도록 할 작정이었고, 대신에 그녀는 우리 앞에 놓일 만찬 메뉴가 뭔지 내게 비밀로 했기 때문이다.

그녀 앞으로 도착한 물건 꾸러미들이 2층으로 옮겨졌다. 안에서 포장지가 바스락거리는 소리를 들으며 그녀의 내실 문을 두드리면 몇 년처럼 느껴지는 시간이 흐른 뒤에야 "들어와요" 하는 그녀의 목소리가 들려왔다. 그녀는 카펫 위에 늘어놓았던 몇 가지 물건을 덮개로 감추어놓고서, 바닥에 무릎을 꿇은 채 눈을 반짝이며 상기된 얼굴로 내게 보면 안 된다고 말했다.

잠옷 바람으로 까치발을 들고 살금살금 계단을 내려가 아래층에서 웅얼웅얼 들려오는 목소리에 귀를 기울이고 있으면, 갑자기 서재에서 나온 앰브로즈가 나를 발견하고 웃음을 터뜨리며 "어서 가서 자라, 이 악당 녀석아. 안 그러면 네 가죽을 벗겨 줄 테다"라고 말하던 어린 시절로 되돌아간 듯 오래된 흥분이 느껴졌다.

한 가지 걱정거리가 있었다. 레이첼에게 크리스마스 선물로 무엇을 주어야 할까? 정원에 관한 책을 찾아 서점을 전전하며 트루로*에서 한나절을 보냈지만 아무것도 찾지 못했다. 더욱이 그녀가 이탈리아에서 가져온 책들은 내가 국내에서 구할 수 있는 어떤 책보다도 훌륭했다. 여자를 기쁘게 할 만한 선물이 무엇인지 나로선 아는 게 없었다. 대부님은 루이즈에게 뭔가 선물을 해야 할 때면 드레스를 만들 옷감을 사주곤 했지만, 레이첼은 상복만 입는 사람이었다. 그녀에게 상복을 선물할 수는 없었다. 언젠가 내가 런던에서 사 온 목걸이를 주었을 때 루이즈가 무척 기뻐했던 것이 떠올랐다. 우리 집에서 일요일 만찬을 즐길 때 저녁마다 목에 걸고 온 적도 있었다. 그러자 해결 방법이 나타났다.

가문 대대로 내려오는 보석 중에 레이첼에게 선물할 만한 것이 틀림없이 있을 것이다. 보석들은 애슐리가의 각종 문서와 함께 집 안 금고가 아니라 은행에 보관되어 있었다. 앰브로즈는 화재가 나는 경우 그것이 최선이라고 생각했다. 은행 금고에 무엇

* 콘월주의 주도.

이 들어 있는지는 나도 알지 못했다. 언젠가 아주 어린 시절 앰브로즈와 은행에 갔을 때 그가 어떤 목걸이를 들어 보이며 미소를 짓더니 우리 할머니가 쓰시던 물건이라면서, 우리 엄마도 결혼식 때 착용했지만 아버지가 직계 후손이 아니라 단 하루만 빌려주었던 것이라고, 내가 착하게 행동하면 언젠가 내 아내에게 주는 걸 허락하겠다고 말했던 아득한 기억이 있었다. 은행에 보관되어 있는 건 무엇이든 내 소유라는 사실을 나는 이제야 깨달았다. 아니, 3개월 뒤에나 그렇게 되겠지만 그건 괜한 트집이었다.

물론 대부님은 어떤 보석이 보관되어 있는지 알 테지만, 볼일이 있어 엑서터*에 가 있는 상황이라 루이즈와 함께 만찬에 초대된 크리스마스이브에나 돌아올 예정이었다. 나는 직접 은행에 찾아가 보석을 보여달라고 요구하기로 결심했다.

카우치 씨는 평소처럼 깍듯하게 나를 맞이했고, 항구가 내다보이는 개인 집무실로 안내해 내 요구 사항에 귀를 기울였다.

"켄들 씨도 반대하진 않으시겠지요?" 그가 물었다.

"물론이죠, 다 양해된 사안입니다." 나는 조바심을 내며 대꾸했다. 거짓말이었지만 스물넷이란 나이에 생일을 불과 몇 달 앞두고서 사소한 일까지 대부님의 허락을 받아야 한다는 건 도무지 말도 안 되는 일이었다. 그리고 짜증도 났다.

카우치 씨는 금고에 든 보석을 가져오도록 사람을 보냈다. 보

---

* 영국 남서부 데번셔주의 주도.

석은 여러 개의 봉인된 상자에 담긴 채 옮겨졌다. 그는 봉인을 뜯고 책상에 천을 깔더니 그 위에 보석을 하나씩 꺼내놓았다.

보석 소장품이 그토록 훌륭한 줄은 나도 모르고 있었다. 반지와 팔찌, 귀고리, 브로치가 연이어 나왔고, 상당수가 세트로 구성되어 있었다. 루비 머리 장식과 그에 어울리는 루비 귀고리가 한 세트, 사파이어 팔찌와 펜던트, 반지가 또 한 세트, 이런 식이었다. 그러나 그 화려한 보석을 보면서도 나는 손가락을 대고 싶은 마음조차 들지 않았고, 레이첼은 상중이라 색깔 있는 보석은 착용하지 않는다는 사실을 실망스레 떠올렸다. 이런 보석은 그녀에게 선물한다고 해도 무의미했다. 그녀에겐 쓸모없는 물건이었다.

카우치 씨가 마지막 상자를 열고 안에서 진주 목걸이를 꺼냈다. 네 줄짜리였다. 다이아몬드 여밈 장치로 진주가 넓은 띠처럼 연결되어 있었다. 나는 즉각 그 목걸이를 알아보았다. 어린 시절 앰브로즈가 보여주었던 목걸이였다.

"이게 마음에 드네요. 전체 소장품 중에서 이게 가장 멋집니다. 사촌 형님 앰브로즈가 저에게 보여줬던 기억이 있어요."

"그야 사람마다 의견이 제각각일 수 있겠지요." 카우치 씨가 말했다. "저로선 루비 세트를 가장 고가로 손꼽을 겁니다. 하지만 이 진주 목걸이엔 가문의 내력이 담겨 있죠. 댁의 조모님이신 앰브로즈 애슐리 부인께서 세인트제임스 궁전에서 신부로서 처음 착용하신 물건이니까요. 그다음으로는 영지가 댁의 숙부님께 상속되면서 자연히 그 배우자이신 필립 부인이 물려받아 착용하셨고요. 가문의 다양한 구성원들이 결혼식 때마다 이 목걸이를 착용했습니다. 그 가운데는 댁의 어머님도 계셨죠. 사촌인 앰브로즈 애슐리 씨는 결혼식이 국외에서 거행되는 경우엔 절대 국외 반출을 허용하지 않으셨습니다." 그가 목걸이를 들어 올리자 창문으로 들어온 빛이 매끄럽고 둥근 진주알을 영롱하게 비추었다.

"네, 참 아름다운 물건입니다. 그런데 지난 25년간 어떤 여성도 이걸 착용한 적이 없지요. 댁의 어머님 결혼식엔 저도 참석했었습니다. 고운 분이셨어요. 목걸이가 어머님께 잘 어울렸습니다."

나는 손을 뻗어 그에게 목걸이를 받았다.

"이제 이건 제가 보관하고 싶습니다"라고 말하며 나는 목걸이를 천으로 감싸 상자에 넣었다. 그는 약간 놀란 표정을 지었다.

"현명한 행동인지 모르겠군요, 애슐리 씨. 혹시 잃어버리거나 잘못 보관하면 끔찍한 일이 될 텐데요." 그가 말했다.

"잃어버리지 않을 겁니다." 내가 간단히 대꾸했다.

그는 못마땅한 기색이었지만 나는 그가 더 강력하게 이의를 제기하지 못하도록 서둘러 갈 채비를 했다.

"제 후견인의 의견이 걱정이시라면 안심하십시오. 엑서터에서 돌아오시는 대로 제가 잘 말씀드려놓겠습니다." 내가 그에게 말했다.

"그러기를 바랍니다만, 그분께서 입회하셨더라면 좋았을 걸 그랬습니다. 물론 4월에 법적으로 재산을 상속받으시면, 보석 소장품 전체를 가져가셔서 원하시는 대로 해도 문제가 되지 않을 겁니다. 그런 일을 권해드리진 않겠지만, 그래도 엄밀히 법적으로 하자가 없다는 말씀이죠." 카우치 씨가 말했다.

나는 그에게 손을 내밀어 악수를 청하며 크리스마스 잘 보내라는 인사를 건넨 뒤, 마냥 신이 나 말을 타고 집으로 돌아왔다. 전국을 다 뒤지고 다녔다 해도 그녀에게 더 좋은 선물을 찾아내진 못했을 것이다. 진주가 흰색이라 정말 다행이었다. 게다가 목걸이를 마지막으로 착용했던 사람이 내 어머니였다는 걸 생각하면 유대감도 느껴졌다. 레이첼에게도 그렇게 말하리라. 이제는 좀 더 가벼운 마음으로 크리스마스이브를 맞이할 수 있었다.

이틀만 기다리면 되었다. 날씨는 화창했고, 서리도 가볍게 내려 만찬이 열리는 저녁엔 맑고 쾌적한 분위기가 보장될 거라는 조짐이 확실했다. 하인들은 몹시 흥분한 상태였다. 크리스마스이브 아침이 되어 간이 탁자와 벤치가 줄지어 놓이고, 나이프와 포크, 접시가 모두 제자리를 잡고, 기둥마다 상록수 가지가 내걸리자, 나는 시컴과 하인들에게 같이 가서 크리스마스트리를 장식하자고 청했다. 시컴은 예식의 달인 노릇을 자처했다. 그는 좀 더 먼 데서 볼 수 있도록 우리와는 약간 떨어진 곳에 서서, 우리가 트리 주변을 이리저리 돌아다니며 이 가지 저 가지 들어 올려 하얗게 칠한 전나무 방울과 빨간 호랑가시나무 열매를 골

고루 장식하는 동안 현악 6중주의 지휘자처럼 우리를 향해 손 짓하며 전체적인 모양새를 감독했다.

"각도가 마음에 들질 않는군요, 필립 씨. 트리를 왼쪽으로 약 간 움직이면 더 멋질 것 같습니다. 아! 너무 많이 갔어요…….. 네, 그러니까 됐네요. 존, 오른쪽 네 번째 가지가 구부러졌잖아. 약간 들어 올려봐. 쯧쯧……, 손이 그렇게 무뎌서야. 가지를 넓 게 펼쳐야지, 아서, 펼치라고. 크리스마스트리도 자연 속에 서 있는 것처럼 보여야 해. 호랑가시나무 열매를 너무 쑤셔 박지 마라, 짐. 필립 씨, 지금 그대로 두도록 하죠. 좀 더 움직이면 다 망치겠어요."

시컴이 그토록 예술적인 감각을 소유한 사람인 줄은 정녕 몰 랐다.

그는 거의 눈을 감다시피 한 채 연미복 꼬리 밑으로 뒷짐을 지고 뒤로 물러섰다. "필립 씨, 드디어 완벽하게 됐습니다." 그 가 내게 말했다. 어린 존이 아서의 옆구리를 쿡 찌르고는 돌아 서는 모습이 보였다.

만찬은 5시에 시작할 예정이었다. 참석자 가운데 말 그대로 '자가용 마차를 소유한 사람들'은 켄들 모녀와 패스코 목사 가 족뿐이었다. 나머지는 짐마차나 수레를 타고 올 예정이었고, 가 까이 사는 사람들은 걸어오기도 했다. 나는 모든 참석자들의 이 름을 작은 종이에 적어 적당한 접시에 놓아두었다. 읽는 데 어 려움이 있거나 아예 글을 모르는 사람들은 이웃들이 자리를 가르쳐줄 것이다. 준비된 식탁은 세 개였다. 내가 한쪽 식탁 상석에 앉고, 그 맞은편에 레이첼이 앉을 예정이었다. 두 번째 식탁의 상석에는 바턴에서 온 빌리 로가, 세 번째 식탁에는 쿰에서 온 피터 존스가 앉도록 지정해놓았다.

모든 참석자들이 기다란 방에 모여 자리를 잡고 앉아 만찬 준비를 마치면 우리가 방으로 걸어 들어가는 것이 관례였다. 만찬이 끝나면 앰브로즈와 나는 트리 아래에 놓아두었던 선물을 사람들에게 나눠주었는데, 남자들에겐 언제나 현금을, 여자들에겐 새 숄을 선물했고, 모든 가족에게 음식이 든 바구니가 돌아갔다. 선물은 달라진 적이 없었다. 정해진 틀을 깨는 건 모든 사람들에게 충격으로 다가갈 것이다. 하지만 이번 크리스마스엔 레이첼에게 함께 선물을 나눠주자고 부탁했다.

만찬을 위한 옷으로 갈아입기 전에 나는 하인을 시켜 레이첼의 방으로 진주 목걸이를 보냈다. 포장지에 싼 그대로 두었지만 안에 쪽지를 넣어두었다. 쪽지에 적은 글귀는 이러했다. "이걸 마지막으로 사용한 분은 나의 어머니였어요. 이젠 당신 소유입니다. 오늘 밤 당신이 이 목걸이를 해주길 바라요. 언제나처럼, 필립."

나는 목욕을 하고 옷을 입은 뒤 5시 15분 전에 준비를 마쳤다.

켄들 씨 부녀와 패스코 가족은 집 안으로 우리를 만나러 오지 않았다. 그들도 곧장 기다란 방으로 가서 소작인들과 담소를 나누며 어색한 분위기를 깨는 것이 관례였다. 앰브로즈는 늘 그것이 훌륭한 생각이라고 여겼다. 하인들도 기다란 방에 가 있었으므로, 앰브로즈와 나는 집 뒤편으로 돌이 깔린 통로를 따라 안마당을 가로지른 뒤, 마차 보관소 위층을 통틀어 하나의 공간으로 만든 기다란 방으로 이어지는 계단을 올라갔다. 오늘 밤엔 레이첼과 내가 단둘이 그 통로를 걸어가게 될 것이다.

나는 아래층으로 내려가 응접실에서 기다렸다. 평생 여자에게 선물을 해본 적이 한 번도 없었으므로, 그곳에 서서 기다리며 나는 왠지 모를 두려움을 느꼈다. 예의를 벗어난 것인지도 모른다는 생각, 꽃이나 책, 그림 따위만 선물로 용납되는 것인지도 모른다는 생각이 들었다. 혹시라도 그녀가 분기별로 받는 연간 생활비의 범위를 넘어서는 것이라 여겨 이상한 오해라도 하며 내가 그녀를 모욕했다고 생각하고 화를 내면 어쩌지? 될 대로 되라는 절박한 생각이 들었다. 흘러가는 몇 분의 시간이 나에게는 느리게 지나가는 고문이었다. 마침내 계단을 내려오는 그녀의 발소리가 들렸다. 오늘 밤엔 그녀보다 앞서 달려오는 개들의 발소리는 없었다. 녀석들은 모두 일찌감치 개집에 가두어놓았다.

그녀가 천천히 다가왔다. 드레스 자락이 스치는 익숙한 소리가 점점 가까워졌다. 문이 열리고 그녀가 방 안으로 들어와 내 앞에 섰다. 그녀는 예상대로 짙은 검은색 상복 차림이었지만, 내가 전에 보지 못했던 드레스를 입고 있었다. 상체와 허리에만 밀착되었을 뿐 풍성하게 온몸을 감싼 드레스 옷감은 빛을 받아 반짝거렸다. 어깨를 모두 드러내는 디자인이었다. 귀가 드러나도록 평소보다 머리를 높이 틀어 올려, 머리칼을 둥글게 고리 모양으로 정수리에 말아 붙이고 있었다. 목에는 진주 목걸이를 걸고 있었다. 그녀가 걸친 보석은 그것 하나뿐이었다. 그녀의 피부에 닿은 진주가 부드럽고 하얀 빛을 발했다. 그토록 찬란하고 행복해 보이는 그녀의 모습은 처음이었다. 결국 루이즈와 패스코 자매의 말이 맞았다. 레이첼은 아름다웠다.

그녀는 잠시 그곳에 서서 나를 바라보다 양손을 내밀며 "필립"하고 불렀다. 나는 그녀를 향해 걸어갔다. 그녀 앞에 가 섰다. 그녀가 두 팔로 나를 안고 끌어당겼다. 그녀의 눈가에 눈물이 보였지만 오늘 밤엔 나도 개의치 않았다. 그녀가 내 어깨에서 손을 떼더니 내 뒷머리로 올려 머리칼을 어루만졌다.

그러고는 내게 키스했다. 전과 같은 입맞춤이 아니었다. 그녀를 품에 안고 그곳에 서서 나는 속으로 생각했다. '앰브로즈가 죽은 건 집에 대한 그리움이나 혈액을 잠식한 질병 때문도 아니고, 뇌에 열병이 든 탓도 아닌 바로 이것 때문이었어.'

나도 그녀에게 키스로 답했다. 종탑에서 5시를 알리는 종이 울렸다. 그녀는 내게 아무 말도 하지 않았고, 나도 그녀에게 아무 말 하지 않았다. 그녀가 손을 내밀었다. 우리는 나란히 캄캄한 주방 통로로 빠져나가 안뜰을 가로질러, 창문마다 환하게 빛을 내뿜고 있는 마차 보관소 위층의 기다란 방으로 향했다. 웃음기 가득한 목소리와 기대감으로 환해진 얼굴들을 향하여.

17

　우리가 방 안으로 들어서자 참석자들이 모두 일어났다. 식탁을 밀치면서 몸을 일으키는 사람들의 발소리에 이어 웅성웅성하던 사람들의 목소리가 일제히 잦아들더니, 모두들 고개를 돌려 우리 쪽을 쳐다보았다. 레이첼은 문턱에서 잠시 머뭇거렸다. 바다처럼 펼쳐진 사람들의 얼굴을 그토록 많이 접하게 되리라곤 예상하지 못했던 것 같다. 그러다 저 멀리 방 한구석에 서 있는 크리스마스트리를 본 그녀가 기쁨의 탄성을 내질렀다. 어색한 정적이 깨지면서, 사람들 사이에는 그녀의 놀라움에 공감하고 기뻐하는 웅성거림이 다시 번져갔다.

　우리는 주빈 식탁의 양쪽 끝에 자리를 잡았고, 레이첼이 먼저 의자에 앉았다. 다른 사람들도 자리에 앉으면서, 이내 나이프 부딪치는 소리, 접시를 옮기는 소리와 함께 떠들썩한 담소와 대화가 시작되었고, 모두들 옆자리에 앉은 사람과 경쟁적으로 웃음과 사과를 되풀이했다. 내 오른쪽 자리에는 바턴에서 온 빌리 로 부인이 모든 참석자들을 무찌르겠다는 듯 요란하게 장식된 모슬린 드레스를 입고 앉아 있었는데, 쿰에서 온 존스 부인은 내 왼쪽에 앉아 그녀를 못마땅하게 쳐다보았다. 관례를 지키겠다는 열망 덕분에 그만 내가 깜빡했지만, 두 사람은 서로 '말을 섞지' 않는 사이였다. 장날에 달걀을 둘러싼 해묵은 오해로 불화가 생긴 탓이었는데 그것이 벌써 15년 전 일이었다. 어찌되었든 두 사람을 화해시키고 모든 갈등을 덮어버리려는 건 무모한 짓이 될 터였다. 싸늘한 분위기에 도움이 될까 싶어, 사과주 병을 들어 두 사람에게 따라준 뒤 내 잔에도 아주 넉넉히 따르고는 만찬 메뉴로 관심을 돌렸다. 주방은 임무를 훌륭히 완수했다. 크리스마스 만찬을 경험해온 내 오랜 기억을 모두 뒤져보아도 어디서건 이렇게 풍성한 식탁을 제공한 적은 없었다. 구운 거위, 구운 칠면조, 소 옆구리 살과 양고기, 고명을 얹은 큼지막한 훈제 햄, 온갖 모양과 크기의 페이스트리, 말린 과일을 넉넉히 얹은 푸딩까지 갖추어져 있었고, 묵직한 메뉴 사이사이엔 엉겅퀴 끝에 달린 관모처럼 얇고 섬세한 모양의 페이스트리가 놓여 있었다. 레이첼이 바턴에서 고용한 하녀들과 함께 만든 바로 그 디저트였다.

나를 비롯해 굶주린 손님들의 얼굴엔 기대감과 함께 식탐 어린 미소가 감돌았다. 소작인들 가운데 '주인 나리'가 가까이 있다는 사실에 조금도 위축되지 않고 입이 건 사람들이 앉은 다른 식탁에선 벌써부터 허리띠와 깃을 푼 채 음식을 즐기며 흡족한 웃음을 터뜨렸다. 술고래 잭 리비가 거친 목소리로—오는 길에 이미 사과주를 한두 잔 하고 온 것 같았다—옆 사람에게 말하는 소리가 들려왔다. "맙소사…… 이렇게 먹고 나면 나중엔 암소를 통째로 먹여줘도 간에 기별도 안 가겠군." 내 왼쪽에 앉은, 체구가 작고 입술이 얇은 존스 부인이 깃펜을 잡듯이 포크를 쥐고 거위 날개를 찔러대자, 남편이 내 쪽으로 윙크를 보내며 아내에게 속삭였다. "손으로 잡고 뜯어요, 여보. 살코기는 뜯어 먹어야 제맛이지."

그제야 나는 각자의 접시 옆에 레이첼의 손 글씨가 적힌 작은 꾸러미가 놓여 있다는 사실을 깨달았다. 모두 동시에 그 사실을 알아차린 듯, 한순간 음식은 잊히고 흥분해서 종이를 찢는 소리가 들려왔다. 사람들을 지켜보던 나는 내 선물을 열어보기 전까지 좀 기다렸다. 그녀가 무슨 일을 한 것인지 실감하며 돌연 가슴이 찌르르 아팠다. 그곳에 모인 모든 남녀에게 그녀가 선물을 안겨준 것이었다. 그녀는 손수 선물을 포장하고 각각 쪽지를 적어 넣었다. 대단하거나 값진 물건은 아니었지만 사소한 선물로도 사람들을 기쁘게 만들기는 충분했다. 내실 문 뒤에서 그녀가 남몰래 물건을 포장하던 이유가 바로 이것이었다. 나는 이제야 모든 것을 이해했다.

주변 사람들이 다시 음식을 먹기 시작하자 나는 내 선물을 열어보았다. 내가 받은 선물은 혼자만 봐야겠다고 결심한 나는 탁자 아래에서 무릎에 꾸러미를 올려놓고 포장을 풀었다. 선물은 금으로 된 열쇠고리였고, 동그란 메달에 우리 이니셜인 P. A. R. A.와 함께 그 아래 날짜가 새겨져 있었다. 잠시 양손으로 열쇠고리를 꼭 쥐고 있다가 조심스럽게 조끼 주머니에 넣었다. 나는 고개를 들고 그녀를 보며 미소 지었다. 그녀도 나를 지켜보고 있었다. 나는 그녀를 향해 술잔을 들었고, 그녀도 잔을 들어 화답했다. 맙소사! 나는 행복했다.

만찬은 시끌벅적하고 즐겁게 이어졌다. 산더미처럼 음식이 쌓여 있던 기름진 접시들이 텅 비었다. 어떻게 된 영문인지는 나도 알 수 없었다. 술잔은 채우고 또 채워졌다. 식탁 중간쯤에 앉은 누군가가 노래를 부르기 시작하자, 다른 자리에 있는 사람들까지 가세해 합창을 했다. 다들 부츠 신은 발을 굴러 장단을 맞추었고, 리듬에 맞추어 나이프와 포크로 접시를 두들기며 몸을 앞뒤로 흔들었다. 쿰에서 온 입술이 얇은 존스 부인이 남자치고는 내 속눈썹이 너무 길다고 말했다. 나는 그녀에게 사과주를 더 따라주었다.

마침내 앰브로즈가 마무리에 완벽한 타이밍을 어떻게 포착했는지 기억해낸 나는 한참 동안 시끄럽게 식탁을 두드렸다. 사람들 목소리가 잦아들었다. "원하시는 분들은 밖에 나갔다가 다시 들어오십시오. 5분 뒤에 애슐리 부인과 제가 트리 아래에서 선물을 나눠드릴 겁니다. 감사합니다, 신사 숙녀 여러분."

내가 정확히 예상했던 대로 사람들이 앞다투어 문으로 달려갔다. 미소를 머금은 채 지켜보노라니, 시컴이 뻣뻣한 다리로 똑바로 걷고는 있었지만 발밑에서 바닥이 솟아올라 엉덩방아를 찧을까 염려하는 사람처럼 조심스레 발을 끌고 있었다. 남아있는 사람들은 간이 식탁과 벤치를 벽 쪽으로 밀어놓았다. 트리 아래에서 선물을 나눠주고 나면 그 자리에서 헤어지거나, 의향이 있는 사람들은 뒤에 남아 파트너를 데리고 춤을 추는 것이 순서였다. 떠들썩한 파티가 자정까지 계속될 예정이었다. 어린 시절 나는 육아실 창문으로 들려오는 사람들의 발 구르는 소리에 귀를 기울이곤 했었다. 오늘 밤 나는 트리 옆에 서 있는 사람들에게 다가갔다. 교구목사와 패스코 부인, 세 딸과 부목사가 와 있었다. 대부님과 루이즈도 보였다. 루이즈는 약간 창백했지만 좋아 보였다. 나는 그들과 악수를 나누었다. 패스코 부인이 치아를 온통 드러내며 나에게 환한 웃음을 지어 보였다. "예년 파티보다 훨씬 근사했어요. 이렇게 즐거운 시간을 보낸 건 처음인 것 같아요. 저희 아이들도 몹시 기뻐했답니다."

부목사 한 사람을 사이에 두고 있는 딸 셋을 보니 그런 것 같았다.

나는 "잘 진행됐다고 생각해주시니 기쁩니다" 하고 말하며 레이첼을 돌아보았다. "당신도 행복했어요?"

그녀가 나와 눈을 마주치며 미소를 지었다. "어떨 것 같아요?

너무 행복해서 눈물이 날 지경이에요." 그녀가 말했다.

나는 대부님에게 목례를 했다. "안녕하세요, 대부님. 행복한 크리스마스 보내십시오. 엑서터는 어떠셨어요?"

"춥더구나. 춥고 황량했다." 그가 짧게 대답했다.

대부님의 태도는 퉁명스러웠다. 그는 한 손을 등에 대고 서서 다른 손으로 하얗게 센 콧수염을 어루만졌다. 만찬 도중 무언가 언짢은 일이 있었던 것인지 의아했다. 그가 보기엔 만찬에 제공된 술이 너무 과했나? 그러다 나는 그의 시선이 레이첼을 향하고 있다는 걸 알아차렸다. 그의 눈길은 그녀의 목에 걸린 진주 목걸이에 고정되어 있었다. 내 시선을 느낀 대부님이 고개를 돌렸다. 해로스쿨 시절, 부정행위를 하려고 라틴어 책 밑에 쪽지를 숨겼다가 선생님에게 들켜 윤리위원회에 제소된 때로 되돌아간 느낌이었다. 이내 나는 어깨를 으쓱했다. 나는 스물네 살이나 먹은 필립 애슐리였다. 세상 그 누구도 나에게 크리스마스 선물을 누구에게 주라 마라 명령할 수는 없었고, 특히 대부님은 더 그랬다. 혹시 패스코 부인이 벌써 무슨 말을 한 것이 아닐까 궁금했다. 부인도 예의를 차리느라 험한 말은 하지 않은 듯했다. 하기야 그녀가 목걸이를 알아볼 리 없었다. 어머니는 패스코 부인이 이웃에 이사 오기 전에 돌아가셨다. 루이즈는 목걸이를 알아보았다. 그건 이미 확연했다. 루이즈의 푸른 눈동자가 자꾸만 레이첼을 향했다가 다시 시선을 떨구기를 반복했다.

사람들이 쿵쾅거리며 방으로 돌아왔다. 레이첼과 내가 트리 앞에 탁자를 내놓자 사람들이 웅성웅성 웃으며 가까이 몰려들었다. 나는 몸을 숙여 탁자에서 선물을 하나씩 집어 들고는 거기 적힌 이름을 읽은 뒤 꾸러미를 레이첼에게 건넸고, 사람들은 차례로 자기 선물을 받으러 나왔다. 레이첼은 트리 앞에 서서 뺨을 붉히며 환하게 기쁨의 미소를 지었다. 그녀를 계속 처다보지 않기 위해 내가 할 수 있는 일은 꾸러미에 적힌 이름을 읽는 것뿐이었다. 사람들은 "감사합니다. 하느님의 은총을 빕니다, 나리" 하고 말하고는 그녀 앞으로 다가갔다. "감사합니다, 마님. 마님께도 하느님의 은총을 빕니다."

선물을 모두 나눠주고 한 마디씩 서로 덕담을 주고받느라 30분이 족히 흘러갔다. 인사와 함께 마지막 선물이 전달되고, 선물 증정이 마무리되자 갑자기 정적이 흘렀다. 벽을 따라 둘러선 많은 사람들이 나를 기다리고 있었다. "모두들 행복한 크리스마스 맞으십시오." 내가 말했다. 모두가 하나인 듯 외치는 답례 인사가 돌아왔다. "나리와 애슐리 부인도 행복한 크리스마스 맞으세요."

그러자 특별히 만찬을 위해 머리칼 한 가닥을 이마에 늘어뜨린 빌리 로가 목청을 높여 외쳤다. "두 분을 위해 건배 세 번 외칩시다!" 기다란 방의 서까래 사이로 메아리친 요란한 축배 소리에 마룻바닥이 진동해 모두들 아래층 마차 위로 떨어질까 봐 겁이 날 정도였다. 나는 레이첼을 흘끔 처다보았다. 이젠 눈가에 눈물이 고여 있었다. 나는 그녀에게 고개를 저어 보였다. 그

녀는 미소를 지으며 눈을 깜박여 눈물을 삼키고는 나에게 손을
내밀었다. 딱딱하게 굳은 얼굴로 우리를 지켜보는 대부님의 모
습이 눈에 들어왔다. 불손하게도 나는 학생들 사이에서 흔히 비
난을 잠재우기 위하여 전해져 내려오는 빈정거림을 떠올렸다.
'마음에 안 들면 댁이 나가시든가……' 그렇게 쏘아붙이는 것
이 적절할 것 같았다. 그러나 나는 그렇게 하는 대신 미소를 지
으며 레이첼의 손을 내 팔에 얹고 기다란 방을 벗어나 집으로
향했다.

선물 증정식이 열리는 동안 누군가 응접실에 케이크와 와인
을 가져다 두었는데, 시컴은 장단에 맞춰 열병식을 하듯 걷고
있었으므로 아마 어린 존의 배려인 듯했다. 우리는 몹시 배가
불렀다. 케이크와 와인에는 손도 대지 않았지만, 부목사가 설탕
가루를 입힌 빵을 쪼개는 모습이 눈에 띄었다. 아마 세 조각은
먹는 듯했다. 이어 나불거리는 혀로 모든 조화로운 분위기를 깨
려고 이 세상에 태어난 것 같은 패스코 부인이, 하늘이시여 그
녀를 용서하소서, 레이첼을 돌아보며 말했다. "애슐리 부인, 용
서하세요. 그래도 이 얘기를 하지 않고 넘어갈 수가 없네요. 워
낙 아름다운 진주 목걸이를 하고 계셔서요. 저녁 내내 목걸이에
서 시선을 뗄 수가 없더군요."

레이첼은 패스코 부인에게 미소를 지으며 손으로 목걸이를
어루만졌다. "네, 참 자랑스러운 물건이에요."

"당연히 자랑스럽겠죠. 꽤나 값이 나가는 물건이니." 대부님

이 무미건조하게 말했다.

　못마땅한 그의 말투를 알아차린 사람은 레이첼과 나뿐인 듯했다. 그녀가 어리둥절한 얼굴로 대부님을 쳐다보다 나에게 시선을 옮겨 무언가 말하려고 하는 찰나, 내가 앞으로 나섰다. "마차가 온 것 같군요."

　나는 응접실 문 옆으로 가서 섰다. 평소 돌아갈 때가 되었다는 제안에 늘 모르쇠로 일관하던 패스코 부인마저도 오늘 밤은 클라이맥스에 도달했다는 사실을 알아차린 모양이었다. "가자, 얘들아. 너희 모두 피곤하겠지만 우린 또 바쁜 날을 맞이해야 해. 성직자 가족은 크리스마스에 쉴 수가 없답니다, 애슐리 부인." 나는 패스코 가족을 현관문까지 에스코트했다. 다행스럽게도 내 짐작이 옳았다. 그들의 마차는 이미 대기 중이었다. 그들은 부목사도 함께 데려갔다. 부목사는 다 자란 어미 새 같은 두 딸들 사이에 새끼 새처럼 구겨져 앉았다. 그들이 떠나가자 켄들가의 마차가 차례를 기다린 듯 집 앞으로 다가왔다. 응접실로 돌아가자 대부님이 홀로 안에서 기다리고 있었다.

　"다른 분들은 어디 갔어요?" 내가 물었다.

　"루이즈와 애슐리 부인은 2층에 올라갔다. 곧 내려올 거다. 너와 단둘이 이야기할 기회가 있어서 다행이구나, 필립."

　나는 방을 가로질러 벽난로 앞으로 가서 양손으로 뒷짐을 지고 섰다.

　"네? 무슨 말씀이신데요?" 내가 말했다.

그는 잠시 아무런 대꾸도 하지 않았다. 눈에 띄게 당황한 모습이었다.

"엑서터로 떠나기 전에 너를 만날 기회도 없었고, 이런 얘기를 나눌 틈도 없었구나. 필립, 실은 은행에서 대단히 언짢은 소식을 들었다."

당연히 목걸이 이야기가 나올 거라 짐작했다. 하지만 그건 어디까지나 내 일이었다.

"카우치 씨한테서요?" 내가 말했다.

"그래." 그가 대답했다. "그 사람이 매우 올바르고 적절하게도 내게 소식을 전해주었는데, 알고 보니 애슐리 부인이 이미 계좌에서 수백 파운드나 초과 인출을 해 갔다는구나."

싸늘하게 몸이 식는 느낌이었다. 나는 그를 마주 보았다. 그러자 긴장감이 솟구치면서 불길이 일듯이 얼굴이 붉어졌다.

"그래요?" 내가 말했다.

"난 통 이해할 수가 없다." 대부님이 방 안을 이리저리 서성이며 말을 이었다. "여기선 돈을 쓸 일이 거의 없을 텐데 말이야. 네 집에서 손님으로 지내고 있는 사람이니 따로 필요한 것도 거의 없을 거다. 유일하게 한 가지 의심이 가는 건 혹시 그 사람이 해외로 돈을 보내고 있는 게 아닌가 하는 점이야."

나는 계속해서 벽난로 앞에 서 있었지만 심장이 늑골을 때릴 듯 고동치고 있었다. "그 사람은 워낙 성품이 너그러운 편이에요. 오늘 밤에 대부님도 보셨잖아요. 우리 모두에게 줄 선물을 준비했더군요. 단돈 몇 푼으로 할 수 있는 일은 아니죠."

"수백 파운드면 선물 값의 열두 배는 넘을 거다. 나도 그 사람의 너그러운 성품을 의심하진 않는다만 선물 값만으로는 초과 인출이 설명되지 않아."

"그 사람은 이 집을 가꾸는 데도 자기 돈을 썼어요. 파란 방의 인테리어를 바꾸겠다고 물건을 사들였거든요. 그것도 염두에 두셔야 할 겁니다."

"그럴 수도 있겠지. 하지만 그렇다 해도 이미 우리가 분기별로 그 사람에게 지급하기로 했던 총액의 두 배, 거의 세 배나 되는 금액이 초과 인출되었다는 사실엔 변함이 없다. 앞으로 어떻게 하면 좋겠니?" 대부님이 말했다.

"우리가 지금 주는 돈의 두 배, 세 배를 주면 되잖아요. 우리가 준 돈은 확실히 충분치 않았어요." 내가 말했다.

"하지만 그건 터무니없는 짓이다, 필립. 여기서 사는 여자들은 그렇게 많은 돈을 쓸 데가 없어. 런던에 사는 지체 높은 숙녀도 그렇게 많은 돈을 낭비하며 살진 않을 거다."

"우리가 알지 못하는 빚이 있을지도 모릅니다. 피렌체에 돈을 달라고 압박하는 채권자가 존재할 수도 있겠죠. 하지만 그건 우리가 관여할 일이 아니에요. 대부님께서 용돈을 인상해 초과 인출 부분을 해결해주시면 좋겠습니다."

대부님은 입술을 꾹 다물고 내 앞에 다가와 섰다. 나는 어서 그 문제를 매듭짓고 싶었다. 내 귀는 온통 계단에서 발소리가 들리는지에만 쏠려 있었다.

"한 가지 얘기할 게 더 있다." 그가 초조한 듯 말했다. "필립, 너는 은행에서 그 목걸이를 가져올 권리가 없어. 그건 소장품의 일부이고, 영지의 재산이어서 함부로 처분할 권리가 없다는 거 모르겠니?"

"그건 제 것이에요. 저의 재산이니 제가 원하는 대로 할 수 있잖아요." 내가 말했다.

"석 달 뒤까지 재산은 네 소유가 아니다."

"그게 뭐 어떻다고요?" 내가 허공에 손짓을 했다. "석 달은 빨리 지나가요. 그 사람이 목걸이를 지니고 있다고 해서 해가 될 것은 없잖아요."

대부님이 나를 올려다보았다.

"글쎄다, 그건 잘 모르겠구나." 그가 말했다.

그의 말에 함축된 의미가 나의 분노를 폭발시켰다.

"하느님 맙소사! 무슨 뜻으로 하시는 말씀이에요? 그 사람이 목걸이를 가져다가 팔지도 모른다는 건가요?"

한동안 아무런 대답도 없었다. 그는 콧수염을 잡아당겼다.

"엑서터에 가 있는 동안 네 사촌 레이첼에 관해 좀 더 알게 된 것이 있다."

"대체 그건 또 무슨 말씀이세요?" 내가 물었다.

나를 쳐다보던 시선이 문 쪽으로 향했다가 다시 돌아왔다.

"너는 잘 모르는 오래된 지인들을 우연히 만났는데, 여행을 아주 많이 다닌 친구들이란다. 그 친구들이 몇 년간 이탈리아와 프랑스에서 겨울을 보냈다더구나. 네 사촌이 첫 남편 상갈레티와 결혼 생활을 하고 있을 때 서로 만난 적이 있던 모양이야."

"그래서요?"

"둘 다 꽤 악명이 높았단다. 무절제한 사치로 유명했을 뿐만 아니라 방탕한 삶으로도 이름을 날렸다는 사실을 덧붙여야겠구나. 상갈레티가 결투에서 목숨을 잃은 건 부인에게 다른 남자가 있었기 때문이었다. 앰브로즈 애슐리가 상갈레티 백작 부인과 결혼했다는 사실을 알고 그들 모두 경악했다고 말하더구나. 몇 달 만에 그 여자가 앰브로즈의 전 재산을 다 탕진하리라고 예상했다는 거야. 다행히도 그렇게 되진 않았지. 그 여자가 그런 짓을 벌이기 전에 앰브로즈가 세상을 떠났으니까. 나도 유감이다, 필립. 하지만 그 소식을 듣고 난 몹시 마음이 쓰였다." 대부님은 또다시 방 안을 서성거렸다.

"떠돌이 여행자들의 이야기에 귀를 기울일 만큼 대부님이 그토록 타락하실 줄은 몰랐습니다. 대체 그 사람들이 누군데요? 어떻게 감히 10년도 더 지난 뜬소문을 악의적으로 옮기고 다니는 거죠? 나의 사촌 레이첼 앞에선 저들도 감히 그런 말 못 할 겁니다."

"이제 그 부분은 신경 쓰지 마라. 지금 내 걱정은 진주 목걸이뿐이다. 미안하지만 앞으로 석 달간은 더 내가 너의 후견인 노릇을 해야 하니, 그 여자에게 목걸이를 돌려달라고 해라. 나머지 보석들과 함께 내가 다시 은행에 보관해둘 테니까."

이번엔 내가 방 안을 서성거릴 차례였다. 나는 내가 무슨 행동을 하는지 인식하지 못하고 있었다.

"목걸이를 돌려달라고 하라고요? 제가 그런 말을 어떻게 하겠어요? 그건 오늘 밤 크리스마스 선물로 그 사람에게 준 거예요. 세상이 무너진다 해도 저는 그런 말 못 합니다."

"그럼 너 대신 내가 해야겠지."

갑자기 고집스런 그의 얼굴도, 모든 감정에 둔감하고 무관심한 그의 융통성 없는 태도도 혐오스럽게 느껴졌다.

"절대 그렇게 하시도록 내버려두진 않겠어요." 내가 그에게 말했다.

나는 그가 수천 킬로미터 떨어진 곳으로 가버리기를 바랐다. 그가 죽었으면 하고 바랐다.

"자, 필립, 아주 젊고 감수성 예민한 나이인 네가 사촌에게 존경의 표시를 하고 싶어 했다는 건 나도 이해한다. 하지만 가문 대대로 내려오는 보석은 그렇게 함부로 줘버릴 물건이 아니잖니." 그가 말투를 바꿔 나를 설득했다.

"그 사람은 보석을 가질 권리가 있어요. 이 세상에 그 보석을 착용할 권리를 가진 사람이 있다면, 그건 바로 그 사람이란 걸 하느님도 아실걸요."

"앰브로즈가 살아 있다면 그렇겠지. 하지만 지금은 아니다. 그 보석들은 네가 결혼할 때까지 네 아내를 위해 무사히 보관해야만 해. 그리고 생각할 게 한 가지 더 있다. 그 목걸이는 존재 자체로도 의미가 있어서, 오늘 밤 만찬에 참석한 소작인들 중에 나이가 많은 사람들은 그 물건을 알아봤을지도 몰라. 애슐리 가문 사람은 결혼할 때가 되면 결혼식 날 신부에게 그 목걸이를 유일한 장식품으로 착용하게 하는 게 관례지. 그건 이 근방 사람들이 기뻐하며 전하는 가문의 미신 같은 거란다. 좀 전에도 말했다시피, 나이 든 사람들은 그 이야기를 알고 있을 거야. 불행히도 그런 물건은 뜬소문을 일으킬 소지가 있다. 애슐리 부인 같은 처지에선 그런 소문을 반길 리 없다고 생각한다.”

“오늘 밤 왔던 사람들이 생각이라는 걸 할 상황이 된다면 그 목걸이는 내 사촌의 개인 소지품이라고 생각할 겁니다. 그 사람이 목걸이를 착용했다고 해서 뜬소문을 일으킬 수 있다니 그런 말도 안 되는 이야기는 난생처음 들어보네요.” 내가 성마르게 대꾸했다.

“그건 내가 장담할 수 없겠지. 하지만 머잖아 말이 많아지는지 아닌지는 금방 알게 될 거다. 내가 확실히 해두고 싶은 건 한 가지다, 필립. 목걸이를 은행 금고로 돌려보내야 한다는 점이야. 그건 네가 함부로 줄 수 있는 물건도 아니고, 아직은 내 허락 없이 은행 금고에 가서 마음대로 꺼내 올 권리도 없다. 다시 한 번 말하는데, 네가 애슐리 부인에게 목걸이를 돌려달라고 요구하지 않겠다면 나라도 나설 거야.”

열띤 논쟁 탓에 계단을 스치는 드레스 자락 소리를 미처 듣지 못한 모양이었다. 하지만 이제는 너무 늦어버렸다. 레이첼이 루이즈를 바로 뒤에 대동하고 문 앞에 서 있었다.

그녀는 입구에 선 채로 응접실 한가운데서 나와 맞서고 있던 대부님을 향해 고개를 돌렸다.

"죄송하지만 두 분이 하시는 말씀을 들을 수밖에 없었어요. 정말이지 저 때문에 두 분이 곤경에 처하는 건 원치 않습니다. 필립이 오늘 밤 진주 목걸이를 걸게 해준 건 정말 고마웠지만, 목걸이를 돌려달라는 켄들 씨의 말씀이 옳아요. 여기 있으니 드릴게요." 그녀가 양손을 올려 목걸이를 풀었다.

"아니에요. 대체 왜 그래요?" 내가 말했다.

"제발, 필립." 그녀가 말했다.

레이첼은 목걸이를 풀어 대부님에게 건넸다. 그는 예의상 난처한 표정을 지었지만 그래도 안도하는 낯빛이었다.

루이즈가 안쓰럽다는 표정으로 나를 보았다. 나는 고개를 돌렸다.

"고맙습니다, 애슐리 부인." 그답게 퉁명스런 말투로 대부님이 말했다. "이 목걸이는 영지 신탁의 일부라서 필립이 은행에서 꺼내 올 상황이 아니란 걸 양해 바랍니다. 어리석고 철없는 행동이었어요. 하지만 젊은이들은 워낙 고집불통이지요."

"전적으로 이해합니다. 더는 이 문제로 왈가왈부하지 않기로 해요. 싸가지고 가실 것이 필요할까요?"

"고맙지만 됐습니다. 손수건으로 하면 됩니다." 그가 대꾸했다.

그는 재킷 윗주머니에서 손수건을 꺼내, 매우 조심스러운 손길로 목걸이를 감쌌다.

"이제 그만 루이즈와 저는 작별 인사를 해야 할 것 같군요. 즐겁고 성공적인 만찬 고마웠다, 필립. 두 사람 다 행복한 크리스마스 보내시길." 대부님이 말했다.

나는 대꾸하지 않았다. 복도로 나간 나는 현관 옆에 서서 아무 말 없이 마차에 타는 루이즈의 손을 잡고 부축해주었다. 그녀는 딱하다는 표시인 듯 내 손을 꼭 잡아주었지만, 나는 너무 마음이 상한 나머지 아무 반응도 보일 수가 없었다. 대부님이 딸 옆에 올라타자 마차가 떠나갔다.

나는 천천히 걸어 응접실로 되돌아갔다. 레이첼은 벽난로를 응시하며 그곳에 서 있었다. 목걸이가 없으니 목이 허전해 보였다. 나는 화나고 비참한 심정으로 말없이 그녀를 지켜보았다. 그녀가 나를 보고 두 팔을 뻗었으므로 나는 그녀에게 가서 안겼다. 가슴이 너무 벅차 말을 할 수가 없었다. 열 살짜리 아이가 된 기분이었지만 그렇다고 울고 싶은 정도는 아니었다.

"아니에요, 신경 쓰지 말아요. 제발, 필립, 제발 부탁이에요. 내가 한 번이라도 그 목걸이를 해봤다는 게 정말 자랑스러워요." 그녀의 전신에서 풍기는 온기를 담은 부드러운 목소리로 레이첼이 말했다.

"난 당신이 그걸 걸어주길 바랐어요. 늘 당신이 지니기를 바랐어요. 빌어먹을 대부님, 지옥에나 가라고 해요."

"쉿, 그런 험한 말은 하지 말아요."

너무도 비참하고 화가 나서, 나는 지금 당장이라도 말을 타고 은행 금고에 찾아가 그곳에 있는 보석이란 보석은 전부 다 꺼내다가 그녀에게 주고 싶었다. 은행에 보관된 모든 금과 은도 마찬가지였다. 그녀에겐 온 세상이라도 내어줄 수 있었다.

"이젠 다 망쳐버렸네요. 좋았던 저녁 시간도, 크리스마스도 다 망쳤어요. 모든 게 수포로 돌아갔어요." 내가 말했다.

그녀는 나를 꼭 껴안고 웃음을 터뜨렸다. "당신은 빈손으로 나에게 달려온 어린아이 같아요. 가엾은 필립." 나는 포옹을 풀고 서서 그녀를 내려다보았다.

"나는 어린아이가 아니에요. 불과 석 달만 있으면 스물다섯 살이라고요. 우리 어머니는 결혼식 날 그 목걸이를 착용하셨고, 그 전에는 숙모님이, 그 전에는 할머님이 신부로서 쓴 물건이에요. 왜 당신이 그 목걸이를 해주길 바랐는지 모르겠어요?"

그녀는 내 어깨에 양손을 얹고 다시 한 번 키스했다.

"그럼요, 알죠. 내가 그토록 행복하고 자랑스러웠던 것도 그 때문인걸요. 피렌체가 아니라 이곳에서 결혼했더라면 앰브로즈가 결혼식 날 그 목걸이를 내게 주었을 거라는 걸 당신도 알기 때문에, 내가 그 목걸이를 하길 바란 거잖아요."

나는 아무 말도 하지 않았다. 몇 주 전 그녀는 내게 이해력이 부족하다고 말한 적이 있었다. 오늘 밤엔 내가 그녀에게 똑같은 말을 해야 할 것 같았다. 잠시 후 그녀는 내 어깨를 다독이고

2층으로 올라가 잠자리에 들었다.

나는 주머니 속에서 그녀가 선물로 준 금제 열쇠고리를 어루만졌다. 다른 것은 몰라도 그것은 오로지 나만의 소유물이었다.

18

우리의 크리스마스는 행복했다. 그녀가 그렇게 만들었다. 우리는 말을 타고 영지 곳곳의 여러 농장과 오두막, 산장을 찾아다니며 앰브로즈의 유품이었던 옷을 나눠주었다. 어느 집을 방문하든 안으로 들어가 파이를 먹거나 푸딩을 맛보아야 했으므로, 저녁 무렵엔 배가 불러 식사를 못 할 만큼 과식한 상황이어서, 전날 밤 남은 거위와 칠면조는 전부 하인들 몫으로 넘긴 채 우리는 응접실 벽난로에 호두를 구워 먹었다.

그러고는 마치 20년 전으로 되돌아간 듯, 그녀가 내게 눈을 감으라고 명령하더니 깔깔 웃으며 2층 내실로 올라갔다가 다시 내려와 내 손에 작은 트리를 놓아주었다. 일부러 우스꽝스러운 선물을 알록달록한 종이로 포장해 매달아놓은 소형 트리는 즐겁고 환상적인 장식이었다. 그녀가 크리스마스이브에 벌어진 촌극과 진주 목걸이 소동을 잊게 하려고 만든 선물이란 걸 나는 알고 있었다. 하지만 나는 잊을 수가 없었다. 용서할 수도 없었다. 앞으로는 크리스마스 때마다 대부님과 내 사이가 냉랭해질 수밖에 없을 것이다. 그가 거짓말을 일삼는 이들의 하찮은 소문에 귀를 기울였다는 사실도 못마땅했지만, 더욱 화가 나는 건 내가 앞으로 석 달간 법적으로 대부님의 손아귀에 잡혀 있어야 한다는 유언장 내용을 그가 엄격하게 고수한다는 점이었다. 레이첼이 우리 예상보다 더 많은 돈을 쓴다 한들 뭐가 문제란 말인가? 우리는 그녀가 무엇을 필요로 하는지 알지 못했다. 앰브로즈도, 대부님도 피렌체의 생활 방식에 대해서는 아는 것이 없다. 그녀가 사치스럽게 살았을 수도 있겠지만, 그것이 그토록 엄청난 범죄인가? 그곳 사회에 대해서 우리가 함부로 비난할 수는 없는 일이었다. 대부님은 평생 신중하고 검소한 생활을 해왔고, 앰브로즈도 자신에게 돈을 쓴 적이 별로 없었기에 내가 재산을 물려받은 뒤에도 이 상태를 유지하는 것이 당연하다고 여기고 있었다. 나 또한 원하는 것은 거의 없었고, 앰브로즈가 생전에 쓰던 것 이상으로 씀씀이를 늘릴 마음도 없었지만, 대부님의 인색한 태도에 화가 치밀어 오른 나는 내 방식대로 내 돈을 마음껏 쓰기로 결심했다.

대부님은 레이첼이 용돈을 함부로 탕진했다고 비난했다. 그렇다면 내 집에 들이는 막대한 비용도 어디 한번 똑같이 비난해

보라지. 새해가 밝으면 일단 내 소유가 될 재산에 개선 작업을 단행하기로 결심했다. 그러나 고치는 건 정원만이 아니었다. 바턴 영지 위쪽으로 이어지는 테라스 산책로는 이미 공사가 진행 중이었고, 그 아래쪽으로는 지상보다 낮게 땅을 파서 레이첼의 책에서 본 것과 같은 분지정원*을 조성하는 과정도 추진 중이었다.

나는 집도 손보기로 결심했다. 매달 사다리를 타고 지붕에 올라가 강풍에 날아가버린 석판과 기와를 교체하고, 굴뚝에 등을 기대어 파이프 담배를 피우는 영지 전담 석공 냇 던에게만 의지한 채로 너무 오랜 세월을 보냈다는 생각이 들었다. 이제는 지붕 전체를 손볼 때가 되었다. 새로 기와도 얹고 석판도 올리고, 홈통도 새것으로 바꾸고, 오랜 세월 비바람에 엉망이 된 벽체도 손을 써야 했다. 까마득한 옛날인 2백 년 전 의회 사람들이 엄청난 수고를 들여 지은 이후로는 너무 오래 저택에 손을 대지 않았고, 나의 선조들은 집을 폐허가 되지 않는 수준으로만 유지했다. 나는 과거 소홀했던 부분을 고쳐볼 작정이었고, 만일 대부님이 인상을 찌푸리며 수리비에 대해 주판알을 퉁길 작정이라면 무시하면 그뿐이었다.

그래서 나는 멋대로 일을 벌였다. 1월이 끝나기 전에 열다섯 명에서 스무 명쯤 되는 일꾼을 불러들여 지붕과 건물 외벽을 수리하고, 내 지시에 따라 집 안에서도 동시에 천장과 벽 장식

* 지표보다 낮게 땅을 파거나 흔히 언덕 지형을 활용하여 분지 형태로 꾸민 정원. 침상정원이라고도 한다.

을 바꾸는 작업이 진행되었다. 수리비 청구서가 날아들었을 때 대부님이 어떤 표정을 지을지 상상하며 나는 대단히 흡족한 기분이 되었다.

나는 집수리를 핑계로 손님을 받지 않기로 했고, 그래서 당분간은 일요일 만찬도 중단되었다. 매주 찾아오던 패스코 목사 가족과 켄들 부녀의 방문을 막은 셈인데, 대부님을 만나지 않겠다는 것은 내가 그런 결정을 내린 주요 원인이기도 했다. 또한 시컴으로 하여금 그의 비밀 연락망을 활용해 응접실에서 인부들이 일을 하고 있어 당분간은 애슐리 부인이 방문객을 맞이하기 어렵다는 사실을 인근에 널리 퍼뜨리도록 지시했다. 그리하여 우리는 겨울과 이른 봄을 지나는 동안 집 안에서 우리끼리 은둔하듯 살았고, 나로선 그게 아주 좋았다. 레이첼이 여전히 피비 고모님의 내실이라고 부르기를 주장하는 방이 우리의 주요 무대가 되었다. 해 질 녘이면 레이첼은 그 방에서 바느질을 하거나 책을 읽었고, 나는 그런 그녀를 지켜보았다. 크리스마스이브에 벌어진 진주 목걸이 사건 이후 그녀의 태도엔 새로운 다정함이 생겨나, 믿어지지 않을 만큼 따뜻한 그녀의 행동은 때때로 견디기가 어려울 정도였다.

레이첼은 그런 행동이 나에게 어떤 영향을 미치는지 알지 못했던 것 같다. 내가 앉아 있는 의자 곁을 스치며 잠시 내 어깨에 손을 얹는다든지, 정원 일이나 현실적인 문제를 의논하는 동안 애무하듯 내 머리를 어루만지면 내 심장은 도무지 진정되지 않을 것처럼 미친 듯이 두근거렸다. 그녀의 움직임을 바라보는 것은 나의 기쁨이었고, 때로는 그녀가 자신을 뒤쫓는 내 시선을 알기 때문에 일부러 의자에서 일어나 창가로 다가가서 팔을 올려 커튼을 매만지기도 하고, 창으로 잔디밭을 내다보며 커튼을 잡고 있는 것은 아닌지 궁금했다. 그녀는 자신만의 독특한 방식으로 내 이름 필립을 발음했다. 다른 사람이 부르면 마지막 글자에 강세가 들어가 늘 짧고 딱 부러지는 발음으로 들리는 이름이지만, 그녀는 '1'을 일부러 느리게 발음하는 방식으로 길게 끌었고, 새로운 이름처럼 들리는 그 발음이 나는 마음에 들었다. 어린 시절 나는 앰브로즈로 불리기를 더 바랐고, 그런 소망은 최근까지도 남아 있었던 것 같다. 하지만 이제는 내 이름이 그의 이름보다 더 과거로 거슬러 올라간 선조의 이름이라는 게 기뻤다. 인부들이 지붕에서 땅까지 홈통으로 쓰일 새로운 납 파이프를 가져와 꼭대기 집수구부터 벽에 붙여 자리를 잡자, 내 이니셜인 P. A.와 그 아래 적힌 날짜, 그리고 아래쪽에 새겨진 내 어머니 가문의 사자 문양을 올려다보며 나는 묘한 자부심을 느꼈다. 무언가 나 자신의 일부를 미래에 남겨두는 느낌이었다. 옆에 서 있던 레이첼이 내 팔을 잡으며 말했다. "지금까진 당신이 이토록 자부심 넘치는 사람인 줄 몰랐네요, 필립. 나도 그런 모습이 더 좋아요."

그렇다, 나는 자부심 있는 남자였다……. 그러나 동시에 그 자부심은 공허함을 동반한 것이었다.

집 안과 마당에서는 공사가 계속 진행되었고, 고통과 기쁨이
뒤섞인 봄날이 찾아왔다. 찌르레기와 되새는 동이 트자마자 우
리 방 창가에서 울어대며 레이첼과 나의 단잠을 깨웠다. 우리는
한낮에 만나면 그 이야기를 나누었다. 집의 동편에 있는 그녀의
방에 먼저 해가 들었고, 창문이 넓어 비스듬히 실내로 스며든
햇빛이 그녀의 베개까지 비추었다. 내 방에는 나중에 옷을 갈아
입을 무렵에나 햇빛이 들었다. 창밖으로 몸을 내밀고 초원 너머
바다 쪽을 바라보면, 쟁기를 매단 말들이 언덕을 오르는 모습과
그 주변을 선회하는 갈매기, 집 주변 초원에서 서로 등을 대고
휴식을 취하고 있는 암수 새끼 양들이 눈에 들어왔다. 구불구
불한 오솔길 위로는 댕기물떼새가 하얀 구름을 헤치고 나와 날
개를 퍼덕였다. 곧 짝짓기를 하려는지 수컷이 요란하게 지저귀
며 황홀한 활강 비행과 공중제비를 선보였다. 해변에선 마도요
새가 노래를 부르고, 목사처럼 흑백 옷차림을 한 사람들이 아침
거리로 굴을 따려고 진지한 손길로 해초를 찌르고 다녔다. 햇빛
아래 펼쳐진 대기에서는 살짝 짠맛이 느껴졌다.

　시컴이 내게 와서 이스트로지에 사는 샘 베이트가 가엾게도
몸져누워 있다며 나에게 전할 중요한 물건이 있으니 꼭 직접 만
나러 와주길 바란다는 소식을 전한 것도 바로 이런 싱그러운 아
침이었다. 전할 것이 무엇인지는 몰라도, 너무 귀중한 물건이라
자기 아들이나 딸 편에 보낼 수 없다고 했다. 나는 대수롭지 않
게 생각했다. 작은 일을 엄청난 수수께끼로 포장하는 것은 시골

사람들이 항상 즐기는 버릇이었다. 하지만 그날 오후 나는 네거리가 만나는 곳에 세워진 대문까지 걸어갔다가, 그와 이야기를 나누기 위해 산장 쪽으로 이어지는 길을 접어들었다. 침대에 앉아 있던 샘은 크리스마스에 그에게 주었던 앰브로즈의 외투를 담요 위에 펼쳐놓았다. 앰브로즈가 대륙에서 지낼 때 더운 날씨를 대비해 산 것인 듯, 나는 예전에 본 적 없는 흐린 색 외투였다.

"그래, 샘, 자리를 보전하고 누워 있다니 유감이로군. 무슨 일인가?" 내가 말했다.

"봄이면 늘 되살아나는 기침병 때문이지요, 필립 씨. 제 선친께서도 겪으셨던 병이니, 아버지처럼 저도 어느 봄날에 이 병으로 무덤에 묻히게 될 겁니다." 그가 대답했다.

"말도 안 되는 소리야, 샘. 아버지가 걸렸던 병으로 아들도 죽게 된다는 건 사람들이 퍼뜨린 옛날 얘기일 뿐이라고." 내가 그에게 말했다.

샘 베이트는 고개를 저었다. "다 일리가 있는 말입니다, 나리. 나리께서도 잘 아실 텐데요. 앰브로즈 씨와 나리의 숙부님 되시는 그 선친께서 어떻게 되셨던가요? 두 분 다 뇌에 병이 들어 돌아가셨잖습니까. 자연의 섭리를 거스르는 것은 없습니다. 가만 보면 소들도 마찬가지더군요."

나는 아무 말도 하지 않았지만, 그와 동시에 앰브로즈를 죽음으로 이끈 병명을 샘이 대체 어떻게 아는 건지 궁금해졌다. 이 지역에서 소문이 번져나가는 방식은 참으로 놀라웠다.

"딸을 애슐리 부인에게 보내서 기침을 낮게 해줄 물약을 부탁해봐. 그런 부분에는 아는 것이 많은 사람이니까. 유칼립투스 오일이 치료약으로 잘 듣는다더군." 내가 그에게 말했다.

"그러겠습니다, 필립 씨. 그러지요. 하지만 우선 나리께 직접 오시라고 청해서 편지 문제를 의논드리고 싶었습니다."

그는 목소리를 낮추며 걱정스럽고 진지한 표정을 지었다.

"무슨 편지 말인가, 샘?"

"필립 씨, 크리스마스에 나리와 앰브로즈 부인께서 친히 찾아오시어 돌아가신 주인 나리의 옷가지와 물건들을 나눠주셨지요. 그런 물건을 갖게 되어 저희 모두 대단히 자랑스러웠습니다. 지금 보시는 대로 여기 침대에 올려둔 외투는 그날 제가 받았던 겁니다." 그는 말을 멈추고서, 크리스마스에 옷을 받을 때 그랬던 것처럼 아직도 똑같이 경외심을 품은 듯한 손길로 외투를 어루만졌다. 샘이 이야기를 계속했다. "그날 밤 방으로 외투를 가지고 올라온 뒤, 아무래도 유리 케이스를 만들어 그 안에 보관해야겠다고 딸에게 이야기했습니다. 하지만 딸아이는 외투는 입으라고 있는 옷이라면서 말도 안 된다고 하더군요. 그래도 전 옷을 입지 않을 작정이었어요, 필립 씨. 나리께선 뭐라고 하실지 모르겠지만 제가 이런 옷을 입는 건 주제넘은 짓 같았습니다. 그래서 외투를 저쪽 다리미판에 걸어두고 이따금씩 꺼내 쳐다보기만 했습니다. 그러던 중 기침병이 도져 여기 이 침대에 누워 있다 보니 대체 무슨 마음이었는지 외투를 한번 입어봐야겠다는 생각이 들더군요. 지금 보시는 대로 이렇게 침대에만 앉아 있으면서 말이죠. 외투가 가벼워서 등에 착 감길 것 같았나 봅니다. 그래서 어제 처음으로 외투를 걸쳐보았답니다. 그러다가 편지를 발견했지요."

그가 말을 멈추고는 베개 밑을 뒤적여 편지 한 통을 꺼냈다. "자초지종을 말씀드리자면 이렇습니다, 필립 씨. 편지가 외투 겉감과 안감 사이로 미끄러져 들어간 것 같아요. 그래서 옷을 접을 때나 짐을 쌀 때도 발견되지 않았던 것이죠. 저처럼 외투로 몸을 감싸고 신기해서 손으로 이리저리 만져보는 사람한테나 느껴졌을 겁니다. 손끝에 바스락거리는 종이가 만져지길래 과감히 칼로 안감을 뜯어보았지요. 그랬더니 이게 나왔습니다, 나리. 편지가 분명해 보이더군요. 봉인된 상태로, 앰브로즈 씨께서 직접 나리 앞으로 쓰신 거였어요. 저도 오래전부터 그분의 필체를 알고 있었습니다. 이 편지를 맞닥뜨린 건 저에게 충격이었습니다, 나리. 돌아가신 분한테서 온 전갈을 마주한 것 같아서 말이지요."

그가 내게 편지를 건넸다. 그랬다, 그의 말이 옳았다. 그것은 앰브로즈가 나에게 쓴 편지였다. 익숙한 필체를 내려다보며 나는 돌연 가슴이 쓰라려오는 것을 느꼈다.

"현명한 행동이었어, 샘. 나더러 직접 와달라고 한 건 참 잘한 일이야. 고맙네."

"고맙다니요, 필립 씨. 전혀 고마워하실 일이 아닙니다. 하지만 오래전에 나리 손에 들어갔어야 할 그 편지가 어쩌다가 몇 달이나 그 안에 들어가 있었을까 생각하게 되더군요. 하지만 가엾은 주인 나리께서 돌아가시면서도 꼭 전달되기를 바라셨기에 우연히라도 발견된 모양입니다. 아마 나리께서 꼭 읽어주시기를 바라셨겠지요. 그래서 저택으로 딸아이를 보내는 것보다 제가 직접 말씀드리는 게 최선이라 생각했던 겁니다."

나는 다시 한 번 샘에게 감사 인사를 하고는 재킷 윗주머니에 편지를 넣은 뒤 몇 분쯤 더 머물다가 그의 집을 나왔다. 잘은 모르지만 어떤 직감 같은 것이 느껴져, 그에게는 이번 일을 아무한테도, 딸한테도 이야기하지 말라고 당부했다. 그가 나를 직접 만나고자 했던 것과 마찬가지로 내가 그에게 댄 이유도 고인에 대한 배려였다. 그는 약속했고, 나는 산장을 나왔다.

나는 곧장 집으로 돌아가지 않았다. 트레넌트 영지와 나무가 우거진 큰길 쪽으로 경계를 이루는 언덕 지형의 경사진 숲길을 올라갔다. 앰브로즈는 다른 길보다 그 산책로를 좋아했다. 영지 남쪽의 등대 마당을 제외하면 우리가 소유한 토지 가운데 그곳이 가장 지대가 높아, 바다 쪽으로 이어진 숲과 계곡을 굽어보는 조망이 일품이었다. 앰브로즈와 그의 선친이 과거에 심은 나무들이 길 양쪽으로 늘어서 있어, 주변 경치를 가릴 만큼 높이 자라진 않았지만 아늑함을 선사하였고, 5월엔 블루벨 꽃이 땅을 온통 뒤덮었다. 좁은 오르막길이 끝나고 다시 내리막길이 시작되어 배수로에 자리 잡은 산지기의 오두막이 나타나기 직전인 숲 꼭대기에 앰브로즈는 화강암 조각을 세워놓았다. 그는 절반은 농담조로, 절반은 진지하게 나에게 말했다. "내가 죽으면 이걸 내 묘비로 여기면 될 거다. 다른 애슐리 가문 사람들과 함께 묻혀 있을 가족 납골당 말고 여기 와서 나를 생각해주렴."

이곳에 돌을 가져다 놓으며, 그는 자신이 가족 납골당이 아닌 피렌체 신교도 묘지에 누워 있게 되리라곤 생각조차 하지 않았을 것이다. 그는 화강암 석판에 자신이 여행했던 나라 이름을 적은 뒤, 우리가 함께 읽으며 웃음을 터뜨렸던 엉터리 시 한 줄을 새겨놓았다. 모든 것이 터무니없는 짓이었지만, 나는 그게 그의 진심이었을 거라 믿는다. 그가 집을 떠나 있던 지난겨울 동안, 나는 자주 숲을 가로질러 와 그 오솔길을 올랐고 화강암 옆에 서서 그가 그토록 사랑해 마지않던 풍경을 내려다보았다.

아래쪽 산지기의 오두막에선 연기가 피어올랐고, 주인이 집을 비울 때면 쇠사슬에 매어두는 개가 이따금씩 아무것도 없는데도 허공에 대고 컹컹 짖어댔다. 어쩌면 자신의 울음소리를 친구 삼으려는지도 모르겠다. 한낮의 영광은 사라지고 날이 추워졌다. 하늘에는 구름이 끼었다. 저 멀리 랜켈리 언덕에서 내려온 소 떼가 숲 아래쪽 습지로 물을 먹으러 이동하는 모습이 보였고, 만을 둘러싼 바다는 햇빛을 잃어 잿빛으로 변해 있었다. 바닷가 쪽으로 산들바람이 불어 언덕 아래쪽 나무들이 바스락 소리를 내며 일렁거렸다.

나는 석판 옆에 앉아 주머니에서 앰브로즈의 편지를 꺼내 무릎에 올려놓고 내려다보고 있었다. 그의 반지로 찍은 까마귀 머리 모양의 붉은색 봉인이 나를 올려다보고 있었다. 편지는 두껍지 않았다. 따로 동봉된 것은 없었다. 안에 든 것은 편지뿐이었는데 도무지 읽을 엄두가 나지 않았다. 어떤 불안감 때문에 주저하는지, 어떤 비겁한 본능 때문에 모래에 머리를 파묻는 타조처럼 숨으려 하는지는 나도 알 수 없었다. 앰브로즈는 죽었고, 그가 세상을 떠나면서 과거도 함께 사라졌다. 이 편지에는 내가 잊기로 결심했던 다른 문제가 또다시 언급되어 있을지도 몰랐다. 앰브로즈는 이전에도 레이첼의 사치를 비난했으니, 어쩌면 이번엔 좀 더 타당한 근거를 대며 똑같은 비방을 적어 보냈을 수도 있었다. 불과 두어 달 사이에 내가 집을 치장하느라 써버린 비용은 그가 몇 년간 썼던 것보다 훨씬 더 많을 터였다. 그런 건 배신으로 느껴지지 않았다.

하지만 편지를 읽지 않는다면……. 그가 뭐라고 할까? 만약에 내가 지금 편지를 갈가리 찢어 흩어버리고, 내용을 확인하지 않는다면 그는 나를 비난할까? 나는 편지를 손에 들고 이리저리 재보았다. 읽을 것인가 말 것인가. 그런 선택이 내 앞에 놓여 있지 않으면 좋겠다는 생각이 간절했다. 집 안에 머물고 있을 때면 나의 충성심은 레이첼을 향해 있었다. 내실에서 그녀의 얼굴을 바라보고, 그녀의 손과 미소를 관찰하고, 그녀의 목소리를 들을 때면 나를 따라다니는 편지 따위는 없었다. 그러나 지금 내가 들고 있는 지팡이는 앰브로즈가 짚고 다녔던 것이고, 입고 있는 재킷도 마찬가지로 그의 옷이었다. 그와 내가 둘이서 그토록 자주 함께 와 서 있곤 하던 이곳 숲 속 화강암 석판 곁에선 그의 힘이 가장 강력했다. 생일날 날씨가 맑기를 기도하는 어린아이처럼, 이제 나는 편지에 내 마음을 괴롭힐 만한 내용이 담겨 있지 않기를 기도하며 봉인을 뜯었다. 날짜는 작년 4월로 되어 있었고, 그러므로 그가 죽기 석 달 전에 쓴 편지라는 의미였다.

친애하는 꼬맹이에게,

편지를 자주 보내지 못한다고 해도, 내가 너를 생각하지 않기 때문은 아니란다. 지난 몇 달간 너는 줄곧 내 마음속에 있었고, 어쩌면 전보다 더 많이 생각했는지도 모른다. 하지만 편지는 잘못 전달되거나 다른 사람이 읽을 우려가 있고, 나는 그런 일이 생기는 걸 원치 않았다. 그래서 편지를 쓰지 않기도 했고, 또 막상 편지를 쓰려 해도 할 말이 별로 없을 때가 있더구나. 그간 나는 열병과 심한 두통으로 앓았다. 지금은 나아졌지. 하지만 이 상태가 얼마나 지속될지는 잘 모르겠구나. 열병이 다시 찾아올 수도 있고, 두통 또한 마찬가지겠지. 두 증상에 시달릴 때면 나는 내가 한 말이나 행동도 책임을 지지 못하는 형편이다. 그것만은 확실해.

하지만 병의 원인에 대해서는 아직도 확실하지가 않구나. 필립, 그리운 아이야. 나는 몹시 불안하다. 그 정도 표현으로는 부족하겠지. 나는 정신적인 고통을 겪고 있단다. 아마도 지난겨울이었던 것 같은데, 너에게 편지를 썼지만 그 직후에 병이 나 그 편지를 어떻게 했는지 기억이 없다. 당시 기분에 사로잡혀 없애버렸을 가능성이 가장 높을 것 같다. 그 편지에서 나는 내게 깊은 근심을 안겨주는 아내의 단점을 털어놓았단다. 유전인지 아닌지는 모르겠지만 나로서는 유전이라고 믿고 있고, 우리 아이를 임신한 지 겨우 몇 달 만에 유산한 것도 그 사람에게 돌이킬 수 없는 해를 입힌 것 같다.

네게 보낸 편지에서는 그 사실을 알리지 않았다. 당시엔 우리 둘 다 충격이 컸으니까. 그래도 나는 네가 있어 위로가 되더구나. 하지만 그런 문제는 여자에게 더 깊은 상심을 안기게 마련이지. 너도 짐작하겠지만 그 사람이 품고 있던 온갖 계획과 전망들은 고작 넉 달 반 만에 전부 수포로 돌아가버렸고, 의사에게서 다시는 아이를 갖지 못할 거라는 얘기를 들으며 그 사람의 고통은 나보다 훨씬 더 크고 깊어졌다. 그 사람의 태도가 변한 건 분명 그때부터였다. 무모하게 돈을 써대는 일이 반복되더니, 나한테서 점점 멀어져 자꾸 얼버무리면서 거짓말을 하는 경향마저 감지되더구나. 처음 결혼했을 때 그 사람이 보여준 따뜻한 품성과는 완전히 반대되는 행동이었지. 몇 달이 지나면서 나는 그 사람이 점점 내 말보다 전에 편지에 언급한 바 있는 시뇨르 레이날디라는 남자의 조언에 더 의존한다는 사실을 알아차렸다. 그자는 상갈레티의 친구이자 변호사였던 모양이야. 그 남자는 레이첼에게 막대한 영향력을 갖고 있는 것 같다. 내가 짐작하기로 그자는 상갈레티가 살아 있을 때부터 오랜 세월 그 사람을 사랑해왔고, 얼마 전까지만 해도 레이첼 쪽에선 한순간도 그를 그런 식으로 생각한 적 없으리라 믿었건만 나를 대하는 그녀의 태도가 달라진 지금은 그마저도 자신이 없구나. 그자의 이름을 언급할 때마다 그 사람의 눈빛에 그늘이 지고 목소리 톤이 달라져, 내 마음속에 자꾸만 가장 끔찍한 의심을 불러일으킨단다.

무책임한 부모 밑에서 자란 데다 결혼 전이든 첫 결혼 이후든 내내 제멋대로 살아온 사람이라 그 사람의 행동 규범이 유복한 삶을 누린 우리 둘과는 사뭇 다르다는 것을 종종 느끼고 있다. 과거 결혼 서약도 그리 신성하지 않았을지도 모르겠다. 그자가 레이첼에게 돈을 주고 결혼한 게 아닌가 하는 의심이 드는데, 사실은 증거도 갖고 있단다. 이런 말을 하다니 신의 용서를 빌어야 하겠지만, 지금도 돈은 그녀의 마음을 얻는 한 가지 방법이다. 아이를 잃지만 않았어도 이런 일은 없었을 거라고 믿는다. 당시 여행을 만류하는 의사의 말에 귀 기울이지 않고 그냥 그 사람을 영국 집으로 데려갔더라면 얼마나 좋았을까 온 마음으로 안타까워하고 있다. 그랬더라면 지금쯤 우리도 너와 함께 지내며 세 사람 모두 행복했을 텐데.

이따금 그 사람이 본모습으로 돌아온 듯 보일 때면 모든 게 다 좋다. 너무 좋아서 뭔가 악몽에 시달리다가 결혼 후 처음 몇 달간 누렸던 행복 속으로 다시 깨어나는 느낌이지. 하지만 그러다가 말 한 마디나 행동 하나로 모든 것이 다시 사라져버린다. 테라스로 내려가보면 그곳에 레이날디가 와 있는 식이다. 나를 보면 두 사람은 입을 다물어버리지. 두 사람이 무슨 논의를 하고 있었을지 나로선 궁금해하지 않을 수가 없다. 한번은 그 사람이 집 안으로 들어가고 레이날디와 나만 뒤에 남아 있었는데, 그자가 갑자기 내 유언장에 대해서 질문을 던지더구나. 우리가 결혼했을 때 우연히 그도 유언장을 보았거든. 현재로선 내가 죽으면 그녀에게 아무런 생활 방편도 남지 않게 된다더구나. 나 역시 그걸 알고 있었기에 그런 실수를 바로잡는 유언장을 작성해둔 상태였고, 그 사람의 낭비벽이 뿌리 깊은 병이 아니라 일시적인 것에 불과하다고 확신할 수만 있다면 벌써 서명해서 공증까지 해두었을 거다.

아무튼 새로운 유언장에는 그 사람이 살아 있는 동안에만 집과 영지를 소유할 수 있으며, 그 사람이 세상을 떠나면 네가 다시 유산을 물려받게 된다는 내용을 담았고, 영지 관리를 전적으로 너에게 맡겨야 한다는 단서 조항도 붙여놓았다.

지금까지 너에게 설명한 까닭으로 그 유언장은 아직 서명을 하지 않은 채로 남아 있단다.

유언장에 관한 질문을 던진 사람도, 현재 유언장에 빠져 있는 내용을 나에게 지적해준 사람도 레이날디라는 사실을 기억해라. 레이첼은 그런 말을 한 마디도 나에게 한 적이 없었다. 나한테는 그러면서 두 사람이 그런 이야기를 주고받는다는 말인가? 내가 곁에 없을 때 두 사람은 서로 무슨 이야기를 나눌까?

유언장 문제가 불거진 건 3월이었다. 당시 나는 몸이 좋지 않았고 실은 두통 때문에 거의 앞이 보이지 않을 정도였단다. 레이날디가 그런 문제를 끄집어낸 것도 내가 죽을지도 모른다고 생각해 차가운 계산속을 드러낸 셈이겠지. 그랬을 가능성이 높다. 그렇지만 두 사람이 서로 의논하지 않았을 가능성도 있겠지. 나로선 그걸 알아낼 방도가 없다. 이제는 나를 감시하듯 따라다니는 그녀의 이상한 시선을 종종 마주한다. 내가 그런 사실을 지적하자 레이첼은 두려워하는 것 같더구나. 대체 무엇을, 누구를 두려워할까?

이틀 전 벌어진 일 때문에 이 편지를 쓰게 되었는데, 3월에 나를 몸져눕게 했던 열병이 또다시 찾아왔다. 병의 시작은 갑작스러웠다. 통증과 구역질에 사로잡혀 순식간에 머리가 터질 것만 같아 거의 발작을 할 지경에 이르렀고, 정신이 혼미하고 몸이 말을 듣지 않아 내 발로 서 있기가 어려웠다. 그런 증상이 되풀이되다가 지나가면서 참을 수 없는 졸음이 몰려왔고, 팔다리에 아무런 기력도 남아 있지 않아서 바닥인지 침대인지에 그만 쓰러지고 말았다. 한데 나의 아버님이 이런 증상을 보였던 기억은 없다. 분명 두통은 있었고 가끔 괴팍한 성질을 부리기는 했어도 다른 증상은 보인 적 없거든.

필립, 세상에 내가 믿을 사람은 너 하나뿐이니 이게 무슨 의미인지 네가 내게 말해주면 좋겠고, 가능하다면 나에게 와주려무나. 닉 켄들에게는 아무 말도 하지 마라. 누구든 다른 사람에겐 발설하면 안 돼. 무엇보다도, 절대 답장할 생각 말고 그냥 오너라.

나는 한 가지 생각에 사로잡혀 마음의 평화를 잃고 말았다. 저들이 나를 독살하려고 할까?

나는 원래 접혔던 선을 따라 편지를 접었다. 언덕 아래 오두막 마당에선 개가 짖기를 멈추었다. 산지기가 대문을 열자 개가 주인을 향해 반갑게 짖는 소리가 들려왔다. 오두막에서 사람들 목소리와 들통 내려놓는 소리, 문 닫는 소리가 들려왔다. 반대편 언덕 숲에서 갈까마귀가 날아올라 깍깍 울며 빙글빙글 돌더니, 습지 옆쪽으로 솟은 나무들 꼭대기에 걸린 먹구름 속으로 사라졌다.

나는 편지를 찢지 않았다. 화강암 석판 옆에 편지를 묻을 구덩이를 팠다. 수첩 사이에 편지를 넣어 흙 속 깊이 파묻었다. 그러고는 손으로 땅을 평평하게 골랐다. 그런 다음 언덕을 내려와 숲을 가로질러 영지로 이어지는 저지대 큰길로 접어들었다. 다시 언덕을 올라 집으로 돌아가며, 일을 마치고 귀가하는 일꾼들의 웃음소리와 말소리를 들었다. 나는 잠시 멈춰 서서 대정원을 가로질러 터벅터벅 걸어가는 그들의 모습을 지켜보았다. 온종일 그들이 올라가 작업을 했던 비계가 벽에 기대어져 남아 있는 모습은 황량하고 쓸쓸해 보였다.

안뜰을 가로질러 뒷문으로 들어서자 포석을 디디는 내 발소리를 들었는지 시컴이 몹시 낙담한 표정으로 집사 방에서 나왔다.

"돌아오셔서 다행입니다, 나리. 주인마님께서 한참 전부터 나리를 찾고 계십니다. 가엾은 던이 사고를 당했어요. 마님이 많이 염려하고 계십니다." 시컴이 말했다.

"사고? 무슨 일인데?"

"지붕에서 큰 석판이 떨어져 던이 맞았습니다, 나리. 최근 들어 녀석의 귀가 얼마나 어두워졌는지, 서재 창 바깥쪽 햇빛 비치는 곳에 누우면 얼마나 움직이기 싫어하는지 나리도 아시지요. 석판이 등에 떨어졌던 모양입니다. 통 움직이질 못하네요."

나는 서재로 향했다. 레이첼은 바닥에 무릎을 꿇고 앉아 던의 머리를 자신의 무릎에 누이고 있었다. 방으로 들어서자 그녀가 시선을 들었다. "사람들이 던을 죽였어요. 죽어가고 있어요. 왜 그렇게 오래 집을 비웠죠? 당신이 집에 있었더라면 그런 일은 일어나지 않았을 거예요." 그녀가 말했다.

그녀의 말은 내 머릿속에서 오랫동안 잊힌 무언가를 일깨우듯 메아리처럼 울렸다. 그러나 지금은 그게 무엇이었는지 기억나지 않았다. 시컴은 우리 둘만 남겨두고 서재를 나갔다. 그녀의 눈가에 가득 고였던 눈물이 얼굴로 흘러내렸다. "던은 당신 개였잖아요. 당신만의 것. 둘이 함께 자랐다죠. 던이 죽는 건 도저히 못 볼 것 같아요."

그녀 옆으로 다가가 바닥에 앉으며, 내 머릿속에 떠오르는 것은 화강암 석판 밑에 파묻은 편지도 아니고, 우리 두 사람 사이에 축 늘어져 꼼짝 않고 누운 채 곧 죽어갈 가엾은 던도 아니라는 사실을 깨달았다. 나는 오로지 한 가지만 생각하고 있었다. 그녀가 내 집에 들어온 이후 처음으로, 그녀의 슬픔이 앰브로즈를 위한 것이 아니라 나를 위한 것이라는 생각이었다.

19

우리는 길고 긴 저녁 내내 던과 함께 앉아 있었다. 나는 저녁 식사를 했지만 레이첼은 아무것도 먹지 않았다. 던은 자정 직전에 숨을 거두었다. 나는 녀석을 안아다가 천을 덮어주었다. 내일 화단에 묻어줄 예정이었다. 서재로 돌아와보니 레이첼은 2층으로 가고 없었다. 복도를 따라 내실로 찾아가자, 그녀가 젖은 눈으로 벽난로를 응시하며 방에 앉아 있었다.

나는 곁에 앉으며 그녀의 손을 잡았다. "괴로워하진 않았던 것 같아요. 고통은 없었을 겁니다." 내가 그녀에게 말했다.

"열 살짜리 어린아이가 생일날 파이 속에서 강아지를 발견한 이후 둘은 15년이란 긴 세월을 함께했죠. 내 무릎에 머리를 얹고 누워 있는 던을 보면서 그 이야기가 계속 떠올랐어요."

"3주 뒤면 또다시 그 생일이 돌아와요. 난 스물다섯 살이 되고요. 그날 무슨 일이 일어나는지 알아요?" 내가 말했다.

"모든 소원이 이루어지겠죠. 어렸을 때 어머니한테 들은 말이에요. 무슨 소원을 빌 거예요, 필립?" 그녀가 대꾸했다.

"그날이 오기 전까지는 나도 모르겠어요." 내가 말했다.

반지를 낀 새하얀 손을 내게 잡힌 채로 그녀는 가만있었다.

"내가 스물다섯 살이 되면 대부님은 더 이상 재산 문제에 간섭하지 못해요. 온전히 다 내 것이어서 내 마음대로 해도 된다는 뜻이죠. 은행에 보관된 그 진주 목걸이도 다른 보석들도 전부 당신한테 줄 수 있어요."

"아니에요. 내가 그걸 받을 순 없어요, 필립. 그것들은 당신이 결혼할 때까지 아내를 위해 계속 보관해야 해요. 아직은 결혼할 마음이 없다는 거 알지만, 언젠가는 당신도 마음이 바뀔 거예요."

내가 하고 싶은 말이 무엇인지 잘 알았지만 감히 입 밖에 내지는 못했다. 대신에 나는 고개를 숙여 그녀의 손에 입을 맞춘 뒤 물러났다.

"지금 그 보석들이 당신 소유가 아닌 건 단순히 실수 탓이었어요. 보석뿐만 아니라 전 재산이 다 마찬가지죠. 이 집, 돈, 영지. 당신도 완벽하게 잘 알 거예요."

그녀는 괴로운 표정을 지었다. 그녀가 난롯가에서 벗어나 의자에 등을 기댔다. 그리고 손으로 반지를 만지작거리기 시작했다.

"실수가 있었더라도 그걸 거론할 필요는 없어요. 난 익숙해졌어요." 그녀가 말했다.

"당신은 그럴지 모르지만 난 아니에요." 내가 말했다.

나는 자리에서 일어나 벽난로를 등지고 서서 그녀를 내려다보았다. 이젠 내가 할 수 있는 일이 무엇인지 알게 되었고, 누구도 나를 막을 수는 없었다.

"무슨 뜻이죠?" 여전히 눈빛에 고통의 그림자를 드리운 채 그녀가 물었다.

"상관없어요. 3주 뒤면 당신도 알게 될 겁니다."

"3주 뒤 당신 생일이 지나면 나는 떠나야 해요, 필립."

마침내 내가 예상했던 그 말을 그녀가 입에 올렸다. 그러나 이제는 머릿속에 계획이 섰으므로 상관없을 듯했다.

"왜요?" 내가 물었다.

"너무 오래 머물렀어요." 그녀가 대답했다.

"말해봐요. 앰브로즈가 전 재산을 당신 앞으로 남겨 당신이 살아 있는 동안에는 모두 소유할 수 있고, 다만 그 기간에도 영지 관리는 당신을 대신해 내가 맡아야 한다는 단서 조항을 붙인 유언장을 작성했다면 당신은 어떻게 했을까요?"

그녀의 시선이 초조하게 나를 피해 다시 벽난로로 향했다.

"내가 어떻게 했을 거라니, 그게 무슨 뜻이죠?"

"당신이 여기에서 살았을까요? 나를 쫓아냈을까요?"

"당신을 쫓아내요? 당신 집에서요? 맙소사, 필립, 어떻게 나한테 그런 걸 물어요?"그녀가 외쳤다.

"그럼 당신이 여기 머물렀을까요? 이 집에서 살면서, 말하자면 당신 대신 일을 처리하도록 나를 고용했을까요? 지금처럼 똑같이 우리 둘이 함께 이 집에서 살았을까요?"

"네." 그녀가 말했다. "네, 그랬을 거예요. 나도 생각해본 적은 전혀 없어요. 하지만 당신이 비교할 수도 없을 만큼 상황이 달라졌을 거예요."

"어떻게 달라지죠?"

그녀가 허공에 손짓을 했다. "현재 내 지위가 불안정한 이유가 단순히 내가 여자이기 때문이라는 사실을 모르나요? 내가 무엇을 하든 우선 당신 대부님의 동의를 받아야 해요. 아무 말씀 안 하셨지만, 내가 떠나야 할 때가 다가오고 있다는 건 그분도 분명 느끼고 있었을 거예요. 이 집이 내 소유고, 좀 전 이야기처럼 당신이 내 고용인이라면 상황이 퍽 달라지겠죠. 내가 애슐리 부인이 되고 당신은 내 상속인이 될 테니까요. 하지만 지금은 당신이 필립 애슐리이고, 나는 당신의 하사금으로 살아가는 여자 친척에 불과해요. 둘 사이엔 하늘과 땅만큼 차이가 존재하죠."

"정확한 말이에요."내가 대꾸했다.

"그러니까 그 얘긴 더 하지 말아요."

"대단히 중대한 문제이기 때문에 더 이야기해야겠습니다. 유언장은 어떻게 되었죠?"내가 말했다.

"무슨 유언장이요?"

"앰브로즈가 재산을 당신에게 남긴다는 내용으로 작성했다가 미처 서명을 하지 않은 유언장이겠죠?"

그녀의 눈빛에서 불안감이 깊어지는 것이 보였다.

"그걸 당신이 어떻게 알죠? 난 당신한테 그런 말을 한 적이 없는데."

이럴 땐 거짓말 평계가 제격이라 나는 그녀에게 적당히 둘러 댔다.

"그런 유언장이 존재하지만 서명을 하지 않았기 때문에 법적으로는 아무 소용 없을 거란 점은 나도 줄곧 알고 있었어요. 좀더 짚고 넘어가자면, 당신이 이곳에 가져온 물건들 중에 있을 거라고 생각합니다."

일종의 모험이었지만 결국 나는 입 밖에 내고 말았다. 본능적으로 그녀의 시선이 벽에 붙어 있는 책상으로 향했다가 나에게 돌아왔다.

"나한테 무슨 말이 듣고 싶은 거죠?" 그녀가 물었다.

"그런 유언장이 존재한다는 것만 확인해줘요." 내가 말했다.

그녀는 망설이다가 이윽고 어깨를 으쓱했다.

"좋아요, 있어요. 하지만 그렇다고 달라지는 건 아무것도 없어요. 서명한 적 없는 유언장이니까요." 그녀가 대답했다.

"좀 볼 수 있을까요?" 내가 물었다.

"무슨 목적으로요, 필립?"

"나만 볼 목적으로요. 당신도 나를 신뢰할 수 있을 거라고 생각해요."

그녀는 한참이나 나를 쳐다보았다. 당황한 게 분명했고 초조한 것도 같았다. 그녀가 의자에서 일어나 책상으로 향하다 중간에 망설이며 다시 나를 돌아보았다.

"갑자기 왜 이러는 거죠? 왜 과거를 그냥 과거로 남겨두지 못해요? 그날 밤 서재에서 우리 둘 다 그렇게 하기로 약속했잖아요."

"당신은 여기 머물겠다고 약속했어요." 내가 그녀에게 대꾸했다.

나에게 유언장을 보여줄 것인지 말 것인지, 선택은 그녀에게 달려 있었다. 오후에 화강암 석판 옆에서 내가 했던 선택을 떠올렸다. 좋든 싫든 나는 편지를 읽는 쪽을 선택했다. 이제는 그녀도 결정을 내려야 했다. 그녀가 책상으로 가서 작은 열쇠를 꺼내 서랍 하나를 열었다. 그리고 서랍에서 꺼내 온 서류 뭉치를 나에게 건넸다.

"원한다면 읽어봐요." 그녀가 말했다.

나는 서류에 촛불을 비추었다. 앰브로즈의 글씨체는 오후에 내가 읽은 편지보다 더 깔끔하고 단호해 힘이 넘쳤다. 날짜는 그와 레이첼이 결혼한 지 7개월째인 1년 전 11월로 되어 있었다. 표지엔 "앰브로즈 애슐리의 마지막 유언장"이라고 적혀 있었다. 내용은 그가 나에게 알려준 것과 같았다. 유산은 레이첼이 살아 있는 동안 그녀에게 상속되었다가 그녀가 세상을 떠나면 두 사람의 자녀 중 맏이에게 상속되겠지만, 혹시라도 자녀가 없는 경우 내가 물려받게 되어 있었고, 그녀가 살아 있는 동안에도 영지 관리는 내가 해야 한다는 단서 조항이 붙어 있었다.

"이 서류의 사본을 만들어 가져도 될까요?" 내가 그녀에게 물었다.

"좋을 대로 해요." 그녀가 말했다. 아무런 상관 없다는 듯 그녀의 표정은 창백하고 무기력했다. "다 끝난 일이에요, 필립. 지금 다시 거론하는 건 무의미해요."

"이건 내가 잠깐 보관하면서 사본을 만들어둘게요" 하고 말하며 내가 책상에 앉아 펜과 종이를 꺼내 유언장을 베껴 적는 사이, 그녀는 한 손을 베고 소파에 몸을 눕혔다.

앰브로즈가 편지에서 나에게 했던 말을 전부 다 확인해야 한다는 것은 알고 있었지만, 그럼에도 잔인한 말로 그녀에게 질문을 던져 대답을 강요해야 한다는 사실이 너무도 싫었다. 나는 열심히 펜을 놀렸다. 유언장을 베껴 적는 것은 다른 무엇보다도 일단 그녀를 쳐다보지 않아도 된다는 핑계로 작용했다.

"앰브로즈가 유언장의 날짜를 11월로 했네요. 새 유언장 작성을 왜 굳이 그달에 했는지 혹시 알아요? 두 사람이 결혼한 건 한참 전인 4월이었잖아요."

그녀는 곧바로 대답하지 않았다. 문득 나는 갓 치유된 상처의 흉터를 째는 외과 의사의 심정이 어떤 것인지 알 것 같았다.

"왜 11월에 작성했는지는 나도 몰라요. 당시엔 우리 둘 다 죽음을 생각한 적 없었어요. 오히려 정반대였죠. 18개월간 함께 지낸 기간 중에서 그때가 가장 행복한 시기였어요."

"알아요. 나한테도 편지에 그렇게 적어 보냈었어요." 빈 종이를 집으며 내가 말했다. 그녀가 소파에서 자세를 바꾸어 나를 쳐다보는 기척이 들렸다. 그러나 나는 책상에서 계속 글씨를 써나갔다.

"앰브로즈가 당신한테 얘기했다고요? 하지만 난 당신한테 알리지 말라고 했었어요. 당신이 오해를 할 수도 있고, 혹시라도 외면당했다고 여길까 봐 두려웠어요. 당신이 그런 심정을 느꼈더라도 그건 당연해요. 그이는 비밀로 하겠다고 약속했었어요. 그랬는데 결과적으론 달라진 게 없었죠."

감정이 실리지 않은 담담한 목소리였다. 결국 외과 의사가 상처를 헤집었을 때 환자가 자신은 아무런 고통도 못 느꼈다고 나른하게 말할 수도 있는 일이었다. 화강암 아래 묻은 편지에 앰브로즈는 "그런 문제는 여자에게 더 깊은 상심을 안겨주게 마련이다"라고 적었다. 종이에 글씨를 휘갈겨 적던 나는 "달라진 게 없다…… 달라진 게 없다"라고 적고 있는 자신을 발견했다. 나는 그 종이를 찢어버리고 다시 필사를 시작했다.

"그런데 결국 마지막엔 유언장에 서명을 하지 않았군요."

"그래요. 앰브로즈는 지금 당신이 보는 대로 그 서류를 남겨두었어요." 그녀가 말했다.

나는 필사를 마쳤다. 유언장과 사본을 접어 둘 다 오후에 앰브로즈의 편지를 넣고 다니던 재킷 윗주머니에 넣었다. 그러고는 그녀가 누워 있는 소파로 다가가 무릎을 꿇으며, 여자로서가 아니라 아이를 껴안듯 그녀를 품에 꼭 안았다.

"레이첼, 왜 앰브로즈가 유언장에 서명하지 않았을까요?"

그녀는 몸을 피하지도 않고 잠자코 누워 있었다. 내 어깨에 올리고 있던 손에만 갑자기 힘이 들어갔다.

"말해줘요, 말해줘요, 레이첼."

나의 부탁에 대답하는 그녀의 목소리는 어딘가 아주 먼 곳에서 흘러나오는 듯 희미했고, 내 귓가에 들리는 말소리는 속삭임에 지나지 않았다.

"우리가 또다시 그 이야기를 하게 될 줄은 몰랐네요. 그이는 결국 내가 아이를 낳을 수 없게 되었다는 사실을 깨달으면서 나에 대한 믿음을 잃었던 것 같아요. 그 사람은 절대 몰랐겠지만 신의도 일부 사라졌어요."

나는 무릎을 꿇고 그녀를 품에 안은 채로 화강암 석판 아래 묻혀 있는 수첩 속 편지를 떠올렸다. 다른 표현이기는 했지만 거기에도 똑같은 비난이 적혀 있었다. 서로 사랑했던 두 사람이 어떻게 그토록 서로를 오해하고, 공통의 슬픔을 간직한 채로 멀어질 수가 있는지 의아했다. 남녀 간의 사랑에는 어딘가 사람을 고통과 의심으로 몰아가는 특성이 있는 게 틀림없었다. "그땐 불행했겠네요?" 내가 물었다.

"불행이라고요? 어땠을 것 같아요? 난 거의 제정신이 아니었어요." 그녀가 말했다.

다른 이유도 아닌, 각자가 품은 의심과 두려움 탓에 둘 사이에 드리워진 이상한 그림자에 휩싸여 저택 테라스에 앉아 있는 두 사람의 모습이 눈에 선했다. 하지만 그 어두운 그림자의 씨앗은 아무리 애를 써서 되짚어보아도 더는 근원을 추적할 수가 없을 것 같았다. 어쩌면 무의식적으로 아내에게 품은 반감 때문에, 상갈레티와 함께했던 그녀의 결혼 생활이나 그 이전 과거를 돌이켜보며 앰브로즈가 공유하지 못했던 그녀의 인생을 비난한 것인지도 모른다. 레이첼 또한 마찬가지로 배 속의 아이를 유산하면서 사랑도 잃게 될까 두려워 억울한 마음을 품었을 수도 있었다. 결국엔 그녀가 앰브로즈를 제대로 이해하지 못했다는 의미였다. 땅에 파묻은 편지 내용을 그녀에게 전해줄 수도 있겠지만, 소용없는 짓이었다. 오해가 너무 깊었다.

"그러니까 유언장에 서명하지 않고 밀쳐둔 건 다 실수였군요." 내가 그녀에게 말했다.

"원한다면 실수라고 불러도 좋아요. 이젠 상관없으니까요. 하지만 그 후로 얼마 안 가 앰브로즈의 태도가 달라지더니 사람자체가 변했어요. 앞이 잘 안 보일 만큼 심한 두통이 시작됐죠. 한두 번은 격렬한 발작을 일으킬 정도로 두통이 심했어요. 그렇게 된 데 내 탓이 얼마나 클지 궁금했고 두려웠어요."

"친구는 없었어요?"

"레이날디뿐이었어요. 하지만 그 사람은 오늘 밤에 내가 당신에게 들려준 이야기를 전혀 알지 못해요."

탐색하는 듯한 작은 눈매와 그 차갑고 냉정한 얼굴이 떠올라, 나는 그를 오해했던 앰브로즈를 비난할 수가 없었다. 하지만 어떻게 앰브로즈는 그녀의 남편으로서 그토록 자신감이 없었을까? 여자가 남자를 사랑할 땐 당연히 남자 쪽에서 알아차려야 하지 않을까? 하지만 누구나 그걸 장담할 순 없을 가능성도 있었다.

"앰브로즈가 병들어 쓰러졌을 땐 더 이상 레이날디를 집으로 불러들이지 않았죠?" 내가 물었다.

"감히 그러진 못했어요. 앰브로즈가 어떻게 변했었는지 당신은 절대 이해 못 해요. 나도 이야기하고 싶지 않고요. 필립, 제발 더는 묻지 말아줘요."

"앰브로즈는 당신을 의심했어요. 무엇을 의심했죠?"

"전부 다요. 불륜, 그리고 그보다 더 심한 것도요."

"불륜보다 더 심한 게 뭐가 있을 수 있죠?"

갑자기 그녀가 나를 밀어내고 소파에서 일어나더니 문 쪽으로 가 방문을 열었다. "아무것도 없죠. 그런 건 세상에 없어요." 그녀가 말했다.

나는 천천히 일어나 문으로 가서 그녀 옆에 섰다.

"미안해요. 화나게 할 의도는 아니었어요." 내가 말했다.

"화나지 않았어요." 그녀가 나에게 대꾸했다.

"앞으로 다시는 당신에게 이런 질문 하지 않을 거예요. 이게 마지막 질문이었어요. 진지하게 약속할게요."

"고마워요." 그녀가 말했다.

그녀의 얼굴은 긴장한 듯 새하얗게 질려 있었다. 목소리는 차가웠다.

"물어볼 만한 이유가 있었어요. 3주 뒤면 당신도 알게 될 거예요." 내가 말했다.

"이유는 묻지 않겠어요, 필립. 당신에게 바라는 건 그만 가달라는 것뿐이에요."

그녀는 나에게 키스를 하지도 손을 잡아주지도 않았다. 나는 그녀에게 목례하고 방을 나왔다. 하지만 방금 전까지만 해도 그녀는 내가 곁에 무릎을 꿇고서 껴안는 것을 허락했었다. 왜 갑자기 태도가 달라졌을까? 앰브로즈가 여자들에 대해 아는 것이 거의 없는 편이라면, 나는 그보다 더 몰랐다. 여자들은 예기치 못했던 따뜻함으로 미처 알지 못하는 사이에 남자를 환희의 순간으로 끌어 올린 뒤, 아무 이유 없이 순식간에 태도를 바꾸어 상대를 예전에 있던 곳으로 내동댕이쳤다. 대체 여자들은 머릿속에 얼마나 혼란스럽고 뒤틀린 생각의 체계를 갖고 있기에 판단력이 흐려지는 것일까? 대체 어떤 충동의 파도가 덮치기에 분노에 사로잡히고 움츠리다가 돌연 너그러움을 베풀게 되는 걸까? 이해력이 부족한 우리 남자들은 양극단 사이를 좀 더 천천히 오가는 데 반해, 변덕스럽고 불안정한 여자들은 바람처럼 생각이 바뀌는 대로 오락가락 행동했다. 남자와 여자는 확실히 다른 존재였다.

다음 날 아침, 아래층으로 내려온 그녀의 태도는 평소처럼 친절하고 다정했다. 전날 밤 나누었던 대화에 대해서는 한 마디도 언급하지 않았다. 우리는 동백꽃밭이 시작되는, 마당에서 좀 떨어진 화단에 가엾은 던을 묻어주었고, 나는 녀석의 무덤 주변에 동그랗게 작은 돌을 둘러 장식해주었다. 우리는 앰브로즈가 내게 던을 선물했던 열 번째 생일에 대해서도, 앞으로 다가올 스물다섯 번째 생일에 대해서도 이야기하지 않았다. 하지만 다음 날 일찍 일어난 나는 집시에게 안장을 얹어두라고 지시한 뒤 애마를 타고 보드민으로 향했다. 그곳에서 나는 윌프레드 테윈이라는 변호사를 찾아갔다. 이 지역의 일을 많이 담당하고 있었지만, 대부님이 세인트오스텔에서 직접 사람들을 거느리고 애슐리 가문의 사무를 봐주는 터라, 우리 일을 맡은 적은 없는 사람이었다. 나는 그에게 대단히 긴급하고 사적인 용무로 찾아왔다고 설명한 뒤, 법적으로 유산이 내 소유가 되는 4월 1일에 전 재산을 나의 사촌 레이첼 애슐리에게 넘겨줄 수 있도록 법률 용어로 작성된 공증 서류를 만들어달라고 부탁했다.

나는 앰브로즈가 서명하지 않은 유언장을 그에게 보여주고, 앰브로즈가 서명을 하지 않았던 건 갑작스런 와병과 뒤이은 사망 때문이었다고 설명했다. 레이첼이 사망하는 경우 재산은 다시 나에게 상속되며, 그녀가 살아 있는 동안에도 내가 영지의 관리를 맡는다는 앰브로즈의 유언장 내용은 상당 부분 서류에 포함시키도록 요구했다. 내가 먼저 죽는 경우 재산은 켄트에 사는 육촌에게 상속되겠지만, 그것은 어디까지나 레이첼의 사망 이전이 아니라 이후의 일이었다. 테원은 내가 원하는 바를 즉각 이해했고, 대부님과 그리 사이가 좋은 편이 아니었으므로—내가 그를 찾아간 이유도 일부는 그 때문이었다—그토록 중대한 일을 자신에게 맡겨준 데 대해 고마워했다.

"토지를 보호할 수 있는 안전 조항도 포함시킬까요? 현재 잡혀 있는 초안대로라면 애슐리 부인께서 원하시는 대로 얼마든지 토지를 매매할 수 있는 상황인데, 영지를 차후 상속인에게 통째로 물려주고 싶어 하시는 경우라면 그렇게 놔두는 건 현명하지 못한 조치 같습니다."

"그렇군요. 매매를 금하는 조항을 넣는 것이 좋겠어요. 당연히 집 문제도 똑같이 해야겠죠." 내가 천천히 대답했다.

"가문 소유의 보석과 기타 개인 비품도 있을 텐데요. 그건 어떻게 하죠?" 그가 물었다.

"그건 그 사람 물건이니 본인이 하고 싶은 대로 처분해도 좋습니다." 내가 대꾸했다.

그는 서류 초안을 꼼꼼히 읽어주었다. 내가 보기에 잘못된 곳은 없는 것 같았다.

"한 가지 더요. 애슐리 부인께서 재혼하시는 경우에 대한 단서 조항이 없네요." 그가 말했다.

"그럴 가능성은 없을 것 같은데요."

"그렇다 해도 그것과 상관없이 지정해두는 편이 좋습니다."

그가 펜을 허공에 든 채로 내 의향을 묻듯 나를 쳐다보았다.

"귀하의 사촌께서는 아직 상당히 젊은 여인이십니다. 안 그런가요? 당연히 그 점을 염두에 둬야 합니다."

레이첼이 나를 놀릴 요량으로, 마을 끝 쪽에 사는 흉측한 늙은이 세인트이브스를 언급했던 순간이 문득 떠올라 나를 경악케 했다.

"그 사람이 재혼하는 경우 재산은 다시 나에게 환속돼야겠죠. 그건 아주 분명합니다." 내가 재빨리 말했다.

그가 서류에 그 부분을 적어 넣고는 다시 초안을 읽어주었다.

"4월 1일까지 이 내용을 공증 서류로 준비해달라는 말씀이시죠, 애슐리 씨?" 그가 물었다.

"부탁합니다. 그날이 내 생일이에요. 전 재산이 완벽하게 내 소유가 되는 날이죠. 어느 쪽에서도 반대하고 나설 수는 없을 겁니다."

그가 종이를 접고는 나를 보며 미소 지었다.

"본인 소유가 된 순간 모든 것을 내놓으시다니 정말 너그러운 일을 하시는군요." 그가 말했다.

"나의 사촌 앰브로즈 애슐리가 유언장에 서명을 했더라면 애당초 절대 나의 것이 될 리 없었던 재산이니까요."

"그래도 이런 일은 전례가 없었을 거라고 생각됩니다. 분명 어디서도 들어본 적 없고, 저 역시 평생 겪어보지 못한 일입니다. 그날이 되기 전까지는 이 일을 비밀에 부치길 원하시겠지요?"

"절대 발설해선 안 됩니다. 반드시 비밀에 부쳐야 할 문제예요."

"그럼 그렇게 알겠습니다, 애슐리 씨. 저를 믿고 이번 일을 맡겨주셔서 감사합니다. 앞으로도 무슨 일이든 아무 때나 찾아주시면 기꺼이 도와드리겠습니다."

그는 건물 앞에서 나에게 목례를 하며, 완벽하게 갖춰진 서류가 3월 31일에 나에게 배달되도록 하겠다고 약속했다.

나는 무모한 자신감을 잔뜩 품은 채 집으로 향했다. 나중에 대부님이 소식을 듣고 뇌졸중을 일으키는 건 아닐지 궁금했다. 상관없었다. 그의 불행을 바라는 건 아니었지만, 일단 그의 법적인 영향력에서 벗어나 완벽하게 일을 마무리하려면 전세를 역전시켜 뒤통수를 쳐야 했다. 레이첼도 이제는 자기 재산을 두고 런던으로 떠나지 못할 것이다. 어젯밤 그녀가 펼쳤던 주장은 효력을 잃었다. 만일 그녀가 나더러 자기 집에서 나가라고 하면, 나는 오두막으로 옮겨 가 살면서 매일 그녀의 명을 받아 드나들면 될 일이었다. 웰링턴과 탐린, 다른 일꾼들과 같이 지내며, 모자를 손에 들고 그녀의 명에 따라 시중을 들 것이다. 어린아이였다면 멋진 삶에 대한 애정으로 신이 나서 당장이라도 펄쩍펄쩍 뛰었을 것이다. 실제로도 나는 집시를 개울둑에 세워놓은 채 펄쩍펄쩍 뛰며 좋아하다 옆구리를 땅에 부딪혔다. 3월의 바람이 나를 바보로 만들어놓았다. 고래고래 노래도 부르고 싶었지만 아는 노래가 한 곡밖에 없어서 그러지는 못했다. 생울타리는 초록색으로 변했고 버드나무엔 새순이 돋았으며, 노란색 가시금작화는 꿀을 잔뜩 머금고 꽃을 피웠다. 열에 들떠 어리석은 짓을 하기에 딱 좋은 날이었다.

늦은 오후 귀갓길에, 마찻길을 따라 집으로 말을 몰던 나는 현관문 앞에 사륜 역마차가 서 있는 것을 발견했다. 레이첼을 만나러 오는 사람들은 자가용 마차를 타고 왔기 때문에 그것은 아주 드문 광경이었다. 먼 길을 달려온 듯 바퀴와 마차 차체엔 먼지가 뽀얗게 쌓여 있었고, 마차도 마부도 분명 내가 모르는 행색이었다. 그 광경을 본 나는 말을 돌려 마구간으로 되돌아갔지만, 집시를 데리러 나온 마구간지기 청년은 방문객에 대해 나만큼이나 아는 것이 없었고 웰링턴은 하필 부재중이었다.

복도엔 아무도 없었지만 응접실로 다가가던 나는 닫힌 문 안쪽에서 들려오는 목소리를 들었다. 나는 중앙 계단으로 올라가지 않고 뒤쪽 하인 전용 계단을 통해 내 방에 가기로 마음먹었다. 막 돌아서려는 순간 응접실 문이 열리고 레이첼이 어깨 너머로 웃으며 복도로 나왔다. 그녀는 편안하고 행복한 표정이었고, 기분이 좋을 때면 그녀의 전신에서 스며 나오는 듯한 광채를 환하게 내뿜고 있었다.

"필립, 돌아왔군요." 그녀가 말했다. "응접실로 와서 손님과 인사해요. 우리 둘을 보러 아주 멀리서 왔답니다." 그녀는 미소 지으며 마지못해 내 팔을 잡고 방 안으로 데려갔다. 의자에 앉아 있던 한 남자가 나의 등장에 자리에서 일어나 내게 다가와서 손을 내밀었다.

"내가 오리라고 예상하지 못했다니 사과드리지요. 하지만 처음 당신을 보았을 때 뜻밖이었던 건 나도 마찬가지입니다." 남자가 말했다.

레이날디였다.

20

내 얼굴에 속마음이 고스란히 드러났는지 어쩐지는 잘 모르
겠지만, 레이첼이 재빨리 끼어들어 대화를 이어간 것을 보면
분명 그랬던 모양이었다. 그녀는 내가 늘 밖으로 나가 말을 타
거나 걸어 다니는 탓에 어디 있는지, 언제 돌아오는지 통 알 수
가 없다고 레이날디에게 설명했다. "필립은 자기 일꾼들보다
더 열심히 일하고, 영지에 관해서는 누구보다도 속속들이 잘
안답니다."

부루퉁한 아이를 달래는 교사처럼 그녀는 여전히 내 팔짱을
낀 채로 손님 앞에서 내 자랑을 늘어놓고 있었다.

"멋진 영지를 갖고 계신 점 축하드립니다. 당신 사촌 레이첼
이 이곳에 이토록 애착을 갖게 된 것도 놀라운 일은 아니군요.

이렇게 건강한 모습은 본 적이 없습니다."레이날디가 말했다.

내가 선명하게 기억하고 있는 그대로, 그는 눈꺼풀이 축 늘어져 좀처럼 감정이 드러나지 않는 눈을 들어 잠시 레이첼을 바라보다 다시 나를 돌아보았다.

"다소 건조한 피렌체의 공기보다는 이곳 공기가 심신 휴식에 더 좋은 모양입니다."그가 말했다.

"내 사촌은 원래 영국 서부 출신입니다. 원래 속했던 고향으로 돌아온 것뿐이죠."내가 대꾸했다.

얼굴을 약간 실룩거리는 것도 굳이 미소라고 부를 수 있는지는 모르겠지만, 그가 그런 하나 마나 한 미소를 짓더니 레이첼을 향해 말했다. "그야 어느 쪽의 혈통이 더 강한가에 달린 게 아닐까요? 당신의 젊은 친척은 당신 어머니가 로마 출신이라는 것을 잊은 모양이오. 게다가 내가 한 마디 더 덧붙이자면 당신은 하루하루 더 어머니를 닮아가고 있어요."

"어머니의 몸매나 성격은 곤란하고 얼굴만 닮으면 좋겠네요."레이첼이 말했다. "필립, 레이날디가 딱히 숙소를 정하지 않았다면서 우리더러 적당한 호텔을 추천해달라고 하기에 내가 말도 안 되는 소리라고 했어요. 여기에 손님이 묵을 방 하나 정도는 틀림없이 마련할 수 있겠죠?"

그녀의 제안에 심장이 툭 떨어졌지만 거절할 수는 없었다.

"물론이죠. 당장 방을 준비시키겠습니다. 역마차도 더는 필요 없으니 그만 보내야겠네요."내가 말했다.

"엑서터부터 타고 온 마차입니다. 마부에게 마차 삯을 지불하고 돌려보냈다가 런던으로 돌아갈 때 다시 불러야겠습니다." 레이날디가 말했다.

"시간은 충분히 있으니까 그런 건 나중에 결정해요. 이왕 왔으면 최소한 며칠은 여기서 지내야죠. 그래야 모든 걸 다 구경할 수 있을 거예요. 게다가 우린 의논할 것도 많잖아요." 레이첼이 그에게 말했다.

응접실을 나온 나는 방을 준비하라는—저택의 서쪽에 그가 쓸 만한 크고 황량한 방이 하나 있었다—지시를 내린 뒤, 천천히 계단을 올라가 저녁 식사 전에 목욕하고 옷을 갈아입으려고 침실로 향했다. 내 방 창문으로 내다보니, 레이날디가 집 밖으로 나와 역마차 마부에게 돈을 지불하는 모습이 보였다. 마차가 떠난 뒤에도 그는 자산 평가라도 하려는 듯 잠시 마차 진입로에 서서 주변을 둘러보았다. 그가 한눈에 주변 목재와 나무, 관목의 값을 매기고 있는 듯한 기분이 들었다. 게다가 한 손으로 현관문을 쓸어내리며 표면에 조각된 형상들을 살피는 모습도 포착되었다. 레이첼도 밖으로 나가 합류한 듯, 그녀의 웃음소리가 들리더니 곧이어 두 사람이 이탈리아어로 대화를 시작했다. 현관문이 닫혔다. 두 사람은 안으로 들어갔다.

반쯤은 방에서 나가지 않고 존에게 내 저녁 식사를 쟁반에 담아 가져오라고 지시하고 싶은 마음이었다. 둘이 그렇게 할 이야기가 많다면 내가 없는 편이 차라리 나을 터였다. 하지만 집주인인 내가 결례를 범할 수는 없었다. 느릿느릿 목욕을 마친 나는 마지못해 옷을 입고 아래층으로 내려갔다. 인부들을 불러들여 청소하고 벽 장식과 천장 수리를 마친 뒤로는 단 한 번도 사용한 적이 없었던 식당에서 시컴과 존이 바삐 돌아다니고 있었다. 식탁에는 최고급 은제 식기가 놓이고, 손님맞이를 위한 물건들이 총동원되어 있었다.

"이렇게까지 소동을 벌일 필요는 없어. 서재에서도 얼마든지 식사할 수 있잖아." 내가 시컴에게 말했다.

"마님께서 명을 내리셨습니다, 나리." 시컴이 위엄을 갖춰 대꾸했다. 그가 존에게 찬장에서 레이스 장식이 달린 냅킨을 가져오라고 지시하는 소리가 들려왔다. 그것 역시 일요일 만찬에서도 사용하지 않는 물건이었다.

나는 파이프 담배에 불을 붙이고 마당으로 나갔다. 봄날의 저녁은 아직 환했고, 땅거미는 한두 시간 더 있어야 내릴 것이다. 하지만 응접실엔 촛불이 켜졌고 커튼은 아직 닫지 않은 상태였다. 파란 방에도 촛불이 밝혀져, 레이첼이 옷을 갈아입으며 창문 앞을 오가는 모습이 보였다. 단둘이 내실에서 오붓하게 보냈더라면, 나는 보드민에서 했던 일을 속으로 곱씹고 그녀는 다정한 분위기 속에서 자신의 하루를 들려주었을 것이다. 그런데 이제는 그런 것이 불가능해졌다. 환하게 밝혀진 응접실과 식당의 분주함, 사소한 이야기가 오가는 둘만의 대화가 불가능해진 것쯤은 걱정할 일이 아니었다. 그러나 그 남자에 대한 본능적인

반감은 차치하더라도 그자가 아무런 용무도 없이 그저 시간을
보내려고 이곳에 왔을 리는 만무하니 무언가 다른 목적이 있을
거라는 생각이 들었다. 레이첼은 그자가 영국으로 자신을 만나
러 온다는 것을 알고 있었을까? 보드민에서 나를 휘감았던 모
든 희열은 사라져버렸다. 학생 같은 장난은 끝났다. 나는 의혹
에 휩싸여 착 가라앉은 기분으로 집 안으로 들어갔다. 레이날디
는 응접실 벽난로 앞에 홀로 서 있었다. 여행복에서 만찬용 양
복으로 갈아입은 그는 한쪽 벽에 걸린 내 할머니의 초상화를 들
여다보는 중이었다.

"매력적인 얼굴입니다. 눈매와 피부가 좋으시네요. 당신도 외
모가 뛰어난 가문의 후손이었군요. 초상화 자체는 별로 가치가
높아 보이지 않네요." 그가 그림을 평가하며 말했다.

"그럴 리가 없을 텐데요. 혹시 봤는지 모르겠지만 계단에는
렐리와 넬러의 작품들이 걸려 있죠." 내가 말했다.

"내려오면서 봤습니다. 렐리 작품은 괜찮은데 넬러 작품은 그
렇지 못하더군요. 전성기 때 작품이 아니라, 다작을 하던 시기
에 그린 그림 같았습니다. 마무리는 제자가 했을 가능성도 있어
요." 그가 대꾸했다. 나는 아무 말도 하지 않았다. 나는 계단을
내려오는 레이첼의 발소리가 들리는지 귀 기울이고 있었다. "피
렌체를 떠나오기 전에 당신 사촌을 위해 푸리니의 초기 작품을
한 점 팔았지요. 불행하게도 지금은 다 흩어져버린 상갈레티 가
문의 소장품 가운데 하나였어요. 빼어난 작품이었습니다. 빛이

들어와 작품을 가장 빛나게 해줄 수 있는 위치인 저택 계단에 걸려 있었죠. 당신이 저택에 찾아갔을 땐 아마 알아보지 못했을 가능성도 있겠군요."

"당연히 그랬겠죠." 내가 그에게 대꾸했다.

레이첼이 방으로 들어왔다. 그녀는 크리스마스이브에 입었던 드레스를 입고 있었는데, 드러난 어깨엔 숄을 걸치고 있었다. 나로선 그래서 기뻤다. 그녀는 우리가 어떤 대화를 나누고 있었는지 표정으로 간파하려는 듯 우리 두 사람 얼굴을 번갈아 쳐다보았다.

"운 좋게 내가 푸리니의 성모상 그림을 팔았다는 이야기를 방금 당신 사촌에게 하고 있었소. 하지만 그런 작품을 떠나보내야 하다니 얼마나 비극인지." 레이날디가 말했다.

"우린 이미 그런 일에 익숙하잖아요. 지키지 못했던 보물이 어디 한두 가지인가요." 레이첼이 대답했다. 나는 둘의 관계에 '우리'라는 단어가 사용되었다는 데 언짢은 기분을 느꼈다.

"저택을 파는 데는 성공했습니까?" 내가 단도직입적으로 물었다.

"아직 성공하지 못했습니다. 사실 당신 사촌 레이첼을 만나러 여기까지 온 것도 부분적으로는 집 문제 때문입니다. 집을 파는 대신에 현실적으로 3, 4년 정도 세를 놓기로 했죠. 팔아치우는 것보다는 빌려주는 쪽이 더 이로울 겁니다. 언젠가 당신 사촌이 피렌체로 돌아가고 싶어 할 수도 있으니까요. 오랜 세월 저 사람의 집이었기도 하고요." 레이날디가 대답했다.

"난 아직 돌아가고 싶은 마음 없어요." 레이첼이 말했다.

"그래요, 그런 마음이 없을 수도 있겠죠. 하지만 두고 봅시
다." 레이날디가 대꾸했다.

그의 시선이 방 안을 돌아다니는 레이첼을 따라다녔다. 그자
가 계속 쳐다보지 못하도록 부디 그녀가 자리를 잡고 앉으면 좋
겠다는 생각이 들었다. 레이첼이 늘 앉던 의자는 촛불과 거리가
멀어 그곳에 앉으면 얼굴에 그림자가 졌다. 드레스를 자랑할 의
도가 아니라면 그녀가 괜히 방 안을 돌아다닐 이유는 없었다.
내가 의자를 앞으로 당겨놓았지만 그녀는 앉지 않았다.

"상상해봐요. 레이날디는 런던에 일주일도 넘게 머물면서 나
한테 한 마디도 하지 않았어요. 시컴이 찾아와 저 사람이 여기
와 있다고 말한 순간보다 더 놀랐던 적은 평생 없었을 거예요.
미리 나에게 언질을 주지 않다니, 정말 무책임한 처사였다고 생
각해요." 레이첼이 어깨 너머로 레이날디를 돌아보며 미소를 짓
자 그가 어깨를 으쓱했다.

"갑작스럽게 찾아오면 당신이 더 기뻐할지도 모른다고 기대
하는 마음으로 찾아온 거요. 상황에 따라 뜻밖의 방문은 즐거움
일 수도 있고 그 반대일 수도 있으니까. 로마에 있을 때, 카스텔
루치의 파티에 가려고 옷을 갈아입고 있던 당신 앞에 코시모와
내가 나타났던 일 기억나오? 우리 둘을 보고서 당신은 드러내
놓고 화를 냈었지." 레이날디가 말했다.

"아, 그땐 그럴 만한 이유가 있었잖아요. 설령 당신이 그 이유를 잊었다 해도 내가 일깨워주고 싶진 않네요." 레이첼이 웃음을 터뜨렸다.

"잊지 않았소. 난 당신이 입고 있던 드레스 색깔도 기억하는걸. 호박빛이었지. 게다가 베니토 카스텔루치가 당신에게 꽃을 선물했던 것도 기억나오. 나는 그자의 카드를 발견했는데 코시모는 보지 못했었지."

시컴이 들어와 저녁 식사가 준비되었다고 알리자, 레이첼은 식당을 향해 앞장서서 복도를 걸어가며, 계속 레이날디에게 로마에서 있었던 일을 상기시키고 웃음 지었다. 내 평생 그토록 침울해져 못 올 데를 온 듯한 기분을 느껴본 적은 없었을 것이다. 두 사람은 계속해서 둘만 아는 개인사와 장소를 이야기했고, 레이첼은 이따금씩 아이를 달래듯 식탁 위로 손을 뻗어 내 손을 잡으며 변명했다. "우리를 용서해요, 필립. 레이날디를 너무 오랜만에 만나서 그래요." 그러면 그는 어둡고 축 늘어진 눈으로 나를 지켜보며 느긋하게 미소 지었다.

두 사람은 한두 차례 이탈리아어로 대화를 나누었다. 레이날디는 그녀에게 무언가 이야기하다 갑자기 단어가 떠오르지 않으면 나에게 사과의 의미로 목례하고는 모국어로 대화를 이어갔다. 레이첼이 이탈리아어로 그에게 대꾸할 때면 그녀의 입에서 쏟아져 나오는 낯선 외국어가 나와 영어로 대화할 때보다 어찌나 빠르게 들리는지, 아예 그녀의 표정 전체가 달라진 것 같았다. 그녀는 한층 생기발랄하고 활력 넘치면서 한편으로는 좀 더 매정한 사람으로 돌변했다. 새삼 환하게 빛나는 그녀의 모습이 나는 별로 마음에 들지 않았다.

널빤지로 벽을 장식한 식당과 나의 식탁은 그 두 사람과 좀처럼 어울리지 않는 것 같았다. 그들은 어딘가 다른 곳, 피렌체나 로마에서 피부색이 더 진한 하인들의 시중을 받으며 내가 알아듣지 못하는 언어로 담소를 나누고 미소 짓고, 훨씬 더 화려하고 번쩍거리는 이국적인 분위기 속에 앉아 있어야 할 것 같았다. 시커먼 가죽 실내화를 신고 터벅터벅 돌아다니고, 식탁 아래선 강아지들이 다리를 긁어대는 이곳에 있으면 안 되는 사람들이었다. 나는 참담하고도 위축된 기분으로 의자에 깊숙이 앉아 접시에만 코를 박고 있다가, 기분을 전환하려고 호두를 집어 손으로 으깨버렸다. 레이첼은 우리가 식후주인 포트와인과 브랜디를 즐길 때까지 계속 우리와 나란히 식탁에 앉아 있었다. 물론 나는 둘 다 사양했지만, 레이날디는 두 가지 술을 다 받아 마셨다.

그는 지니고 다니던 담뱃갑에서 시가를 꺼내 피우며 나를 관찰했고, 나는 아량을 베풀듯 너그러운 태도로 파이프 담배에 불을 붙였다.

"젊은 영국인들은 다 파이프 담배를 피우는 것 같더군요. 소화에 도움이 된다는 의견이 있던데, 고약한 입 냄새의 원인이 된다는 이야기도 들었습니다." 레이날디가 말했다.

"고약한 입 냄새가 나는 건 브랜디도 마찬가지겠죠." 내가 대꾸했다.

문득 지금은 죽어 화단에 묻혀 있는 가엾은 던이 떠올랐다. 팔팔하던 시절에 녀석은 몹시 싫은 개와 마주치면 목덜미 털과 꼬리를 바짝 세우고 곧장 달려들어 비상하듯 튀어 오른 다음 단번에 상대의 목덜미를 물었다. 녀석이 어떤 기분이었는지 이젠 나도 알게 되었다.

"우린 이만 일어날게요, 필립." 레이첼이 의자에서 일어나며 말했다. "레이날디와 나는 의논할 것도 많고, 내가 서명해야 하는 서류도 가져왔대요. 아무래도 2층 내실로 올라가서 얘기하는 게 가장 나을 것 같아요. 당신도 같이 갈래요?"

"나는 됐습니다. 온종일 외출을 했던 터라 사무실에 읽어볼 편지들이 좀 있어요. 그럼 두 분 편안한 밤 보내시기 바랍니다." 내가 말했다.

레이첼이 식당에서 나가자 그가 뒤를 따랐다. 나는 두 사람이 2층으로 올라가는 소리를 들었다. 존이 식탁을 치우러 왔을 때도 여전히 나는 그곳에 앉아 있었다.

잠시 후 나는 밖으로 나가 마당을 돌아다녔다. 내실에서 새어 나오는 불빛이 보였지만 커튼이 드리워져 있었다. 이제 둘만 있으니 두 사람은 거리낌 없이 이탈리아어로 대화를 나눌 것이다. 레이첼은 벽난로 앞에 놓인 안락의자에 앉아 있을 테고, 그도 곁에 나란히 앉았겠지. 전날 밤 우리의 대화에 대해서, 내가 유언장을 건네받아 사본을 만들었다는 사실에 대해서 과연 그녀가 레이날디에게 털어놓을지 궁금했다. 그자가 레이첼에게 뭐라고 조언할지, 어떤 말로 충고할지, 그녀의 서명을 받으려고 그자가 가져왔다는 서류는 대체 무엇인지 궁금했다. 사무적인 논의가 끝나면 두 사람은 다시 개인적인 이야기로 되돌아가 공동으로 아는 사람들과 장소를 거론할까? 그리고 나에게 해주었던 것처럼 그에게도 허브티를 만들어주고는 그자가 자신을 지켜볼 수 있도록 방 안을 돌아다닐까? 그자가 과연 몇 시에 그녀의 방을 나와 잠자리로 향할지, 그리고 그가 돌아갈 때 레이첼이 그에게 손 키스를 허락할지도 궁금했다. 그자도 내가 그랬던 것처럼 어떻게든 더 꾸물거릴 핑계를 대며 방문 앞에서 머뭇거릴까? 혹은 서로 너무 잘 아는 사이라서 그에겐 늦은 시간까지 함께 있는 것을 허락할까?

나는 계속해서 마당을 쏘다니며 언덕 쪽으로 새로 만든 테라스 산책로와 바닷가로 이어지는 오솔길까지 갔다가 다시 삼나무 묘목을 심어놓은 길을 따라 돌아오기를 몇 번이나 반복한 끝에 드디어 종탑에서 10시를 알리는 소리를 들었다. 10시는 내가 물러가는 시간이었다. 그도 똑같이 그 시간에 물러갈까? 나는 잔디밭 가장자리에 서서 그녀의 방 창문을 지켜보았다. 내실은 여전히 불빛으로 환했다. 나는 창문을 주시하며 기다렸다. 촛불은 계속해서 타고 있었다. 한참 걷고 난 직후에는 몸이 후끈했지만, 이제 나무 아래 서 있으려니 밤공기가 제법 차가웠다. 손발이 점점 시려왔다. 밤은 어둡고 음악 따위는 없었다. 오늘 밤엔 서리가 낀 듯 희미한 달도 나무 꼭대기에 걸려 있지 않았다. 11시 종이 울린 직후에 내실의 불이 꺼지고, 대신 파란 방 침실에 불이 켜졌다. 나는 잠시 기다리다가 불현듯 집 뒤쪽으로 돌아가 주방을 지나 저택 서쪽 측면으로 다가가서 레이날디의 방 창문을 올려다보았다. 안도감이 밀려왔다. 그곳에도 불이 켜져 있었다. 창에 덧문을 달아놓았는데도 틈으로 새어 나오는 불빛이 보였다. 창문도 단단히 닫혀 있었다. 속 좁게도 나는 흡족함을 느끼며 그가 밤새 창문도 덧문도 열지 않을 것이라고 확신했다.

나는 집 안으로 들어가 계단을 거쳐 방에 올라갔다. 재킷을 벗고 스카프를 풀어 둘 다 의자에 휙 던졌을 때, 복도를 스치는 레이첼의 드레스 자락 소리에 이어 가볍게 문을 두드리는 소리가 들렸다. 나는 문 쪽으로 다가가 방문을 열었다. 아직 옷도 갈아입지 않고, 어깨에 그대로 숄을 걸친 그녀가 거기 서 있었다.

"잘 자라는 인사를 하려고 왔어요." 레이첼이 말했다.

"고마워요, 당신도 잘 자요." 내가 대꾸했다.

그녀가 나를 훑어보다 발에 진흙이 묻은 것을 알아차렸다.

"저녁 내내 어디 갔었어요?" 그녀가 물었다.

"마당을 돌아다녔어요." 내가 그녀에게 대답했다.

"당신도 내실로 와서 차를 마시지 그랬어요?"

"그러고 싶지 않았습니다."

"당신 아주 우스꽝스러웠어요. 저녁 식사 때는 하도 심술 난 학생처럼 굴어서 매라도 맞아야 하겠던데요."

"미안해요."

"레이날디는 아주 오래된 친구예요. 당신도 잘 알잖아요. 우린 할 이야기가 많았어요. 당신도 분명 이해하죠?"

"나보다 훨씬 오래된 친구라서 그자가 11시까지 내실에서 꾸물대도록 허락한 건가요?" 내가 물었다.

"11시였어요? 그렇게 늦은 줄은 정말로 몰랐어요."

"그 남자 얼마나 오래 머물 예정이죠?" 내가 물었다.

"당신한테 달렸어요. 당신이 호의적인 태도로 초청한다면 아마 사흘쯤 머물 거예요. 그 이상은 불가능해요. 런던으로 돌아가야 한대요."

"당신이 나더러 초청하라고 부탁하면 난 그렇게 할 수밖에 없어요."

"고마워요, 필립." 갑자기 그녀가 나를 올려다보았다. 눈빛은 부드러웠고, 입가에는 미소의 흔적이 보였다. "대체 무엇 때문에 그렇게 바보처럼 구는 거예요? 마당을 돌아다니면서 무슨 생각 했어요?"

대답을 하자면 수백 가지도 더 댈 수 있을 것이다. 내가 얼마나 레이날디를 불신하는지, 내 집에 그자가 와 있는 게 얼마나 싫은지, 예전처럼 그녀와 나, 단둘이서만 지내고 싶은 마음이 얼마나 간절한지. 그날 저녁 오간 이야기 가운데 가장 싫었던 부분을 제외하면 딱히 댈 만한 이유도 없었으므로, 나는 그 점을 걸고넘어졌다. "당신에게 꽃을 선물했다는 베니토 카스텔루치란 작자는 누구예요?"

그녀의 내면에서 거품 같은 웃음기가 솟아오르는 듯하더니 그녀가 두 팔을 뻗어 나를 안아주었다. "그 사람은 늙고 아주 뚱뚱하고 입에서는 시가 냄새를 풍기는 남자였어요. 난 당신을 정말 많이 사랑해요." 레이첼은 이 말과 함께 가버렸다.

그녀는 분명 나를 두고 간 지 20분 만에 잠들었겠지만, 나는 4시까지 매 시간을 알리는 종탑의 종소리를 듣다가 어렵사리 새벽잠에 빠져들었고, 평소 기상 시간에 맞춰 가차 없이 깨우러 온 존 덕분에 7시에 가까스로 깊은 잠에서 깨어났다.

레이날디는 사흘이 아니라 이레 동안이나 머물렀지만, 그 사이 나는 그에 대한 편견을 바꿀 만한 이유를 찾지 못했다. 그에게 내가 가장 혐오스럽다고 느끼는 점은 짐짓 나에게 아량을 베푸는 것 같은 태도였다. 마치 내가 달래주어야 하는 아이라도 된다는 듯이 나를 볼 때마다 그는 미소를 짓는 듯 마는 듯 애매한 표정을 지었고, 내가 볼일을 보러 낮 동안 외출을 하면 그 일이 무엇이었든 간에 학생들이 저지른 장난을 대하듯 캐물었다. 그래서 나는 아예 점심 식사 때는 집에 돌아오지 않기로 결정했다. 4시를 약간 넘겨 늦은 오후에 집에 돌아와 응접실로 들어가면, 두 사람은 또다시 어쩔 수 없다는 듯 이탈리아어로 대화를 나누고 있다가 말을 멈추었다.

"아, 일꾼께서 돌아오셨군요." 빌어먹을 레이날디는 우리가 단둘이 지낼 때 늘 내가 앉던 의자에 앉아 나에게 말을 건넸다. "저 친구는 드넓은 영지를 두 발로 돌아다니며 살피고 분명 밭에 필요한 쟁기질도 했을 텐데, 당신과 나는 공상과 상상 속에서만 수백 킬로미터를 돌아다니고 있었군, 레이첼. 우린 새로 만든 테라스 산책로를 거닌 것 외엔 집 안에서 꼼짝도 하지 않았잖소. 중년이라 좋은 점도 많군요."

"나한텐 당신이 나쁜 사람이에요, 레이날디. 당신이 온 뒤로 난 할 일을 전부 소홀히 하고 있어요. 이웃 방문도 안 하고, 나무 심기 감독도 안 하고요. 이러다 필립이 나더러 게으름 피운다고 나무라겠어요."

"당신도 지적으로는 게으름을 피우지 않았잖소. 당신의 젊은 사촌이야 현실에서 두 발로 돌아다녔겠지만, 한편으론 우리도 그에 못지않은 세상을 돌아다닌 셈이오. 오늘은 두 발로 걷는 대신 안장에 올라 돌아다니셨으려나? 젊은 영국인들은 끊임없이 몸을 피곤하게 하더군."

머리에 든 것 없이 빈 수레가 요란하다고 조롱하는 게 느껴졌는데, 설상가상 레이첼이 나를 돕겠다며 또 한 번 제자를 다루는 선생 같은 태도로 나서는 바람에 나의 분노를 더욱 부추겼다.

"오늘은 수요일이잖아요. 수요일엔 필립도 말을 타거나 걸어다니지 않고 사무실에서 회계 일을 본답니다. 숫자에 관해서는 머리가 워낙 좋아서 지출 비용은 정확하게 파악하고 있죠. 안 그래요, 필립?" 그녀가 말했다.

"언제나 그런 건 아닙니다. 사실 오늘은 이웃 가운데 절도 혐의를 받고 있는 사람이 있어서 즉결재판에 참석해 판사 역할을 했죠. 구금하는 대신 벌금형을 내려 석방했습니다."

레이날디는 또다시 아량을 베푸는 듯한 표정으로 나를 쳐다보았다.

"젊은 농부 역할뿐만 아니라 젊은 솔로몬 노릇도 하시는군요. 새로운 재능이 점점 더 늘어나는 모양입니다. 레이첼, 당신 사촌을 보고 있으면 델 사르토가 그린 침례교도의 초상화와 많이 닮은 것 같지 않소? 그 그림과 똑같이 오만함과 순진함이 매력적으로 뒤섞인 듯한 얼굴이오."

"이제껏 그런 생각은 해본 적 없지만 듣고 보니 그럴 수도 있겠네요. 하지만 내 생각엔 필립이 닮은 사람은 오직 한 사람뿐이에요." 레이첼이 말했다.

"아, 그야 물론이겠지. 하지만 저 친구 얼굴엔 분명 델 사르토의 초상을 닮은 구석이 있어요. 언제고 나중에 한번 이곳 영지에만 매달려 있는 저 친구를 떼어내 우리 나라를 보여줘요. 여행을 하면 마음이 넓어지잖소. 저 친구가 갤러리나 교회를 돌아다니는 모습을 보고 싶군." 레이날디가 말했다.

"앰브로즈는 두 가지 모두 따분해했어요. 필립도 그런 데서 깊은 인상을 받을 것 같진 않아요. 즉결재판에서 대부님도 만났어요? 레이날디와 함께 펠린으로 그분을 찾아뵙고 싶어요." 레이첼이 말했다.

"네, 대부님도 오셨어요. 안부 전하라고 하시더군요."

"켄들 씨에게는 아주 매력적이고 필립보다 약간 어린 따님이 한 분 있어요." 레이첼이 레이날디에게 말했다.

"따님? 흠, 그렇군. 그렇다면 당신의 젊은 사촌도 젊은 여성들과의 교제를 완전히 멀리한 건 아닌가 보오."

"그와는 정반대예요." 레이첼이 웃음을 터뜨렸다. "근방 70킬로미터 안에 사는 모든 어머니들이 필립한테 눈독을 들이고 있는걸요."

내가 레이첼을 향해 눈을 부라리자 그녀가 더 크게 웃어댔던 기억이 난다. 저녁 식사를 위해 옷을 갈아입으러 가는 길에 그녀는 내 어깨를 토닥였는데, 이전까지는 칭찬 삼아 그런 행동을 피비 고모님의 손길이라고 불러주며 그녀를 기쁘게 했지만, 사실 나로서 그건 아주 짜증나는 습관이었다.

그녀가 2층으로 올라간 틈을 타 레이날디가 내게 말을 걸었다. "당신과 당신의 후견인이 레이첼에게 생활비를 지급하기로 한 건 정말 고마운 일입니다. 레이첼이 편지로 나에게 알려주더군요. 깊이 감동받았다고 말이죠."

"우리 가문이 그 사람에게 진 빚에 비하면 아무것도 아니죠." 말투에서 더는 대화를 이어가고 싶지 않다는 낌새가 전해지기를 바라며 내가 말했다. 그에겐 3주 뒤에 무슨 일이 일어날지에 대해서 알리고 싶지 않았다.

"내가 이따금씩 집기를 팔아 만든 돈을 제외하면 현재 레이첼이 생계를 유지하는 데 쓸 수 있는 자금은 그 생활비가 유일하다는 걸 아마 이제 당신도 잘 알 겁니다. 지금은 분위기가 바뀌어 레이첼이 놀라운 생활을 하고 있지만, 내 생각에는 머잖아 피렌체에서 지낼 때 익숙했던 사교계가 필요하다는 걸 그 사람도 느낄 겁니다. 내가 저택을 처분하지 않은 진짜 이유도 그 때문이죠. 유대가 너무 강하니까요."

나는 대꾸하지 않았다. 유대가 너무 강하다면 그건 단지 그가 그렇게 만들었기 때문이었다. 레이날디가 오기 전까지 레이첼은 유대를 논한 적이 없었다. 개인적으로 그의 부는 어느 정도 규모인지, 상갈레티의 재산을 매매한 대금 이외에도 그가 개인 자산을 털어 그녀에게 돈을 준 적이 있을지 궁금했다. 앰브로즈가 그를 불신했던 것은 얼마나 옳은 일이었던가. 레이첼은 대체 어떤 약점을 잡혔기에 계속해서 그를 조언자이자 친구로 곁에 두고 있을까?

레이날디가 말을 이어갔다. "물론 레이첼을 위해서는 궁극적으로 저택을 팔아 피렌체에 작은 아파트를 마련하거나 피에솔레에 좀 더 작은 집을 짓는 게 현명할 수도 있겠지요. 레이첼을 잃고 싶어 하지 않는 친구들이 많고, 나도 그중 하나입니다."

"우리가 처음 만났을 때 당신은 나의 사촌 레이첼이 충동적인 여인이라고 이야기했었죠. 레이첼은 앞으로도 분명 그럴 테고, 본인이 원하는 곳에서 살 겁니다."

"틀림없이 그렇겠죠. 하지만 충동적인 성격이 언제나 그 사람을 행복으로 이끌었던 것은 아니었어요." 레이날디가 대꾸했다.

그가 하려는 말은, 앰브로즈와의 결혼도 충동적인 것이었고 그래서 레이첼이 불행했으며, 영국으로 건너온 것 또한 충동적인 결정이었으니 그 결과가 어떨지 불확실하다는 의미 같았다. 그는 레이첼을 좌우할 힘을 지닌 사람이지만, 그건 그가 그녀의 일 처리를 담당하고 있기 때문이었고, 바로 그런 힘을 이용해 그녀를 다시 피렌체로 데려갈 수도 있는 일이었다. 그가 찾아온 것도 그런 사실을 레이첼에게 인지시키고, 어쩌면 영지에서 현재 지급하는 금액으로는 앞으로 계속 살아가는 데 충분하지 않다는 점 또한 지적하기 위해서인지도 몰랐다. 나에겐 비장의 카드가 있지만 그는 그 사실을 몰랐다. 앞으로 3주 뒤면 레이첼은 남은 평생 레이날디로부터 독립할 수 있을 것이다. 미소라도 짓고 싶었지만 그에 대한 혐오감이 너무 강렬해 그 앞에서는 도저히 웃을 수가 없었다.

"남자뿐인 집에서 자란 사람이 갑작스레 몇 달씩이나 여성을 상대하려니 무척 어색했겠군요. 진이 빠지지 않던가요?" 레이날디가 눈꺼풀 덮인 눈으로 나를 보며 말했다.

"오히려 그 반대입니다. 아주 유쾌하던걸요."

"당신처럼 젊고 경험이 없는 청년에겐 효과가 강력한 약인 셈이죠. 너무 많이 복용하면 해가 될 수도 있습니다." 레이날디가 말했다.

"스물다섯 살이면 어떤 약이 나에게 맞는지는 충분히 안다고 생각합니다." 내가 응수했다.

"마흔세 살이었던 당신 사촌 앰브로즈도 그렇게 생각했지만 그 생각은 틀렸던 것으로 판명됐었죠." 레이날디가 대꾸했다.

"그건 경고인가요, 충고인가요?" 내가 물었다.

"올바르게 받아들인다면 둘 다에 해당될 겁니다. 그럼 이만 실례해야겠군요. 만찬용 옷으로 갈아입어야겠습니다."

그 자체로는 별로 악의가 없는 말처럼 들리지만 기분 나쁜 여운이 충분히 오래갈 만한 한마디를 뜬금없이 툭 던져, 나와 레이첼 사이에 쐐기를 박아 틈새를 벌리려는 것이 그의 속셈이었던 것 같다. 내게 그녀를 조심하라고 조언한 거라면, 대체 그게 무슨 의미일까? 내가 없는 응접실에 단둘이 앉아 있다가 내가 나타나자 굳이 어깨를 으쓱하며 꺼냈던 그 말은, 영국 젊은이들이 팔다리만 길고 머리는 비었다는 뜻으로 나에게 면박을 준 것일까, 아니면 그렇게 받아들이는 게 나의 속단일까? 어쨌든 그는 언제든 중상모략을 위해 사적인 의견인 척 독설을 퍼부을 준비가 되어 있는 사람이었다.

그는 언젠가 "키가 아주 큰 사람의 치명적인 단점은 몸이 구부정해지는 경향이 있다는 것이지"라고 말한 적도 있었다. (그가 이 말을 했을 때 나는 방문 앞에 서서 문틀 아래로 고개를 숙인 채 시컴에게 뭔가 지시하고 있었다.) "또 키 큰 사람 중에서는 근육질인 사람일수록 뚱뚱해지고."

"앰브로즈는 절대 뚱뚱하지 않았어요." 레이첼이 재빨리 대꾸했다.

"그 사람은 이 청년만큼 운동을 많이 하지 않았잖소. 격렬한 걷기와 승마, 수영은 신체의 일부분만 과도하게 발달시키는 단점이 있어요. 나는 그런 경우를 많이 보았고, 영국인들은 거의 예외가 없더군. 우리 이탈리아인들은 뼈대가 작아서 좀 더 정적인 삶을 영위하지. 그래서 우리는 몸매가 변하지 않소. 우리가 먹는 음식도 간과 혈액에 더 유익하오. 부담스러운 쇠고기와 양고기는 그리 많이 먹지 않으니까. 페이스트리만 해도……." 그가 못마땅한 듯 손짓을 했다. "저 청년은 페이스트리를 끝도 없이 먹더군. 어제 저녁때는 파이 하나를 통째로 다 먹어치우는 걸 봤소."

"들었어요, 필립? 레이날디는 당신이 너무 많이 먹는다고 생각한대요. 시킴, 필립 씨의 음식 양을 줄여야겠어요." 레이첼이 말했다.

"안 될 말씀입니다, 마님." 시킴이 크게 충격을 받은 얼굴로 말했다. "지금 드시는 것보다 적게 드시면 나리 건강에 해로울 겁니다. 필립 씨는 아직도 성장하고 있을 가능성이 있다는 걸 우리모두 명심해야 합니다, 마님."

"말도 안 되는 소리." 레이날디가 중얼거렸다. "스물네 살에 아직도 키가 크고 있다면 심각한 장애가 아닌지 의심해봐야 할 거요."

그는 레이첼이 응접실로 가져와도 좋다고 허락해준 브랜디를 마시며 생각에 잠긴 듯 계속 나를 관찰했고, 나는 집요한 그의 시선에 급기야 언젠가 보드민 장날에 어머니 등쌀에 끌려 나와 모자란 머리로 호객 행위를 하며 사람들에게 구경거리가 된 뒤 푼돈을 받던 가엾은 잭 트레보스처럼 2미터가 넘는 거인이라도 된 느낌이 들었다.

"건강은 괜찮은 편이겠죠? 어린 시절에 키가 과하게 자라는 이유가 될 만한 심각한 병을 앓은 적 없습니까?" 레이날디가 물었다.

"평생 아팠던 기억은 없습니다." 내가 대답했다.

"바로 그게 나쁜 점이죠. 병에 걸려 고통을 겪어본 적 없는 사람이 자연의 공격을 받으면 제일 먼저 쓰러지니까요. 내 말이 맞지 않은가, 시컴?" 레이날디가 말했다.

"그럴 수도 있겠죠, 나리. 저는 잘 모릅니다." 시컴이 말했다. 하지만 방을 나가며 그는 이미 내가 천연두에라도 걸린 듯 의심스러운 눈빛으로 나를 흘끔거렸다. "이 브랜디는 30년은 더 묵혀야 제맛이 나겠군. 젊은 필립의 자녀들이 술 마실 나이가 될 때쯤에야 마셔줄 만하겠어. 레이첼, 당신과 코시모가 피렌체 사람 전체를 다 불러다가 파티를 열었을 때, 우리도 베네치아 카니발처럼 전부 가면을 써야 한다고 주장했던 거 기억하오? 참으로 애석하게 돌아가신 당신 어머니가 그때 어떤 왕자와 민망한 행각을 벌이셨는데, 그 사람 이름이 로렌조 암마나티였던가?" 레이날디가 말했다.

"그게 누구였는지는 알 바 아니지만 로렌조는 아니에요. 그 사람은 나를 따라다니느라 너무 바빴거든요." 레이첼이 말했다.

"광란의 밤이었지. 우리 모두 터무니없이 젊고 완전히 무책임했던 시절이오. 요즘처럼 따분하고 평화롭게 지내는 편이 훨씬 나아요. 이곳 영국에선 그런 파티는 절대 열리지 않겠지? 물론 날씨 탓에 못 여는 것일 수도 있겠군. 하지만 그래도 젊은 필립이 가면을 쓰고 신분을 감춘 채 켄들 양을 찾아 덤불을 뒤지고 다니면 재미있을 텐데 말이오."

"루이즈도 분명 반색할 거예요." 레이첼이 대꾸했다. 그녀가 나를 쳐다보며 웃음기로 입술을 씰룩거리는 것이 눈에 들어왔다.

나는 두 사람을 남겨두고 방을 나왔다. 내가 나오자마자 두 사람이 이탈리아어를 쏟아내는 소리가 들려왔다. 그의 목소리는 무언가를 캐묻는 듯했고, 레이첼은 웃으며 그의 질문에 대답하고 있었다. 내 이야기를 하고 있다는 걸, 아마 루이즈도 함께 들먹이고 있으리라는 걸 나는 알았다. 멀지 않은 미래에 우리두 사람이 약혼하게 될 거라고 근방에 떠도는 소문까지 모조리 다 이야기하겠지. 맙소사! 대체 저자는 얼마나 더 오래 여기 머물 작정일까? 이런 낮밤을 나는 얼마나 더 견뎌야 할까?

드디어 그가 우리 집에 머무는 마지막 날 저녁, 대부님이 루이즈를 데리고 식사를 하러 왔다. 저녁 시간은 순조롭게 흘러갔다. 적어도 겉으로는 그렇게 보였다. 레이날디는 나의 대부님을 공손하게 대하려고 무던히도 애를 쓰고 있었고, 대부님과 레이날디, 레이첼 세 사람은 한 팀을 이루어 대화를 이어나가며 루이즈와 내가 둘만 어울리도록 내버려두었다. 나는 레이날디가 이따금씩 나름 호의적이고 너그러운 표정으로 미소를 지으며 우리 쪽을 흘끔거린다는 걸 알아차렸고, 한번은 아예 목소리를 낮추어 대부님께 "따님과 대자님께 진심 어린 찬사를 보냅니다. 아주 잘 어울리는 한 쌍이로군요"라고 말하는 것을 들었다. 루이즈도 그 말을 들었다. 가엾은 이 아가씨는 새빨갛게 얼굴을 붉혔다. 그래서 나는 즉각 루이즈에게 다음번에 런던에 언제 갈계획이냐고 묻기 시작했지만, 그녀의 마음을 달래주려고 꺼낸 말이 상황을 더 악화시킨 것 같았다. 저녁 식사 후 런던에 대한 이야기가 다시 한 번 화제로 등장하자 레이첼이 말했다. "머잖아 나도 런던에 가보고 싶어요. 혹시 우리가 같은 시기에 가게 되면―이 말은 루이즈에게 한 말이었다―여기저기 꼭 구경 좀 시켜주세요. 난 런던에 한 번도 안 가봤으니까요."

그녀의 말에 대부님이 귀를 쫑긋 세웠다.

"그럼 이 지역을 떠날 생각을 하고 계신 겁니까? 그러고 보니 콘월 지방의 혹독한 겨울을 참 잘도 견디셨군요. 런던이 훨씬 더 즐거우실 겁니다." 대부님이 이렇게 말하며 레이날디에게 고개를 돌렸다. "댁도 계속 런던에 계실 작정입니까?"

"아직 몇 주 더 그곳에서 볼일을 봐야 하지만, 레이첼이 올라온다면 당연히 제가 직접 안내를 맡아야겠지요. 저는 이 나라

수도가 낯설지 않거든요. 지리를 꽤 잘 압니다. 두 분께서 런던
에 오신다면 우리와 식사를 함께 하는 기쁨을 허락해주시기 바
랍니다." 레이날디가 대꾸했다.

"그러면 정말 행복하겠습니다. 런던의 봄은 즐거울 겁니다."
대부님이 말했다.

런던에서 다 함께 만나는 걸 너무도 침착하게 예상하는 그들
의 머리통을 모두 갈겨주고 싶었지만, 가장 화가 나는 건 레이
날디가 '우리'라는 말을 사용했다는 점이었다. 나도 그의 계획
을 간파할 수 있었다. 런던으로 레이첼을 꾀어내 자기가 다른
볼일을 보는 동안 그곳에서 그녀를 상대하며, 이탈리아로 돌아
가도록 입김을 불어넣으려는 수작이었다. 대부님은 따로 속셈
이 있어서 그런 계획을 지지하고 나선 것이었다.

두 사람은 내가 자기들의 뒤통수를 칠 계획을 꾸몄다는 것을
전혀 몰랐다. 그래서 저녁 내내 서로 호의적인 말들을 주고받았
고, 헤어지기 전 마지막 20분 정도는 아예 레이날디가 대부님을
따로 데려가 일종의 독을 주입하는 듯했다.

켄들 부녀가 집으로 간 뒤, 나는 응접실로 돌아가지 않았다.
잠자리에 들기 전 나는 레이첼과 레이날디가 2층으로 올라오는
소리를 들을 수 있도록 방문을 열어놓았다. 두 사람은 오래도록
올라오지 않았다. 자정을 알리는 시계 소리가 울렸는데도 두 사
람은 여전히 아래층에 있었다. 나는 계단 입구에 서서 귀를 기
울였다. 응접실 문이 약간 열려 있어서 두 사람의 목소리가 웅

얼웅얼 들려왔다. 난간을 꽉 잡고 체중을 실으며 맨발로 계단을 반쯤 내려갔다. 어린 시절의 추억이 되살아났다. 어릴 적 앰브로즈가 아래층에서 손님들과 만찬을 즐길 때마다 내가 하던 짓이었다. 지금도 그때와 똑같은 죄책감이 솟아올랐다. 목소리는 끊이지 않고 계속 이어졌다. 그러나 레이첼과 레이날디는 이탈리아어로 이야기를 나누었으므로 두 사람의 대화를 엿듣는 건 소용없는 짓이었다. 이따금씩 내 이름, 필립이라는 말이 들렸고, 대부님의 이름 켄들도 몇 번 언급되었다. 두 사람은 나나 대부님, 혹은 우리 두 사람을 함께 입에 올리고 있었다. 레이첼은 이상하고 낯선 목소리로 절박하게 이야기를 하고 있었고, 반면에 레이날디는 그녀에게 집요한 질문을 던지고 있는 듯했다. 혹시라도 대부님이 피렌체에서 왔다는 여행자 친구들의 이야기를 레이날디에게 한 건지, 그래서 레이날디가 다시 그 이야기를 레이첼에게 전한 것인지 궁금해하면서, 나는 돌연 화가 났다. 해로스쿨에서 받은 교육도 그렇거니와, 라틴어와 그리스어를 공부한 것이 얼마나 무용지물인지! 바로 내 집에서 두 사람이 내게 엄청난 영향을 미칠지도 모를 사안을 이탈리아어로 의논하고 있는데, 나는 본인 이름이 언급되는 것을 제외하면 무슨 내용인지 하나도 알아들을 수가 없었다.

갑자기 정적이 흘렀다. 두 사람 다 말을 하지 않았다. 움직이는 소리도 들리지 않았다. 혹시라도 그자가 레이첼에게 다가가 그녀를 껴안고, 그녀가 크리스마스이브에 나에게 키스했던 것처럼 그자에게 키스하고 있는 거면 어쩌지? 그런 생각을 하는 것만으로도 갑자기 그에 대한 증오심이 물밀듯 밀려와 하마터면 나는 조심성을 잃고 계단을 달려 내려가 문을 활짝 열 뻔했다. 그러다 또다시 레이첼의 목소리가 들려왔고, 그녀의 옷자락 스치는 소리가 문 쪽으로 점점 가까워졌다. 그녀가 부싯돌로 촛불에 불을 붙이는 모습이 보였다. 긴 회의가 드디어 끝난 모양이었다. 두 사람은 잠자리에 들기 위해 방으로 올라올 것이다. 오래전 그 아이처럼 나는 다시 몰래 방으로 돌아왔다.

레이첼이 복도를 지나 자기 방으로 돌아가는 소리가 들렸고, 레이날디도 자신의 방이 있는 반대편으로 방향을 틀었다. 두 사람이 그 오랜 시간 무슨 이야기를 나누었는지 알 도리는 없지만, 최소한 그자가 내 집 지붕 아래서 밤을 보내는 건 오늘로 마지막이니 내일이면 나도 다시 편한 마음으로 잠을 잘 수 있을 것이다. 다음 날 아침, 나는 한시라도 빨리 그를 쫓아 보내고 싶은 마음에 도무지 아침 식사가 목구멍으로 넘어가질 않았다. 진입로에서 런던으로 그를 데려다줄 역마차 바퀴 소리가 들려오자, 어젯밤에 분명 작별 인사를 마쳤을 것이라고 생각했던 레이첼이 정원 일을 위한 복장을 갖추고 아래층으로 내려와 그에게 인사를 했다.

레이날디는 그녀의 손에 입을 맞추었다. 그러고는 집주인에 대한 예의를 갖출 셈인지 이번엔 나에게 영어로 작별 인사를 건넸다. "계획이 잡히면 편지해주겠지? 당신만 올 준비를 마치면,

런던에서 내가 기다리고 있다는 걸 명심해요." 그가 레이첼에게
말했다.

"4월 1일 이전까지는 아무런 계획도 세우지 않을 거예요." 레
이첼이 그의 어깨 너머로 나에게 미소를 지었다.

"그날은 당신 사촌의 생일 아니오? 즐겁게 보내기 바라고, 그
친구가 너무 큰 파이는 먹지 않기를 빌겠소." 레이날디가 역마차
에 오르며 말했다. 그러더니 마차 창문으로 나를 내다보며 쏘아
붙이듯 말했다. "그런 특별한 날이 생일이라니 기분이 참 이상할
것 같군요. 만우절 아닙니까? 하지만 스물다섯 살이나 됐으니
그런 걸 상기시켜주기엔 너무 나이가 들었다고 생각할지도 모
르겠군요." 그리고 그는 떠나갔다. 사륜 역마차가 진입로를 내려
가 대정원 철문을 빠져나갔다. 나는 레이첼을 바라보았다.

"아무래도 저 사람한테 그날 다시 와서 축하해달라고 청할 걸
그랬죠?" 그러더니 갑작스러운 미소로 내 심장을 두근거리게
하고는, 드레스를 장식했던 앵초꽃 한 송이를 내 재킷 단춧구멍
에 꽂아주었다. "일주일간 당신은 아주 잘 지내주었어요." 그녀
가 중얼거렸다. "그런데 나는 해야 할 일을 게을리했죠. 다시 나
와 둘이서 지내게 되어 기쁜가요?" 그녀는 내 대답을 기다리지
도 않고 탐린을 따라 화단으로 가버렸다.

21

 3월의 남은 몇 주는 아주 빠르게 흘러갔다. 하루하루 지날수록 미래에 대한 나의 확신은 더욱 커졌고 마음도 더 가벼워졌다. 레이첼도 내 기분을 감지한 듯 나와 함께 기뻐해주었다.

 "생일에 대해서 이렇게 우스꽝스럽게 구는 사람은 본 적이 없네요. 당신은 잠에서 깨어나 마법 세상을 찾는 어린아이 같아요. 가엾은 켄들 씨와 그분의 보호에서 자유로워지는 게 당신한텐 그토록 큰 의미가 있나요? 그분보다 더 친절한 후견인은 찾아보기 어려울 거예요. 그나저나 그날을 어떻게 보낼지 계획은 세웠어요?"

 "지난번에 당신이 내게 했던 말을 꼭 기억해달라는 것 말고는 아무 계획도 없어요. 생일을 축하해주는 사람은 모든 소원을 들어줘야 하잖아요." 내가 대답했다.

"그건 열 살까지만 해당되는 거고, 그 이후로는 절대 아니에요." 그녀가 말했다.

"그럼 공평하지 못하죠. 그때 당신은 나이에 대해서 아무 언급 안 했잖아요."

"혹시 바닷가에서 소풍을 즐기거나 배를 타고 바다에 나갈 예정이라면 나는 함께 가지 않을 거예요. 바닷가에 앉아 있기에도, 요트를 타기에도 계절이 너무 이른 데다 배에 관해서라면 나는 말에 관해서보다도 아는 것이 더 없거든요. 나 대신 루이즈를 데려가도록 해요."

"루이즈를 데려가는 일은 없을 거예요. 난 아무 데도 안 갈 거고, 당신의 품위에 어울리지 않는 짓은 하지 않아요." 따지고 보면 나는 그날 레이첼의 아침 식사 쟁반에 서류를 놓아두겠다는 계획만 세웠을 뿐 나머지는 전부 우연에 맡길 작정이어서, 그날 행사 자체에 대해서는 생각해본 적이 없었다. 그러나 3월 31일이 되자 내가 바라는 것이 더 있다는 것을 알게 되었다. 나는 은행에 보관된 보석을 떠올렸고, 보석들을 미리 가져오지 않은 내가 얼마나 바보였는지 깨달았다. 그래서 그날 나는 두 번의 만남을 가졌다. 한 번은 카우치 씨와, 또 한 번은 대부님과.

우선 나는 카우치 씨와 일을 매듭지었다. 말을 타고 가서 운반하기엔 꾸러미가 너무 클 거라고 생각했지만, 혹시라도 레이날디가 소식을 듣고 뭔가 볼일을 핑계로 읍내로 찾아올 것이 염려되어 역마차를 부르고 싶지도 않았다. 게다가 어디가 되었든 내가 마차를 타고 돌아다니는 것은 드문 일이었다. 그래서 굳이 불필요한 핑계를 동원해 걸어서 읍내에 들어간 뒤, 마구간지기 청년에게 이륜마차로 나를 데리러 오도록 지시했다. 운이 나빴는지 그날 아침엔 온 마을 사람들이 다 쇼핑에 나선 것 같았다. 항구에서 이웃 사람을 피하려면 남의 집 문으로 뛰어들거나 부두로 뛰어내리는 수밖에 없었으므로, 혹시라도 패스코 부인과 딸들을 마주칠까 두려웠던 나는 영원처럼 느껴지는 시간 동안 투덜거리며 계속 구석에 숨어 있어야 했다. 유독 은밀한 나의 행동이 오히려 사람들 시선을 끌었는지, 아니면 희한하게도 애슐리 씨가 어시장을 들락거리고 오전 11시도 안 돼 술집 로즈앤드크라운을 기웃거리더라는 소문이 읍내에 떠돌았는지, 공교롭게도 이웃 교구의 목사 부인이 길을 걸어오고 있었다. 애슐리 씨가 술을 마셨다는 소문이 온 지역에 다 떠돌 게 분명했다.

마침내 나는 은행의 안전한 벽 안에서 안식처를 찾았다. 카우치 씨는 전과 다름없이 유쾌한 태도로 나를 맞이했다.

"이번에는 전부 다 가져가려고 왔습니다." 내가 그에게 말했다. 깜짝 놀란 그가 고통스러운 표정으로 나를 쳐다보았다.

"애슐리 씨, 설마 은행 계좌를 다른 곳으로 옮기신다는 말씀은 아니시겠죠?"

"아닙니다. 집안 소유 보석에 대한 이야기였습니다. 내일이면 저는 스물다섯 살이 되고, 그 보석들도 법적으로 제 소유가 됩니다. 생일날 잠에서 깼을 때 그 물건들을 손에 지니고 있고 싶군요."

틀림없이 그는 나를 괴짜로 여겼거나 최소한 이상한 사람으로 생각했을 것이다.

"기분 전환 삼아 하루만 그런 탐닉을 원하신다는 말씀이신가요? 이전에도 크리스마스이브에 그런 비슷한 행동을 하셨을 때, 후견인이신 켄틀 씨께서 곧장 목걸이를 가져오셨던데요."

"기분 전환이 아닙니다, 카우치 씨. 제가 보유한 보석들을 집에 가져다 두려는 겁니다. 그걸 얼마나 더 명확하게 설명해야 할지 모르겠군요."

"알겠습니다. 댁에도 금고가 있거나, 적어도 보석을 안전하게 보관해둘 만한 장소가 있는 거겠죠?" 그가 말했다.

"카우치 씨, 그건 제가 알아서 할 문제입니다. 당장 보석이나 가져다주시면 대단히 감사하겠습니다. 이번에는 진주 목걸이만이 아닙니다. 보석 소장품 전체를 내오세요."

마치 내가 그의 개인 재산을 훔치기라도 하는 듯한 기분이 들었다.

"알겠습니다." 그가 마지못해 말했다. "금고에서 꺼내 와 좀 더 세심하게 포장하려면 시간이 걸릴 겁니다. 혹시 읍내에 다른 볼일이 있으시면……."

"없습니다." 내가 그의 말을 잘랐다. "여기서 기다렸다가 가져가겠습니다." 일을 지체시켜도 소용없다는 사실을 깨달은 그가 직원을 불러 보석 꾸러미를 가져오도록 지시했다. 보석을 담아 갈 요량으로 나름 들것을 챙겨 왔었는데, 다행히도 물건이 전부 다 들어갈 만큼 충분히 컸다. 실은 버젓한 들것이 아니라 집에서 양배추를 옮길 때 쓰는 고리버들로 짠 바구니를 가져온 것이어서, 카우치 씨는 귀중한 보석 상자를 하나하나 바구니에 담으며 움찔움찔 놀랐다.

"제대로 격식을 갖추어 댁으로 보석 꾸러미를 보내드리는 편이 훨씬 나았을 겁니다. 그런 목적에 딱 맞는 은행 소유의 마차도 마련돼 있거든요." 그가 말했다.

나도 그런 생각을 했었지만, 그러고 나면 얼마나 사람들이 입방아를 찧어댈지 뻔했다. 은행 마차가 애슐리 씨 댁을 찾았고, 안에는 실크해트를 쓴 지점장이 타고 있었다고 말이다. 채소 바구니에 담아 이륜마차로 옮기는 쪽이 훨씬 나았다.

"괜찮습니다, 카우치 씨. 제가 잘 처리할 수 있어요."

바구니를 어깨에 짊어진 채 승리감에 도취되어 터덜터덜 은행을 빠져나온 나는 길에서 두 딸을 양쪽에 거느린 패스코 부인과 딱 마주쳤다.

"에구머니나, 애슐리 씨, 엄청 무거운 짐을 옮기시네요." 패스코 부인이 말했다.

바구니를 한 손으로 옮겨 들며, 나는 능청스러운 손길로 모자를 벗었다.

"하필 이렇게 불행한 날 저와 마주치셨군요. 제 처지가 몹시도 딱해져서 카우치 씨와 점원들에게 양배추를 팔아야 하는 상황이 되었지 뭡니까. 지붕 수리비가 워낙 많이 들어 파산할 지경이라 직접 읍내에 나와 농산물을 팔러 다닌답니다."

패스코 부인은 입을 떡 벌린 채 나를 쳐다보았고, 두 딸은 눈을 휘둥그렇게 떴다. "불행히도 여기 담긴 물건은 다른 고객한테 가져다줘야 합니다. 안 그랬으면 부인께도 당근을 좀 파는 영광을 누렸을 텐데요. 하지만 앞으로 혹시 목사관에 채소가 필요하시면 저를 기억해주십시오."

나는 기다리고 있던 마차로 다가가 먼저 바구니를 실은 다음 운전석에 올라 고삐를 잡았고, 그사이 마구간지기 청년도 내 옆으로 뛰어올랐다. 아직도 멍한 표정으로 길모퉁이에 서서 나를 응시하고 있는 패스코 부인의 모습이 보였다. 이젠 필립 애슐리가 단순히 괴짜에 술주정뱅이에 정신이상자라는 데 그치지 않고, 거지가 되어 물건을 팔러 다닌다는 소문이 떠돌 상황이었다.

우리는 포터닝스에서 시작되는 긴 대로를 따라 집으로 마차를 몰았고, 마구간지기가 마차를 가져다 두러 간 사이 나는 뒷문을 통해 집 안으로 들어갔다. 하인들은 식사 중인 시간이었으므로, 하인용 계단으로 올라간 나는 발끝을 들고 살금살금 복도를 지나 내 방으로 갔다. 채소 바구니를 옷장에 잘 넣어둔 다음 아래층으로 내려가 점심을 챙겨 먹었다.

레이날디가 알면 눈을 감고 치를 떨 것이다. 나는 비둘기 고기 파이를 게걸스럽게 먹으며 큰 맥주잔에 담긴 에일로 목을 축였다.

레이첼이 들어와 기다리다—그런 내용의 쪽지를 남겨두었다—내가 돌아오지 않을 것 같아서 자기 방으로 올라간 모양이었다. 이번만은 그녀의 부재에 마음이 쓰이지 않았다. 내가 느끼는 죄책감 어린 희열이 얼굴에 너무 확연히 드러날 것 같았다.

음식을 삼키고 끼니를 때우자마자 나는 다시 집을 나섰다. 이번에는 말을 타고 펠린으로 향했다. 주머니에는 트레윈 변호사가 약속대로 특별히 배달부 편에 보내준 서류가 안전하게 들어 있었다. 나는 유언장도 함께 가져갔다. 이번 만남은 오전의 거사만큼 기쁘지 않았지만, 그럼에도 나의 태도는 의연했다.

대부님은 자택 서재에 있었다.

"필립, 아직 몇 시간 남아 있긴 하다만 그래도 행복한 생일을 맞길 바란다." 그가 말했다.

"감사합니다. 저와 앰브로즈를 위해서, 그리고 피후견인을 위해서 보여주신 대부님의 애정에 저도 감사의 말씀 드리고 싶습니다."

"그것도 내일이면 끝나는구나." 그가 미소를 지으며 말했다.

"네, 아니 오늘 밤 자정이라고 해야겠네요. 그래서 그런 야심한 시각에 대부님을 깨우고 싶지 않은 마음에, 제가 서명하려는 서류의 증인이 되어주십사 하고 가져왔습니다. 바로 오늘 자정에 효력이 발생하는 서류거든요."

"음, 서류라니 무슨 서류냐?" 그가 손을 뻗어 안경을 집으며 물었다.

나는 재킷 윗주머니에서 유언장을 꺼냈다.

"우선 이걸 읽어봐주십시오. 순조롭게 제 손에 들어온 것이 아니라, 상당한 논쟁과 협의를 거친 끝에 가까스로 입수한 것입니다. 이런 서류가 틀림없이 존재할 거라고 오래전부터 짐작은 하고 있었는데, 정말로 이렇게 있더군요."

내가 유언장을 그에게 내밀었다. 대부님은 코끝에 안경을 걸치고 꼼꼼히 내용을 읽었다. "날짜는 적혀 있는데 서명이 없구나." 그가 말했다.

"그렇습니다. 하지만 앰브로즈의 필체가 맞지요?"

"그래, 그건 틀림없구나. 내가 이해할 수 없는 건 왜 그 친구가 증인의 연서를 받아 이 서류를 나에게 보내지 않았는가 하는 점이야. 처음 그 친구가 결혼했을 때부터 나는 이런 내용의 유언장을 기대하고 있었고, 너한테도 그런 말을 한 적이 있었을 거다."

"병이 나지 않았더라면 서명을 했을 겁니다. 그리고 불과 몇 달 뒤면 이곳 집으로 돌아올 테니 직접 대부님께 드리려고 했던 것 같고요. 그건 제가 압니다."

대부님이 유언장을 책상에 내려놓았다.

"그랬구나. 이런 일은 다른 집안에서도 벌어진 적이 있지. 미망인에게는 불행한 일이지만, 우리로선 현재 배려한 것 이상은 손쓸 방법이 없다. 서명이 없는 유언장은 효력이 없으니까."

"저도 압니다. 그리고 그 사람도 다른 걸 기대하지 않고요. 좀 전에 말씀드렸듯이, 이걸 받아내기까지도 엄청난 설득이 필요했습니다. 그건 그 사람에게 돌려줘야 하지만, 여기 사본이 있습니다." 나는 유언장을 주머니에 넣고, 내가 만든 사본을 그에게 건넸다.

"이번엔 또 뭐냐? 함께 더 밝힐 일이라도 있는 거냐?"

"아뇨, 정당하게 제 것이 아닌 것을 누려왔다는 양심의 가책만 느껴질 뿐입니다. 앰브로즈는 그 유언장에 서명을 할 작정이었는데, 죽음을 맞이했기 때문에, 아니 처음엔 병 때문에 그러지 못했습니다. 제가 준비한 이 서류도 읽어주세요."

나는 보드민의 트레윈 변호사가 작성해준 서류를 그에게 건넸다.

천천히 신중하게 서류를 읽던 대부님의 표정이 점점 심각해지더니, 한참 뒤에 그가 안경을 벗고 나를 쳐다보았다.

"네 사촌 레이첼은 이 서류에 대해서 알고 있는 거냐?" 그가 물었다.

"전혀 알지 못할뿐더러 그 사람은 제가 그 서류에 적은 생각이나 의향을 말로든 행동으로든 저에게 표현한 적이 없습니다. 그 사람은 제가 지금 여기 와 있는 것도, 대부님께 유언장을 보여드린 것도 모릅니다. 불과 몇 주 전에 대부님도 들으셨다시피 그 사람은 곧 런던으로 떠날 생각이에요."

대부님은 책상에 앉아 나를 뚫어져라 쳐다보았다.

"이번 일 처리에 상당히 단호하게 결심이 섰구나?"

"그런 편입니다."

"이 서류에는 안전을 위한 단서 조항이 거의 없어서, 너는 물론이고 궁극적으로 네 상속자가 물려받아야 할 전 재산이 남용되거나 완전히 흩어질 수도 있다는 걸 알고 있겠지?"

"네, 그래도 저는 기꺼이 그런 위험을 감수하겠습니다."

대부님은 고개를 절레절레 흔들며 한숨을 쉬었다. 의자에서 일어난 그가 창밖을 내다보다 다시 자리에 앉았다.

"그 여자의 조언자인 시뇨르 레이날디도 이 서류에 대해 알고 있는 거냐?"

"모를 거라고 확신합니다."

"나한테 미리 상의했으면 좋았을 걸 그랬구나, 필립. 그랬더라면 그 사람과 내가 상의를 할 수 있었을 거야. 그는 분별력 있는 사람 같았다. 지난번에 그 사람과 긴히 이야기를 나누었단다. 그러다 계좌 초과 인출 문제로 언짢았던 마음도 그에게 털어놓게 되었지. 사치가 문제라고, 늘 그래왔다고, 그자도 인정하더구나. 그 점은 앰브로즈와의 사이에서만 문제가 된 게 아니라, 첫 남편인 상갈레티와의 사이에서도 마찬가지였어. 그 사람 말을 듣고 나니, 그 여자를 다루는 방법을 아는 유일한 사람은 시뇨르 레이날디뿐이라는 점이 확실해졌다."

"그자가 대부님께 무슨 말을 했든 저는 조금도 상관하지 않습니다. 저는 그 사람이 싫고, 그자가 자신의 목적을 달성하기 위해 그런 주장을 이용하는 거라고 믿으니까요. 그자는 제 사촌 레이첼을 꾀어 피렌체로 데려가려는 속셈입니다."

대부님이 나를 한 번 더 물끄러미 쳐다보았다.

"필립, 이런 사적인 질문을 하는 걸 용서해라. 하지만 나는 네가 태어났을 때부터 알고 지낸 사람이야. 넌 지금 네 사촌에게 완전히 미혹되어 있구나, 그렇지 않니?"

얼굴이 불타는 것 같았지만 나는 시선을 피하지 않고 계속해서 그를 응시했다.

"무슨 말씀이신지 모르겠습니다. 미혹이란 부질없고 가장 추악한 단어예요. 저는 누구보다도 제 사촌 레이첼을 존경하고 찬미합니다."

"이건 전부터 너에게 하고 싶었던 말이다. 그 여자가 네 집에 손님으로 너무 오래 머물고 있는 것에 대해서 말들이 많아. 좀 더 솔직히 말하면 온 마을에서 너도 나도 다들 그 이야기만 수 군대고 있는 실정이지."

"계속 그러라고 하세요. 내일이 지나면 다들 다른 이야기를 주고받을 테니까요. 전 재산과 토지를 다른 사람에게 넘기는 건 어지간해서는 비밀로 할 수 없는 일이죠."

"네 사촌 레이첼이 조금이라도 지혜를 갖춘 사람이고, 자존심을 지키고 싶어 한다면 런던으로 떠나거나 너에게 다른 곳에서 지내라고 하겠지. 현재 상태는 너희 둘 모두에게 아주 그른 행동이다."

나는 침묵했다. 나에게 중요한 것은 단 하나, 대부님이 서류에 증인으로 서명해주어야 한다는 점이었다.

"물론 장기적으로 볼 때 추문을 벗어나는 유일한 방법이 있긴 하다. 그리고 이 서류에 따르면 재산을 넘기지 않아도 되는 길역시 한 가지뿐이다. 다시 말해, 그 여자가 재혼을 하면 되는 일이겠지."

"그럴 가능성은 없어 보이는데요." 내가 말했다.

"네가 직접 청혼할 생각은 없는 모양이로구나?" 그가 물었다.

또 한 번 얼굴에 불길이 일었다.

"감히 제가 그런 일을 하지는 못할 겁니다. 그 사람이 저를 받아주지 않을 거예요."

"나는 이런 상황이 도무지 마음에 들지 않는구나, 필립. 지금같아선 그 여자가 아예 영국에 오지 않았더라면 좋았겠다 싶다. 하지만 그걸 후회하기엔 너무 늦었겠지. 그럼 알겠다. 서명하려무나. 그리고 네가 저지른 행동의 결과도 순순히 받아들여라."

나는 펜을 들고 증서에 내 이름을 적었다. 대부님은 진지한표정으로 꼼짝 않고 나를 지켜보았다.

"필립, 본인에겐 아무 결점이 없는데도 재앙을 불러오는 여자들이 더러 있단다. 좋은 여자들인 경우도 아주 흔하지. 그들은 뭐든 손을 대기만 해도 비극을 일으킨다. 너한테 내가 왜 이런이야기를 하는지 모르겠다만 꼭 해줘야 할 것 같구나." 그러고 나서 그는 기다란 두루마리 서류에 적힌 내 서명 옆에 증인으로서 연서를 했다.

"기다렸다가 루이즈를 만나고 갈 마음은 없겠지?"그가 말했다.

"맞아요."이렇게 대꾸한 뒤 나는 이내 마음이 누그러졌다. "두 분 다 내일 저녁에 오셔서 식사나 같이 하시죠. 제 생일에 제 건강을 위해 축배도 들어주시고요."

대부님은 머뭇거렸다. "둘 다 시간이 될지 모르겠구나. 어쨌든 정오까지는 답을 알려주마." 단지 내 초대를 거절하기가 민망할 뿐, 대부님은 우리 두 사람을 만나러 올 마음이 없다는 게 눈에 훤히 보였다. 그는 전반적인 재산 증여 문제를 내 예상보다 순순히 받아들였고, 격정적으로 충고하거나 끝없이 설교를 늘어놓지도 않았다. 그런 식으로 만류해봤자 아무런 소용이 없으리란 걸 이제는 너무 잘 알기 때문일 터였다. 엄숙한 태도로 보아 대부님이 크게 충격받아 괴로워하고 있다는 것은 나도 짐작할 수 있었다. 집안 대대로 내려온 보석을 어떻게 했는지에 대해서 그에게 언급하지 않은 게 다행스러웠다. 보석들이 양배추 바구니에 담겨 내 방 옷장에 들어 있다는 것을 알게 되면 최후의 결정타로 작용해 그를 쓰러뜨릴지도 몰랐다.

지난번에 보드민에서 트레윈 변호사를 만난 뒤 기분이 최고조에 이른 상태로 집으로 향했지만, 결론적으로 레이날디가 찾아왔다는 사실을 알게 되었을 뿐이었다는 걸 떠올리며 나는 말을 타고 집으로 돌아갔다. 오늘은 그런 손님은 없을 것이다. 3주 동안 시골엔 완연한 봄이 찾아와 5월처럼 날씨가 따뜻했다. 모든 날씨 예언가처럼, 우리 농장의 농부들도 고개를 절레절레 흔들며 재앙을 예측했다. 때늦은 서리가 내려 꽃눈을 망치고, 메마른 땅 밑에서 자라고 있는 옥수수가 시들어버릴 것이라고 말이다. 3월의 마지막 날, 나는 기근이 닥치든, 홍수나 지진이 일어나든 별로 상관하지 않을 것이라고 생각했다.

해가 서쪽 만 너머로 지면서 고요한 하늘은 불타듯 노을로 뒤덮인 반면 바닷물은 색이 짙어졌고, 보름달에 가까워진 달이 동쪽 언덕 위로 말간 얼굴을 드러냈다. 완전히 취한 상태에서 지나가는 시간에 모든 것을 맡기고 내려놓는 기분이 바로 이럴 것이라고 나는 속으로 생각했다. 어설프게 몽롱한 상태와 달리, 몹시 취했을 때 더 선명하게 보이는 것처럼 내 눈엔 온 세상이 달라 보였다. 대정원으로 접어들자 사방이 온통 동화처럼 아름답게 채색되어 보였다. 연못 옆에 놓인 여물통에서 물을 마시려고 터벅터벅 언덕을 내려가는 소 떼조차 곧 미인으로 변신할 마법에 걸린 짐승으로 보였다. 큰길 가까이 서 있는 키 큰 나무 꼭대기에 지저분한 집을 짓고 있던 갈까마귀들이 날개를 퍼덕이며 둥지에 내려앉았다. 집과 마구간 굴뚝에서 파란 연기가 구불구불 피어오르는 것이 보이고, 남자들의 휘파람 소리와 개집에서 짖어대는 강아지 소리가 들려왔다. 그 모든 것들은 내가 아기 때부터 알고 지냈고 사랑해 마지않던 풍경이었지만 지금은 새로운 마법을 발휘하고 있었다.

점심을 너무 배불리 먹어 배가 고프진 않았지만 갈증이 났으므로, 나는 안뜰 우물에서 차고 깨끗한 물을 마음껏 들이켰다.

뒷문에 빗장을 지르고 덧문을 닫던 젊은 하인들과는 농담을 주고받았다. 그들은 내일이 내 생일이라는 걸 알고 있었다. 그들은 시컴이 나를 위해 극비리에 자신의 초상화를 그리게 했다면서, 내가 그의 그림을 선조들의 초상화와 함께 복도에 걸어두게 될 거라고 말하고 다녔다며 일러바쳤다. 나는 반드시 그렇게 할 거라고 그들에게 진지하게 약속했다. 그러자 하인 셋이 서로 고개를 끄덕이며 구석에서 무언가를 중얼거리더니 하인 처소로 사라졌다가, 꾸러미를 하나 들고 불쑥 다시 나타났다. 대변인 격인 존이 그것을 내게 건네며 말했다. "이건 저희가 같이 준비한 겁니다, 필립 씨. 저희는 나리께 드리는 걸 내일까지 기다릴 수가 없네요."

그것은 파이프 담배가 든 상자였다. 그 선물을 사느라 자신들의 한 달 치 봉급을 쏟아부었을 것이 분명했다. 나는 그들과 일일이 악수를 나누며 등을 두드려주었고, 다음번에 보드민이나 트루로에 갔을 때 이것과 똑같은 파이프를 살 계획이었다고 장담했다. 몹시 기뻐하며 나를 바라보는 그들을 보면서, 나는 그들이 즐거워하는 것을 보기 위해서라면 바보처럼 엉엉 울 수도 있을 것 같았다. 사실 나는 열일곱 살 때 앰브로즈가 선물해준 파이프 외에 다른 파이프로는 담배를 피운 적이 없었지만, 앞으로는 그들을 실망시킬까 두려워서라도 그들이 선물한 파이프 담배를 꼭 피워야겠다고 결심했다.

목욕을 하고 옷을 갈아입은 뒤 식당에 내려가자 레이첼이 먼저 와서 나를 기다리고 있었다.

"심상치 않은 일의 조짐이 느껴지는군요. 아까 낮에 집을 비웠었죠. 어디 갔었어요?"

"애슐리 부인, 그건 당신이 신경 쓰실 일이 아닙니다." 내가 그녀에게 말했다.

"새벽 이후로는 당신을 본 사람이 아무도 없다고 하던걸요. 점심을 먹으려고 집에 왔는데 함께 식사할 사람이 없었어요."

"탐린과 점심을 함께 들지 그랬어요. 그 사람 부인 요리 솜씨가 정말 뛰어나거든요. 당신도 마음에 들었을 거예요."

"읍내에 갔었어요?" 그녀가 물었다.

"맞아요, 읍내에 갔었어요."

"그래서 우리가 아는 지인도 만났나요?"

"아, 그랬어요." 나는 거의 폭발하듯 웃음을 터뜨리며 대답했다. "패스코 부인과 따님들을 만났는데, 내 모습을 보고 다들 엄청 충격을 받았죠."

"어째서요?"

"내가 어깨에 바구니를 짊어지고선 양배추를 팔러 다닌다고 이야기했거든요."

"그분들에게 사실대로 이야기한 건가요, 아니면 당신이 로즈앤드크라운에서 사과주를 너무 많이 마신 건가요?"

"그들에게 사실대로 이야기한 것도 아니고, 로즈앤드크라운에서 사과주를 마신 것도 아니에요."

"그럼 그게 다 무슨 일이죠?"

나는 그녀에게 대답하지 않을 작정이었다. 나는 의자에 앉은 채로 미소를 지었다.

"달이 완전히 떠오르면 저녁 식사 후에 나가서 수영을 할 생각이에요. 오늘 밤엔 온몸에 힘이 넘치는 기분이라 온갖 어리석은 만용을 부리고 싶거든요."

그녀가 진지한 눈빛을 하고서 와인 잔 너머로 나를 쳐다보았다. "생일날 침대에 누워 가슴에 찜질 팩이나 올려놓고 매 시간마다 블랙커런트 즙을 마시면서 간호를 받고 싶다면—경고하는데, 간호는 내가 아니라 시컴이 할 테니 그리 알아요—마음대로 수영하러 가요. 나도 말리진 않겠어요."

나는 머리 위로 팔을 뻗어 기지개를 켠 뒤 순수한 즐거움의 한숨을 쉬었다. 담배를 피워도 좋을지 묻자 그녀가 허락했다.

나는 담뱃갑을 꺼냈다. "봐요, 젊은 하인들이 나한테 준 거예요. 아침까지 기다릴 수가 없었다는군요."

"당신은 그들과 똑같이 덩치만 커다란 아기예요." 그녀가 이렇게 말하고는 반쯤 속삭이는 목소리로 덧붙였다. "시컴이 당신을 위해 뭘 준비했는지 당신은 모를 거예요."

"나도 알아요. 하인들한테 들었어요. 주체할 수 없이 우쭐해진 기분이에요. 당신도 봤어요?"

레이첼이 고개를 끄덕였다. "완벽해요. 최고로 멋진 그 초록색 재킷하며, 튀어나온 아랫입술까지 전부 다요. 바스에서 온 시컴의 사위가 그렸다네요."

식사를 마치고 서재로 들어갔지만, 온 세상의 에너지를 다 받은 것 같다고 했던 내 말은 거짓이 아니었다. 어서 밤이 지나 날이 밝기를 바라며, 나는 너무도 의기양양한 기분이라 도저히 의자에 앉아 쉴 마음이 들지 않았다.

마침내 그녀가 말했다. "필립, 딱해서 하는 말인데 나가서 산책이라도 하고 와요. 조금이라도 도움이 될 것 같으면 등대까지 뛰어갔다 와요. 하지만 어느 쪽이든 난 당신이 미쳤다고 생각할 거예요."

"이게 미친 거라면 난 항상 이런 상태로 있기를 바랄 겁니다. 광기가 이토록 기쁨을 주리라는 건 몰랐네요."

나는 그녀의 손에 입을 맞춘 뒤 마당으로 나갔다. 고요하고 청명한 날씨는 밤 산책에 적합했다. 그녀가 시킨 대로 달리기를 하지는 않았지만 어쨌거나 등대 언덕까지는 올라갔다. 뺨을 부풀린 듯 보름달에 가까워진 달이 만 위로 솟아올라, 내 비밀을 다 알고 있을 것 같은 마법사의 얼굴을 하고 세상을 굽어보았다. 돌담으로 둘러싸인 우묵한 계곡 한구석 초원을 보금자리 삼아 밤을 보내려던 수송아지들이 내가 다가가자 놀라 버둥거리며 흩어졌다.

초원 위쪽으로 바턴 영지에서 반짝이는 불빛 하나가 눈에 들어왔다. 등대에 이르자 내 양쪽으로 만이 펼쳐지고, 서쪽 해안을 따라 자리 잡은 소도시의 불빛들이 반짝거렸다. 우리 읍내 항구의 불빛도 동쪽으로 이어져 있었다. 바턴에 켜둔 촛불처럼 불빛들은 어느덧 희미해졌고, 내 주변엔 바다에 은빛 그림자를 드리운 희미한 달빛뿐이었다. 산책에 적당한 밤이란 건 수영에 적당한 밤이라는 의미이기도 했다. 찜질 팩과 물약의 위협으로도 나를 말릴 수는 없었다. 나는 뻐죽뻐죽 바위가 튀어나와 있는, 가장 좋아하는 다이빙 지점으로 내려가 이토록 터무니없고 짜릿한 만용을 부리고 있는 자신을 향해 웃음 지으며 바닷물로 뛰어들었다. 맙소사! 바닷물은 얼음장처럼 차가웠다. 나는 개처럼 바들바들 떨고 이를 딱딱 부딪치며 만을 가로지르다 겨우 4분 만에 방향을 바꾸어 바위로 돌아가 옷을 입었다.

광기. 광기보다 더 나빴다. 하지만 여전히 나는 아랑곳하지 않았고, 의기양양한 기분은 여전히 나를 노예처럼 사로잡았다.

셔츠로 최대한 몸을 닦은 뒤 나는 숲길을 따라 집으로 돌아왔다. 나무 뒤쪽에서 달빛이 비추어 으스스하고 환상적인 그림자를 드리우며 유령이 출몰할 것 같은 길을 내 앞에 펼쳐놓았다. 길이 둘로 갈라져 한쪽은 삼나무 길로, 다른 쪽은 언덕 위에 새로 만든 테라스로 이어지는 지점에 당도했을 때, 나무가 가장 빽빽하게 자란 곳에서 부스럭대는 소리가 들리더니 갑자기 코를 찌르는 듯한 암여우 냄새가 허공을 날아와 코를 자극하며,

발밑에 깔린 나뭇잎들까지도 악취로 오염시켰다. 하지만 내가 서 있는 곳에서는 양쪽 둑에 흐드러지게 늘어져 자라난 수선화만 보일 뿐, 놈들을 자극할까 봐 숨도 참고 가만히 서 있는 나의 눈에는 아무것도 들어오지 않았다.

마침내 집에 돌아온 나는 레이첼의 방 창문을 올려다보았다. 창문은 활짝 열려 있었는데, 그녀가 켜둔 촛불이 아직 타고 있는지 꺼버렸는지는 알 수가 없었다. 나는 시계를 들여다보았다. 자정을 5분 남겨두고 있었다. 젊은 하인들이 기다리지 못하고 내게 생일 선물을 주었듯, 나 역시 레이첼에게 선물을 주는 걸 미룰 수가 없었다. 패스코 부인과 양배추를 떠올리자, 만용을 부리고 싶은 충동이 극에 달했다. 나는 파란 방 침실 창문 아래서서 그녀를 불러냈다. 그녀의 이름을 세 번 외친 다음에야 반응이 돌아왔다. 그녀가 수녀복처럼 새하얗고 풍성한 소매에 레이스 깃이 달린 옷을 입고 열린 창문으로 모습을 드러냈다.

"원하는 게 뭐죠? 거의 잠들었는데 당신이 깨운 거예요." 그녀가 말했다.

"거기서 잠깐만 기다려줄래요? 당신한테 주고 싶은 게 있어요. 패스코 부인과 마주쳤을 때 내가 들고 있던 바로 그 꾸러미예요."

"나는 패스코 부인처럼 호기심이 많지 않아요. 내일 아침까지 기다려요."

"아침까지 기다릴 수 없어요. 지금 꼭 보여줘야 해요."

나는 저택 옆문으로 들어가 계단을 거쳐 내 방으로 갔다가 양배추 바구니를 들고 다시 내려왔다. 손잡이 주변에는 미리 기다란 끈을 매달아두었다. 재킷 주머니에 넣어두었던 서류도 같이 꺼내 온 터였다. 그녀는 창가에서 아직 나를 기다리고 있었다.

"대체 그 바구니엔 뭘 담아 온 거예요? 필립, 장난을 치려는 거라면 난 동참하지 않겠어요. 게나 바닷가재를 거기 숨겨뒀나요?" 레이첼이 부드럽게 외쳤다.

"패스코 부인은 이게 다 양배추라고 생각하죠. 어쨌든, 이게 당신을 깨무는 일은 없을 거라고 약속할게요. 자, 줄을 잡아봐요."

나는 기다란 끈의 끄트머리를 창문으로 던졌다.

"조심해서 양손으로 힘껏 잡아당겨요. 바구니가 꽤 무거워요." 그녀는 내가 시키는 대로 끈을 잡아당겼고, 바구니는 벽과 담쟁이덩굴을 고정하는 철사에 이리저리 부딪쳤다. 아래에서 지켜보던 나는 그녀가 소리 없이 웃느라 몸을 흔들고 있다는 걸 알아차렸다.

창틀까지 바구니를 잡아당긴 뒤엔 정적이 흘렀다.

잠시 후 레이첼이 다시 창밖을 내다보았다. "난 당신 못 믿겠어요, 필립. 꾸러미 모양이 다 이상해요. 튀어나와서 나를 깨물 것 같아요."

나는 대답하는 대신 담쟁이덩굴용 철사를 타고 기어오르기 시작했고, 한 손 한 손 자리를 옮긴 끝에 드디어 창문에 당도했다.

"조심해요. 떨어지면 목이 부러질 거예요." 그녀가 외쳤다.

잠시 뒤 나는 한쪽 다리를 바닥에 내려놓고 한쪽 다리는 창틀에 걸친 채로 그녀의 방에 들어갔다.

"머리는 왜 그렇게 젖었어요? 비도 안 오는데."

"수영을 했어요. 수영할 거라고 아까 말했잖아요. 이젠 꾸러미를 풀어봐요. 아니면 내가 대신 해줄까요?"

방에는 양초 하나만 불을 밝히고 있었다. 레이첼은 맨발로 바닥을 디디고 서서 덜덜 떨었다.

"맙소사, 뭘 좀 두르고 있지 그랬어요." 내가 말했다.

나는 침대에서 이불을 집어다가 그녀를 감싼 다음 번쩍 들어 담요 한가운데 내려놓았다.

"내 생각엔 당신 완전히 미친 것 같아요." 레이첼이 말했다.

"미치지 않았어요. 지금 이 순간 스물다섯 살이 되었을 뿐이죠. 잘 들어봐요." 내가 허공에 손을 들어 올렸다. 시계 종소리가 자정을 알렸다. 나는 주머니에 손을 넣었다. 촛불 옆 탁자에 서류를 내려놓으며 내가 말했다. "이건 당신이 여유 있을 때 읽어보도록 해요. 하지만 나머지는 지금 주고 싶어요."

나는 꾸러미들을 침대에 쏟고 나서 고리버들 바구니를 바닥에 내려놓았다. 겉을 싼 종이를 찢고 상자를 열어 부드러운 천 싸개를 사방에 흔들어댔다. 천 조각 하나에선 루비 머리 장식과 반지가 떨어졌다. 사파이어와 에메랄드도 모습을 드러냈다. 침대 시트 위에 진주 목걸이와 팔찌 따위가 정신없이 나뒹굴었다.

"이건 당신 거예요. 이것도, 그리고 이것도……." 내가 말했다. 어리석은 만용의 희열에 휩싸인 나는 보석을 한데 모아 그녀의 양손에, 팔에, 품에 안겼다.

"필립, 당신 완전히 정신 나갔군요. 무슨 짓을 한 거예요?" 그녀가 외쳤다.

나는 대답하지 않았다. 진주 목걸이를 집어 그녀의 목에 걸어주었다. "난 스물다섯 살이 됐어요. 당신도 시계가 12시를 치는 소리 들었죠. 더는 아무 문제도 없어요. 이건 전부 다 당신 거예요. 내가 세상을 소유했다면 당신도 그걸 가졌을 거예요."

그렇게 어리둥절하고 놀란 그녀의 눈빛은 처음 보는 듯했다. 레이첼은 나를 올려다보다가 흩어져 있는 목걸이와 팔찌를 내려다보더니 다시 나를 쳐다보았다. 내가 웃고 있었기 때문인지, 그녀는 갑자기 나를 껴안고 같이 웃기 시작했다. 우리는 서로를 껴안았다. 나의 광기에 전염된 그녀가 어리석은 나의 만용까지 함께 나누려는 듯했고, 요란한 광기의 기쁨이 우리 두 사람을 사로잡았다.

"몇 주 내내 이걸 계획했던 거예요?" 그녀가 물었다.

"그래요, 원래는 아침 식사와 함께 선사할 작정이었어요. 하지만 하인들이 기다리지 못하고 파이프 담배 상자를 주었듯이 나도 기다릴 수가 없었어요."

"그런데 나는 당신 스카프에 꽂을 황금 핀 하나밖에 줄 게 없어요. 당신 생일인데 당신이 오히려 나를 부끄럽게 하네요. 달리 또 갖고 싶은 거 없어요? 말만 해요, 갖게 해줄 테니까. 뭐든 말만 해봐요."

루비와 에메랄드의 홍수 속에서 진주 목걸이를 걸고 있는 그녀를 내려다보며, 문득 진지해진 나는 그 목걸이의 의미를 떠올렸다.

"그래요, 한 가지 있긴 하지만 그건 내가 부탁해도 소용없을 거예요." 내가 말했다.

"왜 그럴까요?"

"왜냐하면 당신이 내 뺨을 갈긴 뒤 곧장 내쫓아버릴 테니까요."

레이첼이 내 뺨을 손끝으로 어루만지며 나를 응시했다.

"말해봐요." 그녀의 목소리는 다정했다.

나는 남자가 어떻게 여자에게 아내가 되어달라고 청하는지 방법을 알지 못했다. 대개는 먼저 허락을 구해야 할 부모님이 있다. 혹 부모님이 없는 경우에는 구애 단계가 있어서, 사전에 대화를 통해 모든 이야기를 주고받는다. 그런데 레이첼과 나에겐 두 가지 모두 해당되지 않았다. 게다가 지금은 한밤중이고, 우리 둘 사이에 사랑과 결혼에 대한 이야기가 오간 적은 없었다. 있는 그대로 숨김없이 "레이첼, 사랑합니다. 내 아내가 되어주겠어요?"라고 말할 수도 있을 것이다. 언젠가 아침에 정원에서 결혼에 대한 거부감을 토로하며, 나에게 위안을 주는 건 내 집만으로 충분하다고 너스레를 떨었던 기억이 났다. 레이첼도 당시 내 마음을 이해하고 기억하고 있을지 궁금했다.

"언젠가 나한테 필요한 건 아늑한 집 안에서 느끼는 온기와 위로가 전부라고 당신한테 말한 적이 있어요. 혹시 잊었어요?" 내가 말했다.

"아뇨, 잊지 않았어요."

"실언이었어요. 이젠 나한테 부족한 게 뭔지 알아요."

레이첼은 내 머리와 귓불, 턱 끝을 어루만졌다.

"그래요? 정말로 그렇게 확신해요?" 그녀가 말했다.

"이 세상 그 무엇보다도 확신해요."

그녀가 나를 바라보았다. 촛불에 비친 그녀의 눈동자는 더 짙어 보였다.

"그날 아침 당신은 아주 자신만만했고 고집불통이었죠. 집 안의 온기라니……."

그녀는 손을 뻗어 촛불을 끄고서도 여전히 소리 내어 웃고 있었다.

하인들이 깨어나 집 안에 햇빛을 들이려고 덧문을 열어 나오기 전 동틀 무렵에 잔디밭에 서서, 나는 그토록 솔직 담백한 방식으로 결혼을 승낙받은 남자가 이전에 또 있었을지 궁금해했다. 항상 피곤하게 마련인 수많은 구애 단계는 건너뛸 수도 있는 것이었다. 지금껏 나는 사랑과 그에 뒤따르는 온갖 구속에 아무런 관심이 없었다. 세상 남녀가 자기 좋을 대로 하든 말든, 나와는 상관없는 일이었다. 나는 눈도 멀고 귀도 멀어 잠들어 있는 사람이었다. 하지만 이제 더는 그렇지 않으리라.

　내 생일이 시작된 날 처음 몇 시간 동안 일어난 일은 영원히 변하지 않을 것이다. 열정이 있었다면 지금 나는 그것을 잊었다. 다정함이 존재했다면 그건 아직 내 안에 간직되어 있다. 사랑을 받아들인 여인의 거리낌 없는 진솔함이 주는 경이로움은 영원히 나의 것이다. 어쩌면 그것이야말로 여성들이 우리를 옴짝달싹 못 하게 구속하는 비밀일 것이다. 마지막까지 사랑을 유보하면서.

　달리 비교할 대상이 없으니 나로서는 알지 못할 것이다. 그녀는 나의 처음이자 마지막이었다.

22

　햇빛을 받아 서서히 잠에서 깨어나던 저택의 모습과 잔디밭을 에워싼 나무 위로 떠오른 둥근 공 같은 해를 보았던 기억이 난다. 찌르레기가 노래를 시작하자 되새도 덩달아 지저귀었고, 이내 온갖 새들의 봄 합창이 이어졌다. 종탑 꼭대기에 달린 풍향계가 가장 먼저 햇빛을 받아 하늘을 배경으로 황금빛으로 반짝거리며 북서쪽을 가리키는 사이, 처음 보았을 땐 어둡고 칙칙했던 저택의 잿빛 벽도 아침 햇살에 새로이 태어나 부드러운 색채를 띠었다.

　집 안으로 들어가 방으로 올라간 나는 창문을 활짝 열고서 그 앞에 의자를 끌어다 놓고 앉은 채 바다를 바라보았다. 머릿속은 팅 비어 아무 생각도 나지 않았다. 육신은 차분하고 적요했다.

표면으로 솟구쳐 떠오르는 문제도 없었고, 깊이 감추어져 있다가 행복한 평화를 어지럽히는 걱정거리도 없었다. 이제는 인생의 모든 난관들이 해결되어 내 앞엔 평탄한 길만 놓여 있는 것 같았다. 지나온 세월은 조금도 중요하지 않았다. 앞으로 다가올 세월 또한 호칭기도*에 화답하는 아멘 소리처럼 영원히 그렇게 계속될 것이다. 미래에는 레이첼과 나, 둘뿐이었다. 둘만의 삶을 꾸려가는 남자와 그의 아내, 우리를 감싸고 있는 집, 문밖에서 우리와 상관없이 흘러가는 세상. 우리 두 사람이 살아 있는 한 매일같이 반복되는 낮과 밤. 기도서에서 보고 내가 기억하는 내용은 그 정도였다.

눈을 감자 그녀가 아직도 나와 함께 있었다. 깜박 잠이 들었는지 다시 눈을 떴을 땐 열린 창으로 햇빛이 쏟아져 들어오고 있었고, 소리도 듣지 못했는데 언제 다녀갔는지 존이 벌써 의자에 내 옷을 걸쳐두고 뜨거운 물도 가져다 놓은 뒤였다. 면도를 하고 옷을 입은 다음 아침을 먹으러 아래층으로 내려갔지만, 이미 차갑게 식어버린 아침 식사가 보조 식탁에 놓여 있었다. 시컴은 내가 오래 있다가 내려올 거라고 짐작한 모양이었지만, 삶은 달걀과 햄은 식어도 먹기 쉬웠다. 그날은 뭐라도 먹을 수 있을 것 같은 심정이었다. 식사 후 나는 개들에게 휘파람을 불어준 뒤 마당으로 나가, 탐린과 그가 소중히 여기는 꽃들에 대한

* 사제가 선창하면 신도들이 응답하는 형태의 기도.

염려는 조금도 하지 않은 채 눈에 보이는 대로 동백꽃을 따서 전날 보석을 옮기는 데 사용했던 바구니에 가득 담은 뒤 다시 집 안으로 들어가 계단을 오르고 그녀의 방을 향해 복도를 걸어갔다.

침대에 앉아 아침 식사를 하고 있던 그녀가 소리를 질러 항의하며 커튼을 칠 새도 없이, 나는 침대 시트와 그녀에게 동백꽃 세례를 퍼부었다.

"아침 인사 다시 할게요. 그런데 아직은 내 생일이란 걸 알아 줘요."

"생일이든 아니든 방에 들어오기 전엔 방문을 노크하는 게 관습이에요. 어서 가요."

동백꽃이 그녀의 머리칼과 어깨에 얹혀 있고, 찻잔과 버터 바른 빵에도 떨어져 내리는데 위엄을 찾기란 어려운 일이었지만 나는 표정을 굳히며 방 끝 쪽으로 물러났다.

"미안해요. 창문으로 드나들었더니 문 정도는 대수롭지 않게 느껴졌어요. 사실 난 예의 따위 버린 지 오래예요."

"시컴이 쟁반 가지러 들어오기 전에 가는 게 좋겠어요. 당신 생일이기 때문에 더더욱 당신이 여기 있는 걸 보면 시컴이 충격받을 거예요."

레이첼의 냉담한 목소리에 기분이 꺾였지만, 그녀의 말에도 일리가 있다고 생각했다. 내 아내가 될 사람이긴 해도, 시컴이 그 사실을 아직 모르고 있는 상황에서 아침 식사를 하는 여인의 방에 쳐들어가는 건 상당히 대담한 행동이었다.

"그만 갈게요. 용서해요. 당신에게 한 가지만 말하고 싶어요. 사랑해요."

나는 문으로 걸어가 방을 나왔다. 그녀가 진주 목걸이를 하고 있지 않은 걸 알아차렸던 기억이 난다. 내가 새벽에 그녀의 곁을 빠져나온 다음 목걸이를 풀어버렸던 게 틀림없었다. 바닥에 뒹굴던 보석도 모두 말끔히 사라지고 없었다.

그러나 레이첼 옆에 놓인 아침 식사 쟁반에는 내가 전날 서명한 서류가 놓여 있었다.

아래층에선 시컴이 종이로 포장한 꾸러미를 손에 들고 나를 기다렸다.

"필립 씨, 오늘은 정말 뜻깊은 날입니다. 앞으로도 수없이 행복한 생일 맞으시기를 제 마음대로 기원해드려도 될까요?"

"당연히 되고말고, 시컴. 고마워."

"이건 별것 아닙니다. 가문을 위해 헌신적으로 봉사한 오랜 세월에 대한 작은 기념품이랄까요. 나리께서 언짢아하시지 않기를, 기꺼이 선물로 받아주실 것이라고 짐작했던 제 생각이 부디 주제넘은 것은 아니기를 빕니다."

종이 포장을 벗기자 시컴의 옆얼굴이 내 눈앞에 펼쳐졌다. 실물보다 잘생기게 그리진 않았을지 모르지만 그림 속 얼굴은 틀림없는 시컴이었다.

내가 진지하게 말했다. "정말 마음에 드는 그림이야. 정말이지 너무 마음에 들어서 가장 좋은 그림만 전시하는 계단 근처에 당장 걸어야겠어. 망치와 못을 가져다줘." 시컴은 근엄하게 종을 울려 존에게 지시를 내렸다.

실랑이 끝에 우리는 식당 바깥쪽 벽에 초상화를 걸었다. "나리께서 보시기에도 그림이 저와 닮았나요? 화가가 생김새를 너무 가혹하게 표현한 것 같지 않습니까? 특히 코 부분이요. 저는 도무지 흡족하질 않습니다."

"완벽한 초상화는 불가능해, 시컴. 이 정도면 최상의 결과에 가깝다고 보아야겠지. 나로서는 더 이상 마음에 들 수가 없을 것 같은걸."

"무엇보다도 그 점이 중요하니 그럼 됐습니다." 시컴이 내 말에 대꾸했다.

나는 바로 그 자리에서 레이첼과 내가 결혼할 거라는 말을 하고 싶었다. 터질 듯한 기쁨과 행복으로 가득하면서도 어쩐지 막상 털어놓기는 망설여졌다. 아무것도 모르고 있는 그에게 난데없이 들이대기엔 너무 심각하고 예민한 문제여서, 아무래도 시컴에겐 우리 둘이 함께 이야기하는 편이 나을 것 같았다.

나는 사무실로 돌아가 일을 하는 척했지만, 실은 그저 멍하니 책상에 앉아 허공만 바라보았을 뿐이었다. 내 마음의 눈에는 계속해서 베개를 등에 받친 채 아침 식사를 하는 그녀의 모습과 쟁반에 여기저기 떨어져 있는 동백꽃이 보였다. 새벽의 평온함은 사라지고, 또다시 어젯밤의 뜨거운 열기가 솟아올랐다. 의자를 뒤로 기울이고 펜 끝을 잘근잘근 씹으며, 우리가 결혼하면 그녀가 그렇게 함부로 나를 쫓아내진 않을 것이라는 생각을 했다. 나도 그녀와 함께 방에서 아침 식사를 할 것이다. 더는 홀로 식당으로 내려가지 않을 것이다. 새로이 정해진 일과로 둘이서 하루를 시작할 것이다.

시계 종이 10시를 알리고, 안뜰과 사무실 밖 마당에서 사람들이 오가는 소리가 들려왔다. 나는 첩첩이 쌓인 청구서를 바라보다 다시 옆으로 밀어놓고는, 즉결재판에 참석했던 동료 판사 한 사람에게 편지를 쓰기 시작했다가 곧 찢어버렸다. 도무지 낱말이 떠오르지 않았고 쓰는 문장마다 말이 통하질 않았다. 하지만 레이첼이 점심 식사를 하러 내려오는 12시까지는 아직도 두 시간이나 남아 있었다. 펜헤일에서 냇 브레이라는 농부가 찾아와, 소 떼가 트레넌트 영지로 넘어가 길을 잃었다면서 그 모든 사태가 울타리를 손보지 않은 이웃의 잘못이라고 구구절절 하소연을 늘어놓았다. 나는 고개를 끄덕이며 맞장구를 쳤지만 그의 주장에 거의 귀 기울이지 않고 있었다. 지금쯤이면 분명 레이첼이 옷을 입고 내려와 마당에서 탐린과 이야기를 나누고 있을 것이다.

내가 운 나쁜 농부의 말을 자르고 작별 인사를 건네자, 그가 당황해 어쩔 줄 몰라 하며 상처받은 표정을 지었다. 나는 집사 방으로 그를 데려가 시컴과 에일 맥주를 한잔하라고 권했다. "냇, 오늘은 내 생일이라 일을 하지 않는다네. 세상에서 내가 가장 행복한 사람이거든." 나는 그의 어깨를 두드린 뒤, 그가 할 말이 있는 듯 입을 벌리는 것을 보고도 얼른 자리를 피했다.

그러고는 안뜰을 향해 난 창으로 고개를 내밀고 주방에다 소리쳐, 소풍을 위한 점심 바구니를 꾸려달라고 부탁했다. 문득 격식을 차려야 하는 집에서 벗어나, 은제 식기가 놓인 식탁과 식당이 아닌 햇빛 아래서 그녀와 단둘이 시간을 보내고 싶어졌기 때문이다. 그렇게 지시한 뒤엔 웰링턴에게 주인마님을 위해 솔로몬에게 안장을 얹어달라고 하려고 마구간으로 걸어갔다.

그는 거기 없었다. 마차 보관소 문은 활짝 열려 있었고 마차도 보이지 않았다. 마구간지기가 빗자루로 자갈길을 쓸고 있었다. 내 질문에 그는 멍한 표정을 지었다.

"10시 좀 넘어서 마차를 대령하라고 주인마님께서 명하셨어요. 어디로 가셨는지는 저도 모르겠습니다. 아마 읍내에 가셨겠죠."

나는 집 안으로 되돌아가 시컴을 소환했지만, 웰링턴이 10시 좀 넘어 마차를 집 앞에 대령했을 때 이미 레이첼이 현관에서 기다리고 있었다는 것 외엔 시컴도 더 해줄 말이 없었다. 이제껏 그녀가 오전 시간에 외출을 한 적은 단 한 번도 없었다. 끝 간 데 없이 치솟았던 나의 기분은 돌연 밑바닥으로 떨어졌다. 우리 앞에 펼쳐진 하루가 이제 막 시작되었는데 이건 내가 계획했던 하루가 아니었다.

나는 앉아서 기다렸다. 정오가 되자 하인들의 식사 시간을 알리는 종이 울렸다. 점심 바구니는 내 옆에 놓여 있고 솔로몬에도 안장을 얹었다. 그러나 마차는 돌아오지 않았다. 마침내 2시가 되자 나는 솔로몬을 직접 마구간으로 끌고 가 마구간지기에게 안장을 내리라고 지시했다. 새로 뚫린 길을 따라 숲으로 걸어가며 아침나절의 짜릿한 흥분은 차갑게 식어버렸다. 지금 그녀가 돌아온다 해도 소풍을 나서기엔 너무 늦었다. 4월 태양의 따사로움은 4시면 사라질 것이다.

경사진 큰길 꼭대기에 거의 다 올라 포터닝스에 당도하자, 마구간지기가 울타리 문을 열어 마차를 통과시키는 모습이 보였다. 나는 마찻길 중간에 서서 기다렸다. 말을 몰아 다가오다 내 모습을 발견한 웰링턴이 고삐를 당겨 마차를 세웠다. 몇 시간 동안 묵직하게 나를 짓눌렀던 실망감은 마차에 앉아 있는 그녀의 모습을 얼핏 보자마자 사라져, 나는 마차에 올라타며 웰링턴에게 계속 가라고 지시한 뒤 좁은 마차 좌석에 앉은 그녀의 반대편에 자리를 잡았다.

레이첼은 검은색 망토를 온몸에 두른 채 베일을 내리고 있어서 얼굴이 보이지 않았다.

"11시부터 당신을 찾아다녔어요. 대체 어딜 갔던 겁니까?" 내가 그녀에게 물었다.

"펠린에 당신 대부님을 만나러 갔었어요."

안전하게 깊숙이 파묻어놓았던 걱정과 당혹감이 앞다투어 머릿속으로 밀려들면서, 내 계획을 무산시키기 위해 두 사람이 과연 무슨 일을 할 수 있었을지 날카로운 불안감과 함께 궁금증이 일었다.

"그건 왜죠?" 내가 물었다. "그렇게 다급하게 대부님을 만나러 갈 필요가 뭐가 있어요? 모든 일은 오래전에 다 결정되었는데."

"모든 일이라는 당신 말의 의미가 뭔지 난 잘 모르겠어요." 그녀가 대꾸했다.

마차가 길에 깊게 파인 바퀴 자국을 지나는지 차체가 크게 흔들리자 그녀는 검은 장갑을 낀 손으로 천장에서 드리워진 끈을 잡고 몸을 지탱했다. 베일을 내린 채 상복을 입고 맞은편에 앉아 있는 그녀가 얼마나 멀게 느껴지던지, 가슴에 나를 꼭 안아주던 레이첼과는 딴 세상 사람처럼 달라 보였다.

"그 서류, 당신이 생각하고 있는 건 그 서류에 대한 고민이겠죠. 당신이 그걸 되돌릴 수 있는 방법은 없어요. 오늘로 나는 법적으로 독립한 나이가 됐어요. 대부님이라 해도 달리 할 수 있는 일은 없습니다. 서명도 했고 공증 직인도 찍혔고 증인 연서도 받았으니까요. 모든 건 당신 거예요."

"그래요, 이젠 나도 알아요. 내용이 약간 애매모호했는데 부연 설명이 없더군요. 그래서 그게 어떤 의미인지 명확하게 알아보고 싶었어요."

한밤중에 내 귓가에 속삭이던 감미로운 그녀의 목소리가 아직도 들리는 듯 기억에 선명했건만, 지금은 너무도 멀고 냉담하고 무심한 목소리였다.

"이제 명확해졌어요?" 내가 물었다.

"꽤 명확해졌어요." 그녀가 대답했다.

"그럼 그 문제에 대해선 더 이상 할 말이 아무것도 없겠네요?"

"아무것도 없어요."

그러나 찜찜한 마음이 들면서 이상하게도 그 말을 믿을 수가 없었다. 그녀에게 보석을 주었을 때 우리가 함께 공유했던 자연스러운 태도와 즐거움과 웃음은 사라지고 없었다. 설마 대부님이 그녀에게 상처가 될 말을 했을 리는 없는데.

"베일을 걷어요." 내가 말했다.

한동안 그녀는 꼼짝도 하지 않았다. 이윽고 그녀가 웰링턴의 넓은 등과 그 옆 조수석에 앉은 마구간지기를 올려다보았다. 굽은 도로가 직선으로 바뀌자 그가 마차의 속도를 높이려고 말에게 채찍질을 했다.

레이첼이 베일을 걷어 올렸지만, 그녀의 눈은 내가 바랐던 대로 미소를 짓고 있지도 않았고, 혹시나 하며 두려워했던 것처럼 눈물을 머금고 있지도 않았다. 볼일이 있어 외출했다가 흡족하게 일을 마무리하고 돌아온 사람의 눈빛처럼 침착하고 잔잔하여 조금도 동요가 느껴지지 않았다.

아무 이유도 없이 어리둥절하고 어쩐지 속은 듯한 기분이 들었다. 나는 동틀 무렵 내 기억에 새겨졌던 그 눈빛을 마주하고 싶었다. 어쩌면 바보 같은 생각일지 몰라도, 나는 그녀가 여전히 그때와 똑같은 눈빛을 하고 있기 때문에 베일로 가리고 있었던 거라고 짐작했다. 그러나 그런 게 아니었다. 집에서는 내가 현관 계단에 걸터앉아 고통 속에서 기다리고 있는 사이, 그녀는 대부 님 서재에서 책상을 사이에 두고 단호하고도 사무적인 태도로 차분하게 그와 마주앉아 있었던 게 틀림없었다.

"좀 더 일찍 돌아올 수도 있었겠지만, 그분들이 점심 식사를 같이 하고 가라고 붙잡아서 도저히 거절할 수가 없었어요. 당신은 다른 계획이 있었나요?" 레이첼은 고개를 돌리고 차창으로 지나는 풍경을 내다보았다. 나는 손을 뻗어 그녀를 껴안고 싶은 마음을 억누르느라 갖은 노력을 기울이고 있는데, 어떻게 그녀는 우리가 오가다 만난 지인 정도밖에 안 되는 양 냉랭하게 맞은편에 앉아 있을 수 있는지 의아했다. 어제 이후로 모든 것이 달라졌다. 그런데 그녀에게선 그런 징후가 전혀 보이지 않았다.

"계획이 있었죠. 하지만 이젠 상관없어요." 내가 말했다.

"켄들 씨 부녀는 오늘 밤에 읍내에서 저녁 식사를 한다고 해요. 하지만 식사를 마치고 집으로 돌아가기 전에 우리한테 잠시 들르겠다고 했어요. 루이즈랑 내 사이도 많이 좋아진 것 같아요. 나를 대하는 태도가 전처럼 얼어붙어 있지 않더군요." 레이첼이 말했다.

"기쁜 소식이네요. 난 두 사람이 친해지면 좋겠어요." 내가 말했다.

그녀가 대화를 이어갔다. "사실 내 생각은 다시 원점으로 돌아갔어요. 루이즈는 당신에게 잘 어울릴 거예요."

레이첼이 웃음을 터뜨렸지만 나는 그녀와 함께 웃지 않았다. 가엾은 루이즈를 두고 농담하는 것은 가혹한 짓이라는 생각이 들었다. 루이즈가 마음을 다치지 않기를, 그리고 부디 자신에게 어울리는 남편감을 찾기를 바라는 나의 마음이 얼마나 간절한지는 하늘만이 알 것이다.

"당신 대부님이 나를 못마땅하게 여기는 데는 그럴 만한 이유가 있다고 생각해요. 하지만 점심 식사가 끝날 때쯤엔 우리 둘 다 서로를 잘 이해하게 되었죠. 긴장감이 다 풀어져 대화는 어렵지 않았어요. 우리는 런던에서 만나기로 계획도 다시 잡았어요."

"런던에서요? 당신은 아직도 런던에 갈 작정이에요?" 내가 물었다.

"그럼요. 안 갈 이유가 없잖아요?" 그녀가 말했다.

나는 아무 말도 하지 않았다. 그녀가 런던에 가고 싶다면 당연히 갈 권리가 있었다. 가보고 싶은 상점도 있을 테고, 더구나 이제 자기 마음대로 쓸 돈도 생겼으니 살 물건도 있을 것이다. 그렇긴 해도…… 우리가 함께 갈 수 있을 때까지 기다려줄 수는 없는 것일까? 둘이서 의논해야 할 일이 수없이 많았지만 나는 말을 꺼내기가 망설여졌다. 지금까지는 한 번도 생각해본 적 없는 사실이 별안간 강력한 힘으로 예리하게 나를 후려쳤다. 앰브로즈가 세상을 떠난 지 아홉 달밖에 되지 않았다는 점이었다. 한여름이 되기 전에 우리가 결혼한다면 세상 사람들이 옳지 않은 일이라며 손가락질을 할 것이다. 날이 밝으니 한밤중엔 존재하지도 않았던 못마땅한 문제들이 하나둘 생겨났다.

"집에는 조금 있다가 갑시다. 나와 함께 숲에서 산책 좀 해요." 내가 말했다.

"좋아요." 그녀가 대답했다.

우리는 계곡 입구 산지기의 오두막 앞에서 내린 뒤 웰링턴과 마차를 먼저 집으로 보냈다. 우리는 개울 옆으로 난 오솔길을 따라 언덕을 향해 걸었고, 길옆 나무 아래에는 앵초꽃이 무리지어 피어 있었다. 레이첼은 몸을 수그려 꽃을 따며 또다시 루이즈를 화제에 올렸다. 정원 가꾸기에 제법 안목이 있어서 제대로 가르치면 머잖아 더 많은 걸 익히게 될 것이라는 이야기였다. 루이즈가 정원 가꾸기에 심취하든 말든 그것은 나와 전혀 상관없는 일이었고, 기껏 루이즈 이야기나 하려고 레이첼을 숲으로 데려온 게 아니었다.

나는 레이첼의 손에서 앵초꽃을 빼앗아 땅에 뿌린 뒤 재킷을 벗어 나무 아래 깔고 그녀에게 앉으라고 말했다.

"난 피곤하지 않아요. 한 시간도 넘게 마차에 꼼짝 않고 앉아 있었잖아요." 레이첼이 말했다.

"나도 당신을 기다리느라 현관문 앞에서 네 시간이나 앉아 있었어요."

나는 그녀의 장갑을 벗기고 양손에 입을 맞춘 뒤, 모자와 베일도 앵초꽃 위로 내던지며 지난 몇 시간 동안 갈망했던 대로 그녀의 나머지 부분에도 키스했다. 역시 이번에도 그녀는 나를 가로막지 않았다.

"당신이 켄들 부녀와 점심 식사를 하는 바람에 망쳐버린 나의 계획은 바로 이거였어요." 내가 말했다.

"나도 그럴 것만 같아서 일부러 외출했던 거예요." 그녀가 대꾸했다.

"내 생일엔 내 부탁이 뭐든 아무것도 거부하지 않기로 약속했잖아요, 레이첼."

"너그러움에도 한계가 있는 법이에요."

그런 것은 느껴지지 않았다. 나는 다시 행복했고 모든 걱정은 사라졌다.

"산지기가 자주 다니는 길이라면 우리 꼴이 우스꽝스러워 보일 거예요." 레이첼이 말했다.

"그자가 그렇게 본다면 토요일에 나한테 임금을 받을 때 더 우스꽝스러운 꼴이 될 겁니다. 혹시 다른 것들처럼 그 일도 당신이 넘겨받겠어요? 난 이제 시컴과 마찬가지로 당신의 분부를 기다리는 당신의 하인이니까요."

나는 레이첼의 무릎을 베고 숲 속에 누워 있었고, 그녀는 내 머리칼을 손가락으로 쓸어내렸다. 눈을 감으며 나는 이 순간이 영원히 지속되면 좋겠다고 소망했다. 시간이 끝나는 그 순간까지 내겐 아무것도 필요하지 않았다.

"왜 내가 고마워하지 않는지 궁금해하고 있겠죠. 마차에서 당신의 당황한 눈빛을 봤어요. 하지만 지금 내가 할 수 있는 말은 아무것도 없어요. 언제나 난 참 충동적이라고 여기며 살았지만 당신은 더 심하네요. 당신의 너그러운 처사를 내가 속속들이 파악하려면 시간이 좀 걸릴 거예요."

"난 너그러움을 베푼 게 아니에요. 그건 원래 당연히 당신 것이었어요. 다시 키스하게 해줘요. 현관 계단에서 헛되이 보낸 시간을 보상받아야겠어요."

레이첼이 얼른 대꾸했다. "적어도 한 가지는 배웠네요. 다시는 당신과 숲으로 산책을 나오면 안 된다는 거예요. 필립, 일어나게 해줘요."

나는 그녀가 일어나도록 부축해준 뒤 목례와 함께 장갑과 모자를 건넸다. 그녀가 가방을 뒤져 작은 꾸러미를 꺼내더니 포장을 벗겼다. "자, 당신 생일 선물이에요. 미리 줬어야 하는데 이제야 주네요. 엄청난 재산을 갖게 될 줄 미리 알았더라면, 진주 장식이 지금보다 더 컸을 거예요." 그녀가 손수 상자에서 핀을 꺼내 내 스카프에 꽂아주었다.

"이제 집으로 가도록 허락해줄 건가요?" 그녀가 말했다.

레이첼이 나에게 손을 내밀었다. 나는 낮에 점심을 전혀 먹지 않았다는 사실을 떠올리며 엄청난 식욕에 휩싸여 저녁 식사를 고대했다. 삶은 오리와 베이컨이 준비되어 있을 식탁과 그 뒤로 이어질 저녁 시간을 생각하며 굽은 오솔길을 따라 걷고 있던 우리 앞에 갑자기 언덕 꼭대기에 박혀 있는 화강암이 나타났다. 계곡을 따라 이어진 그 오솔길이 화강암 석판으로 끝난다는 사실을 나는 깜박 잊고 있었다. 그것을 피해 가려고 숲 속으로 재빨리 방향을 틀었지만 한발 늦었다. 이미 숲 속에 당당하게 모습을 드러낸 검은 돌을 발견한 그녀는 내 손을 놓고 제자리에 서서 석판을 응시했다.

"난데없이 땅 위로 솟아 있는 저 묘비 같은 돌은 뭐예요, 필립?" 레이첼이 물었다.

나는 재빨리 얼버무렸다. "아무것도 아니에요. 그냥 화강암 조각이죠. 표지석 같은 거예요. 숲을 가로질러 이쪽으로 가면 길이 좀 덜 가팔라요. 이쪽, 왼쪽 길로 가요. 돌을 지나쳐 가지 말고요."

"잠깐만요. 나도 보고 싶어요. 전에는 한 번도 이쪽으로 지나온 적 없었잖아요."

레이첼은 석판이 있는 곳까지 올라가 그 앞에 자리를 잡고 섰다. 돌에 적힌 글귀를 따라 읽으며 그녀의 입술이 움직이는 게 보였다. 나는 그 의미를 파악해가는 그녀의 모습을 지켜보았다. 어쩌면 나의 상상인지도 모르겠지만, 그녀의 몸이 뻣뻣하게 굳어져 필요 이상으로 오래 그 앞에 서 있는 것처럼 느껴졌다. 석판의 글귀를 두 번 이상 읽은 것 같았다. 그런 다음 내 곁으로 돌아왔지만, 이번엔 내 손을 잡지 않고 홀로 걸어갔다. 그녀는 그

기념비에 관해 아무 말도 하지 않았고, 나 역시 아무런 언급 하지 않았지만 걸어가는 우리 뒤를 거대한 화강암 석판이 계속 따라오는 것만 같았다. 돌에 새겨진 엉터리 시구절과 날짜와 그의 이니셜인 A. A.라는 글자가 눈앞에 선했고, 레이첼은 보지 못했겠지만 내 눈엔 석판 옆 축축한 땅속에 파묻혀 있는 수첩도 보였다. 어쩐지 아주 비열한 방식으로 두 사람 모두를 배신한 것 같은 기분이 들었다. 그녀의 침묵은 큰 충격을 받았다는 걸 의미했다. 지금 이 순간 이야기를 짚고 넘어가지 않으면 화강암 석판은 우리를 가로막는 장애물이 되어 점점 더 커질 것이라고 나는 속으로 생각했다.

"전부터 당신을 이곳에 데려오고 싶었어요." 너무 오래 침묵이 이어진 탓에 내 목소리는 지나치게 크고 부자연스럽게 들렸다. "앰브로즈는 영지 전체에서 이곳 풍경을 가장 좋아했어요. 그래서 저기 돌을 세워둔 거죠."

"하지만 저걸 보여주는 일은 당신이 세운 생일 계획에 포함되지 않았군요." 낯선 사람의 입에서 흘러나온 것처럼 딱딱하고 매몰찬 말투였다.

"그래요, 계획에 없었던 일이에요." 나는 나직하게 인정했다. 우리는 더 이상 대화를 나누지 않고 길을 따라 걸었고, 집 안에 들어간 그녀는 곧장 자기 방으로 올라갔다.

가벼웠던 분위기는 온데간데없이 사라져, 나는 침울하고 낙담한 심정으로 목욕을 하고 옷을 갈아입었다. 대체 어떤 악마가 우리를 화강암 석판이 있는 곳으로 데려간 것일까? 대체 어떻게 그런 추억을 까맣게 잊을 수가 있었을까? 지팡이를 짚은 앰브로즈가 얼마나 자주 그곳에 서 있었는지 레이첼은 나만큼 알지 못하겠지만, 절반은 농담 삼아, 절반은 향수를 담아 새긴 엉터리 시구절 덕분에 한층 가벼워진 분위기 속에서 언제나 나는 장난기 가득한 그의 눈빛 뒤에 새겨진 다정한 마음을 읽을 수 있었다. 그가 비록 상황이 허락하지 않은 탓에 수백 킬로미터도 더 떨어진 피렌체의 신교도 묘지에 누워 있긴 해도, 위풍당당하게 높이 솟아오른 화강암 석판은 앰브로즈라는 인간의 본질 자체를 담고 있었다.

내 생일 저녁엔 그림자가 드리워졌다.

어쨌거나 그녀는 편지의 존재에 대해 알지 못하고 앞으로도 절대 알게 되는 일은 없겠지만, 만찬을 위해 옷을 입는 동안 나는 대체 어떤 악마의 속삭임에 귀를 기울였기에 편지를 불에 태워버리는 대신 그곳에 파묻을 생각을 했었는지 스스로도 의아해졌다. 물론 동물적인 본능으로는 언제고 내가 다시 돌아가 편지를 파내리라는 걸 예감하고 있었다. 하지만 편지의 내용에 대해서는 전부 잊어버렸다. 편지를 쓸 때 그는 병마에 사로잡혀 있었다. 죽음의 손길이 너무도 가까이 다가온 나머지 음울한 심정과 의심에 사로잡혀 그는 자신이 하는 말의 의미를 제대로 알지 못했다. 그러나 갑자기 눈앞의 벽 위에서 춤을 추듯 문장 하나가 선명하게 떠올랐다. "이런 말을 하다니 신의 용서를 빌어야 하겠지만, 지금도 돈은 그녀의 마음을 얻는 한 가지 방법이다."

거울 앞에 서서 머리를 빗을 때, 거울에도 그 문장이 떠올랐다. 그녀가 선물해준 핀을 스카프에 꽂는 동안에도 여전히 그 문장은 거울에서 사라지지 않았다. 그 말은 응접실로 내려가는 계단까지도 나를 따라오더니, 글로 적힌 문장을 벗어나 아예 그의 목소리로 되살아났다. 내가 오래 알아왔고 몹시 좋아했으며 언제든 기억하고 있는 성량 풍부한 앰브로즈의 목소리였다. "그녀의 마음을 얻는 한 가지 방법이다."

저녁 식사를 하러 내려온 그녀는 나를 용서한다는 의미인지, 내 생일에 대한 예의인지 진주 목걸이를 걸고 있었다. 그러나 그녀가 진주 목걸이를 했다는 사실로 인해 나에게 더 가까워진 느낌이기보다는 어쩐지 오히려 더 멀어진 것 같았다. 오늘 밤은, 아니 오늘 하룻밤만이라도 그녀가 목에 아무것도 걸지 않고 있는 편이 나을 듯했다.

우리는 존과 시컴의 시중을 받으며, 내 생일을 기념하여 촛불과 은제 식기, 레이스 달린 냅킨까지 총동원된 격조 높은 저녁 식탁에 자리를 잡고 앉았다. 나의 학창 시절부터 계속되어온 오래된 관례대로 삶은 오리와 베이컨 요리를 들고 나오며 시컴은 대단히 자부심 어린 표정으로 나를 바라보았다. 우리는 웃음을 터뜨리고 미소를 지으며 존과 시컴과 건배했고, 또 우리끼리 건배했다. 그렇게 25년의 세월이 내 뒤로 지나갔다. 하지만 저녁 식사 내내 즐거운 분위기를 꾸며낸 건 오로지 시컴과 존을 위한 가식이었을 뿐, 우리 둘만 있을 때는 계속 어색한 정적이 흐른다는 느낌이 들었다.

뭔가 필사적인 심정이 되어, 절박하게 축하 파티를 이어가고 어떻게든 분위기를 즐겁게 띄워야 한다는 생각에 사로잡힌 내게 떠오른 해결책이라고는 와인을 더 많이 마시는 것밖에 없는 듯했다. 그래서 우리 둘 다 날카로워진 감정이 무뎌질 수 있도록, 우리 각자의 내면에 새겨진 화강암 석판에 대한 생각과 그 의미를 잊을 수 있도록, 나는 그녀의 술잔에도 술을 가득 채웠다. 어젯밤 나는 기뻐서 어쩔 줄 몰라 하며 몽유병 환자가 꿈속을 걷듯이 보름달 아래 등대 언덕까지 걸어갔었다. 시간이 흘러 하루 만에 다시 깨어난 세상은 온통 풍요로움으로 가득했지만, 동시에 어두운 그림자도 드리우고 있었다.

나는 몽롱한 눈빛으로 식탁 건너편에 있는 레이첼을 지켜보았다. 그녀는 어깨 너머로 시컴을 보며 웃음을 터뜨리는 중이었고, 그런 그녀의 모습은 더할 나위 없이 사랑스러워 보였다. 고요하고 평화로웠던 이른 새벽의 기분과 너도밤나무 아래 앵초 꽃밭에서 지냈던 오후의 어리석은 만용을 뒤섞어 다시 소환할 수 있다면 나는 또다시 행복해질 것이다. 그녀도 행복해질 것이다. 그러면 우리는 소중하고 신성한 그 기분을 영원히 간직하여 미래로 이끌어갈 것이다.

시컴이 다시 내 술잔을 채워주자 서서히 그림자가 물러나면서 의구심도 옅어졌다. 다시 우리 둘만 있게 되면 모든 게 잘 풀릴 거라고 생각하며, 나는 바로 오늘 저녁, 오늘 밤에 그녀에게 곧 결혼할 수 있을지 물을 작정이었다. 나는 레이첼이 나로 인해 자신의 이름을 그대로 간직하게 되었다는 사실을 어서 시컴과 존, 대부님과 루이즈를 비롯한 모든 사람들에게 널리 알리고 싶은 마음이었으므로, '곧'이란 기껏해야 몇 주 혹은 한 달 정도를 의미했다.

레이첼은 애슐리 부인, 필립 애슐리의 아내가 될 것이다.

꽤 늦은 시간까지 식당에 앉아 있었던 모양인지, 우리가 아직 식탁을 벗어나지 못하고 있는데 집 앞 진입로로 들어서는 마차 소리가 들려왔다. 종소리가 울리고, 우리가 여전히 음식 부스러기와 디저트, 반쯤 비운 술잔이 어지러운 만찬의 잔해 속에 앉아 있는 사이, 켄들 부녀가 식당으로 안내되었다. 비틀비틀 자리에서 일어난 나는 두 사람을 위해 의자를 두 개 더 끌어다 놓았다. 대부님은 이미 식사를 마쳤다고 마다하며 잠시 축하 인사를 전하기 위해 들른 것이라고 말했다.

시컴이 새 술잔을 가져왔고, 나는 파란색 드레스를 입은 루이즈가 내가 과음했다는 걸 알아차리고는 의아한 눈빛을 던지는 것을 본능적으로 감지했다. 그녀의 판단이 옳았지만, 자주 있는 일도 아니고 더구나 오늘은 내 생일이었다. 어릴 적 친구라는 사실을 제외하면, 앞으로도 결코 나를 비난할 권리는 없으리라는 점을 이제 루이즈에게 알려줄 때가 되었다. 대부님도 그 사실을 알아야 했다. 그러면 그가 딸을 위해 세운 모든 계획도, 마을에 떠도는 소문도 끝날 테고, 루이즈와 내 문제를 염려하고 관심을 기울이던 모든 이들의 마음도 편해질 것이다.

모두들 다시 자리를 잡고 앉자, 이미 점심때 오랜 시간 함께 지내 분위기가 누그러진 대부님과 레이첼, 루이즈는 스스럼없이 대화를 나누었지만, 식탁 끄트머리 상석에 앉은 나는 대화에 한 마디도 참여하지 않고 침묵을 지킨 채, 곧 공표할 이야기에만 정신을 집중하고 있었다.

마침내 대부님이 한 손에 술잔을 들고 나를 향해 돌아앉으며 미소를 지었다. "너의 스물다섯 살 생일을 위하여 건배하마, 필립. 오래오래 행복하게 살기 바란다."

세 사람이 나를 쳐다보았다. 줄곧 마셔댄 와인 탓인지, 아니면 홀로 벅차오르는 내 마음 탓인지, 대부님도 루이즈도 모두 믿음직하고 사랑스러운 친구로 느껴져 두 사람이 몹시 좋아졌고, 나의 사랑 레이첼은 이미 눈물이 그렁그렁한 얼굴로 고개를 끄덕이며 나에게 용기를 주듯 미소 짓고 있었다.

지금 이 순간이야말로 딱 맞는 기회였다. 하인들은 모두 밖으로 나갔으니, 비밀은 우리 넷 사이에서만 간직될 수 있을 것이다.

나는 자리에서 일어나 모두에게 감사 인사를 한 뒤, 내 술잔을 다시 채워 들고 말했다. "오늘 밤엔 저도 여러분과 축배를 들고 싶은 일이 있습니다. 오늘 아침 이후로 저는 세상에서 가장 행복한 남자입니다. 대부님, 그리고 루이즈, 제 아내가 될 레이첼을 위해 건배해주십시오."

나는 단숨에 술잔을 비우고 미소를 지으며 그들을 내려다보았다. 나의 건배사에 아무도 대꾸하지 않았고 식탁에는 아무런 움직임도 없었다. 대부님은 당황한 표정을 지었고, 레이첼을 돌아보니 그녀의 얼굴에도 미소가 사라져 얼어붙은 가면 같은 얼굴로 나를 빤히 응시하고 있었다.

"제정신이 아니군요, 필립?" 레이첼이 말했다.

나는 식탁에 술잔을 내려놓았다. 손길이 어설펐는지 술잔은 식탁 모서리에 너무 가까이 놓였다. 넘어진 술잔이 바닥으로 떨어져 산산조각 났다. 심장이 쿵쾅거렸다. 여전히 새하얗게 질려 있는 레이첼의 얼굴에서 시선을 뗄 수가 없었다.

"소식을 너무 일찍 알린 거라면 미안해요. 하지만 오늘은 내 생일이고, 두 분은 가장 오래된 나의 친구란 걸 기억해줘요." 내가 그녀에게 말했다.

나는 몸을 지탱하려고 양손으로 식탁을 붙잡았지만 귀에서 윙윙 소리가 들려왔다. 레이첼은 무슨 영문인지 모르겠다는 표정이었다. 그녀는 내 시선을 피해 다시 대부님과 루이즈를 쳐다보았다.

"생일이라는 사실과 지나친 와인 때문에 필립 머리가 좀 이상해진 모양이네요. 학생 같은 어리석은 장난질은 용서하시고 잊어주세요. 제정신이 들고 나면 필립이 직접 사과할 거예요. 이제 그만 응접실로 가실까요?" 레이첼이 말했다.

그녀가 자리에서 일어나 앞장서서 방을 나갔다. 나는 빵 부스러기, 냅킨에 엎질러진 와인 자국 같은 만찬의 잔해와 뒤로 밀려난 의자를 바라보며 계속해서 가만히 서 있었다. 머릿속이 진공 상태가 된 듯 아무런 느낌도 들지 않았다. 잠시 더 기다리던 나는 존과 시컴이 식탁을 치우러 나타나기 전에 비틀비틀 식당을 빠져나갔고, 서재로 들어가 불이 꺼진 벽난로 앞 어둠 속에 앉아 있었다. 그 방엔 양초에 불을 붙여두지 않았고, 장작은 모두 재가 되어 있었다. 반쯤 열어둔 문틈으로 응접실에서 전해지는 목소리가 웅얼웅얼 들려왔다. 지끈거리는 머리를 움켜잡자 시큼한 와인의 뒷맛이 혀끝에 맴돌았다. 어둠 속에서 그렇게 꼼짝도 하지 않고 앉아 있으면, 어쩌면 균형 감각이 되돌아와 마비된 듯한 공허함도 사라질 것이다. 내가 실언을 한 것은 어디까지나 와인 탓이었다. 그렇다고 해도 레이첼은 왜 그토록 내 말에 언짢아했을까? 두 사람에게 비밀을 지키겠다는 맹세를 받으면 되는 일이었다. 두 사람은 이해해주었을 것이다. 나는 그곳에 앉아 그들이 떠나기를 기다렸다. 나에겐 영원히 끝나지 않을 것처럼 느껴지는 긴 시간이었지만 실제로는 10분 남짓한 시간이 흘렀고, 이내 그들이 현관으로 향하면서 목소리가 점점 커지더니, 시컴이 현관문을 열고 그들에게 작별 인사를 전하는 소리와 마차 바퀴가 멀어지는 소리, 그리고 현관문이 쿵 닫히고 빗장을 지르는 소리가 이어졌다.

이젠 머리가 좀 맑아져 있었다. 나는 서재에 앉은 채로 귀를 기울였다. 드레스 자락이 스치는 소리가 들려왔다. 발소리가 반쯤 열려 있는 서재 근처로 다가와 문 앞에서 잠시 멈추었다가 멀어져갔다. 그러고는 계단을 오르는 그녀의 발소리가 들려왔다. 나는 의자에서 일어나 그녀를 따라갔다. 그녀가 계단 꼭대기에 켜둔 촛불을 끄려고 복도가 꺾이는 지점에서 멈춘 사이 내가 그녀를 따라잡았다. 우리는 일렁이는 불빛 속에 서로를 마주보며 서 있었다.

"잠자리에 든 줄 알았어요. 더 실수하기 전에 어서 방으로 들어가는 게 좋겠어요." 레이첼이 말했다.

"이제 두 사람은 돌아갔으니 날 용서해주겠어요? 대부님과 루이즈는 믿어도 괜찮아요. 정말이에요. 두 사람은 우리 비밀을 발설하지 않을 거예요."

"하느님 맙소사, 아무것도 모르는 사람들이 무슨 비밀을 발설하겠어요. 당신은 마치 내가 다락방에 남자를 끌어들이려고 하인들이 다니는 뒷계단으로 남몰래 숨어드는 헤픈 하녀라도 된 듯한 기분을 느끼게 만들었어요. 나도 수치심이 뭔지 아는 사람이지만, 이건 최악이에요." 레이첼이 대꾸했다.

그녀는 여전히 새하얗게 얼어붙어 낯설기만 한 표정을 짓고 있었다.

"어젯밤 자정에 당신은 수치스러워하지 않았잖아요. 그때 당신은 나에게 약속을 했고, 화도 내지 않았어요. 당신이 나에게 가버리라고 했으면 난 그 말을 따랐을 거예요." 내가 항변했다.

"약속이요? 무슨 약속이요?" 그녀가 물었다.

"나하고 결혼하겠다는 약속이요, 레이첼." 내가 대답했다.

그녀는 한 손에 촛불을 들고 있었다. 레이첼이 내 얼굴을 좀 더 환하게 비춰보려는 듯 촛불을 들어 올렸다. "필립, 감히 거기서 어젯밤에 내가 당신과 결혼하겠다는 약속을 했다고 나에게 엄포를 놓는 건가요? 아까 식탁에서 당신 머리가 이상해졌다고 켄들 부녀에게 말했지만, 정말 그게 맞는 말이었네요. 나는 그런 약속 한 적 없다는 거 당신도 잘 알 텐데요."

나는 레이첼을 멍하니 응시했다. 머리가 이상해져 제정신이 아닌 사람은 내가 아니라 그녀였다. 얼굴에 시뻘건 불길이 이는 것이 느껴졌다.

"당신은 생일 선물로 무얼 원하는지 내게 물었어요. 그때도 지금도 내가 이 세상에서 바라는 유일한 소원은 당신이 나와 결혼해주는 것뿐이에요. 달리 내가 무슨 뜻으로 그런 말을 했겠어요?"

레이첼은 대답하지 않았다. 누군가가 통역할 수도 없고 이해할 수도 없는 외국어로 말을 한 것처럼 그녀는 믿어지지 않는다는 듯 당혹스러운 표정으로 계속해서 나를 쳐다보았다. 우리 둘 사이에 오간 이야기는 결국 전부 오해였다는 사실을 그제야 갑자기 깨달은 나는 분노와 절망에 휩싸였다. 어젯밤에 내가 했던 말을 그녀는 제대로 이해하지 못했고, 나 또한 맹목적인 경이로움에 휩싸여 그녀가 나에게 준 것을 사랑의 서약으로 믿어버렸으나, 그녀가 해석하는 방식에선 그런 행동이 별 의미 없는 다른 의도로 받아들여지는 듯했다.

나에게 실수를 저질렀다고 생각한 그녀가 혹시라도 수치심을 느꼈다면, 나의 충격은 그 두 배에 달했다.

"이젠 평범한 말로 다시 이야기할게요. 나와 언제 결혼해주겠어요?" 내가 말했다.

"절대 그런 일은 없어요, 필립." 나를 물리치기라도 하겠다는 듯 손짓을 하며 그녀가 말했다. "영원히 변하지 않을 마지막 대답이라고 생각하고 들어요. 당신이 다른 바람을 품었다면 내가 미안해요. 당신을 오해하게 만들 의도는 없었어요. 이제 그만 잘 자요."

레이첼이 돌아섰지만 나는 그녀의 손을 꽉 잡고 놓지 않았다.

"그렇다면 당신은 나를 사랑하지 않아요? 그런 척했던 거예요? 맙소사, 그렇다면 어젯밤엔 왜 사실대로 말하고 나더러 가라고 명하지 않았죠?" 내가 물었다.

그녀가 또다시 어리둥절한 눈빛을 보냈다. 그녀는 이해하지 못하고 있었다. 우리는 서로 아무런 유대감도 없는 낯선 사이였다. 그녀는 다른 나라에서 온 다른 종족이었다.

"어젯밤 일어났던 일에 대해서 감히 나를 나무라는 건가요? 난 당신에게 감사하고 싶었고 그뿐이었어요. 당신이 나에게 보석을 주었으니까요."

그 순간에 앰브로즈가 알아차린 모든 진실을 나 또한 깨달았

던 것 같다. 그가 레이첼에게서 무엇을 보았고 무엇을 갈망했는
지, 그러나 결코 받지 못한 것은 무엇이었는지 나 역시 알게 되
었다. 그 고통과 아픔, 두 사람 사이에 벌어져 점점 커져가는 엄
청난 틈을 알게 되었다. 우리 두 사람의 눈동자와는 너무도 다
르게 아주 짙은 색으로 빛나는 그녀의 눈동자가 영문을 몰라 하
며 우리 두 사람을 응시하고 있었다. 일렁이는 촛불이 드리운 그
림자 속에선 앰브로즈가 내 곁에 서 있었다. 희망을 잃고 고통에
사로잡힌 우리는 레이첼을 쳐다보았고, 그녀 역시 비난하는 눈
초리로 우리를 마주 보았다. 희미한 불빛 속에선 그녀의 얼굴도
이국적으로 보였다. 동전에 새겨진 작고 갸름한 얼굴을 닮아 있
었다. 내 손에 잡힌 그녀의 손은 더 이상 따뜻하지 않았다. 벗어
나려고 안간힘을 쓰는 그녀의 앙상한 손가락은 차갑기만 했고,
반지에 긁힌 손바닥이 아파왔다. 나는 그녀의 손을 놓아주었지
만, 그러면서도 다시 잡고 싶었다.

"왜 그런 눈으로 나를 보죠? 내가 당신한테 무얼 잘못했다고?
당신 얼굴이 변했어요." 레이첼이 속삭였다.

나는 또 무엇을 주어야 그녀의 마음을 얻을지 생각하려고 애
썼다. 그녀는 재산과 돈, 보석을 가졌다. 그녀는 나의 영혼과 몸,
마음을 가졌다. 나에게 남은 건 이름뿐이었지만, 이미 그것은
그녀가 갖고 있는 것이었다. 아무것도 남은 것이 없었다. 남아
있는 게 있다면 그건 두려움뿐이었다. 나는 그녀의 손에서 촛불
을 빼앗아 계단 위 선반에 올려놓았다. 나는 양손으로 그녀의

목을 졸랐다. 이제 꼼짝도 할 수 없게 된 그녀가 눈을 휘둥그레 떴다. 마치 겁에 질린 새 한 마리를 양손에 쥐고 있어서 조금만 더 손에 힘을 주면 퍼덕거리다 죽어버릴 테고, 손을 놓으면 자유롭게 날아가버릴 것만 같았다.

"절대 나를 떠나지 않겠다고 맹세해요. 절대, 절대로." 내가 말했다.

그녀는 대답하려고 입술을 움직였지만, 내 손아귀의 힘 때문에 말을 할 수가 없었다. 나는 손을 풀어주었다. 그녀는 자기 손으로 목을 어루만지며 뒤로 비틀비틀 물러났다. 진주 목걸이 양쪽으로 내 손에 목이 졸렸던 부분에 빨갛게 자국이 남았다.

"이젠 나와 결혼해주겠어요?" 내가 그녀에게 말했다.

내 얼굴에 시선을 고정한 채 자기 목덜미를 감싼 그녀가 대답 없이 뒷걸음질로 나에게서 멀어져 복도를 걸어갔다. 벽에 드리워진 내 그림자는 실체가 사라지고 형체만 남은 괴물처럼 보였다. 나는 복도의 아치 아래로 사라지는 그녀를 지켜보았다. 방문이 닫히고 자물쇠가 철컥 잠기는 소리가 들려왔다. 나는 내 방으로 들어가 거울에 비친 내 모습을 빤히 응시했다. 그곳에 서 있는 사람은 영락없이 이마에 땀이 송글송글 맺히고 얼굴에서 핏기가 가셔 창백해진 앰브로즈였다. 그러다 내가 몸을 움직이자 형체는 다시 내가 되었다. 구부정한 어깨와 너무 길어 어색한 팔다리, 매사에 자신감이 없어 머뭇거리고 제대로 교육을 받지 못했으며 학생 같은 장난질에 탐닉하는 필립이 거기 있었다. 레이첼은 켄들 부녀에게 나를 용서하고 잊으라고 말했다.

나는 벌컥 창문을 열었지만 오늘 밤엔 달이 뜨지 않았고 심하게 비가 내리고 있었다. 바람이 몰아쳐 들어와 커튼을 휘날리고, 벽난로 선반 위에 있던 일력日歷을 떨어뜨렸다. 몸을 숙여 바닥에 떨어진 일력을 집어 든 나는 펼쳐진 페이지를 찢어 불길에 던져버렸다. 내 생일의 끝. 만우절이 지나갔다.

23

 아침이 되어 식사를 하려고 식탁에 앉은 나는 멍한 눈으로 요란하게 바람이 부는 창밖을 내다보았다. 시컴이 쟁반에 쪽지 한 통을 담아가지고 식당으로 들어왔다. 그것을 보자마자 심장이 두근거렸다. 그녀가 나에게 방으로 올라오라는 전갈을 보낸 것인지도 몰랐다. 그러나 그것은 레이첼이 보낸 것이 아니었다. 글씨체가 더 크고 둥글둥글했다. 루이즈가 보낸 쪽지였다. "켄들 씨의 마구간지기가 방금 이것을 가져왔습니다, 나리. 지금 답장을 기다리고 있습니다." 시컴이 말했다.

 나는 얼른 쪽지를 읽어 내려갔다. "친애하는 필립, 어젯밤 일 때문에 걱정 많이 했어. 나는 우리 아버지보다는 필립의 심정을 잘 이해한다고 생각해. 내가 네 친구이고, 앞으로도 언제나 친구일 거란 것만 명심해줘. 오늘 아침에 읍내에 갈 일이 있어. 혹시 대화 상대가 필요하면 정오 직전에 교회 앞으로 오면 나를 만날 수 있을 거야. 루이즈."

나는 쪽지를 주머니에 넣고 시컴에게 종이와 펜을 가져다 달라고 부탁했다. 아무 상관도 없는 사람이 만나자고 청할 때는 언제나 그렇듯, 본능적으로 처음 떠올린 생각은 고맙지만 거절하겠다는 내용을 대충 휘갈겨 적자는 것이었다. 그러나 시컴이 펜과 종이를 가져다주었을 때는 마음을 고쳐먹었다. 밤새 잠을 못 이룬 채 고통스러운 외로움에 시달렸던 나는 갑자기 말동무가 그리워졌다. 루이즈는 그 누구보다도 나를 잘 아는 사람이었다. 그래서 나도 오전에 읍내에 나갈 일이 있으니 교회 밖에서 만나기를 고대하겠노라고 답장을 썼다.

"켄들 씨의 마구간지기에게 이걸 전하고, 웰링턴에게는 11시에 집시한테 안장을 얹어놓으라고 해줘." 내가 말했다.

아침 식사 후 사무실로 간 나는 쌓여 있던 청구서를 정리하고 어제 시작했던 편지를 마무리했다. 오늘은 그나마 좀 머릿속이 단순해진 듯했다. 멍하기는 해도 두뇌의 일부가 작동을 하는지, 숫자와 내용이 의미를 지니며 다가와 습관의 힘에 의지해 장부 기록을 마쳤다. 일을 끝낸 뒤에는 집과 그것이 의미하는 모든 것들로부터 서둘러 벗어나야겠다는 생각에 마구간으로 걸어갔다. 나는 어제의 추억이 깃들어 있는 숲 속 오솔길을 피해 대정원을 곧장 가로질러 큰길을 따라 말을 몰았다. 집시는 길들인지 얼마 안 되는 말로 돌변했는지 사슴처럼 초조해하며 별것도 아닌 일에 펄쩍 놀라 뒷걸음질을 치거나 생울타리 쪽으로 달아났고, 요란하게 불어대는 바람도 우리 둘 모두에겐 최악이었다.

2월이나 3월에 불었어야 할 강풍이 마침내 들이닥쳤다. 지난주까지만 해도 온화하고 따뜻했던 날씨와 햇빛, 잔잔한 바다는 사라져버렸다. 검은 비구름을 꼬리처럼 잔뜩 매단 두툼한 먹구름이 서쪽에서 몰려들어 이따금씩 화풀이하듯 우박을 쏟았다. 서쪽 만에는 바다가 끓어오를 듯 소용돌이치고 있었다. 길 양쪽으로 펼쳐진 들판에는 초봄에 김을 매놓은 지 얼마 안 되는 밭에서 자라난 초록빛 새순을 노린 갈매기들이 끼룩끼룩 울어대며 낮게 하강했다. 전날 아침 나를 찾아왔을 때 너무 빨리 쫓아보냈던 냇 브레이가 우박을 피하려고 젖은 자루를 어깨에 걸친 채, 울타리 문 옆에 서 있다가 내가 지나가자 양손을 입 주변에 모으고 아침 인사를 외쳤지만, 그의 목소리는 나에게 닿지 못하고 먼 데로 사라졌다.

큰길에서도 파도 소리를 들을 수 있었다. 수심이 얕고 모래사장이 펼쳐진 동쪽 해안에는 파도가 짧은 간격으로 자주 밀려들었다가 물러나며 하얗게 물거품으로 부서졌지만, 강어귀로 이어지는 서쪽 바다에서는 거대한 물결이 끊임없이 이어지며 솟아올라 하얗게 부서진 파도가 포효하듯 요란한 바람과 뒤섞여 손톱을 세우고 생울타리를 휩쓸며 새순이 난 나무들을 할퀴었다.

읍내를 향해 언덕길을 내려가자 길에 돌아다니는 사람들도 거의 없었고, 드물게 눈에 띄는 사람들도 갑작스런 추위에 얼굴을 잔뜩 숙인 채 바람을 피해 게걸음으로 볼일을 보러 다녔다. 나는 집시를 로즈앤드크라운에 묶어둔 채 교회로 이어지는 좁은 길을 걸어갔다. 루이즈는 현관 아래에서 비를 피하고 있었다. 우리는 묵직한 문을 열고 나란히 교회 건물 안으로 들어갔다. 요란한 바깥 날씨에 시달린 뒤끝이라 어두운 실내가 평온하게 느껴지긴 했지만, 싸늘한 분위기는 여지없이 사람을 짓누르는 듯 묵직했고 퀴퀴한 교회 냄새가 풍겼다. 우리는 내 조상이 누운 모습으로 새겨져 있는 대리석 형상 옆에 자리를 잡았다. 그의 아들과 딸들이 발치에서 눈물을 흘렸을 조각상을 바라보며, 얼마나 많은 애슐리 가문 사람들이 우리 교구뿐 아니라 이 지역 여기저기에 흩어져 살고 있을지, 그들이 얼마나 사랑을 받고 고통을 겪다 각자의 길로 떠나갔을지 생각해보았다.

고요한 교회 안에서 우리는 본능적으로 목소리를 낮췄고 거의 속삭이듯 대화를 시작했다.

"크리스마스 때부터, 아니 그보다 한참 전부터 나는 필립이 걱정돼서 마음이 불편했어. 하지만 말을 할 수가 없더라. 내가 말해도 귀담아 듣지 않았을 거야." 루이즈가 말했다.

"그럴 필요도 없었어. 어젯밤까지는 모든 일이 다 순조로웠거든. 어제 그런 식으로 말을 하다니 내 잘못이었어." 내가 대꾸했다.

"필립이 진심으로 그렇게 생각하지 않았다면 그런 말을 했을 리가 없겠지. 처음부터 속임수가 있었고, 넌 애당초 그 여자가 오기 전에 미리 마음의 준비도 하고 있었잖아."

"마지막 몇 시간 전까지는 속임수 같은 건 없었어. 내가 실수를 했다면 그건 누구의 잘못도 아닌 내 탓이야."

갑작스런 소나기가 교회 건물 남쪽 창문을 두들기자, 높은 기둥이 줄지어 선 기다란 교회 통로가 한층 더 어두워졌다.

"대체 그 여자는 지난 9월에 여길 왜 왔을까? 어째서 필립을 찾아 그 먼 길을 여행해 온 거냐고? 단순한 감상이나 한가한 호기심 때문에 여기까지 찾아오진 않았을 거야. 그 여자는 목적이 있어서 영국에, 콘월에 왔고 이젠 그 목적을 이뤘어." 루이즈가 말했다.

나는 고개를 돌려 그녀를 쳐다보았다. 그녀의 파란 눈동자는 담백하고 솔직했다.

"그게 무슨 말이야?" 내가 물었다.

"그 여자는 돈을 손에 넣었잖아. 이곳에 오기 전 그 여자가 세운 계획이 바로 그거였을 거야." 루이즈가 말했다.

언젠가 해로스쿨에서 5학년을 가르치던 교사로부터 들은 말이 생각났다. 손에 잡히지도 보이지도 않고, 우리가 때때로 걸려 넘어지면서도 알아차리지 못하는 진실은 오직 죽음을 눈앞에 둔 사람들만이 이해할 수 있거나 아주 순수하고 어린 사람들에게만 보인다는 이야기였다.

460

"네가 잘못 생각한 거야. 넌 그 사람에 대해서 아무것도 몰라. 그 사람은 순간적인 충동과 감정에 좌우되는 여인이고, 종잡을 수 없는 이상한 기분에 휩싸일 때도 많지만 본성이 악한 사람은 아니야. 피렌체를 떠나온 건 충동에 따랐기 때문이야. 감정 탓에 이곳으로 오게 된 거라고. 그녀가 머물렀던 건 행복했기 때문이고 또 여기 머물 권리가 있었기 때문이야."

루이즈가 측은하다는 듯 나를 쳐다보았다. 그녀가 한 손을 내 무릎에 올려놓았다.

"네 마음이 그렇게 약한 상태가 아니었다면 애슐리 부인은 머물지 않았을 거야. 그 여자는 우리 아버지를 찾아와서 나름 공평한 거래를 시도한 뒤 떠나갔겠지. 필립은 처음부터 그 여자의 동기를 오해했어."

나는 비틀비틀 의자에서 일어나 통로로 내려서며, 차라리 루이즈가 레이첼을 실제로 후려쳤거나 침을 뱉었거나 머리카락을 쥐어뜯고 옷을 찢었더라면 차라리 견디기가 더 쉬웠을 것 같다고 생각했다. 그건 원시적이고 동물적인 행동이었다. 그래도 그것은 공평한 싸움이었다. 하지만 레이첼이 우리 앞에 있지도 않은데 조용한 교회에서 그런 비방을 한다는 건 거의 신성모독처럼 느껴졌다.

"더는 여기 앉아서 네 말을 듣고 있을 수가 없을 것 같아. 난 너한테서 위로와 동정을 받고 싶었어. 하지만 네가 그런 걸 주지 못한다고 해도 상관없어." 내가 말했다.

루이즈가 나를 따라 일어나 내 팔을 잡았다.

"내가 도우려고 이러는 거 안 보여? 하기야 넌 온 세상에 눈이 멀었으니 얘기해줘도 아무 소용 없겠지. 몇 달 전부터 애슐리 부인이 자기 본성에 따라 미리 모든 일을 계획한 게 아니라면, 겨우내 매주, 다달이 해외로 자기 용돈을 송금한 이유가 대체 뭐였을까?"

"그 사람이 송금을 했다는 걸 네가 어떻게 알아?"

"우리 아버지는 다 아시는 수가 있어. 필립의 후견인 노릇을 하시는 아버지와 카우치 씨 사이에 그런 일을 감출 순 없잖아." 루이즈가 대답했다.

"그래, 그래서 뭐 어쨌다는 거야? 피렌체에 갚을 빚이 있다는 건 나도 줄곧 알고 있던 사실이야. 채권자들이 돈을 갚으라고 그 사람을 압박했겠지." 내가 말했다.

"다른 나라에 있는 사람한테까지 연락을 해서 그런다고? 그게 가능해? 나는 그렇게 생각하지 않아. 애슐리 부인이 돌아갈 때를 대비해서 무언가를 준비하려고 했을 가능성이 더 높아. 그 여자가 이곳에서 겨울을 보낸 유일한 이유는 필립의 돈과 재산이 스물다섯 번째 생일에 법적으로 완전히 이양된다는 걸 알았기 때문일 거야. 그게 바로 어제였잖아? 우리 아버지가 후견인 역할을 내려놓고 나면 원하는 대로 네 고혈을 얼마든지 뽑아낼 수 있을 거라 여겼겠지. 그런데 갑자기 그럴 필요가 없어졌어. 네가 전 재산을 그 여자에게 선물로 줘버렸으니까 말이야."

나는 오래 알고 믿어왔던 젊은 아가씨가 이토록 혐오스러운 사고방식을 지닐 수도 있다는 사실을 믿을 수가 없었고, 무엇보다도 가장 끔찍했던 것은 루이즈가 자신과 같은 여성을 갈가리 찢어놓기 위해 그토록 단단한 논리와 분명한 상식으로 무장하고서 그 생각을 입에 올렸다는 점이었다.

"너희 아버지의 법률가다운 사고를 네 생각인 것처럼 이야기하는 거야, 아니면 진짜 네 생각인 거야?" 내가 그녀에게 물었다.

"아버지 생각이 아니야. 아버지가 신중하신 분이란 건 필립도 알잖아. 아버지는 나한테 아무 말씀 안 하셨어. 내가 스스로 판단한 거야."

"너는 처음 그 사람을 만난 날부터 반감을 갖고 있었어. 교회에서 봤던 일요일부터 그랬지, 안 그래? 나중에 우리 집에 저녁을 먹으러 왔을 때 너는 한 마디도 하지 않은 채 오만하고 굳은 표정으로 식탁에 앉아만 있었어. 처음부터 그 사람을 싫어하기로 마음을 먹었던 거야."

"그러는 본인은? 그 여자가 오기 전 네가 그 여자에 대해서 뭐라고 말했었는지 기억해? 난 필립이 그 여자한테 품었던 원한을 잊을 수가 없어. 확실히 이유가 있는 반감이었으니까." 성가대석 근처 옆문에서 인기척이 들려왔다. 문이 열리더니 말끔한 차림새에 약간 생쥐를 닮은 앨리스 탭이 통로를 쓸려는 듯 빗자루를 손에 들고 나타났다. 그녀는 우리를 조심스럽게 흘끔거리다 설교단 뒤쪽으로 모습을 감추었다. 하지만 그녀가 우리와 함께 있으니 둘만의 대화는 곤란해졌다.

"소용없어, 루이즈. 넌 나를 도울 수 없어. 나는 너를 좋아하고 너도 나를 좋아하잖아. 그런데 이런 식으로 대화를 계속하다 보면 우리는 서로를 미워하게 될 거야."

루이즈가 나를 쳐다보다 내 팔을 잡았던 손을 풀었다.

"그렇게 그 여자를 사랑해?" 루이즈가 물었다.

나는 고개를 돌렸다. 나보다 어린 소녀인 그녀가 이해할 수 없는 문제였다. 세상을 떠난 앰브로즈 말고는 아무도 이해할 수 없었다.

"이제 두 사람에게 어떤 미래가 남아 있을 것 같아?" 루이즈가 물었다.

통로를 걸어 나오는 우리 발소리가 건물 안에 울려 퍼졌다. 구름 사이로 언뜻언뜻 새어 나온 햇빛이 건물 남쪽 창에 새겨진 성 베드로의 후광을 비추었다가 다시 어두워졌다.

"난 그 사람에게 청혼했어. 한 번도 아니고 두 번이나 청혼했어. 계속해서 결혼해달라고 부탁할 거야. 그게 너한테 말할 수 있는 나의 미래야." 내가 말했다.

우리는 교회 문에 당도했다. 문을 열고 나온 우리는 다시 교회 현관에 서 있었다. 교회 대문 옆에 서 있는 나무에서는 찌르레기가 내리는 비에도 아랑곳하지 않고 노래를 부르고 있었고, 정육점 주인 아들이 앞치마를 머리에 뒤집어쓴 채로 나지막한 상자를 어깨에 멘 채 합창하듯 휘파람을 불며 지나갔다.

"처음 청혼한 게 언제야?" 루이즈가 물었다.

또다시 나는 따뜻한 온기와 촛불과 웃음 속에 놓여 있었다. 그러다 갑자기 불빛도 웃음도 사라져버렸다. 레이첼과 나뿐이었다. 어젯밤 자정에 울렸던 종소리를 흉내 내기라도 하듯 교회 시계가 정오를 알렸다.

"내 생일 새벽에." 내가 루이즈에게 말했다.

그녀는 우리 머리 위에서 너무도 시끄럽게 울리고 있는 종소리가 마지막에 이를 때까지 기다렸다.

"그 여자는 뭐라고 대답했어?"

"서로 이야기가 엇갈렸어. 그 사람은 거절의 의미였다는데 나는 그걸 승낙으로 받아들였어."

"그 여자가 서류를 읽은 다음이었어?"

"아니. 서류는 나중에 읽었어. 이후 같은 날 아침에."

교회 대문 아래 세워둔 켄들 가문의 이륜마차와 마구간지기가 눈에 들어왔다. 주인댁 따님의 모습을 본 그가 채찍을 들고 마차에서 내려왔다. 루이즈는 망토를 여미며 망토에 달린 모자를 머리에 썼다.

"그 여자는 시간을 지체하지 않고 그 서류를 읽은 거야. 그러고는 곧장 펠린으로 달려와 우리 아버지를 만났지." 루이즈가 말했다.

"내용을 제대로 이해하지 못했다고 했어." 내가 말했다.

"펠린을 떠날 땐 충분히 이해하고 있었어. 마차가 집 앞에 대기하고 있고 우리가 계단에 서 있을 때 아버지가 했던 말을 난 똑똑하게 기억해. '재혼에 관한 조항이 좀 곤란하게 느껴질 수도 있겠군요. 재산을 지키려면 계속 미망인으로 살아야 한다는 의미니까요'라고 말이야. 그러자 애슐리 부인이 아버지에게 미소를 지으면서 '그 점은 저도 아주 마음에 들어요' 하고 대답했어."

마구간지기가 큼지막한 우산을 들고 우리에게 다가왔다. 루이즈는 장갑을 꼈다. 하늘엔 또다시 시커먼 돌풍 구름이 몰려들고 있었다.

"그 조항은 낯선 사람이 재산을 탕진하는 것을 막고 영지를 보호하기 위해 안전 조치로 삽입한 거야. 그 사람이 내 아내가 된다면 적용되지 않아."

"네 생각은 거기부터 잘못됐어. 그 여자가 너와 결혼하면 전 재산은 다시 네 소유가 돼. 그런 생각은 안 해봤구나."

"하지만 그렇다고 해도 뭐가 문제야? 난 푼돈 하나까지 다 그 사람과 공유할 거야. 그 조항 때문에 그 사람이 나와 결혼하는 걸 거절할 리는 없어. 대체 넌 무슨 주장을 하려는 거야?"

루이즈의 얼굴은 깊이 내려쓴 모자에 가려져 보이지 않았지만 그녀의 파란 눈은 나를 바라보고 있었다.

"부인은 남편의 돈을 해외로 송금할 수 없고, 자신의 고향으로 돌아갈 수도 없어. 난 아무런 주장도 펼치지 않았어."

마구간지기는 모자에 손을 대 우리에게 인사를 건네며 우산을 루이즈에게 받쳐주었다. 나는 그녀의 뒤를 따라가 마차에 오르도록 부축해주었다.

"내가 아무리 얘기를 해줘도 별 소용 없을 테고, 필립은 나를 무자비하고 매정한 사람이라고만 생각하겠지. 때로는 여자가 남자보다 상황을 더 선명하게 파악하는 법이야. 나 때문에 마음에 상처를 받았다면 용서해줘. 나는 필립이 다시 정신을 차리고 본래 모습으로 돌아오기를 바랄 뿐이야." 그녀가 마구간지기를 향했다. "다 됐어, 토머스. 그만 펠린으로 돌아가자." 그녀의 말에 토머스가 말을 돌려 큰길을 향해 언덕을 달려갔다.

나는 술집과 여관을 겸하는 로즈앤드크라운의 작은 객실에 들어갔다. 나한테 전혀 쓸모없는 충고를 했다는 루이즈의 말은 사실이었다. 나는 위안을 받으러 왔지만 아무런 위로도 얻지 못했다. 내게 남은 것은 철저하게 뒤틀리고 왜곡된 냉혹한 현실뿐이었다. 변호사의 사고로 접근한다면 그녀가 했던 모든 말에 일리가 있었다. 대부님이 나약한 인간의 마음에 대한 배려 없이 언제나 상황을 정확하게 저울질해 판단한다는 것은 나도 알고 있었다. 루이즈가 아버지의 신중하고 엄격한 태도와 그에 따른 논리를 물려받았다면 그건 어쩔 수 없는 일일 터였다.

레이첼과 나 사이에 벌어진 일은 루이즈보다 내가 훨씬 더 잘 알았다. 숲 속 계곡 위에 서 있는 화강암 석판도, 내가 루이즈에게 털어놓지 않았던 지난 몇 달의 시간도 그녀에겐 모두 비밀이었다. "당신 사촌 레이첼은 충동적인 여성입니다"라고 레이널디가 말했었다. 그 충동적인 성품 때문에 그녀는 내가 그녀를 사랑하도록 내버려두었다. 그 충동적인 성품 때문에 그녀는 또다시 나를 떠나보냈다. 앰브로즈는 이런 사정을 알고 있었다. 앰브로즈는 이해하고 있었다. 그리고 그에게도 나에게도 다른 여인이나 다른 아내는 있을 수 없었다.

나는 로즈앤드크라운의 싸늘한 객실에 오래도록 앉아 있었다. 배가 고프지 않았지만 주인장이 차가운 양고기와 에일 맥주를 가져다주었다. 나중에 밖으로 나온 나는 부두에 서서 계단에 휘몰아치는 높은 파도를 지켜보았다. 고기잡이배들이 부표를 매달고 흔들리는 가운데, 노인 하나가 새하얗게 부서지며 포말을 뿌리는 파도를 등지고서 가로대에 앉아 자꾸만 고이는 바닷물을 배 바닥에서 퍼내고 있었다.

아까보다 더 낮게 드리워진 구름이 안개로 변해 반대편 바닷가의 나무들을 아련히 휘감았다. 온몸이 흠씬 젖어들기 전에, 애마 집시가 한기 들어 고생하기 전에 집에 돌아가려면 날씨가 더 나빠지기 전에 얼른 떠나야 했다. 이제 바깥을 돌아다니는 사람은 아무도 없었다. 나는 말에 올라 언덕을 올라갔고, 네거리가 만나는 지점까지 돌아가야 해서 거리가 더 멀어지는 큰길을 피해 마찻길로 접어들었다. 나무가 무성하게 드리워져 비를 좀 덜 맞을 수 있을 거라 짐작했기 때문이었지만, 채 백 미터도 가기 전에 갑자기 집시가 다리를 절뚝거리며 맥을 못 추었다.

산장으로 들어가 편자에 박힌 돌을 빼고 그사이 한가롭게 잡담이나 나누는 대신, 나는 말에서 내려 집까지 조심스럽게 집시를 끌고 갔다. 강풍에 꺾인 나뭇가지들이 우리 앞길을 어지럽게 막아섰고, 어제는 꼼짝도 하지 않고 제자리에 서 있던 나무들이 지금은 휘청휘청 흔들리며 몸을 떨듯 우리에게 안개비를 흩뿌렸다.

수렁처럼 변한 계곡에서 수증기가 피어올라 하얗게 구름을 이룬 가운데, 부들부들 떨던 나는 루이즈와 나란히 교회에 앉아 있던 때부터 불도 피우지 않은 로즈앤드크라운의 객실에 오래도록 앉아 있던 순간까지 온종일 추위에 시달렸다는 사실을 깨달았다. 어제와는 완전히 다른 세상이었다.

나는 레이첼과 내가 어제 걸었던 길을 따라 집시를 인도했다. 앵초꽃을 찾아 너도밤나무 주변을 거닐던 우리의 흔적이 아직도 남아 있었다. 버려진 꽃송이들이 이끼 위에 수북이 쌓여 있었다. 절뚝거리는 집시를 데리고 걸어가는 길은 끝도 없이 길게만 느껴졌고, 고삐 대신 굴레를 잡고 달래가며 끌고 가려니 가죽끈을 타고 흘러내린 빗물이 재킷의 깃으로 파고들어 등이 싸늘해졌다.

집에 도착한 나는 너무도 지친 나머지 웰링턴에게 인사를 건넬 힘도 없어, 말없이 그에게 고삐만 건네준 뒤, 물끄러미 나를 바라보는 그를 등지고 돌아섰다. 어젯밤 이후 물 이외에 술이라곤 입에 대고 싶은 마음도 없었지만, 춥고 젖은 몸을 덥히려면 맛이 아무리 고약하더라도 브랜디 한잔이 도움이 될 것 같았다. 식당으로 들어가자 존이 저녁 식탁을 차리고 있었다. 그가 식료품 저장고로 술잔을 가지러 간 사이 나는 식탁에 놓여 있는 접시 세 개를 발견했다.

그가 돌아오자 나는 그 사실을 지적했다. "왜 셋이지?"

"패스코 양 때문입니다. 1시쯤부터 집에 와 계시거든요. 마님께선 나리께서 오전에 외출하신 직후에 일찌감치 목사관을 방문하셨어요. 오실 때 패스코 양도 함께 데려오셨더군요. 여기서 묵고 가신답니다." 존이 대답했다.

나는 어리둥절한 얼굴로 그를 쳐다보았다. "패스코 양이 여기서 묵고 가신다고?"

"그렇답니다. 주일학교에서 교사로 일하시는 메리 패스코 양이세요. 그분을 위해서 분홍 방을 준비하느라 다들 바빴지요. 지금은 마님과 함께 내실에 계십니다."

그는 보조 식탁에 술잔을 내려놓았을 뿐 브랜디를 따라줄 생각도 하지 않은 채 계속해서 식탁을 차렸다. 나는 2층으로 올라갔다. 내 방 탁자에 레이첼의 글씨체로 쪽지가 놓여 있었다. 봉투를 찢어 쪽지를 열어보았다. 받는 사람의 이름도 서두도 없이 날짜만 적혀 있었다. "메리 패스코 양에게 말동무 삼아 집에 와서 지내달라고 부탁했어요. 어젯밤 이후로 난 다시는 당신과 단둘이 있을 수가 없어요. 저녁 식사 전이나 이후에 당신이 원한다면 내실로 합류해도 좋아요. 호의적으로 대해주길 바랄게요.

레이첼."

그녀가 진심으로 벌인 일일 리가 없었다. 사실일 리가 없었다. 우리가 패스코 목사의 딸들을 얼마나 비웃었던가. 특히 끊임없이 바느질 견본품을 만들고, 차라리 가만 내버려두는 것이 나은 가난한 사람들을 찾아다니느라 분주한 수다스러운 메리는 더욱 조롱의 대상이었다. 체격이 크고 건장한 메리는 제 어머니보다 더 볼품없는 외모의 수다쟁이였다. 장난이라면 그럴 수 있는 일이었다. 식탁 끝에 앉아 못마땅해하는 내 얼굴을 구경하려고 레이첼이 장난삼아 한 번쯤 저녁 식사에 그녀를 초대할 수는 있는 일이었다.

방을 나와 복도 계단참으로 걸어가서 분홍 방의 문이 활짝 열려 있는 것을 보았다. 잘못 안 것이 아니었다. 벽난로에는 불이 타오르고 있었고, 의자엔 실내 가운이 걸쳐져 있었으며 브러시와 책 같은 낯선 이의 개인 소지품들이 온 방 안에 널려 있었다. 뿐만 아니라 평소엔 늘 잠겨 있던, 레이첼의 방으로 연결되는 문이 아예 활짝 열려 있었다. 그 너머 내실에서 웅얼거리는 목소리까지 희미하게 들려올 정도였다. 그렇다면 이것은 나에 대한 형벌이었다. 이것은 내게 망신을 주려는 행동이었다. 메리 패스코는 레이첼과 나를 갈라놓기 위해 초대된 손님이었고, 레이첼이 이미 쪽지에 적었듯 우리 두 사람이 더 이상 단둘이 함께 있을 수 없다는 의미였다.

맨 처음 찾아온 감정은 격렬한 분노여서, 나는 당장 복도를 달려 내실로 쳐들어가서 메리 패스코의 어깨를 잡고 일으켜 세운 뒤 당장 짐을 싸 가버리라고, 지체 없이 웰링턴을 시켜 마차로 데려다주겠노라고 말하고 싶었고, 이런 나 자신을 어떻게 주체해야 할지 좀처럼 알 수가 없었다. 더 이상 나와 단둘이 있을 수가 없다는 것을 핑계 삼아 감히 메리 패스코를 내 집에 초대하다니, 그토록 비참하고 모욕적이며 알량한 구실이 또 어디 있을까? 그렇다면 나는 식사 때마다 메리 패스코와 마주치고, 서재에서도, 응접실에서도, 마당에서도, 내실에서도 메리 패스코가 돌아다니는 것을 견디며, 더욱이 일요일 저녁 만찬 때마다 습관의 힘으로 간신히 버티고 있었을 뿐인 여자들끼리의 끝도 없는 수다를 참아야 하는 운명이란 말인가?

나는 복도를 따라 걸어갔다. 아직 갈아입지 않아 푹 젖은 옷을 입고 있었다. 내실 문을 열었다. 레이첼은 안락의자에 앉고, 메리 패스코는 바로 옆 스툴에 앉아서 둘이 함께 이탈리아 정원 그림이 들어간 큼지막한 책을 보는 중이었다.

"돌아왔군요? 말을 타고 나가기엔 날씨가 너무 나빴어요. 목사관을 방문하러 가는 길엔 마차도 바람에 흔들려 거의 길에서 벗어날 지경이었어요. 보다시피 운 좋게도 메리가 손님으로 와서 지내게 되었어요. 벌써 자기 집처럼 편안하다네요. 난 아주 기뻐요." 레이첼이 말했다.

메리 패스코가 까르르 웃음을 터뜨렸다.

"사촌께서 저를 데리러 오셔서 정말 깜짝 놀랐답니다, 애슐리 씨. 다른 자매들은 질투심으로 새파랗게 질릴 정도였죠. 아직도 제가 여기 와 있다는 게 좀체 믿어지질 않아요. 게다가 내실에 이렇게 앉아 있으니 얼마나 쾌적하고 아늑한지 모르겠어요. 아래층에 있는 것보다 훨씬 더 좋네요. 저녁때는 애슐리 씨도 습관적으로 이곳 내실에 와서 지내신다고 사촌께서 말씀하시더군요. 크리비지 게임* 하시나요? 전 크리비지 게임이라면 아주 사족을 못 쓴답니다. 혹시 할 줄 모르시면 두 분께 제가 기꺼이 가르쳐드릴게요."

"필립은 게임을 배워도 쓸 데가 없을 거예요. 저 사람은 가만히 앉아서 침묵 속에 담배를 피우는 걸 더 좋아하죠. 카드놀이는 당신과 나 둘이서 하도록 해요, 메리." 레이첼이 말했다.

그녀가 메리 패스코의 머리 위로 나를 쳐다보았다. 아니, 이것은 장난이 아니었다. 단호한 그녀의 눈빛에서 나는 그녀가 작정하고 일부러 이런 일을 벌였다는 걸 알 수 있었다.

"단둘이 얘기 좀 할 수 있을까요?" 내가 단도직입적으로 물었다.

"그럴 필요는 없을 것 같은데요. 메리 앞에서는 무슨 얘기든 마음대로 해도 좋아요." 그녀가 대꾸했다.

목사의 딸이 황급히 자리에서 일어났다. "어머나, 제가 방해가 되는 건 원치 않아요. 전 그냥 제 방으로 갈게요." 메리가 말

* 카드놀이의 일종.

했다.

"제가 부르면 바로 들을 수 있게 문은 활짝 열어놓으세요, 메리." 레이첼이 말했다. 너무도 적대감 넘치는 그녀의 시선이 나에게 고정되어 있었다.

"네, 그럴게요, 애슐리 부인." 메리 패스코가 말했다. 그녀는 눈을 휘둥그레 뜨고 내 옆을 스쳐 지나가며 정말로 모든 방문을 활짝 열어놓았다.

"나한테 왜 이러는 거죠?" 내가 레이첼에게 말했다.

"당신도 잘 알 텐데요. 쪽지에 다 적었잖아요."

"저 여자는 얼마나 오래 머물게 할 작정이에요?"

"내 마음이 내키는 대로요."

"당신은 저 여자를 하루 이상 견디지 못할 겁니다. 이건 나쁜만 아니라 당신 자신도 미치게 만드는 일이라고요."

"그건 당신 오해예요. 메리 패스코는 선량하고 해로울 것 없는 아가씨예요. 대화가 하기 싫으면 내가 메리에게 말을 걸지 않으면 돼요. 최소한 저 아가씨와 함께 집 안에 있으면 나도 안전하다고 느낄 거예요. 게다가 마침 시기도 적당하네요. 당신이 식탁에서 했던 말 때문에 계속해서 예전처럼 지내는 것이 불가능해졌어요. 당신 대부님이 떠나시기 전에 충분히 당부도 하셨고요."

"뭐라고 말씀하셨는데요?"

"내가 이곳에서 지내는 걸 두고 가뜩이나 소문이 떠돌고 있는데, 당신이 결혼 이야기까지 떠벌렸으니 그런 상황에 전혀 도움이 될 리 없다고요. 당신이 또 누구한테 이야기를 전했는지는 나로선 모를 일이겠죠. 하지만 메리 패스코는 앞으로 소문에 대해 침묵할 거예요. 그건 내가 잘 알아서 할게요."

어젯밤에 보인 나의 행동이 이토록 태도가 돌변할 만큼, 이토록 끔찍한 적대감을 불러일으킬 만큼 심한 것이었을까?

"레이첼, 이건 방문을 열어놓고 잠깐 대화를 나누는 걸로는 해결할 수 없는 문제예요. 제발 부탁이니 내 말을 들어줘요. 저녁 식사 후에 메리 패스코가 잠들고 나면 단둘이 얘기 좀 해요."

"어젯밤에 당신은 나를 위협했어요. 그런 건 한 번으로 족해요. 해결할 문제도 없고요. 이제 그만 나가주세요. 아니면 계속 여기 머물면서 메리 패스코와 크리비지 게임을 하든지요." 그녀가 돌아앉아 다시 정원 관련 책을 들여다보았다.

나는 방을 빠져나왔다. 달리 할 수 있는 일이 없었다. 이것은 전날 밤 그녀의 목에 손을 댔던 짧은 순간에 대한 형벌이었다. 즉각 잘못을 뉘우치고 후회했지만 용서받을 수는 없었다. 그렇다면 이것은 응보였다. 분노는 빠르게 솟아올랐던 것만큼 묵직한 여운을 남기며 빠르게 사라졌고 그 대신 절망감이 자리를 차지했다. 오 맙소사, 내가 무슨 짓을 저지른 것일까?

얼마 전까지도, 불과 몇 시간 전만 해도 우리는 행복했다. 생일 전날의 희열과 모든 마법이 내가 저지른 실수 탓에 온데간데 없이 사라지고 깨져버렸다. 로즈앤드크라운에서 추위에 떨며 앉아 있을 때만 해도, 내 아내가 되기를 망설이는 그녀의 태도가 몇 주 뒤면 극복될 수 있을 거라 생각했다. 당장은 곤란하더라도 나중엔 가능하리라고, 설령 끝까지 안 된다고 해도 중요한 것은 우리가 내 생일 아침에 그랬듯 서로 사랑하며 함께 지내는 것인데 대체 뭐가 문제냐고 생각했다. 결정도 선택도 다 그녀의 몫이지만, 분명 그녀도 거절하진 않겠지? 집으로 돌아올 때는 거의 희망에 사로잡혀 있었다. 그런데 이제는 우리에 관해 여전히 모든 것을 오해하고 있는 낯선 제삼자까지 끼어들었다. 방에 서 있으려니, 두 사람의 목소리가 계단 쪽으로 가까워지다가 드레스 자락으로 바닥을 쓸며 아래층으로 내려가는 소리가 들려왔다. 내가 생각한 것보다 더 늦은 시간이어서, 두 사람은 저녁 식사를 위한 준비를 마친 모양이었다. 내가 두 사람과 함께 앉아 있는 걸 견디지 못하리라는 건 나도 알고 있었다. 식사는 그들끼리 즐겨야 할 것이다. 어차피 나는 배도 고프지 않았다. 오한이 들었는지 춥고 몸이 뻣뻣해진 느낌이라 방에 있는 것이 더 나을 듯했다. 나는 종을 울려 존에게 저녁 식사를 하러 내려갈 수 없고 곧장 잠자리에 들어야겠으니, 아래층에 사과를 전하라고 지시했다. 염려했던 대로 나의 행동은 소란을 일으켰고, 시컴이 걱정스러운 얼굴로 뛰어 올라왔다.

"몸이 안 좋으십니까, 나리? 겨자욕*과 뜨거운 럼주 칵테일을

---

* 근육통과 류머티즘의 완화를 위하여 뜨거운 물에 겨자를 풀어 몸을 담그는 민간요법.

준비할까요? 이런 날씨에 말을 타고 나가셔서 사달이 난 겁니다."

"고맙지만 아무것도 필요 없어, 시컴. 조금 피곤할 뿐이야." 내가 대꾸했다.

"저녁을 안 드신다고요, 필립 씨? 사슴고기와 애플파이를 준비했습니다. 요리는 다 준비되어 내오기만 하면 되는 상황이고요. 두 분 숙녀께서는 지금 응접실에 계십니다."

"아니야, 시컴. 어젯밤에도 잠을 잘 못 잤어. 아침엔 괜찮아질 거야."

"마님께 말씀드리겠습니다. 걱정 많이 하실 거예요." 그가 말했다.

적어도 방에 누워 있으면 레이첼과 단둘이 만날 기회가 생길지 모른다. 어쩌면 저녁 식사 후 그녀가 방으로 올라와 안부를 물을지 모른다.

나는 옷을 벗고 잠자리에 들었다. 한기가 든 게 분명했다. 침대 시트가 지독히도 차갑게 느껴졌지만 시트를 젖히고 담요 사이로 들어갔다. 온몸이 뻣뻣하고 둔해지는 느낌이 들면서 머리가 욱신욱신 쑤셨다. 한 번도 경험해본 적 없고 들어본 적 없는 이상한 증상이었다. 나는 침대에 누워 두 사람이 저녁 식사를 마치기를 기다렸다. 그들이 복도를 지나 식당으로 들어가는 소리가 들려왔다. 담소는 끊임없이 이어졌다. 어쨌든 그 자리는 모면했으니 다행이란 생각이 들었다. 한참 공백이 이어지다가 다시 말소리가 응접실로 옮겨 갔다.

8시가 지났을 무렵 그들이 2층으로 올라오는 소리가 들렸다. 나는 침대에서 일어나 앉아 재킷을 어깨에 걸쳤다. 어쩌면 지금이 그녀가 들어올 순간일지도 몰랐다. 두툼한 담요를 덮고 있는데도 여전히 추웠고, 다리와 목이 뻣뻣해지면서 느껴지던 통증이 머리 꼭대기까지 올라와 이젠 온 머리에 불이 붙는 느낌이었다.

나는 기다렸지만 그녀는 방으로 들어오지 않았다. 두 사람은 내실에 앉아 있는 듯했다. 시계가 9시, 10시, 11시를 치는 소리를 들었다. 나는 11시가 지난 뒤에야 오늘 밤 그녀가 아예 나를 보러 올 마음이 없다는 사실을 깨달았다. 그렇다면 나를 외면하는 것은 나에 대한 형벌의 연속이었다.

나는 침대에서 빠져나와 복도에 섰다. 두 사람은 잠자리에 들기 위해 각자의 방으로 돌아간 상태였다. 메리 패스코가 분홍 방을 돌아다니며 이따금씩 헛기침을 해 목청을 가다듬는 소리가 들려왔다. 어머니에게서 물려받은 또 다른 나쁜 습관이었다.

나는 복도를 따라 레이첼의 방으로 갔다. 문고리에 손을 올리고 돌렸다. 그러나 손잡이는 움직이지 않았다. 문은 잠겨 있었다. 나는 아주 조용하게 문을 두드렸다. 그녀는 대답하지 않았다. 천천히 내 방으로 돌아온 나는 얼음장처럼 차가운 침대에 몸을 눕혔다.

아침에 옷을 입은 것까지는 기억이 나지만, 존이 들어와서 나를 불러 깨웠는지, 아침 식사는 했는지, 그 밖의 것들은 전혀 생각나지 않고, 다만 그날 이상하게 목이 뻣뻣하고 몹시 머리가 아팠다는 것만 떠오른다. 나는 사무실로 가서 의자에 앉았다. 편지도 쓰지 않았고 아무도 만나지 않았다. 정오가 조금 지났을 무렵 시컴이 찾아와 숙녀분들께서 점심 식사를 하려고 기다리고 있다고 전했다. 나는 먹지 않겠다고 말했다. 그가 가까이 와서 내 얼굴을 들여다보았다.

"나리께선 편찮으신 겁니다. 어디가 아프세요?"

"나도 모르겠네." 그가 내 손을 잡고 맥을 살폈다. 그러고는 사무실을 빠져나가더니 다급히 안뜰을 가로지르는 발소리가 들려왔다.

이내 사무실 문이 다시 열렸다. 레이첼이 문 앞에 서 있고 메리 패스코와 시컴이 바로 뒤에 따라와 있었다. 그녀가 내게 다가왔다.

"시컴 말로는 당신이 아프다던데요. 무슨 일이에요?" 그녀가 나에게 말했다.

나는 그녀를 올려다보았다. 지금 벌어지고 있는 모든 일이 하나도 현실처럼 느껴지지 않았다. 사무실 의자에 앉아 있다는 생각이 들지 않고, 어젯밤처럼 2층 내 방 침대에 누워 추위에 떨고 있는 것처럼 느껴졌다.

"저 여자는 언제 집에 보낼 거죠? 당신을 해치는 짓은 하지 않을 거예요. 내 명예를 걸고 약속해요." 내가 말했다.

레이첼이 내 이마에 손을 올렸다. 그리고 내 눈을 들여다보았다. 그녀가 재빨리 시컴을 돌아보았다. "어서 존을 불러와. 둘이 함께 부축해서 애슐리 씨를 침대에 눕혀드리도록 해. 웰링턴한 테는 빨리 사람을 보내 의사를 불러오라고 지시하고……."

내 눈엔 그녀의 창백한 얼굴과 눈동자밖엔 아무것도 보이질 않았다. 그러다 곧이어 그녀의 어깨 너머로 뜬금없이 나에게 시선을 고정하고 있는 메리 패스코의 깜짝 놀란 바보 같은 표정이 눈에 들어왔다. 그러고는 눈앞에 아무것도 보이질 않았다. 오로지 뻣뻣한 느낌과 통증뿐이었다.

다시 침대에 누운 나는 시컴이 창가에 서서 덧문과 커튼을 닫아 방을 어둡게 만들고 있다는 걸 알아차렸다. 어둠은 내가 바라 마지않던 것이었다. 어두워지면 혹시 눈이 멀 듯한 극심한 통증이 줄어들지도 몰랐다. 목 근육이 딱딱하게 굳어버린 느낌이 들어 베개를 베고 있는 머리를 조금도 움직일 수가 없었다. 내 손을 잡은 그녀의 손길이 느껴졌다. 나는 다시 말했다. "당신을 해치지 않겠다고 약속해요. 메리 패스코를 집으로 돌려보내요."

"지금은 아무 말 하지 말아요. 그냥 가만히 누워 있어요." 그녀가 대꾸했다.

방 안에는 속삭임이 가득했다. 문이 열렸다 닫히고, 또다시 열렸다 닫혔다. 바닥에 끌리는 가벼운 발소리. 계단참에 켜둔 촛불이 치직거리며 타는 소리와 언제나 조심스럽게 속삭이는 사람들의 말소리 때문에, 갑자기 예리한 망상에 사로잡히기라도 한 듯 나는 방방마다 손님들이 들어차 온 집 안이 사람들로 넘쳐나는 듯한 생각이 들었다. 저택이 비좁을 정도로 많은 사람들이 몰려들어 응접실과 서재엔 사람들이 서로 어깨를 부딪칠 정도로 빽빽하게 서 있고, 레이첼이 미소를 지으며 나와 손을 잡은 채 손님들 사이를 돌아다니고 있었다. 나는 계속해서 똑같은 말을 되풀이했다. "다들 돌려보내요."

그러다 안경을 쓴 길버트 박사의 둥근 얼굴이 나를 내려다보고 있는 게 눈에 들어왔다. 그 역시 우리 집에 와 있는 손님이었다. 어렸을 때 수두에 걸린 나를 치료해주러 왔던 이후로는 본 적 없는 인물이었다.

"한밤중에 바다로 나가 수영을 했다고? 그건 아주 어리석은 행동이야." 그는 내가 아직도 어린아이로 보이는 듯 고개를 절레절레 흔들더니 수염을 어루만지며 말했다. 나는 불빛에 눈이 부셔 눈을 감았다. 레이첼이 그에게 하는 말이 들렸다. "이런 종류의 열병은 오진하는 경우를 너무 많이 봤어요. 피렌체에선 이병에 걸려 죽는 아이들도 본 적 있어요. 척수를 공격해 나중엔 뇌로 올라가죠. 제발 뭐라도 좀 해보세요……."

사람들이 사라졌다. 그러다 다시 속삭임이 시작되었다. 속삭임에 이어 진입로로 들어오는 마차 바퀴 소리가 들리더니 곧 마차가 떠나갔다. 나중엔 내 침대 커튼 가까이에서 누군가의 숨소리가 들려왔다. 그제야 나는 무슨 일이 벌어졌는지 깨달았다.

레이첼이 떠나버린 것이었다. 그녀는 런던행 역마차를 타기 위해 보드민까지 우리 집 마차를 타고 갔다. 그녀는 나를 돌보도록 메리 패스코를 남겨두었다. 시컴과 존을 비롯해 하인들도 모두 떠나갔다. 남은 사람은 메리 패스코 한 사람뿐이었다.

"제발 가요. 난 아무도 필요 없어요." 내가 말했다.

손 하나가 내 이마를 짚었다. 메리 패스코의 손이었다. 나는 손길을 떨쳐버렸다. 그러나 차갑고 교활한 손길은 슬며시 다시 다가왔고, 나는 그녀에게 가버리라고 고래고래 고함을 질렀지만, 얼음처럼 차가운 손길은 내 이마와 목덜미를 짓눌러 포로처럼 꼼짝도 하지 못하게 단단히 억압했다. 그리고 내 귓가에 속삭이는 레이첼의 목소리가 들렸다. "제발 가만히 누워 있어요. 이러면 두통에 도움이 될 거예요. 차츰 나아질 거예요."

나는 돌아누우려 했지만 그럴 수가 없었다. 레이첼은 런던으로 떠나버린 게 아니었나?

내가 말했다. "날 떠나지 말아요. 날 떠나지 않겠다고 약속해요."

그녀가 말했다. "약속할게요. 언제나 당신과 함께 있을게요."

눈을 떴지만 방이 깜깜해 그녀의 모습을 볼 수가 없었다. 방모양이 내가 알고 있는 침실과 달랐다. 감방처럼 길고 좁은 방이었다. 머리맡 침대 틀이 무쇠처럼 단단했다. 가리개 뒤쪽 어딘가에 하나뿐인 촛불이 타고 있었다. 반대편 벽감에는 무릎을 꿇고 기도하는 성모마리아상이 놓여 있었다. 나는 큰 소리로 외쳤다. "레이첼…… 레이첼……."

　달려오는 발소리에 이어 문이 활짝 열리는 소리가 들리고, 내 손을 잡는 그녀의 손길이 느껴지면서 그녀가 말했다. "여기 당신과 같이 있어요." 나는 다시 눈을 감았다.

　나는 아르노강을 가로지르는 다리 위에 서서, 본 적도 없는 여인을 파멸시키겠다는 맹세를 하고 있었다. 다리 밑으로는 불어난 강물이 갈색 거품을 일으키며 흘러갔고, 거지 여인인 레이첼이 빈손으로 나에게 다가왔다. 그녀는 벌거벗은 채로 목에 진주 목걸이만 걸고 있었다. 갑자기 그녀가 강물을 가리키자, 가슴에 양손을 얹고 누운 앰브로즈가 다리 아래로 떠내려와 우리 곁을 지나갔다. 강물을 따라 떠내려간 그의 모습이 시야에서 사라지자, 위풍당당하게 곧은 네 다리를 허공으로 뻗은 개의 시체가 천천히 그 뒤를 따라 흘러갔다.

24

눈을 떴을 때 내가 맨 처음 알아차린 것은 창밖 나무에 잎이
달려 있다는 사실이었다. 어리둥절해진 나는 나무를 쳐다보았
다. 잠자리에 들었을 땐 나무에 새순이 겨우 돋아나고 있었다.
정말 이상했다. 커튼을 쳐두긴 했지만, 생일날 새벽 창밖으로
몸을 기울이고 잔디밭을 내려다보았을 때 나무들이 얼마나 황
량했었는지 똑똑히 기억했다. 이제는 두통도 사라지고 뻣뻣하
게 마비된 듯한 느낌도 모두 물러갔다. 꼬박 하루나 혹은 그 이
상, 꽤 오래 잠을 잔 것 같았다. 누구든 병이 들면 시간 감각을
잃는 법이었다.

하지만 텁수룩하게 수염을 기른 길버트 박사의 연로한 얼굴
은 꽤 여러 번 본 듯했고, 낯선 얼굴을 한 또 다른 사람도 자주

눈에 띄었다. 방은 항상 어두컴컴했었다. 이제는 방이 밝아졌다. 수염이 텁수룩하게 자란 느낌이었다. 면도를 꽤나 열심히 해야 할 것 같았다. 손으로 턱을 만져보았다. 이번엔 또 광기에 사로잡힌 듯, 내 얼굴에도 텁수룩하게 온통 수염이 뒤덮여 있었다. 나는 손을 들어 쳐다보았다. 내 손 같지가 않았다. 하얗고 야윈 손에는 손톱이 엄청 길게 자라 있었다. 원래 나는 말을 타느라 손톱이 부러지는 일이 아주 잦았다. 고개를 돌리자 침대 가까이 안락의자에 앉아 있는 레이첼의 모습이 보였다. 내실에서 가져온 전용 의자였다. 그녀는 내가 자신을 보고 있다는 걸 알아차리지 못했다. 그녀는 내가 본 적 없는 드레스를 입고 자수를 놓는 중이었다. 다른 드레스들처럼 검은색이었지만, 소매가 짧아 팔꿈치 위로 올라왔고 옷감도 얇아 시원해 보였다. 방이 왜 이리 덥지? 창문은 모두 열려 있었다. 벽난로엔 불이 꺼져 있었다.

나는 다시 손을 들어 턱을 어루만지며 수염을 느껴보았다. 감촉이 좋았다. 갑자기 웃음을 터뜨리자 그 소리에 놀란 레이첼이 고개를 들고 나를 쳐다보았다.

"필립." 그녀는 미소를 짓다가 갑자기 내 곁으로 다가와 무릎을 꿇으며 나를 껴안았다.

"내가 수염을 길렀네요."

나는 어리석은 짓을 벌인 것 같아 웃음을 멈출 수가 없었고, 웃다가 사레가 들려 기침이 시작되자 그녀는 곧 맛이 끔찍한 액

체가 담긴 유리잔을 들어 내 입에 갖다 대고 억지로 마시게 하더니 내 머리를 다시 베개에 기대주었다.

그 행동에 문득 기억이 꼬리를 물고 떠올랐다. 분명 꽤 오랜 기간 유리잔으로 나에게 물약을 먹이던 손길이 있었는데, 그건 꿈속에서 벌어진 일이었을까? 나는 그게 메리 패스코의 손길이라고 믿었기에 계속해서 밀어냈었다. 나는 누운 채로 레이첼을 응시하며 그녀에게 손을 뻗었다. 그녀가 내 손을 꼭 잡아주었다. 나는 언제나 희미하게 파란 핏줄이 들여다보였던 그녀의 손등을 엄지로 쓸어내리다가 반지를 빙글빙글 돌렸다. 나는 아무 말 않고 한동안 그러고 있었다.

잠시 후 내가 말했다. "그 여자는 돌려보냈어요?"

"누굴 보내요?" 레이첼이 물었다.

"메리 패스코 말이에요."

흠칫 숨을 멈추는 소리에 고개를 드니 그녀의 얼굴에서 미소가 사라지고 눈빛에 그늘이 져 있었다.

"그 사람은 5주 전에 돌아갔어요. 하지만 지금은 그런 거 신경 쓰지 말아요. 목말라요? 런던에서 가져온 신선한 라임으로 시원한 음료를 만들어뒀어요." 나는 그 음료를 마셨다. 그녀가 준 쓰디쓴 물약을 먹은 뒤라 맛이 좋았다.

"내가 심하게 앓았던 모양이네요."

"거의 죽을 뻔했어요." 그녀가 대답했다.

그녀는 자리를 뜨려는 듯 움직였지만 내가 붙잡았다.

"나한테도 말해줘요." 립 밴 윙클*처럼 몇 년간 잠들었다가 자신만 빼고 온통 변해버린 세상을 발견한 사람들에게 나는 늘 호기심을 품었었다.

"몇 주 동안 내가 얼마나 걱정했는지 굳이 그 심정을 다시 떠올리게 하려는 거라면 몰라도, 그게 아니면 얘기하지 않을래요. 당신은 아주 많이 아팠어요. 그걸로 충분해요." 레이첼이 대꾸했다.

"나한테 무슨 문제가 있었던 거죠?"

"난 당신네 영국 의사들을 별로 신뢰하지 않아요. 대륙에선 뇌수막염이라고 부르는 병인데 여기선 아무도 들어본 적이 없다더군요. 오늘 당신이 살아 있는 건 거의 기적에 가까워요." 레이첼이 설명했다.

"내가 어떻게 살아났죠?"

그녀가 미소 지으며 내 손을 더 세게 잡았다. "야생마처럼 튼튼한 당신의 체력 덕분인 것 같아요. 내가 사람들에게 몇 가지손을 쓰도록 지시한 덕도 있었고요. 당신 척추에 주삿바늘로 구멍을 뚫어서 척수가 잘 흐르도록 조치했거든요. 허브로 만든 즙도 먹여서 당신 피에 면역혈청이 생겨나도록 도왔어요. 사람들은 그걸 독약이라고 부르더군요. 하지만 당신은 살아남았죠."

겨울 동안 병이 나 누워 있는 소작인들을 위해 그녀가 물약을

---

* 미국 작가 워싱턴 어빙의 단편소설에 등장하는 인물로, 술에 취해 잠들었다가
20년 만에 깨어난다.

만들어 나눠주었을 때 내가 그녀를 산파니 약제상이니 부르며
놀려댔던 것이 떠올랐다.

"당신은 그런 걸 어떻게 알아요?" 내가 그녀에게 물었다.

"어머니한테 배운 거예요. 우리 피렌체 출신들은 아주 노련하
고 현명하거든요." 그녀가 말했다.

그 말을 들으니 가물가물 뭔가 떠오를 것 같았지만, 정확하게
그것이 무엇인지는 생각나지 않았다. 나에게 생각은 아직 노력
을 기울여야 하는 일이었다. 게다가 나는 그녀의 손을 잡은 채
로 침대에 누워 있는 것이 흡족했다.

"창밖 나무에는 왜 잎이 달렸죠?" 내가 물었다.

"5월 둘째 주가 되었으니 잎이 달린 게 당연하죠." 그녀가 말
했다.

시간이 그렇게 한참 지났는데 내가 아무것도 모른 채 누워 있
었다는 사실을 받아들이기가 어려웠다. 애당초 내가 쓰러지게
된 사건에 대해서도 기억이 나지 않았다. 내가 기억할 수 없는
어떤 이유로 레이첼이 나에게 화가 났고, 그래서 메리 패스코를
집으로 불러들였지만 그 이유가 무엇인지는 생각나지 않았다.
내 생일 전날 결혼을 했던 것은 아주 분명한데, 대부님과 루이
즈 그리고 교회 청소부인 앨리스 탭까지 세 사람만 증인으로 참
석했다는 걸 제외하면 교회 장면이나 예식에 대해서는 선명한
기억이 없었다. 아주 행복했다는 기억은 남아 있었다. 그러다
갑자기 이유 없이 절망했던 기억도. 그러고는 병이 나 쓰러졌었

다. 모든 게 다시 잘 풀렸으니 상관없는 일이었다. 나는 죽지 않았고, 벌써 5월이었다.

"이제 자리를 떨치고 일어나도 좋을 만큼 회복된 것 같아요." 내가 그녀에게 말했다.

"아직은 어림없어요. 일주일쯤 뒤에는 저기 창가에 의자를 놓고 앉아서 발에 감각이 느껴지는지 확인해보도록 해요. 그런 다음엔 내실까지만 걷고요. 월말쯤 되면 아래층으로 내려가서 집 밖에 나가 앉아 있을 수도 있을 거예요. 하지만 차츰 두고 볼 일이겠죠."

회복 과정은 정말 그녀가 말한 그대로 진행되었다. 처음 침대 옆으로 걸터앉아 바닥에 발을 디디던 순간처럼 내가 멍청하게 느껴졌던 적은 평생 없었다. 온 방이 빙글빙글 돌았다. 시컴과 존이 양쪽에서 나를 부축했지만 나는 신생아처럼 나약하기만 했다.

"하느님 맙소사, 나리의 키가 더 자랐네요, 마님." 시컴이 말했다. 낙담한 그의 표정이 너무도 진지해서 나는 어쩔 수 없이 주저앉아 웃음을 터뜨렸다.

"그럼 보드민 장날에 데려가 사람들에게 괴물이라고 구경시키면 되겠네." 내가 말했다. 수척하고 창백한 얼굴에 수염을 잔뜩 기른 내 얼굴을 거울로 비추자, 그 얼굴은 마치 온 세상을 구원하러 나타난 예수의 사도처럼 보였다.

"시골을 돌아다니며 설교하면 어떨까 싶은 생각이 굴뚝같네요. 그럼 수천 명의 사람들이 나를 따를 거예요. 당신 생각은 어때요?" 내가 레이첼을 돌아보았다.

"난 면도한 당신이 더 좋아요." 그녀가 진지하게 대꾸했다.

"면도날을 가져와, 존." 내가 말했다. 하지만 면도를 마치고 맨 얼굴이 다시 드러나자, 어쩐지 위엄을 잃고 학생으로 되돌아간 느낌이 들었다.

회복 기간은 참으로 즐거웠다. 레이첼은 언제나 내 곁에 있었다. 대화를 하다 보면 다른 때보다 훨씬 빨리 지치고 묵직한 두통의 그림자가 다시 찾아온다는 걸 깨달았기 때문에 우린 많은 이야기를 나누지 않았다. 내가 가장 좋아하는 건 창문을 활짝 열어둔 창가에 앉아, 웰링턴이 마치 경마장을 한 바퀴 돌아 관객에게 선을 보이듯 말들을 번갈아 데리고 나와 앞마당에 깔린 자갈이 평평해질 때까지 빠른 걸음으로 마당을 돌며 운동시키는 광경을 바라보는 것이었다. 그러다 다리에 좀 더 힘이 생기자 내실까지 걸어가, 아이를 보살피는 유모처럼 나를 살뜰하게 챙기는 레이첼의 시중을 받으며 그곳에서 식사를 함께 했다. 그녀의 간호 솜씨가 얼마나 뛰어난지, 한번은 그녀가 평생 병든 남편을 보살피며 살 운명이라고 해도 그건 다 레이첼 본인 탓이라고 말한 적이 있을 정도였다. 내가 그 말을 하자 그녀는 나를 이상한 눈빛으로 쳐다보며 무언가를 말하려다가 결국 입을 다물더니 다른 이야기로 넘어갔다.

무슨 연유인지 몰라도 하인들에게는 우리 결혼을 비밀로 하기로 했던 것을 기억했으므로, 나는 앰브로즈가 세상을 떠난 지 꼬박 열두 달이 흐른 뒤에 결혼을 공표해야겠다고 생각했다. 어쩌면 레이첼은 내가 시컴 앞에서 조심성 없이 행동할까 봐 두려워할지도 몰랐으므로 나는 입을 함부로 놀리지 않았다. 두 달만 지나면 온 세상에 결혼 사실을 공표할 수 있을 것이다. 그때까지는 인내심을 가져야 했다. 하루하루 그녀에 대한 나의 사랑은 더 깊어지는 것 같았고, 그녀 역시 지난겨울보다 훨씬 더 다정하고 상냥하게 나를 대했다.

처음으로 아래층에 내려가 마당으로 나간 날, 나는 내가 앓는 사이 정원 공사가 얼마나 많이 진척되었는지 확인하며 놀라움에 사로잡혔다. 테라스 산책로는 이제 다 완성되었고, 그 밑으로 땅을 깊숙이 파 조성하기로 했던 분지정원은 땅 파기 작업이 끝나 바닥에 돌을 깔고 둔덕 경사면을 손질할 준비를 하고 있었다. 현재는 아주 깊고 넓은 구멍처럼 입을 벌리고 있는 그 공간이 어둡고 무시무시하게 보였지만, 내가 위쪽 테라스에서 내려다보자 바닥에서 땅을 파고 있던 인부들이 나를 올려다보며 싱긋 웃었다.

탐린이 자신만만하게 나를 화단으로 안내했다. 레이첼은 근처 오두막으로 그의 아내를 만나러 가 있었다. 동백꽃은 철이 지났지만 철쭉과 주황색 매자나무 꽃은 아직 한창이었고, 화단 아래쪽엔 금사슬나무의 연노랑 꽃이 무리지어 피어났다가 사방으로 꽃잎을 떨어뜨리고 있었다.

"이 나무들은 한 해만 더 그대로 두었다가 옮겨 심어야겠습니다. 가지가 너무 빨리 자라 들판에 닿을 정도인데, 소가 이 열매 씨앗을 먹으면 죽거든요." 탐린이 말했다. 그가 가지로 손을 뻗어, 꽃이 떨어지고 벌써 안에 작은 씨앗이 맺힌 꼬투리를 보여주었다. "세인트오스텔 건너편에 사는 사람이 이걸 먹고 죽은 적도 있답니다." 탐린이 어깨 너머로 씨앗 꼬투리를 집어 던지며 말했다.

다른 꽃들도 다 마찬가지지만, 금사슬나무에 꽃이 피는 기간이 얼마나 짧은지, 또한 얼마나 아름다운지 나는 잊고 있었다. 갑자기 이탈리아 저택의 비좁은 안뜰에 가지를 축 늘어뜨리고 있던 그 나무와, 빗자루를 들고 오두막에서 나와 부리나케 꼬투리를 쓸어버리던 여인이 떠올랐다.

"애슐리 부인이 살던 피렌체의 저택에도 이런 종류의 나무가 아주 근사하게 자라고 있었지." 내가 말했다.

"그런가요, 나리? 그런 기후에서도 별별 나무를 다 키우는군요. 멋진 곳인가 봅니다. 주인마님께서 돌아가고 싶어 하시는 것도 이제 이해가 가네요." 탐린이 말했다.

"그 사람은 돌아갈 의향이 전혀 없는 걸로 아는데." 내가 대꾸했다.

"그러면 좋겠습니다만 저는 다른 말씀을 들었거든요, 나리. 마님께서는 다만 떠나시기 전에 나리께서 건강을 완전히 회복하시기를 기다리는 것뿐이라고요."

뜬소문 몇 마디로 얼토당토않은 이야기가 만들어진다는 것이 놀라웠지만, 나는 우리 결혼을 공표하는 것만이 그런 소문을 잠재울 유일한 방법이라고 생각했다. 하지만 나는 그 문제를 레이첼에게 꺼내는 걸 주저하고 있었다. 전에도 한 번 그런 논의를 한 적이 있었고, 내가 병으로 쓰러지기 전 그녀를 화나게 만든 이유 역시 바로 그것인 듯했다.

그날 저녁 내실에 앉아 있던 나는 자기 전 습관처럼 복용하게 된 물약을 마시며 그녀에게 말했다. "마을에 또 새로운 소문이 돌고 있어요."

"이번엔 또 뭔데요?" 레이첼이 고개를 들어 나를 보며 물었다.

"당신이 피렌체로 돌아간다는 소문이에요."

그녀는 곧장 대꾸하지 않고, 다시 고개를 숙인 채 잠시 자수에만 열중했다.

"앞으로도 시간은 많으니까 그런 문제는 나중에 결정하기로 해요. 우선은 당신이 건강하고 튼튼해져야 하니까요." 이윽고 그녀가 말했다.

어리둥절해진 나는 그녀를 쳐다보았다. 그렇다면 탐린이 완전히 잘못 알고 있는 건 아니라는 얘기였다. 피렌체로 돌아가겠다는 의지가 그녀의 마음속 어딘가에 간직되어 있다는 뜻이었다.

"아직 저택을 팔지 않았어요?" 내가 물었다.

"아직 안 팔았고, 아예 팔 생각도 세를 줄 마음도 없어요. 이젠 내 상황이 달라져서 집을 유지할 여유가 되니까요." 그녀가 대답했다.

나는 침묵했다. 레이첼의 마음에 상처를 주고 싶진 않았지만, 나로서는 집을 두 채나 소유하는 게 별로 내키지 않았다. 실은 내 마음속에 간직되어 있는 그 저택의 이미지가 몹시 싫었고, 지금쯤이면 그녀도 그곳을 싫어할 것이라고 생각하고 있었다.

"그곳에서 겨울을 보내고 싶다는 뜻인가요?" 내가 물었다.

"그럴 수도 있고, 늦여름이 될 수도 있어요. 하지만 그 얘기를 꺼낼 필요는 없어요."

"하지만 난 너무 오래 게으름을 피웠어요. 겨울 동안 이곳을 소홀히 하고 떠나 지내면 안 될 것 같아요. 사실 나는 자리를 비우기가 정말 곤란해요."

"아무래도 그렇겠죠. 실은 나도 당신이 확실하게 맡아서 관리해주기 전에는 영지를 떠나고 싶지 않아요. 당신은 봄에나 잠깐 들르면 좋겠네요. 그럼 내가 피렌체를 구경시켜줄게요."

병 때문에 나는 매사에 이해가 상당히 늦어지는 문제를 겪고 있었는데, 방금 그녀가 한 말은 한 마디도 이해가 되지 않았다.

"잠깐 들르다뇨? 우리가 그렇게 떨어져서 살아야 한다는 얘기인가요? 한 번에 몇 달씩 서로 헤어져 지내면서?" 내가 물었다.

그녀가 일감을 내려놓고 나를 쳐다보았다. 그녀의 눈빛엔 걱정이 드리워져 있었고 낯빛도 어두워졌다.

"필립, 좀 전에 말했다시피 나는 지금 당신과 미래를 의논하고 싶지 않아요. 당신은 위험한 병에서 회복한 지 얼마 되지 않았고, 앞날을 계획하기엔 시기가 적당하지 않아요. 당신이 건강해질 때까진 당신을 떠나지 않겠다고 약속할게요."

"하지만 대체 왜 그곳에 가야 한다는 거죠? 당신은 이제 여기 속한 사람이에요. 여기가 당신 집이라고요."

"내게도 집이 있고 그곳에 많은 친구들과 인생이 있으니까요. 이곳과는 다르지만 난 그곳에도 익숙한 사람이에요. 영국에서 지낸 지 8개월이나 되었고 이젠 또다시 변화가 필요하다는 게 느껴져요. 논리적으로 이해하려고 해봐요."

"내가 너무 이기적이었던 것 같네요. 그런 생각은 미처 못 했어요." 내가 천천히 말했다. 그렇다면 레이첼이 시간을 쪼개 영국과 이탈리아를 오가며 생활하고 싶어 한다는 사실을 나 또한 받아들여야 했다. 나도 그녀와 함께 생활하려면 영지를 맡아줄 관리인을 찾아봐야 했다. 물론 서로 떨어져 지내는 것은 말도 안 되는 일이었다.

"대부님이 누군가 추천해주실지도 몰라요." 내가 생각을 입 밖으로 소리 내어 말했다.

"누군가를 추천하다니 뭐하려요?" 그녀가 물었다.

"당연히 우리가 없는 동안 이곳을 맡아줄 사람을 알아봐야죠." 내가 대꾸했다.

"그럴 필요는 없을 것 같은데요. 당신이 피렌체에 온다고 해도 기껏해야 2, 3주 머물다 갈 거잖아요. 물론 당신이 원한다면 체류 기간을 더 길게 잡아도 좋아요. 봄엔 정말 아름다운 곳이거든요."

"봄이든 아니든 상관없어요. 당신이 떠날 날짜만 정하면 그게언제든 나도 따라갈 테니까."

또다시 그녀의 얼굴에 그림자가 드리워지더니 마침내 이해했다는 듯한 눈빛이 되었다.

"지금은 신경 쓰지 말아요. 봐요, 벌써 9시가 지났어요. 이렇게 늦게까지 있었던 적 없잖아요. 존을 부를까요, 아니면 혼자갈 수 있겠어요?"

"아무도 부르지 말아요." 아직은 팔다리에 힘이 형편없이 빠져 있으므로 나는 천천히 의자에서 일어나 그녀 곁으로 가서무릎을 꿇고 그녀를 품에 안았다.

"이렇게 복도만 건너오면 당신과 함께할 수 있는데 내 방에서혼자 고독을 견디려니 너무 힘들어요. 그만 사람들한테 알리면안 될까요?"

"사람들한테 뭘 알려요?" 레이첼이 물었다.

"우리가 결혼했다는 사실 말이에요." 내가 대꾸했다.

그녀는 내 품에 안긴 채 꼼짝도 하지 않고 앉아 있었다. 생명을 잃고 완전히 굳어버린 조각상 같았다.

"오, 맙소사……." 그녀가 속삭였다. 그러고는 내 어깨에 양손을 올리고 얼굴을 들여다보았다. "그게 무슨 뜻이에요, 필립?"

지난 몇 주간 내 안에 존재했던 통증의 메아리처럼 또다시 머릿속 어딘가에서 맥박이 빠르게 뛰기 시작했다. 두려움이 밀려들면서 욱신거리는 두통이 점점 더 심해졌다.

"하인들에게 털어놓자고요. 그러면 내가 당신과 함께 지내는 것도 자연스럽게 용납될 거예요. 우린 결혼한 부부니까요……." 그러나 레이첼의 눈빛에 떠오른 표정 때문에 내 목소리는 힘을 잃고 잦아들었다.

"우리는 결혼하지 않았어요, 필립." 그녀가 말했다.

머릿속에서 무언가 터지는 것 같았다.

"결혼했어요. 당연히 결혼했어요. 내 생일에 했잖아요. 잊었어요?"

그런데 정말 결혼식을 언제 한 거지? 교회는 어디였지? 주례 목사는 누구였더라? 욱신거리는 극심한 두통이 완전히 되살아나 방이 내 주변을 빙글빙글 돌았다.

"말해봐요, 그게 사실이에요?" 내가 그녀에게 말했다.

그러다가 불현듯 나는 그 모든 것이 환상이었음을, 지난 몇 주간의 행복은 내 마음이 빚어낸 상상이었음을 깨달았다. 꿈은 깨져버렸다.

나는 그녀의 품에 머리를 파묻고 흐느껴 울었다. 어렸을 때도 이렇게 눈물을 흘리며 울어본 적은 없었다. 레이첼은 아무 말도 하지 않고 나를 꼭 끌어안은 채 내 머리를 쓰다듬었다. 이내 자제력을 되찾은 나는 지친 몸을 소파에 눕혔다. 그녀는 나에게 마실 것을 가져다준 뒤 내 옆 스툴에 앉았다. 여름밤의 그림자가 방 안에 일렁거렸다. 동굴 깊은 곳에 숨어 있던 박쥐들이 기어 나와 창밖에 드리워진 땅거미 속에서 맴을 돌았다.

"차라리 죽게 내버려두는 편이 나았을 거예요." 내가 말했다.

레이첼은 한숨을 쉬며 내 뺨에 한 손을 갖다 댔다. "당신이 그런 말을 하면 나도 같이 무너져요. 당신은 지금 몸이 너무 약해져서 불행하다고 느끼는 거예요. 하지만 곧 건강해지고 나면 이런 것쯤은 아무렇지 않게 느껴질 거예요. 다시 영지 관리도 시작해야 하고, 당신이 누워 있는 사이에 소홀히 할 수밖에 없었던 일이 아주 많을 거예요. 곧 한여름이 와요. 다시 수영도 하고 배를 타고 바다에도 나가야죠."

잔잔한 목소리에서 나는 그녀가 내가 아닌 자신을 납득시키기 위해 그런 말을 하고 있다는 걸 알 수 있었다.

"그 밖에 또 뭐가 있죠?"

"당신은 이곳에서 살아야 행복한 사람이라는 거 아주 잘 알잖아요. 그게 당신 인생이고 앞으로도 그렇게 지속될 거예요. 당신은 전 재산을 나에게 주었지만, 나는 항상 그걸 당신 것으로 여길 거예요. 우리 사이에는 일종의 신뢰가 존재할 테고요."

"1년 내내 고작 몇 달에 한 번씩 이탈리아와 영국을 오가는 편지를 주고받자는 의미로군요. 난 당신에게 이런 편지를 보내겠죠. '친애하는 레이첼, 동백꽃이 피었습니다.' 그러면 당신은 이런 답장을 보낼 테고요. '친애하는 필립, 소식 듣게 되어 반가웠어요. 나의 장미 정원은 아주 잘 되어가고 있답니다.' 이게 우리의 미래인가요?"

그렇게 지내는 내 모습이 어떨지 눈에 선하게 그려졌다. 보드민에서 날아온 청구서 외에 편지라고는 한 통도 들어 있지 않으리란 걸 잘 알면서도 우편물 가방을 가져오는 청년을 기다리느라 아침 식사 후 오전 내내 자갈을 쓸며 마당에서 서성거리고 있을 게 뻔했다.

"아마 나는 매년 여름 이곳으로 돌아와서 모든 게 순조롭게 돌아가고 있는지 확인할 거예요." 그녀가 말했다.

"한 계절을 보내려고 날아왔다가 9월 첫째 주가 되면 다시 날아가는 제비처럼 말이죠." 내가 대꾸했다.

"당신한테 봄에 다니러 오라고 내가 이미 권했잖아요. 이탈리아에도 당신이 좋아할 만한 것들이 많아요. 딱 한 번밖에 안 가봤다고 했던가요. 당신은 세상을 너무 몰라요." 레이첼이 말했다.

그녀는 괴팍한 아이를 달래는 교사 역할에도 참 잘 어울렸을 것이다. 어쩌면 그녀가 나를 그런 존재로 보았던 것인지도 모르겠다.

"그때 보았던 것들이 워낙 나를 불쾌하게 해서 나머지를 둘러보고 싶은 마음은 들지 않아요. 내가 그곳에 가서 무얼 하길 바라죠? 안내 책자를 손에 들고 교회나 박물관 구경이나 하라고요? 식견을 넓히기 위해 낯선 사람들과 대화를 나누면서요? 나같으면 차라리 집에서 생각에 잠겨 내리는 비나 구경하겠어요."

목소리가 거칠고 쌀쌀하게 나왔지만 나도 어쩔 수 없었다. 그녀는 다시 한숨을 쉬었고, 어떻게든 다 잘될 거라는 점을 나에게 입증해 보이려고 적당한 구실을 찾는 듯했다.

"다시 한 번 말하지만 몸이 나아지면 미래가 전혀 다르게 보일 거예요. 예전과 크게 달라진 것은 아무것도 없어요. 돈 문제라면……." 그녀가 말을 멈추고 나를 쳐다보았다.

"무슨 돈이요?" 내가 물었다.

"재산을 관리하는 데 필요한 돈이요." 그녀가 말을 이어갔다. "모든 일은 적절한 기반 위에서 잘 굴러갈 테고, 내가 필요한 비용만 가져가면 당신은 영지에 손실 없이 운영에 필요한 자금을 충분히 쓸 수 있을 거예요. 절차는 지금 준비 중이고요."

레이첼이 푼돈까지 전부 다 가져간다 해도 나는 상관없었다. 그녀에 대한 나의 감정과 이런 사무적인 이야기가 무슨 상관이 있단 말인가. 그러나 그녀는 설명을 계속 이어갔다.

"집수리도 당신이 판단하기에 필요하다고 생각되면 계속해요. 난 아무것도 묻지 않을 테고, 나한테 청구서를 보낼 필요조차 없어요. 난 당신 판단을 믿으니까요. 당신 대부님이 가까이 계시니 언제든 조언을 해주실 거예요. 머잖아 당신 눈에도 모든 게 내가 오기 이전과 똑같아질 거예요."

이제 방 안에는 어스름이 짙게 밀려와 있었다. 우리 주변도 온통 어두워져 레이첼의 얼굴조차 보이지 않았다.

"정말로 그렇게 믿어요?" 내가 그녀에게 물었다.

레이첼은 곧바로 대답하지 않았다. 이미 나에게 쏟아낸 많은 이야기에 더하여 그녀는 내 존재 이유를 위한 구실을 더 찾고 있었다. 그런 것은 없다는 걸 그녀도 잘 알았다. 그녀가 내 손을 잡으며 나를 돌아보았다.

"그렇게 믿지 않으면 난 마음의 평화를 잃을 거예요."

여러 달 동안 나는 레이첼에게 여러 가지 다양한 질문을 던졌고, 진지한 질문이든 농담이든 그녀가 어떤 대답을 했었는지 잘 알고 있었다. 애매하게 빠져나가기 위하여 웃음을 터뜨리는 경우도 있었지만, 매번 그녀의 대답은 여성 특유의 화법과 배려인 듯 핵심을 살짝 벗어나 있었다. 그러나 이번 대답은 그녀의 진심에서 우러나온 솔직한 답변이었다. 그녀는 자기 마음의 평화를 얻기 위해 내가 행복하다고 믿는 사람이었다. 내가 환상의 나라에서 벗어나자 이제는 레이첼이 그곳으로 들어갔다. 따라서 두 사람은 꿈을 공유할 수 없었다. 그건 어둠 속에서, 그럴듯한 환상 속에서나 가능했다. 그곳에 존재하는 두 사람은 각각 환영이었다.

"돌아가고 싶으면 그렇게 해요. 하지만 아직은 안 돼요. 추억으로 간직할 수 있게 몇 주만 더 시간을 줘요. 나는 여행을 좋아하지도 않고, 내 세상은 당신이니까요."

나는 미래를 피해 달아날 방도를 찾아 헤맸다. 그러나 내가 그녀를 껴안았을 때 느낌은 전과 같지 않았다. 신뢰도, 처음의 희열도 사라졌다.

25

우리는 레이첼이 떠나는 문제에 대한 언급을 애써 피했다. 그
것은 우리 둘 다 뒤쪽으로 멀리 밀어놓고 외면하는 두려움이었
다. 나는 그녀를 위해 겉으로는 아무렇지도 않은 듯 명랑하게
행동했다. 그녀도 나를 위해 똑같은 태도를 취했다. 날씨가 여
름으로 접어들면 나는 금세 기력을 회복할 것이다. 적어도 겉모
습은 그런 것 같았다. 하지만 가끔 아무 이유도 없이, 사전 경고
도 없이 두통이 재발했는데, 전처럼 격렬한 통증은 아니었지만
칼로 찌르는 듯한 간헐적인 편두통이 찾아와 나를 괴롭혔다.

레이첼에겐 두통에 대해 말하지 않았다. 말한들 무슨 소용일
까? 몸을 쓰거나 바깥에서 활동을 할 때 생기는 것이 아니라 생
각에 골몰할 때만 나타나는 두통이었다. 영지 사무실에서 소작

인들과 사소한 문제를 의논하다가도 두통이 찾아와 머릿속에 뿌연 안개가 끼듯 사고가 완전히 흐려지면, 나는 아무런 결정도 내릴 수가 없었다.

하지만 두통은 레이첼 때문에 생기는 경우가 더 잦았다. 6월엔 9시를 넘기고도 날이 환했으니 아마도 저녁 식사를 마치고 응접실 창 바깥쪽에 앉아 있을 때였던 것 같은데, 그때 나는 그녀를 물끄러미 바라보고 있었다. 그러다 갑자기 궁금해졌다. 허브티를 마시며 잔디밭을 에워싼 나무 위로 땅거미가 서서히 내리는 광경을 지켜보는 그녀의 머릿속엔 어떤 생각이 들어 있을까? 비밀스러운 혼자만의 상념 속에서 과연 이 고독한 인생을 얼마나 더 견뎌야 할지 고민하고 있진 않을까? '이제 필립이 다 나았으니 다음 주쯤 무사히 떠날 수 있겠지?' 하고 남몰래 생각하는 것은 아닐까?

피렌체의 상갈레티 저택은 이제 내 머릿속에서 또 다른 모습과 분위기를 지니고 있었다. 딱 한 번 가보았을 때처럼 덧문이 모두 닫혀 어둠에 휩싸여 있던 대저택은 이제 환하게 불을 밝힌 채 창문을 전부 활짝 열어젖히고 있었다. 그녀가 친구들이라고 부르는 미지의 사람들이 이 방 저 방 돌아다니고, 떠들썩한 소음과 웃음, 사람들이 주고받는 시끄러운 대화가 들려왔다. 온집 안에 찬란한 광채가 떠돌고, 분수란 분수는 모두 물을 뿜어댔다. 레이첼은 안주인답게 느긋한 태도로 미소를 머금고 손님들 사이를 오갈 것이다. 그녀가 알고 사랑하고 이해하는 삶이란 바로 그런 것이었다. 나와 함께 지낸 몇 달은 막간극에 불과했다. 다행스럽게도 그녀는 자신이 원래 속해 있던 고향으로 돌아갈 것이다. 막 피렌체로 돌아간 레이첼의 모습이 어떨지 머릿속에 그려졌다. 주세페와 그의 아내가 철문을 열어 레이첼의 마차를 저택 마당으로 들여보내면, 그녀는 너무나 익숙하지만 오랫동안 보지 못했던 집 안 구석구석을 행복한 걸음으로 돌아다니며, 하인들에게 이것저것 질문을 던지고, 그들의 대답을 듣고, 그녀를 기다리고 있던 수많은 편지들을 읽어보며, 나로서는 알 수도 없고 절대 공유할 수도 없을 수많은 현실의 다양한 가닥들을 붙잡으며, 흡족하고 차분하게 원래의 삶으로 되돌아갈 것이다. 수없이 이어질 앞으로의 낮과 밤은 더는 내 것이 아니었다.

내 시선을 느낀 그녀가 이내 말을 건넸다. "무슨 일이에요, 필립?"

"아무것도 아니에요." 내가 대답했다.

그러면 레이첼의 얼굴엔 의혹과 불안감이 그림자를 드리웠고, 그런 모습을 보면 나 자신이 그녀의 어깨에 매달린 짐짝처럼 느껴졌다. 그녀는 내가 없는 편이 낫다고 여길 것이다. 나는 예전처럼 영지를 돌아다니고 매일 반복되는 일상적인 사무에 열중해 넘치는 에너지를 소모해보려고 노력했지만, 그 모든 일들이 더는 전과 똑같은 의미로 다가오지 않았다. 비가 부족해바턴 영지의 밭이 모두 말라버린들 어떤가? 나는 별로 상관하지 않았다. 우리 농장에서 내보낸 가축이 읍내 박람회에서 최고의 영예를 차지한들 그것이 그렇게 대단한 영예일까? 작년엔 그렇게 여겼을지도 모르겠다. 그러나 지금은 그저 공허한 승리일 뿐이었다.

나를 보는 사람들의 시선에서 나는 그들의 주인으로서도 호감을 잃었다는 걸 알아차렸다. "병을 오래 앓으신 뒤로는 내내 힘이 없어 보이시네요, 애슐리 씨." 바턴에서 만난 농부 빌리 로가 말했다. 그가 이루어낸 농사의 성과에 내가 별다른 열의를 보이지 않자, 그의 목소리에는 실망감이 깃들었다. 다른 소작인들도 마찬가지였다. 시컴조차 나를 책망하는 지경이었다.

"예전만큼 매사에 집중을 안 하시는 것 같습니다, 필립 씨. 어젯밤에 집사 방에서 저희가 이야기를 좀 했습니다. 탐린이 저한테 말하더군요. '대체 주인 나리는 어떻게 되신 거죠? 핼러윈에 나타난 유령처럼 눈에 아무것도 안 보이는 듯 돌아다니시더라니까요.' 아침에 마르살라와인을 한 잔 드시는 걸 권하겠습니다. 피를 돌게 하는 데는 마르살라와인만 한 게 없지요." 시컴이 말했다.

"탐린한테 자기 일이나 잘 하라고 전해. 난 멀쩡하니까." 내가 시컴에게 말했다.

다행스럽게도 패스코 목사 가족과 켄들 부녀를 초청해 일요일마다 만찬을 여는 관례는 아직 부활되지 않았다. 내가 병이 나 쓰러진 뒤 목사관으로 돌아간 가엾은 메리 패스코는 내가 미쳤다고 이야기를 전한 모양이었다. 회복된 뒤 처음 교회에 나갔을 때 나는 그녀의 눈빛에서 불신과 의심을 감지했다. 온 가족이 동정 어린 시선으로 나를 쳐다보더니 낮은 목소리로 안부를 묻고는 얼른 시선을 피했다.

대부님과 루이즈도 나를 만나러 왔다. 두 사람 역시 오래 앓았던 아이에게나 어울릴 법한, 쾌활함과 측은함이 뒤섞인 어색하고 가식적인 태도로 나를 대했다. 내게 걱정을 가져다줄 만한 화제는 꺼내지 말라고 미리 경고를 받고 온 느낌이었다. 네 사람은 타인들처럼 응접실에 자리 잡고 앉았다. 대부님은 딱히 오고 싶지 않았지만 나를 만나러 오는 것을 의무라고 여긴 듯 영 불편해 보였다. 한편 루이즈는 여자들 특유의 묘한 본능으로 이곳에서 벌어지고 있는 일을 알아차리고는, 그런 생각만으로도 움츠러들었다. 레이첼은 늘 그렇듯 상황을 총지휘하는 역할을 맡아 주도적으로 필요한 만큼의 대화를 이끌어나갔다. 읍내에서 열린 박람회, 패스코 목사 둘째 딸의 약혼, 따뜻한 요즘 날씨, 정부의 정권 교체 전망, 이 모든 것들이 쉽게 접근할 수 있는 화제였다. 하지만 우리 각자가 품고 있는 진짜 속마음을 털어놓는다면 어떻게 될까?

대부님의 진심은 이럴 것이다. "당신 자신과 당신 곁에 있는 이 녀석을 파멸로 이끌기 전에 당장 영국을 떠나시오."

루이즈의 생각. "필립은 전보다 더 저 여자를 사랑해. 난 네 눈만 봐도 알 수 있어."

레이첼의 속마음. "나는 어떤 대가를 치르더라도 필립이 걱정하는 일은 막아야 해."

그렇다면 나는 이럴 것이다. "저 사람과 둘만 있게 내버려두고 다들 가줘요……."

그렇게 털어놓는 대신 우리는 예의에 매달려 거짓말을 했다. 접객 시간이 끝나면 우리는 각자 안도의 한숨을 내쉬었고, 손님들이 대정원 철문을 빠져나가는 광경을 지켜보며 나는 분명 그들 역시 이곳을 벗어나 다행이라 여기고 있을 것이라고 생각했다. 어린 시절 읽은 동화 속의 마법처럼 영지 주변에 높이 담장을 쌓아 올려 아무도 들어오지 못하게, 재앙도 찾아올 수 없게 막아버리면 좋겠다는 생각도 들었다.

나에겐 아무 말 하지 않았지만, 레이첼은 떠날 날을 위해 첫 단계 계획에 착수한 것 같았다. 어느 날 저녁 그녀의 방에 가보니, 레이첼은 가져갈 책과 남겨둘 책을 골라 구분해두는 사람처럼 방 안의 모든 책들을 정리하고 있었다. 그 후 다시 찾아갔을 땐, 내실에 앉아 종이를 차곡차곡 쌓아놓고 하나하나 정리해 치우면서, 서류와 쓸데없는 편지는 찢어서 쓰레기 바구니에 버리고 나머지는 리본으로 묶어두는 중이었다. 내가 내실에 들어가면 그 모든 행동은 중단되었고, 레이첼은 안락의자로 돌아가 다시 바느질감에 열중하거나 창가로 가 앉아 있었지만 나는 속지 않았다. 곧 내실을 비워줄 작정이 아니라면 왜 갑자기 물건을 정리한단 말인가?

방 안은 점점 더 황량해졌다. 별것 아닌 물건들이 하나둘 사라졌다. 봄이 오기까지 겨우내 방 한구석에 놓여 있던 반짇고리, 안락의자 팔걸이에 늘 걸려 있던 숄, 어느 겨울날 방문객이 크레용으로 우리 저택을 그려 레이첼에게 선물한 뒤 줄곧 벽난로 선반에 올려두었던 그림. 그 모든 것들이 더는 보이지 않았다. 어린 시절 처음으로 집을 떠나 기숙학교로 갈 준비를 하던 때로 돌아간 듯했다. 시컴은 육아실을 깨끗이 정돈해, 내가 가져갈 책은 묶어 꾸러미로 만들고, 내가 별로 좋아하지 않는 나머지 책들은 영지에 사는 다른 아이들을 위해 별도의 상자에 담아두었다. 내가 자라면서 더는 맞지 않게 된 형편없이 낡은 옷들도 있었다. 시컴은 나보다 덜 행복한 아이들에게 옷을 물려주어야 한다고 주장했지만 나는 분개했다. 작아진 내 옷들과 함께 행복한 과거마저 빼앗기는 듯한 기분이 들었다. 이제 레이첼의 내실에도 그때와 비슷한 분위기가 감돌았다. 기후가 더 따뜻한 곳으로 떠날 테니 숄은 더 이상 필요치 않아 누군가에게 줘버린 걸까? 반짇고리 상자는 분해되어 지금쯤 여행 가방 밑바닥에 들어 있을까? 물론 실제로 여행 가방을 꾸린 징후는 아직 드러나지 않았다. 그것은 마지막 경고가 될 것이다. 다락방에서 쿵쿵 울리는 발소리가 들리고 하인들이 큼지막한 상자와 여행 가방을 들고 내려오면, 거미줄에서 풍기는 매캐한 먼지 냄새가 방충용으로 넣어둔 장뇌 냄새에 뒤섞여 풍겨올 것이다. 그러면 나는 묘한 변화의 낌새를 미리 알아차린 개처럼, 최악의 순간이 다가올 것을 깨닫고 마지막을 기다리겠지. 또 한 가지 달라진 것은 레이첼이 전과 달리 오전에 마차를 타고 외출하기 시작했다는 점이었다. 그녀는 사야 할 것이 있다거나 은행에 볼일이 있다는 식으로 말했다. 그 말이 사실일 가능성도 있었다. 내 생각엔 한 번의 외출로 여러 가지 볼일을 다 해결할 수 있을 듯했다. 하지만 그녀는 이틀에 한 번 꼴로, 일주일에 사흘씩이나 오전마다 외출해 볼일을 보러 다니더니, 이번 주에도 벌써 두 번이나 읍내를 다녀왔다. 처음은 오전 외출이었고, 두 번째는 오후 외출이었다. 참다 못한 내가 그녀에게 말했다. "요즘은 유독 사야 할 것도 엄청 많고 볼일도 많네요……."

"벌써 한참 전에 했어야 하는 일들이 있는데, 당신이 아파 누워 있는 동안 하나도 처리를 못 했거든요"라는 것이 그녀의 대답이었다.

"읍내에서 특별히 만나는 사람이라도 있어요?"

"아뇨, 그런 사람은 딱히 없어요. 맞다, 지금 생각났어요. 벨린다 패스코와 약혼자인 부목사님을 만났어요. 당신한테 안부 전해달라고 하더군요."

"하지만 당신은 오후 내내 밖에 있었어요. 커튼에 필요한 원단을 사러 나갔던 건가요?"내가 꼬치꼬치 캐물었다.

"아니에요. 당신 정말 호기심도 많고 캐묻기도 좋아하네요. 내 마음대로 마차도 쓰면 안 되나요? 혹시 나 때문에 말들이 너무 지칠까 봐 걱정하는 거예요?" 레이첼이 말했다.

"원한다면 보드민이나 트루로에 가봐요. 거기 가면 쇼핑할 데도 많고 볼거리도 더 많을 거예요." 내가 말했다.

그 후로 레이첼은 내가 질문을 해도 별로 관심을 기울이지 않았다. 아주 사적이고 은밀한 볼일을 보러 다니는 듯 그녀는 대단히 말을 아꼈다.

이후 레이첼이 다시 마차를 준비시켰던 날엔 마구간지기가 그들과 함께 가지 않았다. 웰링턴이 혼자 마차를 몰고 마님을 모셨다. 지미가 귀앓이를 하고 있다고 했다. 사무실에 있던 나는 마구간으로 걸어가 아픈 귀를 어루만지고 앉아 있던 그를 찾아냈다.

"주인마님께 상처에 바를 진정제 오일을 좀 달라고 하지 그래. 효과가 좋은 약이라던데." 내가 그에게 말했다.

"네, 나리. 안 그래도 마님께서 외출에서 돌아오시는 대로 약을 주겠다고 하셨습니다. 어제 감기에 걸린 것 같아요. 부두에서 기다리며 바람을 꽤 많이 맞았거든요." 마구간지기 청년이 괴로운 듯 대꾸했다.

"부두에는 무슨 볼일로 갔었는데?"

"주인마님이 오시기를 엄청 오래 기다렸어요. 그래서 웰링턴 씨는 로즈앤드크라운에 들어가 미리 말에게 먹이를 챙겨 먹이는 게 낫겠다고 생각하셨죠. 그러는 동안 저더러 항구에서 배가 들어오는지 지켜보라고 하셨거든요." 짐이 대답했다.

"마님께선 그럼 오후 내내 쇼핑을 하셨나?"

"아닙니다, 나리. 쇼핑은 전혀 안 하셨어요. 여느 때처럼 로즈앤드크라운 객실에 들어가 계셨는걸요."

나는 믿어지지가 않아서 그를 응시했다. 레이첼이 로즈앤드크라운 객실에 들어가 있었다고? 객실에 들어가 술집 주인과 그의 아내에게 차 대접이라도 받았던 것일까? 순간적으로 나는 마구간지기에게 더 캐물으려다가 그러지 않기로 결심했다. 내게 자초지종을 다 털어놓고 나면 나중에 웰링턴에게 쓸데없는 이야기를 떠벌렸다고 꾸지람을 들을 게 분명했다. 요즘은 모든 일에서 나만 제외되는 기분이었다. 집안 식솔들이 모두 한통속이 되어 나만 빼놓은 채 침묵을 공모했다. "그랬구나, 짐. 어서 귀가 나아지길 빈다." 나는 이렇게 말하고 마구간을 나왔다. 하지만 의문은 남았다. 레이첼은 읍내 선술집에서 말 상대를 찾아야 할 만큼 그토록 절실하게 말동무가 그리웠을까? 내가 방문객을 싫어하는 것을 알기 때문에, 아침나절이나 오후 동안 객실을 빌려 그곳에서 손님들을 맞이했던 걸까? 레이첼이 돌아왔을 때 나는 그 문제에 대해서는 아무런 언급을 하지 않고서, 그저 즐거운 오후를 보냈느냐고만 물었고 그녀는 그렇다고 대답했다.

다음 날은 마차를 대기시키지 않았다. 점심 식사를 하면서 그녀는 써야 할 편지가 있다고 말하고는 내실로 올라갔다. 나는 쿰에 가서 농부를 만날 일이 있다고 했고, 그건 사실이어서 실제로 그곳에 가 볼일을 보았다. 그러나 볼일은 거기서 그치지 않았다. 나는 홀로 읍내에 들어갔다. 토요일이고 날씨도 화창해 거리에는 돌아다니는 사람들이 꽤 많았다. 장이 서는 이웃 소도

시에서 온 사람들은 나를 알아보지 못했으므로, 나는 눈에 띄지 않고 인파 속을 돌아다닐 수 있었다. 내가 아는 사람은 보이지 않았다. 시컴의 표현을 빌리자면 '품격' 있는 사람들은 오후에 읍내를 돌아다니지 않았고, 더욱이 토요일엔 절대 외출하지 않았다.

부두와 가까운 항구 담벼락에 기대고 있던 나는 배 한 척에 옹기종기 타고 나가 서로 낚싯줄을 엇갈린 채 낚시질을 하고 있는 소년들을 발견했다. 금세 그들이 노를 저어 부두로 다가오더니 배에서 내려 계단을 올라왔다. 그들 중 아는 얼굴 하나가 눈에 띄었다. 로즈앤드크라운의 바에서 허드렛일을 돕는 아이였다. 그의 낚싯줄엔 꽤 큰 농어가 서너 마리 매달려 있었다.

"수확이 좋구나. 저녁거리로 잡은 거냐?" 내가 말했다.

"제가 먹을 건 아닙니다, 나리. 여관에 가져가면 값을 넉넉히 쳐줄 거예요." 그가 씩 웃었다.

"요즘엔 거기서 농어를 사과주에 곁들여 팔던가?" 내가 물었다.

"아뇨, 이건 객실에 묵으시는 신사분께 해드릴 거예요. 어제는 강에서 연어를 잡아다 드렸거든요."

객실에 묵고 있는 신사. 나는 주머니에서 은화를 몇 개 꺼냈다.

"손님이 생선 값을 넉넉히 쳐주기를 빈다. 이건 행운을 위해 받아두렴. 여관에 묵고 있는 손님은 누구지?"

아이가 또 한 번 얼굴을 일그러뜨리며 씩 웃었다. "이름은 저도 몰라요, 나리. 사람들 말로는 이탈리아인이라는 것 같아요.

외국에서 왔다던데요."

그러고 나서 아이는 낚싯대를 어깨에 둘러메고, 잡은 생선을 대롱거리며 선창을 가로질러 달려갔다. 나는 시계를 꺼내 흘끔 쳐다보았다. 3시가 지나 있었다. 외국에서 왔다는 신사는 틀림 없이 5시에 저녁 식사를 할 것이다. 나는 읍내를 벗어나 좁은 골목길을 따라서 앰브로즈가 늘 요트와 돛, 항해용 장비를 보관해 두던 보트 창고로 향했다. 노를 젓는 작은 배가 밧줄에 꽁꽁 묶여 있었다. 나는 배를 바닷물로 밀어 넣고 안에 들어가 앉았다. 그러고는 부두에서 약간 떨어진 곳에 자리 잡은 항구로 노를 저어 갔다.

항구 입구에 정박해 있는 대형 범선에서 내려 읍내로 들어가려고 계단을 오르는 사람들과 항구에 배를 대려고 다가가는 배에 탄 사람들이 더러 있었지만 그들은 나를 알아보지 못했고, 혹시 나를 보았더라도 흔한 어부로 여기고 별로 관심을 두지 않는 것 같았다. 나는 바닷물에 닻을 던져 내리고 노 젓기를 멈춘 뒤 로즈앤드크라운의 입구를 주시했다. 선술집 출입구는 골목 쪽으로 나 있어 큰길에선 보이지 않았다. 그자는 그쪽으로 들어가지 않을 것이다. 정말로 그가 온다면 그는 여관 정면 출입구로 들어갈 것이다. 한 시간이 지났다. 교회 시계가 4시를 알렸다. 나는 여전히 기다렸다. 5시 15분 전이 되자 선술집 안주인이 객실 입구에서 나와 누군가를 찾기라도 하듯 주변을 둘러보았다. 객실 손님이 저녁 식사 시간에 늦은 모양이었다. 생선 요리는 준비

513

되어 있었다. 그녀가 항구 계단에 묶여 있는 여러 척의 배 가까이 서 있던 남자에게 뭐라고 외치는 소리가 들려왔지만 무슨 말인지는 알아들을 수가 없었다. 남자도 그녀에게 고함을 질러 대답하며 손가락으로 항구 쪽을 가리켰다. 그녀는 고개를 끄덕이더니 다시 선술집 안으로 들어갔다. 5시가 지난 지 10분쯤 되었을 때, 항구 계단으로 접근하는 배 한 척이 눈에 들어왔다. 뱃머리에는 건장한 체격의 사내가 노를 젓고 있었고, 배는 새로 칠한 지 얼마 안 되어 놀이 삼아 배를 타고 항구 구경을 다니는 이방인들의 시선을 끌기에 딱 알맞은 모양새를 하고 있었다.

선미에는 챙 넓은 모자를 쓴 남자가 앉아 있었다. 두 사람이 탄 배가 선창 계단에 당도했다. 배에서 내린 남자가 약간 실랑이를 벌인 뒤 뱃사람에게 돈을 주고는 몸을 돌려 여관으로 향했다. 로즈앤드크라운으로 들어가기 직전에 그는 잠시 계단에 서서 모자를 벗더니 주변을 둘러보았다. 눈에 보이는 모든 것에 값을 매기는 듯한 태도로 보아 그자가 틀림없었다. 거리가 너무도 가까워 과자를 던지면 그를 맞힐 수도 있을 것 같았다. 이윽고 그가 안으로 들어갔다. 레이날디였다.

닻을 끌어 올리고 다시 보트 창고로 노를 저어 간 나는 배를 단단히 묶어놓은 뒤 읍내를 가로질러 군데군데 밧줄을 잡고 올라가야 하는 벼랑까지 곧장 걸어갔다. 집까지 6킬로미터도 넘는 거리를 40분 만에 주파했다. 레이첼은 서재에서 나를 기다리고 있었다. 내가 집에 오지 않아 저녁 식사는 도로 주방으로 물린 뒤였다. 그녀는 걱정스레 나에게 다가왔다.

"드디어 돌아왔네요. 정말 걱정 많이 했어요. 어디 갔었어요?"그녀가 말했다.

"항구에서 배를 타고 나가 노를 저었어요. 운동하기에 딱 좋은 날씨라서. 로즈앤드크라운에 들어가 틀어박혀 있는 것보다는 바다에 나가는 게 훨씬 더 좋으니까요."

충격을 받아 소스라치게 놀라는 그녀의 눈빛은 내가 필요로 했던 마지막 증거였다.

내가 말을 이었다. "맞아요, 난 당신의 비밀을 알아냈어요. 거짓말 꾸며낼 생각은 하지 말아요."

시컴이 들어와 저녁 식사를 내와도 될지 물었다.

"바로 내오도록 해. 옷은 갈아입지 않을 거니까."내가 말했다.

나는 그녀를 빤히 쳐다보다 입을 다물었고, 우리는 저녁 식사를 하러 갔다. 무언가 잘못되었다는 걸 감지한 시컴은 몹시 걱정했다. 그는 의사처럼 내 팔꿈치 주변을 떠나지 않고 자기가 내온 요리들을 맛보라고 계속 권했다.

"체력에 비해 너무 무리하셨습니다, 나리. 그러시면 좋지 않아요. 또다시 병이 도질 겁니다."

시컴은 지원사격을 요청하듯 거들어달라는 표정으로 레이첼을 쳐다보았다. 그녀는 아무 말도 하지 않았다. 우리 둘 다 음식에 거의 입도 대지 않은 채 저녁 식사를 마쳤고, 레이첼은 자리에서 일어나 곧장 2층으로 올라갔다. 나는 그녀를 따라갔다. 내실 문에 당도한 그녀는 내가 들어오기 전에 문을 잠그려 했겠지만, 나는 그녀보다 재빨리 몸을 놀려 방 안으로 들어가 등 뒤로 문을 닫았다. 다시 그녀의 눈빛에 알 만하다는 표정이 떠올랐다. 그녀는 나를 피해 달아나 벽난로 선반 옆에 자리를 잡았다.

"레이날디가 로즈앤드크라운에 머문 지는 얼마나 됐습니까?" 내가 물었다.

"그건 내 일이에요." 그녀가 대꾸했다.

"내 일이기도 해요. 대답해요."

내 입을 다물게 하거나 동화 같은 이야기로 나를 속일 가망은 없다는 걸 그녀도 알아차린 듯했다. "그렇다면 좋아요. 사실대로 말하죠. 2주째예요."

"그자가 왜 여기 와 있죠?"

"내가 그 사람한테 부탁했기 때문이에요. 그 사람은 내 친구니까요. 난 그의 조언이 필요한데, 당신이 그 사람을 싫어하는 걸 알면서 집 안에 들일 수는 없는 노릇이니까요."

"그자의 조언이 왜 필요하죠?"

"다시 말하지만 그건 내 일이에요. 당신은 몰라도 돼요. 어린 애처럼 굴지 말고 이해심을 좀 가져요."

나는 너무도 고통스러워하는 그녀의 모습을 보며 내심 기뻤다. 그녀도 잘못한 일이라는 걸 알고 있다는 뜻이었다.

"당신은 나한테 이해해달라고 부탁했어요. 내가 속임수를 이해해주길 기대한 건가요? 당신은 지난 2주 내내 매일같이 나한테 거짓말을 했어요. 그걸 부인할 수는 없겠죠." 내가 말했다.

"내가 당신을 속였다면 그건 상황이 어쩔 수 없었기 때문이에요. 오로지 당신을 위한 일이었다고요. 당신은 레이날디를 싫어하잖아요. 내가 그 사람을 만나고 있다는 걸 당신이 알았다면 이런 순간이 더 빨리 찾아왔겠죠. 그럼 당신은 또 병이 도져 쓰러졌을 테고요. 오 맙소사, 내가 모든 걸 또 겪어야 하나요? 처음엔 앰브로즈가 그러더니 이번엔 당신 차례인가요?"

레이첼의 얼굴이 창백하게 굳어졌지만, 공포 때문인지 분노 때문인지 구분할 수는 없었다. 나는 문을 등지고 선 채로 계속 그녀를 노려보았다.

"그래요, 앰브로즈가 그랬던 것처럼 나는 레이날디가 싫습니다. 하지만 그럴 만한 이유가 있어요."

"대체 이유가 뭔데요?"

"그자는 당신을 사랑하고 있어요. 지금껏 오랜 세월 그래왔죠."

"무슨 말도 안 되는 소리를⋯⋯." 레이첼은 양손을 꼭 마주 잡은 채로 벽난로에서 창문까지 비좁은 공간을 서성거렸다. "내가 시련과 곤경을 겪을 때마다 늘 곁에 있어주었던 사람이 하나 있어요. 절대 나를 오해하지 않고, 내가 아닌 다른 사람으로 착각하지도 않는 사람이죠. 그는 내 잘못과 결점을 다 알고도 나를 경멸하지 않고, 있는 그대로의 나를 받아들여줬어요. 그 사람과 알고 지낸 그 오랜 세월 동안—당신은 전혀 모르는 세월이죠—

그 사람의 도움이 없었다면 나는 정말로 모든 걸 잃어버렸을 거예요. 레이날디는 내 친구예요. 내 유일한 친구라고요."

레이첼이 말을 멈추고 나를 쳐다보았다. 그녀의 고백은 틀림없는 진실이거나, 혹은 왜곡된 그녀의 마음이 그녀에게 시켜서 진실이 되어버린 듯했다. 그렇다고 해서 레이날디에 대한 나의 판단이 달라지진 않았다. 그자는 이미 그 보상을 일부 누리고 있었다. 방금 그녀가 나에게 고백했던 대로, 그자는 내가 전혀 모르는 세월을 레이첼과 공유하고 있었다. 나머지 보상은 앞으로 시간이 흐르면서 계속해서 누리게 될 것이다. 다음 달이든, 혹은 내년이든. 결국 그녀는 돌아갈 것이다. 그는 풍부한 인내심을 갖추었다. 하지만 나도 앰브로즈도 인내심은 없었다.

"그자는 원래 있던 곳으로 돌려보내요." 내가 말했다.

"그 사람은 준비가 되면 떠날 거예요. 하지만 내가 필요로 하는 한 그 사람은 여기 머물 거예요. 당신이 또다시 나를 위협하려 한다면, 분명히 말하는데 난 그 사람을 나의 보호자로서 이 집에 머물게 할 거예요." 레이첼이 응수했다.

"감히 그럴 수 없을걸요."

"감히? 왜 못 하죠? 여긴 내 집이에요."

그렇게 우리는 전투에 돌입했다. 그녀의 말솜씨는 내가 도저히 상대할 수 없는 것이었다. 여성 특유의 두뇌는 나의 두뇌와 다른 방식으로 작동했다. 모든 주장엔 일리가 있었고 모든 공격은 큰 타격을 주었다. 육체적인 힘만이 여성을 무장해제시킬 수 있었다. 나는 그녀를 향해 한 걸음 다가갔지만, 그녀는 벽난로 앞에서 하인들을 부르는 종과 연결된 끈을 잡고 있었다.

"거기서 한 발짝도 움직이지 말아요. 움직이면 시컴을 부를 거예요. 당신이 나를 때리려 했다고 시컴에게 말할 거예요. 하인들 앞에서 톡톡히 망신을 당해보고 싶어요?"

"난 당신을 때리려는 게 아니에요." 나는 돌아서서 문을 활짝 열어놓았다. "좋아요, 시컴을 부르고 싶으면 그렇게 해요. 우리 사이에서 일어났던 모든 일들을 그 친구한테 얘기해요. 우리가 서로 폭력과 망신을 주고받아야 한다면, 어디 한번 제대로 해봅시다."

그녀는 종을 울리는 끈 옆에 서 있었고, 나는 열린 문 옆에 서 있었다. 그녀가 종에 연결된 끈을 놓았다. 나는 움직이지 않았다. 그러자 나를 쳐다보던 그녀의 눈에서 눈물이 흘러내렸다. "여자는 똑같은 고통을 두 번 견뎌낼 수 없어요. 난 이 모든 일을 전에도 이미 경험했어요." 그녀가 자신의 목을 어루만지며 덧붙였다. "심지어는 목을 졸린 것도 처음이 아니에요. 그것도 이미 겪은 일이라고요. 이젠 이해하겠어요?"

나는 그녀의 머리 너머로 벽난로 위에 걸려 있는 초상화를 똑바로 응시했다. 나를 바라보고 있는 젊은 앰브로즈의 얼굴은 바로 내 얼굴이었다. 레이첼은 우리 두 사람을 다 물리쳤다.

"그래요, 이해해요. 레이날디를 만나고 싶으면 이곳으로 오라고 해요. 당신이 로즈앤드크라운에서 남몰래 그자를 만나는 것보다는 차라리 그게 낫겠어요." 내가 말했다.

그러고는 내실을 빠져나와 내 방으로 갔다.

다음 날 레이날디는 저녁 식사를 하러 왔다. 아침 식사 때 레이첼은 나에게 쪽지를 보내 그를 초대해도 좋을지 허락을 구했다. 전날 밤의 팽팽한 접전이 잊히거나 편의상 옆으로 제쳐두기도 전에 그녀의 도전은 나를 다시 전투 위치로 되돌려놓았다. 나도 답장을 써서 웰링턴을 시켜 마차로 그자를 데려오게 하겠다고 알려주었다. 그는 4시 반에 당도했다.

그가 왔을 때, 시컴이 실수로 응접실 대신 서재로 안내하는 바람에 나는 홀로 그를 맞이해야 했다. 나는 의자에서 일어나 그에게 오후 인사를 건넸다. 그는 아주 느긋한 태도로 나에게 악수를 청했다.

"건강은 잘 회복했기를 빕니다. 솔직히 말하자면 내가 예상했던 것보다 훨씬 좋아 보이는군요. 그사이 댁에 관해서 워낙 나쁜 소식을 들었거든요. 레이첼이 걱정 많이 했습니다." 그가 내게 인사하며 말했다.

"물론 아주 좋습니다."

"젊음의 특권이죠. 폐와 소화기만 젊고 튼튼하다면 몇 주쯤 크게 아팠더라도 질병의 흔적은 말끔히 사라집니다. 보나마나 당신도 벌써 말을 타고 시골을 누비며 다니고 있을 테지요. 반면에 당신 사촌이나 나처럼 나이 든 사람들은 모든 질병을 지극히 조심해야 합니다. 개인적으로 중년엔 오후 중간에 낮잠을 자두는 것이 필수적이라고 생각합니다."

내가 좀 앉으라고 권하자 그는 살짝 미소를 지으며 자리에 앉아 주변을 둘러보았다. "이 방은 아직 변화가 별로 없군요? 아마도 분위기상 레이첼이 그냥 이대로 내버려두려는 모양입니다. 괜찮은 생각입니다. 돈은 더 유용한 다른 곳에 쓰는 것이 낫겠죠. 지난번에 내가 다녀간 뒤로 정원에는 이미 많은 변화가 있었다고 들었습니다. 레이첼을 잘 아는 나로서는 아주 잘 마무리되리라 믿고 있어요. 하지만 최종적으로 인정을 하려면 먼저 구경을 해야겠죠. 앞으론 나 스스로 신탁 관리자라고 여기고 수지균형을 맞춰나갈 작정입니다." 그는 담뱃갑에서 얇은 시가를 꺼내 불을 붙이며 여전히 미소를 짓고 있었다. "당신이 영지를 양도한 직후에 내가 런던에서 당신 앞으로 쓴 편지가 있었는데 미처 부치기도 전에 병이 들었다는 소식을 들었죠. 편지라고 해봤자 이렇게 직접 만나서 하지 못할 이야기는 거의 없었습니다. 레이첼을 대신해 감사 인사를 전하면서, 재산 증여로 인해 당신에게 큰 손실이 가지 않도록 앞으로 내가 각별한 관심을 쏟겠다는 다짐을 적은 것에 불과했으니까요. 모든 비용 지출은 내가 잘 지켜볼 겁니다." 그가 허공으로 담배 연기를 뿜더니 천장을 올려다보았다. "저 샹들리에는 아주 뛰어난 안목을 갖고서 선택한 건 아니로군요. 이탈리아에는 저것보다 훌륭한 실내장식이 아주 많습니다. 그 점을 메모해두었다가 잊지 말고 레이첼에게 이야기해야겠네요. 좋은 그림과 좋은 가구, 실내장식은 모두 투자가치가 아주 높죠. 궁극적으로 우리가 당신에게 재산을 다시 물려줄 땐 자산 가치가 두 배는 올라 있을 겁니다. 하지만 그건 먼 미래의 일이 되겠죠. 그때쯤엔 당신도 틀림없이 장성한 아들들을 두었을 테고요. 레이첼과 나 같은 늙은이들은 그때쯤 휠체어 신세를 지고 있겠군요." 그가 껄껄 웃더니 나를 보며 다시 미소 지었다. "매력적인 루이즈 양은 어떻게 지내십니까?" 그가 나에게 말했다.

나는 잘 지내는 것 같다고 대답했다. 시가를 피우는 그의 모습을 지켜보며, 남자치고는 그의 손이 참 부드럽다는 생각을 했다. 신체의 다른 부분과 달리 그의 손은 여성스러운 느낌이 들 정도였고, 새끼손가락에는 어울리지 않게 큼지막한 반지까지 끼고 있었다.

"언제 피렌체로 돌아가시죠?" 내가 그에게 물었다.

그는 재킷에 떨어진 담뱃재를 집어 벽난로에 던졌다.

"레이첼한테 달렸죠. 런던으로 돌아가 볼일을 마무리할 생각인데, 그 후에 레이첼보다 먼저 귀국해서 안주인을 맞이할 수 있도록 저택과 하인들을 준비시키거나, 아니면 좀 더 기다렸다가 그 사람과 함께 돌아갈 예정입니다. 레이첼이 떠날 작정이라는 건 물론 알고 있겠지요?"

"네." 내가 대답했다.

"당신이 레이첼한테 여기 남아달라고 압력을 행사하지는 않는 것 같아 안심입니다. 앓고 난 뒤로 당신이 레이첼한테 크게 의존한다고 알고 있거든요. 그 사람한테 이야기 다 들었습니다. 게다가 그 사람은 모든 면에서 당신이 감정을 다칠까 봐 몹시 염려했어요. 하지만 당신 사촌은 이제 아이가 아니라 남자라고 레이첼한테도 내가 설명을 했죠. 남자로서 아직도 홀로서기를 할 수 없다면, 이제라도 홀로 서는 법을 배워야 한다고 말이죠. 내 말이 옳지 않습니까?" 그가 나에게 물었다.

"전적으로 옳습니다."

"여자들은, 특히 레이첼은 언제나 감정에 좌우되어 행동하죠. 언제나 그런 건 아니지만 우리 남자들은 대체로 이성에 좌우되거든요. 당신이 분별력을 되찾은 걸 보니 기쁩니다. 혹시 봄에 우리를 만나러 피렌체를 방문하게 되면, 우리 나라에 간직된 보물들을 소개해드릴 테니 내게도 시간을 내주시기 바랍니다. 직접 보면 실망하지 않을 겁니다." 그가 또 한 번 천장을 향해 담배 연기를 뿜었다.

"댁이 '우리'*라는 표현을 사용하는 건 도시나 왕국을 소유한 왕이 쓸 법한 당신의 말버릇 때문입니까, 아니면 달리 법적인 의미를 지닌 겁니까?" 내가 도전하듯 따져 물었다.

"미안하지만 내가 매사에 레이첼을 대신해서 나서는 데 너무 익숙한 나머지 그 사람의 여러 가지 고민까지 도맡아 해온 상황이라, 나와 그 사람을 완전히 분리해 생각해본 적이 없다 보니

---

* 영어로 we는 '짐'이나 '과인'이라는 뜻으로 왕이 본인을 지칭하는 1인칭 대명사로도 쓰인다.

특별히 사적인 관계에만 쓰는 대명사를 아무렇지 않게 사용하게 되었군요." 그가 나를 빤히 쳐다보았다. "때가 되면 나도 그 말을 좀 더 친밀한 의미로 사용할 수 있게 될 거라고 굳게 믿을 만한 합당한 이유가 생기겠지요. 하지만 그건……." 그가 시가를 손에 든 채로 손짓을 했다. "신의 영역일 거요. 아, 그 사람이 오는군요."

레이첼이 방으로 들어오자 그가 자리에서 일어났고 나도 일어나 그녀를 맞이했다. 레이첼은 그에게 한 손을 내밀어 손 키스를 받고는 이탈리아어로 그에게 환영 인사를 했다. 저녁 식탁에서 두 사람의 모습을 줄곧 지켜보았기 때문인지는 모르겠지만—레이날디의 시선은 레이첼의 얼굴과 미소에서 좀체 떠나질 않았고, 그를 대하는 레이첼의 태도도 나를 대할 때와는 완전히 달랐다—나는 계속 배 속에서 구역질이 치미는 것을 느꼈다. 맛보는 음식마다 흙을 씹는 것 같았다. 저녁 식사가 끝난 뒤에 레이첼이 우리 세 사람을 위해 만들어준 허브티에서도 익숙하지 않은 쓴맛이 유독 강렬하게 느껴졌다. 나는 정원에 앉아 있는 두 사람을 내버려두고 방으로 올라갔다. 내가 사라지자마자 두 사람이 이탈리아어로 떠드는 소리가 들려왔다. 나는 처음 깨어나 몸이 회복되기까지 몇 주간 자주 앉았던 창가에 자리를 잡았다. 그땐 레이첼이 내 곁에 앉아 있었다. 그런데 갑자기 온 세상에 악과 심술이 가득 차며 모든 것이 달라졌다. 나는 몸소 아래층으로 내려가 레이날디에게 작별 인사를 할 수가 없었다.

마차가 현관으로 다가왔다가 진입로를 따라 멀어지는 소리가 들렸다. 나는 계속해서 의자에 앉아 있었다. 곧 레이첼이 올라와 내 방문을 두드렸다. 나는 대답하지 않았다. 그녀가 문을 열고 들어와 내 옆으로 오더니 어깨에 손을 얹었다.

"이번엔 또 뭐가 불만이죠?" 레이첼이 물었다. 인내심의 한계에 도달했다는 듯 그녀의 목소리에는 한숨이 담겨 있는 것 같았다. "그 사람은 더할 나위 없이 예의 바르고 친절하게 굴었어요. 오늘 밤에 뭐 잘못된 거라도 있었나요?"

"없었어요." 내가 대답했다.

"레이날디는 당신을 아주 높이 평가해요. 당신도 그 사람 얘기를 들을 수 있다면, 그 사람이 당신 칭찬을 얼마나 많이 하는지 알게 될 거예요. 오늘 저녁에 그 사람이 한 말 중에서 당신 기분을 거스르는 말이 있기나 했던가요? 당신이 조금만 덜 까다롭게 굴고 질투심을 덜어내면 좋겠어요……."

어스름이 깔릴 시간이었으므로 그녀가 내 방 커튼을 쳐주었다. 커튼을 매만지는 그녀의 손길에서조차 짜증이 느껴졌다.

"자정까지 그렇게 구부정하게 의자에 앉아 버틸 작정인가요? 그럴 거면 담요라도 덮어요. 안 그러면 감기 걸려요. 나는 피곤해서 그만 잠자리에 들어야겠어요."

레이첼은 내 머리에 손을 댄 뒤 방을 나갔다. 그것은 애무가 아니었다. 자꾸만 말썽을 부리는 아이를 계속 꾸짖다가 따분하고 지친 나머지 차라리 모든 것을 보아 넘기기로 결정한 어른이 아이를 재빨리 토닥일 때나 보이는 손길이었다. "자…… 자……
제발 부탁이니 그만 좀 해라" 하면서.

그날 밤 나는 다시 열에 시달렸다. 예전처럼 극심한 고열은
아니었지만 증세는 비슷했다. 스물네 시간 전 항구에서 배에 오
래 앉아 있었던 탓에 한기가 든 것인지는 확실치 않았지만, 다
음 날 아침 나는 너무 어지러워 바닥에 똑바로 내려설 수도 없
었고, 구역질과 함께 오한이 밀려들어 온몸이 덜덜 떨렸으므로
다시 침대에 누울 수밖에 없었다. 의사를 부르러 사람을 보낸
뒤, 두통에 시달리며 나는 끔찍한 열병이 처음부터 다시 반복되
는 것인지 궁금했다. 의사는 내 간에 문제가 생겼다고 진단하고
약을 처방했다. 그러나 그날 오후 레이첼이 찾아와 내 곁에 앉
아 있을 때 나는 그녀의 얼굴에 전날 밤과 똑같은 권태의 기미
가 서려 있음을 감지했다. 그녀가 속으로 무슨 생각을 하고 있
을지 나도 상상할 수 있었다. '또 시작인가? 영원히 여기 앉아서
계속 간병만 할 운명일까?' 약을 건네주는 그녀의 손길이 분명
전보다 매정했으므로, 나는 나중에 목이 말라 물이 마시고 싶은
데도 그녀에게 수고를 끼칠 것이 두려워 차마 물을 달라는 부탁
을 하지 못했다.

레이첼은 읽지도 않는 책을 펼쳐 들고 있었는데, 내 곁에 앉
아 있는 그녀의 존재가 어쩐지 말없이 나를 꾸짖는 것처럼 느껴
졌다.

"내 옆에 앉아 있지 말고, 다른 할 일 있으면 가서 해요." 결국

내가 말했다.

"내가 해야 하는 다른 일이 또 있을 거라고 생각해요?" 그녀가 대꾸했다.

"레이날디를 만나고 싶은지도 모르잖아요."

"그 사람은 갔어요."

그 소식을 듣자 내 마음은 한결 가벼워졌다. 거의 병이 다 나은 기분이었다.

"런던으로 돌아간 거예요?" 내가 물었다.

"아뇨, 어제 플리머스에서 배를 타고 떠났어요." 레이첼이 대답했다.

안도감이 어찌나 강렬하던지, 얼굴에 고스란히 드러나 혹시라도 그녀의 짜증을 자극할까 두려웠던 나는 고개를 돌려야 했다.

"그 사람은 영국에 아직 볼일이 남았다고 한 것 같은데요?"

"맞아요. 하지만 우리는 서로 편지로 연락하면서 일을 처리하는 게 낫겠다고 결정했어요. 집에 그 사람이 꼭 가봐야 하는 더 긴급한 문제가 생겼대요. 자정에 출항하는 배가 있다는 소식을 듣고 그 배로 떠난 거예요. 이제 만족해요?"

레이날디가 영국을 떠났다는 건 흡족했다. 그러나 '우리'라는 대명사를 사용했다는 것엔 만족할 수가 없었다. 그녀가 집이라는 말을 언급한 것도 마뜩잖았다. 나는 그가 왜 갔는지 알고 있었다. 저택의 하인들에게 안주인이 돌아올 것을 대비시키기 위해서였다. 그가 꼭 가봐야 한다는 긴급한 문제는 바로 그것이었다. 내 모래시계에 담긴 모래가 점점 줄어들고 있었다.

"당신은 언제 따라갈 거예요?"

"그건 당신한테 달렸어요." 그녀가 대답했다.

할 수만 있다면 계속 앓고 싶었다. 고통을 호소하고 병을 핑계 삼자. 아픈 척하면서 2, 3주만이라도 더 시간을 끌자. 그런 다음엔? 여행용 상자에 짐을 꾸리는 일이 끝나면 내실은 텅 비고, 파란 방에서 그녀가 사용했던 침대엔 그녀가 오기 전 수십 년간 그랬던 것처럼 먼지막이 덮개가 뒤덮일 것이다. 그러고는 정적이 찾아오겠지.

"당신이 그렇게 고약하고 잔혹하게 굴지만 않았어도, 우리가 함께하는 마지막은 행복할 수 있었을 거예요." 그녀가 한숨을 쉬며 말했다.

내가 고약했다고? 내가 잔혹했다고? 나는 그렇게 생각해본 적이 없었다. 매정하게 군 사람은 레이첼이었다. 돌이킬 방법은 없었다. 내가 손을 뻗자 그녀가 내 손을 잡아주었다. 그러나 나는 그녀의 손에 입을 맞추면서도 계속해서 레이날디 생각을 하고 있었다…….

그날 밤 나는 화강암 석판이 놓인 언덕을 올라가 다시 한 번 편지를 읽고 땅 밑에 파묻는 꿈을 꾸었다. 꿈은 너무도 생생해서 잠에서 깨어난 뒤에도 희미해지지 않았고 그 기억은 아침까지 이어졌다. 잠자리에서 일어난 나는 점심 무렵엔 평소처럼 아래층으로 내려갈 수 있을 만큼 기력을 회복했다. 다시 한 번 편지를 읽고 싶다는 욕망을 도저히 떨쳐버릴 수가 없어서, 시도라도 해볼 작정이었다. 편지에 레이날디에 대해서 어떤 내용이 적혀 있었는지 기억이 나질 않았다. 앰브로즈가 그에 관해서 무슨 말을 했었는지 확실하게 알아야 했다. 오후에 레이첼이 휴식을 취하러 방으로 올라가자, 나는 그녀의 모습이 사라지자마자 몰래 집을 빠져나와 숲을 가로질러 마찻길로 내려간 뒤, 내가 하려는 일에 혐오감을 느끼면서도 산지기 오두막 위쪽으로 난 오솔길로 언덕을 올랐다. 나는 화강암 석판 앞에 당도했다. 기념비 옆에 무릎을 꿇고서 손으로 땅을 파던 나는 갑작스레 손끝에 와닿는 습기에 절은 가죽 수첩의 감촉을 느꼈다. 겨울을 나는 동안 민달팽이 한 마리가 수첩을 제 집 삼아 살고 있었다. 분비물이 묻은 수첩의 앞장이 끈적끈적했다. 나는 민달팽이를 떨어내고 수첩을 펼쳐 구겨진 편지를 꺼냈다. 눅눅해진 종이가 축 늘어졌고 글씨도 예전보다 흐려졌지만, 여전히 읽을 수는 있었다. 나는 편지를 처음부터 끝까지 읽어 내려갔다. 원인이 전혀 다른데도 그의 병증과 내가 앓은 질병의 증상이 비슷하다는 것이 이상하기는 했지만, 편지 앞부분은 대충 넘어갔다. 하지만 레이날디에 관한 부분은……

앰브로즈의 편지 내용은 이러했다. "몇 달이 지나면서 나는 그 사람이 점점 내 말보다 전에 편지에 언급한 바 있는 시뇨르 레이날디라는 남자의 조언에 더 의존한다는 사실을 알아차렸다. 그자는 상갈레티의 친구이자 변호사였던 모양이야. 그 남자는 레이첼에게 막대한 영향력을 갖고 있는 것 같다. 내가 짐작하기로 그자는 상갈레티가 살아 있을 때부터 오랜 세월 그 사람을 사랑해왔고, 얼마 전까지만 해도 레이첼 쪽에선 한순간도 그를 그런 식으로 생각한 적 없으리라 믿었건만 나를 대하는 그녀의 태도가 달라진 지금은 그마저도 자신이 없구나. 그자의 이름을 언급할 때마다 그 사람의 눈빛에 그늘이 지고 목소리 톤이 달라져, 내 마음속에 자꾸만 가장 끔찍한 의심을 불러일으킨단다.

무책임한 부모 밑에서 자란 데다 결혼 전이든 첫 결혼 이후든 내내 제멋대로 살아온 사람이라 그 사람의 행동 규범이 유복한 삶을 누린 우리 둘과는 사뭇 다르다는 것을 종종 느끼고 있다. 과거 결혼 서약도 그리 신성하지 않았을지도 모르겠다. 그자가 레이첼에게 돈을 주고 결혼한 게 아닌가 하는 의심이 드는데, 사실은 증거도 갖고 있단다. 이런 말을 하다니 신의 용서를 빌어야 하겠지만, 지금도 돈은 그녀의 마음을 얻는 한 가지 방법이다."

좀체 잊히지 않고 계속해서 나를 따라다녔던 그 문장이 바로 거기 있었다. 편지의 접힌 부분에 적힌 글씨는 알아보기 어려웠지만 나는 다시 '레이날디'라는 단어를 찾아냈다. 앰브로즈의 편지가 이어졌다. "테라스로 내려가보면 그곳에 레이날디가 와 있는 식이다. 나를 보면 두 사람은 입을 다물어버리지. 두 사람이 무슨 논의를 하고 있었을지 나로선 궁금해하지 않을 수가 없다. 한번은 그 사람이 집 안으로 들어가고 레이날디와 나만 뒤에 남아 있었는데, 그자가 갑자기 내 유언장에 대해서 질문을 던지더구나. 우리가 결혼했을 때 우연히 그도 유언장을 보았거든. 현재로선 내가 죽으면 그녀에게 아무런 생활 방편도 남지 않게 된다더구나. 나 역시 그걸 알고 있었기에 그런 실수를 바로잡는 유언장을 작성해둔 상태였고, 그 사람의 낭비벽이 뿌리 깊은 병이 아니라 일시적인 것에 불과하다고 확신할 수만 있다면 벌써 서명해서 공증까지 해두었을 거다.

아무튼 새로운 유언장에는 그 사람이 살아 있는 동안에만 집과 영지를 소유할 수 있으며, 그 사람이 세상을 떠나면 네가 다시 유산을 물려받게 된다는 내용을 담았고, 영지 관리를 전적으로 너에게 맡겨야 한다는 단서 조항도 붙여놓았다.

지금까지 너에게 설명한 까닭으로 그 유언장은 아직 서명을 하지 않은 채로 남아 있단다.

유언장에 관한 질문을 던진 사람도, 현재 유언장에 빠져 있는 내용을 나에게 지적해준 사람도 레이날디라는 사실을 기억해라. 레이첼은 그런 말을 한 마디도 나에게 한 적이 없었다. 나한테는 그러면서 두 사람이 그런 이야기를 주고받는다는 말인가? 내가 곁에 없을 때 두 사람은 서로 무슨 이야기를 나눌까?

유언장 문제가 불거진 건 3월이었다. 당시 나는 몸이 좋지 않았고 실은 두통 때문에 거의 앞이 보이지 않을 정도였단다. 레이날디가 그런 문제를 끄집어낸 것도 내가 죽을지도 모른다고 생각해 차가운 계산속을 드러낸 셈이겠지. 그랬을 가능성이 높다. 그렇지만 두 사람이 서로 의논하지 않았을 가능성도 있겠지. 나로선 그걸 알아낼 방도가 없다. 이제는 나를 감시하듯 따라다니는 그녀의 이상한 시선을 종종 마주한다. 내가 그런 사실을 지적하자 레이첼은 두려워하는 것 같더구나. 대체 무엇을, 누구를 두려워할까?

이틀 전 벌어진 일 때문에 이 편지를 쓰게 되었는데, 3월에 나를 몸져눕게 했던 열병이 또다시 찾아왔다. 병의 시작은 갑작스러웠다. 통증과 구역질에 사로잡혀 순식간에 머리가 터질 것만 같아 거의 발작을 할 지경에 이르렀고, 정신이 혼미하고 몸이 말을 듣지 않아 내 발로 서 있기가 어려웠다. 그런 증상이 되풀이되다가 지나가면서 참을 수 없는 졸음이 몰려왔고, 팔다리에 아무런 기력도 남아 있지 않아서 바닥인지 침대인지에 그만 쓰러지고 말았다. 한데 나의 아버님이 이런 증상을 보였던 기억은 없다. 분명 두통은 있었고 가끔 괴팍한 성질을 부리기는 했어도 다른 증상은 보인 적 없거든.

필립, 세상에 내가 믿을 사람은 너 하나뿐이니 이게 무슨 의미인지 네가 내게 말해주면 좋겠고, 가능하다면 나에게 와주려무나. 닉 켄들에게는 아무 말도 하지 마라. 누구든 다른 사람에겐 발설하면 안 돼. 무엇보다도, 절대 답장할 생각 말고 그냥 오너라.

나는 한 가지 생각에 사로잡혀 마음의 평화를 잃고 말았다.

저들이 나를 독살하려고 할까? 앰브로즈."

이번엔 편지를 수첩 안에 다시 감추지 않았다. 나는 편지를 갈가리 찢어 작은 종잇조각들을 땅에 던져버린 뒤 발꿈치로 짓이기며 흙과 뒤섞었다. 흙과 섞인 종잇조각이 여기저기 사방으로 흩어졌다. 오래 땅속에 묻혀 있어 축축해진 수첩은 세게 쥐고 비틀자 단번에 두 동강이 났다. 각각 아무렇게나 어깨 너머로 던져버린 수첩의 잔해는 고사리 덤불 속으로 떨어졌다. 그러고 나서 나는 집으로 걸어갔다. 그 편지에 대한 추신이라도 되는 듯, 내가 현관에 들어서자 마침 시컴이 읍내에서 마구간지기 청년이 가져온 우편물 가방을 놓아두고 있었다. 내가 열쇠로 가방을 여는 동안 그는 옆에서 기다렸다. 내게 온 편지는 거의 없었지만, 레이첼 앞으로는 플리머스에서 보낸 편지 한 통이 와 있었다. 언뜻 보기만 해도 거미줄처럼 얇은 필체로 레이날디가 보낸 편지라는 걸 알 수 있었다. 시컴이 옆에 없었더라면 아마 그 편지는 내가 가져갔을 것이다. 이제는 레이첼에게 가져다주라고 시컴에게 편지를 건네는 수밖에 없었다.

아이러니하게도 내가 산책을 다녀왔다는 것도, 어딜 다녀왔는지에 대해서도 함구한 채 잠시 후 2층으로 올라갔을 때, 뾰족하고 냉랭하게 나를 대하던 레이첼의 태도는 온데간데없이 사라진 것 같았다. 전과 같은 다정함이 되돌아왔다. 그녀는 나를 품에 안고 미소 지으며, 기분이 어떤지, 좀 쉬었는지 물어보았다. 자기가 받은 편지에 대해서는 한 마디도 하지 않았다. 저녁 식사를 하며 나는 편지에 그녀를 행복하게 만들 만한 소식이 들어 있었던 걸까 궁금해했다. 식탁에 앉아 저녁을 먹는 내내 나는 그의 편지가 어떤 내용일지, 과연 그가 무슨 이야기를 했을지, 그녀를 어떤 호칭으로 불렀을지, 다시 말해 아까 그 편지가 연애편지는 아니었을지 머릿속으로 그려보고 있었다. 편지는 이탈리아어로 적혀 있을 것이다. 하지만 어쩌면 군데군데 내가 이해할 수 있는 말들이 있을지도 몰랐다. 레이첼이 나에게 몇 마디를 가르쳐준 적이 있었다. 어쨌거나 서두에 적힌 호칭만 보아도 두 사람이 어떤 관계인지 알아낼 수 있을 것이다.

"오늘따라 말이 없네요. 몸은 괜찮아요?" 그녀가 말했다.

나는 그녀가 내 속마음을 읽어 앞으로의 계획을 짐작하지 못하도록 "네, 괜찮아요" 하고 대답했지만, 얼굴이 붉어졌다.

저녁 식사 후 우리는 레이첼의 내실로 올라갔다. 그녀는 평소처럼 허브티를 준비해 내 옆의 탁자에 찻잔을 내려놓은 다음 자기 잔에도 차를 따랐다. 책상에는 레이날디의 편지가 놓여 있었고, 그녀의 손수건이 편지지를 반쯤 덮고 있었다. 매혹된 듯 나의 시선이 자꾸만 편지를 향해 날아갔다. 이탈리아인은 사랑하는 여인에게 편지를 쓸 때 격식을 차릴까? 아니면 플리머스에서 범선을 타고 출항하기 전, 몇 주나 서로 떨어져 있어야 하는 상황에서 배불리 저녁을 먹고 브랜디를 마신 뒤 시가를 피우며 흡족하게 미소를 짓다 보니 무분별한 충동에 휩싸여 마음 내키는 대로 편지에 사랑의 마음을 표출해도 된다는 자격을 스스로에게 부여했을까?

"필립, 당신은 유령이라도 본 것처럼 계속해서 방 한쪽 구석만 바라보고 있어요. 무슨 일 있어요?" 레이첼이 말했다.

"아무 일도 없어요." 그녀가 계속 질문하지 못하도록, 그리고 혹시라도 책상에 놓여 있는 편지를 깜박하고 그대로 두기를 바라는 마음에, 그녀의 곁에 무릎을 꿇고서 다급한 그리움과 사랑의 열망 때문에 괴로워하는 체하며 나는 처음으로 거짓말을 했다.

그날 밤 자정이 한참 지난 뒤 레이첼이 잠들었다는 것을 확인한 나는—촛불을 들고 그녀의 방에 들어가 잠든 그녀를 내려다보기까지 했으므로 그것은 확실했다—그녀의 내실로 돌아갔다. 손수건은 여전히 책상 위에 놓여 있었지만 편지는 사라지고 없었다. 벽난로를 확인해봤지만 그 안에도 종이를 태운 흔적은 보이지 않았다. 책상 서랍을 열어보니 서류들이 모두 가지런히 정리되어 있었지만 편지는 없었다. 편지함에도, 그 옆에 놓인 작은 서랍장에도 없었다. 잠겨 있어서 열어보지 못한 서랍은 딱 하나 남아 있었다. 주머니칼을 꺼내 틈을 벌려보았다. 서랍 안쪽으로 무언가 하얀 것이 보였다. 나는 레이첼의 침실로 돌아가 침대 옆 탁자에서 열쇠 꾸러미를 들고 가 가장 작은 열쇠를 넣고 돌려보았다. 열쇠가 맞았다. 서랍이 열렸다. 서랍에 손을 넣어 봉투를 꺼냈지만 짜릿한 흥분은 이내 실망으로 바뀌었다. 내가 쥐고 있는 것은 레이날디의 편지가 아니었다. 그것은 그냥 하얀 종이 뭉치였고, 안에는 씨앗 꼬투리가 들어 있었다. 내 손에 닿으면서 꼬투리에서 튀어나온 씨앗이 바닥으로 쏟아졌다. 아주 작은 초록색 씨앗이었다. 씨앗을 물끄러미 바라보던 나는 전에도 그런 씨앗과 꼬투리를 본 적 있다는 사실을 기억해냈다. 얼마 전 화단에서 탐린이 어깨 너머로 집어 던졌던 바로 그 꼬투리였다. 상갈레티 저택의 안뜰에도 수북하게 쌓여 있던 그 꼬투리를 하인이 빗자루로 쓸어내는 걸 본 적도 있었다.

그것은 소에게도 인간에게도 독이 되는 금사슬나무 씨앗이었다.

26

 나는 종이 뭉치를 도로 서랍에 넣었다. 열쇠로 서랍을 잠갔다. 열쇠 꾸러미는 다시 협탁에 내려놓았다. 침대에 누워 잠들어 있는 그녀는 돌아보지 않았다. 나는 내 방으로 돌아왔다.

 지난 몇 주보다도 훨씬 더 침착해졌던 것 같다. 나는 세면대로 갔고, 그곳 주전자와 세숫대야 옆에는 의사가 나에게 처방해 준 약 두 병이 놓여 있었다. 나는 병에 든 내용물을 창밖으로 쏟아버렸다. 그러고는 촛불을 들고 아래층으로 내려와 식료품 저장고로 들어갔다. 하인들은 모두 처소로 돌아간 지 오래였다. 개수대 근처 탁자엔 우리가 늘 허브티를 담아 마시는 찻잔 두 개가 쟁반에 놓여 있었다. 가끔 저녁에 존이 게으름을 부려 찻잔을 곧장 설거지하지 않고 아침까지 내버려둔다는 사실을 나는 알고 있었다. 찻잔 두 개에 모두 허브티 찌꺼기가 남아 있었다. 나는 촛불을 비추어 양쪽 찻잔을 비교했다. 두 개는 똑같아 보였다. 나는 그녀의 찻잔과 내 찻잔에 차례로 새끼손가락을 넣어 허브티 찌꺼기의 감촉을 확인한 뒤 맛을 보았다. 차이가 있나? 판단하기가 어려웠다. 내 찻잔에 남은 찻잎 찌꺼기가 약간 더 많은 것도 같았지만, 단언할 만큼 확실하진 않았다. 나는 식료품 저장고를 나와 다시 내 방으로 올라갔다.

옷을 벗고 잠자리에 들었다. 어둠 속에 누운 채로 나는 분노도 두려움도 느끼지 않았다. 그저 연민뿐이었다. 레이첼은 자신이 저지른 짓에 책임을 져야 할 장본인이 아니라, 악에 더럽혀진 희생자라는 생각이 들었다. 불우한 환경과 출신 탓에 흔들림 없는 도덕관념을 갖추지 못했고, 그래서 힘 있는 남자의 강요에 휘둘리며 살아온 그녀는 본능과 충동에 휩싸여 그런 극단적인 행동까지 저지를 수 있었을 것이다. 나는 그녀를 자신으로부터 구해주고 싶었지만 방법을 알지 못했다. 앰브로즈가 내 곁에 와 있어서, 내가 앰브로즈 안에서 다시 살고 있거나 그가 내 안에서 살고 있는 듯한 느낌이었다. 그가 썼던 편지는 비록 내가 갈가리 찢어버렸지만 이제 그 임무를 완수했다.

묘한 방식이긴 해도 레이첼은 나름대로 우리를 사랑했다고 나는 믿었다. 다만 우리가 필요 없게 된 것뿐이었다. 결국 그녀의 행동을 부추기는 건 맹목적인 감정뿐만이 아니었고, 그 이상의 무언가가 필요했다. 어쩌면 그녀는 둘로 쪼개진 인격을 지닌 두 사람이어서, 한 사람이 물러나면 다른 사람이 나타나는 것일 수도 있었다. 나로선 알지 못했다. 루이즈는 그녀가 늘 두 번째 인격이었다고 말할 것이다. 애당초 모든 생각과 모든 동기가 사전에 계획된 것이었다고. 그런 이중적인 삶은 피렌체에서 아버지가 돌아가시고 어머니와 살 때부터 시작되었을까, 아니면 그 이전부터 시작되었을까? 앰브로즈나 나에게 언제나 실체 없는 그림자에 지나지 않았던 상갈레티도 결투로 목숨을 잃기 전에 그녀로 인한 고통을 겪었을까? 루이즈는 틀림없이 그도 같은 고통을 겪었을 거라 단언할 것이다. 루이즈는 2년 전 레이첼이 처음 앰브로즈와 만난 순간부터 돈을 목적으로 그와 결혼할 계획이었다고 주장할 것이다. 그런데 앰브로즈가 원하는 걸 주지 않자 그의 죽음을 계획했던 것이라고. 확실히 루이즈는 법률가로서의 사고를 지니고 있었다. 그녀는 내가 찢어버린 편지를 읽은 적이 없었다. 만약에 그 편지를 읽었더라면 루이즈는 어떤 판단을 내렸을까?

아무에게도 들키지 않고 거사를 한 번 치른 여자는 두 번째 거사도 실천에 옮길 수 있다. 자신에게 얹힌 또 다른 짐을 없애버리기로 한 것이다.

어쨌든 편지는 찢어버렸으니 루이즈도 그 누구도 읽어보지 못할 것이다. 이제 그 편지 내용은 나에게 별 상관이 없었다. 오히려 나는 그 편지보다 앰브로즈가 마지막으로 보냈던 편지에 적힌 구절이 훨씬 더 신경 쓰였다. "나의 골칫덩이 레이첼이 마침내 내게 일을 저질렀다."

앰브로즈가 했던 말을 진실로 받아들인 사람은 나뿐이었다.

나는 다시 과거로 돌아가 예전 그곳에 서 있었다. 나는 복수를 맹세했던 아르노강 가의 다리로 되돌아갔다. 어쩌면 맹세란 결국 함부로 단념할 수 있는 것이 아니라, 때가 되면 반드시 이룰 수밖에 없는 것인지도 모르겠다. 그리고 이제 그 때가 왔다…….

다음 날은 일요일이었다. 레이첼이 우리 집에 손님으로 와서지낸 이후 일요일마다 줄곧 그랬던 것처럼 우리는 마차를 타고교회로 갔다. 날씨는 화창하고 온화했다. 완연한 여름이었다. 레이첼은 얇은 옷감으로 만든 새 상복을 입고 밀짚으로 만든 보닛을 썼으며 양산을 들었다. 그녀는 웰링턴과 짐에게 미소 지으며 아침 인사를 건넸고, 나는 그녀가 마차에 오르도록 부축했다. 내가 그녀 옆에 자리를 잡고 앉자, 우리를 태운 마차가 대정원을 지나갔고 그녀는 내 손을 잡았다.

예전에는 사랑하는 마음으로 수없이 그녀의 손을 잡았었다. 자그마한 손을 만지작거리며 손가락에 낀 반지를 빙글빙글 돌리고, 손등에 드러난 푸른 정맥을 들여다보고, 짧게 자른 작은 손톱을 어루만졌다. 이젠 내 손에 포개진 그녀의 손을 보며 처음으로 그 손이 다른 용도로 사용되는 장면을 상상했다. 금사슬나무 열매를 능숙하게 따서 안에 든 씨앗을 훑어내는 모습이었다. 그러고는 씨앗을 으깨 자신의 손바닥에 문질렀다. 언젠가 내가 그녀에게 손이 아름답다고 말하자 그녀가 소리 내어 웃으며 그런 말은 처음 들어본다고 대답한 적이 있었다. "쓰임새가 있긴 해요. 내가 정원 일을 하고 있을 때면 앰브로즈는 노동자의 손이라고 말하곤 했죠." 그녀가 말했었다.

이제 우리는 가파른 언덕을 오르고 있어서 모든 하중이 마차 뒷바퀴에 쏠렸다. 레이첼은 자기 어깨를 내 어깨에 스치며 양산으로 햇빛을 가린 채 말했다. "어젯밤엔 너무 깊이 잠들어서 당신이 나가는 소리도 못 들었어요." 그러고는 나를 보며 미소를 지었다. 아주 오랫동안 나를 속여온 사람은 그녀인데도 마치 내가 더 심한 거짓말쟁이가 된 기분이 들었다. 나는 그녀에게 대꾸조차 못 한 채, 가식적인 태도를 계속 유지하려고 그녀의 손을 더 꼭 잡으며 고개를 돌렸다.

썰물 때라 바닷물이 멀리 밀려나가 서쪽 만에는 황금빛 백사장이 드넓게 펼쳐졌고 햇빛을 받은 바닷물이 반짝반짝 빛났다. 우리는 마을로 이어지는 좁은 길을 따라 교회로 접어들었다. 종소리가 허공으로 퍼져나가고, 대문 주변에 서 있던 사람들은 우리가 마차에서 내려 먼저 들어가도록 기다려주었다. 레이첼은 그들에게 일일이 미소를 지으며 목례를 보냈다. 켄들 부녀와 패스코 목사 가족이 눈에 들어왔고, 영지 소작인들도 많이 와 있었다. 우리는 오르간 연주를 들으며 교회 통로를 걸어 들어가 자리로 향했다.

우리는 기도대에 잠시 무릎을 꿇고서 각자 손에 얼굴을 파묻고 기도를 올렸다. 기도를 올리는 대신 나는 속으로 생각했다. '만약 그녀가 신의 존재를 인정한다면, 그녀는 신에게 대체 무엇을 빌까? 이제껏 성취한 것들에 대해 감사 기도를 올릴까? 아니면 자비를 구할까?'

기도대에 무릎을 꿇고 있던 그녀가 일어나 방석을 덧댄 의자에 앉아 기도서를 펼쳤다. 그녀의 얼굴은 차분하고 행복해 보였다. 지난 몇 달간 보이지 않는 곳에서 그녀를 미워했듯이 지금도 그녀를 미워할 수 있으면 좋겠다고 나는 생각했다. 하지만 기묘하고 끔찍한 연민 말고는 아무것도 느낄 수가 없었다.

목사가 들어오자 우리는 자리에서 일어났고 예배가 시작되었다. 그날 아침엔 시편을 노래했던 기억이 난다. "거짓을 행하는 자는 내 집 안에 거주하지 못하며 거짓말하는 자는 내 목전에 서지 못하리로다." 입술을 움직여 성경 구절을 노래하는 그녀의 목소리는 낮고 부드러웠다. 이어 목사가 연단에 올라 설교를 시작하자 그녀는 무릎에 양손을 올리고 가만히 앉아 차분하게 설교에 귀를 기울였고, 목사가 "살아 계신 하느님의 손에 빠져들어가는 것은 무서운 일입니다"라는 성경 구절을 읽자 진지한 표정으로 고개를 들어 그를 바라보며 시선을 고정했다.

교회 창문의 스테인드글라스를 통해 스며든 햇빛이 레이첼을 비추었다. 내가 앉은 자리에선 어서 설교가 끝나기를 기다리며 때때로 하품을 하고 있는 마을 아이들의 장밋빛 얼굴이 보였고, 맨발로 풀밭을 뛰놀고 싶은 마음에 일요일에만 신는 부츠

속에서 발을 꼼지락거리느라 초조하게 바닥을 스치는 아이들의 발소리도 들려왔다. 짧은 순간만이라도 좋으니 다시 어리고 순수했던 시절로 돌아가, 내 옆에 레이첼 대신 앰브로즈가 앉아 있으면 좋겠다는 생각이 간절했다.

"도시 담장 아래 저 멀리 푸른 언덕에." 그날 왜 하필 우리가 그 성가를 불렀는지는 나도 모르겠다. 어쩌면 마을 아이들과 관련된 축제가 준비 중이었기 때문일 것이다. 교회 안에 울려 퍼지는 크고 청아한 우리 목소리를 들으며, 나는 당연히 떠올려야 하는 예루살렘 대신에 피렌체의 신교도 묘지 한구석에 자리 잡고 있을 소박한 무덤을 생각할 수밖에 없었다.

성가대가 연단에서 내려오고 교인들이 집으로 돌아가려고 통로로 내려섰을 때, 레이첼이 내게 속삭였다. "오늘은 예전처럼 퀜들 씨 부녀와 패스코 목사 가족을 저녁 식사에 초대하는 게 좋겠어요. 식사에 초대한 지 너무 오래돼서 다들 언짢아하고 계실 거예요."

나는 잠시 생각하다 짧게 고개를 끄덕였다. 그러는 편이 나을 것이다. 사람들이 있으면 그녀와 나 사이의 벌어진 틈에 다리를 놓는 데도 도움이 될 테고, 다 같이 모여 식사하는 자리에서 늘 침묵하는 나와 달리 손님들과 대화에 열중하다 보면 레이첼도 나를 관찰하며 의구심을 품을 시간이 없을 것이다. 교회 밖에서 만난 패스코 목사 가족은 설득할 필요도 없었지만, 퀜들 부녀는 약간 더 공을 들여야 했다. "나는 식사만 하고 곧장 돌아가야 할

것 같구나. 하지만 루이즈를 태워 올 마차는 다시 보내주마." 대
부님이 나에게 말했다.

"패스코 씨도 다시 저녁 예배에서 설교를 하셔야 하니 저희가
모셔다 드리면 되겠네요." 목사 부인이 끼어들었다. 그들은 탈
것을 배분하느라 열띤 논의에 접어들었다. 그들이 마차별로 인
원을 어떻게 배분하면 좋을지 논쟁을 벌이는 사이, 나는 테라스
산책로와 앞으로 마무리하게 될 분지정원의 공사를 맡고 있는
일꾼들의 십장이 한 손에 모자를 쥔 채 길옆에서 나에게 말을
걸려고 기다리고 있는 모습을 발견했다.

"무슨 일인가?" 내가 그에게 물었다.

"실례합니다, 애슐리 씨. 어제 일을 마치고 나리를 뵈러 갔는
데 댁에 안 계시더군요. 테라스 산책로에 나가시더라도, 분지정
원 양쪽 둔덕을 연결해놓은 다리에는 절대 올라가지 마시라고
말씀드리기 위해 찾아갔던 겁니다."

"왜, 무슨 문제가 있나?"

"월요일 아침부터 곧장 다리 연결 작업을 마무리하려고 뼈대
만 잡아놓은 상태거든요. 눈으로 보기엔 널빤지가 튼튼해 보여
도, 하중을 전혀 견디지 못합니다. 혹시 누가 반대편으로 건너
가려고 올라가기라도 하면 당장 떨어져서 목이 부러질 수도 있
어요."

"고맙네, 명심하지." 내가 말했다.

다시 일행에게 돌아갔을 때는 합의가 이루어져, 이젠 너무도

까마득한 옛날처럼 느껴지는 첫 일요일과 마찬가지로 세 그룹으로 나눠 움직이기로 결정된 상태였다. 레이첼과 나의 대부님이 대부님의 마차로 가고, 루이즈와 내가 우리 집 마차를 타게되었다. 패스코 목사 가족은 대형 마차에 모두 같이 타고 세 번째로 뒤따를 예정이었다. 물론 이와 비슷한 실랑이는 오늘 이외에도 수없이 반복되었던 일이었다. 하지만 가파른 언덕에 다다라 마차에서 내려 걸어가며, 나는 거의 열 달 전 처음 레이첼을 대동하고 교회에 갔던 9월의 일요일을 계속해서 떠올렸다. 그날 나는 너무도 뻣뻣하고 오만하게 굴며 마차에 앉아 있는 루이즈때문에 짜증이 나, 그날부터 줄곧 그녀를 소홀히 했었다. 그러나 루이즈는 흔들리지 않았고 계속 나의 친구로 남아주었다. 언덕 꼭대기에 이르러 다시 마차에 오른 내가 그녀에게 말했다. "금사슬나무 씨앗에 독이 있다는 거 알고 있었어?"

그녀가 놀라서 나를 쳐다보았다. "응, 그렇다고 들었어. 소들이 그 열매를 먹으면 죽는다는 것도 알아. 아이들도 마찬가지고. 그건 왜 물어? 바턴에서 혹시 죽은 소가 있어?"

"아니, 아직은 없어. 하지만 저번에 탐린이 들판과 이어지는 화단에 심은 나무가 가지를 너무 멀리 뻗어 씨가 마당에 떨어진다면서 옮겨야 한다는 이야기를 했어."

"그러는 게 좋을 거야. 아버지도 몇 년 전에 말 한 마리를 잃으셨는데, 주목 열매를 먹었기 때문이었어. 독이 너무 빨리 퍼져서 어떻게 손쓸 방도가 없나 봐."

좁은 길을 따라 움직이던 마차가 대정원 대문을 지나는 사이, 어젯밤 내가 발견한 사실을 들려주면 루이즈가 어떤 반응을 보일지 궁금해졌다. 경악한 눈초리로 쳐다보며 나더러 미친놈이라고 할까? 그러지는 않을 것 같았다. 나는 그녀가 내 말을 믿어 줄 것이라고 생각했다. 하지만 마부석에 웰링턴이 앉아 있고 짐도 그 옆에 있으니, 지금 여기는 그런 말을 할 만한 자리가 아니었다.

나는 고개를 돌렸다. 다른 마차들이 뒤에서 따라오고 있었다. "너랑 얘기를 좀 나누고 싶어, 루이즈. 너희 아버지가 저녁 식사 후에 가신다고 하면 너는 뒤에 남을 핑계를 만들어봐." 내가 루이즈에게 말했다.

그녀는 의아한 눈초리로 쳐다보았지만, 나는 더 이상 아무 말도 하지 않았다.

웰링턴이 집 앞에 마차를 세웠다. 내가 마차에서 먼저 내려 루이즈를 부축해주었다. 우리는 현관에 서서 다른 사람들을 기다렸다. 역시 그랬다. 작년 9월의 그 일요일처럼 오늘도 유쾌한 날이 될 수도 있었을 것이다. 레이첼은 지금도 그날처럼 미소를 짓고 있었다. 그날처럼 나의 대부님을 올려다보며 이야기를 하고 있었다. 나는 두 사람이 또다시 정치를 논하고 있을 거라 생각했다. 그 일요일에도 그녀에게 끌리는 마음이 있기는 했지만 그녀는 내게 아직 낯선 사람이었다. 그런데 지금은? 지금은 그녀의 어떤 부분도 낯설지 않았다. 나는 가장 선한 부분도 알고 있고, 가장 악한 부분도 알고 있었다. 어쩌면 본인 스스로도 어리둥절해하고 있을지 모르지만, 나는 그녀가 저지른 모든 행동의 동기가 무엇인지도 짐작하고 있었다. 그녀는 이제 나에게 아무것도 감추지 못했다, 나의 골칫덩이 레이첼……

현관에 모두 모이자 레이첼이 미소를 지으며 말했다. "이러고 있으니까 옛날로 다시 돌아간 것 같네요. 여러분이 와주셔서 저는 정말 행복해요."

그녀는 눈빛으로 안아주듯 일행을 훑어본 뒤 앞장서서 응접실로 향했다. 언제나 그랬듯이 그 방은 여름에 가장 아름다웠다. 창문을 활짝 열어놓아 실내는 서늘했다. 길고 늘씬하게 잘라 꽃병에 담아둔, 깃털처럼 부드러운 하늘색 수국이 벽에 걸린 거울에 비쳐 더욱 풍성해 보였다. 바깥에선 햇빛이 잔디밭으로 쏟아졌다. 날씨는 아주 더웠다. 게으른 호박벌 한 마리가 창문에서 윙윙거렸다. 나른해진 손님들이 자리를 잡고 앉아 흡족한 휴식을 취했다. 시컴이 케이크와 와인을 가져왔다.

"햇빛을 조금 쏘이고도 다들 지치신 모양이네요." 레이첼이 웃음을 터뜨렸다. "이 정도 햇빛은 저에겐 아무것도 아니랍니다. 이탈리아에선 이런 강렬한 햇빛이 아홉 달이나 지속되거든요. 저는 햇빛을 받아야 왕성해지는 사람이죠. 자, 여러분 시중은 모두 제가 들게요. 필립, 그냥 앉아 있어요. 당신은 아직 나의 환자니까요."

그녀가 와인을 잔에 따라 우리에게 가져다주었다. 대부님과 목사가 만류하듯 자리에서 일어났지만, 레이첼은 손짓을 해 그들을 도로 앉혔다. 술을 마시지 않는 사람은 내가 유일했으므로 그녀가 마지막으로 나에게 다가왔다.

"목마르지 않아요?" 그녀가 물었다.

나는 고개를 저었다. 앞으로는 그녀의 손을 거쳐 전해지는 것은 아무것도 받지 않을 작정이었다. 레이첼은 술잔을 다시 쟁반에 올려놓고, 자신의 잔을 들고서 소파에 자리 잡은 메리 패스코와 루이즈 옆자리로 가 앉았다.

"지금쯤 피렌체의 열기는 부인께도 도저히 견디지 못할 수준일 것 같은데요?" 목사가 말했다.

"저는 한 번도 그렇다고 생각해본 적 없어요. 이른 아침부터 덧문을 닫아놓으면, 저택 안은 온종일 시원하거든요. 우린 스스로 기후에 적응해서 살아가죠. 한낮에 함부로 돌아다녔다가는 재앙을 부를 수도 있어요. 그래서 우린 집 안에서 지내며 낮잠을 잔답니다. 저는 운이 좋은 편이라 상갈레티 저택에는 본채 옆에 북쪽으로 낸 작은 안뜰이 있어서 햇빛이 거기까지는 들어오지 못하거든요. 그 안에 연못도 있고 분수도 있어요. 공기가 답답하게 느껴지면 분수를 작동시키죠. 물이 떨어지는 소리를 들으면 마음이 안정되니까요. 봄과 여름엔 항상 그곳에만 앉아 있는답니다." 레이첼이 설명했다.

봄에 그녀는 정말로 그곳에 앉아 금사슬나무가 무성하게 잎을 틔우고 꽃을 피우는 광경을 바라볼 수 있었을 것이다. 흐드러지게 피어나 축축 늘어진 노란 꽃송이들이 분수 꼭대기에서 양손으로 조개껍질을 들고 있는 벌거벗은 소년에게 차양처럼 그늘을 드리우겠지. 노란 꽃이 시들어 떨어질 무렵이면 지금 우리가 겪고 있는 여름보다 훨씬 더 강렬한 한여름 폭염이 찾아와, 나뭇가지에 매달린 열매가 꼬투리를 열고 초록색 씨앗을 땅바닥에 마구 흩뿌릴 것이다. 그녀는 그 모든 광경을 앰브로즈와 나란히 작은 안뜰에 앉아 지켜보았을 것이다.

"전 꼭 한번 피렌체에 가보고 싶어요." 메리 패스코가 상상도 할 수 없을 만큼 낯설고 장엄한 풍경을 꿈꾸듯 눈을 동그랗게 뜨며 말하자, 레이첼이 그녀를 돌아보며 맞장구를 쳤다. "그럼 내년에 꼭 와서 나와 함께 지내요. 여러분 모두 차례로 오셔서 제 집에서 묵으셔야 해요." 그러자 모두들 일제히 탄식과 질문을 쏟아내기도 하고, 낙담하는 표정을 짓기도 했다. 정말로 곧 떠나야 하나요? 언제 돌아올 건가요? 앞으로 계획은 어떻게 되나요? 레이첼은 고개를 절레절레 흔들며 대답했다. "곧 떠나야 하지만 금방 돌아올 거예요. 저는 충동적으로 행동하는 사람이라 날짜에 구애되지 않거든요." 그러고는 더 이상 구체적인 이야기를 하지 않았다.

대부님이 곁눈질로 나를 흘끔 쳐다보더니 수염을 잡아당기며 시선을 자기 발로 내려뜨렸다. 그의 머릿속에 어떤 생각이 스치고 있을지 상상이 되었다. '일단 저 여자가 떠나고 나면 저 녀석도 다시 제 모습을 찾을 거야.' 오후 시간이 흘러갔다. 4시에 우리는 저녁 식사를 했다. 나는 이번에도 식탁의 상석에 앉았고 내 맞은편엔 레이첼이, 내 양쪽엔 대부님과 목사가 자리를 잡았다. 또다시 담소와 웃음이 흘러넘쳤고 그날처럼 시 암송도 이어졌다. 첫 일요일처럼 침묵을 지키며 앉아 있던 나는 그녀의 얼굴을 관찰했다. 그때는 미처 알지 못했기에 매혹의 눈길로 바라보았었다. 여자가 대화를 주도하고, 식탁에 앉은 모든 사람들이 차례로 대화에 참여할 수 있도록 화제를 바꾸는 모습은 한 번도 본 적이 없었기 때문에 당시엔 마법처럼 생각되었다. 지금은 나도 그 모든 속임수를 간파하고 있었다. 새로운 화제를 꺼내며, 그녀가 한 손으로 입을 막고 목사에게 속삭인 뒤 둘이 함께 웃음을 터뜨리면 즉각 나의 대부님이 앞으로 몸을 기울이며 물었다. "방금 대체 무슨 말씀을 나누고 계셨던 겁니까, 애슐리 부인?" 그러면 그녀가 재빨리 놀리듯 응수했다. "목사님께서 말씀해주실 거예요." 그러면 얼굴이 붉어진 목사가 스스로 재치 넘치는 사람이라고 생각해 자부심에 휩싸여, 자신의 가족들도 들어본 적 없는 이야기를 꺼냈다. 그것은 그녀가 즐기는 일종의 게임이었고, 콘월 지방 특유의 따분한 대화에만 익숙해져 있던 우리 모두는 그녀에게 다루기도 쉽고 속이기도 쉬운 상대였다.

이탈리아에서는 그녀도 대화를 주도하는 것이 더 힘들게 느껴질까 궁금했다. 그럴 것 같지는 않았다. 다만 그곳 친구들은 그녀의 활기에 좀 더 어울리는 사람들이리라. 게다가 레이날디 같은 지원군이 있고 그녀가 가장 잘 아는 언어로 말을 한다면,

그곳에서 벌어지는 열띤 대화는 따분한 나의 식탁에서 벌어질 때보다 훨씬 더 찬란한 광채로 상갈레티 저택을 밝힐 것이다. 가끔씩 그녀는 자신의 빠른 말투를 명확하게 짚고 넘어가느라 허공에 손짓을 할 것이다. 그녀가 레이날디와 이탈리아어로 대화를 나눌 때면 전보다 훨씬 더 손짓을 많이 한다는 것을 나도 눈치채고 있었다. 오늘도 그녀는 대부님이 단호하게 주장하는 가운데 중간에서 치고 들어가며 손짓을 활용했다. 너무도 재빠르고 유연하게 양손으로 허공을 가르는 동작이었다. 그러다 대부님의 대답을 기다릴 때는 팔꿈치를 가볍게 식탁에 올린 채 가만히 양손을 마주 잡았다. 그녀가 대부님을 향한 채 귀를 기울이고 있으면, 내가 앉은 식탁의 상석에선 그녀의 옆모습이 보였다. 결국 그녀는 항상 낯선 사람이었다. 동전에 새겨진 깔끔하고 정갈한 얼굴. 머리에 숄을 뒤집어쓴 채 문가에 서서 손을 뻗던, 어둡고 위축된 얼굴의 외국 여인. 그러나 미소를 짓고 있는 그녀의 얼굴을 정면에서 바라보면 전혀 낯선 사람이 아니었다. 내가 잘 알고 사랑했던 바로 그 레이첼이었다.

대부님이 이야기를 마쳤다. 대화가 끊어져 잠시 정적이 흘렀다. 그녀의 모든 행동에 잘 훈련된 나는 그녀의 시선을 관찰했다. 시선은 패스코 부인에게 꽂혔다가 나에게 돌아왔다. "정원으로 나갈까요?" 그녀가 말했다. 우리 모두 의자를 밀며 자리에서 일어났지만, 목사는 주머니에서 시계를 꺼내며 한숨을 쉬었다. "대단히 유감스럽게도 저는 그만 가봐야겠습니다."

"저도 마찬가지입니다." 대부님이 덩달아 나섰다. "럭실리언에 사는 형님이 편찮으신데, 오늘 뵈러 가겠다고 약속을 해놨습니다. 하지만 루이즈는 더 있다 가도 좋겠지요."

"그래도 차 한잔하실 시간은 있으시겠죠?" 레이첼이 물었다. 그러나 두 사람이 생각했던 것보다 늦은 시간인 듯, 결국 약간의 소동 끝에 닉 켄들과 패스코 목사 가족은 대형 마차를 타고 떠나갔다. 루이즈만 홀로 남았다.

"우리 셋만 남았으니 격식은 차리지 않기로 하죠. 내실로 올라와요." 레이첼이 말했다. 그러고는 루이즈에게 미소 지은 뒤 앞장서서 계단을 올라갔다. "루이즈도 허브티를 마시겠대요." 그녀가 어깨 너머로 외쳤다. "내가 방법을 전수해주려고 해요. 다른 때도 좋지만 특히 아버님이 불면증으로 고생하실 때 마시면 즉효가 있을 거예요."

우리는 모두 내실로 들어가 자리를 잡고 앉았다. 나는 열린 창가에, 루이즈는 스툴에. 레이첼은 차를 준비하느라 분주했다.

"영국식 민간요법이란 게 있는지도 잘 모르겠지만, 아무튼 영국식 민간요법은 불면에 껍질 벗긴 보리를 먹는 거라죠. 나는 피렌체에서 직접 말린 허브를 가져왔어요. 차 맛이 마음에 들면 나중에 떠날 때 좀 드리고 갈게요." 레이첼이 말했다.

루이즈가 자리에서 일어나 그녀의 곁으로 가 섰다. "부인이 약초 이름을 일일이 다 알고, 이곳에서 지내는 동안 영지 소작인들의 여러 가지 질병을 낫게 해주셨다는 이야기는 메리 패스코 양한테 들었어요. 옛날 사람들은 지금보다 그런 민간요법에 대해서 더 많이 알았던 것 같아요. 어쨌든 노인들이 알려준 몇몇 민간요법은 아직도 무사마귀나 발진을 없애는 데 효과가 있어요." 루이즈가 말했다.

"내가 낫게 해줄 수 있는 건 고작 무사마귀 정도가 아니랍니다." 레이첼이 웃음을 터뜨렸다. "소작인들 오두막에 찾아가서 한번 물어보세요. 약초를 활용하는 건 아주 오래된 비법이죠. 난 우리 어머니한테 배웠어요. 고마워, 존." 존이 김이 모락모락 나는 물이 담긴 주전자를 가지고 올라왔다. "피렌체에선 방에서 허브티를 우려내고 한동안 그대로 둬요. 그러는 편이 약효가 더 좋거든요. 그런 다음엔 안뜰로 나가서 분수를 작동시키고, 연못으로 물이 떨어지는 소리를 들으며 차를 마시는 거죠. 앰브로즈는 몇 시간이고 하염없이 그곳에 앉아 있곤 했어요." 레이첼은 존이 가져온 뜨거운 물을 티포트에 부었다. "다음번에 피렌체에서 콘월에 올 때는 우리 집 연못에 있는 것과 같은 작은 석상을 가져올까 생각 중이에요. 그런 걸 구하려면 시간이 좀 걸리겠지만, 결국엔 내가 꼭 찾아낼 거예요. 그러면 지금 이곳에 조성하고 있는 새로운 분지정원 한가운데 멋지게 세워놓을 수 있겠죠. 분수도 만들어놓고요. 어떻게 생각해요?" 그녀가 나를 돌아보고 미소를 지으며, 왼손으로 찻숟가락을 쥐고 허브티를 휘저었다.

"좋을 대로 해요." 내가 대답했다.

"필립은 열의를 완전히 잃었어요. 내가 하는 말에 무조건 동의하거나 무관심하거나 둘 중 하나죠. 때로는 이곳에 쏟아부은 나의 노동과 새로 만든 테라스 산책로와 화단에 심은 관목이 전부 다 쓸데없는 짓인가 싶을 때도 있어요. 필립은 그냥 잡초와 진흙투성이 오솔길로도 만족할 사람이니까요. 자, 받아요."

레이첼이 루이즈에게 말하며 스툴에 앉아 있던 그녀에게 찻잔을 건넸다. 그러고는 창틀에 앉아 있던 나에게도 찻잔을 가져다주었다.

나는 고개를 저었다. "허브티 싫어요, 필립? 하지만 이건 당신 몸에도 좋고 잠도 잘 자게 해줄 거예요. 전에는 마다한 적 없었잖아요. 이건 특별히 우려낸 거예요. 두 배로 강하게 만들었거든요."

"나 대신 당신이 마셔요." 내가 대꾸했다.

그녀가 어깨를 으쓱했다. "내 차는 벌써 따랐어요. 나는 더 오래 우리는 걸 좋아하거든요. 이건 버려야겠네요. 아까워라." 그녀가 내 몸 위로 허리를 숙이고 창밖에 차를 쏟아버렸다. 그녀가 몸을 일으키며 내 어깨에 한 손을 얹자 내가 너무도 잘 아는 그녀의 체취가 풍겨왔다. 향수가 아니라 그녀의 몸과 부드러운 살결이 만들어낸, 그녀의 진정한 정수가 전하는 향기였다.

"어디 안 좋아요?" 루이즈가 듣지 못하도록 그녀가 속삭여 물었다.

내가 알고 있는 모든 진실과 모든 감정을 없앨 수만 있다면, 당장이라도 내 어깨에 올린 그녀의 손을 제발 치우지 말아달라고 부탁했을 것이다. 갈가리 찢어버린 편지도 없고, 잠가놓은 작은 서랍에 비밀스레 감추어둔 종이 뭉치도 없고, 사악함도, 이중성도 없다면 말이다. 그녀가 내 어깨에 올리고 있던 손을 나의 턱으로 옮겨 가볍게 애무하듯 잠시 어루만졌다. 레이첼이 나와 루이즈 사이에 서 있어서 들키지 않고 행동할 수 있기 때문이었다. "나의 심술쟁이." 그녀가 말했다.

나는 그녀의 머리 너머로 벽난로 위에 걸린 앰브로즈의 초상화를 쳐다보았다. 젊고 순수한 그의 눈이 똑바로 나를 응시했다. 나는 아무런 대꾸도 하지 않았다. 레이첼은 빈 찻잔을 들고 내 곁을 떠나 쟁반에 내려놓았다.

"맛이 어떤 것 같아요?" 그녀가 루이즈에게 물었다.

"죄송하지만 저는 좋아하게 되려면 시간이 좀 걸릴 것 같아요." 루이즈가 사과했다.

"그럴 수도 있어요. 곰팡내 같은 향 때문에 모든 사람들한테 다 맞진 않거든요. 신경 쓰지 말아요. 아무튼 이건 불안한 마음을 달래는 진정제예요. 오늘 밤엔 우리 모두 잘 자겠네요." 그녀는 미소를 지으며 자신의 찻잔을 들어 천천히 차를 마셨다.

우리는 30분쯤 더 담소를 나눴던 것 같다. 물론 대화는 레이첼과 루이즈 사이에서만 이루어졌다. 이윽고 그녀가 자리에서 일어서며 찻잔을 쟁반에 내려놓고 말했다. "이제 좀 더 시원해졌으니, 저와 함께 산책하실 분 계세요?" 내가 루이즈를 건너다보자, 그녀는 나를 보며 침묵을 지켰다.

"난 얼마 전에 우연히 발견한 펠린 영지의 옛날 도면을 루이즈한테 보여주기로 약속했어요. 경계선이 아주 뚜렷하게 그려져 있어서, 옛날 성채가 영지의 일부였다는 게 잘 나타나 있더라고요." 내가 말했다.

"좋아요, 그럼 루이즈를 데리고 응접실로 가든지 여기 계속 있든지 편할 대로 해요. 난 혼자서 좀 걸어야겠어요." 레이첼이 말했다.

그녀는 콧노래를 부르며 파란 방 침실로 들어갔다.

"그냥 여기 있어." 내가 루이즈에게 나직이 말했다.

나는 아래층으로 내려가 사무실로 건너갔다. 서류들 사이 어디선가 정말로 옛날 도면을 본 기억이 있었기 때문이었다. 서류 더미 사이에서 도면을 발견한 나는 안뜰을 가로질러 집으로 돌아왔다. 응접실 근처에서 정원으로 이어지는 옆문으로 들어가자, 레이첼은 이미 산책에 나선 참이었다. 모자는 쓰지 않고 양산만 받쳐 들고 있었다. "오래 걸리지 않을 거예요. 테라스 산책로까지 올라가려고요. 분지정원에 작은 석상을 가져다 놓으면 어울릴지 한번 봐야겠어요." 그녀가 말했다.

"조심해요." 내가 그녀에게 말했다.

"왜요, 뭘 조심해요?" 레이첼이 물었다.

그녀는 양산을 어깨에 걸친 채 내 옆에 서 있었다. 목 주변에 하얀 레이스가 달린, 얇은 모슬린으로 만든 검정 드레스를 입고 있었다. 계절이 여름이라는 것만 제외하면, 열 달 전에 처음 그녀를 봤을 때와 다름없는 모습이었다. 갓 베어낸 풀 향기가 허공에 떠돌았다. 나비 한 마리가 행복한 날갯짓을 하며 우리 옆을 지나갔다. 잔디밭 너머 키 큰 나무 위에선 비둘기들이 구구거렸다.

"햇빛 속을 걸을 땐 조심해야 해요." 내가 천천히 말했다.

레이첼은 웃음을 터뜨리며 내 곁을 떠나갔다. 나는 그녀가 잔디밭을 가로질러 테라스 산책로로 이어지는 계단을 오르는 것을 지켜보았다.

나는 방향을 틀어 집 안으로 들어간 뒤 빠른 걸음으로 계단을 올라 내실로 향했다. 루이즈가 기다리고 있었다.

"네 도움이 필요해. 낭비할 시간이 없어." 내가 짧게 말했다.

루이즈는 의문 가득한 눈빛으로 스툴에서 일어났다. "뭔데 그래?"

"몇 주 전에 교회에서 나눴던 대화 기억해?" 내가 그녀에게 물었다. 루이즈는 고개를 끄덕였다.

"네가 옳았고 내가 틀렸어. 하지만 이제 그런 건 상관없어. 지금은 그때보다 더 심각한 걸 의심하고 있는데 마지막 증거를 확보해야겠어. 저 여자가 나를 독살하려고 했던 것 같아. 앰브로즈한테도 마찬가지였고." 루이즈는 아무 말도 하지 않았다. 그저 공포로 눈만 크게 떴을 뿐이었다.

"내가 그걸 어떻게 알게 되었는지는 이제 중요하지 않아. 하지만 레이날디라는 남자가 보낸 편지에 단서가 있을지도 몰라.

이제부터 여기서 레이첼의 책상을 뒤져 편지를 찾아낼 작정이야. 넌 겉핥기라도 이탈리아어를 배웠고 프랑스어도 하잖아. 우리가 힘을 모으면 얼마간 내용을 알아낼 수 있을 거야." 내가 말했다.

이미 책상을 뒤지기 시작한 나는 전날 밤 촛불에 의지해 찾아볼 때보다 더 꼼꼼하게 내용물을 살폈다.

"왜 아버지한테 알리지 않았어? 저 여자한테 죄가 있다면, 필립보다는 아버지가 더 강력하게 몰아세울 수 있을 거야." 루이즈가 말했다.

"먼저 증거를 찾아야 해." 내가 그녀에게 대꾸했다.

서랍 안엔 서류와 봉투 따위가 가지런히 쌓여 있었다. 대부님이 보았더라면 경악했을지도 모를 영수증과 청구서도 보였지만, 열에 들떠 원하는 것을 손에 넣으려는 나의 눈엔 아무런 의미도 없는 것들이었다. 나는 하얀 종이 뭉치가 들어 있던 작은 서랍을 다시 열어보았다. 이번엔 잠겨 있지 않았다. 종이 뭉치는 사라지고 없었다. 그것 또한 추가 증거가 될 수도 있었겠지만, 레이첼이 내게 타주었던 차는 쏟아버리고 없었다. 내가 계속해서 서랍을 열어보는 사이 루이즈는 걱정스러운 듯 이맛살을 찌푸린 채 내 옆에 서 있었다. "더 기다렸어야 해. 이건 현명하지 못한 방법이야. 우리 아버지에게 말씀드려서 법적인 조치를 취할 수 있을 때까지 기다렸어야지. 지금 필립이 하는 짓은 누구나 할 수 있는 평범한 도둑질에 지나지 않아." 루이즈가 말했다.

"삶과 죽음은 법적인 조치를 기다려주지 않아. 여기, 이건 뭐지?" 내가 루이즈에게 뭔가 이름이 적힌 기다란 종이를 건네주었다. 어떤 이름은 영어로 적혀 있었고, 일부는 라틴어, 일부는 이탈리아어로 적혀 있었다.

"확실하진 않지만, 이건 식물과 약초 목록인 것 같아. 글씨도 잘 못 알아보겠어." 루이즈가 대답했다.

내가 아예 서랍을 뒤집어엎는 동안 그녀가 두루마리 종이를 골똘히 들여다보았다.

"맞아, 이건 그 여자의 약초와 제약 비법 목록이야. 하지만 두 번째 장은 영어로 되어 있고, 식물의 번식 방법에 대해서 메모가 적혀 있어. 품종 이름이 수십 가지도 넘어."

"금사슬나무를 찾아봐." 내가 말했다.

나와 잠깐 시선을 마주친 그녀의 눈빛에 돌연 이해했다는 확신이 번졌다. 그러고는 들고 있던 종이를 한 번 더 꼼꼼히 훑어보았다.

"맞아, 여기 있어. 하지만 이것만으로는 아무것도 입증 못해." 그녀가 말했다.

내가 그녀의 손에서 종잇장을 빼앗아 그녀가 손가락으로 가리키는 곳을 읽었다. "금사슬나무. 라부르눔 치티수스Laburnum Cytisus. 원산지는 남유럽. 종자를 심어 번식 가능하며, 주로 꺾꽂이와 접붙이기로 식재함. 번식 초기에는 모판이나 식물을 키울

곳에 씨앗을 심어 싹을 틔워야 함. 충분한 생장 조건이 되는 3월 경 봄에 종묘장으로 옮겨 심은 뒤 적절한 크기로 자랄 때까지 두었다가 최종 식재할 곳에 옮겨 심을 것." 메모 아래에는 그녀가 정보를 얻은 출처가 덧붙여져 있었다. 『새로운 식물원』. 존 스톡데일앤드컴퍼니 제공. 1812년 T. 부슬리 발행. 플리트가, 볼드코트.

"여긴 독에 대한 이야기는 전혀 없어." 루이즈가 말했다.

계속해서 책상을 뒤졌다. 나는 은행에서 보낸 편지 한 통을 발견했다. 카우치 씨의 글씨체란 걸 알아볼 수 있었다. 나는 이제 무자비하고 거침없는 손길로 편지를 열어보았다. "친애하는 부인, 애슐리 가문의 보석 소장품을 반환해주셔서 감사합니다. 곧 영국을 떠나신다고 하니, 부인의 당부에 따라 보석들은 귀하의 상속인이신 필립 애슐리 씨가 소유권을 양도받을 때까지 계속해서 저희 은행에 보관하도록 하겠습니다. 허버트 카우치 배상."

나는 돌연 비통함을 느끼며 편지를 내려놓았다. 레이날디의 영향력이 아무리 강했어도, 그것은 레이첼 본인의 충동에 따른 행동이었을 것이다.

더는 중요한 물건이 나타나지 않았다. 나는 모든 서랍과 서류함을 샅샅이 뒤졌다. 편지를 태워버렸거나 그녀가 몸에 지니고 다닌다는 뜻이었다. 당황하고 좌절한 내가 루이즈를 다시 돌아보았다. "여기 없나 봐." 내가 말했다.

"편지지칠은 찾아봤어?" 못 미덥다는 듯 루이즈가 물었다.

비밀 편지를 절대 그렇게 눈에 잘 띄는 곳에 숨길 리가 없다
고 생각한 나는 바보처럼 편지지철을 의자에 내던져놓았었다.
편지지철을 들어 올리자 정말로 한가운데 깨끗한 빈 종이 사이
에서 플리머스에서 보낸 편지 봉투가 툭 떨어졌다. 편지도 아직
안에 들어 있었다. 나는 봉투에서 편지를 꺼내 루이즈에게 건네
며 말했다. "이거야, 읽을 수 있겠는지 한번 봐."

그녀가 편지지를 들여다보더니 다시 나에게 돌려주었다. "이
건 이탈리아어가 아니잖아. 직접 읽어."

나는 쪽지를 읽었다. 내용은 몇 줄 되지 않았다. 그는 내 짐작
대로 격식을 내던졌지만, 내가 상상했던 대로는 아니었다. 시간
은 밤 11시로 적혀 있었으나, 편지의 서두도 없었다. "이제 당신
은 이탈리아인보다 영국인에 더 가까워진 것 같으니 당신이 선
택한 언어로 편지를 쓰겠소. 지금 시간은 11시가 넘었고 우리
는 자정에 출항할 예정이오. 피렌체에 당도하면 당신이 부탁한
모든 것들을, 어쩌면 그 이상을 준비해놓겠지만, 당신이 그것을
누릴 자격이 있는지는 나도 모르겠군. 당신이 돌아오겠다고 결
정만 내린다면, 최소한 저택과 당신의 하인들은 당신을 기다리
고 있을 거요. 부디 너무 오래 지연시키지는 말아요. 나는 당신
의 충동적인 마음과 감정을 깊이 신뢰해본 적이 단 한 번도 없
소. 결국 도저히 그 청년을 버리고 떠날 수 없을 것 같으면 함께
데려와요. 하지만 당신보다 나은 판단력을 지닌 내 의견으로는
그러지 않는 편이 좋을 거라고 경고해두겠소. 몸조심하고, 나를

믿어요. 당신의 친구, 레이날디."

나는 편지를 한 번 읽은 뒤, 한 번 더, 두 번이나 읽어보았다. 그리고 루이즈에게 편지를 넘겼다.

"편지에서 원하던 증거는 찾았어?" 그녀가 물었다.

"아니."

무언가 빠진 게 틀림없었다. 다른 데 추신을 적어 편지지철 어딘가 다른 종이 사이에 끼워두었을지도 몰랐다. 나는 편지지철을 한 번 더 뒤졌지만 아무것도 나오지 않았다. 맨 앞에 무언가를 잘 접어 끼워놓은 종이 뭉치를 제외하면 편지지철은 깨끗했다. 나는 그것을 뽑아 포장을 벗겼다. 이번에 나온 것은 편지도 아니고 약초나 식물의 이름을 적어놓은 목록도 아니었다. 그것은 앰브로즈의 그림이었다. 구석에 적힌 이니셜은 잘 보이지 않았지만, 이니셜 뒤에 피렌체라고 적혀 있고, 앰브로즈가 세상을 떠난 해 6월로 날짜가 적혀 있는 것으로 볼 때, 이탈리아인 친구나 화가가 그려준 작품 같았다. 그림을 응시하며, 나는 그것이 앰브로즈의 생전에 마지막으로 그린 초상화라는 사실을 깨달았다. 집을 떠난 이후로 나이를 많이 먹은 모습이었다. 그의 입가와 눈가에는 내가 알지 못하는 주름이 져 있었다. 그의 눈매 자체도 달라져, 바로 옆에 어떤 그림자가 드리워져 있어 돌아보기 두려워하는 사람처럼, 어딘가 쫓기는 듯한 분위기를 풍겼다. 그의 얼굴엔 무언가 비어 있는 듯했고 외로워 보였다. 곧 재앙이 다가올 것을 아는 사람 같았다. 그림 밑에는 앰브

562

로즈 본인의 필체로 이탈리아어 글귀가 적혀 있었다. "레이첼에게. 논 라멘타레 케 레 오레 펠리치Non ramentare che le ore felici. 앰브로즈."

나는 그림을 루이즈에게 건넸다. "이것뿐이네. 그건 무슨 뜻이야?"

루이즈는 소리 내어 문장을 읽고는 잠시 생각했다. "행복한 시간만 기억하라." 그녀가 그림과 레이날디의 편지를 나에게 돌려주었다. "그 여자가 전에 보여준 적 없는 그림이야?"

"응." 내가 대꾸했다.

우리는 잠시 침묵 속에서 서로를 쳐다보았다. 그러다 루이즈가 먼저 입을 열었다. "우리가 그 여자를 오해했을 수도 있다고 생각해? 독약에 대해서? 스스로 잘 생각해봐. 다른 증거가 전혀 없어."

"다른 증거는 절대 나오지 않아. 지금도 그렇고 앞으로도." 내가 말했다.

나는 그림과 편지를 책상에 다시 놓아두었다.

"증거가 없으면 그 여자를 비난할 수 없어. 그 여자는 결백할지도 몰라. 죄가 있을 수도 있겠지. 필립은 아무것도 할 수 없어. 만일 그 여자가 결백한데 그 여자를 비난했던 거라면, 필립은 절대 자신을 용서하지 못할 거야. 그렇게 되면 그 여자가 아니라 필립이 죄인이 될 테니까. 여기서 나가서 응접실로 내려가자. 지금 생각해보니 그 여자 물건에 손을 대지 않았더라면 좋았을 걸 그랬어."

나는 내실의 열린 창문으로 잔디밭을 내다보았다.

"그 여자 밖에 있어?" 루이즈가 물었다.

"아니, 나간 지 30분이 다 되어가는데 돌아오지 않았어."

루이즈가 방을 가로질러 와서 내 옆에 섰다. 그녀가 내 얼굴을 들여다보았다. "목소리가 왜 그렇게 이상해? 왜 계속 테라스 산책로로 올라가는 계단만 바라보고 있는 거야? 무슨 일 있어?"

나는 그녀의 옆을 스치듯 지나 문으로 향했다.

"종탑 아래 계단 옆에 매달려 있는 종 치는 끈 위치 알아? 정오에 하인들의 식사 시간을 알릴 때 쓰는 거 말이야. 당장 가서 그 끈을 세게 당겨줘." 내가 그녀에게 말했다.

루이즈는 영문을 몰라 나를 쳐다보았다. "뭐 하려고?"

"왜냐하면 일요일이니까, 그리고 모두들 외출했거나 자고 있거나 어딘가에 흩어져 있을 테니까. 그리고 또 내가 도움이 필요할지도 모르니까."

"도움?" 루이즈가 내 말을 되풀이했다.

"응, 레이첼한테 사고가 났을지도 몰라."

루이즈가 나를 쳐다보았다. 너무도 새파랗고 솔직한 그녀의 눈동자가 내 얼굴을 살폈다.

"무슨 짓을 저지른 거야?" 그녀가 물었다. 그녀의 눈빛에 이해와 함께 확신이 떠올랐다. 나는 돌아서서 방을 빠져나왔다.

아래층으로 달려 내려간 나는 잔디밭을 지나 테라스 산책로로 이어지는 오솔길로 올라갔다. 레이첼의 모습은 어디에도 없었다.

분지정원 위쪽으로 돌과 석회 가루와 목재 따위를 쌓아놓은 곳 근처에 개 두 마리가 서 있었다. 두 마리 가운데 더 어린 놈이 나를 향해 달려왔다. 다른 녀석은 석회 가루 더미에 올라 꼼짝도 하지 않았다. 나는 모래와 석회 가루 더미에 찍힌 그녀의 발자국과 그 옆에 펼쳐진 채로 나뒹굴고 있는 양산을 발견했다. 갑자기 저택 쪽 종탑에서 요란하게 종소리가 울렸다. 바람도 없이 잔잔하고 고요한 날씨에 끊임없이 이어진 요란한 종소리는 들판을 가로질러 바다까지 울려 퍼져, 가까운 바다에서 낚시를 하는 사람들의 귀에도 들렸을 것이다.

나는 땅을 깊이 파 내려간 분지정원을 에워싼 둔덕에 올라 일꾼들이 다리 연결을 시작한 지점을 바라보았다. 다리 일부분은 아직도 그대로 남아 흔들리는 사다리처럼 기괴하고 끔찍한 모습으로 허공에 매달려 있었다. 나머지 부분은 깊은 구덩이 안으로 떨어져 있었다.

나는 흩어진 목재와 돌덩이 사이에 누워 있는 그녀에게 내려갔다. 그리고 그녀의 손을 찾아 꼭 잡았다. 손은 차가웠다.

"레이첼." 나는 "레이첼" 하고 그녀의 이름을 한 번 더 외쳤다.

둔덕 위쪽에서 개들이 짖어대기 시작했지만, 뎅그렁거리는 종소리가 아직은 더 크게 울려 퍼지고 있었다. 레이첼이 눈을 뜨고 나를 쳐다보았다. 처음엔 눈빛에 고통이 서렸던 것 같다.

이어 어리둥절한 표정이 떠올랐다. 그러다 마침내 알아본 것 같았다. 하지만 그 순간조차 나는 오해를 받았다. 레이첼은 나를 앰브로즈라고 불렀다. 나는 그녀가 숨을 거둘 때까지 줄곧 그녀의 손을 잡고 있었다.

옛날엔 포터닝스에서 교수형이 집행되었다.
하지만 더는 아니다.

진실의 조각 찾기, 그 쓸쓸함에 대하여

  미스터리의 매력은 어쩌면 불친절함에서 오는 게 아닐까 싶다. 절대 한꺼번에 패를 보여주지 않고 감질나게 퍼즐 조각을 숨겨놓았다가, 뭔가 제법 그림이 된다 싶을 때쯤 다시 반전의 묘미로 독자를 혼란에 빠뜨린다. 마치 밀고 당기기에 능한 연애의 고수처럼, 친절한 서사와 전개를 거부하고 시종일관 독자의 마음을 들었다 놓았다 하는 작가의 '절묘한 불친절함'을 조금만 견디면 우리는 곧 치밀한 플롯과 매혹적인 이야기로 보상을 받는다. 어쩌면 막연한 불안과 조바심에 시달릴 것을 알면서도 기꺼이 뛰어드는 복잡한 미로 찾기 같기도 하다. 짜릿한 길 찾기의 매력에 흠뻑 빠져 독서를 이어가다가 독자는 마지막 책장을 덮으며 미로에서 빠져나온다. 그런데 마무리의 성취감을 누리기는커녕 복잡한 미로로 다시 들어가야 할 것 같은 이 느낌은 무엇인가? 대체 어디서 무엇을 놓쳤던가?

해피 엔딩이 워낙 드물고 긴 여운을 남기는 것으로 유명한 대 프니 듀 모리에의 여러 소설들 가운데서도 『나의 사촌 레이첼』 은 독자의 예상을 허물며 '마음 불편하게' 몰아가는 작품이다. 인생에도 사랑에도 여러모로 미숙한 주인공 필립이야 갈팡질 팡 헤매는 게 당연하다 치자. 한데 예리한 독자의 시선으로 꼼 꼼히 단서를 주워 모으며 아리아드네의 실처럼 서사의 끈을 꼭 붙들고 따라 나왔건만, 끝내 밝혀진 것은 아무것도 없고 진실은 여전히 저 너머에 있다. 레이첼은 결백할까, 아닐까? 그 대답은 연옥에서나 듣게 될 것이라고 자조하는 필립처럼, 우리 독자들 또한 손에 잡히지 않고 교묘하게 빠져나가는 진실을 허망하게 바라보아야 한다. 궁금증은 꼬리에 꼬리를 문다. 레이첼은 앰브 로즈를 사랑해서 결혼했을까? 앰브로즈의 사인은 정말로 무엇 일까? 레이첼은 필립을 사랑한 걸까? 단순히 재산을 노리고 접 근한 것일까? 애당초 그녀가 영국에 온 목적은 무엇이었을까? 모든 것들이 미치도록 궁금해지면서, 어쩐지 행간 어딘가에 작 가가 몰래 숨겨둔 단서가 더 있을 것만 같아서 자꾸만 앞장으로 되돌아가게 된다.

1951년, 작가의 나이 44세에 발표한 『나의 사촌 레이첼』은 이 미 많은 작품으로 대성공을 거두었던 대프니 듀 모리에의 마지 막 베스트셀러다. 이 소설을 선보인 뒤에도 20년간 계속 작품

활동에 힘썼지만, 듀 모리에가 1989년 81세를 일기로 사망할 때까지 대중의 사랑과 평단의 격찬을 동시에 받은 대형 베스트셀러는 이 작품을 끝으로 더 이상 나오지 않았다. 판매 부수가 곧 작품의 질을 담보하는 것은 아니지만, 『나의 사촌 레이첼』에서 듀 모리에는 확실히 작가의 역량이 정점에 올랐음을 보란 듯이 증명한다. 치밀하게 짜인 플롯과 시간의 흐름 속에 한 꺼풀씩 벗겨지는 죽음의 미스터리, 오해와 의심이 납득과 맹신을 거쳐 다시 오해와 의심을 낳는 교묘한 서사와 이미지의 환원, 그러고는 필립과 독자의 뺨을 동시에 때리는 듯한 결말까지, 어느 것 하나 허투루 여민 구석은 보이지 않는다.

아름다운 여성이 연상되는 제목과는 어울리지 않게 첫 문장을 과거 네거리에 세워졌던 교수대와 사형수의 이미지로 시작하는 이 작품은 엄밀히 따지면 사랑과 열망의 대상이 사라진 뒤의 일방적인, 그리고 '때늦은' 회한과 고백이다. '나의 사촌 레이첼'이라는 호칭이 가리키듯, 재기 발랄하고 열정적이며 충동적이어서 더욱 삶에 대한 의욕으로 넘치는 인물로 느껴지는 레이첼의 목소리는 오직 작품의 화자인 필립의 기억 속에서만 환기된다. 그러나 첫사랑의 열병과 무서운 질투, 의심에 몸과 영혼이 병들었던 그의 기억은 과연 온전할까? 독자의 연민과 공감은 대체 누구를 향해야 하는가? 다분히 작가가 의도한 이 어리둥절함은 이 작품의 근본적인 매력이다.

뛰어난 묘사로 매 장면이 종종 머릿속에 선명한 이미지로 떠오르는 듀 모리에의 다른 작품들처럼『나의 사촌 레이첼』역시 영화계의 각별한 관심을 받아 출간 이듬해인 1952년 리처드 버턴과 올리비아 드 하빌랜드 주연으로 영화화되어 아카데미 상 4개 부문 후보에 올랐으며, 1983년에는 BBC 4부작 미니시리즈로 제작, 방영되었다. 그러나 책의 출간과 즈음하여 무엇보다 설레는 것은, 로저 미첼 감독의 2017년 판「나의 사촌 레이첼」이 곧 개봉을 앞두고 있다는 소식 때문이다. 연기의 스펙트럼이 넓은 매혹적인 배우 레이첼 바이스가 공교롭게도 자신의 이름과 똑같은 레이첼 역할을 맡았고, 샘 클라플린이 젊은 필립 역을 열연한다. 암울하고 처연한 영국의 겨울과 화창하고 아름다운 봄의 온화함이 수시로 극적인 대조를 이루는 분위기 속에서 강렬한 존재감을 드러내는 등장인물들의 매력이 과연 영화 속에선 어떻게 재현될지 막연한 기대감에 가슴이 뛴다. 원작이 있는 영화의 생태적인 한계는 비주얼 시대를 살아가는 독자의 상상력을 얼마나 만족시키는가 하는 점이다. 종종 독자와 영화 팬이 비교 우위를 놓고 다툼을 벌이기도 하지만, 훌륭한 원작과 잘 만들어진 영화는 각각의 매력으로 각기 다른 팬들을 서로의 영역으로 동화시킨다. 종이책 못지않게 영화도 사랑하는 사람으로서『나의 사촌 레이첼』또한 그런 작품이길 간절히 바란다.

2017년 6월

변용란

옮긴이 **변용란**

건국대학교 영어영문학과를 졸업하고 연세대학교 영어영문학과에서 석사 학위를 받았다. 현재 전문 번역가로 활동 중이며, 옮긴 책으로는 『시간 여행자의 아내 1, 2』, 『시간의 경계에 선 여자 1, 2』, 『대실 해밋』, 『모든 것의 이름으로 1, 2』, 『프린세스 브라이드』, 『파인즈』, 『웨이워드』, 『라스트 타운』, 『인생은 행복이라는 이름의 조각들이었다』 등이 있다.

나의 사촌 레이첼

초판 1쇄 펴낸날 2017년 6월 23일
초판 3쇄 펴낸날 2022년 2월 3일

지은이 대프니 듀 모리에
옮긴이 변용란
펴낸이 김영정

펴낸곳 (주)현대문학
등록번호 제1-452호
주소 06532 서울시 서초구 신반포로 321(잠원동, 미래엔)
전화 02-2017-0282
팩스 02-516-5433
홈페이지 www.hdmh.co.kr

ⓒ 2017, 현대문학

ISBN 978-89-7275-826-6 03840

* 책값은 뒤표지에 있습니다.
* 파본은 구입처에서 교환해드립니다.